경희대 인문학연구소
고전명작 이본총서

심청전 전집 10

김진영 · 김현주 · 김영수 · 이기형 편저

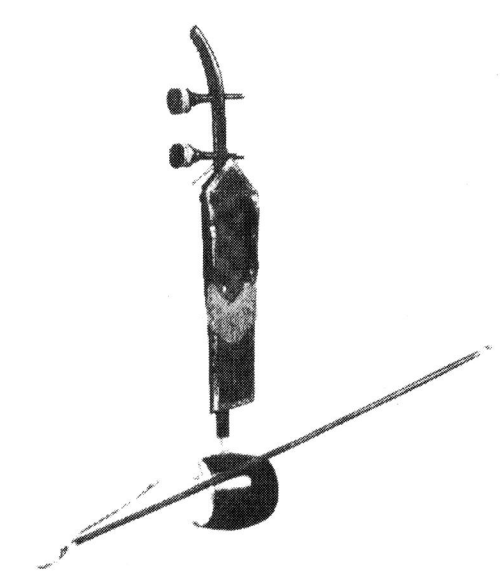

도서
출판 박이정

머리말

　이번에 우리 전집팀은 오랜만에 〈심청전〉 네 권을 한꺼번에 묶어내게 되었다. 이로써 〈심청전〉은 이미 작업이 완료된 창본과 판각본을 포함하여 필사본까지 거의 마무리하게 되었다. 언제나 그렇듯이 필사본은 작업의 절정이요 고비라 할 수 있겠는데, 거기에 〈심청전〉이 처음으로 도달했으니 스스로가 대견스럽지 않을 수 없다. 이 작업에 참여한 모든 사람들과 기쁨을 함께 나누고 싶다. 물론 아직 구득하지 못한 필사본이 몇 개 더 있고, 그리고 추가로 발견될 필사본이 있을 수 있겠는데, 그것들은 다음에 묶어내기로 한다.

　그렇다면 이제 〈심청전〉에게 남겨진 일은 활자본에 대한 작업인데, 이 또한 용이한 일만은 아닌 것으로 보인다. 그것은 활자본이 근세에 출판된 것이라서 보존과 정리가 잘 되어 있을 것으로 생각하기 쉽지만 사실은 전혀 그렇지 않기 때문이다. 그리고 활자본을 갖고 있는 개인이나 단체가 너무나 중구난방으로 흩어져 있어 이들을 발굴하고 수합하는 것이 가장 큰 난문제로 대두된다. 또 필사본과는 달리 아주 얇은 단권이라 어디에 쳐박혀 있는지 찾아내기도 쉽지 않고, 어떤 단체는 고본 자체에 대한 접근을 아예 봉쇄시켜 놓은 곳도 있어 어려움은 배가된다. 이럴 때 고본을 소장하고 있는 모든 개인과 단체가 '옜소' 하며 열람할 수 있게 해준다면 얼마나 수월할까 하고 꿈을 꾸어본다. 그렇지만 어차피 그런 수고를 하는 사람이 있어야만 미로같은 길들이 정리될 수 있다는 사실을 우리는 잘 알고 있다.

　지금까지 우리 이본 전집에 실린 〈심청전〉이 130여종에 이르렀으니 이를 바탕으로 한 신연구가 활발하게 전개되기를 우리는 진정으로 바란다.

〈심청전〉이 이렇게 많을 줄은 우리도 작업하면서 알게 된 사실로서 처음으로 소개되는 이본들까지 포함하여 다시 전체를 투시한다면 새로운 성과가 나타나지 않을까 기대되는 것이다. 그러한 점에서 이번에 필사본 작업을 주도한 사람이 〈심청전〉 필사본을 가지고 박사학위 논문을 경희대에서 쓰게 된 것을 경하하지 않을 수 없다. 이제 우리 전집은 어학적인 측면에서도 고찰의 대상이 되리라고 생각된다.

그동안 애장해온 장서들을 이렇게 학계에 공개할 수 있도록 열람과 복사를 허용해주신 여러 소장자 선생님들께 머리숙여 감사를 드린다. 그리고 어려운 형편인데도 불구하고 출판을 계속 맡아주고 있는 도서출판 박이정에 거듭 고마운 뜻을 전한다.

2000년 6월

김진영 · 김현주

일 러 두 기

1) 〈심청전 전집〉 10권에는 단국대학교 나손문고에 소장되어 있는 13
   종의 필사본 심청전을 수록하였다.
2) 원문 상태 그대로 옮기되 띄어쓰기만 했다. 띄어쓰기는 현대 정서법
   상의 띄어쓰기를 원칙으로 하였다. 그리고 장수(張數) 개념을 적용
   하여 장수를 표기하였다. 예컨대 〈23-앞〉, 〈23-뒤〉 등으로 매장이
   시작될 때 밝혀주었다.
3) 원본이 오자나 탈자 상태일 경우라도 전혀 수정 가감하지 않고 그대
   로 놓아두어 필사본 자료로서의 가치를 그대로 보존하고자 하였다.
   그리고 판독이 불가능한 글자에 대해서는 ○○○○ 표시로 복자 처
   리를 하되, 자수를 맞추려고 하였다.
4) 새로운 이본이 시작될 때마다 이본의 서지사항과 내용상의 특성 등
   에 대해 간략히 소개했으며, 대상본의 소재처를 밝혀두었다.
5) 각 이본의 명칭은 소장자의 이름과 작품 표제명, 그리고 장수를 가
   지고 붙였다. 예를 들어 '단국대 나손문고 소장 34장본 심청전'이
   다. 낙장본일 경우에는 전체 장수를 세어 괄호 안에 표기함을 원칙
   으로 하였다. 예를 들어 '단국대 나손문고 소장 심청전 (낙장 51장
   본)'이다.

차 례

단국대 나손문고 소장 심청전 (낙장 34장본)

대략 가로 18.8cm, 세로 23.3cm 크기의 필사본으로 앞부분은 훼손되어 거의 알아보기 어렵다. 뒷부분에는 '溪谷面 法谷里'라는 지명과 李平樹라는 冊主 또는 필사자의 이름이 보인다. 한 면에 아홉 줄이 쓰였으며, 단정한 필체로 판독하기에는 어려움이 없다. 내용은 상하권 체제로 이루어진 완판본 중 상권만을 필사한 것이다. 한시 구절을 쓸 때 ○ 표시를 하여 다른 구절과 구별하고 있는 것은 완판본을 그대로 따르고 있다. '범피중류' 대목에서 마감되었다.

단국대 나손문고 소장 심청전 (낙장 34장본)

〈1-앞〉

○○○○○○○ 말연의 황주 도화동의 혼 사람이 잇시되 성은 ○○○○○○○학
규○○○○○○○○○○○○○○○○○○○○○○○○○○○○ㅎ압○○○○○
○○○○○○○○○○○○○○○○○○○○○○○○○○○○○○○○○○○○
○○○○○○○○○○○○○○○○○○○○○○○○○○○○○○○○○○○○
○○○○○○○○○○○○○○○○○○○○○○○○○○○○○○○○○○○○
○○○○○○○○○○○○○○○○○○○○○○○○○○○○○○○○○○○○
○○○○○○○○○○○○○○○○○○○○○○○○

〈1-뒤〉

○○○○○○○○○○○○○○○○○○○○○○○○○○○○○○○○○○○○
○○○○○○○○○○○○○○○○○○○○○○○○○○○○○○○○○○○○
○○○○○○○○○○○○○○○○○○○○○○○○○○○○○○○○○○○○
○○○○○○○○○○○○○○○짬 고두누비 솔 올이기 ○○○○○○○○○
○○○○○○ 복 혼삼 고의 망건 쑴미기 갓끈 ○○○○○○○○○○○ 보션
힝전 줌치 쌈지 단임 허릿 ○○○○○○○볼지 휘양 복건 픙치 천의 가진
금침 베기 ○○○○○○○○○수놋키며 오사모자 각디 홍비의 흑 놋

〈2-앞〉

○○○○○○○○○○ 복 질삼 선쥬 궁초 공단 수주 남○○○○○○○○○
○○ 명주 섯초 퉁경의며 북포 황저 ○○○○○○○○○○○○○○빅저 극상세

목 짜기와 혼장더사 ○○○○○○○○○○○절 신셜노며 수팔연 봉오 ○
○○○○○○○○○○○침힝 염식ᄒ기 ○○○○○○○○○○○○○
○○○○○○손틈발○○○○○○○○○○○○○○○○○○을진○○○○
○○○○○○○○○○○○○○○○○○○○○○○○○○○○○○○○○○
○○○○○○○○○○○○○○○○○○○○○○○○○○○○○○○○○○
○○○○○○

〈2-뒤〉

○○○○○○○○○○○○○○○○○○○○○○○○○○○○○○○○○○
○○○○○○○○○○○○○○○○○○○○○○○○○○○○○○○스라
○○○○○○○○○○○○○○○○○○○난 가장 ○○○○○○○○○
○○○○○○○○○○○○든 다시 힝○○○○○○○○○○○○○○○
○○추위 극진이 공양○○○○○○○○○○○○○고상ᄒ난 일리 도로여 불○
○○○○○○○○○○만ᄒ고 사난더로 사라가되 ○○○○○○○○○○
혀륙업서 조종힝화를 좃차 ○○○○○○○○○간들 무삼 면목으로 조상을
더면

〈3-앞〉

ᄒ며 우리 양주 신시 싱각ᄒ면 초상장사 소더기며 연연이 오난 기일의 밥 ᄒ
그룻 물 ᄒ 무금 기 뉘라서 밧들잇가 명산더찰의 신공이나 드려보와 다힝이
눈면 자식이라도 남여간의 나어보면 평싱ᄒᆫ을 풀쩌스니 지성으로 비려보오 곽
씨 더답ᄒ되 옛글의 일으기를 불효삼천의 무휘위더라 ᄒ여쓰니 우리 무자홈은
다 첩의 죄악이라 응당 니침직ᄒ되 군자의 너부신 덕턱으로 직금짜지 보존ᄒ
니 자식 두고 시푼 마음이야 쥬야 간절ᄒ와 몸을 팔고 쎄를 간들 못ᄒ오릿가
마는 형시는 간구ᄒ고 가군의 정터ᄒ신 성경을 몰나 발설 못ᄒ

〈3-뒤〉

엿더니 못저 말삼ᄒ옵신니 지성신공 ᄒ오리다 ᄒ고 품 파라 모든 직물 왼갓
공 다들인다 명산디찰 영신당과 고뫼츙사 성황사며 제불보살 미역임과 칠성불
공 나ᄒ불공 제석불공 신중마지 노구마지 탁이시주 인등시주 창오시주 갓갓지
로 다 지니고 집의 드러 잇난 날은 조왕셩주 지신제을 극진이 동드리니 공든
탑이 문어지면 심든 남기 썩거질가 곱자 사월 초파일의 ᄒ 꿈을 어드니 서기
반공ᄒ고 오치 영농ᄒᄃ 일기선여 학을 타고 ᄒ날노 나려오니 몸의난 치의요
머리난 화관이라 월픠를 늣짓 차고 옥픠소리 징징ᄒᄃ 기화 일지을 손의 들고
부인게 읍ᄒ고 졋터와

〈4-앞〉

안느 거동은 두렷ᄒ 달정신이 품안의 드난 듯 남히관음이 히중의 다시 돗난
듯 심신이 황홀ᄒ야 진정키 어렵더니 션여 ᄒ난 말이 셔황묘 딸리옵더니 반도
진상 가난 길의 옥진비자를 만나 듀리 수작ᄒ여습더니 시가 좀 어기여삽기로
상제게 득죄ᄒ야 인간의 너치시미 갈 바을 몰낫더니 티힝산 노군과 후토부인
제불보살 서기여러님과 귀덕으로 지시ᄒ압기예 왓사오니 어엽비 여기옵소서
품안의 들미 놀니 씨다르니 남과일몽이라 직시 봉사님을 씨며 몽사를 의논ᄒ
니 두리 꿈이 가탄지라 그날 밤의 엇지ᄒ엿더니 과연 그달보텀 틔기가 잇서
곽씨부인 어진 마음 석부

〈4-뒤〉

정부좌ᄒ고 할부정불식ᄒ고 이불청음성ᄒ고 목불시악식ᄒ며 입불변좌불칙ᄒ
며 십식을 찬 연후의 ᄒ로난 히복기미 잇구나 이고 비야 이고 허리야 심봉사
일번 반갑고 일번 놀니여 집 ᄒ 줌 정이 추려니여 사발의 정화수를 소반의 밧
처녹코 단정이 꿀어안저 비난이다 비난이다 심신제왕전의 비난이다 곽씨부인

노산이오미 헌 초뫼의 윗씨 샌지듯 순산ᄒ여 주옵소서 비더니 뜻밧기 힝니 만 실ᄒ고 오싁안기 두류더니 흔미중의 탄성ᄒ니 과연 딸이로다 심봉사 거동 보 소 쌈을 가려 뉘여노코 만심환히 ᄒ던 차의 곽씨부인 정신 차려 뭇난 말이 여 보시요 봉사

〈5-앞〉

님 남여간 무어시요 심봉사 디쇼ᄒ고 아기 샷설 만쳐보니 손이 나류비 지니듯 문 듯 지니가니 아미도 무근 조긔가 횟조긔 나안나부 곽씨부인 설워ᄒ여 ᄒ난 말이 신공드려 만득으로 나흔 자식 딸이라 ᄒ오 심봉사 일은 말이 마누러 그 말 마오 첫치는 순산이요 딸이라도 잘 두면 언의 아들 쥬워 밧구것소 우리 이 쫄 고이 질러 애결 몬져 가르치고 침선방젹 두로ᄒ야 요조수녀 죠흔 비필 군 자호구 갈니여서 금살옥실 질거옴과 종사유젼 못ᄒ면 외손봉사 못ᄒ릿가 첫국 밥 얼는 지여 삼신상의 밧쳐녹코 이관을 정제ᄒ고 두 손 드려 비는 말리 비는 이ᄃ 비는이ᄃ

〈5-뒤〉

삼십삼쳔 도술쳔 제석젼의 발원ᄒ며 삼신제왕임니 황의동심ᄒ야 ᄃ 구버 보압 소서 사십 후의 점지흔 자식 흔두 둘리 이실 미져 셕달리 피 어리여 넉달리 인 형 삼기여 ᄃ섯둘리 외포 삼겨 여섯달의 육정 나고 일곱달 격삼겨 사만팔쳔 털이 나고 야답달의 찬짐 바다 금쾅무 희탈문 고히 열어 순산하오이 삼신임니 덕이 안이신가 다만 무남독여 딸이오나 동방삭의 명을 주워 티임의 덕힝이며 ᄃ순증삼 효힝이며 기양쳐의 절힝이며 반히의 지질이며 복은 석숭이 복을 점 지ᄒ며 축부단혈 복

〈6-앞〉

을 주워 외 붓듯 달 붓듯 잔명업시 일취월장ᄒ여 주압소서 더운 국밥 퍼녹코 산모를 먹인 후의 혼자말노 아기을 어룬다 금자동아 옥자동아 어허간간 늬 쌀이야 포진강 숙힝이가 네가 되야 환싱ᄒ엿난야 은ᄒ수 증여셩이 네가 되야 나려왓야 남젼북답 장만ᄒᆫ들 이예서 반가오며 산호지주 어더쓰니 이예서 더 반가울 어디 갓다 인자와 삼겨난야 이럿타시 길기더니 뜻밧기 산후별증이 낫구나 현철ᄒ고 음젼ᄒ신 곽씨부인 희복ᄒᆫ 초칠일 못다가서 외픔을 과이 쐬야 병이 난네 잇고 비야 잇고 머리야 잇고 가삼이야 잇고 다리야 지형업시 만지

〈6-뒤〉

며 졍신 차려 말을 ᄒ오 체ᄒ엿난가 심신임니 집탈인가 병시 점점 위즁ᄒ야 심봉사 겁을 너여 건너마을 셩셩원으로 모셔다가 짐믹ᄒᆫ 연후의 약을 쓸 제 천문동 믹문동 반ᄒ 진피 기피 빅봉영 소엽 방풍 시호 게지 힝인 도인 실농씨 상빅초로 의약을 쓴들 사병의 무약이라 병시 점점 침즁ᄒ여 홀일업시 죽게 되니 곽씨부인 ᄶᅩᄒᆫ 사지 못ᄒᆯ 줄 알고 가군의 손을 잡고 봉사님 휴유 ᄒ숨 질기 쉬고 우리 두리 서로 만나 희로빅연 ᄒ랴고 간구ᄒᆫ 살임사리 압 못보난 가장 범연ᄒ면 노음씨기 숩기로 아모쪼록 뜻슬 바다 가장 공경ᄒ랴 ᄒ

〈7-앞〉

고 풍ᄒᆫ서십 가리잔코 남촌북촌 품을 파라 밥도 밧고 반찬도 어더 식은 밥은 늬가 먹고 더운 밥은 가군 드려 비곱푸잔케 춥지안케 극진공디 ᄒ압더니 천명이 그 뿐인지 인연이 ᄭᅵ처진지 ᄒ릴업소 눈을 엇지 감고 갈가 뉘라서 헌옷 지여주며 맛진 음식 뉘라서 권ᄒ릿가 늬가 ᄒᆫ번 죽어지면 눈 어두온 우리 가장 사고무친 혈혈단신 의탁ᄒᆯ 곳 업서 박아지 손의 들고 집팡막디 부어잡고 ᄶᅥ맛추워 나가다가 굴엉의도 ᄲᅡ저 독의도 치여 업푸러저서 신시 자탄으로 우난 양은 눈으로 곳 보난 듯 가가문젼 차저가서 밥 달나는 실푼 소리 귀예 징징 들이난 듯 나 죽은 후의 혼빅인들 차마 엇지

〈7-뒤〉

듯고 보며 명산디찰 신공들려 사십의 나흔 자식 졋 흔번도 못메기고 얼골도
치 못보고 죽단 말가 전성의 무삼 죄로 시상의 삼겨나서 어미 업난 어린 거시
뉘 졋 먹고 잘아나며 간군의 일신도 춧체 못흐듸 쏘 저거슬 엇지흐며 그 몬양
엇지홀가 멀고먼 황천질의 눈물 제워 엇지 가며 압피 막켜 엇지 갈가 저 건늬
이동지집의 돈 열양 맛겨쓰니 그 돈 열양 차저다가 초상의 보터여 쓰고 도장
안의 양식 힉복쌀노 두워쓰니 못먹고 죽어가니 닉의 사정 절박흐네 첫상망이
나 지난 후의 두고 양식흐옵고 진어사쎡 관복 흔 벌 흥비 학을 놋타 못흐고 보
의 싸서 밋틔 농의 너어쓰니 나 죽어 초상 후의 차지려 오거든 염

〈8-앞〉

예 말고 너여 주고 건너마을 귀덕어미 닉기 절친흐여 단여쓰니 어런아히 안쑈
가서 졋슬 멕여 달나흐면 응당 괄시 안니 흐리니 천힝으로 이 작식이 죽지 안
코 자라나서 제발노 걸거든 압세우고 질을 무러 닉 무덤 압픠 차저와서 네의
죽은 모친 무덤이로다 가르처 몬녀 상면흐면 혼이라도 원이 업것소 천명을 어
길 질이 업서 압 못보난 가장의게 어린 자식 믹기 두고 영결흐고 도라가니 가
군의 귀흐신 몸이 이통흐여 상치 말고 천만보중 흐옵소서 차싱의 미진흔 인연
다시 만나 이별 말고 살이라 이고이고 이젓소 아히 일홈은 심천이라 지여 두
고 쩌던 옥지환이 함속의 잇쓰니 심천이 자라거든 날 본

〈8-뒤〉

다시 너여 주고 나라의서 상사흐신 돈 수복강영 티평안락 양편의 시긴 돈을
고흔 홍전 괴불줌치 주홍당사 벌미답의 끈을 다려 두오쓰니 그것도 너여 치여
주오 흐고 잡어썬 손을 후리치고 흔숨 짓고 도라누어 어린아히 자바 달려 낫

슬 혼퇴 문지르며 셔를 씰씰 차며 천지도 무심ᄒ고 귀신도 야속ᄒ다 늬가 진
직 삼기거나 늬가 좀더 살거나 너 낫차 나 죽으니 갓 업난 궁천지통을 널노ᄒ
여 풀게ᄒ니 죽난 어미 사난 자식 싱사간의 무삼 죄야 뉘 젓 먹고 살아나며 뉘
품의서 잠을 자리 이고 아가 너 젓 망존 먹고 어서어서 자러거라 두 쥴 눈물
낫시 젓난구나 혼숨지여 부난 바람 삼삼비풍 되야잇고 눈물 미져 오난 비

〈9-앞〉

난 소소체우 니리도다 하날은 나직ᄒ고 음운언 자옥ᄒ듸 숨풀의 우난 시난 정
어금ᄒ여 적막키 머무르고 셰닉의 도난 물은 소리 삽삽 잔잔ᄒ여 온전이 흘너
가니 ᄒ물며 사람이야 엇지 안이 설어ᄒ리 픽각질 두세번의 숨이 덜걱 지니
심봉사 그제야 죽은 쥴 알고 이고 마누리 춤으로 죽언난가 이게 웬 일인고 가
삼을 쾅쾅 두다리며 머리 탕탕 부드치며 니리궁글 치궁글며 업더지며 잡바지
며 발 구르며 고통ᄒ며 여 마누리 그듸 살고 늬가 죽으면 저 자식을 키울 거슬
늬가 살고 그듸 죽어 저 자식 엇지 키잔 말고 이고이고 모진 목숨 사자ᄒ니 무
엇 먹고 살며 홈기 죽자ᄒ들 어린 자식 엇지홀가 이고 동지섯달 찬바람의 무
엇 입펴 키여니

〈9-뒤〉

며 달은 지고 침침혼 빈 방안의서 젓 먹자 우난 소리 누 젓 먹여 살여닐가 마
오마오 제발 덕분 죽지마오 평싱 정혼 뜻시 시직동혈 ᄒ자더니 염나국이 어드
라고 날 바리고 저것 두고 죽단 말가 인제 가면 언제 오리 이고 청춘작본 호환
힝의 봄을 ᄯᅥ러 오야난가 청천유월 니기사의 달을 씌고 오랴난가 꼿도 젓다
듯시 피여 희도 젓듯 다시 돗건마는 우리 마누리 가신듸는 가면 다시 못오는
가 삼천벽도 요지연의 서황묘을 ᄯᅡ라간가 월궁항아 짝이 되야 도약ᄒ려 올나
간가 황능묘 이비 홈기 회포 말ᄒ려간가 회사정 호천ᄒ던 사씨부인 차자간가
나는 뉘를 차자갈

〈10-앞〉

가 익고익고 셜운지고 이러타시 익통홀 제 도화동 사람더리 남녀노소 업시 묘
와 낙누ᄒ며 ᄒ는 마리 현철ᄒ든 과씨부인 불상이도 죽어구나 우리 동닉 빅여
호라 십시일반으로 감장이나 ᄒ여주시 공논이 여출일구ᄒ야 외금관곽 정이ᄒ
야 힝양지지 가리여 삼일만의 출상홀 제 힉로가 실픈 소리 원어원어 원어리
넘차 원어 북망산이 머더더니 건산이 북망이세 원어원어 원어리 넘차 원어 황
쳔질이 머다더니 방문 밧기 황쳔이라 원어원어원어 불상ᄒ다 곽씨부인 힝실도
음전ᄒ고 지질도 기이터니 늑도점도 안이ᄒ여서 영결종쳔 ᄒ여ᄊ구나 원어원어
원어 원어리 넘차 원어 이리저리 건늬 갈제 심봉사 거

〈10-뒤〉

동 보소 어린 아ᄒ 강보의 쎄인 치 귀덕어미 믹겨 두고 집팡막더 홋터집고 논
쓸밧쓸 좃차와서 상여 뒤치 부어잡고 목은 쉬여 크게 우던 못ᄒ고 여보 마누
리 닉가 죽고 마누리가 사려야 어린자식 살여닐 제 쳔ᄒ쳔지 몸실 마누리 그
디 죽고 닉가 살어 초칠일 못다간 어린 자식 압 못보난 닉가 엇지 키워 닐고
익고익고 설이 울제 산처의 당도ᄒ야 안장ᄒ고 봉분을 다ᄒ 후의 심봉사 제을
지닉되 설룬 정으로 제문 지여 익던 거시엿다 ○차호분인 차호부인 요차조지
승여ᄒ여 싱불고어고인이라 ○기빅연이희로터니 흘연몰혜언귀요 ○유치자이
영세혜여 이것실 엇지 실너닉 명귀불귀혜쳔

〈11-앞〉

디혜여 언으 쎄나 오랴는가 ○탁송추이위가ᄒ여 자는 다시 누엇고 ○상음음이
적막ᄒ여 보고 듯기 어려워라 ○누삼삼이쳠금ᄒ여 젓난 눈물 피가 되고 심경
경이소원ᄒ여 살 기리 젼이 업다 ○소회인이지피ᄒ여 바릭본들 어이ᄒ며 ○어

장주이울도ᄒᆞ여 뉘 의지ᄒᆞ잔 말고 ○빅양노이월낙ᄒᆞ여 산적적 밤 집푼듸 ○어
추추이쥬유ᄒᆞ여 무슨 말을 ᄒᆞ소ᄒᆞᆫ들 ○격유현이녹수ᄒᆞ여 게 뉘라서 워로ᄒᆞ리
○서리삼지삼봉ᄒᆞ여 차싱의 다ᄒᆞᆫ 일 업ᄂᆡ ○주과포혜박잔혜여 만이 먹고 도라
가오 제문을 막 의더니 모들쓰기 ᄒᆞ여 이고이고 이게 웬 일인고 가오가오 날
바리고 가난 부인 훈탄ᄒᆞ여 무

⟨11-뒤⟩

엇ᄒᆞ리 황천으로 가는 기리 각점이 업스니 뉘 집의 가 자고가오 가는 듸 날 일
너 주오 무수이 이통ᄒᆞ니 장사회긱더리 말여 도라와서 집이라 드러가니 부먹
은 적적ᄒᆞ고 방은 텡 비엿구나 어린 아ᄒᆡ 달려가다 헝덩글러진 방안의 티빅산
갈가무기 게발 무러 던진 다시 홀노 누어쓰니 마음미 윈전ᄒᆞ리 벌덕 이러서더
니 이불도 만저 보며 베기도 더두무며 예 덥던 금침은 의구이 잇다마는 독수
공방 널과 혼ᄭᅴ 덥고사면 농짝도 쾅쾅 치며 반어질 상지도 덥벅 만저보고 빗
든 빗접도 핑등글 던저보고 밧듯 밥상도 더듬더듬 만저 보고 부억을 힝

⟨12-앞⟩

ᄒᆞ야 공연이 불노도 보며 이웃집 차저가서 공연이 우리 마누리 예 왓소 무러
도 보고 어린아ᄒᆡ 품의 품고 너의 어만이 무상ᄒᆞ다 너를 두고 죽엇제 오날은
젓슬 어더 먹어쓰나 ᄂᆡ일은 뉘 집의 가 젓슬 어더 먹여올가 이고이고 야속ᄒᆞ
고 무상훈 귀신 우리 마누리를 잡아갓구나 이러처로 이통ᄒᆞ다가 풀처 싱각ᄒᆞ
되 사사자는 불가부싱이라 홀일 업건이와 이 자식이나 잘 키여ᄂᆡ리라 ᄒᆞ고 어
린아ᄒᆡ 잇난 집을 차례로 무러 동영젓슬 어더 먹일 제기 눈 어두어 보든 못ᄒᆞ
고 귀는 발가 눈치로 간음ᄒᆞ고 안자다가 마참 날도들 적의 들너난 소리 얼는
듯고 나서면서 여보시요 마우리님 여보 아씨님네 이 자식

⟨12-뒤⟩

젓슬 좀 먹여 주오 날노 본들 엇지ᄒ며 우리 마누리 사려쁠 제 인심으로 싱각
ᄒ며 어미 업난 어린 거신들 안이 불상ᄒ오 딕 집의 귀ᄒ신 아기 먹이고 나문
젓 ᄒ통 먹여주오 ᄒ니 뉘 안이 먹여주리 ᄯ 육칠월 지심의난 연인 슈일 참 차
저가서 인근ᄒ게 어더 먹이고 ᄯ 시니가의 ᄲᆰ니ᄒ는 듸도 차저가먹 언던 부인
은 달니다가 ᄡᆸᄡᅵ 먹여 주며 후일도 차저오라 ᄒ고 ᄯ 엇던 여인은 말ᄒ되
인자 막 우리 아기 먹여쁘니 젓시 업노라 ᄒ여 심쳔이 젓슬 만이 어더 먹인 후
이 아히 비가 불녹ᄒ면 심봉사 조화라고 양지 바른 어덕 밋틔 쏙그려 안져 아
기를 열을

〈13-앞〉

제 아가아가 자는야 아가아가 웃는야 어서 커서 제의 모친갓치 현철ᄒ야 효힝
잇서 아비의게 귀ᄒ불 뵈야랴 언의 조모 잇서 보며 언의 외자 잇서 믹길손가
ᄒ로 뵈일 사람 업서쁘니 아히 젓슬 어더 먹여 뉘이고 시시이 동영홀 제 삼비
젼디 두 동 지여 ᄒ 머리는 쌀을 밧고 ᄒ 머리는 베을 바다 모이고 ᄒ달 육장
단이며 견젼이 ᄒ푼 어더 묘와 아히 맘죽차로 징엿푼엇치 홍흡도 사고 일엇타
시 지니나며 미월 상망 소디기를 염예업시 지니더니 ᄯ 심쳔이는 장니 귀이
될 사람이라 쳔지 귀신이 도와주고 제불보살이 음조ᄒ여 잔병업시 자라나 제
발노 거러 잔주룸을 지니고 무정시월 약유파라 언의더시 육

〈13-뒤〉

칠세라 얼골이 국식이요 인사가 민첩ᄒ고 효힝이 출쳔ᄒ고 소젼이 탁월ᄒ고
인자ᄒ미 기린이라 부친의 조석공양과 모친의 기제사를 의법으로 홀 졸을 아
니 충찬ᄒ리요 ᄒ로난 부친게 엿자오디 미물 짐싱 가마구도 공임 저문 날의
반포할 조를 아니 ᄒ물며 사람이야 미물만 못ᄒ오릿가 아부지 눈 어두신디 넙
빌노 가시다가 놉푼디 집푼디와 조분질노 쳔방지방 단이다가 업푸러저 상키
쉽소 만일 날 구짓 날 비바람 불고 서리친 날 치워 병이 나실가 쥬야로 염예오

니 니 나히 칠팔신라 싱아육아 부모은덕 이제 봉힝 못흥

〈14-앞〉

면 일후 불힝흥실 날의 이통흔들 갑사오릿가 오날보텀 아부지는 집이나 직키
시면 니가 나서서 밥을 빌여다가 조석근심 덜게흥오리다 심봉사 웃고 흥는 말
리 네 말이야 기특흥다 인정은 그려흥나 어린 너을 니보니고 안자 바더 먹난
마음 니 엇지 편흥리요 그런 말 다시 말나 또 엿자오디 자로난 현인으로 비이
예 부미흥고 제형은 어린 여자로디 낙양옥중의 갓친 아비 제 몸을 파라 속죄
흥니 그런 일 싱각흥면 스롬이 고금이 다르릿가 고집지 말으소서 심봉사 올이
여겨 기특흥다 니 쭐이야 효여로다 니 쭐이야 네 말더로 그려흥여라 심천이
이날보텀 밥 빌노 나설 제 원산의 히 비치고 압마올 연

〈14-뒤〉

기 나면 헌 비중의 단임 치고 말만 나문 뵈초미 압섭업난 저고리을 이렁저렁
얼미고 청목휘양 둘너쓰고 보손업시 발을 벗고 뒤칙업난 신을 글고 헌 박아지
엽푸 씨고 단지 놋끈 미여 손의 들고 음동설흔 모진 날의 치운 조를 모로고 이
집 저집 무압무압 드러가서 인근이 비난 말이 모친 시상 바리시고 우리 분친
눈 어두워 압 못보신 줄 뉘 모르시릿가 심시일반이오니 밥 흔술 덜 잡수시고
주시면 뉘 어두온 니의 부친 시장을 면흥것소 보고 듯난 사롭드리 마암이 감
격흥야 그릇밥 짐치장 앗기지 안코 주며 혹은 먹고 가라흥면

〈15-앞〉

심청이 흥는 말리 치운 방의 늘근 부친 응당 기달일 거쓰니 나 혼자 먹사오릿
가 어셔 밧비 도라가셕 아부 흥기 먹것는이듯 일여쳐료 어든 밥이 두세집 어
드니 족흥지라 속속키 도라와서 방문 압퓌 드려오며 아부지 춥지 안소 아부지

시장 안소 아부지 기달엿소 자연이 드디엿소 심봉사 쌀을 보니고 마음 둘디
업서 탄복ᄒ더니 소리 얼는 반기듯고 문을 펼적 열고 두 손 덥벅 잡고 손 시렵
지야 입 디고 훌훌 불며 발도 차다 어로만지며 시를 끌쩔 차며 눈물 지여 이고
이고 이답도다 너의 모

〈15-뒤〉

친 무상ᄒ다 너의 팔자야 널노 ᄒ여금 밥을 비려먹고 사잔 말가 이고이고 모
진 목숨 구차이 사려나서 자식 고상 시기난고 심쳔이 극진ᄒ 효성 부친을 위
로ᄒ되 아부지 그 말삼 마오 부모을 봉양ᄒ고 자식의 효됴 밧난게 천이의 쩟
쩟ᄒ고 인사의 당연ᄒ니 너머 걱정 마오 진지나 잡수시요 ᄒ며 제의 부친 손
을 잡고 이거슨 짐치요 이난 간장이오며 시장ᄒ신듸 만이 잡수시요 이러타시
공양ᄒ며 춘화추동 사시절의 업시 동너거린 되야쩌니 흔히 두히 네디히 지너
가니 지질이 민첩ᄒ고 침선이 능

〈16-앞〉

난ᄒ니 동너 바누질을 공밥 먹지 안이ᄒ고 싹을 주면 바다 뫼와 부친 의복 찬
수ᄒ고 일업난 날언 밥을 비러 근근이 연명ᄒ여가니 세월이 열류ᄒ야 십요세
의 당ᄒ더니 얼골이 추월ᄒ야 효힝이 틔기ᄒ고 동정이 안혼ᄒ야 인사가 비법
ᄒ니 천싱여질리 가라처 힝홀손야 녀중의 군자요 시중의 봉황이라 이려ᄒ 소
문이 원근의 자자ᄒ니 일일은 월평 무릉촌 장승상쩍 시비 드러와 부인 명을
바다 심소제를 청ᄒ거늘 심쳔이 부친게 엿자오디 어룬이 부르신직 시비흠기
가 단여오것난이다 만일 가서 더디여도 잡수시던 나문 진지 반찬 시저 상을
보와 탁자 우의 두

〈16-뒤〉

어쁘니 시장ᄒ시거든 잡수시요 부디 나 오기을 기다려 조심ᄒᆞᆸ소서 ᄒ고 시비을 따라갈 제 시비 손 더러 가라치난 디 바라보니 문압픠 심은 버들 염율ᄒ 시상촌을 젼ᄒ여 잇고 디문 안이 드러서니 좌편의 벽오동은 말근 이실리 쑥쑥 써러저 학의 꿈을 놀니 찌고 우편의 셧난 반송 청풍이 건 듯 부니 노용이 꿈이 난 듯 중문안의 드러서니 참 압픠 심은 좌초 일난초 봉미장은 속입피 쎄여나고 고류압픠 부용당은 빅구가 흔흔흔디 하엽이 출수 소의젼으로 놉픠 써서 동실넙젹 진경은 쌍쌍 금부어 둥둥 안즁

⟨17-앞⟩

문 드러서니 가사도 굉장ᄒ고 수호문창도 찬난흔디 반빅이 나문 부인 의상이 단정ᄒ고 기부가 풍영ᄒ야 복이 만흔지라 심소졔을 보고 반겨ᄒ야 손을 죄며 네 과연 심쳔이야 듯던 말과 갓도 갓다 ᄒ시며 좌를 주워 안친 후의 가궁ᄒ물 위로ᄒ고 자시이 살피니 쳔상의 봉용국셩일시 분명ᄒ다 염용ᄒ고 안진 거동 빅셕쳥강 시빗 뒤의 모욕ᄒ고 안진 졔비 사람 보고 놀니난 듯 황홀흔 저 얼골은 쳔심의 도든 달리 슈면의 빗쳐 잇고 추파을 홀이 친이 시벽빗 말근 흔날의 경경흔 시별갓고 양협의 고흔 빗쳔 노양연봉 추분홍의 부용이 시로 핀 듯 쳥산

⟨17-뒤⟩

미간의 눈섭은 초싱달 졍신이요 삼삼녹발은 시로 자난 난초갓고 직약 쌍쌍빈는 미야미 귀밋치라 입을 별여 웃난 양은 모란화 흔 슝이가 흐로밤 빗기운의 피고저 버러지난 듯 호치을 여러 말을 ᄒ니 농산의 잉무로다 부인이 층찬왈 네 젼셰를 모로난야 분명이 션여로다 도화동의 적흑하니 월궁의 노던 션여 벗ᄒ나를 니러구나 오날 너을 보니 위연흔 일 안이로디 무릉촌의 니가 잇서 도화동의 네가 나니 무릉촌의 봄이 들고 도화동의 기화로다 덜쳔지지졍긔ᄒ니 비법흔 네로구나 니 말을 들어셔라 승상이 일일직 기셰ᄒ시

〈18-앞〉

며 아달이 삼형제라 황성의 여환ᄒ여 달은 자식 손자 업고 실ᄒ의 지미 업서 눈 압퓌 말벗 업고 각방의 며나리는 혼정신성 ᄒᆫ 후 다 각기 제 일ᄒ니 적적ᄒᆫ 빈 방의 더ᄒ나니 촉불이요 보나니 고서로다 네의 신셰 싱각ᄒ니 양반의 후예로 저럿탓 궁곤ᄒ니 엇지 안이 불상ᄒ야 너의 수양ᄯᅡᆯ 되면 녀공이며 문산을 흑십ᄒ야 기출갓치 길너니여 말연지미 보려ᄒ니 네 ᄯᅳᆺ시 엇더ᄒᆫ요 심소제 일어나 제비ᄒ고 엿자오되 명도 기구ᄒ여 나흔 제 초칠일 안의 모친이 불힝ᄒ야 셰상 바리시미 눈 어둔 너의 부친 동영젓 어더 먹여 게우 살어쓰니 모야 천지 얼골

〈18-뒤〉

도 모르미 궁천지통 ᄭᅳᆫ칠 날이 업삽기로 너의 부모 싱각ᄒ야 남의 부모도 공경터니 오날 승상부인게압셔 권ᄒ신 쓰시 미천ᄒᆫ 줄 ᄒ지 안코 ᄯᅡᆯ을 삼으려 ᄒ시고 모친을 다시 뵈온 듯 황송감격ᄒ와 마암을 들고 지천이 업셔 부인의 말삼을 좃차ᄒ며 몸은 영귀오나 안혼ᄒ신 우리 부친 조석공양과 사절의복 뉘라서 이우릿가 구휼ᄒ신 은덕은 사람마당 잇거이와 지여날ᄒ여 난당이별논이라 부친 모시압기을 모친 겸 모시압고 우리 부친 날 밋기을 아달 겸 밋사오니 니가 부친 곳 안이시면 이제까지 살어쓰며 너가 만일 업거듸면 우리 부친 나문 힝을 맛칠 기리 업사오며 요조의 사정

〈19-앞〉

서로 의지ᄒ여 니 몸이 맛도록 기리 모시려 ᄒ옵난이다 말을 맛치미 눈물이 옥면의 졋난 거동은 춘풍세우가 도화의 밋쳐다가 점점이 ᄶᅥ러지난 듯ᄒ니 부인도 ᄯᅩᄒᆫ 긍칙ᄒ야 등을 어로만지면셔 혼녀로다 네 말리여 응당 그려홀듯ᄒ

다 노혼훈 너의 말이 밋쳐 싱각지 못흐엿다 그렁저렁 날이 저무러지니 심천이 엿자오디 부인의 착흔신 덕을 입어 종일토록 모셔쓰니 영광이 만흐기로 일역이 다흐오니 급피 도라가 부친의 지달이시던 마암을 위로코저 흐난이다 부인이 말이지 못흐야 마음의 연연이 여기사 치단과 필옥이며 양식을 후이 주

〈19-뒤〉

이 주워 시비 흠기 보닐 적의 네 부디 날을 엇지 말 모녀간 의을 두며 노인 쓰시 이갓치 밋쳐쓰니 가르치시믈 밧자오리다 절흐여 흐직흐고 망연이 오더이라 잇쩌의 심천을 지달일 졔 비 곱파 등의 붓고 방은 추워 턱이 썰여지고 잘시는 나라들고 먼디 절 쇠북소리 들이며 이 저문 줄 짐작흐고 혼자 흐는 말이 니 딸 심천이는 무삼 일의 골몰흐여 나리 저문 줄 짐작흐고 주인의게 잡피여 못오난가 져물게 오난 길의 동무의게 잠착흔가 풍설의 가난 사람 보고 짓난 게소리의 심천이 오난야 반기 듯고 무단흘사 쩌러진 엽창의 와 풍설 석거 부드치니 심천이 온 잣최 힝여 긴가 흐야 반겨 나서면서 심천이 너 오난야 직막공정의 인적이 업

〈20-앞〉

셔쓰니 헛분 마암 아득키 속아구나 집팡막디 차저 집고 사립 박기 나서다가 지리 나문 기천의 밀친다시 쩌러지니 면상의 흑빗시요 이복이 어림이라 쮜들도로 썬지며 나오자직 쓰러저 홀 일 업시 죽게되여 아모리 소리흔들 일모도궁 흐니 뉘라서 건저주리 진소위 할인지불은 곳곳마당 잇난지라 마참 잇쩌 몽운사 화주승이 졀을 중창흐랴 흐고 권션문 드러 메고 나려 왓다 청산은 암암흐고 설워은 도라올 제 석경 빗긴 질노 절을 차져 가는 차의 풍편 실풍소리 사람을 구흐랴 흐거늘 화주승 자비훈 마암의 소리 나난 곳슬 차저 가더니 엇던 사람이 기천의 쩐저서 거의

〈20-뒤〉

죽게 되엿거날 져 즁의 급흔 마음 구졀죽장 빅골이 압○○ 쳘쳘 더져 두고 굴갓수먹 장삼 실쯰 달인 체 버서녹코 육날 메투리 힝젼 단임 보션 훨훨 버서 녹코 고두누비 바지 져고리 거듬거듬 훨신 추고 월의을 깁퍼 달여드러 심봉사 곳초 상토 덥벅 잡어 깁퍼 건져노니 젼의 보던 심봉사라 봉사 졍신 차려 뭇난 마리 게 뉘시요 흐니 즁이 디답ᄒ되 몽운사 화쥬승이요 그럿체 활인지불이로 곳 죽을 사람 살여노니 은혜 빅골난망이라 화쥬승이 심봉사를 업고 방안의다가 안치고 쩐진 연고을 무르니 심봉사 신셰을 자탄ᄒ다가 젼후마을 ᄒ니 그 즁이 봉사다려 ᄒ는 마리 불상ᄒ오 우리 졀 붓쳬임은

〈21-앞〉

영검이 만ᄒ옵서 비려 안이 되난 일이 업고 구ᄒ면 응ᄒ나니 고양미 삼빅셕을 붓쳬님게 올이옵고 지셩으로 불공ᄒ면 졍영 눈을 쪄서 완인이 되야 쳔지만물을 보오리라 심봉사 졍세는 싱각지 안코 눈 쯘단 말의 혹ᄒ여 그러면 삼빅셕을 젹어가시요 화쥬승이 허허 웃고 여보시요 덕의 가시을 살펴보니 삼빅셕을 무시 수로 ᄒ것소 심봉사 홧짐의 ᄒ는 말이 여보시요 언의 쇠아들놈의 붓쳬님게 젹어녹코 빈말 ᄒ것소 눈 쩔나다가 안진빙이 되게요 사람만 업수이 여기난고 염예 말고 젹의시요 화쥬승이 발랑을 펼쳐노코 제일층 불근 씨의 심흑규 빅미 삼빅셕이라 젹어 가지고 ᄒ직ᄒ고 간 연

〈21-뒤〉

후의 심봉사 즁을 보니고 다시 싱각ᄒ니 시쥬 쌀 삼빅셜셕을 관츌홀 지리 업서 복을 비려다가 도로여 죄을 어들 거시니 이 일을 어이 ᄒ리 이 서름 져 서름 무건 서름 희 서름이 동무지여 얼어나니 젼디지 못ᄒ야 우름다 이고이고 닉 팔자야 망영홀사 닉 팔자야 쳔심이 지공ᄒ사 후박이 업건마는 무삼일노 밍

인이 되야 성세좃차 간구ᄒ고 일월갓치 발건 거슬 분별홀 길 전이 업고 쳐자
갓틋 지졍간을 더ᄒ의도 못 보건니 우리 망쳐 사러씨면 조석그님 업슬 거슬
다 커가난 ᄯᅡᆯ자식을 동니의 너노와서 품을 팔고 밥을 비려다가 근근이 호구ᄒ
난 즁의 고양미 삼빅셕을 호기 잇게 적어 노코 빅가지로 싱각ᄒᆫ들 방

〈22-앞〉

칙이 업구나 빈 단지을 기우린들 ᄒᆫ 되 곡식이 바이 업고 장농을 기우린인들
ᄒᆫ 푼이 잇시리 일간두옥 팔자ᄒᆫ들 풍우을 못피커든 살 사람이 뉘 잇스리 니
몸을 파자ᄒ니 푼젼 ᄊᆞ지 안이ᄒ니 너라도 사지 안이ᄒ랴거든 엇더ᄒᆫ 사람은
팔자 조와 이목이 완젼ᄒ고 수족이 구비ᄒ여 부부 희로ᄒ고 자손이 만당ᄒ고
곡식이 진진ᄒ고 지물이 영영ᄒ여 용지불갈 취지무궁 기리온 것 업것마는 이
고이고 니 팔자야 날갓턴 이도 잇난가 안진빙이 ᄭᅩᆸ사동이 셜업다 ᄒᆫ들 부모쳐
자 바로 보고 말 못ᄒᆫ 벙어리도 셜업다 ᄒᆫ들 쳔지만물 보와잇니 훈챵 이로
처로 탄식홀 졔 심쳔이 밧비 와서 제의 부친 몬양 보

〈22-뒤〉

고 ᄭᅡᆷ작 놀니여 발 구르면서 편신을 두로 만지며 아부지 이게 웬 일이오 나를
차져 나오시다가 이런 욕을 보와겻소 이웃집의 가겻다가 일언 봉변을 당ᄒ셧
소 춥깃들 오직ᄒ며 분ᄒ인들 오직ᄒ릿가 승상딕 노부인이 구지 잡고 말유ᄒ
여 어연간의 더더엿소 승상딕 시비 불너 부억의 잇난 나무로 불 ᄒᆫ 부억 너어
주소 부탁ᄒ고 초미폭을 거듬거듬 거더잡고 눈물 헌적 시치면서 진지을 잡수
시요 더운 진지 가저왓소 국을 몬져 잡수시요 손을 ᄭᅳ러다가 가러치며 이거슨
짐치요 이거슨 자반이요 심봉사 만면수식 밥 먹을 ᄯᅳᆺ 전이 업서ᄡᅳ니 아부지
웬 일리요 어디 압퍼 그러신가 더더 왓다고 이렷타시 진로ᄒ신

〈23-앞〉

가 안이로다 네 알어 쓸디 업다 아부지 그게 무삼 말삼인요 부자간 쳘윤이야
무삼 허물 잇사오릿가 아부지는 날만 밋고 나는 아부지만 밋고 디소사을 의논
터니 오늘날 말삼이 네 알어 쓸디 업다고 ᄒ시오니 부모근심은 곳 자식의 근
심이라 제 아모리 불효ᄒ들 말삼을 안이ᄒ시니 제 마옴의 섭수이다 심봉사 그
제야 너가 무삼 일을 너을 소기랴마는 만일 늬가 알거드면 지극ᄒ 늬의 마암
의 걱정만 되것기로 말ᄒ지 못ᄒ엿다 앗가 너를 지다리다가 저물도록 안이오
기에 하 각갑ᄒ여 너를 마저 나갓다가 질이 너문 게천의 섄저 거의 죽게 되엿
더니 섇박기 몽운사 화쥬승이 나를 건저 살여녹코 ᄒ는 말이 고양미

⟨23-뒤⟩

삼빅석을 진심으로 시쥬ᄒ면 싱젼의 눈을 쩌서 천지만물을 보리라 ᄒ던구나
햇짐의 적어쩌니 즁을 보니고 싱각ᄒ니 푼젼이 업난 즁의 삼빅석이 어더서 난
단 말인야 도로여 후회로다 ᄒ니 심천이 반기 듯고 부친을 위로ᄒ되 아부지
걱정 마르시고 진지나 잡수시요 후회ᄒ면 진심이 못되오니다 아부지 어두온
눈을 쩌서 천지만물을 보량이면 고양미 삼빅석을 아무조록 준비ᄒ여 몽운사로
올이리라 네 아무리 ᄒ들 빅척간두의 홀 수가 잇슬손야 심천이 엿자오디 왕상
은 고빙ᄒ고 어름 궁기여 이어 엇고 과거라 ᄒ난 사람은 부모 반찬ᄒ여 노으
면 제 자식이 상머리예 먹는

⟨24-앞⟩

다고 산치 무드려 홀 제 금항을 어드다가 부모봉양 ᄒ여쓰니 사친지효가 옛사
람만 못ᄒ나 지성이면 감천이라 ᄒ오니 고양미는 자연이 엇사오리다 집피 근
심 마옵소서 만단 위로ᄒ고 그날보팀 모욕제기 전조단발ᄒ며 집을 소쇄ᄒ며
후원의 단을 무어 북두칠성 힝야반의 만뢰구적ᄒ디 등불을 발겨 쓰고 정화수
ᄒ 그럿시 북힝ᄒ야 비난 말이 간기 모월 모일의 심천은 근고우제비ᄒ노니 천
지 일월성신이며 ᄒ지후토산영성황 오방강신 ᄒ빅이며 제일의 석가여러 삼금

강 칠보살 팔부신장 십왕성군 강임도렴 수차 공양 ᄒᆞ옵소서 ᄒᆞ날임이 일월 두
미 사람의 안목이라 일월이 업사오면 무삼 분별 ᄒᆞ오릿

〈24-뒤〉

가 아비 무자셩신 삼십안의 안밍ᄒᆞ야 시물을 못ᄒᆞ오니 아비 허물을 니 몸으로
디신ᄒᆞ옵고 아비 눈을 발켜 쥬옵소서 이럿타시 빌기을 마지 안이ᄒᆞ더니 ᄒᆞ로
난 드르니 남경 상고 선인더리 십오시 쳐자을 사려 ᄒᆞᆫ다 ᄒᆞ거늘 심쳔이 그 말
반기 듯고 귀덕어미 시이 너어 사람 사랴 ᄒᆞᆫ 곡절을 무른직 우리난 남경 선
인으로 인당수 지너갈 제 가숙으로 제ᄒᆞ면 무변디히을 무사이 월셥ᄒᆞ고 십십
만금 퇴을 너기로 몸 팔여 ᄒᆞᄂᆞᆫ 쳐여 이쓰면 갑슬 앗기지 안코 주노라 ᄒᆞ거늘
심쳔이 반겨 듯고 말을 ᄒᆞ되 나는 본촌 사람일너니 우리 부친 안밍ᄒᆞ사 고양
미 삼빅석을 지성으로 불공ᄒᆞ면 눈을 써서 보리라 ᄒᆞ되 가세 철빈ᄒᆞ여

〈25-앞〉

판출홀 길이 젼이 업서 니 몸 팔여ᄒᆞ니 나를 사가미 엇더ᄒᆞ요 선인들이 이 말
을 듯고 효성이 지극ᄒᆞ나 가긍ᄒᆞ다 ᄒᆞ며 허락ᄒᆞ고 직시 쌀 삼빅석을 몽운사로
수운ᄒᆞ고 금년 삼월 십오일의 발선ᄒᆞᆫ다 ᄒᆞ고 가거늘 심쳔이 부친게 엿자오디
고양미 삼빅석을 이무 수운ᄒᆞ여쓰니 이제난 근심치 마르옵소서 심봉사 깜작
놀너여 네 그말이 웬 말인야 심쳔갓탄 천출지효여가 엇지 부친을 속이랴마는
사세부득이라 잠간 궤술노 속여 디답ᄒᆞ되 장승딕 노부인이 월젼의 날다려 수
양쌀을 사무려 ᄒᆞ시난디 차마 허락지 안이ᄒᆞ엿삽더니 금자는 사셰 고양미 삼
빅석을 주선홀

〈25-뒤〉

기리 젼이 업서 이 사연을 노부인게 엿자온직 빅미 삼빅석을 너여쥬시기로 수

양쌀노 팔여난이다 ᄒ니 심봉사 물식 모로고 이 말 반기 듯고 그러ᄒ면 거록
ᄒ다 그 부인은 일국 시상의 부인이라 아미도 달으미라 후록이 만ᄒ것다 저러
ᄒ기예 그 자제 삼형졔가 환로의 등양ᄒ난이라 그러ᄒ나 양반의 자식으로 몸
을 팔엿단 말이 천만의 고히ᄒ다마는 장승상쩍 수양쌀노 팔인 게야 관기ᄒ랴
인졔나 가넌야 니월 망일노 다려간다 ᄒ더니다 어 그일 미우 잘 되얏다 심쳔
이 그날보텀 곰곰 싱각ᄒ니 눈 어두온 빅발부친 영결ᄒ고 줄을 일과 사람이
세상의 나서 십오세의 죽을

〈26-앞〉

일이 정신이 아득ᄒ고 일이도 쓰시 업서 식음을 젼폐ᄒ고 수심으로 지너더니
다시 싱각ᄒ되 업지러진 물이요 쏘와논 살이로다 날이 점점 갓가오니 이러ᄒ
여 못ᄒ것다 니가 살어쓸 제 부친의 이복 쌜나나 ᄒ리라 하고 춘추의복 상쳡
것 ᄒ졀의복 ᄒ삼고의 박어지여 달여녹코 동졀의복 소음 두어 보의 싸서 농의
넛코 쳥목으로 갓씀 졉어 각근 달어 벽의 걸고 망건 쑤며 당줄 달어 거러두고
힝션나를 세알이니 ᄒ로밤이 지격ᄒ지라 밤은 젹젹 삼경인디 은하수 기우러졋
다 촉불만 디ᄒ여 두 무릅 마조 쑬고 아미을 수기리고 ᄒ숨을 질게 쉬니 아무
리 효녀라도 마음이 온젼홀손야 부친의 보선이나 망종 지으리라

〈26-뒤〉

ᄒ고 바늘의 실을 쮜여드니 가삼이 답답ᄒ고 두 눈이 침침 정신이 아득ᄒ여
ᄒ음업시 우름이 간장으로 좃차 소사나니 부친이 씰가 ᄒ여 크게 우던 못ᄒ고
경경오열ᄒ여 얼골도 디여보며 수족도 만져보며 날볼 날 멋밤인요 니가 ᄒ번
죽어지면 뉘을 밋고 살어실가 이답도다 우리 부친 니가 철을 안 연후의 밥 빌
기을 노으시던이 니일붓텀이라도 동닉걸인 되게쓰니 눈치들 오직ᄒ며 멸신들
오직홀가 무삼 험ᄒ 팔자로서 초칠일 안의 모친 죽고 부친좃차 이별ᄒ니 이런
일도 잇실가 힝양낙일수운기난 소통쳔의 모자이별 편삽수유소일인은 용산의

형제이별 서출양관무고인은 위성의 붕우이별 정긱관산노기즁은 오히얼너 부
부이별 이런 이별 만컨

〈27-앞〉

마는 사라 당흔 이별이야 소식 들을 날이 잇고 상면할 날 잇것마는 우리 부여
이별이야 언의날의 소식 알며 언의 쩌의 상면홀가 도라가신 우리 모친 황천으
로 가겨시고 나는 이제 죽쩌드면 수궁으로 갈 거시니 수궁의셔 황천가기 멋말
이 멋천이나 되든고 몬여 상면흐랴 흔들 모친이 나를 엇지 알며 너가 엇지 모
친을 알이 만일 뭇고 무러 차저가서 몬여 상면흐는 날의 응당 부친 소식을 무
러실 거신이 무삼 말삼으로 더답흐리 오날밤 오경시을 함지의다 머루르고 니
일 앗참 돗난 회을 부상지의다 미량이면 에여쁄사 우리 부친 좀더 모서 보련
마는 일거월너을 뉘라서 막을손야 이고이고 서룬지거 천지가

〈27-뒤〉

사정이 업서 이윽고 닭기 우니 심천이 홀 길 업서 닭가닭가 우지마라 제발 덕
분의 우지마라 반야진관의 밍상군이 안이로다 너가 울면 날이 시고 날이 시면
너가 죽난다 죽기는 섭지 안이 흐여도 의지업신 우리 부친 잇고 가잔말가 언
의쩌시 동방이 발가오니 심천이 제의 부친 진지나 망종 지여 드리리라 흐고
문을 열고 나서더니 발서 선인드리 사립 박거서 흐는 마리 오날이 힝선날이오
니 수이 가게 흐옵소서 흐거늘 심천이 이 말을 듯고 얼골이 빗시 업서지고 사
지의 믹이 업서 목이 멕케고 정신이 어질흐야 선인들을 제우 불너 여보시오
선인임늬 나도 오날이 힝선날린 줄 이무 알어썬이와 니 몸 팔인 조를 우리 부
친이 아직 모르시오니 만

〈28-앞〉

일 알르시거드면 지러 야단이 날 거시니 잠간 짓체ㅎ옵소서 부친 진지나 망종 지여 잡수신 연후의 말삼 엿잡고 쩌나게 ㅎ오리다 ㅎ니 선인더리 그러ㅎ옵소 서 ㅎ거늘 심천이 드러와 눈물노 밥을 지여 부친게 올이고 상머리의 마조 안 저 아무쏘록 진지 만이 잡수시게 ㅎ노라고 자반도 쩌여 입의 넛코 짐쌈도 싼 서 수저의 노의며 진지을만이 잡수시요 심봉사는 철도 모르고 야 오날은 반찬 이 미우 좃쿠나 뉘 집 제사 지닛넌야 그날 꿈을 쮠이 이난 부자간 천륜이라 몽 조가 인넌 거시엿다 아가아가 이상ㅎ 일도 잇다 간밤의 꿈을 쮜니 네가 큰 수 리를 타고 ㅎ업시 가 뵈이더라 ㅎ난 거시 귀ㅎ 사람이 타는이라 우리 집의 무 삼 조흔 일이 잇

〈28-뒤〉

쓸가부다 그러치 안이ㅎ면 장승상덕이서 가미 터여 갈난가 부다 심천이는 저 죽을 꿈인 줄 짐작ㅎ고 거짓 그 꿈 좃사이다 ㅎ고 진지상을 물너니고 담비 터 여 듸린 후의 그 진지상을 디ㅎ여 먹으려 ㅎ니 간장의 석난 눈물은 눈으로 소 사나고 부친 신세 싱각ㅎ며 저 죽을 일을 싱각ㅎ니 정신이 아득ㅎ고 몸이 쩔 여 밥을 못먹고 물인 후의 심청이 사당의 ㅎ직홀 차로 드러갈 제 다시 시수ㅎ 고 사당문 가만이 열고 ㅎ직ㅎ는 말이 불촌여손 심청이는 아비 누 쓰기를 위 ㅎ야 인당수 제숙으로 몸을 팔여 가오미 조정힝화을 일노좃차 끗케 되오니 불 승영모 ㅎ옵니다 울며 ㅎ직ㅎ고 사당문

〈29-앞〉

닷친 후의 부친 압픠 나어와 두 손을 부어 잡고 기식ㅎ니 심봉사 쌈짝 놀니여 아가아가 이게 웬 일인야 정신을 차려 말ㅎ되 심천이 엿자오디 니가 부초여식 으로 아부지를 소겻소 고양미 삼빅석을 뉘라 나를 주것소 남경 선인덜게 인당 수 제숙으로 니 몸을 팔여요 오날이 쩌나는 날이오이 오날 나을 망종 보옵소 서 심봉사 이 말을 듯고 참말인야 참말인야 이고이고 이게 웬 말인고 못가리

라 못가리라 네다려 뭇지도 안코 네 임의로 하단 말가 니가 죽고 네가 눈 쓴면 그난 응당 흐련이와 자식 죽기여 눈을 쓴쩔 그게 참아 홀 일인야 네의 모친 너를 늣게야 낫코 초칠일 안의 죽은 후의 눈 어둔은 늘근 거시 품안의 너을 안고 이 집 저

〈29-뒤〉

집 단이면서 구츠흔 말 흐여감서 동영젓 어더 먹여 이만치 자라거든 니 아모리 눈 어두나 너을 눈으로 알고 너의 모친 죽은 후의 차차 여젼터니 이 말리 무신 말인고 마라마라 못가리라 안이 죽고 자식 일코 니 살어서 무엇흐리 너흐고 나흐고 홈기 죽제 눈을 필어 녀을 살씌 너를 팔어 눈을 쓴들 무엇슬 보고 눈을 쓰리 엇던 놈의 팔자관디 사궁지슈 되단 말가 네 이놈 상놈더라 장사도 족커이와 사람 사다 죽여 제흐난 디 어더서 보왓난야 하날님의 어지심과 귀신의 발근 마암 앙화가 업건넌야 눈 먼 놈의 무남독여 철 모르난 어린 아히 날 모르게 유인흐여 갑슬 주고 산단 말가 돈도 실코 쌀도

〈30-앞〉

실타 네 이놈더라 옛글을 모로난야 칠연더흔 가물 적의 사람으로 빌나흐니 탕 인군 어지신 말삼 니가 직금 비난 비난 사람을 위흐미라 사람 죽여 빌양이면 니 몸으로 디신흐리라 몸으로 히싱되야 신영빅모 젼조단발흐고 상임쓸의 비러써니 디우방수철이비라 이런 일도 잇건이와 니 몸으로 디신 감이 엇더흔야 여 보시요 동니 사람 절언 놈덜을 그저 두고 보오 심천이 부친을 붓들고 울며 위로흐되 아부지 홀일 업소 나는 이무 죽건이와 아부지난 눈을 써서 디명천지 보고 착흔 사람을 구흐여서 아들 낫고 쌀을 나아 아부지 후사나 전코 불초여 을 싱각지 마옵소서 만시 만시무량 흐옵소서

〈30-뒤〉

이도 쪼한 천명이오이 후회한들 엇지 한오리잇가 선인드리 그 경상을 보고 영
좌가 공논한되 심소제의 효성과 심봉사의 일성 신시을 싱각한여 봉사 굼쎄 아
코 벗지 안케 한 포게를 꿈이 주면 엇더한오 그 말이 올타 한며 쌀 빅석과 돈
삼빅양을 빅목 맙포 각 한동석 동중의 드러녹코 동인 묘와 구별한되 빅석 쌀
과 삼빅양 돈을 근실한 사람 주워 도지 업시 셩한게 질너 심봉사를 공궤한되
삼빅석 중의 이십석은 당연 양식 제지한고 남젹이는 연연이 흐터주워 장이로
취식한면 양식이 넉넉한고 빅목맙포는 사절의복 장만한고 이 쓷시로 본관의
공문 니

<h3 style="text-align:center">〈31-앞〉</h3>

여 동중의 전한라 구별을 다한 연후의 심소제를 가자할 제 무릉촌 장승상쎡
부인이 그제야 이 말을 듯고 급피 시비를 보니여 심소제를 청한거날 소제 시
비를 짜라가니 승상부인이 문밧긔 니다려 소제의 손을 잡고 울며 왈 네 무상
한 사람아 나는 너을 자식으로 알아쩌니 너는 날을 어미갓치 안이 아난쏘다
빅미 석의 몸이 팔여 죽으려 간다한니 효성이 지극한다마는 네가 살어 세상의
잇서 한난 것만 갓할손야 날다려 이논한면 진직 주선한엿지야 빅미 삼빅석을
이제로 니여 줄 거시니 선인덜 도로 주고 마망영든 말 다시 말나 한시니 심소
제 엿자오디 당초의 말

<h3 style="text-align:center">〈31-뒤〉</h3>

삼 못한 거슬 이제야 후회한들 엇지 한오릿사 쪼한 위친한여 공을 빌양이면
엇지 남의 무명식한 지물을 빌려오며 빅미 삼빅석을 도로 니여 주면 선인들
임시낭픠오니 그도 쪼한 어렵삽고 사람의게 몸을 허락한여 약속을 정한 후의
다시 비약한오며 소인의 간장이라 그난 쏫지 못한여이와 한물며 갑슬 밧고 수
식이 지닌 후의 차마 엇지 낫슬 들고 무삼 마를 한오릿가 부인의 한날갓튼 은
예와 착한신 말삼은 집으로 도라가와 결초보은 한오리다 한고 눈물이 옷짓슬

적시거날 부인이 다시 본직 엄숙훈지라 훌일업시 다시 말이지 못후고 놋토

〈32-앞〉

못후시거날 심소제 울며 엿자오디 부인은 천성의 니의 부모라 언의날 다시 보시릿가 글 훈수을 지여 정을 쾨후오니 보시면 증영후오리다 부인이 반기여 지필목을 너여 쥬시이 붓슬 들고 글을 쓸 제 눈물이 비가 되여 점점이 쩌러지니 슝이슝이 곳시되야 그림돈자로다 즁당의 글고 보니 그 글의 후엿쓰되 싱귀사 귀일몽간의 견정후필누잠잠이라마는 ○세간의 최유단장처니 ○초록강남인 미환을 ○이 글 뜻선 사람의 죽고 사난 게 혼 쑴속이니 정을 잇쓰러 엇지 반다시 눈물을 흘이랴마는 세간의 가장 단장후난 곳시 잇스니 풀풀린 강남의 사람이 도라오지 못

〈32-뒤〉

후난쏘다 부인이 지삼 만집후시다가 글지음을 보시고 네난 과연 시상사람 안이로다 글언 진실노 선여로다 분명인간의 인연이 다후여 상제 부르시민 네 어이 피홀손야 니 쏘훈 차운후리라 후시고 글을 쩌주니 후여쓰되 ○무단풍우가 야리혼후니 ○취송명화각후문고 ○적거인간천필연후사 ○강피부모단정은을 ○이 글 쩐선 무단 풍우 밤의 어두워오니 명화를 불너보니여 뉘 문의 쩌러지넌고 인간의 피로오믈 후날리 싱각후사 강인후온 아비와 작식으로 후니 정과 은을 쯘쾌 후미라 심소제 그 글을 품의 품고 눈물노 이별후니 참마 보지 못홀니라 심천이 도라와서 제의 부친게 후직홀시 심

〈33-앞〉

봉사 붓들고 씌여놀며 고통후여 네 날 죽이고 가제 그제는 못가리라 날 다리고 가거라 네 혼자는 못가리라 심천이 부친을 위로후되 부자간 천윤을 씃코

십퍼 죽사오며 죽고 십퍼 죽사오릿가마는 익운이 막켜엿삽고 성사가 쩌가 잇서 흐날임이 흐신 비오니 흐탄흔들 엇지 흐오릿가 인정으로 흐량이면 쩌날 날리 업사오리다 흐고 제의 부친을 동니 사롬의게 붓뜰이고 선인더롤 쓰려갈 제 방성통곡흐며 초미끗 졸나 미고 초미폭 거듬거듬 안고 흣터러진 머리털은 두 귀 밋틱 느러지고 비갓치 흐르난 눈물은 왼 옷짓 사모찬다 업더지며 잡바지며 붓들여 나갈 제 건넛집 바라보며 아목기

⟨33-뒤⟩

네집 큰 아가 상침질 수놋키을 뉘와 홈게 흐랴는야 작연 오월 단오일의 추천흐고 노든 일을 네가 힝여 싱각난야 아모기니집 자근 아가 금연 칠월 칠석야의 홈찍 걸고흐잣더니 이제는 허사로다 언제나 다시 보랴 너난 팔자 조와 양친 부모 모시고 잘 잇거라 동니 남여노소 업시 눈이 붓도록 서로 붓들고 우다가 성우의 서로 분수흔 연후의 하날임이 알으시던지 빅일은 어더 가고 음운이 자옥흐며 청산이 쓸기리난 뜻 강소리 오열흐고 휘느러저 곱쩌란 흐던 꼿선 이 우러저제 빗슬 일은 듯흐고 요롱흔 버들가지도 조을다시 휘느러젓고 춘됴은 다졍흐야 빅반제흐난 중의 뭇노라 저 쐬꼬리는 뉘

⟨34-앞⟩

를 이별흐엿관디 환후셩케 울어오고 뜻박기 두견이난 피를 니여 운다 야월공산 어더 두고 진졍제송 단장성을 네 아무리 가지 우의 불여귀라 울것마는 갑슬 밧고 팔인 몸이 다시 엇지 도라올가 바람의 날인 꼿시 옥면의 와 부드치니 꼿슬 들고 바러보며 약도츈풍 불히이면 흐인취송낙화니오 한무제 수양공주 미화장은 잇것마는 죽으려 가는 몸이 뉘를 위흐야 단장흐리 춘산의 지난 꼿시 지고 십퍼 지랴마는 사세부득이라 슈원수괴흐리요 흔 거름의 도라보며 두 거름의 눈물지며 강두의 다다르이 빈머리예 조판 녹코 심쳔이을 인도흐야 비장

〈34-뒤〉

안의 실은 연후의 닷슬 감고 돗슬 달어 여려 선인드리 소리ᄒᆞ난구나 어기어기
야 어기야 어기양 어기양 소리을 ᄒᆞ며 북을 둥둥 울이면서 저어 비질홀 제 범
피쥼유 쩌나간다

심쳥젼이라
溪谷面 法谷里 十二統 七 李平樹

단국대 나손문고 소장 심청전 (낙장 11장본)

국한문 혼용체로 대략 가로 21cm, 세로 19cm의 크기의 필사본이다. 한 면에 12줄이 필사되어 있으며, 필체로 볼 때 필사자는 상당한 학식의 소유자로 판단된다. 이 필사본은 시공간적 배경이 당나라 태을읍 청강면으로 구체화되어 있어 다른 이본과 차이를 보인다. 부친의 이름은 '심펑구', 모친은 곽씨이며 심청의 전생은 태을선관의 딸이다. 심청이 태어나기 전 심펑구의 일생이 간략히 서술되어 있다. 내용은 판소리 계열 소설과 큰 차이는 없다. 곽씨부인이 죽었을 때 애통해하는 심봉사의 모습이나 부친을 대신하여 동냥을 하는 심청의 불쌍한 모습이 상세히 묘사되어 있다. 물에 빠진 심봉사를 구해준 몽운사 화주승이 심청에게 공양미 시주를 권하고 심청이 스스로 시주를 약속한다. 이에 심봉사가 놀라 만류하는 대목은 신재효본과의 친연성을 느끼게 한다. 공양미를 구하기 위해 인당수 제숙으로 팔린 심청이 죽을 날을 기다리며 슬퍼하는 대목에서 낙장되었다.

단국대 나손문고 소장 심청전 (낙장 11장본)

〈1-앞〉

沈淸傳니라

唐나라 太乙邑 淸江面 東海의셔 스는 흔 스람니 니시되 姓은 沈가요 名은 彭九라 七歲의 소경 도고 十歲前의 父母 일코 二十의 어든 家屬 郭氏婦人 至極흔 情誠이 家長 恭敬홈果 스럼술이 부질언키 짝이 엄고 三綱五倫이며 仁義禮智臥 女者行實은 世上 사롬의 밋치리 업더라 압 못보는 沈봉스 郭氏婦人 안이면 어이흐야 스잔 말가 굼고 먹기는 고사흐고 膝下의 一点血肉이 업셔 每日 兩主 슬피 울며 沈봉스 흐는 말이 우리 末年 死後身勢 先塋의 奉祭祀은 언니 子息 밧들소야 날 위로 그만흐고 功을 들여 子息을 보게 흐소 郭氏婦人 그 말이 올타 흐고 노잔코 품을 파려 돈쏜 돈푼 모은 거실 神工을 단일 젹의 名山大천 迎神堂果 뫼츙스 城隍寺며 石佛이역 계신 고디 허위허위 다단이며 大路邊의 독을 모와 山王도 위로흐고 가스시쥬 닌등시쥬 百日山諸 神王佛工 七星佛工 성왕졔 숨신막이 가지가지

〈1-뒤〉

단이오며 成造地神 堂山天龍 鬼土神灵 因王祭며 祖上님니도 위로흐며 굿도 흐고 經도 익고 願이 엽시 다흐니 공든 塔이 문어지며 신긴 나무 불여질가 天神이 感動흐고 地神이 도의시고 佛道의셔 도의시고 三神王이 도와쥬어 春三月日의 一夢의 仙人玉女 白鶴을 잡어 타고 桂花一枝을 손의 쥐고 瑞氣半空의 질겨 볏쳐 五色彩雲이 擁위흐야 한가이 날여와서 沈봉스 兩主 압뒤 端正이 跪坐흐고 丹脣을 半開흐여 흐는 말이 郭氏婦人 至極흔 情誠이 九天의 스못차는 고로 玉皇上帝 朝會흐여 一介 玉女을 지시흐여 小女는 太乙仙官의 쌀로 上帝前의

得罪ᄒ고 人間의 너치매 갈 비을 모의옵고 偶然이 當到ᄒ여ᄉ온이 어업비 질
너너여 後日의 德을 보고 ᄉ랑이 역그쇼셔 歷歷히 션夢ᄒ고 문

〈2-앞〉

득 간디 업거늘 쌔달의이 南柯一夢이랴 沈봉ᄉ 兩主 夢事을 議論ᄒ다가 고히
역그여 그날 밤의 同枕ᄒ이 그달보틈 果然 胎氣 잇셔 席不正이여든 안쯜 말고
割不正이여든 먹지 안이ᄒ며 目不視惡色ᄒ고 耳不聽淫聲ᄒ고 顯容直ᄒ고 手
容恭ᄒ고 夜則今瞽로 誦詩讀書ᄒ다 前面光陰이 歲月 되야 順産의로 解産ᄒ니
仙人玉女의 ᄯᅡᆯ일너라 沈봉ᄉ 길겨 역여 쑴을 갈이여 뉘여 녹코 쳑국밥 경이
지여 밥 세 그웃 국 세 구웃 三神前의 밧쳐녹코 沈봉ᄉ 거동 보쇼 쥬먹洗手 슈
만건의 현 破笠 너여씨고 三神帝王前의 至誠으로 빌되 天地帝王 나이 帝王 八
萬四千 都帝王任前 千方슈 帝王계셔 졍 숨계 骨 숨겨 三萬六千 骨髓마닥 한달
두달 피 묘이 三四五朔 半짐 슬여 八九十朔 ᄒ 然後여 金光門 下脫門

〈2-뒤〉

쎄문 슐門 順이 여려 順産으로 解産ᄒ이 三神德탁 하날갓고 白骨難忘 ᄒ올닛
가 멸이을 쎄여 신을 삼고 이을 쎄여 진을 건들 三神任 넙분 恩惠 泰山이 가부
얍고 大海가 얏사온이 다만 獨女 쇠ᄯᅡᆯ이온야 東方朔의 진진 命果 石宗의 가진
福을 졈지ᄒ야 쥬옵소셔 至誠으로 빈 然後의 産母을 위로ᄒ야 몸을 外風엽시
들너씨고 至誠으로 恭敬홀 졔 沈봉ᄉ 거동 보쇼 아기을 품의 품고 얼씨고 너
ᄯᅡᆯ이야 仙人갓튼 너 ᄯᅡᆯ이야 不肖ᄒ 열 아들니 이 한 ᄯᅡᆯ만 ᄒ올쇼야 니려타시
길거홀 졔 産母 ᄯᅩ흔 蘇成ᄒ여 문밧 出入ᄒ시더이 偶然이 産後別症으로 할 일
엽시 쥬계 되이 郭氏婦人 거동 보쇼 病席의 精神엽셔 手足을 두달며 病

〈3-앞〉

身 家長 손을 잡고 간는 子息 얍푸 뉘고 한심 슈고 ㅎ는 말이 니 명이 元命으
로 ㅎ날갓탄 家長任果 百年偕老 미진 言約 偕老百年 할가 ㅎ고 간고혼 살음살
이 압 못보는 家長任 至誠으로 위로ㅎ야 名山大川 神工들여 十朔만의 나은 子
息 貴혼 일을 못보고 黃天으로 도라가이 이달고 셜여우나 女子의 道礼로는 家
長의 압피 션니 道理 무던ㅎ나 나 죽어 엽신 後의 압 못보는 郎君任이 叩盆之
痛 ㅎ올 일課 四顧無親戚 孤單ㅎ야 뉘라 郎君 위로ㅎ며 뉘가 重히 역길손가
죽잔코 살어나면 늘거가는 家長任 恭敬果 늦계야 나흔 子息 곱겨곱겨 질너니
여 우리 末年 德을 볼드 黃泉客이 될 뜻ㅎ니 誰怨誰咎 어이 홀고 險路로

〈3-뒤〉

가는 질의 하날가탄 家長任의 가심의 불을 못고 重難혼 짤 子息 엿지 잇고 가
잔 말고 올리올리 만이 살여 너의 後事 傳ㅎ어라 天命으로 내 죽은들 너을 엿
지 잇고 갈야 家長의 목을 안고 즈는듯기 죽여고나 沈봉스 거동 보쇼 精神이
답답ㅎ고 어각이 먹먹ㅎ야 니라 굴글며 치굴글며 머이도 탁탁 부드치고 가심
도 탁탁 쏘달며 如狂如醉ㅎ고 名牲發狂ㅎ야 이고 이계 에일닌고 一身四肢을
쥬물으며 이기어몀 이기어몀 더답나나 ㅎ고 가쇼 襁褓 씨닌 子息 뉘 졋 먹여
질어니며 뉘을 依托ㅎ잔 말가 이고이고 이기엄몀 날 발이고 어디 간가 四철衣
服 朝夕 炊飯 뉘가 나을 恭敬ㅎ며 압 못보는 니니 몸미 이 治喪을 여

〈4-앞〉

니 홀고 이고이고 이긔어몀 날과 함긔 도라가시 이고이고 날 즈바가쇼 이니
八字 무슴 일고 七歲의 소경 되고 十歲前의 父母 일코 二十年 苦傷타가 二十
의 여든 家屬 즈니 情誠 至極ㅎ야 眼盲혼 이니 몸을 걱정근心 無病ㅎ고 好衣
好食 지니던이 날만 혼차 바려두고 가며 出喪葬事 여이 홀고 沈봉스 우름쇼이
洞內스람 모도 듯고 男女老少 三尺童子 업시 뉘 안이 落淚ㅎ리 그 洞內 尊位
洞長 모와 안즈 ㅎ난 말이 沈봉스 情像 可憐ㅎ니 우리 洞內의셔 그져 두든 못

ㅎ리아 每戶의 錢錢收斂果 쌀 한말셕 가져오쇼 人非木石이 아아 여던 뉘 아이
봇티 쥬리 如出一口 모도 모와 治喪을 急피 ㅎ여 九日 葬事

〈4-뒤〉

지닌 後의 沈봉스 感德ㅎ야 洞內 僉尊前의 致謝ㅎ여 이론 말이 洞內 恩惠는
白骨難忘 이옵고 如太山之無窮이로쇼이다 이엿트시 致謝혼 然後의 房의 드려
가셔 익기을 안고 우는 말이 아가아가 우지 말아 너 八字도 險ㅎ거이와 너 八
字도 기박ㅎ다 압 못보는 익비 손의 네을 여지 키잔 말고 졋 달나고 실피 울든
마라 말은 남기 물이 나며 洞鐵의 미은 고기 救爰홀 리 뉘 이실니 우리 안너
어디 가고 너의 셔름 모로는고 이렷타시 울이다가 품안의 집피 안고 門을 열
고 박기 나와 이집 져집 차자가셔 여보시오 이것 졋좀 먹겨 쥬옵쇼셔 活人ㅎ
오 沈봉스 哀乞쇼리 뉘 안이 먹계 쥴이 家

〈5-앞〉

家戶戶마닥 糧食을 동양ㅎ고 한달 류장젼을 겨두워 家屬의 三喪祭祀 걱정 업
씨 지너가고 그영겨영 얼인 아기 日就月長ㅎ야 일음을 지으되 沈淸이라 ㅎ디
二三歲 지너미 열골이 荊山 白玉기 塵埃中의 뭇쳐넌 듯 態度도 無雙이라 處子
의 三綱行實 仁義禮智 五倫 法이 世上의 드문지라 十五歲 된 然後의 人事을
알만ㅎ이 압 못보는 父親任을 情誠으로 恭敬ㅎ미 出天之孝로다 一日은 沈淸
엿자오디 我父任 너 말 들으시요 압 못보는 父親任이 一介 女息을 두고 비쥼
치 손의 들고 너집 져집 단기는 거동을 참마 보지 못ㅎ건네 한심ㅎ고 冤痛혼
中의 切痛ㅎ여 나 죽건네 父母任 오날보틈 집의 누여 져신

〈5-뒤〉

면 나 혼자 밥을 빌여 朝夕進支 ㅎ오니다 沈봉스 닐운 말이 네 말니스 올타만

은 다 커가는 處子로셔 出入호기 極難호고 남의 우심 고이호다 沈淸이 엿자오
디 나는 짐싱 가마기는 飛禽中의 微物이로되 空林 中 져믄 날의 反哺之恩 감
는다 호이 乞食次로 다이오면 날을 오직 辱을 호며 남의 말도 어렴삼고 子息
道理 안이온이 집의 누여 졔웁쇼셔 白雪이 紛紛호니 부디부디 문밧 出入 마읍
쇼셔 열 번니나 당付호고 박아치을 엽꿔 찌고 嚴冬雪寒 치운 날의 현 비즁의
단님 치고 말만 나믄 힝자쵸미 진만 남은 졉 져고리 보신 업시 발을 벗고 다
쪠려진 靑木揮陽 압뒤 눌너 질근 미고 行動行動 밥비 걸여 건넌 말애 洞內

〈6-앞〉

戶戶마닥 단이면셔 哀乞호야 비는 말이 病身 父親 집의 두고 밥을 빌너 왓싸
온이 各各 한슐 덜 잡슈시고 處分디로 한 슐 쥬오 沈淸 哀乞쇼니 뉘 안이 긔막
크리 밥과 糧食 돈 좃돈分 뉘 안이 고건호리 이리져리 단일 져그 沈봉수 거동
보쇼 말만한 울막집의 압문은 살만 남고 뒤벽은 외만 나마 冬至臘月 雪寒風은
살갓치 되리 불고 氷庫갓튼 冷突房의 任者업시 홀로 안자 大聲痛哭 우는 말이
이고이고 情셩도 답답호다 廣大흔 天地間의 니런 身勢 쪼 닛실가 니니 몸이
소경되이 엿지 안이 寂寞호리 日月星辰 一家親戚 우리 孝女 몰나보이 結頂致
死홀리로다 이달웁다 니 쌀 沈

〈6-뒤〉

淸을 엿지호야 못보는고 南北孤村 風雪中의 몸이 치워 못온는가 迷路山間 묘
분 질의 눈이 막커 못온는가 靑天이 寂寞흔디 집이 멸어 못온는가 뉘 집의가
언 숀 입○○○○○○○○슐인나 쥬는 디로 어더 오렴 茫茫平郊 너론 들의
지다인이 네 쓴이요 크다한 빈 방의 바라는 계 네 흔나라 이려틋시 셜여호고
문박긔 나가셔셔 沈淸을 불을 젹의 沈淸이 온는아 숀 혜칠 졔 엽프여져 집푼
기川 진흑 쇽의 궁그려 흠슉 싸져 蕭瑟寒風 찬 물졀의 상토 짜도 만이 뵈이고
혜여나지 못할 젹의 夢雲寺 화쥬僧니 맛참너 그리 지너다가 沈봉수 차목흔 情

像을 참마 보지 못ᄒᆞ야 슝낙을 열풋

〈7-앞〉

볏고 왈칵 ᄶᅮ여 달여들어 沈봉ᄉ를 건져 엽고 집을 차져 들여와셔 房안의 뉜
然後의 손슈 나가 물을 더여 沈봉ᄉ를 먹인 後의 八字도 차목ᄒᆞ요 아무리 압
몹보나 後日의 榮華을 볼 거신이 苦傷을 싱각 마오 沈봉ᄉ 氣絶ᄒᆞ여 半生半死
이려나셔 중의 손을 덥벅 잡고 致謝ᄒᆞ야 닐은 말이 大師任 恩德이 太山이 기
부얏고 大海가 얏사온이 이실 道礼 닛시잇가 니 중은 本 大道僧이라 이려탓시
酬酌홀 져 沈淸이 밥을 비려 두 손의 붓쳐 들고 쳔방지축으로 急피 와셔 이고
이고 我父任 精神차려 어더운 밥비 식어 가요 시腸ᄒᆞᄃᆡ 여셔 먹쇼 날 차온ᄃᆡ
여셔 잡슈시

〈7-뒤〉

요 엿지 글이 글영ᄒᆞᄂᆞ닛가 니 밥은 콩밥아요 져 밥은 팟밥이요 이건신 반찬
이요 졔거신 菜의지요 父親前의 너려 녹코 我父任 얼골 바라보며 눈물 지여
니은 말이 살엽는 두 귀 맛티 落淚ᄒᆞ신 흔젹은 엇던 일이며 쇼음 엽는 헌 衣服
의 물은 위일이요 엿지ᄒᆞ여 우으신익가 不孝ᄒᆞ 못실 女息이 밥을 더두 비려온
이 비 곱파 울르시오 三冬雪寒의 風雪은 살 쏘듯기 불여신이 몸미 치워 울시
는잇가 沈봉ᄉ 니른 말이 네 오는가 望見次로 門박기 나갓닷가 집픈 기川의
ᄶᅥ져 혀여나지 못홀 젹의 夢雲寺 化主僧任이 날을 건져 등의 업고 집을 차져
셔 졔

〈8-앞〉

우 와셔 大師任 德을 입여 목심을 졔우 살어 잇건이와 잇지 못홀 恩惠로다 沈
淸이 이 말을 듯고 일어나셔 두 손 合掌 再拜ᄒᆞ고 엿자오ᄃᆡ 大師任 德澤으로

父親을 살이오니 白骨難忘니로쇼이다 그 즁이 沈淸의 孝誠을 보고 至誠으로
이른 말이 우리 졀 부쳬任前의 고糧米 三百石을 佛前의 시쥬ᄒ면 生前의 눈을
ᄯᅥ 天地萬物을 볼 거시이 부디 건善 記錄ᄒ옵쇼셔 沈봉ᄉ 니 말 듯고 大師 이
게 어인 말고 쌀 ᄒᆞᆫ 되가 비이 엽셔 남의 밥을 乞食ᄒ야 朝夕을 지니ᄂᆞᆫ디 三百
石이 어인 말고 沈淸이 엿자오디 我父任 들의시오 엿날 孟宗이라 ᄒᆞᄂᆞᆫ 스람은
三冬雪

⟨8-뒤⟩

寒 치운 ᄯᅢ여 泣竹ᄒ여 竹筍 어더 父母奉養 ᄒ여 잇고 感天이면 至極이라 王
休微은 어음 쇽의 鯉魚 어더 父母恭養 ᄒ여 잇고 郭巨라 ᄒᆞᄂᆞᆫ 孝子은 父母飯
찬 작만ᄒ면 졔 子息이 먹는다고 산 子息 무들라고 파는 ᄯᅡ의셔 金을 어더 父
母恭養ᄒ여다고 千秋萬代 遺傳ᄒ이 아무리 ᄲᅥᆺ지 못ᄒᆞᆯ 女息닌들 그만ᄒᆞᆫ 일을
못 當ᄒᆞᆫ가 我父任의 徹天之怨을 푸지 못ᄒ오면 나무 子息 되여나셔 ᄡᅦᆯ더 어이
잇시이요 父親은 걱졍 말고 건善 記錄ᄒ옵쇼셔 沈봉ᄉ 거동 보쇼 드 눈을 변
덕이며 건善 置付 못ᄒᆞᆯ리라 날뒷 업넌 三百石을 싱각ᄒ면 方丈蓬萊太山이라
엿지

⟨9-앞⟩

ᄒ여 記錄ᄒᆞᆯ리 리려타시 말유할 졔 그 즁이 沈淸을 稱讚ᄒ며 우리 졀 부쳬任
은 金榻의 灵物이라 至極으로 發願하면 無子人도 得男ᄒ고 죽을 목심도 도生
ᄒ며 病身脫患ᄒ고 쎄을 이셔 完人 되이 娘子싱각ᄒ야 眞心을 놋치 말면 父親
눈을 ᄯᅳᆯ기신이 勸善 記錄ᄒ옵쇼셔 沈淸이 感心ᄒ야 勸善 記錄 다ᄒᆞᆫ 然後의 道
士 ᄯᅩᄒᆞᆫ 가는지라 却說이라 잇쩌여 沈淸의 情誠은 九天의 사무치시나 三百石
시쥬쌀을 싱각ᄒ면 太山갓고 ᄭᅮᆷ갓도다 병든 父親 잠든 후의 後園 들여가셔 비
로 ᄯᅳᆯ을 졍니 ᄡᅵᆯ고 東山正士을 正니 파셔 一層壇을 뭇고 四方의로 편 然의 剪
爪斷髮 졍이 ᄒ고

〈9-뒤〉

헌 衣服을 싯처 닙고 집 흔 못 들려 피고 天龍堂의 井花水 질어다가 壇 우의
올여녹코 비난이다 비난이다 하늘任게 비는이다 하날任 사롬 니을 졔 별로 厚
薄이 업건만는 父親의 八字 奇薄ᄒᆞ여 압 못보는 쇼경으로 骨髓의 집피 들여
轍天之怨이로다 父親이 긔川水의 싸져 거의 죽거 되야던니 天幸으로 夢雲寺
化主僧을 만나 殘命을 保存ᄒᆞ고 供粮米 三百石을 佛前의 시쥬ᄒᆞ면 눈을 씌리
라 ᄒᆞ시기로 날씌들씌 업사와도 天幸으로 三百石을 졈지ᄒᆞ여 平生 恨을 풀가
ᄒᆞ고 天宮前의 비는이다 씨지 못홀 女息으로 父親榮華 못보옵고 스라 씰더 엽
사온이 沈淸이 몸 살 사롬나나 졈지ᄒᆞ여 쥬옵쇼셔 百拜頓首ᄒᆞ며 至誠으로 빈
然後의 歲月이 如流ᄒᆞ야 光陰을 보니더이 天神이

〈10-앞〉

無心홀가 ᄯᅳᆺ밧긔 南京장스 商賈船人더이 집 압푸로 지니가며 크게 웨여 일은
말이 洞內 사롬 드려보오 南京의 장스로셔 商賈次로 가옵더이 이 洞內 넌넌
處子라도 十三歲나 十五歳나 얼골도 아롬답고 行實도 正潔ᄒᆞ고 父母前의 孝行
넌넌 處子 졔시오면 重갑실 쥴 거시니 몸 팔니 뉘 졔신요 이려타시 웨고 간니
沈淸니 반기 듯고 문을 열고 니달며 져기 가는 商賈任니 날갓튼 못이라도 힝
여 날을 살난익가 船人더이 이 말 듯고 數日을 단이오며 處子을 살야ᄒᆞ되 못
사고 단이던이 오날을 사게 되니 질거고 반가온 말니오니 娘子몸을 파야거던
갑실 折斷ᄒᆞ옵쇼셔 沈淸니 반기 듯고 더 쥬어도 씰더 엽고 들 쥬어도 씨지 못
ᄒᆞ고 良米 三百石을 쥬옵쇼셔 민쳔ᄒᆞ 니 니 몸을 엇다 씰야고 살는요 船人더
니 니은 말니 果然 累萬兩 밋쳔 들여 南京

〈10-뒤〉

의 장스次로 年年의 단그더니 人唐水 龍王任은 人祭熟을 밧즈그로 人祭熟을
넛코 가면 往來 水路 無事ᄒ고 스망피피 옵기로 財物을 악기잔코 方方谷谷 단
니오며 處子을 살여 단니옵거니와 娘子은 어니 ᄒ야 몸을 팔나 ᄒ는닛가 沈清
니 엿자오디 果然 달옴 안이오라 父親니 쇼경 되야 天地萬物果 父母同生一家
親戚 견니 몰나 夜中의로 지니면셔 晝夜 自歎ᄒ옵던니 夢雲寺 化主僧이 供糧
米 三百石을 시쥬ᄒ면 生前의 눈이 열여 天地萬物을 눌스득기 보니라 ᄒ옵기
여 몸을 팔여 ᄒ느니다 船人더리 稱讚ᄒ되 닐언 孝女는 古今의도 업는지라 極
히 稱讚ᄒ고 도라갈 졔 言約대로 쌀을 실여 沈봉스 집의로 收運홀니라 ᄒ고
도라가니라 잇튿날 沈清이 夢雲寺 花主僧거 白米을 시

⟨11-앞⟩

쥬ᄒ니 花主僧니 쌀을 밧고 佛前의 祝願홀 졔 沈봉스 눈 듯기와 沈清니 貴니
되물 至誠으로 發願ᄒ더라 一日은 沈清니 房으로 드려가며 눈물을 힐니고 父
親 몸을 열의 만지면셔 엿자오디 쌀 三百石을 夢雲寺로 시쥬ᄒ연는니다 沈봉
스 니 말 듯고 불상ᄒ 내 딸 沈清아 네 아비을 쇼기는야 眞談이야 거잔말니야
네 여더셔 낫단 말가 沈清니 父親을 잠간 쇼거 엇자오디 씨지 못홀 女息니나
건년말 長子任니 날을 別로 사랑ᄒ시거늘 니 스연을 살오디 불싱니 상각ᄒ고
收養女을 삼무라고 糧米 三百石을 쥬던니다 沈봉스 됴야 알고 인졔는 눈을 들
거신니 니니 눈니 날 시득기 번쓰번쓰 면 天地萬物을 본 然後의 기특ᄒ 네 열
골을 ○○○○○○○○○○○○질거홀 졔 심

⟨11-뒤⟩

清은 耶觀니 何事로다 行船날니 堂ᄒ니 불싱ᄒ 우리 父親 망終 위로ᄒ니로다
春三月의 닙을 上針 졉것果 夏節의 홋것果 秋三朔의 양뉘비 겻시며 冬節衣服
핫것果 헌 破笠의 죠식 갓긴 달라놋코 헌 網巾 곡게 쮬여 官子 당쥴 디라녹코
沈清의 거동 보쇼 졔의 父親 몰의계 한차말노 ᄒ는 말이 아고아고 셜연지고

불상훈 우리 父親 東嶺□村 北海上의 蘇式의 苦싱차로 나 훈ᄂ 업셔지면 뉘 우로훌 니 누 니실니 훈차 탄식ᄒ난 쇼라 병던 父親 알을숀야 沈淸니 氣絶ᄒ 야 精神을 못차일 졔 一身의 맥니 업고 四支가 無陽ᄒ며 呼吸니 通치 못한지 라 沈봉ᄉ의 거동 보쇼 아몰니 한 쫄을 아지 못ᄒ고 沈淸의 졋티 안지면셔 헌 쇼리 듸

(이하 낙장)

단국대 나손문고 소장 44장본 심청전

시공간적 배경이 당나라 때의 도화동이다. 심봉사의 이름은 '펑귀'이며 자가 '학귀'이다. 곽씨부인의 치산으로 요족하던 가세가 치패하는 이유는 기자 치성 때문이다. 입덧과 상두꾼 발붙는 장면, 중이 묏자리를 잡아주는 장면, 심봉사를 구해주는 중이 서축 보가산 청용사 화주승인 점 등 초기본에 보이는 대목과, 판소리 계열의 소설이나 완판본에 보이는 한시로 된 축문을 읽는 장면이나 장승상 부인대목, 범피중류, 소상팔경 대목 등이 혼재되어 있다. 뿐만 아니라 각 장면들이 대폭 확장되어 내용이 풍부하게 꾸며져 있어, 여러 이본을 참고하여 새롭게 확장한 것으로 보인다. 맹인잔치 영을 듣고 황성으로 올라가던 중에 심봉사가 시냇물에 뛰어들어 목욕을 하며 뺑덕어미가 도망한 줄도 모르고 음담을 늘어놓는 모습이나 방앗간 대목에서 마누라 궁둥이가 예쁘게 생겼다고 하는 대목 등은 해학성을 확장하여 재미를 추구한 대목이다. 맹인잔치에서 심청과 만난 심봉사가 부원군으로, 그리고 안씨맹인은 정경부인으로 봉해진 후 심청이 용궁에서 가져온 통명선약을 눈에 넣고 게안주를 바른 후 하루 뒤에 눈이 뜨였다는 대목은 다른 이본과 다르다.

단국대 나손문고 소장 44장본 심청전

〈1-앞〉

심쳔젼 단이라

화셜이라 옛 당나라 쩍 시졀의 도화동 사난 한명 한 밍인 잇씨되 성은 심니요 명은 픵귀요 자난 학귀라 팔즈 긔박흐야 부모 일직 됴소흐고 일가친척 젼이 업셔 휠휠단신 코단한 즁의 가셰도 쳘빈흐야 으식리 난쳐흔이 스라날 질이 견니 업니 쳔휘신죠흐야 하날니 졍한 비필 뉘라셔 훼찰손야 곽씨가문의 춰쳐흐니 그 아니 덕힝이 일국의 논단더라 션쳘한 곽씨부인 압 못보난 밍인 가장 지셩으로 셤길 격긔 못할 닐니 잇실손라 더돈 밧고 도규실과 돈반 밧고 셰답흐기 일어쳐로 살어날 졔 임스의 덕과 목난의 고음과 장강의 힝실을 갓그 예기을 니칙흐여 시칙을 모을 거시 업고 선영의 봉졔소와 졉빈하기와 범졀 빅집사

〈1-뒤〉

단표자의 조불연석 흐난구나 가연흔 곽씨부닌 몸을 팔어 품을 팔 졔 싹바누질 관더 도복 힝의 창의 징염니며 셥슈 꽈자 즁츄막과 남여의복 잔누비질 외올쓰기 양누비와 고두누비 하졀의복과 비자 토슈 보션 힝젼 쥬먼니 쌈지 볼지 휘양 복건 원앙침의 슈노키와 공단 슈쥬 명쥬 유문 갑사 분쥬 퓌쥬 춘포 문포 곱성쵸 퉁경 싹을 밧고 마젼흐야 쳥황젹빅 염식흐기 쵸상난더 졔복 원삼니며 혼사음식 숙슈 되야 쥬편흐여 약과 산자 다식 졍과 낭면 화치 신셜누며 수팔연으 봉올리기와 일연 삼빅육십일의 한쩌반쩌 노지 안코 쥬야장쳔 벌어드려 푼돈 모와 양돈 짓고 양돈 모와 관돈 되니 동니 스럼 착실흔 되 일슈체게 취리변을 실슈 업시 바더니여 춘츄졔힝 봉졔사와 압 못보난 가장공경 니여

〈2-앞〉

셔 더할손야 잇쩌예 심봉사 할오난 여보 만오리 셰상의 슈족 이목구비 셩한 스람도 불칙한 게집 어더 부부자화 ᄒᄂᆫ 볌니 닛ᄂᆫᄃᆡ 만오리난 초연으 날과 함긔 부부 되야 압 못보난 가장공경 동즈셔달 찬 발암으 찬물 달여 밥을 지여 죠셕공경 극진ᄒ니 나난 편타 할연니와 만오리 고상살이 넘머 글니 염예 말고 사난 ᄃᆡ로 살아 보시 ᄃᆡ체 먹고 닙고 벗기는 다 각각 팔ᄌᆞ온니 슈요장단은 지 쳔니오 부귀빈쳔는 다 지슈라 일역으로 어니하리오 그러나 우리 부부 연장 사 십으 일졈혈육 업셔신니 우리 양쥬 죽은 후의 초상장사 소ᄃᆡ상과 졍죠 한식 단오 츄셕 사명일리 지닉간들 밥 한 그릇 물 한 모금 게 뉘라서 위로할니 ᄃᆡ체 명산ᄃᆡ쳔 차자가셔 공나나 ᄃᆡ려 보와 잔여간의 나아오면 죽들리도 한니 업니 션쳘흔 곽씨 부인 졋ᄐᆡ 안져 닉 말 듯고 한난 말니 닉 먼여 그 마

〈2-뒤〉

음이 잇삽던니 졍ᄃᆡ하신 가장의 셩품을 아지 못ᄒ야 지금가지 참어던이 먼여 말슴ᄒ옵신니 의논ᄃᆡ로 하올이다 곽씨부인 거동 보소 이 날봇틈 공 ᄃᆡ일 졔 모욕자게 견죠단발 졍이ᄒ고 왼갓 공을 다 ᄃᆡ일져 명산ᄃᆡ쳔 영신당과 묘츅소 과 셩황사며 셕불미역 졔신 고ᄃᆡ 허우허우 다 단니며 노구마지 창호시쥬 동시 쥬 가시시쥬 싱기복덕 날을 바다 죠상ᄃᆡ위 크 굿ᄒ기 누말연 무근 부체 금을 올여 도금하기 셕불미억 게신 고ᄃᆡ 집을 지여 졔만하기 비 업난ᄃᆡ 달니 노와 젹션ᄒ기 옷 업난 스람 옷 쥬허 젹션ᄒ기 비 곱파 하는 사람 밥 쥬어 젹션하기 명산후토 일월셩신 사ᄒ용왕 강신하빅 견위 쥬야로 공 ᄃᆡ닌니 가셰가 졈졈 ᄃᆡ 픠로다 공든 탑리 문어지며 심근 나무 썩쩌지라 갑자 시월 초팔일야의 동으로 오운니 영농하야 집안을 둘의

〈3-앞〉

던니 선인옥여가 학을 타고 한 손의 게화가지을 들고 완연니 너여와셔 부인
졋틔 안지며 솨옥셩 말근 쇼리로 연연니 말슴 ᄒ되 나는 셔와모의 딸일넌니
반도진상 가난 길의 옥진비ᄌ 잠간 만나 슈여슈작 하야떤니 시가 잠깐 느졋기
로 상졔게 득죄 인간의 너치미 간 바을 아지 못ᄒ야 쥬져쥬져 ᄒ던니 졔불존
셕가산임니 부닌딕으로 지시ᄒ기여 불원쳘니 왓사온니 고이고이 질너너소 품
안의 듸이친니 깜짝 놀너여 씨달은이 남가일몽너라 심봉사을 쳥ᄒ여 몽사을
논단ᄒ니 심봉사 디희ᄒ여 원앙 비취지락을 일워던니 그달보틈 틔기 잇셔 일
니식니 되야간니 입더시 나난고나 무여시 먹고 십퍼 시금틸틸 기살구난 아기
셔난듸 먹고 십퍼 둥굴둥굴 슈박덩니 은장도 드난 칼로 꼿지얼 얼풋 쩌고 강
능빅청 만니 부어 은동물인 반간 졔로 ○슐은 덤벅 쩌셔 닙의다가 너어 줄가
을음

〈3-뒤〉

셩유 목과 득물 젼틔 두고 아니 쥰 듯 업난 거시 싱각ᄒ고 잇난 거션 안니 먹
네 육칠식 되야간니 비 안의셔 와연니 노난구나 장폭밧트 금잉어 노난 듯 창
희의 노웅니 비을 쥬야고 구름 속의 논니난 듯 굼틀굼틀 노난구나 곽씨부인
어진 힝실 셕부졍부좌ᄒ며 할부졍불식ᄒ고 이불쳥음셩ᄒ며 목불시익식ᄒ야
셰월니 어류ᄒ야 십식니 당도ᄒ니 할오난 긔운 뇌곤ᄒ던니 희산긔미 일어난니
이고 비야 혈니야 방안의 상너가 진동ᄒ던니 일신을 건더쥐고 방안의 궁그난
듸 심봉사 거동 보쇼 천방지방 부억의 들어가셔 졍화슈을 쩌다가 소반의 단졍
니 노코 궤좌ᄒ여 비는 말니 삼신졔왕님 ᄒ감ᄒ옵셔 순산ᄒ게 ᄒ옵소셔 빌기
을 다ᄒ 후의 아기을 탄싱ᄒ니 일기 옥여 딸니로다 심봉사 거동 보쇼 방우 보
와 삼신상 놋코 쳣국밥

〈4-앞〉

을 졍니 ᄒ여 삼신게 빌을 젹의 소경의 셩품너라 남과 달나 쌈할 듯기 비난구

나 삼신졔왕니 졈지ᄒ신 자식 일쳬로 질너쥬고 겻도 만코 복도 만키 졈지ᄒ여
쥬옵씨되 셕슌 가진 복과 동방식의 명을 쥬어 삼십삼쳔 니십팔슉 북두칠셩 젼
의 지셩으로 비난니다 사십 후의 쥬신 자식 슌산ᄒ여 쥬옵신니 덕턱니 여산여
히 ᄒ옵건와 무병션건ᄒ게 ᄒ옵소셔 빌긔을 다ᄒ 후의 심봉사 반가온 마음의
로 아기을 만쳐 보며 일니 더듬 졀니 더듬 더듬더듬 만쳐 볼 졔 남여를 분간코
져 사셜 잠싼 만쳐 본니 손의 거칠 거시 업고나 무비가 긔양의 지닌간 듯 밋ᄃ
덩ᄒ거날 여보 만루리 니 말 듯소 무근 조긔가 힛조긔을 나니 ᄒ니 곽씨부닌
셜어ᄒ난 말니 사십 후의 바린 자식 쌀니안니 원통ᄒ오 ᄒ며 눈물을 흘니거날
심봉사 ᄒ난 말니 여보 만류리 그 말 마오 쌀니 아달만 못하여

〈4-뒤〉

도 아달 잘못 두면 욕급션영 ᄒ난니 울니 쌀 고 실너니여 예졀 먼져 갈아치고
치산 범빅 다 가라쳐셔 요죠슉여 고은 비필 군자호구 짝을 지여 종고낙지 ᄒ
거드면 외손봉사 못할넌가 썩졍 말고 여셔 국밥니나 만니 잡슈시요 일어타시
위로ᄒ야 초칠일도 못지난 아기을 보듬고 아기을 얼우것다 셤마 둥둥 니 간간
어셔 크라 니 간간 은을 쥰들 너을 사며 옥을 쥰들 너을 살가 금자동아 옥자동
아 만쳡쳥산 보비동아 쥴류쳔ᄒ 무쌍동아 쳔지만엽 씨인동아 일월갓치 빗난
동아 얼음 궁기 슈달피가 덩기 꼿티 진슈신가 시벽바람의 연초롱인가 올나가
난 구관인가 너여오난 신관인가 둥글둥글 슈박덩니 표진강의 슉향인가 네가
도로 환셩ᄒ여 은하슈 직여셩니 네가 진졍 안녀ᄂ가 어허 그졍 니 쌀니야 산
호진쥬 어더씬들 이여셔 더할손야 남젼북토 장만한들 이

〈5-앞〉

여셔 더할소야 감도 사셔 쌀니며 금돈가려 옷고롬의 치와쥬며 아가아가 어미
도 불니며 어셔 크라 ᄒ며 두 눈을 씀젹씀젹 ᄒ창 일니 굴면셔 곽씨부인을 힝
ᄒ야 산후벨징으로 반을 갓탄 약ᄒ 몸의 틱산갓탄 병니 들어 만신니 모도 다

붓고 호흡니 불통흐며 형용니 번식흐여 죽게 되야난지라 심봉사가 겁을 니여
여보 만누리 니게 윈 일니오 삼신임네 집탈니오 식음을 전폐흐야 속이 비여
일어흐오 의가의 문의흐여 약도 씨고 굿도 하고 정도 일고 왼가지로 다 흐여
도 죠금도 소음 업셔 형용니 점점 집퍼간니 리을 어니 흐잔 말가 곽씨부인 쏘
흔 사지 못할 줄 알고 가장의 손을 잡고 후유 한슘 낙누흐며 눈물을 흘니면서
셔을 씰씰 차며 니 평성 머근 마음 압 못보난 우리 가장 희로 빅년니나 봉양타
가 말연 임종하거던 초상장사 다흔 후의

〈5-뒤〉

그계야 뒤을 좃차 죽자던니 니가 몬져 황쳔의 도아가온니 니을 어이 하잔 말
고 이고 답답 니 팔자야 사십 후의 나흔 여식 졋 흔 변도 못 머기고 죽단 말니
윈 말닌가 눈 어두온 우리 가장 세답 쌜니 죠셕공경 게 뉘라 흐여 쥬고 아기을
자바 달여 얼골을 흔티 문질의며 불상흐다 니 식그야 갈연흐다 니 팔자야 네
가 조금 일직 나크느 너가 조금 더 살거나 너 낫차 나 죽은니 뉘 품의셔 잠을
자며 뉘 졋 먹고 사라날거느 이고이고 셜운지고 아가아가 못다 살고 가난 엄
미 흔치 말고 잘닛거라 피눈물 쇼사나셔 양협의 유슈로다 답답흐고 야속흐다
만가지로 싱각흐여도 죽을 박긔 할 일 업나 여보 낭군 니 말 조금 들어보오 이
아기 쥴야흐고 진옥판 당사슈실 가진 비단 슈부귀다남자 슈을 노와 함 속의
두어신니 업

〈6-앞〉

칠악 뒤칠악 할 졔 날 본다시 치와 쥬고 쏘 날아의셔 상사흥신 크닥큰 돈 한
푼 슈복강영 티평안낙 양편의 식이여 고은 홍젼들리 망사 쥬홍당사 쓴을 달라
신힝함의 너어신니 그것도 니여 추여쥬고 쏘 나 찌던 옥지환니 손 져거 못찌
고 경티 함의 너어신니 그 것도 니여 씨여쥬고 쏘흔 졔 건네 이동지집의 돈 열
양 믹게신니 초상의느 봇티씨고 쏘 항안의 잇는 양식 히복쌀 흐자던니 못다

먹고 황쳔의 가온니 쳐음 상망 지닌 후의 두고 양식 ᄒ옵씨고 쏘 건네말 진어 사뒥 관디 ᄒ 별 승비여 학을 놋타 못다 ᄒ고 두어신니 나 죽기 젼의 보니쥬고 쏘 건네말 귀덕어미 친근니 단여신니 나 죽어 츌상 후의 아기을 안고 가셔 졋 메게 달나ᄒ면 은당 괄셰 안니 할 거신니 글니ᄒ소셔 이고 답답 셜운지고 죽 지 안니ᄒ고

〈6-뒤〉

쳔힝으로 살거던 어미쥴 표나 ᄒ게 심쳥나라 불너쥬오 불상ᄒ다 이거시 삼사 셰 먹거 졔 발노 걸을만 ᄒ거든 무덤의 차자와셔 니게 너의 모친 무덤다 일 너쥬어 몬녀 상봉ᄒ게 ᄒ오 유유동풍 불셰 졍일 연죠 무셩커던 풀나 비여쥬 오 할 말니 무궁ᄒᄂ 슙니 갑버 못ᄒ것쇼 자분 손목 도로 놋코 팟각질 두셰 변 의 슙니 달싹 ᄯᅳᆫ어진니 갈연ᄒ 곽씨 혼빅 뉘라셔 위로할니 잇ᄯᅵ예 심봉사 죵 시 죽은 쥴 몰의고 여보 만우리 잠간 지쳬ᄒ오 약방의 가 단여올니ᄃ 문 펼젹 여다리고 쳔동ᄒᄃᆼ 업더지며 잡바지며 건네말을 차자가셔 문을 펼젹 여ᄃ리며 여보 황셩원 우리 만우리가 산후 별징으로 지금가지 골몰ᄒᄂ 쥴 들어셔도 알 연니와 지금 명지경각 죽게 되야신니 션약을 잠간 지여 쥬옵소셔 약방

〈7-앞〉

의셔 니 말 듯고 급피 약을 지여 쥬거을 심봉사 바ᄃ 가지고 쳔방지방 건네 와 셔 곽씨 부닌 졋티 안져 여보 만우리 약을 지여 왓소 그시는 엇더ᄒ오 ᄒ며 만 신을 만져 본니 사지가 믹니 업고 코의셔 찬 바람만 나온고나 아몰니 쳔호만 호 불은들 죽은 사람이 어니 디답할가 그졔야 죽은 쥴을 알고 펼젹 쯰여 가삼 을 탕탕 쑤달니며 이고이고 니게 원일니요 여보여보 만우리 니 말 듯소 약불 응활인니라 ᄒ던니 약 질어간 일 니 원슈로ᄃ 그시 니여 죽단 말가 약 안니 질 어 갓던들 우원니나 더 들을 거셜 열 변니나 원슈로ᄃ 나을 발니고 어디로 가 오 가ᄂ 디 날 일너 쥬소 ᄒ며 사십 후의 나흔 여식 뉘가 살니라고 죽단 말가

그디 살고 내 죽어야 니 신셰가 편할 거셜 그디 죽고 니가 산니 압 못보난 밍
인놈니 뉘을 밋고 사잔 말 인졔 가면 언졔 올께 암졔 올 쥴 모로건네 쳥

〈7-뒤〉

츈작반호호향의 봄을 **따라** 올나는가 청천유월너기시의 달을 좃차 올나는가 인
싱식연귀니의 졔비을 **따라** 올난가 곳도 졋다 다시 피고 달도 졋다 다시 돗썬
만는 만우러 가는 질은 어디미로 가단 말가 황능뫼 니비 흥기 소상강의 너여
가셔 죽상의 쉬쇄 쳔츄셕디 유원던가 닉양동풍 니황졍의 죽랑즈을 보려간가
삼쳔벽도 요지연의 셔왕모을 **따라**간가 빅은유슈 먼먼 질의 어디미로 가단 말
가 일곡셩의 인간영욕니 가소로드 간는 아기 안어다가 신쳬 압푸 뉘니면셔 니
거시나 달려 가쇼 이고이고 니 팔자야 상쳐호고 안밍호니 살 질은 젼니 업니
단장곡 우름쇼리 쳥쳔빅일니 무광호다 잇쩌예 동니 쳠존 노쇼남여 업시 일시
예 뫼와 공논호되 션쳔호 곽씨부닌 심쳔으 션심 슈덕호던니라 초상장사 혼디
스의 그 손을 빌여씨니

〈8-앞〉

범졀니 음젼호니라 호며 공논호되 슈빅호 디촌의 미호의 돈 셔돈식 츄염호야
초상물화자 불졔 쳥공단 져골니 빅공단 바지며 홍일광단 초미며 도쥬 명쥬 격
삼 분쥬 공삼 다 지여놋코 디홍디던 쳔금지금 홍광징명 모약슈죠 발낭의 무공
쥬며 셜면자와 도목관즈의 염예 업시 딜여놋코 가진 염십 입관호 후의 힝상긔
게 찰일 져기 박꼿갓탄 고혼 빅목 남슈쥬션을 둘너 방자 알을 놉피 달고 디공
단 쥬염 나부장식 국화장식 진홍꼿 금짜 박어 솨금연봉 올여 들너놋코 오싴비
단 가지 위 장진쥬렴 부젼 달어 일령졀엉 걸어놋코 쳥황용두 쳥소초용 난봉공
작 명젼공표 삽션 등물 덩글어커 셰워 놋코 시물네 명 상부군니 견나무 장강
틀 가시목 연초디펀 슘마쥴 갈나

〈8-뒤〉

메고 발넌계 축문 지여 일고 망종 하직 나가올 졔 상부군니 발니 짱의 붓고 써
러지지 안니ᄒᆞ니 호상역군 하는 말니 불상ᄒᆞ 곽씨부닌 밍인 가장 어인 아기
미망으로 일어혼가 ᄒᆞ며 심봉사 굴관졔복 ᄒᆞ고 심청을 품의 안고 간니 그졔야
상부가 운동ᄒᆞᄂᆞᆫ지라 나는 요랑 흔들면서 상부군니 쇼리ᄒᆞᆫ다 원오원오 인졔
가면 언졔 올니 언졔 올 쥴 니 몰으겨다 원오원오 북망산쳔 도아든니 오작만
우지진다 원오원오 산젹젹 월황혼의 뉘을 의지ᄒᆞ잔 말가 남문을 열고 바러을
친니 시벽총 별니 노피 써다 원오원오 사십 후의 나흔 여식 뉘라서 질너 닐게
원오원오 압질니 쳘니로ᄃᆞ 가슴의 밋친 슈심 언졔나 풀일손야 원오원오 시물
네명 유

〈9-앞〉

디군아 북망산쳔 당허온ᄃᆞ 원오원오 흔발 짜짓 거름 말고 평안니 모셔라 원오
원오 우리 마음 일어할 씨 심봉사 마음 온젼할야 원오원오 북망산 도라들어
엄토을 ᄒᆞ야 할 졔 맛참 즁 ᄒᆞ나 너려 온다 져 즁의 거동 보쇼 먹장삼 썰쳐 입
고 굴갓슬 숙겨 씨고 빅팔염쥬 목의 걸고 굴리빅통 반은장도 엽프 차고 소연
당상 옥관ᄌᆞ을 두 귀 밋티 둘려시 부치고 육날 멋토니 질끈 믹고 육환장을 질
을 니쓰시며 너려와셔 심봉사쎄 죠상ᄒᆞ고 사면을 둘너 보던니 져 즁의 거동
보쇼 집퍼던 육환장을 눈 우의 놉피 들려 ᄒᆞᆫ 고셜 갈라친ᄃᆞ 좌쳥용 우빅호 남
쥬작 북헌무 우쳥용니 둘너닛고 유입슈 유좌모향 건득곤ᄒᆞ고 목니 싱화겍니로
다 분피을 덩그러커 놉피 씨면 황

〈9-뒤〉

후 왕비 나오리다 그 즁니 갈라친 디로 안장ᄒᆞ고 호상역군 다 훗더진니 무덤
을 부어 잡고 일장통곡 셜니 운니 역군덜니 ᄒᆞᄂᆞᆫ 말니 여보시요 봉사임 어인

거셜 싱각ᄒ야 집으로 가옵시다 심봉사 심청을 품의 안고 졔물 찰여 망죵 하
직ᄎ로 축문을 일글 젹의 ᄎ호ᄎ호 효ᄎ죠지슉여슙 여상불고어고ᄂᆞᆫ니라 그ᄇᆞᆨ
연희로던니 호연몰혜여어오귀온니 젹젹 월황혼의 명문을 구지 닷고 ᄌᆞ난 듯기
누어씨니 탁송후의 위가혜여 보고 듯기 얼여워라 심겡겡니소혼혜여 삼혼구ᄇᆞᆨ
훗터지고 ᄂᆞ단단 이졍금혜여 흐르ᄂᆞ 눈물니 피가 되야 오ᄌᆕᄌᆔ귀추혜여 무삼
말을 ᄒᆞ소혼들 셕함던니요혀여 음양니 달나닛ᄃ 자귀셩단월삼경의 뉘을 의지
ᄒᆞ잔 말

〈10-앞〉

가 ᄌᆔ과포염 ᄇᆞᆨ어을 만니 먹고 물여가소 익긔을 다한 후의 심청을 품의 안고
방셩ᄃᆞ곡 셜리 울며 집의로 도라온니 부억은 젹막ᄒᆞ고 방안의 사람 업셔 쑥니
향니 피여 놋코 사면을 살펴본니 질에산 가마구 게ᄲᆞᆯ 물어다 노은 듯ᄒᆞ게 안
자 동지장야 진진밤의 흔슘으로 날을 실 졔 심쳥니 ᄌᆞ다 ᄭᆡ여 목 말의고 ᄇᆡ 곱
파셔 응이응이 우ᄂᆞ 소리 심봉사 일쳔간장 구부구부 다 녹난다 이 일을 어지
ᄒᆞ잔 말가 쳔ᄒᆞ 일모부운하의 희가 져도 님의 싱각 월명황혼화락우 달빗도 님
의 싱각 야우무명단장셩의 빗소리도 임의 싱각 춘풍도리화긔야의 꼿 피여도
님의 싱각 추우오동염락시의 입만 ᄶᆞ려져도 님의 싱각 비취금 ᄒᆞᆫ슈여공의 니
불만 차도 님의 싱각 상사ᄇᆡᆨ골 화위토의 흑니 되야

〈10-뒤〉

도 님의 싱각 자규셩단월삼경의 두견니 소리도 임의 싱각 풍두여운면여곡의
바람만 차도 임의 싱각 불싱쳥운긱비니의 그러긔 소리도 임의 싱각 우ᄂᆞ 심청
그갈곡의 졋 못머게도 임의 싱각 한식동풍 어류사의 일쳔실 버들가지 니의 흔
슘 ᄶᆞ니것다 야반죵셩도 긱션의 일러 삼경못ᄃᆞᆺ 잠을 사오경의 계우 들어 불상
ᄒᆞᆫ 곽씨부인 몽중의나 상봉ᄒᆞ자던니 얼인 아기 울음 소리 ᄭᆞᆷᄶᆞᆨ 놀니여 ᄭᆡ달은
니 헌 죽창의 부넌 발람 살 쏘듯긔 듸리불 졔 손 불며 홀노 안자 날 시긔을 지

달니며 두 눈 양협의 우슈갓튼 눈물 다라 심청을 품의 안쬬 동양졋 메기을 첫 시벽 셜니 찬 바람의 우물가의 둘름박소리 반기 듯고 나어가서 여보시요 아모 부닌 어인 것 졋좀 메게 쥬오 일난 풍화 셰닉가의 셔답소리

〈11-앞〉

반긔 듯고 차져 가셔 아물니 남여유별ㅎ온들 긔훈의 염치 업소 불상훈 우리 쌀 졋 잠관 메게 쥬오 유월염쳔 더운 날의 지심 미고 쉬여 안져난 듸 더듬더듬 차자가셔 여보시요 부닌네덜 딕의 귀동자 먹고 나문 졋 훈 통만 메게쥬요 일 어쳐로 이결ㅎ니 뉘 안니 실프 할니 니웃집 벗짜난 듸 소리을 듯고 문젼마다 차져가셔 어미 업는 니 쌀 심쳥 졋 훈번 메게쥬오 일니졀니 단일 젹의 위군츄야도의셩의 다듬미 소리 반긔 듯고 아물니 칠야 삼경 집푼 밤니라도 곤훈 잠 젼니 업고 아기을 안고 차져 가셔 남북고촌 두로 단여 동양졋 맘쥭으로 겨우 연명ㅎ야 근근이 자라날 졔 아가아가 우지 말고 잠자거라 너 울어도 썰듸 업 다 먹던 맘쥭 그만닌니 빅 곱파도 할 일 업다 네 우난 소리의 일쳔간장 다 녹 난다

〈11-뒤〉

그렁졀렁 키여 니여 사오셰의 둥도ㅎ니 호부호모 말 비우기 영민ㅎ고 총명ㅎ 야 어룬으게 지닉더라 지평막디 잡페 압 셔우고 일니졀리 닌도할 졔 여긔 놉 소 져그 집소 일니 오쇼 졀니 가시 밥 빌기을 일삼은니 심봉사 일희일비ㅎ야 셜어니 ㅎ는 말니 불상ㅎ다 니 식기야 초칠일도 못 지닌 거셜 져만치 키웨닐 졔 실푼 훈슘 쉬는가 삼싱초목의 불니 붓네 심쳥의 거동 보쇼 십셰의 당도ㅎ 니 부친공경 극진ㅎ듸 고은 얼골 ㅎ는 볌졀 셰상의 드물네라 ㅎㄹ로난 심쳥니 부친젼의 엿자오디 말 못ㅎ는 가마구도 식기을 질너 반포ㅎ야 조중지징징이라 일너신니 허물며 사람되고 김싱만 못할잇가 오날보틈은 아반님 가만니 게시오 면 니가 나가 비러다가 부친 젼의 드리나다 심봉사 ㅎ

〈12-앞〉

난 말니 이 아 심청아 말인직 올타만은 다 큰 여식 노변츌입니 불가ᄒ니 그런 말 너지 말나 심청니 다시 엿지오더 으식쪽니지예졀니라 옛글의 일너신니 다 큰 여식 집의 두고 눈 어두온 아반님니 밥을 비너 단니시면 남니 욕을 ᄒ난니 글언 말슴 너지 마쇼셔 심청니 그날보틈 밥을 비너 갈 졔 짓만 나문 헌 져골니 목을 눌너 자바 미고 말만 나문 헌 초미로 일니져리 삼을 가려 헌질목 발등 덥고 뒤칙 나문 헌 집셔기 들미신고 쳥목후양 눌너 씨고 헌 박젹 엽푸 찌고 엄동셜한 치운 날의 문젼마닥 기가 지셔 막더 손의 들고 니집 져집 밥을 어더 품의 간슈ᄒ고 모진 상셜풍을 니기지 못ᄒ여 엽겨음질 쳐 손을 불며 남북고촌 차자 간니 쳔산의 죠비 쯘어지고 만경의 인

〈12-뒤〉

젹 업다 가가문젼의 밥 빌져기 불상ᄒ 심청 신셰 뉘 안니 칭찬홀니 밥도 엿고 국도 여더 밧비밧비 도라올 졔 일간초가 쎨언 집의 셧걸 연자 들어나고 쎠젹문 헌 잘니예 심봉사 홀노 안져 손을 불며 심청아기을 기달일 졔 잇쩌의 심청은 밥을 손의 들고 안마음의 싱각ᄒ되 불상ᄒ 우리 부친 비 곱파 엇지 ᄒ며 방 치워 엇지 ᄒ고 쳔동ᄒ동 건네와셔 문 펼젹 열달니며 와락 쒸여 드러가셔 이고 아바님 비 곱푸 엇지 ᄒ며 방 치워 엇지 ᄒ오 더운 진지 어더 왓쇼 심봉사 반가온 마음 아가 심청아 어셔 온의라 불상ᄒ닷 니 식기야 네가 도로여 비어 닷가 먹고 산니 기믹킨다 왼몸을 만지면셔 손도 잡어 불어쥬며 니 식기 다 얼엇닷 무상ᄒ닷 네의 모친 너을 두고 죽단 말가 이 발노 걸어단여 멋 집 문젼의 손을 불며 어더 왓야

〈13-앞〉

어던 사람 팔자 조와 부귀다자손ᄒᆞ거만은 무상훈 너의 팔자 엇지 글니 긔박ᄒᆞ
다 무남동여 니 쌀 심쳥니 못메고 몬 입펴셔 헐벗꼬 쩌ᄂᆞᆫ 양은 차마 보지 못
ᄒᆞᆯ것다 심쳥니 다시 엿자오ᄃᆡ 아반님은 격졍 마오 흥망셩쇠가 쪄가 잇신니 셜
마 엇지 ᄒᆞ올닛가 어던 온 밥 다시 데여 부친 젼의 상 듸니고 만니 잡슈 부ᄃᆡ
부디 만니 잡슈 민쳡ᄒᆞ기 이러ᄒᆞ니 뉘가 안니 칭찬할리 잇쩌예 무능촌 장셩상
ᄃᆡ 장ᄌᆞ부닌 심쳥의 소문을 반게 듯고 시비을 보니여 쳥ᄒᆞ거ᄂᆞᆯ 심쳥니 부친젼
의 엿자오ᄃᆡ 어룬니 부의시니 잠간 단여 오올니다 심봉사 ᄒᆞ난 말니 글어면
슈니 가 단여오라 헌 비초미 무름 씨고 시비의 뒤을 짜라 ᄃᆡ문 압푸 당도ᄒᆞ니
별유쳔지비인간니 일로 두고 일음미라 창압푸 벽오동은 호시츈풍 흥의 졔위
우쥴우쥴 츔을 츄고

<h3>〈13-뒤〉</h3>

아침 이실은 구실갓치 믹졋씨되 바람부ᄂᆞᆫ ᄃᆡ로 쏙쏙 쩌러지고 쏘 훈 편 바러
보니 반못반당 일간기라 죠고만한 연못 우의 하엽니 쵸부슈상젼니라 둥실 너
푼 쩌ᄂᆞᆫᄃᆡ 쳥두움니 빅두움미 논니난ᄃᆡ 씰눅씰눅 소리하ᄂᆞᆫᄃᆡ 쏘 엇쩐 놈은 두
쑥지을 졋터 찌고 빅노권 일쪽으로 지웃지웃 ᄒᆞ던니 덜쑥으 감츄고 스기지 울
여 쫄여닛고 그 압푸 화게을 미여씨되 영산홍 자산홍 목단ᄌᆞ약 홍도화 빅도화
왜철쥭 진달니며 봉션화 민들이미 츈흥을 못이긔여 일니 흔들 져리 흔들 구경
을 다훈 후 그 안의 들어간니 쳥삽살니 마죠 쾅쾅 짓ᄂᆞᆫ 소리 무릉촌 션경니 여
긔로다 즁문 안의 들어셔셔 퇴계을 바리본니 당상의 안진 부인 긔구가 풍영ᄒᆞ
고 의상이 단졍커날 심쳥의 어진 힝실 두변 졀ᄒᆞ고 엄실단졍니 안져

<h3>〈14-앞〉</h3>

신니 장ᄌᆞ부인 하ᄂᆞᆫ 말 네 소문을 별셔 듯고 오날니야 너을 본니 듯든 말과 과
연 갓다 의복 단장 안니ᄒᆞ야씨되 월궁션예 졀식니라 염용ᄒᆞ고 안진 티도 쳥강
빅셕 비 긴 날의 모욕ᄒᆞ고 안진 졔비 스람 보고 날러난 듯 팔자쳥산 고은 눈셥

쵸싱반월의 정신을 감쵸오고 양협의 불근 연지 목단화 혼 숭이가 어제밤 져문 비예 반만 핀 형용 묘연한 말근 티도 시벽하날 발근 달니 물가의 빗쵀는 듯 방 안의 말근 긔운 청명훈 시벌니 건곤의 달여난 듯 쇄옥성 말근 쇼리 농산 잉무 격니로다 너는 일졍 몰나셔도 옥경의셔 노드 션여 벗 하나을 니려쏘다 무능촌 의 봄니 든니 도화동의 쏫시 핀듯 긔특ᄒ다 심쳥아가 두 눈 어둔 너의 부친 두 눈을 어더쏘듯 네 져리 고상 말고 너의 슈양ᄯᅡᆯ 되야 모여지미을 보거되면

〈14-뒤〉

그 안니 죠을 쇼야 아달니 삼형졔라도 황성 가셔 미환ᄒ고 달은 자식 업셔 실 ᄒ의 말벗시 업고 동지장야 진진 밤의 더만 갓고 셰월을 보너이 오날보틈의 슈양ᄯᅡᆯ니 되야 예졀 먼져 가라치고 침션 방직 가으치면 네 신셰가 편ᄒ리라 심쳥니 엿자오더 나 나은 졔 숨일만의 모친을 니별ᄒ고 쳘쳔지원이 되여 이니 가슴의 밋쳐던이 부인의 말슴을 듯사온니 모친을 다시 본 듯 반갑긔 칭양업난 이다 비려먹는 어인 아희을 더엽다 안니ᄒ시고 슈양ᄯᅡᆯ을 삼자ᄒ신이 졔 마음 니 감사 무지ᄒ옵니다 동일토록 담화ᄒ고 비 불의게 밥 먹은니 부친 싱각 간 졀ᄒ다 잇ᄯᅢ예 심봉사난 비 곱푸고 방은 치워셔 두 손을 비비면셔 안져신니 먼 졀의 쇠북쇼리 귀예 상상

〈15-앞〉

들니거날 날니 져문 졸을 알고 무삼 일니 골몰ᄒ야 날 져무난 졸을 몰의난고 시만 후루룩 날어가도 아기 심쳥 네 오난야 나무입만 쑥 쩌러져도 아기 심쳥 네 오난야 바람만 불어도 문 펼젹 여다이며 아기 심쳥 네 오난야 풍셜의 가는 사람보고 진난 기쇼리의 문을 펼젹 여다리며 아가 심쳥 니 ᄯᅡᆯ 게 오난야 일연 삼빅육십일과 일일 십리시을 한ᄯᅢ반시 ᄯᅥ나지 안니ᄒ고 쥬로 졋틔 안져 지 셩으로 고상턴니 엇지 안니 오단 말가 아가아가 심쳥아가 오다가 강표자의게 잡펴 비 되여눈야 쳑셜니 만산ᄒ니 질니 막커 못오난야 너는 날만 밋고 나는

너만 밋고 셔로 의지ᄒ야 사ᄂ 빈듸 날을 바리고 어듸 간나 의문니 망ᄒ자 한
니 눈 어두어 못ᄒ건

〈15-뒤〉

네 싹갑ᄒ고 답답ᄒ야 지펑막듸 거쳐 잡고 문을 펼젹 여다이고 더듬더듬 나가
올 졔 여긔져긔 살피다가 집고 집푼 황긔쳔의 밀친다시 슈우룩 풍덩 ᄲᅡ져ᄂ니
나올난직 더 ᄲᅡ지고 왼 몸니 모도 다 먹지동니 되야난듸 풍셜은 흐날니고 니
빈 힝긱 쓴어지니 가연ᄒ 심봉사가 죽을 박그 ᄒ일 업다 잇ᄯᅥ에 쳔위신죠ᄒ야
마참 셔쵹 보가산 쳥용사 화쥬승니 마참 그리 지니다가 심봉사 거동 보고 져
즁의 거동 보쇼 굴갓장삼 보션 힝젼 훨훨 벼셔 되ᄂ 듸로 더져 두고 왈칵 ᄲᅱ여
달여들어 심봉사 고두상토 덥벅 쥬고 들쳐 머여 쳔동한동 건네와셔 심봉사 집
밧비 차져 방안의 뉘여놋코 여보 봉사님 셩씨ᄂ 뉘시며 자호을 아라지니

〈16-앞〉

다 심봉사 즁의 손을 덥벅 잡고 엇쩌ᄒ 셩원님니 죽을 나을 살여난닛가 니의
셩은 심가오 자ᄂ 학귀라 ᄒ건니와 뉘신지 알어지ᄂ다 져 즁의 ᄒ난 말니 소
싱은 셔쵹 보가산 쳥용사 즁니로소니다 심봉사 졍신을 진졍ᄒ여 즁다려 ᄒᄂ
말니 그 은혜을 엇지 다 갑솔잇가 죽어 진퇴된들 이질 날니 잇실소야 져 즁이
ᄒᄂ 말니 우리 졀 풍마우셰의 불샹니 퇴락ᄒ야 젼복지경의 일니기로 권션
을 모시고 단닌 질니옵던니 오날 만나ᄂ니다 심봉사 하ᄂ 말니 우리 갓튼 소
경도 시쥬ᄒ오면 눈니 발가올잇가 져 즁니 ᄒᄂ 말니 우리 졀 부쳬님은 명감
이 자락ᄒ사 공양미 삼빅셕을 불젼의 시쥬ᄒ옵시면 삼연 니의 눈을 보올다
심봉사 눈 ᄯᅳ탄 말의 졍신 업시 말

〈16-뒤〉

ᄒᆞ되 글어ᄒᆞ면 권션문의 치부ᄒᆞ고 중을 보닉고 ᄉᆡᆼ각ᄒᆞᆫ니 일런 밋친 인ᄉᆞ 세상의 ᄯᅩ 잇난가 ᄋᆡ고ᄋᆡ고 셔룬지거 다만 무남동여 닉 ᄯᆞᆯ 심청이가 밥을 빌어먹난 테의 삼빅셕 중ᄒᆞᆫ 쌀니 어ᄃᆡ셔 나잔 말가 ᄋᆡ고ᄋᆡ고 닉 일니야 죽을 박긔 할 일 업다 확쳘의 마은 고기 일두슈을 뉘라 살여 쥴고 ᄋᆡ고ᄋᆡ고 엇지 ᄒᆞ잔 말가 허망ᄒᆞ고 밋쳐던가 황문긔쳔의 ᄲᅡ져 넉슬 일코 일어한가 아물니 ᄉᆡᆼ각ᄒᆞ야도 죽을 박긔 할 일 업다 홀노 안져 자탄할 졔 잇ᄯᅢ예 심청니가 밥을 어더들고 부친 ᄉᆡᆼ각ᄒᆞ야 쳔동ᄒᆞᆫ동 건네와셔 써젹문 여달니고 방안의 들어가셔 아부님 나 왓쇼 날 ᄉᆡᆼ각고 누어ᄶᅡ가 잠들어게쑈 일어나 게 진지 잡슈 잇ᄯᅢ예 심봉사은 신셰을 ᄉᆡᆼ각ᄒᆞ고 졍신 업시 누어

〈17-앞〉

거날 심청니 거동 보쇼 ᄋᆡ고 아부님니 계 원 일이오 살엄난 두 귀 밋ᄐᆡ 눈물 흔젹 웬 일니오 쇼음업난 헌 의복의 물졋기는 웬 일니요 물가의 가게ᄶᅡ가 돌의 채여 넘어 져것쇼 초미자락 거더 잡고 부친의 목을 안고 눈물을 씨시며 엇지ᄒᆞ게 일어ᄒᆞ오 다순 진지 어더 왓쇼 일어나게 진지 잡슈시오 무삼 일로 근심ᄒᆞ오 날다려 말삼ᄒᆞ옵고 진지 잡슈 심봉사 밥 머글 마음 젼니 업고 눈물만 흘니면셔 ᄒᆞ는 말니 더 알어도 씰ᄃᆡ 업다 네가 알면 속니 탈가 닉가 먼여 짐작ᄒᆞ니 말ᄒᆞ여도 ᄒᆞ일 업다 심청니 엿자오ᄃᆡ ᄋᆡ고 아부님 글언 말슴 마옵쇼셔 부자지윤 긔은 오윤의 읏씀니라 자식을 ᄃᆡᄒᆞ여 무삼 으는을 못할니잇가 심봉사 ᄒᆞ는 말니 너난 가셔

〈17-뒤〉

안니오고 빅는 곱파 기진할 졔 보고 잡픈 마음 간졀ᄒᆞ야 멀니 나셔 바릐다가 황문긔쳔의 풍덩 ᄲᅡ져 거니 죽게 되야던니 마참 셔촉 보가산 쳥용사의 사난 화쥬중니 지닉다가 날을 살여놋코 중니 ᄒᆞ는 말니 공양미 삼빅셕을 불젼의 시쥬ᄒᆞ면 삼연 닉의 눈을 ᄯᅥ셔 쳔지만물 구겡ᄒᆞ고 일월셩신 구경ᄒᆞ여 봉사님의

무남동여 고은 얼골 일쳬로 보오니다 ᄒ기여 쳣치는 네 얼골 본단 말니 반기 듯고 권션문의 치부ᄒ고 즁을 보닌 후의 곰곰 싱각ᄒ니 셰상의 일언 밋친 사 람니 ᄯᅩ 닛씨며 셔되 쌀도 엄난 데의 삼빅셕 즁한 쌀니 어듸셔 나단 말가 전싱 의 죄 즁ᄒ야 나 셰상의 밍닌으로 ᄯᅩᄒ 죄을 지여씬니 밥 먹고 사잔 마음 일시

〈18-앞〉

도 업셔진다 가듸와 셰간을 파자ᄒ니 헌 농 한짝 헌 ᄶᅱ자리 한닙 사발 셰기 동 우 ᄒᆞᄂᆞᆫ 솟단지 ᄒ나 일간두옥 일어한니 게 뉘라셔 살니오 셩상 푼다 ᄒ들 리 도 ᄒ셥 쌀을 못변통할듸 일어 망영되고 밋친 놈니 어듸가 ᄯᅩ 잇실가 이고이 고 니 신셰랴 팔ᄌᆞ가 긔박ᄒ야 눈 어둡고 상쳐ᄒ고 강근한 일가 업고 사고무 친쳑의 게 뉘라셔 날을 살여닐고 이고이고 니 신셰야 일어타시 복통한니 심쳥 니 말을 듯고 쪽금도 안식을 변치 안니ᄒ고 단졍니 귀좌ᄒ여 시옥성 말근 소 리 연연 듸답ᄒ되 아부님 걱정 마옵씨고 진지 잡슈 삼빅셕 쌀니량은 너가 변 통ᄒ옵니다 무능촌 장ᄌᆞ부인 날을 슈양쌀로 삼어신니 니 말슘 ᄒ거드면 팔

〈18-뒤〉

셰 안니 ᄒ올니다 글언 염예 마옵쇼셔 예사람을 싱각ᄒ니 자로는 유이픔미ᄒ 야 부모봉양 ᄒ야 닛고 왕싱은 어름 궁기 이어 략가 죽을 부모 살여 잇고 듸순 징자 츌쳔지ᄒ오난 만고 옷씁나라 일어한 호심은 본바들 슈 업사오나 엇지 염예 근심ᄒ올잇가 불호한 심쳥니가 부모 은예 만의 한나나 갑사오릿가 나 나은 제 심일만의 모친을 니별ᄒ니 쳔지간 일듸 죄닌은 나 ᄒ나 ᄲᅮᆫ니라 부모 위ᄒ야 죽거도 올흔지라 눈 어두은 아부님니 홀노 안져 금심ᄒ옵신니 너들 엇지 언연 부동ᄒ오닛가 부친을 기유ᄒ야 안심커 한 후의 심쳥니 거동 보쇼 니 날보틈 공 듸일 졔 모욕지계 젼죠단발 졍니ᄒ고 일쳥 단을 졍니 무어 말쏘 말근 졍화 슈을

〈19-앞〉

올여 놋코 비는 말니 삼십삼천 니십팔슉 북두칠성 명산후토 일월성신 일로 흐
감흐옵쇼셔 너의 부친 안밍흐야 원니 골슈의 미쳐던니 쳥용사 화쥬중니 말흐
되 공양미 삼빅셕을 불젼의 시쥬흐면 삼연니의 눈을 써셔 쳔지을 볼니라 흐온
니 하날님니 감동흐사 니 몸을 팔일 고셜 슈이 졈지하옵쇼셔 비난다 비난니
다 하날님게 지셩으로 비느니다 초목은 우로로 은혜 닙어 춘싱츄실 흐건이와
사람은 부모의 은혜로 장싱한이 엇지 위연이 안자쎌니오 어셔 급피 졈지흐옵
쇼셔 공든 탑니 문어지며 심근 나무 썩쩌지랴 하오난 남경장사 션인덜니 장사
차로 가는 질의 인당슈 용왕님은 인계슉을 잡슈기로 십오셰 된 여

〈19-뒤〉

자을 사랴할 졔 촌촌니 단이면셔 웨여 흐는 말니 부모의게 호도 닛고 왼 몸의
슝기 업난 쳐즈 몸 팔니 뉘 잇심나 워고 가거늘 심쳥이 반기 듯고 문을 팔적
열고 닙더셔셔 여보시오 션닌너덜 여즌은 사다 무엇흐오 션닌덜리 고이 예게
묵묵부답 흐던니 그 즁의 도션쥬 흐난 말니 우리난 슈만지 밋쳔 되이여 남경
장사 가난 질의 인당슈 용왕님은 인계슉을 밧잡기로 십오셰 된 여자을 사랴흐
고 워고 단니나니다 심쳥이 흐난 말니 날갓튼 여자도 씨겻소 션닌덜니 반게
듯고 흐난 말니 우리난 사다 씨건이와 낭자난 무삼 일로 몸을 팔여 흐난요 심
쳥이 디왈 너의 부친임이 안밍흐야 쳘쳔지원니 가삼의 밋쳐던니 뜻박긔 셔쵹
보가산 화쥬즁이 흐난

〈20-앞〉

말니 공양미 삼빅셕을 불젼의 시쥬흐면 삼연니의 눈을 뜰이라 불상한 너의 신
세 쳥견일푼 젼니 업고 한 옵 쌀니 업셔신니 먼 일가친척 젼니 업고 삼빅셕을
어니 할고 쥬야로 근심하던 차의 션인 만나신니 날을 사다 씨게흐오 흐며 덜

쥬어도 썰씨 업고 더 쥬어도 썰씨 업니 삼빅셕의 졀가흐야 청용사로 올여 쥬
고 화쥬즁의 표을 바다 날을 쥬오 션인덜니 이 말 듯고 긔특하다 이 말니여 삼
빅셕을 슈운흐여 쳥용사 화쥬즁게 올니고 픠을 바다 심낭자게 젼한 후에 힝션
날을 탁날흐여 삼월 십오일이온니 명심불망 흐옵소셔 이 쌀 니십셕으로 밍인
부친 으복 동졀 양식가지 쥰비커 흐옵소셔 잇쩌예 심쳥이

⟨20-뒤⟩

션닌을 견송흐고 부친젼으 엿자오디 무능촌 장자부닌니 날을 슈양쌀로 삼은
후의 쌀 삼빅셕을 쳥한직 쥬시기여 쳥용사의 올여신니 일분 걱졍 마옵시고 마
음을 펀커흐옵소셔 흐니 심봉사 이 말 듯고 와락 쒸여 츔을 츄머 어허 어허 니
쌀니랴 나무 아달 열 회자가 니 쌀 한나 당할손야 장할시고 장할시고 장자부
인 장할시고 인후하신 졍경부인 슈명장슈 자손장셩 만셰무양 흐옵소셔 젹션지
가의 필유여경이라 옛글에 일너신니 만셰만셰 억만셰을 공덕 산니 두의소셔
한창 일니 논일 젹의 심쳥은 소관니 하사로 졔의 신셰을 싱각흐니 졔 몸 흐나
죽기난 셥지 안니흐나 압 못보난 밍인 부친 엇지 잇고 가잔 말

⟨21-앞⟩

가 답답흔 닐 자은 졈졈 각가온니 니 일을 어이 하잔 말가 흐며 부친의 의복이
나 니 손으로 망종 지을이라 흐고 사졀으복 쌀니흐여 몸의 맛게 지어 널게 졍
월의 고두누비 삼사월의 잔누비것과 하졀으복 모슈것과 동지셧쌀 슈쥬바지 시
솜을 만니 노와 지예 놋코 먹던 양식 다시 실어 글읏마닥 치여놋코 남쵸 졉어
쳔은셜합의 가득이 넛코 씨던 파닙 쓰지흐야 갑사 갓끈 달어 놋코 헌 망근 압
을 갈어 공단 꾸미 당팔사 당쥴 디모관즈 달어 쌀듯기 걸어놋코 헌 보션 볼을
바다 부친 멀니 우의 신을 듯기 노와두고 홀노 안자 힝션날을 싱각흐니 할오
밤미 지격이라 부친얼골 흔틔 디고 셩르 씰씰 차머 이고이고 니 팔자야 불상
흔 우리 부친 뉘라셔 공경

〈21-뒤〉

ᄒ며 조셕진지 뎌소믹질 뉘라셔 인도ᄒ니 이고이고 아부님 닉당슈의 죽은 날을 싱각고 안자다가 일모황혼 지난 ᄒ난 점점 쩌러지고 비 곱파 기진할 졔 빅운심쳐 유닌가의 옛 친고 벗님 댁의 염체업시 차자가면 낙낙무심 고렴지이라 무정셰월 양유파 고인은 도라가고 소연덜만 창셩ᄒ야 져 소경 물니치라 ᄒ니 쳘예 모로난 어인 아희 막디 들고 축긱할 졔 한 쳥삽살니 퇴게이라 누어다가 와략 쮜여 달여들 졔 뉘가 그 기을 쫏차줄고 일언 일을 싱각ᄒ니 혼빅닌들 이질소야 동지 셧달 찬 바람의 이집 져집 단니다가 ᄒ변 가고 두변 가면 오난 거셜 실어할 졔 눈 어두온 우리 부친 남의 눈치 어이 할고 이고이고 엇졋거나 엇지 잇고 죽단 말가 오날밤 오경시

〈22-앞〉

을 함지예 머물의고 닉일 아침 둣난 ᄒ을 부상가지예 미예 두면 불상한 우리 부친 더 모시고 불연만언 천지간 사정 업난 시난 밤을 뉘라 머물며 돗난 ᄒ을 뉘라 말유할니요 ᄒ며 잠든 부친 쮤가 ᄒ야 속으로 늘커두고 죽어 항천의 도라가셔 몬여 상봉 ᄒ자한들 가난 질니 달니 씬니 만나보 질 젼이 업네 이고 이고 닉 기믹킨 팔자야 홀노 안자 실퍼할 졔 원촌의 기가 짓고 근촌의 달기 운다 닥아닥아 우지 말라 반야진상 밍상군니 안니로다 네가 울면 날니 시고 날니 시면 ᄂ가 죽것다 네 울음소리예 심사 들꼬 젼니 업다 그령졍령 동방니 ᄒ 번ᄒ며 날니 장차 발가온니 심쳥니 기가 믹키 한슘 쉬고 일어나셔 문박긔 나와셔 먼 산만 바릭보고 졍신업시

〈22-뒤〉

우두건니 셔셔 싱각ᄒ니 즁안이 먹먹 두 눈이 캄캄ᄒ야 밋친 듯 취한 듯 스람

의 인사 안니로다 발을 동동 굴의며 이고이고 엇져쩌나 지동지셔 반칙ㅎ야 아
물니 알 쥴 몰은 차의 잇쩌예 션인덜니 발셔 와 지달인 제 여보시요 심낭자 힝
션날니 오날인니 슈이 가게 ㅎ옵소셔 심쳥니 정신 찰여 흔연니 ㅎ난 말니 오
날닌 졸 이왕의 알아 것이와 잠간 지체ㅎ옵소셔 니 몸 팔여 가난 쥴을 부친게
사루지 못ㅎ여신니 면예 셜노 ㅎ거던면 앗침 진지도 편니 잡슈지 못할 거신니
진지나 니 손으로 망죵 지여 잡슌 후의 슈이 가게 ㅎ올니다 션인덜도 그 말 듯
고 낙누ㅎ고 물너나와셔 져의질의 공논ㅎ고 빅미 빅셕과 돈 빅양과 빙목 흔
동 마표 흔 동을

〈23-앞〉

짜로 허급하고 심쳥을 지달일 졔 잇쩌 심쳥니 쳔동지동 밥을 쌜니 지여 부친
젼의 상을 드이고 상멀이예 마죠 안자 아물니 기슈업게 하자 한들 엇지 오장
니 셩할니요 밥도 쩌 들니고 반찬도 들어 입의 너의며 짐쌈도 ㅎ여 들니고 만
니 잡슈 만니 잡슈 심봉사난 종시 글언 쥴을 모의고 아가 심쳥아 오날 아침 반
찬을 미우 맛잇다 뉘 집 졔사 지닌난야 그특ㅎ고 그특하다 니 식기야 너의 모
친 봄직하다 아가 간밤의 꿈을 쒸여던니 네가 크 슈리을 타고 한니 업시 가 뵈
인니 슈리라 ㅎ난 거션 큰 스람 타난 비라 아미도 무능촌 장자부인니 네을 가
미 틔여 가랴나 부다 그 꿈 길몽 안니야 심쳥은 분명 졔 죽을 꿈인 쥴을 짐작
ㅎ되 분친의 ᄆᆞ음을 위로ㅎ야

〈23-뒤〉

이고 그 꿈 좃소이다 ㅎ며 진지상 물니치고 담비 부쳐 듸인 후의 사당의 들어
가 명죠 ㅎ직할 졔 북힝사비ㅎ고 비난 말니 불쳔지위명상임 사ᄃᆞ조부 신위임
불회한 심쳥니가 오날 망죵 하직이요 불상한 소경아비 불상이 여게쥬오 삼연
니의 눈을 쩌 쳔지을 본 후의 어진 가문 취쳐ㅎ야 칠십싱남 ㅎ게 ㅎ오 피눈물
니 비 오듯 ㅎ고 사지가 썰니난지라 언의 쩌나 다시 와셔 사당 참예ㅎ여 볼고

문 닷고 두어 거름의 나오다가 이고 아부임 불의며 업더져 기절한이 심봉사 겁을 니여 와략 쮜여 넙더셔셔 아가 심쳥아 원 일난야 몃셜 보고 닐너난야 무신 병니 들어난야 독의 치여 너머져야 정신 찰여 말흐여라 모진 독풍을 과니 쏘앗 총닝흐야

〈24-앞〉

일어한야 여보시요 니윗스람덜니 와셔 불상한 니 딸 심쳥이 살여쥬오 잇쩌예 심쳥이 졔우 정신을 진졍흐야 부친 전의 엿자오디 공양미 삼빅셕을 달니 쥬션 혼 게 안니오라 남경장스 션인덜게 인당슈 져숙으로 삼빅식으 몸을 팔여 쳥용 사로 올여신니 달은 염예 업사오나 힝션날이 오날니온니 사차불피 무가니요 날갓튼 불호여식을 조금치도 싱각지 마옵시고 만슈무강 흐옵소셔 니 몸 팔여 가난 줄을 먼여 살외지 못흐여신니 불호막디 흐옵니다만은 날갓튼 딸자식을 부디부디 싱각지 마옵시고 삼연 니의 눈을 쩌셔 천지만물 본 연후의 요조숙여 공느 비필 군자호구 짝을 지여 칠심 싱남 흐옵

〈24-뒤〉

씨고 만디유젼 흐옵소셔 션닌덜니 허급한 빅목 마표 각 흔동은 사졀으복 작만흐고 돈 빅양은 논을 사되 슈한경식 실슈 업씨 양셕 먹난 놈을 사셔 관가으 입지 니여 초인의게 단단니 부탁흐고 쌀 빅셕은 동너의 부쳐 망견망후 십오일식 차려노 밥 부치고 부친을 기유할 졔 닛쩌 심봉사 니 말 듯고 펄젹 쮜고 가삼을 쑤달니며 아가 심쳥아 너가 속비여 실셥흐여 하난 말인이 용망한 말 니지 마라 너 니놈

〈25-앞〉

션인놈덜아 얼닌 아기 둘너다가 졔숙으로 씨야한니 앙화가 업실손야 네 니놈

몹쓸 놈덜 옛글을 모오난야 은황셩탕 어진 임군 칠연틱한 가뭄 되야 스람 자바 썰야 할 졔 탕임군 어진 마음 지금의 비난 비난 빅셩을 위하미라 스람 자바 쎌 양이면 니 몸으로 디ᄒᆞ니라 젼조단발 신영빅모 상님쓸의 비을 빈니 하날님니 명감ᄒᆞ사 디우방슈쳘나라 디풍언니 들어

〈25-뒤〉

신니 어진 님군 도덕으로 ᄒᆞ엿다 ᄒᆞ니 글헌 말도 못들언야 무식한 상놈덜아 지물도 좃컨이와 신명을 도라보와라 말아말아 못간이라 날다려 뭇도 안코 네 맘디로 가단 말가 상쳐하고 자식 일코 두 눈이 어둡고 너 죽이고 내 눈 쩌셔 그 눈 두어 쓸쩌 업다 말아말아 못갈이라 너 안니면 니가 엇지 살며 니 안니면 네가 살거난야 한참 닐니 이통할 졔 무릉촌 장자부닌이 소식을 발셔 듯고 밧비밧비 견너와셔 심쳥의 손을 잡고 무상한 이 스람아 날다려 뭇도 안코 네 맘디로 가단 말가 하잔한 쌀 삼빅셕을 인졔로 갑퍼 쥴게 션인덜 니여 쥬라 나은 너을 밋난듸 너은 나을 노상 항인으로 아라신니 그 안니 무졍한야 불

〈26-앞〉

상한 너의 부친 엇지 잇고 가잔 말가 발근 눈의 너을 일어도 상명지통이 되야 두 눈이 어둡거든 안밍하고 상쳐하고 너 조차 이별ᄒᆞ면 그 안이 갈연ᄒᆞ야 말아말아 글니 말아 심쳥이 엿ᄌᆞ오디 말숨은 당연ᄒᆞ나 위친의 공지물이 불가ᄒᆞ이 그언 말숨 ᄆᆞ옵소셔 불회ᄒᆞᆫ 심쳥인들 가고 십퍼 가올잇가 스셰부득ᄒᆞ야 니 몸니 팔여신니 아몰이 말유한들 가난 질을 막을잇가 불상한 우이 부친 공경니 나 ᄒᆞ여 쥬오 이고이고 니 팔자야 인후한신 경경 부인 니니 물양 ᄒᆞ옵소셔 션인덜니 지쵹ᄒᆞ니 쩌날 박긔 할 일 업다 무거니ᄒᆞ로 질을 쓸겨 졀친한 우리 동무 망종 싱면ᄒᆞᄌᆞ ᄒᆞ고 차예로 불을 젹의 남촌 사난 졍월아가 동촌 사난 이월아가 압집의 금연아가 뒤집의 옥연아가 오날 망죵 이별ᄒᆞ니 얼골이나 다시 보ᄌᆞ 츄월츈풍 등한회의 슈즁고혼 죽어지면 너의 얼골 다시 볼가 금연 오월 단

오날의 모와 노자던니

〈26-뒤〉

조물이 시기ᄒ야 영니별을 하ᄂᆞᆫ곤나 너의계 한 말 부탁ᄒᆞᄌ 불상ᄒᆞᆫ 우리 부친 목 말의다 물 찻거던 근염 말고 쎠듸니고 칙간질 가실 쎠여 압푸 셔셔 인도ᄒᆞ고 부디 경예을 잇지 말고 날 본다시 섬거 쥬면 인당슈 죽은 호빅인들 너의 공을 이질손야 부디부디 잘 잇거라 잇쩌 몃어 동무아기덜니 셔로 줍고 말유ᄒᆞ며 여바라 심청아가 간단 말니 원 말인야 어졔 져역 만나실 졔 글언 말도 안이 ᄒᆞ고 쯧박긔 가단 말가 못간이라 못간이라 월명사층 슈 노코와 용졍방이 동자 품을 눌노 함기 하잔 말가 품아시 비싸기와 고두루비 상침거셜 눌노 함기 하잔 말가 마라마라 못간이라 아물니 말유하들 가난 스람 어이 할이 잇쩌예 심청니 부친 목을 안고 이고 아부임 엇지 살게 부디부디 싱각 마오 부친과 동ᄂᆡ 쳠존 일시의

〈27-앞〉

니별ᄒᆞ고 션인덜과 한가지로 인당슈로 실여갈 졔 한 걸음의 도라본니 집은 점점 멸어지고 두어 거름 돌아 보이 물은 점점 갓가온다 한 물옹이 도라든니 십오야 발근 달은 쯘 구름 소의 들어구나 월이의 실피 우난 져 두견아 불여귀라 울고 간니 네 이 물니 화지상의 혼니 되야 불여귀라 울건만은 갑설 밧고 팔인 몸이 어느 쩌나 도라올니 발암의 날인 쏫시 발긋의 부드친이 쏫신들 바리보며 약도츈풍불희원디 ᄒᆞ인취속낙화니오 한무졔 슉양공쥬 미화장은 잇건만은 죽어 가난 이니 몸이 뉘을 보고 자랑할가 츈산의 지난 쏫시 지고 십퍼 질야만언 바람의 쎨어진니 졔 ᄆᆞ음 안니로다 빅빈홍인 너의 신셰 쏫과 갓틀지라 잇쩌예 물가을 당도ᄒᆞ여 고향을 힝ᄒᆞ여 사비 통곡ᄒᆞ고 비을 타미 시물네 명 동무덜니 한 가지로 비질할 졔 착남기 잡버라 노을 져으라 닷 갑고 돗 달어라 고작을 치

〈27-뒤〉

워라 어기야 써나간니 격막한 율니 고향 어느 써나 다시 볼이 희상의 둥둥 써
나가며 한 편을 바리본니 빅빈쥬의 갈막기난 홍요원의 날어들고 상강의 쓴 길
어기 한슈로 너여 간듸 심양강 당도한니 빅락쳔 간다 업고 피파셩만 쳘양ㅎ다
격벽강 당도한니 소동파 노든 풍월 이구ㅎ야 잇다만언 조밍덕 일시지웅 지금
의 안지요 치셕강 당도ㅎ니 니쳥연 일거후의 공명월야 단단이라 월낙오졔 집
푼 밤의 고소셩의 비을 미이 한산사 쇠북소리 긱션의 둥둘 써 나온다 진회슈
바리본니 열농한슈월농사의 격강의 상여덜언 망국하을 몰의고셔 후졍화만 일
삼은다 쏘 한 편을 바리본니 빅운은 분비ㅎ고 어션은 왕니할 졔 황시 감장시
물시 두룸니 슈만한 싸옥니 갈미 졔비 날아 들 졔 잇써의 심쳥이난 실품 한슘
지난 눈물

〈28-앞〉

차마 보지 못할내라 쏘한 몽봉 도라든니 낙하은 예고목졔비ㅎ고 츄슈공장 쳔
닐식은 왕발니 지은 귀요 무번낙목소소엽은 부지장강곤곤유라 두자미 지은 귀
요 화만쳔봉사경망ㅎ니 츄리츅츄활슈장이라 약위화독진십역이면 상장봉두만
고힝이라 요니 몸은 한나로서 고힝 볼 슈 젼니 업다 일낙장사추식원의 부지ㅎ
쳐조상군고 송옥의 비취부가 이어서 더할손야 히방의 풀은 산을 봉봉이 그름
이요 강상의 어션덜은 등불을 놉피 달고 어부사로 화답ㅎ다 소상강 당도ㅎ이
강쳔 막막ㅎ고 우니난 자옥ㅎ야 초쳔이 부단사시유라 우루욱 살살 오온 비은
아황여영의 누물인지 반죽입의 격셰신니 소상야우 이 안인가 쏘 져편 발리본
니 쳔명한 말이장쳔의 달인 명월 금소 다라 치

〈28-뒤〉

셕쳥연 그 경상 쳔후의 너 한자 안져씨며 삼연을 낭미곡의 두지미 어듸 가고

넉빈연 은 사의 송지문이 둘어 난다 슈여슈작 잠간 할 제 네 잇던야 반첩여의
고흔 티도 장신궁의 비회할 제 져 달니 빗쳐 단졍젼인가 말늬 인젹 집푼 밤의
부광은 약금ᄒ고 경영은 침벽한이 동졍슈월 이 안인가 ᄯ 져편 발리본이 만경
창파 너운 물의 오상초고 왕닉할 져 장한이 강동거흔이 씨마짐 츄풍이라 징겸
집최 염예 업씨 션왕여젼 ᄒ난구나 그 압프 조고만한 일엽편쥬 희상의 노파
쪄서 물결 쪼차 날여갈 제 압프 쳥산니 뒤의로 지닌간이 원표고범 이 안인가
ᄯ 져편 발리본니 평사십니 쥬류 일자 홍안 날아들져 소상동졍 다 바니고 불
싱쳥원 긱비리라 갈디 한나 닙의 물고 허공의 둥실 놉피 쪄다 역발산 초

〈29-앞〉

픠왕은 홍산관의 너을 쏘아 쳔하 득실 졀단ᄒ고 만고츙신 소승낭은 십구연 북
희상의 졔 편지 달어 고국의 젼ᄒ엿다 글니한 일도 잠쌘 잇고 한무졔 상인원
의 너을 쏘아 삼쳔족의 유시니라 문쥬국상 바쳬 돌로 용한 글귀 비졈쳬로 소
무상의 졈법을로 졈졈이 썰어진이 평사낙안 여기로다 ᄯ 한편 발리본니 남북
고촌 두셰 집의 낙하모연 잠게 잇고 죽장망혜 힝인덜은 긱졈으로 차져가며 자
귀언 날여들고 만학쳔봉 풀은 남기 금슈병풍 둘너 잇고 강슈난 을긋쌀긋 희
빗실 초차 뒤쓸난 듯 산쳔초목 불 쑨난 듯 고성반홍 조장염의 허씨변화 일어
한이 엇촌낙교 이 안인가 ᄯ 한편 발리본니 한쪽이 풀운 안기 혹츌혹몰 ᄒ야
만산초목 둘너씬니 산지쳥남 이 안인가 ᄯ 한편 발리본니 풍편의 들니난

〈29-뒤〉

소리 죽비난 찰찰 쌍쇠난 쌍쌍 쇠북은 둥둥 창희노용이 셩을 너듯 뇌셩소리
진동한 듯 만학쳔봉 울여씨니 한사모종 이 안인가 ᄯ 한편 바리본니 강쳔은
자옥한듸 독괴ᄒ던 어옹덜은 파릐귀리불게션이라 쳔산조비 끈어지고 만경인
젹 바리 업다 쇠옥셩 말근 말소리 미화일라 편남지라 치아다본니 만학쳔봉 날
여 구버본니 빅사장이라 쳔슈만슈 이화긔빅두강산 되야씨니 강쳔모셜 여기로

다 송상팔경을 귀경ᄒ고 한 곳설을 당도ᄒ이 물결 바람을 ᄶ차 비머리예 우류욱 츌넝츌넝 ᄒ난듸 쥬즁션인덜이 아무니 할 쥴 몰의더라 잇ᄯᅦ예 풍낭이 더작ᄒ야 만경창파가 뒤놉난 듯 쳔지가 젹막ᄒ야 자든 안기 일어나며 용총쥴도 와질ᄹᆫ 듁탁 ᄶᅥ러지고 비난 빙빙 도라 혹츌혹몰ᄒ야 동셔을

<h2 style="text-align:center">〈30-앞〉</h2>

분별치 못할 졔 닷 쥬고 웃둑 션니 이난 인당슈너라 도사공놈 거동 보쇼 고사기게 찰일 격의 심쳥이 모욕시게 녹의홍상 졍이 입피고 방오 갈여 안치고 생돗 자바 큰 칼 ᄶ자 긔림다시 고야노코 왼소머리 왼소달니 동셔을 갈나 드려 놋코 오식실과 오식탕슈 젼면후면 갈너놋코 돈 쳔양을 소담ᄒ게 드려 놋코 공미라도 슈빅셕을 소담ᄒ게 고야 놋코 시물네몡 슈졔 닥거 셤쌀의 ᄶᅩ즈놋코 져 사공의 거동 보쇼 틱산갓치 놉푼 비의 나난 북을 드어미고 북을 두리둥 두리둥 울이면서 용왕임게 비난 말이 칠금산 용왕님니 좌금산 용왕임니 동히용왕 셔히용왕 츅용이며 남히용왕 화용이며 북히용왕 히용이며 용강임니 다 하후동심 ᄒ옵소서 인당 용왕임은 인졔슉을 ᄇᆞᆺ삽기로 황쥬ᄯᅡᆼ으 도화동 사난 심낭자을 졔슉으로 들이온이 고이 ᄇᆞᆺ

<h2 style="text-align:center">〈30-뒤〉</h2>

자옵시고 동셔북으로 단여도 우심으로 연화ᄒ고 춤의로 더길ᄒ게 졈지ᄒ옵고 비도 무쇠비가 되고 닷쥴도 쇠닷쥴이 되야 용난골 업씨 슌풍 어더가게 ᄒ옵소셔 헌원씨 비을 지여 이계불통 한 후의 싱이본을 바다 발 업난 쳘이말을 슈만지 밋쳔 되여 ᄉᆞ공의 춤예ᄒ야 무변충희 슈말이을 육지갓치 단니온니 억십만 양 퇴을 너여 무ᄉᆞ왕니 ᄒ게 ᄒ오 구셜구셜 고사로다 산물을 던지면서 여보시요 심낭자임 이왕의 쥭을 목심 지쳬ᄒ여 무엇할니 어셔 급피 물의 들나 ᄒ니 심쳥이 이 말 듯고 졍신이 아득ᄒ야 긔가 믹키 칠보화상으로 금나부 썰 듯 벌넝벌넝 썰면서 고힝 바리본이 안긔은 자옥ᄒ야 향방할 질이 업다 비머리예 올

나셔셔 사면을로 둘너본이 충충흔 물결은 츌넝츌넝 스람 보고 기졍흐야

〈31-앞〉

차마 죽지 못할네랴 이고이고 아부임 함번 부르며 언졔 다시 불너 볼게 피눈 물 쏠여 물우의 쩌러지며 불상한 니의 셕근 간장이 피눈물이로다 부디부디 우 리 고힝으로 흘너가셔 니의 이원 젼커하라 쯧박기 져 긔력기 불싱쳥원 날어든 니 길억이 네 우리 고힝 너려 가셔 니의 쇼식이나 젼흐여라 이고이고 눈 어두 온 우리 부친 엇지 잇고 슈중고혼 되잔 말가 곱고 고흔 틱도 홍상을 물음씨고 기력기 낙슈격으로 물 아리 풍덩 쌔져논이 뫼창히지일속이라 가연한 심청혼빅 계 뉘라셔 위로할이 츌천지회 심낭자 죄업시 물의 든들 죽을손야 션인덜도 낙 누흐고 슌풍 어더 쩌나간이라 이젹의 심쳥은 죽은 졸노 알어던이 옥황상졔게 셔 사희용왕의게 분부흐되 오날 오시예 츌쳔지회 심낭즈가 졔의 부친을 위흐 야 인당슈의 쌔질 거신이 물 한 졈을

〈31-뒤〉

무치거나 위로을 잘못 흐면 사희용왕을 쳔별 쥬이라 분부가 지엄흔이 용왕이 봉명흐고 심낭자을 모실 젹의 팔션여 급피 불너 금능을 가지고 가 모셔오라 흐신이 잇쩌예 팔션여 금능을 가지고 심낭자 게신 고더 츠져 가 엿즈오더 시 가 느껴 가온니 급피 금능으 올의소셔 흔더 심청이 흐난 말이 불회흔 심쳥이 가 인당슈의 들어신니 존중흐온 금능을 엇지 타올잇가 글언 말슴 마옵소셔 션 여 디왈 용왕으 분부게옵신니 만일 지쳬흐옵시면 울이게 죄 될 거신니 어셔 급피 올으소셔 마지 못흐야 심낭즈 능의 올은이 팔션여 금등을 메고 한운남쳔 구움 가듯 풍운간의 싸이여간니 잇쩌예 용왕이 슈졍문 박기 나와 가진 션악으 로 마질 젹의 왕자진의 봉필예며 곽쳐사의 죽장구며 치문히의 호가셩과 거문 고 긱악고 히젹 통소 필

〈32-앞〉

예 졋디 다 셕기여 질길 젹의 일어타시 슈뮨 안의 당도한이 쳔비은 옥반을 밧들고 왕모은 금졍을 골의더라 옥쳔궁의 드러간니 응쳔상지삼광이요 비인간지 오복이라 율이지동의 호박싯츄을 밧치고 화유난간의 산호쥴염을 셰산양의 결너 잇고 고긔빈을노 지와 올이어신니 광치 휘황ᄒ야 셔기가 어리더라 영타고 취봉기난 젼후좌우의 벌여잇고 능파스 치련곡은 왕용젹의 화답ᄒ다 운각판의 디모졉시 삼쳔벅도 교야놋코 벽희슈상 산호병과 엽낙금졍 오동병과 빅옥병의 가진 안쥬며 불사약 불노쥬로 음양진비 공경한이 힝기 만복ᄒ야 이음양슈 사시예 성이지지 능통한이 인간의 드문 지죠 심낭자 쑌이라 슈궁의 들어온 졔 삼일이요 인간의난 삼연이라 잇쩌예 옥황상졔 용왕의게 다 분부ᄒ되 출쳔지회 심낭자

〈32-뒤〉

인간으로 환송ᄒ라 용왕이 봉명ᄒ고 장싱화라 흔난 쏫봉 속의 모신 후의 슈궁의 가진 보화와 가진 음식을 쥬어 보닉이라 용왕의게 ᄒ직ᄒ고 인간으로 나올 젹의 희상의 둥실 놉피 쩟다 용왕의 죠화여던 풍파들 염예 홀야 둥실둥실 쩟단일 졔 명나슈의 다달은이 어부츕혼이라 힝음틱반의 형용이 고고ᄒ고 여셰기틱의 이독쳥ᄒ며 즁인기취의 아독셩ᄒ고 나도 초왕을 셤기다가 구후의 참쇼 만ᄂ 이 지경을 당ᄒ야 명ᄂ슈의 죽어신니 져 고힝지묘혜여 금왕고왈 빅용이라 인간의 나가거든 닉의 이원 일너쥬오 상강슈 당도ᄒ니 오ᄌ셔의 거동 보쇼 비머리예 웃둦 셔며 ᄂ는 임군을 위ᄒ야 동문의 달얼 걸고 상강슈의 죽어신니 심낭ᄌ 셰상의 나가거든 닉의 충회 일너쥬오 쏘 져편 발릭본니 어옹이 입어셔 암숙

〈33-앞〉

이라 과니일셩 불의면셔 호급쳥산 연초죽니라 동졍호 칠빅이예 오초난 어니
ᄒ여 동남으로 터져씨며 견곤은 무삼 일로 일야의 ᄶ 잇난고 어옹이 젹막츄강
망이라 소상강의 당도ᄒ이 빅이한 두 부인이 죽임으로 나오면셔 져긔 가는 심
낭ᄌ야 가지 말고 거긔 머물너 우리 이원 듯고 가거라 우리난 아황여영인듸
요요슌쳐라 더슌을 셤긔다가 황오들에 붕하신니 우리 형졔 소상의 너려와셔
죽임의 눈물 ᄲ려 반반젹격한 연후 후셰의 소상반죽 되야신니 쳔츄의 집푼 원
혼 우리 형졔 뿐이로다 인간의 나가거든 우리 이원 일너쥬소 희슈난 망망한듸
이십오현 탄야월의 불싱쳥원 져 긔력긔 슈벽상명 다 바이고 반공의 놉피 ᄶ다
이영져영 구경ᄒ고 인당슈 너여온니 닛쪄 션인덜이 억만금 퇴을 너여 고향으
로 돌아올 졔 인당슈의 당도ᄒ야 심낭ᄌ 혼빅 불너 위로ᄒ야 ᄒ고 도샤공놈
거동 보소 모욕지게 견죠단발 졍희ᄒ고 나난 북을 울이면셔 심낭ᄌ 혼빅 불너
비넌 말이 황쥬ᄶᆼ 도화동의 을츅싱 심낭자임이 산물을 만니 먹고 우리 원망
마옵소셔 우리난 남경 장사

<33-뒤>

가셔 슈만양 터퇴을 너려 돗터 쯧터 봉긔 실너 슌풍 어더 왕너한니 가련한 심
낭ᄌ 혼빅 인간으로 나옵소셔 빌글을 다ᄒ 후의 ᄉ면을 둘너 본니 크다큰 쏫
봉지 ᄒ나 ᄯᆺ박긔 ᄶ 잇거날 션인덜이 공논ᄒ되 심낭ᄌ 죽은 혼빅이 져 쏫시
되야신니 범상ᄒ 일이 안니로다 도션쥬 그 쏫셜 건져다가 비 우의 슬어 놋코
아물이 귀경ᄒ되 인간의난 업난 쏫시로다 ᄒ고 황셩쳘이을 슌식간의 득달ᄒ야
도션쥬 집의 두어던니 그 쏫 일홈니 발쳔ᄒ야 이부상셔 알으시고 도사공 급피
불너 쏫셜 가져다가 귀경ᄒ니 보던 즁 졔일니라 삼월츈풍 조흔 시졀의 옥분의
시머쩐나 ᄒᆼ긔가 십이ᄒ야 구경ᄒ난 ᄉ람덜이 구름갓치 모야쩌라 잇쩨예 송쳔
ᄌ 황후 상사 당ᄒ시고 슈심을 이긔지

<34-앞>

못호야 왼갓 화초로 심회을 풀의실 계 동군천하 틱평츈의 화중부귀 목단화며 장송셕벽 청산 즁의 철쥭화며 별니긔츈미한기오 옥창오경 잉도화며 차문쥬가 하쳐지오 목동요지 살구꼿 어쥬축슈인산츈의 양안도리 복셩꼿 삼월츈풍 마다 호고 천산낙목 할 져 찬 바람의 웃난 듯 황국화 군자 연화로다 위셩조우읍경 진의 긱스쳥쳥 버들꼿 군불견쵹규화 작일화 금일화 홍도 삼식도화 이화 단장 화 츈초은 열열녹의 황손은 규불규 두견화 셕누 용문 팔졀탄의 월즁쳔힝 단계 화 명사십이 봄 들엇다 너울너울 히당화 장미화 지약화 낙화방초무심쳐에 반 빅반홍 봉션화 사시장천 츈쥬화 난초 파초 풍유령의 버셜 삼어 쥬야장천 노을 젹의 이부상셔가 이 꼿

〈34-뒤〉

셜 황극젼의 진상호니 송쳔즈 반기여게 침젼의 노와 두고 쥬야로 귀경호신니 꼿즁의 졔일이요 보던 즁 웃씀이라 송쳔즈 빅관을 입시호야 이 꼿 일홈을 알 나 호신니 조신덜이 엿즈오더 우리 임군 등국후의 시화연풍 호온니 풍연화가 분명호나이다 호로난 궁여덜이 꼿셜 구경호다가 가만니 살폐본니 엇더한 일 미인의 꼿봉 속의 안자씨되 한월을 호직호고 빅용틱로 실피 가난 왕소군의 틱 도갓고 호가을 실피 지어 이자을 이별호든 최히지의 거동이라 천하의 졔일이 요 만고으 무쌍이라 혼변 보고 흠모호야 졍신니 혼미호다 광풍의 놀닌 봉졉 꼿봉 속의 슈머난 듯 셕양의 물찬 졔비 화량의 안자난 듯 특결업난 쳥산 빅옥 이 돌 속의 뭇쳐난 듯 향기 나온 상초가 잡풀 속의 셕게난 듯

〈35-앞〉

셤셤초월이 반고의 소사난 듯 송쳔즈께 쥬달호되 소여 등이 꼿구경호다가 살 폐보온직 엇더혼 일미인이 꼿봉 속의 안자씨되 보더 즁 졔일이요 조흘시고 조 흘시고 우리 나라 틱평호야 요지일월이 요슌지건고이라 호날임이 졈지호신 빅 필닌온이 엇지 안이 조흘손야 송쳔자 들으시고 히한한 일이로다 호시고 틱사

관을 급피 불너 턱일ᄒ라 ᄒ신니 티사관이 턱일ᄒ야 쥬달ᄒ되 니 삼월 십오일
노 음양비합 쳔은상길복덕일이라 건명은 갑자요 곤명은 을츅이라 갑자을츅은
희즁 금인니 희즁으로 볼작시면 금셩슈라 슈씨난 심자요 일진은 병졍이라 갑
을은 목이요 병졍은 화라 목셩화ᄒ이 그날로 힝예ᄒ시게 ᄒ옵소셔 쳔자 그날
보틈 일각이 여삼츄라 요조슉여난 군ᄌ호구로다 잇써예 길

⟨35-뒤⟩

일이 당도ᄒ이 쳔자 거동 보소 만조빅관을 시위ᄒ고 심황후 거동 보소 빅옥탑
의 좌긔하사 삼쳔궁여을 옹위ᄒ고 월노홍상 어진 인연 쳥조시 나라든다 젼안
납펴 후의 금사쥬렴 듸우고 복히씨 진은 예로 도지 작작 조흔 시졀의 빅양어
지 ᄒ난구나 일낙함지 황혼 후의 동방화촉 집푼 밤의 금실우지 조홀시고 문왕
갓튼 임군이요 티사 갓튼 황후로다 강구여월 티평ᄒ듸 여민동낙 한난구나 죠
신을 송덕ᄒ고 빅셩은 격양가을 일삼난다 심황후 슈심이 만안ᄒ고 한숨으로
셰월을 보니오니 쳔자 친니 물으시되 황후난 무엇시 부족ᄒ야 소문소답니 젼
니 업고 슈심으로 셰월을 보니온니 무삼 연고로 글어ᄒ난잇가 심황후 묵묵부
답ᄒ니 쳔ᄌ 덕옥 괴이 예게 구틔여 물을신니 황후 마지 못ᄒ야 엿ᄌ오디 미
쳔한 이니 몸니 황후가 되야신니 무삼 부족홈미 잇시올니가만은 셰

⟨36-앞⟩

상의 병신 즁의 밍인갓탄 병신이 쏘 잇실잇가 쳡의 소원은 밍닌병신잔치 ᄒ옵
시면 심회 져기 풀일가 ᄒ난이다 쏘ᄒᆫ 부친 싱각ᄒ야 방츈화시의 촉목군싱지
물은 깅유자싱 일아되 밍인빅셩 뉘라서 위로ᄒ여 쥴고 문왕은 등국 후의 사궁
을 면여 위로ᄒ여신니 일한 일로 볼작시면 민간 질고을 낫낫지 발키시고 밍인
잔치 ᄒ옵소셔 쳔자 그 말을 들의시고 장할씨고 황후의 말삼 당당ᄒ도소다
ᄒ시고 이날 소경잔치 영을 놋퇴 각도 각읍으 ᄒ푀ᄒ야 소경을 금월회일로 경
셩으로 모회게 ᄒ라 만일 불참ᄒ면 소경은 쳐참ᄒ고 도빅과 슈령은 파직할이

라 도빅이 젼쾌을 보고 각읍의 힝관ᄒ니 각읍 슈령이 각면의 졀영ᄒ되 게문을 듸드여 말삼ᄒ되

〈36-뒤〉

금연 신황후 환궁ᄒ옵시고 병신 불상ᄒ물 잔잉이 여기사 밍인 병신을 모와 셰변 잔치ᄒ실 차로 젼쾌가 졔시되 밍닌이 불참ᄒ면 별을 쥬시고 관장은 파작ᄒ시다 젼쾌가 지엄ᄒ기로 각면의 졀영ᄒ니 너의 명도 일시에 관으로 들어오면 노슈난 쥴 거신니 속속키 당도커ᄒ여라 잇쩌에 심봉사은 심쳥을 이별ᄒ고 한 숩으로 셰월을 보니던니 동니 잡연 쌩덕어미을 어더 사난 바의 이 연의 힝실 구져 쌀 퍼 쥬고 쩍 사먹기 양돈 쥬고 고기 사기 쥬가의 슐바지와 셔늘한 정자 밋틔 낫잠 자기 한밤중의 우름 울기 이웃집의 밥 부치기 거진말 젼갈ᄒ기 감사두고 총각낭군 지달니며 우물가의 담비 먹기 셰슈통으 소민 보기 사랑밋틔 쏭 누기와 볼이 쥬고 외 사먹기 이연의 힝실이 일어한니 졷촐한 가셰가 견들 손야 가련ᄒᆫ 심봉사 속졀업시 되야구나 글러나마 게집니라고 반보퉁니 졍니 지여 압셰우고

〈37-앞〉

밍인잔치 영을 듯고 황셩으로 올나갈 졔 유월 염쳔 더운 날으 심봉사 답답ᄒ야 상ᄒ으복 훨훨 버셔 표나게 걸어두고 셰니물의 와락 쮜여 들어 통벙통범 미요할 졔 허허 미우 졷타 여보게 쌩덕이네 일이 와셔 몸도 싯쳐 쥬고 등도 문질어 쥬소 ᄒ며 헤염도 ᄒ여 보고 눈을 끔격끔격도 ᄒ여 보고 일이 한창 논니다가 어덕 우으 올나와셔 의복을 차질 젹의 여기도 더듬 져기도 더듬 더듬더듬 차져보며 여보소 쌩덕이네 자녀가 엇더 두어난가 ᄒ며 요리져리 조롱 하양니면 그져나 ᄒ졔 의복 버신 스람을 달니고 무삼 희롱을 하난고 허허 상계집 이로고 질가의 단니면셔 노유장화 갓치 할 거신가 마소마소 글니 마소 신졍이 미웁한들 이디지 한단 말가 아물니 차진들 힝장을 가지고 발셔 황봉사을 짜라

도망한 쌍

〈37-뒤〉

덕어미을 엇지 차잔 말가 그계야 도망한 쥴을 알고 심봉사가 긔가 믹켜 이고
이고 엇져잔 말고 신셰자탄ᄒ고 안져던니 관장 원노의 관힝차 벽져소리 풍편
의 들이거늘 심봉사 반게 듯고 와락 뛰여 빅활ᄒ난 말이 밍인이 황성 가난 질
의 오다가 즁노의셔 슈젹을 만나 의관도 일삽고 힝장도 무슈이 다 일어신니
어진 안젼 쳐분ᄒ게 차자 쥬옵소셔 원임니 ᄒ난 말니 네 일은 거시 무엇신야
예 소닌니 알외다 통셰양 삼빅도니 졔모립을 겹쳐 일코 산호젹자 밀화갓ᄯ
귀영사 단 치 일코 굼틀굼틀 산호동굿 한양 즁슈 슌금동곳 밀화동굿 겹쳐 일
코 외올망근 뒤모관자의 곳갓든 슌금관자 슈팔연의 진쥬관자 호박풍잠 공단ᄭ
미 쥐쑬니 당쥴 단 치 겹쳐 일코 오슈경 뒤모테 쳔은 달니 한놈 일

〈38-앞〉

삽고 빅양모자 감토 경쥬탕건 겹쳐 일코 한삼 고두뉘비 왜표바지 겹쳐 일코
덜토슈 양피 비자 돈피비자 못초단 젼비자 밀화단초 오동단초 쳔은단초 단 치
일코 양식단 누비쳔에 망사북표 두우미기 육진도표 징염을 다 일코 한포단 젼
쥬면니 우단 낭자 모쵸단 쌈지 슈실상ᄯ 짐희간쥭 쳔은 오동슈복 쳔을 셜합도
다 일코 영쵸단 엽쥬면니 쳥심환 소합환 넌 치 일코 뒤모장도 은장도 모도 일
코 왜션당션 다 일코 삼셩 보션 보포단 단임 다 일코 자지당혜 젼당혜 진신도
다 일코 빅양자리 토산마 쳥사굴네 더벽 상모 왕방울 달고 가쥭상자 호피 도
듬 젼후거리 호피 달연 빅통등자 다 일코 빅통미기 쳔은장식 구졀쥭장 옷칠ᄒ
놈 다 일코 쳥목늬더 유삼너별 다 일코 요강 사자 푀자 단 치

〈38-뒤〉

다 일코 찬합과 산호병으 효쥬 너 치 다 일어싸오니 엇지 안이 원통ㅎ올잇가 원임이 분부ㅎ되 네 니놈 쇼경으로 풍안니 당ㅎ며 유월 염쳔의 모물니 당할손야 예 쇼밍니 분도의 두어 가지나 보티여 알외왓소 글어나 불상ㅎ다 슈비 불너 분부ㅎ되 고의 젹삼 한 별 벼셔 슈고 토인 불너 돈 두 양 노비로 쥬고 헌 갓 쥬고 황셩으로 보니리라 심봉사 게셔 써나 훈 고디 당도ㅎ야 졍자 밋티 안자던니 잇써여 열어 흐림덜니 방이을 써을 젹의 봉사 보고 흐난 말니 져 봉사도 황셩 간난 봉사로곤나 ㅎ며 져 봉사 모양 본니 우숩기도 우숩쏘다 열어 한림덜니 비소ㅎ난듸 이고 져 봉사 보소 양판젼의 가게썬가 평평ㅎ게도 머런네 목화젼의 가게썬가 숭이 지게 머런네 치셕젼 가게썬가 열

〈39-앞〉

업씨도 머런네 굴젼의 가게썬가 방울지게도 머런네 살머논 긔눈쌀이로다 잠 못자고 울어썬가 텅텅 붓고 쌉풀져 더 귀퉁이 마져썬가 눈알좃차 소사구나 션쩍장사 가겟던가 되식되식 잘도 웃네 니질비피 나게썬가 곱쏭조차 무더 잇다 비러먹기 투가 나셔 넉실넉실 ㅎ난구나 셜업기도 셜어와라 눈물조차 소사난다 져 봉사 게 안져지 말고 일니 와셔 방이나 써코 졈심니나 어더 먹졔 고기여 밥 쥬면 써여 보졔 그 즁의 고기사 퍽 우시며 고기사 참 질거ㅎ졔 그러ㅎ면 어셔 방이나 써여 보졔 마지 못ㅎ여 방이예 올나 썰쿠덩 썰쿠덩 써을 젹으 열어 한 임 흐난 말니 여보 봉사 방이쇼리나 좀 ㅎ여보시 심봉사 방이 쇼리 홀 졔 티고라 쳔황씨난 목덕으로 왕할실 졔 니 남기로 ㅎ게썬가 어니 영차 방이야 유쇼씨 귀목위쇼ㅎ야 이 남기

〈39-뒤〉

로 ㅎ게썬가 어이 영차 방이야 실농씨 경젼츈산의 이 남기로 짜부ㅎ엿썬가 어기영차 방이요 방이 만든 모양 본니 스람 보고 비웃썬가 두 가지 달니을 쩍 별쳔네 어기영츠 방이야 올나가고 니려올 졔 창희노용니 셩을 니듯 듯 어기 영

츳 방이요 각씨임네 모양 보니 질고 가은 그 헐니 초왕 궁여의 허리던가 실녹
벌녹 ᄒ며 져 만느리 니 만느리 구둥니난 에쌕게도 싱게구나 오고디부 죽은
후의 방이소리 끈쳣던니 울니 금상 등국 후의 티평셩디 되야구나 어거영츠 방
이요 각씨임늬 웃지 마오 심봉사 밋치 겻소 어기 영츠 방이요 방이 찌고 밥도
먹고 함포고복 노라 보싀 어기영츠 방이로군나 게셔 열어 임덜을 이별ᄒ고 열
어 날만으 황셩의 당도ᄒ야 일낙셔산 져문 날의 갈 바을 아지 못

〈40-앞〉

ᄒ야 쥬졔쥬졔 ᄒ다가 한 집을 차자 들어가 밤시기을 지달일 졔 이 집 쥬인 안
씨밍인 집의 잇다 안씨밍인은 본더 황셩 스람으로 일지 안밍ᄒ고 겸ᄒ야 상비
ᄒ니 가셰가 요족ᄒ나 강근한 친쳑 업셔 이 고디 널여와 살던니 쯧박긔 쳔위
신죠ᄒ야 심봉사을 만나쏘다 잇쩌예 안씨밍인 사환을 보니여 외당의 머무난
손임을 쳥ᄒ디 심봉스은 뉘 집인 줄 모로고 누어다가 ᄒ닌니 불의난 소리여
쌈짝 놀니여 ᄒ난 말니 이고 여보 웬 일요 밍인잔치 가난 질으 위연이 딕으 와
셔 ᄒ로밤 유슉할 테인니 부디 불상이 여게 쥬오 이걸ᄒ니 ᄒ인이 ᄒ난 말니
나난 이 딕 ᄒ닌요 울이 딕 안씨밍인 아쎄게셔 봉사임을 쳥ᄒ니 신양 말고 가
옵씨다 ᄒ니 심봉사 ᄒ난 말이 이 딕으 무삼 연고 잇난야 나난 무

〈40-뒤〉

식ᄒ기로 독경도 할 쥴 몰으네 ᄒ며 이걸ᄒ니 ᄒ닌이 ᄒ난 말니 여보시요 봉
스임 잔말 말고 가옵씨다 ᄒ니 마지 못ᄒ야 사환을 짜라 들어간니 잇쩌으 안
씨밍인이 봉사을 마져 안치고 여보시요 니 말삼 잠짠 들의시요 나도 일직 안
밍ᄒ여 두 눈니 어두어 쳔지을 모으고 홀노 사난니다 ᄒ며 여보시요 심봉사
안니요 심봉사 ᄒ난 말니 엇지 심봉사 졸 알의시요 안씨밍닌 ᄒ난 말니 니가
간밤의 꿈을 꾼직 날과 달니 쩌러져 물 가온디 감게 뵈이거날 졈좌을 희득ᄒ
니 두 눈니 안밍한 졸 짐작ᄒ고 물 가온디 잠게 뵈닌이 셩은 심자 안니요 ᄒ며

오날보틈 날과 함기 빅연가약을 미진 후의 밍닌 잔치 차져 가옵소셔 심봉사 ᄒ난 말니 엇더ᄒ 부닌이관듸 이더지 초면의 조흔 말로 공경ᄒ니 실로 은혜 감격

〈41-앞〉

ᄒ온 즁의 쏘한 빅연가약을 밋자ᄒ니 빅골니 불망ᄒ것소 그날 밤의 게셔 자고 아침의 일어 안자 신셔 자탄ᄒ며 슈심니 만단ᄒ거날 안씨밍닌 ᄒ난 말니 여보시요 셔방임 무신 그심ᄒ옵난잇가 날달여 말삼ᄒ오 심봉사 한숨 쉬고 마지 못ᄒ야 하난 말니 니가 아미도 죽을 날니 머지 안니 ᄒ여나부요 간밤의 꿈을 쑨니 니 몸 가죽을 벽게 너여 북을 미여셔 쑤달여 뵈이고 나무입이 쩌러져 쌀이을 덥펴 뵈이고 쏘 불우의 결여 뵈인니 그 꿈 안니 죽을 흉몽인가 ᄒ며 쳑신니 고단ᄒ야 사고무친쳑한듸 예와 죽을 졸을 어지 알고 이고이고 니 팔즈야 ᄒ니 안씨밍닌 이 말 듯고 여보 심봉사임 걱졍 마오 꿈미라 ᄒ난 거시 흉직길이라 ᄒ여신니 니가 희몽ᄒ오이다 산통을 흔들

〈41-뒤〉

면셔 쇠을 히득ᄒ니 허허 그 꿈 길몽이요 자신 계피그위곡경한니 가죽을 벽계 너여 북을 미여셔 쑤드려 뵈니 고셩은 궁셩이라 노리 분명 날 거시요 낙엽이 부고근ᄒ니 쌀니난 아비요 입은 자식이라 자식을 만나 볼 거시요 속답화상이라 발노 불을 발부면 펄쩍 뛸 거신니 무삼 조흔 일니 잇것소 일분 걱졍 마옵소셔 심봉사 하난 말리 그런 말삼 마옵소셔 삼십 젼의 안밍ᄒ야 사십이 다 되도록 일쳠혈륙이 업셔쩐니 불상한 울리 안이 명산디쳔의 공을 디리려 만들의로 나은 자식 무남독여 니 쌀 심쳥을 나은 졔 삼일만의 졔의 모친을 이별ᄒ고 가긍이 키여 너여 계우 십오셰 당도ᄒ야 남경장사 션닌덜쎄 인당슈 졔숙으로 몸을 팔닌 졔가 삼연이라 달은 자식 업고

〈42-앞〉

일가친척 젼이 업고 날 차지이 뉠가 ᄒ며 이고이고 니 팔자야 이 잔치의 참예
ᄒ고 닌당슈 차자가셔 죽은 자식 혼빅이나 위로할가 쳔심만고 바리던니 이 고
디 와셔 죽을 쑴을 어든니 죽을 박기 할닌 업다 ᄒ며 부인 은혜 엇지 다 갑푸
릿가 안씨밍닌 하신 말이 젼의 고단코 일후의 부귀영화 하면 그 안니 조홀손
가 심봉사 신셔을 싱각ᄒ고 낙누ᄒ여 안즈쩐니 어젼사령니 기을들고 골목골목
니 단니면셔 웨난 말니 쳔하으 모든 소경 잔치 망종니 오날넌니 어셔 급피 드
러옵소 일어타시 웨고 가거날 심봉사 거동 보소 이관을 니풀고 지팽을 손으
들고 기염기염 드러갈 졔 궐너의 다다은니 위염이 엄슉ᄒ고 기운은 쇠진ᄒ야
더듬더듬 올나가셔 게하의 복지ᄒ고

〈42-뒤〉

말셕의 안졔 묵묵키 들어본니 풍악소리 진동ᄒ이 반공을 흔들고 구름치일 쳥
포장을 한가이 둘너난듸 잇쩌예 황후쪄셔 밍닌셩명을 차여로 물어 갈 졔 밍인
잔치 십여일의 황후 부친 못볼넌니 이날 심봉사 말셕으 참여ᄒ여던지 빅발밍
닌 안져거날 황후 보시고 므음니 자연 시시로 동ᄒ야 져 밍닌 셩명을 어올이
라 ᄒ신니 심봉사 복지ᄒ야 진졍을 알외되 소밍인은 본디 황쥬쌍 도화동의 거
ᄒ옵고 셩명은 심학귀옵고 연셔난 육십사셰옵고 망녀로 나은 여식 인당슈 져
슉으로 죽은 졔가 삼연이옵고 팔자 기박ᄒ야 동셔남북의 기걸ᄒ야 죽기만 바
리던니 쳔은 망극ᄒ와 이 잔치예 참예ᄒ고 닌당슈의 차자가셔 니 쌀 불상한
심청이 혼빅니나 위로ᄒ

〈43-앞〉

고 그 물의 함긔 죽을가 바라나니다 심황후 그 말 듯고 졍신니 아득ᄒ야 각가
이 안지라 ᄒ신니 심봉사 황송 급급ᄒ야 긔운업시 긔염긔염 올나가셔 쥬렴 압

프 복지ㅎ니 빅슈풍진 늘근 형용의 실푼 근심 가득ㅎ고 살업난 두 귀 밋티 피골니 상연ㅎ고 후유 흐슙 지난 소리 구쳔의 사모차고 말소리의 그 거음니 부친 일신이 분명하다 ㅎ고 온소경은 더졉ㅎ야 닉 보니고 심황후 거동 보소 펄격 쒸여 부친 담슉 안고 졔슉으로 몸 팔인 심쳥이가 사라왓소 심봉사 깜짝 놀리여 왼 몸을 안고 이 말니 원 말인야 꿈인야 싱시가 심쳥니란 말니 원 말닌가 꿈니 되돌리도 씨지 말고 평싱 소원 풀니게 ㅎ오 니 말이 엇쩐 말고 일희일비ㅎ니 심쳥니 착ㅎ 믄음 얼골을 훈티 디고

〈43-뒤〉

긔졀ㅎ니 삼쳔궁여 창황분쥬ㅎ고 쳔자게옵셔 친니 욕임ㅎ여 약으로 구ㅎ직 졔우 인사을 참게 부친을 당상으로 모시고 차담음식을 부친젼의 듸인 후의 인당슈 비아러 쩌려짐과 용궁의 들어가셔 삼연 지닌 말과 꼿봉 속의 들어 안자 비우의 올나 션쥬 집의 잇쓴 말과 이부상셔의게 옴게와셔 황극젼의 빗치여 황후 된 말삼을 낫낫치 알왼니 심봉사 그 말 듯고 희한한 일니로다 ㅎ며 춤을 츄며 노리ㅎ되 얼시고 조흘시고 지야자 조흘시고 좌즁 남여노소 다 들어보소 무남독여 질너다가 그 부모 위ㅎ야 인당슈 큰 물속긔 졔슉 되졸 게 뉘 알가 졔슉으로 죽은 혼빅 용궁의 들어가셔 영화로 부여상봉할 쥴 게 뉘 알가 얼시구나 지야즈 조흘시고 일니 훈창 논니던니 일낙셕산

〈44-앞〉

월츌동영 니날 잔치 파연곡ㅎ고 심봉사을 부원군을 봉ㅎ시고 안씨밍닌 옥괴으 모셔다가 졍경부닌을 봉ㅎ여 입궁 후의 심황후 용궁의셔 가져온 게안쥬와 빅화쥬며 통명션약을 니여 그 부친게 들니되 통명션약은 눈으 넛고 게안쥬난 빌진니 불과 일일 지닉의 눈을 쩌셔 황후의 손을 잡고 희희낙낙 ㅎ여 셰상의 일언 일니 몽즁의나 잇실가 싱시의 어딕 잇실니요 안씨도 약을 먹고 발의니 쏘한 눈을 쩌셔 쳔지만물 구경ㅎ니 심황후 호힝이 졔국의 낭자ㅎ고 셩덕은 쳔하

의 관통호니 조야 빅셩덜도 티평가을 일삼의며 요지일월이요 슌지건곤이라 셰
상스람들니 듯기난 슙건의와 힝화난 얼려울니 니 칙

단국대 나손문고 소장 심청전 (낙장 29장본)

배경이 송나라 황주 도화동이고, 심봉사의 이름은 학규이며, 부인은 곽씨부인이다. 곽씨의 치산대목과 기자치성이 있으며, 심청의 전생은 서왕모의 딸이다. 심청이 태어났을 때 '무근 조긔가 횟조긔를 나아나부다'하는 대목이 있다. 곽씨부인이 산후별증에 걸렸을 때 건너마을 성생원을 불러다 맥을 보는 장면, 치상(治喪)할 때 심봉사가 지어 읽는 제문의 내용의 유사성, 한시구절 앞에 ○표시가 있는 점, 군데군데 어휘나 어절이 빠진 곳이 보이는 점등으로 볼 때 완판본을 그대로 필사한 것으로 보인다. 거의 모든 대목이 완판본의 구조와 동일하다. 남경상인들한테 심청이 제수로 팔리는 대목에서 낙장되었다.

단국대 나손문고 소장 심청전 (낙장 29장본)

〈1-앞〉

송나라 말연의 황쥬 도화동의 한 사람니 잇쓰되 셩은 심니요 명은 학규라 누세 장영지족으로 문명니 자자턴니 기운니 영체하냐 니십안으 안밍한니 낙슈쳥운의 벼살이 씬어지고 금장자슈의 공명니 무어쓰니 향곡의 곤한 신세 원근친쳑 업쏘 겸하여 안밍한니 뉘라서 졉디하랴만은 냥반의 후예 힝실니 쳥염하고 지조가 강기하니 사람마다 군자라 층하더라 그 쳐 곽씨부닌 현철하냐 님사의 덕힝니며 장강의 고음과 목난의 졀기와 예기 ㄱ려 니칙편니며 쥬남소남 관져시

〈1-뒤〉

을 몰을 거시 업스니 일니의 화목ㅎ고 노복의 은이하며 가산범졀하미 빅집사 가관니라 니졔의 쳥염니며 안연의 가난라 쳥젼구업 바니 업셔 한간 집 단표자의 조불여셕 하난구나 야외의 젼토업고 낭져의 노복업셔 가련한 어진 곽씨부닌 몸을 바려 품을 팔러 싹반어질 관디 도포 힝의 창의 징염니며 셥슈쾌자 즁츄막과 남여의복 잔누비질 삼침질 외올쓰기 꽈쌈 고두누비 속올니기 세답빨니 푸시마젼 하졀의복 한삼 고의 망건 꿈니기 갓끈졉기 비자 단초 토슈 보션 힝젼 줌

〈2-앞〉

치 쌈지 단님 허릿기 양낭 볼지 휘낭 복건 풍채 쳔의 가진 금침 베기모의 쌍원낭 슈놋키며 오사 모사 각디 흉비의 학 놋키와 초상난 집 원삼 졔복 질삼 션쥬

궁초 공단 슈쥬 남능 갑사 운문 토쥬 분쥬 명쥬 싱초 퉁경니며 북포 황져포 츈
포 문포 졔츄리며 삼베 빅져 극상세목 짝기와 혼장뎌사 음식슉졍 가진 중게하
기 빅산과졀 신셜누며 수팔연 봉오림과 비상한듸 고님질과 쳥홍황빅 침힝 염
식하기을 일연 삼빅육십 일을 흐로 반쩌 노지 안코 소틈 볼

⟨2-뒤⟩

틈 자자지게 품을 파라 모일 젹의 푼을 모와 돈을 짓고 돈을 묘와 냥돈 만들러
일슈체겨 장니변으로 니웃집 착실한듸 빗슬 쥬어 실슈업시 바다느려 츈츄시힝
봉졔사와 압 못보는 가장 공경 사졀으복 조셕찬슈 님의 마진 가진 별미 비위
맛쳐 지셩공경 시종니 여일한니 상흐촌 사람더리 곽씨부닌 음젼타고 충찬타고
하더라 하로는 심봉사가 여보 마누리 예사람니 셰상의 삼겨날 졔 부부냐 뉘
업스랴만는 견싱의 무삼 은혜로 니싱의 부부 되냐 압 못보난 ㄱ장

⟨3-앞⟩

나를 일시 반쩌도 노지 안코 쥬냐로 버러셔 어린 아히 밧든다시 힝여 비곱풀
가 힝여 츄위할가 의복 음식 쩌마츄어 극진니 공냥한니 나는 편타하련만은 마
누리 고상하난 일리 도여 불평한니 일부텀 날 공경 그만하고 사난 디로 사라
가되 우리 연광 사십의 실하의 일졈 혀류 업셔 조종힝화를 일노좃츠 끈케되니
죽어 지하의 간들 무산 면목으로 조상를 디면흐며 우리 냥쥬 신세 싱각하면
초상장스 소딕니며 년년니 오는 기일의 밥 한 그릇 물 한 목금 뉘라셔 밧들닛
가 명산

⟨3-뒤⟩

디찰의 신공니나 듸려 보와 다힝니 눈먼 자식니라도 남여간의 나어보면 평싱
흔을 풀 거쓰니 지셩으로 비러 보오 곽씨 디답하되 옛글의 니르기을 부효삼쳔

의 무후위더라 하엿쓰니 우리 무자함은 다 첩의 죄악니라 으당 니침직 하되
군즈의 너부신 덕퇵으로 지금가지 보존ᄒ니 자식 두고 시푼 마음니야 쥬냐 간
졀ᄒ와 몸을 팔고 쎼를 간들 못ᄒ오릭사만은 헹셰는 간구ᄒ고 가군의 정더하
신 셩졍을 몰나 발셜치 못하엿던니 몬져 말삼하옵신니 지

〈4-앞〉

셩신공 하오리다 하고 품 팔라 모든 지물 윗갓 공 다 들인다 명산더찰 영신당
과 고뫼츔사 황사며 졔불보살 미럭님과 칠셩불공 나한불공 졔셕불공 신즁마지
노구마지 탁의시쥬 닌등시쥬 창오시쥬 갓갓지로 다 지니고 집의 드러 닛난 날
은 조왕 셩쥬지신을 극진니 공드리니 공든 탑니 문너지며 심든 남기 썩거질가
갑자 사월 초파일의 한 쑴을 어든니 셔기 반공ᄒ고 오치 영농ᄒ듸 일기 션여
학을 타고 ᄒᄂᆞᆯ노 나려온니 몸의난 치의

〈4-뒤〉

요 머리의난 환관니라 월퓌을 느짓 차고 옥퓌소리 징징한듸 계화 일지을 손의
들고 부닌게 읍ᄒ고 졋터와 안는 거동은 두렷ᄒ 달졍신니 품의 드난 듯 남희
관음니 희즁의 다시 돗난 듯 심신니 황홀ᄒ냐 진졍키 어럽던니 션여 하난 마
리 셔황모 쌀니옵던니 반도지상 가난 길의 옥진비자를 만나 두리 슈작ᄒ여삽
던니 시가 좀 어긔엿삽기로 상제게 득죄하야 닌간의 니치시민 갈 발을 몰나던
니 퇴힝손 노군과 후토부닌 제

〈5-앞〉

불보살 셔가여러님니 귀딕으로 지시하옵기로 왓사오니 어엽비 여기옵소셔 품
안의 들미 놀ᄂᆞ 씨다르니 남가일몽니라 직시 봉사님을 씨여 몽사을 의논하니
두리 쑴니 갓탄지라 그날밤의 엇지하엿던지 과연 그달부텀 퇵기 잇셔 곽씨부

닌 어진 마음 셕부졍부좌하고 할부졍불식하며 니불쳥음셩ᄒ고 목불시악식하
며 일불변와불칙ᄒ며 십식을 찬 연후의 ᄒ로난 희복기미 닛구나 이고 빈냐 이
고 허리냐 심봉사 일

〈5-뒤〉

변 반갑고 닐변 놀닉여 집 한 줌 졍니 츄려닉여 사발의 졍화슈를 소반의 밧쳐
노코 단졍니 쑤러안져 비난니다 비난니다 삼신졔왕젼의 비난다 쫙씨부닌 노산
니요 헌 쵸미의 외씨 ᄲᅡ지듯 슌슌하여 쥬옵소셔 비던니 ᄯᅳᆺ밧긔 힝니 만실하고
오싴안기 두루던니 혼미중의 탄싱하니 과연 ᄯᅡᆯ리로다 심봉ᄉ 거동 보소 쌈을
가려 뉘여노코 만심환니 하던 차의 곽씨부닌 졍신 츠려 뭇난 마리 여보시요
봉사님 남여간 무어시요 심봉사

〈6-앞〉

디소하고 아기 사쳘 만져보니 손이 나로비 지닉가듯 문 듯 지닉가니 아미도
무근 조기가 힛조기 나아나부다 곽씨부닌 셜워하여 하는 마리 신공드려 만득
으로 나은 자식 ᄯᅡᆯ리라 하오 심봉사 니른 마리 마누리 그말 마오 쳣칙는 슌산
니요 ᄯᅡᆯ리라도 잘 두면 언의 아들 쥬어 밧구것소 우리 니ᄯᅡᆯ 고니 길너 예졀 몬
져 가르치고 침션방젹 가르쳐 요져슈여 조혼 비필 군자호귀 가리여셔 금실우
지 질거옴과 종사우진진하면 외손봉사 못하릿가 쳣국밥 얼

〈6-뒤〉

는 지여 삼신상의 밧쳐노코 의관을 졍졔ᄒ고 두손 드러 비난 마리 비난니다
비난니다 삼십삼쳔 도슐쳔 져셕젼의 발원하며 삼신졔왕님니 화의동심하냐 다
구버 보옵소셔 사십 후의 졈지한 자식 한두달의 이실 믹져 셕달의 피 어려 넉
달의 닌형 싱겨 다셧달의 외포 삼겨 여섯달의 육졍 나고 일곱달의 골격 삼겨

사만팔천 털리 나고 냐답쌀의 찬짐 바다 금광문 희탈문 고히 여러 슌산하니
삼신님니 덕니 안니신가 다만 무

〈7-앞〉

남동여 쌀리오냐 동방식의 명얼 쥬위 티님의 덕힝니며 더슌증삼 효냥니며 기
량쳐의 졀힝니며 반히의 지질니며 복은 셕슌니 복을 졈지하며 촉분단혈 복을
쥬어 외 붓듯 달 붓듯 잔병업시 일춰월장하여 쥬압소셔 더운 국밥 퍼다 노코
산모를 먹닌 후의 혼자 말노 아기를 어룬다 금자동아 옥자동아 어허 간간 니
쌀나냐 표진강의 슉힝니가 네가 되냐 환싱하엿난냐 은하슈 증여셩니 네가 되
냐 나려왓냐 남젼북답 장만

〈7-뒤〉

한들 니여셔 더 반가오며 산호쥰쥬 어더씬들 니여셔 더 반가올가 어디 갓다
닌자와 삼겨난냐 이러타시 길기더니 뜻밧기 산후별징이 낫구나 현철ᄒᆞ고 음젼
곽시부인 히복한 칠일만의 외풍을 과이 쐬야 병이 난네 이고 비야 이고 며리
야 이고 가슴이야 이고 다리야 지헝업시 만신 두로 알난구나 심봉소 기가 막
켜 압푼 디를 두로 문지며 졍신 추려 마를 ᄒᆞ오 쳬ᄒᆞ연난가 숨신임네 집탈인
가 병셰 졈졈 위중ᄒᆞ니 심봉소 겁을 니여 건네ᄆᆞ을 건네가셔 셩셩원을 모셔다
가 짐믹ᄒᆞ 연후의 약을 쓸 졔 쳔문

〈8-앞〉

동 믹문동 반하 진피 게피 빅복영 쇼엽 방풍 시호 게지 힝인 도인 실농씨 승빅
쵸로 의약 쓸들 스병의 무약이라 병셰 위중ᄒᆞ니 ᄒᆞ릴 업시 죽게되니 곽시부인
쏘ᄒᆞ 스지 못홀 쥴를 알고 가군의 손을 줍고 봉사님 휴유 한슘 질겨 쉬고 우리
두리 셔로 만나 히로빅연하랴 하고 간구한 살림사리 압 못보난 가장 범연하면

노음쩌기 슙기로 아모쏘록 뜻슬 바다 가장 범연하면 노음쩌기 슙기로 아모쏘
록 뜻슬 바다 가장공경 하랴 하고 풍안셔십 가리진코 남촌북촌 품을 파라 밥
도 밧고 반찬도 어더 식은 밥언 닉

〈8-뒤〉

가 먹고 더운 밥을 가군드려 향혀 비곱풀가 춤지 안케 극진경디 흐읍던니 천
명니 급쑌닌가 닌연니 끗쳐진가 하릴 업소 눈을 어니 감고갈가 뉘라셔 헌옷
지여쥬며 맛진 음식 뉘라셔 권하릿가 니가 흔번 죽어지면 눈 어둔 우리 가장
스고무친 혈혈단신 의퇵할 곳 업셔 박아지 손의 들고 집팡막디 부어잡고 쎠맛
츄어 나가다가 구령의도 빠져 돌으도 치워 업푸러져 문젼 츠져가셔 밥 달나는
실푼 소리 귀여 징징 들니난 듯 느 죽은 후 혼빅닌들 차마 엇지 듯고보며 명손
디찰 신공 드려 스

〈9-앞〉

십의 나은 자식 젓 한번도 못 먹니여 얼골도 치 못보고 죽단 말가 전싱의 무삼
죄로 니싱의 삼겨나셔 어미 업난 어린 거시 뉘 졋 먹고 사러나며 가군의 일신
도 쥬체 못흐디 쪼 져거슬 엇지 할고 그 모냥 엇지 하며 멀고 먼 황천질의 눈
물 제워 엇지 가며 압혜 막혀 엇지 갈가 져 건네 동지집의 돈 열냥 맛겨쓰니
그 돈 열냥 차져다가 초상의 보티쓰고 도장안의 냥식 히복쌀노 두어쓰나 못다
먹고 죽어간니 너의 스졍 졀박흐네 쳣 상망니나 지닌 후의 두고 냥식

〈9-뒤〉

흐읍고 진어사되 관디 흔벌 흉비 학을 놋틔 못드흐고 보의 싸셔 밋틔 농의 너
어쓰니 나 죽어 초상 후의 차지려 오거든 염여말고 니쥬고 거네마을 귀덕어미
니겨 졀친하여 단여쓰니 어린 아히 안고가셔 졋셜 먹여 달나하면 응당 괄세

안니하리니 쳔힝으로 니 자식니 죽지 안코 ᄌ라나셔 져발노 걸거든 압셰우고
질을 물어 니 무덤의 차져와셔 네의 죽은 모친 무덤니로다 가르쳐 모여 싱면
하면 혼나라도 원니 업것소 쳔명을 어길 길니 업셔 압 못보난 가장의게 어린
자식 믹게 두

〈10-앞〉

고 영결ᄒ고 도라가니 가군의 귀하신 몸니 이통하여 상치 말고 쳔만 보즁ᄒ옵
소셔 차싱의 미진한 니연 다시 만나 이별 말고 슬나라 이고 니가 니졋소 아히
일홈을 심쳥니라 지여두고 나 쩌던 옥지환니 함슉의 닛스니 심쳥니 자라거든
날 본다시 너여쥬고 나라의셔 상스ᄒ신 돈 슈복강영 티평안락 양편의 시긴 돈
을 고흔 홍젼 괴불쥼치 쥬홍당스 벌믜답의 ᄯᆫ을 드려 두어스니 그것도 너여
치여쥬오 ᄒ고 잡어쩐 손을 후리치고 혼슘 짓고 도라 누어 어린 아히 자ᄇ

〈10-뒤〉

달여 낫슬 하티 문즈르며 셔를 ᄭᆯᄭᆯ 차며 쳔지도 무심ᄒ고 귀신도 냐쇽다 네
가 짐직 삼겨거나 니가 좀더 살거나 너 낫차 나 죽으니 갓업난 궁쳔지통을 널
노ᄒ여 품게 ᄒ니 죽는 어미 사난 자식 싱ᄉ간의 무삼 죄냐 뉘 졋 먹고 사라나
며 뉘 품의셔 잠을 ᄌ리 이고 아가 니 졋 망죵 먹고 어셔어셔 자라거라 두 쥴
눈물 낫시 졋난구나 한슘지여 부난 바람 삽삽풍 되냐 잇고 눈물 밋져 오난 비
난 쇼쇼쳬우 니리 되다 ᄒ날은 ᄂᆞ직ᄒ고 음운언 ᄌᆞ옥ᄒ되

〈11-앞〉

슙풀의 우난 시는 졍어긍하여 젹막히 머무르고 셰너의 도난 물은 소ᄅᆡ 잔잔ᄒ
여 오열니 흘너가니 ᄒ물며 스룸니냐 엇지 안니 셜워ᄒ리 픽각질 두세 번의
슘니 덜걱 지니 심봉사 그졔냐 죽은 줄 알고 이고이고 만누리 참으로 죽어난

가 니게 원닐인고 가삼을 쾅쾅 쑤다리며 머도 탕탕 부드치며 니리궁글 치궁굴
며 업더지며 잡바지며 발구르며 고통ㅎ며 여보 마누리 그디 살고 니가 죽그면
져 자식를 키울 거슬 니가 살고 그디 죽어 져 자식 엇지 키쟌 말

〈11-뒤〉

고 이고이고 모진 목슘 사자 하니 무엇 먹고 살며 함기 죽자한들 어린 자식 엇
지 할가 이고 동셧달 찬 바람의 무엇 닙펴 키여니며 달은 지고 침침흔 빈 방안
의셔 졋 먹자 우난 소리 뉘 졋 먹여 살여닐가 마오마오 제발 덕분 죽지마오 평
싱 졍한 쓰시 사직동혈 ㅎㅈ더니 염나국니 어드라고 날 바리고 져것 두고 죽
단 말가 닌졔 가면 언졔 가면 언지 오리 이고 쳥츈작반호환힝의 봄을 짜러 오
랴난가 쳥쳔유월닉기시의 달을 씌고 오랴난가 곳도

〈12-앞〉

졋짜 다시 피고 희도 졋다 다시 돗건만는 우리 만누리 가신 듸는 가면 다시 못
오넌가 삼쳔벽도 요지연의 셔왕모를 짜러간가 월궁항아 짝닉냐 도략하러 올ᄂ
간가 황능묘 니비 함기 회포말ᄒ러 간가 회사졍 호쳔하던 사씨부닌 차자간가
나는 뉘를 차즈갈가 이고이고 셜운지고 니러타시 이통할 제 도화동 사람더리
남여노소 업시 묘와 낙누하며 하는 마리 현쳘ᄒ든 곽씨부닌 불상니도 죽어구
나 우리 동닉 빅여호라 십시일반으로 감장나니 하여쥬시 공논니 며츌닐구하냐
의금관곽 졍니하냐 힝

〈12-뒤〉

냐지지 가리여 삼일만의 츌상할 제 희도 가푼소리 원어원어 원어리 넘차 붕망
산니 머다던니 건넌산이 북망일세 원어워어 워일리 넘차 원어 황쳔지리 머다
던니 방문밧기 황쳔니라 원어원어 불상하다 곽씨부닌 힝실도 음젼하고 지질도

기니턴니 늑도 졈도 안니하여셔 영결종쳔 하엿쑤나 원어원어리 넘차 원어원어 너화원 니리져리 건네갈 제 심봉사 거동 보소 어린 아히 강보의 싸닌 치 귀덕 어미 믹겨두고 집팡막디 흣터집고 논틀밧틀 좃츠와셔 상여뒤치 부어잡고 목은 쉬

〈13-앞〉

여 크겨 우던 못호고 여보 만누리 니가 죽고 만누리가 사러냐 어린 자식 살여 니 제 쳔하쳔지 몹쓸 마누리 그더 죽고 니가 살어 초칠일 못다간 어린 자식 압 못보난 니가 엇지 키여닐고 익고익고 셔러울 제 숀쳐의 당도하냐 안장하고 봉 분을 다한 후의 심봉사 제를 지니되 셔룬 진졍으로 제문 지여 익던 거시엿다 ○차호부닌 차호부닌 요츠조지슉여하여 싱불고어 고닌이라 ○기빅연니희로텬 니 홀연몰혜연귀요 유치자니영세혜여 니것실 엇지 질너너며 ○귀불귀혜쳔디 혜여 언의 씨나 오랴는가 ○틱송츄

〈13-뒤〉

니 위가하여 자는 다시 누어스니 ○상음용니 적막하여 보고 듯기 어려워라 ○ 누삼삼니 첨금하여 젓난 눈물 피가 되고 ○심경경니 소원하여 살 기리 젼니 업다 ○소회닌이지피하여 바리본들 어니하며 ○어장쥬니울도ㅎ여 뉘를 의지 하잔 말가 ○빅냥노니월낙하여 산적적 밤 집푼듸 어츄츄니쥬유하여 무슌 말을 호소흔들 격유흔니노슈하여 그 뉘라셔 위로흐리 ○셔리상지승봉흐면 차싱의 난 한니 업닉 ○쥬과포혜박잔혜여 만니 먹고 도라가오 제문을 막 닉더니 모들 쓴기흐여 익고익고 니게 웬 닐닌고

〈14-앞〉

가오가오 날 바리고 가난 부닌 한탄하여 무엇 하리 황쳔으로 가는 기리 각졈

니 업스니 뉘 집의 가 자고 가오 가는 디 날 일너쥬오 무슈니 이통ᄒ되 장사
회각더리 말여 도라와서 집니라 드러가니 부억은 젹젹ᄒ고 방은 텡 비엿쑤나
어린 아히 다려다가 헝덩글러진 빈 방안의 틱빅산 갈가마기 게발 무러 더진다
시 홀노 누어스니 마음니 온젼하리 벌덕 니러셔던니 이불도 만져보며 반어질
상자도 덥벅 만져보고 빗던 빗졉도 핑등그리 더져두고 바든 밥상도 더듬더듬
만져보고 부억을 향하냐 공

〈14-뒤〉

연니 불너도 보며 이웃집 차져가셔 공연니 우리 만누리 예 왓소 무러도 보고
어린아히 품의 품고 너의 어만니 무승하다 너를 두고 죽엇졔 오날은 졋슬 어
더 먹엇스나 니일은 뉘 집의 가 졋슬 어더 먹여 올ᄭ 이고이고 냐쯕하고 무상
한 귀신 우리 만누리를 잡아 갓쑤나 니러쳐로 이통ᄒᄃᄀ 풀쳐 싱각ᄒ되 사자
는 불가부싱니라 하릴 업거니와 니 자식이나 잘 키여니리라 하고 어린 아히
잇낫 집을 차례로 무러 동영졋슬 어더 먹일 졔기 눈이 무어 보든 못ᄒ고 귀는
볼ᄀ 눈치로 ᄀ늠

〈15-앞〉

하고 안자ᄶ가 마참 날 도들 젹의 우물가의 들니난 소리 얼는 듯고 나셔면셔
여보시오 만누리님 여보 아씨님니 니 자식 졋슬 좀 먹여쥬오 날노 본들 엇지
하며 우리 만누리 사러슬 제 닌심으로 싱각한들 차마 엇지 괄세하며 어미 업
난 어리 거신들 엇지 안니 불상하리요 딕집의 귀ᄒ신 아기 먹니고 나문 졋 흔
통 먹여쥬오 하니 니 안니 먹여쥬리 또 육치월 지심 민난 여닌 슈일참 차져가
셔 인근하게 어더 먹니고 또 셰닉의 빨니ᄒ는 되도 츳져가면 엇던 부닌은 달
니다가 짭쯧시 먹 쥬

〈15-뒤〉

며 훗날도 차져오라 하고 쏘 엇던 여닌은 말하되 닌자 막 우리 아기 먹여스니 졋시 업노르 ᄒ여 심청니 졋슬 만니 어더 먹닌 후의 아히 비가 불녹한직 심봉사 조와라고 냥지 바른 어덕 미티 쪽그러 안져 아기를 어룬다 아가아가 자는냐 아가아가 웃는냐 어셔어셔 커셔 너의 모친갓치 현철하냐 호향 닛셔 아비의게 귀ᄒ물 뵈냐랴 언의 조모 닛셔 보며 언의 외가 잇셔 믹길쏘냐 하로 뵈닐 사람 업셔슨니 ᄋ히 졋슬 어더 먹여 뉘니고셔 동영할 졔 삼베 젼더 두 동 지여 ᄒ 머리는 쏠을 붓고 ᄒ 머리는 볘를 부드 모니고 ᄒᄒ 육중

〈16-앞〉

단니여 젼젼니 ᄒ푼두푼 어더 묘와 아히 맘쥭차로 깅엿 푼엇치 홍압도 사고 일엇타시 지니나며 미월 삭망 소더기를 염예업시 지니던니 쏘 심청니는 장니 귀히 될 사람니라 쳔지 귀신니 도와 쥬고 제불보살이 음조하여 잔병업시 자라 나제 발노 거러 잔쥬름을 지니고 무졍세월양유파라 언의더시 육칠세라 얼골리 국식니요 닌사가 민쳡ᄒ고 효힝니 출쳔ᄒ고 소견니 탁월ᄒ고 닌자하미 기린니라 붓친의 조셕고냥과 모친의 제ᄉ를 의법으로 홀 줄을 안니 뉘 안니 층찬하리요 ᄒ로는 붓친게 엿자오되

〈16-뒤〉

미물 짐싱 가마귀도 공님 져문 날의 반포홀 쥬를 안니 하물며 스람이야 미물만 못홀릿ᄀ 아부지 눈 어두신듸 밥 빌너 가시다 놉푼터 집푼 듸와 조분 질노 쳔방지방 단이다가 업푸러져 승키 숩고 만일 눌 구진날 비ᄇ람 셔리친 날 치워 병이 ᄂ실ᄀ 쥬야로 염예온이 닌 니히 칠팔세라 싱아육아 부모은덕 이졔 봉힝 못ᄒ면 일후 불힝ᄒ신 날의 이통한들 갑슬릿가 오날붓텀 아부지는 집이ᄂ 직키시면 닌가 나셔셔 밥을 비러다가 조셕 근심 덜겨ᄒ오리다 심봉ᄉ 웃고 ᄒ난 말이 네 말이 긔특ᄒ다 닌졍은

〈17-앞〉

그러ᄒ나 어린 너를 닉 보니고 안ᄌ ᄇ더 먹난 마음 닉 엇지 편ᄒ리요 그런 말 닷시 말라 쏘 엿ᄌ오디 ᄌ로난 현인으로 빅이예 부미ᄒ고 졔형은 어린 여ᄌ로 되 낙양 옥즁의 갓친 아비 졔몸을 파라 속죄ᄒ니 그런 일 싱각ᄒ면 ᄉ람이 고금이 다르릿ᄀ 고집지 말르소셔 심봉ᄉ 올히 역겨 긔특ᄒᄃ 닉 ᄯ이야 효여로 닉 ᄯ이야 네 말디로 그러ᄒ여라 심쳥이 이날부텀 밥 빌너 ᄂ셜 졔 원산의 희 빗치고 압 마을 연긔ᄂ면 헌 비즁의 단임 치고 말만 나문 비초미 압셥 업난 졉 져고리 이렁져렁

〈17-뒤〉

얼메고 청목휘향 둘너쓰고 보션 업시 발을 벗고 뒤쳑 업난 신을 ᄭ을고 헌 바가지 업푸 ᄶ고 단지 녹쓴 미여 손의 들고 엄동셜한 모진 날의 치운 졸을 모로고 이집 져집 문압문압 드러가셔 인근이 비난 말이 모친은 셰승 바리시고 우리 붓친 눈 어두 압 못보신 쥴 뉘 모르시릿ᄀ 십시일반이온이 밥 한 슐 덕 줍슈기 고 쥬시면 눈 어두은 너의 부친 시중을 면ᄒ것소 보고 듯난 ᄉ람드리 마음이 감격ᄒ야 그릇밥 짐치 즁을 앗긔즌코 쥬며 혹은 먹쏘 가라ᄒ면 심쳥이 ᄒ난 말이 치운 방의 늘근

〈18-앞〉

붓친 응당 긔달일 ᄭ스니 ᄂ 혼ᄌ 먹술오릿가 어셔 밧비 도라가셔 아부 함끠 먹쩌난이다 이러쳐로 어든 밥이 두셰 집 어든이 죡한지라 슉슉키 도라와셔 방문 압푸 드러오며 아부지 츕지 안쇼 아부지 시장ᄒ시요 아부지 지달엿소 ᄌ연 이 더듸엿소 심봉ᄉ가 ᄯ을 보니고 마음 둘디 업셔 탄복ᄒ던이 소리 얼는 반겨 듯고 문을 펼젹 열고 두 손 범벅벅 잡고 ᄉᆫ 시렵지야 입의 디고 홀홀 불며 불도 츠ᄃ 어로만지며 셔를 ᄭᆯᄭᆯ 츠며 눈물 지여 이고이고 이답도다 네의 모

친 무숭할ᄉ 너의 팔

〈18-뒤〉

자냐 널노 ᄒ여곰 밥을 비러먹고 사잔 말가 이고이고 모진 목슘 구차니 사라
나셔 자식 고상 시기난고 심청니 극진흔 효셩 봇친을 위로ᄒ되 아부지 그 말
삼 마오 부모를 봉냥ᄒ고 자식의 효도ᄒᄂ게 쳔리의 썻썻ᄒ고 닌사의 당연ᄒ
니 하니 너무 걱졍 마르시요 진지나 잡슈시요 하며 겨의 부친 손을 잡고 니거
슨 짐치요 니난 간장니요 시장하신듸 만니 잡슈시오 니러타시 공냥하며 츈하
.츄동 사시졀 업시 동니 건린 되냐던니 흔희 두희 네더희 지너간니 지질니 민
쳡하고 침션니 능난하니 동니 바누질

〈19-앞〉

을 공밥 먹지 안니하고 쌀을 쥬면 바다 뫼와 부친의복 찬슈ᄒ고 일 업난 날은
밥을 비러 근근니 연명하여가니 세월이 여류ᄒ냐 십오세의 당하던니 얼골이
츄월갓고 효힝 퇴기하고 동졍니 안혼하냐 인사가 비범하니 쳔싱여질리라 이러
한 소문니 원근의 자자하니 일일은 월평 무릉촌 장승상듸 시비 드러와 부닌
명을 브다 심소졔를 쳥하거늘 심쳔니 뵌게 엿자오되 어룬니 부르신직 시비 함
기 가 단여오것난니다 만일 가셔 더듸여도 잡슈시던 ᄂ문 진지 반찬 시져 상
을 보와 탁자 우의 두어스니 시장하시거

〈19-뒤〉

된 잡슈시오 부디 나 오기를 기다레 조심하옵소셔 ᄒ고 시비를 딸러갈 제 시
비 손 드러 가라친더 바라보니 문 압푸 심은 버들 엄율한 시상촌을 젼하여 닛
고 더문온 드러셔니 좌편의 벽오동은 말근 니실리 쑥쑥 쩌러져 학의 꿈을 놀
니 찌고 우편의 셧난 반송 쳥풍니 건듯 부니 노용니 굼니난 듯 즁문 안의 드러

셔니 창아푸 심은 화초 일난초 봉미장은 속입피 쎄여나고 고루 압푸 부용등은 빅구가 흔흔흐듸 하엽니 츌슈소의 젼으로 놉피 쩌셔 동실 넙젹 진경은 쌍쌍 금부어 둥둥 안즁문 드러셔니 가사도 굉장흐고 슈

〈20-앞〉

호문창도 찰난한듸 반빅니 나문 부닌 의상니 단졍하고 기부ㄹ 풍영하냐 복니 만한지라 심소제를 보고 반겨하냐 손을 쥐고 네 과연 심쳥니야 듯던 말과 갓도 ㄹ다 하시며 좌를 쥬어 안친 후의 가긍ㅎ믈 위로ㅎ고 ㅈ셔니 살피니 쳔상의 봉용국식일시 분명하다 염용ㅎ고 안진 거동 빅셕쳥강 시 비 뒤의 목욕ㅎ고, 안진 제비 사람 보고 놀니난 듯 황홀흔 져 얼골은 쳔심으 도든 말리 슈면의 빗치엿고 츄파를 홀이 쎅여 시벽빗 말근 하날의 경경흔 시벌 갓고 냥협의 고흔 비쳔 노냥 연츄분홍의 부용니 시로 핀 듯 쳥

〈20-뒤〉

산 미간의 눈셥은 초싱달 졍신니요 삼삼녹발은 시로 자난 난초 갓고 지녁 쌍비는 미냐미 귀밋치라 닙을 드러 웃는 냥은 모란화 한 숭니가 하로밤 기운의 피고져 버러지난 듯 호치를 여러 말을 하니 농산의 잉무로ㄷ 부닌이 충찬 왈 네 젼세를 모로느냐 분명니 션여로다 도화동의 젹거한니 월궁의 션여 벗 하나를 니러구나 오날 너를 본니 위연한 일 안이로다 무릉촌의 니가 잇고 도화동의 네가 나니 무릉촌의 봄니 들고 도화동의 기화로다 탈쳔지지졍기하니 비병흔 네로구ㄴ 니 말을 드러셔라 승승니 닐직 기

〈21-앞〉

세하시고 아달리니 삼형제라 황셩의여 녀환하여 달은 자식 손즈 업고 실하의 지미 업셔 눈 압푸 말벗 업셔 각방의 며나리는 혼졍신졍 흔 후 다기 제일 한니

젹젹한 빈 방안의 디하나니 촉불니요 보난니 고셔로다 네의 신셰 싱각한니 양
반 후예로 져럿타시 궁곤ᄒ니 엇지 안니 불상ᄒ랴 너의 슈냥쌀리 되냐 여공니
며 문소을 학십ᄒ냐 기츌갓치 길너너여 말연 지미 보려ᄒ니 네 뜻시 엇ᄒ요
심소제 일어 지비ᄒ고 엿자오되 명도 기구하여 나흔 제 초칠일 안의 모친니
불힝ᄒ냐 세싱 바리시미 눈 어

〈21-뒤〉

둔 너의 붓친 동영졋 어더 먹어 겨우 살러씨니 모여 천지 얼골도 모로미 궁천
지통 끗칠 날리 업삽긔로 너 부모 싱각하야 남의 부모도 공경턴니 오날 승상
부닌겨옵셔 권하신 뜻시 밋쳔한 줄 혜지 안코 쌀믈 삼므려 하시니 의쳔을 모
친 얼 다시 뵈온 듯 황송 감격하와 마음을 둘 곳지 견니 업셔 부닌의 말삼을
좃차하면 몸을 영귀하오나 안혼하신 우리 붓친 조셕공냥과 사졀의복 뉘라셔
니우릿가 구휼하신

〈22-앞〉

은덕은 사람마닥 잇건이와 지여날ᄒ니 난당이며 손논이라 부친 모신옵기를 모
친 겸 노음고 우리 부친 날 밋기을 아달 겸 밋스오니 너가 부친 곳 안이시면
이제까지 살어스며 너가 만일 업거되면 우리 부친 나문 희를 맛칠 기리 업스
오며 오조의 사졍 셔로 의지ᄒ여 너 몸니 맛도록 기리 모시려 ᄒ옵는이다 말
을 못치미 눈물리 옥면의 졋난 거동은 츈풍세우가 도화의 밋쳐다ᄀ 졈졈니

〈22-뒤〉

쩌러지난 듯ᄒ니 부닌 도흔 긍칙ᄒ냐 등을 어로만지면셔 호여로ᄃ 효여로ᄃ
네 마리 응당 그러 할듯하다 노혼흔 너의 마리 밋쳐 싱각지 못하엿다 그렁져
렁 날리 져무러지니 심쳥니 엿자오되 부닌의 착ᄒ신 덕을 닙어 종일토록 모셔

스니 영광니 만하기로 일역니 다ᄒ오니 급피 도라ᄀ와 부친의 지달이시던 마
음을 위로코져 하ᄂ니다 부닌이 말유치 못ᄒ냐 마음의 연연니 여기시못 치단
과 피룩니며 냥식을 후니 쥬워 시비 흠기 보닐 젹의 네 부디

〈23-앞〉

날을 닛지 말고 모여간 의를 두면 노닌의 다힝이라 심쳥니 디답하되 부닌의
장하신 뜻시 니갓치 맛쳐스니 가르치시물 밧오리다 졀하여 하직하고 망연니
오던나라 닛쩌의 심봉사 홀노 안져 심쳥을 지달열 제 비곱파 등의 붓고 방은
츄워 퇵니 썰여지고 잘시는 날어들고 먼듸 졀 쇠북소리 들이니 날 져뭄 졸 짐
죽하고 혼ᄌ 하는 말리 니쌀 심쳥니는 무삼 일의 골몰하며 날리 져문 줄 모르
난고 쥬닌의게 잡펴여 못오난가 져물게 오난 길의 동무의게 잠착ᄒ가 풍

〈23-뒤〉

셜의 가난 사람 보고 짓난 기소리의 심쳥니 오난야 반겨 듯고 무단할사 써러
진 엽창의 와 풍셜 셕거 부듸치니 심쳥니 온 자최 힝여 긴자하냐 반겨 나셔면
셔 심쳥니 네 오난냐 젹막공졍의 닌젹니 업셔쓰니 헛쑨 마암 아득키 속니쑤ᄂ
집팡막디 차져 집고 사립 박그 나다가 지리 나문 기쳔 밀친다시 써러지니 면
상의 흑비시오 의복니 어림이라 쒸들 도로 더 싸지며 나오잔직 미쓰러져 하릴
업시 죽겨되여 아모리 소리ᄒᄂ들 일모도궁하니 뉘라셔 건져쥬리 진소위 활닌지

〈24-앞〉

불은 곳곳마닥 잇난지라 마참 잇쩌 몽운사 화쥬승니 졀를 즁창하랴 하고 권션
문 드러메고 나려왓다 쳥산은 암암ᄒ고 셜월은 도라올 제 셕경 빗긴 질노 졀
을 차져 가는 차의 풍편 실푼 소리 사람을 구ᄒᆯ 하거늘 화쥬승 자비ᄒ 마음
의 소리 나난 곳슬 차져 가더니 엇던 사람니 기쳔의 싸져셔 거의 죽겨 되엿거

날 져 중의 급훈 무옵 구절죽장 빅골리 암상의 쳘철 더져 두고 굴갓 스먹장삼 실쯰 달닌 치 버노코 육날 며투리 힝젼 단님 보션 훨훨 버셔노코 고두누비 바지 져고리 거듬거듬 훨

〈24-뒤〉

신 츄고 왈의으 달여드러 심봉사 고초상토 덥벅 줍어 엇쑬우미나냐 건져노니 젼의 보던 심봉사라 봉사 졍신 차려 뭇난 마리 게 뉘시요 하니 즁니 더답하되 몽은스 화쥬승니요 그럿체 활닌지불리로고 죽을 스롬 술여노니 은혜 빅골난망이라 화쥬승니 심봉사을 업고 방안의다가 안치고 쌔진 연고을 무르니 심봉사 신셰를 자탄하다가 젼후 말을 흐니 그 즁니 봉사다려 하는 마리 불상흐오 우리졀 부체님은 영검니 만하옵셔 비러 안니 되난 이리 업고

〈25-앞〉

구흐면 응하나니 고냥니 삼빅셕을 부체님게 올니압고 지셩으로 불공하면 졍영니 눈 쩌셔 완닌이 되냐 쳔지만물을 보오리다 심봉사 형세는 싱각지 안코 눈 쓴단 말의 혹흐여 그러면 삼빅셕를 젹어 가시요 화쥬셩니 허허 웃고 여보시요 딕의 가세를 살펴보니 삼셕을 무신 슈로 흐것소 심봉사 홰쯤의 하는 마리 여보시요 언의 쇠아들놈니 부체님겨 젹어노코 빈 말 하것소 눈 뜰ᄂᄃ거 온진빅니 되겨요 사람만 업수니 여기난고 염여 말고 젹으시요 화쥬승니 발힝을 펼

〈25-뒤〉

쳐노코 제일층 불근찌의 심학규 빅미 삼빅셕이라 젹어가지고 하직하고 간 연후의 심봉사 즁을 보니고 다시곰 싱각하니 시쥬쌀 삼빅셕을 판츌할 지리 업셔 복을 빌여다가 도로여 죄를 어들 거시니 이 일을 어니 할고 셔름 져 셔름 무근 셔름 횟 셔름니 동무지여 일좌 나니 견디지 못흐냐 우름 운다 이고이고 니 팔

자냐 망영홀스 니 일니냐 쳔심니 지공호사 후박니 업건마는 무삼 일노 밍닌니
되여 셩세조츠 간구호고 일월갓치 발근 거슬 분별홀 길 젼니 업고 쳐

〈26-앞〉

자갓턴 지졍간을 더하여도 못보건네 우리 망쳐 살러씌면 조셕근심 업슬 거슬
다 커가난 짤자식을 스동니여 노와셔 품을 팔고 밥을 비러다가 근근니 호주호
는 즁의 공냥미 삼빅셕을 호기 잇게 젹어노코 빅가지로 싱긱혼들 방쳑니 업구
나 빈 단지를 기우린들 혼 되 곡식니 바니 업고 장농을 슈탐혼들 혼 푼젼 웨
잇시리 일간두옥 팔자혼들 풍우를 못피거든 살 스람니 뉘 닛스리 니 몸을 파
자호니 푼젼 싸지 안니 하니 니라도 스지 안하랴거든 엇더혼

〈26-뒤〉

사람은 팔자 조와 니목니 완젼하고 슈족니 구비하여 부부히로호고 잔손니 만
당하고 곡식니 진진호고 지물리 영영하여 용지불갈 취지무궁 기루온 것 어건
만은 이고이고 니 팔자냐 날갓턴니 쏘 잇난가 안진박 씀싸동니 셔룹다 한들
부모쳐자 바로 보고 말 못하는 벙어리도 셔룹다 혼들 쳔지만물 보와 잇네 한
창 이러쳐롬 탄식할 졔 심쳥니 밧비 와셔 져의 부친 모냥 보고 깜작 놀니여 발
구르여셔 편션을 구로 만지며 아부 니게 웬 일리요 나을 차자 나오시다가 이
런 욕을 보와겻소 니웃집의 가겻

〈27-앞〉

다가 니런 봉변을 당하셧소 칩긴들 오작하며 분흠닌들 오직하릿가 승상덕 노
부인니 구지 줍고 말뉴호야 어언간의 더디엿소 승상덕 시비 불너 부억의 잇난
나무로 불 혼 부억 너어 쥬소 부탁호고 쵸미폭을 거듬거듬 거더 잡고 눈물흔
젹 시치면셔 진지을 잡슈시요 더운 진지 가져왓소 국을 몬져 자시시요 손을

쓸러다가 가의치며 니거슨 짐치요 니거슨 자반니요 심봉스 만면슈식 밥 먹을
뜻 젼니 업셔쓰니 아부지 웬 일리요 어듸 압퍼 그러신가 더듸 왓다고 니럿타
시 진로ᄒ신가 안니로ᄃ 네 알러 쓸더 업지

〈27-뒤〉

아부지 그게 무삼 말삼니요 부자간 쳔륜니야 무삼 허물 닛스릿가 아부지는 날
만 밋고 나는 아부모 밋더 듸소사를 의논턴니 오날놀 말삼니 네 알어 쓸더 업
다고 하시온니 부모 근심은 곳 자식의 근심이라 제 아모리 불효ᄒ들 말삼을
안니하시니 제 마암의 셥사니다 심봉사 그제야 너가 무삼 일을 네을 소기랴만
는 만일 네가 알거드면 지극ᄒ 네의 마암의 걱정만 되것시로 말하지 못ᄒ엿다
앗가 네를 지달니다가 져무도록 안니 오기예 하 각잡하여 너을 마져 나갓다가
지리 너문 기쳔의 싸져

〈28-앞〉

져셔 거의 죽겨 되엿던니 뜻밧기 몽운사 화쥬승니 날을 건져 살여노코 하는
말리 공냥미 삼빅셕을 진심으로 시쥬ᄒ면 싱젼의 눈을 쩌셔 쳔지만물을 보리
라 하도구ᄂ 홰씸의 젹어쩌니 즁을 보너고 싱각하니 푼젼 일니 업ᄂ 즁의 삼
빅셕니 어듸셔 난단 말니야 도로여 후회로다 하니 심쳥니 반기듯고 붓친을 위
로ᄒ되 아부지 걱정 마르시고 진지나 잡시요 후회하면 진심니 못되오니다 아
부지 어두온 눈을 쩌셔 쳔지만물을 보량니면 공냥니 숨빅셕을 아무쪼록 쥰비
ᄒ여 몽운ᄉ

〈28-뒤〉

로 올니리다 네 아무리 ᄒ들 빅쳑간두의 할 슈가 닛슬손냐 심쳥니 엿자오디
왕상은 고빙ᄒ고 어름 궁기어 니어 엇고 곽거라 하난 사람은 부모 봉춘하여

노으면 제 자식니 상머리여 먹는다고 산치 무드려 할 제 금흥을 어더다가 부
모 봉냥ㅎ여 쓴니 사친지효ㄹ 옛스롬만 못ㅎ느 지셩니면 감쳔나라 ㅎ오니 공
냥미는 자연니 엇사오리다 집피 근심 마압소셔 만단 위로ㅎ고 그놀보틈 모욕
지겨 젼조단발하며 집을 소쇄ㅎ며 후원의 단을 무워 북두칠셩 힝냐반의 마뢰
구격흔듸 등불

〈29-앞〉

을 발켜 쓰고 졍화슈 흔 그릇시 북힝하냐 비난 마리 간기 모월모일으 심쳥은
근고우지비ㅎ노니 쳔지 일월셩신니며 하지후토 산영셩황 오붕ㄱ시 하빅니며
제일의 셔가열리 삼금강 힐보살 팔부신장 십왕셩군 강남도령 슈추 공냥하압소
셔 하날님 일월두미 사람의 안목니라 일월니 업소오면 무슴 분별ㅎ오릿ㄱ
아비 무자싱신 삼십 안의 안밍ㅎ냐 시물을 못ㅎ온니 아비 허물을 니 몸으로
디신ㅎ압고 ㅇ비 눈을 발켜 쥬압소셔 니럿타시 빌기를 마지 안니ㅎ니 ㅎ로는
드르니

〈29-뒤〉

남경상고 션닌더리 십오세 체자룰 사한다 하거늘 심쳥니 그 말 반겨 듯고 귀
덕어미 시여 너코 사람 사랴 하난 곡졀을 무른직 우리난 남경션닌으로 은당슈
지니갈 제 제슉으로 제ㅎ면 무변디히를 무스이 월셥 십십만금 퇴를 니기로 몸
을 팔여ㅎ는 쳐녀 잇스면 갑을 앗기지 안코 쥬노라 ㅎ거늘 심쳥이 밤기 듯고
말를 ㅎ며 나는 본촌 스롬일너니 우리 부친 안밍ㅎ스 고양미 숨빅셕을 지셩의
로 불공ㅎ면 누늘 쎠 보리라 ㅎ되 가셰 쳘빈ㅎ야 판츌홀 기리 젼니 업셔 니 몸
팔여ㅎ니 나를 스가미 엇더ㅎ요 션인더리

(이하 낙장)

단국대 나손문고 소장 63장본 심청전

　　대략 가로 18cm, 28cm 크기의 필사본으로, 투박한 행서체로 한 면에 12줄씩 쓰여 있다. 완판본과 유사한 내용으로 한글을 위주로 필사하였으며 중간중간 한자가 섞여 있다. 필사시기는 후반부에 일어가 간혹 보이는 것으로 보아 일제 강점기 시기인 것으로 보인다. 상권의 끝(27-앞)에 全道 淳昌郡 八德面 廣岩里라는 필사한 지명과 하권의 첫머리(27-뒤)에 책주 李己憲이라는 이름이 보인다. 시공간적 배경은 송나라 말연과 황주 도화동이다. 심학규와 부인은 곽씨이다. 곽씨가 심청을 낳은 후 병세가 위중해지자 건너 마을 성생원을 불러다 약을 쓰는 장면은 완판본과 동일하다. 완판본과 같이 후일담이 장황하다. 심청전 뒤에는 옥단춘전이 합철되어 있다.

단국대 나손문고 소장 63장본 심청전

〈1-앞〉

심청전권지상이라

송나라 말년의 황주 도화동의 혼 사람이 잇시되 셩은 심이요 명은 학규라 누
셰 장영지족으로 문명이 자자터이 가운이 영쳬ᄒ야 이십안 안밍ᄒ니 낙슈쳥운
의 베살이 끈어지고 금장자슈의 굉명이 무어스이 향곡의 곤흔 신세 원근 친척
업고 겸ᄒ여 안밍ᄒ니 뉘라셔 졉ᄃᆡᄒ랴마는 양반 후예로 힝실이 쳥염ᄒ고 지
조가 강기ᄒ이 사람마닥 군자라 칭ᄒ더라 그 쳐 곽씨부닌 현쳘ᄒ야 임사의 덕
힝이며 장강의 고음과 목난의 졀기와 예기 가례 닉칙편이며 주남 소남 관져시
를 몰을 거시 업시이 인니의 화목하고 노복의 은의ᄒ며 가산 범졀ᄒ미 빅집사
가관이라 이

〈1-뒤〉

제의 쳥염히며 안연의 간난이라 쳥젼구업 바이 업셔 혼 간 집 단포자의 조불
여셕 ᄒᄂ구나 야외의 젼토 업고 낭녀의 노복 업셔 가련흔 어진 곽시부인 몸
을 벌어 품을 파려 쌕반어질 관ᄃ 도포 힝의 창의 넘이며 셥슈 쾌자 중추막과
남여의복 잔뉘비질 상침질 외올쓰기 꽈땀 고두누비 속올이기 세답 쌜니 푸새
마젼 하졀의복 한삼 고의 망건 쑤미기 갓끈 졉기 비자 단초 토수 보션 힝젼 줌
치 쌈지 단임 허릿기 양낭 볼지 휘양 복건 풍치 쳔의 가진 금침 볘기모의 쌍원
앙 수 노키며 오사 모사 각ᄃ 홍비의 학 뇌키와 초상집 원삼 졔복 질삼 션주
궁초 공단 수주 남능 갑사 운문 토주 분주 명주 생초 퉁경이며 북포 황져포 춘
포 문포 졔추

〈2-앞〉

리며 상볘 빅져 극상셰목 짜기와 혼장大事 음식 슉졍 가진 즁계ᄒ기 백상과졀 신셜노며 수팔연 봉오림과 배상ᄒ듸 고임질과 쳥홍황빅 침힝 염색ᄒ기을 일연 삼빅육십 일을 ᄒ로 반씨 노지 안코 손톱 발톱 자자지게 품을 팔아 모일 젹여 푼을 모와 돈을 짓고 돈을 모와 양을 만들어 양을 모와 관을 지어 일수쳬게 장 이변으로 이웃집 착실ᄒ 듸 빗셜 주어 실수 업시 바다들려 츈츄시힝 봉졔와 압 못보난 가장굉경 사졀의복 조셕찬수 입의 마진 가진 별미 비위 맛쳐 지셩 굉경 시종이 여일ᄒ니 상ᄒ촌 사람덜이 곽씨부인 음젼타고 층찬ᄒ더라 ᄒ로난 심봉사구 여보 마느리 예사롭니 셰상의 삼겨날 졔 부부야 뉘 업스랴마는 젼생 의 무삼 은혜로 니상예 부부 되야 압 못보난 가장 나

〈2-뒤〉

를 일시 반 씨도 노지 안코 주야로 버러셔 어린아히 밧든다시 힝여 비 곱풀가 힝여 치워홀가 의복 음식 씨 마추어 극진이 공양ᄒ니 나는 편타 ᄒ련마는 마 누리 고상ᄒ난 일리 도로여 불평ᄒ니 일후부텀 날 공경 그만ᄒ고 사난 디로 사ᄅ가되 우리 년당 사십의 실하의 일졈혈육 업셔 조종힝화를 일노 좃차 ᄭᆫ케 되니 죽어 지ᄒ의 간들 무삼 면목으로 조상을 디면ᄒ며 우리 양주 신셰 싱각 ᄒ면 초상 장사 소디기며 년년이 오난 기일의 밥 ᄒ 그릇 물 ᄒ 모금 게 뉘라 셔 밧들잇가 명산디찰의 신공이나 듸려보와 다힝이 눈 먼 자식이라도 남녀간 의 나어보면 평싱ᄒᆫ을 풀거스니 지셩으로 빌러 보오 곽씨 디답ᄒ되 옛글의 이 르기를 불효삼쳔의 무후위더라 ᄒ여쓰니 우리 무자홈은 다 쳡의 죄악이라 응 당 니침직ᄒ되 군자의 너부신 덕틱으로 지금가

〈3-앞〉

지 보존ᄒ니 자식 두고 시푼 마음이야 주야 간졀ᄒ와 몸을 팔고 ᄲᅦ를 간들 못

ᄒ오릿가만은 형셰는 간구ᄒ고 가군의 졍디ᄒ신 셩졍을 몰나 발셜 못ᄒ엿더니
몬져 말삼ᄒ옵시니 지셩신공ᄒ오리다 ᄒ고 품 파라 모든 지물 왼갓 공 다 들
인다 명산디찰 영신당과 고뫼충사 셩황사며 졔불보살 미력임과 칠셩불공 나ᄒ
불공 졔셕불공 신즁마지 노구마지 탁의시주 인등시주 창오시주 갓갓지로 다
지니고 집의 드러 잇난 날은 조왕셩주 지신졔를 극진이 공 드리니 공든 탑이
무너지며 심든 남기 썩거질가 갑자 사월 초팔일의 ᄒ 꿈을 어드니 셔기 반공
ᄒ고 오치 영농ᄒᄒ디 일기 션녀 학을 타고 ᄒ날노 나려오니 몸의난 치의요 머
리난 화관이

〈3-뒤〉

라 월픠를 넌짓차고 옥픠소리 쟁쟁ᄒᄒ디 게화 일지를 손의 들고 부인게 읍ᄒ고
졋티 안난 거동은 두렷ᄒ 달졍신이 품안의 드난듸 남히관음이 히즁의 다시 돈
난 듯 심신이 황홀ᄒ야 진졍키 어렵던이 션여 ᄒ난 말이 셔황묘 ᄯᆯ이옵던이
반도진상 가난 길의 옥진비자을 맛나 두리 수작ᄒ여쌉던이 시가 좀 어기여쌉
기로 샹졔게 득죄ᄒ야 인간의 너치시미 갈 바을 몰나쩐이 티힝산 노군과 후토
부인 졔불보살 셔가열녀임이 귀 쯱으로 지시ᄒ옵기로 왓사온이 어엿비 예기소
셔 품안의 들미 놀너 ᄭᅡ다르이 남가일몽이라 직시 봉사님을 ᄭᅵ여 몽사를 의논
ᄒ니 두리 꿈이 갓탄지라 그날 밤의 엇지 하엿던이 과연 그달붓터 티기 잇셔
곽씨부인 어진 마음 셕부졍부좌ᄒ고 할부졍불심ᄒ며 이불쳥음셩ᄒ고 목

〈4-앞〉

불시악식ᄒ며 입불번와불칙ᄒ며 십 삭을 찬 연후의 ᄒ로난 히복기미 잇구나
잇고 비아 잇고 허리야 심봉사 일번 반갑고 일변 놀니여 집 ᄒ 줌 졍이 추려니
여 사발의 졍화수를 소반의 밧쳐 노코 단졍이 ᄭᅮ러안저 비난이다 비난이다 삼
신졔왕젼의 비난이다 곽시부인 노산이오미 헌 초미의 외씨 ᄲᅢ지듯 순산ᄒ여
주옵소셔 비더니 ᄯᅳᆺ밧겨 힝니 만실ᄒ고 오식 안기 두류더이 혼미 즁의 탄싱ᄒ

이 과연 쌀이로다 심봉사 거동 보소 쌈을 가라 뉘여 노이 만심환히 흐던 차의 곽씨부인 정신 차려 문난 말리 여보시요 봉사님 남녀간 무어시요 심봉사 디소 흐고 아기 싸셜 만저보이 손이 나루비 지니듯 문듯 지녀가이 아미도 무근 조기가 횟조기 나아나부 꽉씨부인 셜어흐여 흐는 말

〈4-뒤〉

니 신공 드려 만득으로 나혼 자식 쌀이라 흐오 심봉사 이른 말니 마누리 그 말 마오 첫치는 순산이요 쌀이라도 잘 두며 언의 아달 주어 밧구것소 우리 이 쌀 고이 질너 예졀 몬져 가르치고 침션방적 두로흐야 뇨됴숙여 죠흔 비필 군자호구 가리여셔 금실우지 질거옴과 종사우진진흐면 외손봉사 못흐릿가 첫 국밥 얼는 지여 삼신상의 밧쳐 노코 의관을 정졔흐고 두 손 드려 비는 말이 비나이다 비나이다 삼심삼쳔 도술쳔 계셕젼의 발원흐며 삼신계왕임내 하우동심흐야다 구버 보옵소셔 사십 후 졈지흔 자식 흔두 달의 이실 미져 셕 달의 피 어리여 넉 달의 인형 삼기여 다셔 달의 외포 삼겨 여셧 달의 육정 나고 일곱 달의 골격 삼겨 사만팔쳔 털이 나고 야답 달의 친 잠 바다 금광문 희탈문 고이 여러 순

〈5-앞〉

산흐오니 상신임니 덕이 안이신가 다만 무남독여 쌀이오나 동방삭의 명을 주워 터임의 德向이며 大順증삼 효힝이며 기량 쳐의 졀힝이며 반히의 지질이며 복은 셕순이 복을 졈지흐며 촉부단혈 복을 주어 외 붓듯 달 붓듯 잔병 업시 일 취월장흐여 주읍소셔 더운 국밥 퍼다 노코 산모를 멱인 후의 혼자말노 兒기을 어룬다 金子童아 玉子童아 어히 間間 니 쌀이야 표진江 숙向이며 네가 되야 還生흐엿난야 銀河水 즉女星이 네가 되야 나려왓나 南田北畓 作만훈들 이여 더 반가오며 산호진주 어더신들 이의셔 더 반가올가 어더 갓다 인자 와 삼게 난야 일어타시 딜기던이 씾밧게 산후별졍이 낫쑤나 현쳘흐고 음젼흐신 곽씨부

인 희복혼 初七日 못다 가셔 外風을 만이 쐬야 병이 낫네 이고 비야 이고

〈5-뒤〉

며리야 이고 가삼이야 이고 다라야 지형 업시 만신을 알난구나 심봉사 기가
믹키여 아푼 디을 둘우 만지며 정신 찰여 말을 하오 쳬흐엿난가 삼신임닉 집
탈인가 병세 졈졈 위즁혼이 심봉사 겁을 니여 건네 마을 成生員을 모셔다가
짐믹흔 연후의 약을 씰 졔 쳔문동 밍문동 반흐 진피 게피 빅복영 소엽 방풍 시
호 게지 힝인 돌인 실농씨 상빅초로 의약을 쓴들 사병의 무약이라 병세 졈졈
지즁흐여 흐릴 업시 죽게 된이 곽씨부인 쐬흔 사지 못홀 주 알고 가군이 손을
잡고 봉사임 후유 흔슘 질게 쉬고 우리 두리 셔로 맛나 히로빅연흐랴 흐고 간
구흔 살임살이 압 못보난 가장 범연흐면 노음찌기 쉽기로 아모쪼록 씌셜 바다
가장굉경홀야 흐고 風寒셔십 가리잔코 南村北村 품을 팔아 밥도 밧고 반찬도
어더 식은 밥은 너가 먹고 더운 밥은 가군 딜여 비 고푸

〈6-앞〉

잔케 츕지 안케 극진공경 흐옵더이 쳔명이 그 쓴인지 인연이 쓴쳐진지 흐릴
업소 눈을 엇지 곰고 갈가 뉘라 현 옷 지어쥬며 맛진 을 뉘라셔 권흐릿가 니가
흔 면 죽어지면 눈 어둔 우리 가장 사고무친 혈혈단신 의탁홀 곳 업셔 박아치
손의 들고 집평막더 부여잡고 씬 맞추워 나가다 구령의도 빠지고 돌의도 치여
업푸려져서 신셰자탄으로 우난 양은 눈으로 곳 보난 듯 가가문젼 차져가셔 밥
달나는 실푼 소리 귀의 징징 들이난 듯 나 죽은 후 혼빅인들 차마 어지 듯고
보며 명산디찰 신공 들여 사십의 나흔 자식 졋 흔 변도 못메기고 얼골도 치 못
보고 죽단 말가 젼셩의 무삼 죄로 이싱의 상거나셔 어미 업눈 어린 거시 뉘 졋
먹고 잘어나며 가군의 일신도 주쳬 못흔디 쏘 져거

〈6-뒤〉

슬 엇지ᄒ며 그 모양 엇지 홀가 멸고 먼 黃川질의 눈물 졔워 엇지 가며 압피
막켜 엇지 갈가 져 건네 니동지 집의 돈 열양 밋겨스니 그 돈 열양 차즈다가
초상의 보틱여 쓰고 도장 안의 양식 힉복쌀도 두어스나 못다먹고 죽여가니 너
의 사졍 졀박ᄒ네 첫 상망이나 지난 후의 두고 양식ᄒ옵고 진어사덕 관복 ᄒ
벌 흉비의 학을 놋타 못다ᄒ고 보의 싸서 밋틱 농여 너어시니 나 죽어 초상 후
의 차지러 오거든 엽여 말고 너여쥬고 건네 마을 귀덕어미 너겨 졀친ᄒ게 단
여스니 어린 아히 안고 가셔 졋슬 먹여 달나ᄒ면 응당 괄셰 안이ᄒ리니 쳔힝
으로 너 자식이 죽지 안코 자라나셔 졔 발노 걸거든 압 셰우고 질을 무러 너
무덤 압푸 차져와셔 네의 죽은 모친 무덤니로다 가르

〈7-앞〉

쳐 모여 상면ᄒ면 혼니라도 원이 업것소 쳔면을 어길 길니 업셔 압 못보난 ᄀ
장의게 어린 자식 믹게 두고 영결ᄒ고 도아가이 가군의 귀ᄒ신 몸이 이통ᄒ여
상치 말고 쳔만 보중ᄒ옵소셔 차싱의 미진ᄒ 이연 다시 마나 이별 말고 살아
라리 이고 너가 이졋소 저 아히 일홈을 심쳥이라 지여 두고 나 ᄶᅵ던 옥지환리
함 속의 잇시이 심쳥이 자라나것던 랄 본다시 너여주고 나라셔 셩셩ᄒ신 돈
수복강영 틱평양락 양평편의 식긴 돈을 고흔 홍젼 괴불줌치 주홍당사 벌미답
의 ᄭᅳᆫ을 다러 두어시이 그것도 내여 치여주오 ᄒ고 잡버던 손을 후이치고 한
숨 집코 도라누어 얼인 아히 자바달려 낫슬 흔틱 문지의며 셔를 ᄭᅳᆯᄭᅳᆯ 차며 쳔
지도

〈7-뒤〉

무심ᄒ고 귀신도 야속ᄒ다 네가 진직 삼기거나 너가 좀더 살거나 너 낫차 나
죽으이 갓엽난 궁쳔지토을 널노ᄒ여 풀게 ᄒ니 죽난 어미 사난 자식 셩사간의
무삼 죈야 뉘 졋 먹고 살아나며 뉘 품의셔 잠을 자리 이고 아가 니 졋 망죵 먹
고 어셔어셔 자라커라 두 줄 눈물 낫시 졋난구나 흔슘 지어 부는 발암 삽삽비

풍 되야잇고 눈물 믹져 오는 비는 소소셰우 니리도다 하늘은 나직ᄒ고 음운언
자옥ᄒᄃᆡ 숨풀의 우난 식는 정어금ᄒ여 젹막키 머무르고 셰너의 도난 물은 소
리 삽삽 잔잔ᄒ여 오열이 흘너가니 ᄒ물며 사람이야 엇지 다 기록ᄒ리 픠각질
두세 변의 숨이 덜걱 진이 심봉사 그졔야 죽은 졸 알고 이고이고 마누리 참으
로 죽어는가 이계 웬 일인고 가삼을 쾅쾅 두다리며 머리 탕탕 부드치며 니리
궁글 치궁글며 업더지며 자바지며 발 구

〈8-앞〉

르며 고통ᄒ며 여보 마누리 그ᄃᆡ 살고 니가 죽의면 져 식 키울 거슬 니가 살고
그ᄃᆡ 죽어 저 자식 엇지 키잔 말고 이고이고 모진 목숨 사자ᄒ니 무엇 먹고 살
며 흠기 죽자ᄒᆫ들 어린 자식 엇지 홀가 이고 동지셧달 찬 바롬 무엇 입펴 키어
너며 달은 지고 침침ᄒᆫ 빈 방안예 젓 먹즈 우는 소리 뉘 졋 메겨 살여살여닐가
마오마오 계볼 덕분 죽지 마오 평싱 정ᄒᆫ 뜻시 사직동혈 ᄒ자더니 염나국이
어드라고 날 바리고 져것 두고 죽단 말가 인졔 가면 언졔 오리 이고 청춘작반
호환양의 봄을 ᄯᅡ라 오라난가 靑天六月니기시의 달을 ᄯᅡ라 오라는가 꼿도 졋
다 다시 피고 ᄒᆡ도 졋다 다시 돗것마는 우리 마누리 가신 듸는 가면 다시 못오
던가 삼쳔벽도 요지연의 셔황모을 ᄯᅡ려간가 월궁 항아 짝이 되야 도약ᄒ러 올
나간가 황능묘 이비 흠기 회포

〈8-뒤〉

말 ᄒ려간가 回使情 呼天ᄒ던 사씨婦人 차자간가 나는 뉘을 차져 갈가 이고이
고 셜운지고 이려타시 이통홀 졔 桃花洞 사람더리 男女老少 업시 묘와 落淚ᄒ
며 ᄒᄂᆫ 마리 현쳘ᄒ던 곽氏婦人 不常이도 죽어구나 우리 동닉 百餘戶라 十時
一半으로 감장이나 ᄒ여 쥬시 공논이 如出一口ᄒ야 의금관곽 정이하야 힝양지
지 가리여 三日만의 출상홀 졔 희로가 실펀 소리 언노 언노 어리넘차 언어 북
망산이 며다더니 건네산이 북망일세 언노 언노 어너리 넘차 어노 황쳔질이 며

다더이 방문 밧긔 황천이라 언노 언노 어너리 넌차 어노 불상하다 곽씨부인
힝실도 음견ᄒ고 지질도 기이던이 늑도 졈도 안이ᄒ여셔 영결종쳔 ᄒ여구나
언노 언노 어너리 넘차 어노 이리져리 건네갈 졔 심봉사 거동 보소 어인 아ᄒ
강보의 쌔인 치로 귀덕어미으게 미겨두고 집평막디 흣터 집고 논틀 밧덜 조차
와셔 싱이 뒤

채 부어 잡고 목은 쉬어 크게 우던 못ᄒ고 여보 마누리 리가 죽고 그더가 살나
야 어린 자식 살여닐 졔 天下天地 못실 마누리 그디 죽고 니가 살어 初七日 못
다간 어린 자식 압 못보난 니가 엇지 키여닐고 이고이고 셜이 울 졔 산쳔의 당
도ᄒ야 안장ᄒ고 봉분을 다ᄒ 후의 심봉사 졔을 지니되 셔운 진졍으로 졔문지
어 익던 거시엿다 ○차호부인 차호부인 요차조지슉여ᄒ여 싱불고어고인이라
○기빅연이히로턴이 홀연몰혜연귀요 ◎유치자이영셰훈이 이것셜 엇지 질너니
며 ○귀불귀혜쳔디혜여 어으 쩌나 올야는가 ○퇵송추이위가ᄒ여 자는 다시 누
엇신이 ○상응용이젹막ᄒ여 보고 듯기 어려워라 ○누삼삼이쳠금ᄒ여 졋난 눈
물 피가 되고 ○심경경이소원ᄒ여 살기리 젼이 엇다 ○소회인이지피ᄒ여 바리
본들 어이ᄒ며 ○어장주이울도ᄒ여 뉘을 으지ᄒ잔 말가 ○빅양노이월낙ᄒ여

〈9-뒤〉

산젹젹 밤 집푼 듸 ○어추추이주유ᄒ여 무신 말을 ᄒ소ᄒ들 ○격유현이노수ᄒ
여 그 뉘라셔 위로홀이 ○셔리상지상봉ᄒ면 차생의난 훈이 업네 ○주과포혜박
잔혜여 만이 먹고 돌라가오 져문을 막 익던이 모들뜻기ᄒ여 이고이고 이게 웬
일인고 가오가오 날 발이고 간난 부인 호탄ᄒ여 무엇홀이 황쳔으로 가난 기리
긱졈이 업신이 뉘 집의 가 자고가오 가는 디 날 일너주오 무수이 이통훈이 장
사 회긱덜이 말여 도라와셔 집이라 들어간이 부억은 격격ᄒ고 방은 텅 비여구
나 어린 아ᄒ 달여다가 헝덩그러진 빈 방안의 턱빅산 갈가마구 게발 무려 던

딘다시 홀노 누어신이 마음이 온젼ᄒ리 벌덕 이려서더이 니불도 만져보며 볘기도 더드무며 예 덥던 금침 의구이 잇다마는 독슈공방 뉘와 흠기 덥고 자며 농쩍도 쾅쾅 치며 반어질 상자도 덥벅 만져보고

〈10-앞〉

빗던 빗졉도 핑등그리 더져도 보고 밧든 밥상도 더듬더듬 만져보고 부억을 하라아 공연니 불너도 보며 이웃집 차져가사 공연이 우리 마누리 예 왓소 무려도 보며 어린 아히 품의 품고 너의 어만이 무상ᄒ다 너을 두고 죽엇졔 오날은 졋실 어더 먹어스니 너일은 뉘 집의 가 졋슬 어더 먹거 올기 이고이고 야속ᄒ고 무상ᄒ 귀신 우리 마누리를 잡아갓구나 이려쳐로 이통하다가 풀쳐 싱각ᄒ되 사자불가부싱이라 할 일 업거이와 이 자식이나 잘 키여닉리라 ᄒ고 어린 아히 잇는 집을 차자가서 동양졋 어더 며글 졔기 눈 어두워 보던 못ᄒ고 귀는 발가 눈치로 간음ᄒ고 안자다가 맛참 날 도들 젹의 우물가의 들닉난 소릭 얼는 듯고 나셔면서 여보시오 마누림 여보시오 아시님네 이 자식 졋슬 좀 며겨주오 날노 본덜 엇지ᄒ며 우리 마누리 사려슬 졔

〈10-뒤〉

인심으로 싱각ᄒ덜 차마 엇지 괄셰ᄒ며 어미 업는 어린 거신들 엇지 안이 불상ᄒ오 귀덕 집의 귀ᄒ신 애기 먹고 나문 졋 ᄒ 통 며겨주오 ᄒ이 뉘 안이 며겨쥬리 또 六七月 지심 민난 녀인 쉬일참 차져 가서 인근ᄒ겨 어더 며기고 또 셰닉가의 ᄲᅡ닉ᄒᄂ 딕도 차져가면 엇던 부인은 달너다가 쓥쯔시 며겨주고 후일 또 차져오라 ᄒ고 또 엇던 녀인은 말ᄒ되 인자 막 우리 익기 먹여노라 ᄒ여 심청이 졋슬 만이 어더 먹인 후의 아히 비가 불녹ᄒ 직 심보사 조와라고 양지바른 어덕 미틱 쪽그려 안져 익기를 얼울 졔 아가아가 자는야 아가아가 웃난야 어셔 커서 너의 모친 갓치 현철ᄒ야 효힝 잇셔 이비의겨 귀ᄒ물 뵈야라 언의 조모 닛셔 보며 어의 외가 잇셔 맥길소야 ᄒ로 뵈일 삼람 업셔시이 아히 졋

셜 어더 먹여 뉘이고 시시이 동영홀 졔 삼베 젼더 두동 지여 훈 머리느 쌀을
밧고 훈 머리이느 베을

〈11-앞〉

바다 모이고 훈 달 육장 단이며 젼젼이 훈푼 엇고 두푼 어더 모와 아히 맘죽차
로 깅엿 푼엇치 홍합도 사고 이려타시 지너나며 미월 상망 소디기며 염여업시
지너던니 또 심청이는 장니 귀이 되 사람이라 쳔지 귀시이 도와주고 졔불보살
이 음조후여 잔병 업시 자라날 졔 발노 거려 존주룸을 지너고 무졍셰월약유파
라 언의덧시 육칠셰 얼고리 국식이요 인사가 민쳡후고 회힝이 출쳔후고 쇠견
이 탁월후고 인자후미 기린이라 부친의 조석공양과 모친의 졔사을 의법으로
할 졸을 아이 뉘 안이 칭찬후리요 후로는 부친계 엿즈오되 미물 짐싱 가마구
도 져문 날의 반포홀 조를 아이 후물며 사람이야 미물만 못후오릿가 아부지
누 어두신듸 밥 빌노 가시다가 놉푼 듸 집푼 듸와 조분 질노 쳔방지방 단이다
가 업푸려져 샹키 쉽고 만닐 날 구진 날 비바람 불고 서리친 날 치위 벙이 나
실가 염여오이

〈11-뒤〉

니 나히 七八歲라 싱아육아 父母은德 이졔 봉힝 못후며 일후 불힝후신 날외
이토훈덜 갑사오리가 오날보텀 아부지는 집이나 직키시면 니가 나서서 밥을
비려다가 조셕근심 덜겨 후오리다 심봉사 웃고 후는 마리 네 마리 그특후다
인은 그려후나 어린 너을 니보니고 안자 바다 먹난 마음 니 엇지 펀후리요 그
런 말 다시 마라 또 엿자오되 자로난 현인으로 빅이예 부미후고 졔형은 어인
여즈로되 낙양 옥중의 갓친 이비 졔 몸을 파라 속죄후이 그런 일 싱각후면 스
룸이 고금이 다르잇가 고집지 말으소셔 심봉사 오리 어겨 기특후다 니 뿔이야
효여로다 니 뿔이야 네 말더로 그려후여라 심청이 이 날부텀 밥 빌너 나설 졔
원산의 히 빗치고 압마올 연기 나면 헌 배중우 단임 치고 말믄 나문 뵈초미 압

섭 업는 접져고리 리영겨령 얼메고 쳥목 휘양 둘너 씨고 보션 업시 발을 벗고 뒤칙 업난 신을 씰고 현 박아치 엽푸 쩌고 단지 놋쓴 미여

〈12-앞〉

손예 들고 엄동셜흔 모진 날의 치운 주을 모로고 이집 져집 몸압몸압 드려가셔 이근이 빈는 마리 모친은 세상 바리시고 우리 부친 눈 어두워 압 못보신 줄 뉘 모의시릿가 십시일반이오이 밥 흔 술 덜 잡수시고 주시면 눈 어두온 너의 부친 시장을 멘흐겻소 보고 듯난 사람더리 마음이 감격흐야 그릇 밥 짐치 장 익그지 안코 주며 혹은 먹고 가라 흐면 심청이 흐는 마리 치운 방의 늘긴 부친 응당 기다일 겨시니 나 혼자 먹사오리가 어서 밧비 도라가서 아부 흠거 먹겟나니다 이려쳐로 어든 밥이 두세 집 어드니 족흔지라 속속키 도라와셔 방문 압폐 드려오며 아부지 춥지 안소 아부지 시장흐시지요 아부지 기달엇소 자연이 더듸엿소 심봉사가 쏠을 보니고 마음 둘 듸 엇서 탄복흐더이 소리 얼는 반거 듯고 문을 펼젹 열고 두 손 덥벅 줍고 손 시럽지아 입의 디이고 훌훌 불며 발도 차다 어로만지며 서을 쓸쓸 차며

〈12-뒤〉

눈물지여 이고이고 이답도다 너의 모친 무상흐다 너의 팔즈야 널노 흐여곰 밥을 비려 먹고 사잔 말가 이고이고 모진 목숨 구추이 살아나셔 즈식 고상 식기는고 심청이 극진흔 호성 부친을 위로흐되 아부지 그 말삼 마오 부모을 봉양 즈식의 회도 밧는 게 쳔리의 쩟쩟흐고 인사 당련흐이 너무 걱경 마르시요 진지나 잡수시요 흐며 졔의 부친 손을 잡고 이겻션 짐치요 이는 간장이요 시장흐신드 만이 잡수시요 이려타시 공힝흐며 춘하추동 사시졀 업시 동뉘 걸인 되야더이 흐힉 두흭 네다섯히 지니가이 직질이 민쳡흐고 침션이 능난흐이 동뉘 바누질을 공밥 먹지 안이흐고 싹을 주면 바다 묘와 부친의복 찬수흐고 일 업는 날은 밥을 비려 근근연명흐여 가이 서워리 여루하야 十五歲의 당흐더이 얼

골이 츄월갓고 효힝이 터기ᄒ고 동졍이 안혼ᄒ야 인사가 비범ᄒ이 쳔싱녀질이
라 가라쳐 힝홀손야 여즁

의 군자요 시즁의 봉황이라 이려훈 소문이 원근의 자자ᄒ니 일일은 월평 무릉
촌 장승상덕 시비 드러와 부인 명을 바다 심소졔를 쳥ᄒ거늘 심쳥이 부친게
엿자오디 어룬이 부르시직 시비 홈기 가 단여오것나니다 만일 가셔 더듸여도
잡슈시던 나문 진지 반찬 시겨 상을 보와 탁자 우의 두어쓰니 시장ᄒ시계든
잡수시요 부디 나 오기를 기다려 조심ᄒᄋᆸ소셔 ᄒ고 시비를 ᄯᅡ러갈 졔 시비
손 드러 가라치난 디 바라보니 문 압푸 심은 버들 엄울훈 시상촌을 ᄒ여 잇고
디문 안의 드러셔니 좌편의 벽오동은 말근 니살리 쑥쑥 ᄭᅥ러져 학의 ᄭᅮᆷ을 놀
니ᄭᅵ고 우편의 셧단 반송 쳥풍니 건듯 부니 노용

니 굼니난듯 즁문 안의 드려셔니 창 압푸 심은 화초 날난초 봉미장은 속입피
ᄭᅦ여나고 고루 압푸 芙蓉塘은 白鷗가 흔흔훈듸 荷葉니 출수소의젼으로 놉피
ᄭᅥ셔 동실넙젹 진경은 雙雙 금붕어 둥둥 즁문안 드려셔니 가사도 광장ᄒ고 수
호 문창도 찬란훈듸 반빅이 나문 부인 의상이 단졍ᄒ고 기부가 풍영ᄒ야 복이
만훈지라 심소졔를 보고 반겨ᄒ야 손을 쥐며 네 과연 심쳥이냐 듯던 말과 갓
다 ᄒ시며 좌를 쥬워 안친 후의 가긍ᄒ물 위로ᄒ고 자셔이 살피니 쳔상의 봉
용국식일시 분명ᄒ다 염용ᄒ고 안진 거동 빅셕쳥강 시비 뒤의 목욕ᄒ고 안진
졔비 ᄉᆞ암 보고 놀니는 듯 할홀훈 져 얼골은 쳔심의 도든 달니 슈면의 빗치엿
고 추파를 훌니 ᄯᅳ니 시벽빗

말근 하날의 경경훈 시별 갓고 양협의 고흔 빗쳔 노양연봉추분홍의 부용당이
시로 편 듯 쳥산 미간의 눈섭은 초싱달 졍신이요 상상녹발은 시로 자난 난초
갓고 지약쌍쌍비는 미이미 귀 밋치라 입을 버려 웃난 양는 모란화 흔 숭이가
하로밤 비 기운의 피고자 버려지난 듯 호치을 여려 말을 하니 농산의 잉무로
다 부인이 층찬 왈 네 젼셰을 모로난야 분명이 션여로다 도화동의 적하하니
월궁의 노던 션여 볏 흔나을 이려구나 오날 너을 보이 위연훈 일 안이로다 무
릉촌의 너가 잇고 도화동의 네가 나이 무릉촌의 봄이 들고 도화동의 기화로다
탈쳔지지졍기흔이 비범훈 네로구나 너 말을 들어서라 승상이 일직 기셰흐시고
아달이 삼형졔라 황셩의 여환흐여 달은 자식 손자 업고 실흐의 지미 업셔 눈
압푸 말벗 업고 각 방의 며나리는 혼졍신셩훈 후 다 각기 졔 일 흐이 젹젹훈
빈 방의 디흐나니

⟨14-뒤⟩

촉불이요 보난니 고서로다 네의 신세 싱각흐니 양반의 후예로 져렷탓 궁곤흐
이 엇지 안이 불상흐야 너의 슈양쏠 되면 녀공이며 무산을 학십흐야 기출갓치
길너너여 말연 지미 보려흐이 네 뜻시 엇더흐요 심소졔 이려 지비흐고 엿자오
디 명도 기구하여 나흔 졔 초칠닐 안예 모친이 불힝흐야 세상 발이시미 눈 어
둔 너의 부친 동영졋 어더먹여 계우 살어쓰니 모야 쳔지 얼골도 모르미 궁쳔
지통 끈칠 날이 업삽기로 너의 부모 싱각하야 남의 부모도 공경턴이 오날 승
상부인계옵서 권흐신 쓰시 미쳔훈 줄 혜지 안코 쏠을 삼으려 흐신이 모친을
모친을 다시 뵈온 듯 황소 감격흐와 마음을 둘 고지 젼이 업셔 부인의 말삼을
쏘츠흐면 몸은 영귀흐오나 안혼흐신 우리 부친 조석공양과 사졀의복 뉘라셔
이우릿가 구휼흐신 은덕은 사름마닥 잇겨이와 지여날흐여 난당이별논이라 부
친 모시옵기을 모친 모시옵고

⟨15-앞⟩

우리 부친 날 밋기을 아달 겸 밋사오이 니가 부친 곳 안이시면 이졔ᄭᆞ지 자라
쓰며 니가 만일 엽겨되면 우리 부친 나문 희을 맛칠 기리 어사오며 요됴의 사
졍 서로 으지ᄒᆞ여 너 몸이 맛도록 기리 모시려 ᄒᆞ옵나니다 말을 맛치미 눈물
이 옥면의 졋난 거동은 춘풍세우가 도화의 미쳐다가 졈졈이 쩌려지난 듯ᄒᆞ니
부인도 ᄯᅩᄒᆞᆫ 깅칙ᄒᆞ야 등을 어로 만지시며 갈아사디 회여로다 너 말이여 응당
그려할 듯ᄒᆞ다 노혼ᄒᆞᆫ 너의 말이 밋쳐 싱각지 못ᄒᆞ엿다 그령져렁 날이 져무려
진이 심쳥이 엿ᄌᆞ오디 부인의 착ᄒᆞ신 덕을 입어 죵일토록 모서시이 연광이 만
ᄒᆞ기로 일역이 다ᄒᆞ오이 급피 도라가 부친의 지달이시던 마음을 위로코져
ᄒᆞ난이다 부인이 말이지 못ᄒᆞ야 마음의 연연이 여기사 치단과 필륜이며 양식
을 후이 주어 시비 흠기 보닐 젹의 네 부디 날을 잇지 말고 모여간 의를 두면
노인의 다힝이라 심쳥이 디답ᄒᆞ

〈15-뒤〉

되 부인의 장ᄒᆞ신 뜻 이갓치 미쳐시이 가르치물 밧자오이다 졀ᄒᆞ여 ᄒᆞ직ᄒᆞ고
망여이 오더니라 잇ᄯᅥ의 심봉사 홀노 안져 심쳥을 지달일 졔 비 곱파 등의 붓
고 방은 추어 턱이 쩔여지고 잘 시는 날아들고 먼 듸 졀 쇠북소리 들이이 날
져문 졸 짐작ᄒᆞ고 혼자 ᄒᆞᆫ 말이 니 ᄯᆞᆯ 심쳥이은 무삼 일의 골몰ᄒᆞ여 날이 져
문 졸 모으난고 주인의계 잡피여 못 오난가 져물계 오난 길어 동무의게 장착
ᄒᆞᆫ가 풍셜의 가난 사람 보고 짓는 개소리의 심쳥이 오난야 반거듯고 무단홀사
쩌려진 엽 쳥의와 풍셜 셕계 부드치이 심쳥이 온 ᄌᆞ쳐 항여 긴가 ᄒᆞ야 반겨 나
서면서 심쳥이 오난야 젹막공졍의 인젹이 업서씨이 헛분 마음 아득키 속야구
나 집펑막디 차져 집고 사립 박겨 나가다가 질이 나문 기쳔 밀친다시 쩌려진
이 면상의 흑빗시오 의복이 어림이라 쑤들 도로 더 ᄲᅡ지이 나오잔직 빅기려져
훌이 업시 죽

〈16-앞〉

겨 되여 아모리 소리훈들 일모도궁호이 뉘라서 거져쥬리 진소위활인지불은 곳
곳마닥 잇는지라 마참 잇뒷 몽운사 화주승이 절을 중창호라 호고 권선문 드려
메고 라려왓다 청산은 암암호고 설월은 도다올 져 셕경 빗끈 질노 절을 차져
가는 차의 풍편의 실푼 소리 사람을 구호라 호는 소리 듯고 화주승이 자비훈
마음의 소리 나난 곳설 차져 가더이 엇던 사람 기천의 쩐져셔 겨의 죽겨 되야
겨날 져 중의 급훈 마음 구졀죽장 빅고리 암상의 쳘쳘 던져두고 굴갓 수멱 장
삼 실씌 달인 치 벼서 노코 육날 며투리 힝젼 단인 보선 훨훨 버서 노코 고두
누비 바지 져고리 거듬거듬 휠신 추고 달여들여 심봉사 고초 상토 덤벅 즈버
엇뜰우미야 건져노니 젼의 보던 심봉사라 봉사 정신 차려 뭇난 마리 게 누시
요 호이 중이 디답호되 몽운사 화주승이요 그럿체 활인지불이

<h2>〈16-뒤〉</h2>

로고 죽을 사람 살여노이 은혜 빅고난망이라 화주승이 심봉사을 업고 방안의
다가 안치고 쩐진 연고을 무르이 심봉사 신세을 자탄호다가 전후말을 호이 그
중이 봉사달여 호는 말이 불상호요 우리 졀 부쳬임은 영엄이 만호옵셔 비려
안이 되난니 업고 호면 응호는이 고양미 삼빅석을 부쳬님겨 올이옵고 지성으
로 불호면 정영이 눈을 쩌서 완인이 되야 천지만물을 보리다 심봉사 셩세는
싱각지 안코 눈 쓴단 말의 혹호여 그려면 삼빅석을 젹어 가시요 화주승이 혀
혀 웃고 어보시요 딕의 가세을 살펴보이 삼빅셕을 무신 수로 호겻소 심봉사
홰씸의 호는 말이 여보시요 어느 쇠아덜놈이 부쳬님겨 젹어 노코 빈말 호겻소
눈 쓸나가 안진빅이 되겨요 사람만 업수 여기는고 염예 말고 젹으시오 화쥬승
이 박랑을 벌처노코 제일칭 불근 찌의 심학규 빅

<h2>〈17-앞〉</h2>

미 삼빅석이라 젹여가지고 호직호고 간 연후의 심봉사 중을 보니고 다시금 싱
각호니 시주쌀 삼빅석을 판출홀 기리 업서 복을 빌야다가 도로여 죄을 어들

거시이 니 일을 엇지흐리 이 셔름 저 셔름 무근 셔름 힙 셔름이 동무지여 이려
나이 견디지 못흐야 우름 운다 이고이고 니 팔자야 망영홀사 니 이라 쳔심이
지공흐사 후박이 업견마는 무삼 일노 밍인이 되여 셩셰조츠 간구흐고 일월갓
치 발근 거슬 분별홀 길 전이 업고 쳐자갓탄 지졍간을 디흐여도 못 보건네 우
리 망쳐 사려시면 朝夕 근심 업슬 거설 다 커가난 짤자식을 스동너여 니노와
서 품을 팔고 밥을 비려다ᄀ 근근이 호구흐는 즁의 공양미 삼빅석을 호구 잇
거 젹어 노코 만가지로 성각흔들 방칙이 업구나 빈 단지을 기우린들 흔 되 곡
식이 바이 업고 장농을 수탐흔들 흔푼 젼이 웨 잇시리 일간두옥 팔즈흔들

풍우를 못피커든 살 사람이 뉘 잇시이 니 몸을 팔즈흔이 푼젼 싸지 안이흐이
니라도 사지 안이흐랴겨든 엇든흔 사람은 팔자 조와 이목이 완젼흐고 수족이
귀비흐여 부부희로흐고 즈손이 만당흐고 곡식이 진진흐고 지물이 영영흐여 용
지불갈 취지무금 기루온 것 업건마는 이고이고 니 팔자야 날 갓탄 이 쏘 잇는
가 안진박 꼽사등이 서름다흔들 부모쳐즈 바로 보고 말 못흐는 벙려이도 서름
다한들 天地萬物 보와잇네 흔창 이려처롬 탄식홀 졔 심쳥이 밧비 와서 졔의
부친 모양 보고 깜작 놀너여 발 구르면서 만신을 두우만지며 아부지 이거 원
일이요 날을 츳즈 나오시다가 이런 욕을 보와겻소 이웃집의 개겻다가 이런 봉
변 당흐엿소 춥기들 오직흐며 분흐인들 오직흐리가 승상딕 노부인이 구지 잡
고 말유흐여 여언간의 더디엿소 승상딕 시비 불너 부억의 잇는 나무로 불 흔
부억

너어주소 부틱흐고 초미폭을 거듬거듬 거더잡고 눈물 흔젹 시치면셔 진지을
잡수시오 더운 진지 가져와소 국을 몬져 잡수시오 손을 쓰려당기여 갈으치면
이거션 짐치요 이거션 자반이요 심봉사 만면수식 밥 먹을 뜻 젼이 업셔쓰이

아부지 웨 일리요 어디 압파 글러신가 더듸 왓다고 얼어타시 진노ᄒᆞ신가 안이
로다 네 알어 쓸 딕 업다 아바지 그게 무삼 말이요 부자간 쳔윤이야 무삼 허물
이 잇실닛가 아바지은 날만 미고 나은 아바지만 미더 大小事 으논턴이 오늘날
말삼이 네 알아 쓸 딕 업다고 ᄒᆞ시온이 부모 근심은 곳 자식으 근심이라 졔 아
무리 불회흔들 말삼 안이ᄒᆞ신이 졔 마음의 셥사이다 심봉사 그계야 니가 무신
일을 네을 소기야마은 만일 너가 알거든면 지극흔 네으 마음 걱정만 되것기로
말ᄒᆞ지 못ᄒᆞ엿다 악ᄀᆞ 너을 기달이다가

〈18-뒤〉

져무도록 안이오기예 하 각갑ᄒᆞ여 너을 차자 나가다가 질이 나문 기쳔의 썬져
셔 거이 죽계 되얏던이 뜻박거 몽운사 화주싱이 나을 건져 살여노코 ᄒᆞ난 말
이 공양미 삼빅셕을 진심으로 시주ᄒᆞ면 젼의젼의 눈을 뜻셔 쳔지만물을 보리
라 ᄒᆞ더구나 왜짐의 젹어더니 중 보니고 싱각흔이 픈젼 일미 업난 중의 삼빅
셕이 어디셔 나단 말이야 도로여 후회로다 흔이 심청이 반게 듯고 부친을 위
로ᄒᆞ되 아부지 걱정 말으시고 진지나 잡수시요 후회ᄒᆞ면 진심이 못되온이다
아부지 어두온 눈을 쩌셔 쳔지만물을 보랑이면 공양미 삼빅셕을 아모조록 준
비ᄒᆞ여 몽웅사로 올이다 네 아무리 ᄒᆞ덜 빅쳑간두의 흔 수가 잇실손야 심청
이 엿자오디 왕상은 고빙ᄒᆞ고 어임 궁기셔 잉어 엇고 곽거라 ᄒᆞ는 사람은 부
모 반찬ᄒᆞ여 노의면 졔 자식이 상머리여 먹은다고 산 치 무드려 홀 졔

〈19-앞〉

금항을 어더다가 부모봉항 ᄒᆞ여씨이 사친지효가 옛사롬만 못ᄒᆞ나 지셩이면 감
쳔이라 ᄒᆞ오니 공양미는 자연이 엇스오릿가 집피 근심 마옵소셔 만단 위로ᄒᆞ
고 그 날부터 모욕지게 젼조단발ᄒᆞ며 집을 소쇄ᄒᆞ며 후원의 무어 북두칠셩 힝
양반의 만뢰구젹흔듸 등불을 발커ᄡᅳ고 졍화수 흔 그릇식 북힝ᄒᆞ야 비는 말이
간지 모월모일의 심청은 근고우지비ᄒᆞ노이 쳔지 일셩신이며 하지후토 산영셩

황 오방강신 하빅이며 졔일의 셔가여리 삼금강 칠보살 팔부신장 십왕셩군 강
임도령 슈차 공양ᄒᆞ옵소셔 ᄒᆞ날님이 일월두미 사람 안목이라 일월이 업사오면
무삼 분별ᄒᆞ오릿가 아비 무ᄌᆞ싱신 삼십 안의 안밍ᄒᆞ야 시불을 ᄒᆞ오니 이비 허
물을 니 몸으로 디신ᄒᆞ고 이비 눈을 발키 주옵소셔 이럿타시 빌기를 마지 안
이ᄒᆞ이 하로난 드르이 남

<h3>〈19-뒤〉</h3>

경상고 션인더리 십오셰 쳐ᄌᆞ을 사려 ᄒᆞ거날 심쳥이 그 말 반겨 듯고 귀덕어
미 식이 너셔 사람 사라 ᄒᆞᆫ 곡졀을 무른직 우리는 남경션인으로 인당수 지니
갈 졔 계숙으로 졔ᄒᆞ면 무변디희의 무사이 월셥ᄒᆞ고 십십만금 퇴을 너기로 몸
팔여ᄒᆞᄂᆞᆫ 쳐ᄌᆞ 잇시면 갓설 익기지 안코 주노라 ᄒᆞ거날 심쳥이 반겨 듯고 말
을 ᄒᆞ되 나는 본촌 사람일너이 우리 부친 안밍ᄒᆞ사 공양미 삼빅셕을 지셩으로
불공ᄒᆞ면 눈을 쩌보리라 ᄒᆞ되 가셰 쳘빈ᄒᆞ여 판출홀 기리 젼이 업셔 니 몸 팔
여ᄒᆞ이 날을 사가미 엇더ᄒᆞ뇨 션인들리 이 말을 듯고 회셩이 지극ᄒᆞ나 가긍ᄒᆞ
ᄃᆞ ᄒᆞ며 허락ᄒᆞ고 직시 쌀 삼빅셕을 몽운사로 슈운ᄒᆞ고 今年 三月 十五日의
發船ᄒᆞᆫ다 ᄒᆞ고 가겨늘 심쳥이 부친겨 드려가셔 엿ᄌᆞ오되 공양미 三百石을 이
무 수운ᄒᆞ여쓰니 니졔는 근심치 마옵소셔 심봉

<h3>〈20-앞〉</h3>

사 짐작 놀너여 네 그 말이 웨 말인야 심쳥이 갓탄 출쳔지효녀가 엿지 부친을
쇠기랴마는 사셰부득이라 잠간 웨술노 쇠겨 디답ᄒᆞ되 장승샹딕 부인이 월젼의
날다려 수양쌀을 삼무려 ᄒᆞ시난듸 차마 허락지 안이 ᄒᆞ여습더이 금ᄌᆞ 사셰는
공양미 삼빅셕을 주션홀 기리 젼이 업셔 이 사연을 노부인겨 엿ᄌᆞ온직 白米
三百石 너여 주시기로 수양쭐노 팔여ᄂᆞᆫ이다 ᄒᆞ이 심봉사 물식 모로고 이 말
반겨 듯고 그려ᄒᆞ면 거록ᄒᆞ다 그 부인은 일국 지상부인이라 아마도 다르리라
후덕이 만ᄒᆞ것다 져려ᄒᆞ기에 그 ᄌᆞ졔 三兄弟가 완노의 등양ᄒᆞ나니라 그려ᄒᆞ나

양반의로 몸을 팔이단 말리 쳔문의도 괴이ᄒ다마는 장승상딕 수양딸노 팔인겨
야 관겨ᄒ라 언졔나 가ᄂᆞ냐 니월 망일노 다려간다 ᄒ더이다 어 그 일 미우 잘
되엇다 심청 그날붓텀 곰곰 싱각ᄒ니 눈

⟨20-뒤⟩

어두온 빅발 부친 영결ᄒ고 주글 일과 사람이 세상의 나셔 십오세의 죽을 릴
이 정신이 아득ᄒ고 일의도 쓰시 업셔 식음을 젼폐ᄒ고 수심으로 지ᄂᆡ더이 다
시금 싱각ᄒ되 억지려진 물이 되고 쏘아ᄂᆞᆫ 살이로다 날리 점점 각가온이 이려
하여 못ᄒ것다 내가 살어실 제 부친의 의복 셜ᄂᆡ나 ᄒ리라 ᄒ고 춘추의복 상
침 졋겻 ᄒ졀의복 ᄒ삼 고의 박어지여 다려 놋코 동졀의복 소음 두어 보의 싸
서 농의 넛코 쳥목으로 갓쓴 졉어 갓스 다려 벽의 걸고 망건 ᄭᅮ며 당줄 다려
거려두고 힝션날을 세알리이 ᄒ로밤이 지젹ᄒ지라 밤은 젹젹 삼경인듸 은ᄒ수
기우려졋다 쵹불만 디ᄒ여 두 무릅 마조 ᄭᅮᆯ코 익미을 수기리고 ᄒᆞᆫ숨을 질겨
쉬이 아무리 효여라도 마음이 온젼ᄒᆯ손야 부친의 보션이나 망종 지으리라 ᄒ
고 바날의 실을 ᄭᅮ여

⟨21-앞⟩

드이 가삼이 답답ᄒ고 두 눈이 침침 졍신이 아득ᄒ여 희음이 간장으로조차 나
이 부친이 ᄭᅢᆯ가ᄒ여 크게 우던 못ᄒ고 경경오열ᄒ여 얼골도 디여보며 수족도
만져보며 날 볼 날이 몃 밤이요 니가 ᄒᆞᆫ번 죽어지면 뉘을 밋고 살으실가 익답
도다 니의 부친 니가 쳘을 안 연후예 밥 빌그을 노으시더이 니일붓텀이라도
동ᄂᆡ 걸인 되거씨이 눈치들 오직ᄒ며 멸신들 오직 흘가 무삼 험ᄒᆞᆫ 팔ᄌ로셔
初七日 안의 모친 죽고 부친조차 이별ᄒ이 이런 일도 잇시잇가 힝양낙일수운
기는 소동국의 모ᄌ離別 편삽수유小一人 龍山의 兄弟離別 西出兩關無故人은
위셩의 朋友離別 경客關山路幾中의 只히越女 婦婦이별 이언 이별 만컨마는 사
라 당ᄒ 이별이야 소식 들을 날이 잇고 싱면할 날이 잇건만는 우리 부여 이별

이야

〈21-뒤〉

언의 날의 소식 알며 언의 디의 싱면홀가 도라가신 우리 모친 황천으로 가 겨
시고 나는 이졔 죽거듸면 수중으로 갈 거시이 수궁의서 황천가기 몃날 몃철리
ᄂ 되난고 모여상봉ᄒ자들 모친이 날을 엇지 알며 너가 엇지 모친을 알이 만
일 뭇고 무려 츠저가서 모여상면 ᄒᄂ 날의 응당 부친 소식을 무르실 거시이
무삼 말삼으로 디답홀이요 오날밤 오경시을 함지다다 머무리고 너일 아참 돗
난 회을 부상지의다 미랑이면 어여불사 우리 부친 좀더 뫼셔 보련만는 일거월
너을 거 뉘라서 막을손야 이고이고 서룬지거 천지가 사정 업서 이윽고 달기
우이 심청이 홀 일 업셔 달가달가 우지 마라 졔발 덕분 우지 마라 반야진관의
밍상군이 안이로다 네가 울면 날이 시고 날이 시면 내가 죽는다 죽기는 섭지
안이하여도 의지업는 우리 부

〈22-앞〉

친 엇지 잇고 가잔 말고 언의더시 동방이 발가온이 심청이 졔의 부친 진지나
망종 지어 드리리라 ᄒ고 문을 얼고 나서더이 발서 선인들이 사립 박겨서 ᄒ
ᄂ 마리 오날이 힝선날이오이 수이 가거 ᄒ옵소셔 ᄒ거늘 심청이 이 말 듯고
얼골의 빗치 업서지고 사지의 믹이 업서 목이 며여 졍신이 어질ᄒᄒ야 선인들계
계우 불너 여보시요 선인임네 나도 오날이 힝선날인 줄은 이무 아려거이와 니
몸 팔인 조를 우리 부친이 아직 모르시오이 말닐 알으시면 지려 야단이 날 거
시오 잠관 지체ᄒ옵소 부친 진지나 망종 지어 잡수신 연후의 말삼 엿줍고 쩌
나거 ᄒ오리다 ᄒ니 선인들리 그려ᄒ옵소셔 ᄒ거늘 심청이 드려와 눈물노 밥
을 지여 부친거 올니고 상머리의 마조 안져 아무쪼록 진지 만이 잡수시겨 ᄒ
노라고 ᄌ반도 쩨여 입의 너코 짐쌈도 쓰셔 수

〈22-뒤〉

계 우의 노의며 진지을 만이 잡수시요 심봉사는 쳘도 모로고 야 오날은 반찬
이 미우 조쿠나 뉘 집 졔사 지닌년야 그날 쑴을 쒸이 니난 부자간 쳔윤이라 몽
조가 잇던 거시엿다 아가아가 이상훈 일도 잇다 간밤의 쑴을 쒸니 네가 큰 수
리을 타고 흐업시 가 뵈이니 수리라 흐는 거시 귀훈 사람이 타는이라 우리집
의 무삼 조흔 이리 잇쓸가부다 그려치 안이흐면 장승상덕의셔 가미 틱여 갈난
가부다 심쳥이는 져 죽을 쑴이 줄 짐작흐고 거짓 그 쑴 좃사이다 흐고 진지상
을 물여니고 담부 틱여 드인 후의 그 진지상을 디흐여 먹르려 흐니 간장의 썩
는 눈물은 눈으로 소사나고 부친 신세 싱각흐며 져 죽을 일을 싱각흐니 졍신
이 아득흐고 몸이 쩔여 밥을 못먹고 물인 후의 심쳥이 사당의 흐직홀 차로 드
려갈 졔 다시 세수흐고 사당문 가만이 열고 흐직흐는 말니 불초여

〈23-앞〉

손 심쳥이는 이비 눈 쓰기를 위흐야 인당수 졔숙으로 몬을 팔여가오미 조죵
힝화를 일노조차 쓴게 되이 불승영모 흐옵니다 울며 흐직흐고 사당문 닷친 후
의 부친 압푸 나어와 두 손을 부어 잡고 기식흐이 심봉사 쌈작 놀니 아가아가
이겨 웬 일이야 졍신을 차려 말흐여라 심쳥이 엿즈오디 니가 불초녀식으로 아
바지을 쇠겨소 공양미 삼빅석을 뉘라 날을 주겻소 남경 선인들겨 인당수 졔수
으로 니 몸을 팔여 오날리 쩌나는 날이온이 나을 망죵 보옵소서 심봉사 이 말
을 듯고 춤마리야 춤마리야 익고익고 이겨 웬 마린고 못가이라 못가이라 네
날달여 뭇지도 안이흐고 네 임으로 흐단 말가 네가 살고 니가 눈 쓰면 그난 웅
당흐려이와 즈식 죽여 눈을 쓴덜 그겨 춤마 홀 일인야 너의 모친 너을 늣겨야
낫코 초칠일 안의 죽은 후의 눈 어두온 늘근 거시 품안의 너를 안고 이집 져

〈23-뒤〉

집 단이면셔 구차훈 말 ᄒ여감셔 동영졋 어더며겨 키워 의만치 ᄌ라거든 니 아모리 눈 어나 너을 눈으로 알고 너의 모친 죽은 후의 ᄎᄎ 여젼턴이 이 말리 무신 마린고 ᄆᄅᄆᄅ 못훈이라 안히 죽고 ᄌ식 일코 니 살여 무엇ᄒ리 너ᄒ고 나ᄒ고 홉기 죽ᄌ 눈을 팔려 너을 살씌 너을 파려 눈을 ᄯᆫ덜 무어설 보고 눈을 ᄯ리 엇던 놈의 팔자관더 사궁지수 되단 말가 네 이놈 상놈덜라 장사도 조커니와 사람 사다가 죽기여 졔ᄒ는듸 어디셔 보와난야 ᄒ날임으 어지심과 귀신으 발근 마음 앙화가 업거는야 눈 면 놈의 무남동여 쳘모의난 어린아히 날 모으게 유인ᄒ여 갑셔을 주고 산단 말가 돈도 실코 쌀도 실타 네 이놈 상놈더라 예 글을 모으난야 칠연티한 가물 젹의 사람으로 빌라ᄒ이 탕인군 어지신 말살 니가 지금 비난 빈

〈24-앞〉

난 사람을 위홈미라 사람 죽여 빌 양이면 니 몸으로 더신 홀이라 몸으로 히상되야 신영빅모 젼조단발ᄒ고 상임쓸의 비러던이 디우방수쳘이 비라 일언 일도 잇거이와 니 몸으로 더신 가미 엇더ᄒ야 여보시요 동니 사람 져런 놈덜을 그져 두고 보오 심쳥이 져으 부친을 붓들고 울며 위로ᄒ되 아부지 홀 일 업소 나는 응당 죽거이와 아부지는 눈을 ᄯ서 더명천지 보고 착훈 사람을 구ᄒ여셔 아들 낫코 ᄯᆯ을 나아 아부지 후사나 젼코 불초여을 싱각지 마옵시고 만세만세 무량ᄒ옵소셔 이도 ᄯᅩ훈 천수이오니 후회훈들 엇지ᄒ오닛가 선인더리 그 경상을 보고 영좌가 공논ᄒ되 심소졔으 회성와 심봉사의 일성 신세을 싱각ᄒ여 봉사 굼지 안코 벗지 안커 훈 뫼겨을 꿈여 주면 엇더ᄒ오 그 말이 올타ᄒ고 쌀 이빅 셕과 돈 삼빅양이며 빅목 마

〈24-뒤〉

포 각 훈 동식 동즁의 디리 노코 동인 뫼와 규별ᄒ되 이빅셕 쌀과 삼빅 양 돈을 근실훈 사람 주어 도지업시 성ᄒ겨 질너 심봉사을 공궤ᄒ되 삼빅셕 즁의

이십석은 당연 양식 졔지흐고 남저기는 연연이 홋터주여 장이로 취식흐며 양
식이 넉넉흐고 빅목 마포는 사절의복 장만흐고 이 쓰시로 본관의 공문 너여
동중의 전흐라 구별을 다흔 연후의 심소졔 가자홀 졔 무릉촌 장승딕 부인이
그졔야 이 말을 듯고 급피 시비을 불너 보니여 심소졔 청흐거날 소졔 시비을
짜라간이 승상부인이 문박겨 너달나 소졔의 손을 잡고 울며 왈 네 이 무상흔
사람야 나는 너을 즈식으로 알아쩌니 너는 나을 어미갓치 안이 아는도다 빅미
삼빅석의 몸이 팔여 죽으려 간다 흐이 회성이 지극흐다마는 네가 살어 세상이
잇서 흐는 것만 갓털손야 날다려 은논

〈25-앞〉

테며 진직 주선흐엿지야 빅미 사빅석을 이졔로 너여 줄 거슨이 선인들 도로
쥬고 망영은말 다시 마라 흐시니 심소졔 엿즈오디 당초의 말삼 못흔 거설 니
졔야 후회흔들 엇지 흐오잇가 쪼흔 위친흐여 공을 빌 양이면 엇지 나무 무명
식한 지물을 바리오며 빅미 삼빅석을 도로 너여쥐면 선인들 임시낭픽오니 그
도 쪼흔 어엽삽고 사람의게 몸을 허락흐여 약속을 정흔 후의 다시금 비약흐오
면 소인의 간장이라 그난 쪼지 못흐려이와 흐물며 갑설 밧고 수식이 지닌 후
의 차마 엇지 낫철 드려 말을 흐오잇가 부인의 흐날갓탄 은혜와 착흐신 말삼
은 지하의 도라가 결초보은 흐오리다 흐고 눈물이 옷짓설 적시거날 부인이 다
시 본직 엄숙흔지라 홀 일 업시 다시 말이지 못흐고 놋치지도 못흐시거날 심
소졔 울며 엿즈오디 부인은 전싱의 니의 부모

〈25-뒤〉

라 어느 날의 다시 묘시릿가 글 흔 수을 지어 정을 푀흐오이 보시면 징험흐오
리다 부인 반기여 지필먹 너여주신이 붓설 들고 글을 쓸 졔 눈물리 비가 되여
점점이 쩌려지이 슝이슝이 곳시 되야 기림 족즈로다 중당의 걸고보이 그 글의
흐엇시되 싱기사귀일몽간의 ○견정하필졈졈이라마는 ○세간의 최유단장쳐흐

이 ○초목강남인미환을 ○이 글 쓰션 사람의 죽고 사난 겨 흔 쑴 속인이 ○정을 익쓰려 엇지 반다시 눈물을 흘이랴마는 세간의 가장 단장흔난 곳시쓰니 풀풀린 강남의 사람이 도라오지 못흐는쏘다 부인이 지삼 만집흐시다가 글 지으물 보시고 너난 과연 세상 사람 안이로다 글언 진실노 선여로다 분명 인근의 인연이 다흐여 상졔 부르시미 네 어이 피홀소야 니 쏘흔 츠운흐리라 흐시고 글을 써주시되 흐어시되 무단풍우가 야리혼흐이 취송명화각흐문고 ○격거인 간쳔

⟨26-앞⟩

필연흐사 강괴부모단정은을 이 글 쓰션 무단풍우 밤의 어두워오이 명화를 부려 보니여 뉘 문의 쩌려지난고 인간의 괴로오물 하날이 싱각흐사 강인흐온 아비와 자식으로 흐야금 정과 은을 쓴케흐미라 심소졔 그 글을 품의 품고 눈물노 이별흐이 츠마 보지 못홀네 심쳥이 도라와 졔으 부친의겨 흐직할시 심봉사 붓뜰고 씌놀며 고통흐여 네 날 죽이고 가계 그저는 못가리라 날 달이고 가거라 네 혼자는 못가리라 심쳥이 부친을 위로흐여 부자건 쳔륜을 쓴코 시퍼 쓴사오며 죽고 십퍼 죽사오릿가만언 익운이 막커엇삽고 싱사가 쩌가 잇서 흐날임이 흐신 비오니 흔탄흔들 엇지흐오닛가 인정으로 흐량이면 쩌날 날리 업사오릿가 흐고 졔의 부친을 동뉘 사롬의게 붓뜰이고 선인덜을 쏠라갈 졔 방성통곡흐며 초미쓴 졸나미고 초미폭을 거듬거듬 거더안고

⟨26-뒤⟩

홋트려진 머리털은 두 귀 밋티 느리오고 비갓탄 눈물은 오시 사못츤다 업더지며 잡바지며 붓들어 나갈 졔 건네집 바리보며 아모기네집 큰아가 상침질 수놋키을 뉘와 홈긔흐랴는야 작연 오월 단오일의 추천흐고서 노던 일을 네난 힝여 싱각난야 아모기네집 자근아가 금연 칠월 칠셕야의 홈끠 결교흐쟈던니 니졔는 허스로다 언졔나 다시 보랴 네의는 팔즈 조와 양친 모시고 잘 잇거라 동뉘 남

여노소 업시 눈이 붓도록 셔로 붓들고 우다가 셩우의 셔로 분슈훈 연후의 하날임이 알으시던지 빅일은 어디 가고 음운이 자옥호며 쳥산이 씅기리난 듯 강소리 오열호고 휘느려져 곱고 뉴싁던 꼬션 이우려 제 빗슬 일은 듯호고 요록훈 버들가지도 조을닷시 휘느려 졋고 춘됴는 다졍호야 빅반졔 호는 중의 뭇노라 저 꼬고리는 뉘을 이별호얏관디 환우셩케 울고 뜻밧

〈27-앞〉

기 뒤견이는 피을 너여운다 야월공산 어더 두고 진졍졔송 단장셩을 네 아무리 가지 우의 불여귀라 울것마는 갑설 밧고 팔언 몸이 다시 엇지 도라올가 바람의 날인 꼿치 면상의 와 부드치이 꼿셜 들고 바리보며 악도춘풍의 불힝이면 호인취송낙화니오 한무졔 수양공주 미화장은 잇건마는 죽으로 가는 몸이 뉘을 위호야 단장호리 춘산의 지는 꼬시 지고 십퍼 지라마는 사셰부득이라 수원수기호리요 훈 거름의 도라서며 두 거름의 눈물 지며 강두의 다다르니 빅머리의 조폰 노코 심소졔을 인도호야 비쌍 안의 실은 연후의 닷츨 감고 돗츨 달라 여러 션인드리 소리 호는구나 어기야 어기야 어기양 어기양 소리를 호며 북을 둥둥 울이면셔 노를 져어 빅질할 졔 멈피중유 써나간다

全道 淳昌郡 八德面 廣岩里

〈27-뒤〉

沈淸傳 券之 심청전 권지호라 册主 李己憲

각셜이라 망망훈 창희며 탕탕훈 물결이라 빅빈주 갈며기는 홍요안으로 날어들고 삼상의 기러기는 흔수로 도라들 제 요랑훈 물소리 어젹이 분명커날 곡종인 불견 수봉만 푸려렷다 과닌셩중만고수난 날노 두고 이으미라 장사을 지닌간이 간의티부 간 디 업고 명나수을 바리보니 굴삼어으 어복충혼 무랑도 호시던가 황학누를 당도호이 일모힝관 호처시요 연파강산사인수는 최호의 유젹이요 봉황디을 다다르니 삼산은 반낙쳥쳔외요 이수은 중분빅노주라 이젹션의 노는 디

요 심양강 당도한이 빅낙쳔은 어디 가고 피파셩이 끈쳐졋다 젹벽강 그져 가라
소동푸 노던 풍월 으

⟨28-앞⟩

구이 잇다마는 조밍덕의 일셰지웅이 이근의 안지지오 월낙오졔 집푼 밤의 고
소셩효 배을 미고 한산사 쇠북소리 긱션의 이르럿다 진회수을 건네가이 상녀
은 부지망국호 호고 연농호수월농사홀 졔 후졍화만 부르난듸 소상강 드려가이
익양누 놉푼 집 호상의 써잇거날 동남으로 바리보이 오산은 쳔쳡이요 초수은
망경이라 소상팔경이 눈 압푸 버려 잇거늘 역역히 둘너보이 강쳔이 막목 호여
우류류 쑤류류 오난 비는 아황여영의 눈물이요 반죽의 셕은 가지 졈졈이 밋쳐
시이 소상야우 이 안이야 칠빅평호 말근 물은 추월이 도다오니 상호쳔광 푸리
엿다 어웅은 잠을 자고 ㅈ귀믄 날어든이 동졍추월 이 안이며 오초동남 널운
물의 오고가는 상고션은 순풍의 돗셜 달러 북을 둥둥 울이며셔 어기야 어기야
소리호니 원

⟨28-뒤⟩

포귀범 이 안이야 격안강촌양삼가의 밥 짓난 연기 느고 반조입강셕벽상의 거
울낫쳘 여리씨이 무산낙조 이 안이야 일간귀쳐심벽이요 반틔옹심이라 웅웅이
이려나셔 호 쩨로 둘너쓰니 창오모운이 이 안이며 수벽사명양안의 청원을 못
이기여셔 니러오는 져 기러기는 갈더 호느 입의 물고 졈졈 날어들며 씰룩씰눅
소리호이 평사낙안 이 안이야 상수로 울고가이 옛 사당이 완연호다 남순형졔
혼이라도 응당 잇실여 호여쩐이 졔 소리의 눈물진이 황능원 이 안이야 시벽
쇠북 호 소리의 겡쇠 쎙쎙 셕겨난이 온은 비 쳘이원긱의 집피든 잠 놀여 깃우
고 타자 압푸 늘근 중은 이미타불 연불호이 호사모종 이 안이야 팔경을 다 본
연후의 힝션을 홀라홀 졔 힝풍이 일어난며 옥픠소리 들이던이 죽임 시이로셔
엇

〈29-앞〉

더흔 두 부인이 션관을 놉피 씨고 즈하상 셕유군의 신을 쓸어 나오던이 져기 가는 심소제야 네 날을 모로일라 창오산붕상수절이라야 죽상지류너가멸을 천추의 집푼 흔을 흐소홀 곳 업서던이 지극흔 네의 효성을 흐려코져 나왓노라 요순후 기쳔년의 지금은 어느 쎄며 오현금 남풍시을 이졔까지 전흐던야 수로 면면 길의 조심흐여 단여오라 흐며 호런 간 디 업거늘 심청이 너염의 이난 이 비로다 셔산의 당도흔이 풍닝이 디작흐며 천 기운이 소삽흐여 혹운이 둘우던이 한 사람이 나오난디 면여거류흐고 미간 광활흔듸 가죽으로 몸을 싸고 두 눈을 짝 감고 심청 불너 소리흐되 실푸다 우리 오왕 빅빈의 참소을 듯고 촉누 검을 날을 주어 목 질너 죽은 후의 피이로 몸을 싸셔 이 물의 던져던이 장부의 원

〈29-뒤〉

통훔이 월병의 멸오함물 역역키 보랴고 니 눈을 쌔여 동문상의다 걸고 왓던이 과연 보왓노라 그러나 내 몸의 가문 가죽을 뉘라셔 볏거쥬며 눈 업난게 흔이 로다 니난 뉜고 흔이 오나라 충신 오즈셔라 풍운이 거더지고 일월이 명낭흐고 물결이 잔잔턴이 엇더흔 두 사람이 퇵반으로 나오는듸 압푸 흔 사람은 왕즈의 기싱이요 얼골의 거문 쎡는 일국 수식 쎄여잇고 의복이 남누흐이 초주일시 분명흐다 눈물지며 흐는 머리 이닷고 분흔 게 졋나라 쇠김되야 삼연 모관의 고국을 바리보고 미귀흔이 되것구나 쳔추의 집푼 흔이 초혼조 되여쩌니 박낭 퇴셩 반기 듯고 속졀 업난 동정달의 헛춤만 추어노라 뒤의 쏘 흔 사람은 안식 이 초췌흐고 형용이 고고흔듸 나는 초나라 굴원이라 회왕을 셈기다가 자관의 춤소을

〈30-앞〉

만나 데런 몸 싯치랴고 이 물의 와 빠저더니 어엿불사 우리 임군 사후의나 섬
기랴 ᄒ고 이 쌍의 와 모셧노라 나 지은 니소경 졔고양지모허여 짐황고왈빅용
이라 유초목지영낙허여 공민인지지허로다 셔상의 문장지사 몃몃치야 외오던
고 그딕는 위친ᄒ여 효셩으로 죽고 나는 충셩을 다ᄒ더니 충효는 일반이라 위
로코져 니 왓노라 창히 말이 먼먼 길의 평안이 가옵소셔 심쳥이 싱각ᄒ되 죽
은 졔 수쳘 연의 졍빅이 나며 잇서 사람의 눈의 뵈인이 나도 쏘ᄒ 귀신이라 나
죽을 징조로다 실피 탄식ᄒ되 물의 잠이 볏 밤이며 비의 낫이 몃 나리야 거연
사오 식을 이 불갓치 지니간이 금풍삽이셕기ᄒ고 오구흑이징영니라 낙화는 여
고목졔비ᄒ고 추수는 공장천일식이라 왕발의 지은 귀요 무변낙목소소ᄒ요 부
진장강곤곤니은 두짐이

을푼 귀요 강안이 출농ᄒ이 황금이 편편이요 노화풍비ᄒ이 빅셜이 만졈이라
신풍셰우 지는 입은 옥누쳥풍 불거난디 외로올사 어션들은 등불을 도도 달고
어부가로 화답ᄒ이 그도 쏘ᄒ 수심이라 희반쳥산은 봉봉이 칼날 되야 벼헉나
니 수장니라 일낙장수추식원의 부지ᄒ처죠상군고 송옥의 비추시가 이의셔 더
홀소야 동남동녀을 실여씨이 진시황의 치락빈가 방사셔시 업셔씨이 ᄒ무졔의
구션빈가 질어 죽즛ᄒ들 션인들이 수직ᄒ고 스려 가노란이 고국이 창망이라
ᄒ 곳설 당도하이 돗셜 지우며 다셜 주이니 니난 곳 인당수라 광풍이 딕작ᄒ
야 바디이 뒤누우며 어용이 싸오난 듯 벽억이 이려나난 듯 디쳔 바디 ᄒ 가온
딕 일쳔셕 실은 비 노도 일코 닷도 끈쳐셔 용총도 부러져 치도 쌘지

고 바람 불어 안긔비 뒤셕겨 자자ᄒ되 갈 길은 쳘리말리 나마잇고 사면은 어
둑 졍그려져 쳔지 격벽ᄒ야 간치뉘 쩌오난디 빈젼은 탕탕ᄒ고 돗디도 와직근
경각의 위티ᄒ이 도사공 영좌 이ᄒ로 황황딕겁ᄒ야 혼불부신ᄒ며 고사긔겨을

찰릴 젹의 셤쌀노 밥을 짓고 동우술의 큰 소 잡아 왼소다리 왼소머리 사지을
갈너 올녀노코 돗 잡어 통칙 쌀머 큰 칼 쏘즌 기난다시 밧쳐 노코 삼식실과 오
식탕수 어동육셔 ○좌포우혜 ○홍동빅서 ○방위 차려 고야노코 심청을 모욕
시겨 소의소복 ○졍이 입피여 상머리의 안친 후의 도사공의 거동 보소 북을
둥둥 치면셔 고사홀 제 두리둥 두리둥 칩더자바 삼십삼쳔 너림더 자비 이십팔
수 허궁쳔지 비비쳔과 삼황오계 도리쳔 십왕이리등 마련ᄒ옵실 제

<h2>⟨31-뒤⟩</h2>

천상의 옥황상졔 지ᄒ의 십이제국 차지ᄒ신 황졔 헌원씨 ○공밍안증 법문 니
고 석가여리 불도 마련 복히씨 시혹팔괘ᄒ여 잇고 실농씨 상빅초 시위의약ᄒ
여 잇고 헌원씨 비를 니여 이졔불통 ᄒ옵시물 후싱이 본을 바다 사룡공상 위
업으로 다 각기 싱이직업ᄒ이 막디ᄒ 공 이 안이며 하우씨 구연지슈 비을 타
고 다살렷고 오국의 졍ᄒ 공셰 구주로 도라들며 오자셔 분위홀 제 노가로 건
네주고 희셩의 피ᄒ 장사 오강으로 도라들 졔 비를 미여 조됴의 십만디병 수
류으로 화공ᄒ이 비 안이면 엇지ᄒ며 도연명은 전원으로 도라오고 장경은 강
동으로 도라올 졔 이도 쏘ᄒ 비을 타고 임술지추칠월의 종일위지소여ᄒ이 소
동파도 노라잇고 지극총 어사화ᄒ이 교여승유무졍커든 어부의 질거오미요 게
도난요로 하장포

<h2>⟨32-앞⟩</h2>

ᄒ이 오히월녀 치련주요 지오부셔거ᄒ이 경셰우경연은 상고션 이 안이야 우리
동무 시물네 명이 상고로 위업ᄒ야 십여 세예 조수 타고 표빅셔호 단이면셔
인당수 용왕임은 인졔숙을 밧삽기로 우리국 도화동의 사는 심소졔을 졔숙으로
드리오니 사히용왕임은 고이고이 밧즈옵소셔 도희 아명 셔히신 거승이며 남히
신 충융 북히신 옹강이며 칠금산 용왕임 즈금산 용왕임 기기셤 용왕임 영각디
감 셩황임 허리간의 화즁셩황 이물고물 셩황임네 다 구버 보옵소셔 수로 철이

먼먼 길의 바람궁걸 열어내고 나지면 골노 너어 용난골수 집퍼난듸 평반의 물
다문다시 비도 무쇠가 되고 닷도 무쇠가 되고 용총 마류 닷줄 모도 다 무쇠로
졈지ᄒᆞ옵고 영낙지환이 업삽고 실물실화 졔살하와 억십만금 퇴를 너여

〈32-뒤〉

듸싯티 봉기 질너 우심으로 영화ᄒᆞ고 춤으로 듸길ᄒᆞ겨 졈지ᄒᆞ여 주옵소셔 ᄒᆞ
며 북을 두리둥 두리둥 치면셔 심쳥은 시가 급ᄒᆞ이 어셔 밧비 물의 들나 ᄒᆞ이
심쳥이 거동 보소 두 손을 흡즁ᄒᆞ고 이러나셔 ᄒᆞ날임젼의 비난 말리 비난이다
비난이다 하날임젼의 비난이다 심쳥이 죽난 일은 추호라도 셥지 안이하여도
병신 부친의 집푼 ᄒᆞ을 싱젼의 풀야ᄒᆞ옵고 이 죽엄을 당ᄒᆞ이 명쳔은 감동ᄒᆞ와
침침ᄒᆞᆫ 애비 눈을 명명ᄒᆞ겨 ᄒᆞ옵소셔 눈물 지며 ᄒᆞ난 마리 여려 션인 상고임
네 평안이 가옵시고 억십만금 퇴을 너여 이 물가의 지너거든 너의 혼빅 불너
물압이나 주오 ᄒᆞ며 안식을 변치 안코 비젼의 ᄂᆞ셔보이 수쇄ᄒᆞ풀인 물은 월리
령 괄넝 뒤둥구려 물농울쳐 벽큼은 북젹 ᄯᅥ듸린듸 심쳥이 기가 믹켜 뒤로 벌
덕 주겨 안겨

〈33-앞〉

비젼 다시 잡고 기졀ᄒᆞ야 업듼 양은 참아 보지 못ᄒᆞᆯ네라 심쳥이 다시 졍신차
려 ᄒᆞᆯ 수 업셔이다 왼몸을 잔득 쓰고 초미폭을 무릅씨고 충충거림으로 물너셧
다 창히 즁의 몸을 쉬여 이고이고 아부지 나는 죽소 비젼의 ᄒᆞᆫ발이 것칫ᄒᆞ며
썩구로 풍덩 ᄲᅢ져노이 힝화는 풍낭을 쫏고 명월은 희문의 잠기이 ᄎᆞ소위 묘창
히지일속이라 시는 날 졍신갓치 물결은 잔존ᄒᆞ고 광풍은 삭어지며 안기 자옥
ᄒᆞ야 가는 구름 머물넛고 쳥쳔의 풀인 안기 시로난 날 동방쳐롬 일기 명낭ᄒᆞ
더라 도사공 ᄒᆞ난 말이 고사을 지닌 후의 일기 순통ᄒᆞ이 심낭ᄌᆞ의 덕이 안이
신가 좌즁이 널심이라 고사을 파ᄒᆞ고 술 ᄒᆞᆫ 잔식 먹고 담비 ᄒᆞᆫ 듸식 먹고 힝션
ᄒᆞᆯ시 어 기리흡시 어기야 어기야 과너셩 ᄒᆞᆫ 곡조의 삼승돗작을 치여 양쪽의

〈33-뒤〉

갈나달고 남경으로 드려갈 졔 와룡수 여울물의 이전고으 살더갓치 안쪽의 젼
흔 편지 북히상의 기별갓치 순식간의 남경으로 득달흐이라 잇쩌의 심낭즈는
창히 즁의 몸을 드려 죽은 쥴로 알아던이 오운이 영농흐고 이힝이 쵹비터 옥
져셩 말근 소리 은근이 들이거날 몸을 머물너 주져홀 졔 옥황상계 흐교흐사
인당수 용왕과 사히용왕 지부왕계 낫낫치 흐교흐시되 명일의 출쳔효녀 심쳥이
가 그 곳셜 갈 거시이 몸의 물 흔 졈 뭇잔케 흐되 만일 모시기을 실수하면 사
히용왕은 쳔별을 주고 지부왕은 손도을 쥴 거시이 수졍궁으로 뫼셔 드려 삼연
공궤 단장흐여 셰상으로 환송흐라 흐교흐시이 사히용왕이며 지부왕이 모도 다
황겹흐야 무수흔 강흔지장과 쳔퇵지군이 모야들 졔 원참군 별주부 승지 도미
비변

〈34-앞〉

랑 낙 감쳘의 이어며 수찬의 송어와 흐림의 부어 수문장의 미어기 쳥영사령
자가사리 송더 북어 삼치 갈치 앙금 방게 수군 빅관이며 빅만인갑이며 무수흔
션여더른 빅옥교자를 등디흐야 그 시을 지달으던이 과연 옥갓탄 심낭자 물노
쒸여든이 션여들이 밧드려 교즈의 올이거날 심낭자 졍신을 츠려 리은 말이 진
셰간의 추비흔 인싱으로 엇지 용궁의 교즈을 타오잇가 흔이 여려 션여들이 엇
즈오디 옥황상계의 분부가 지엄흐옵시이 만일 타시지 안이흐시면 우리 용왕이
죄을 면치 못흐것사오니 사양치 말으시고 타옵소셔 심낭즈 그계야 마지 못흐
야 교즈 우의 놉피 안지이 팔션여은 교즈을 며고 육용이 시위흐야 강흔지장과
쳔퇵지군이 좌우로 어거흐며 쳥흑 탄 두 동즈는 압질을 인도흐야 힝수로 질
만들고 풍

〈34-뒤〉

악으로 드려갈 졔 천상 선관선여더리 심소계을 보려ᄒ고 별려 셔시이 티을션 여는 학을 타고 젹송ᄌ는 구름 타고 ᄉᄌ 탄 갈선옹과 쳥의도자 빅의동ᄌ 쌍 쌍이 시비 취젹셩과 월궁황아 셔황모며 마구션여 낙포션여와 남악부인의 팔선 여 다 모와난듸 고흔 복식 조흔 픠물 힝기도 이상ᄒ며 풍악도 젼도ᄒ다 왕ᄌ 진의 봉피례며 곽쳐사의 죽장구며 셩연ᄌ의 거문고와 장자방의 옥통소며 희강 의 희금이며 완젹의 쉬파람의 젹타고 취옹젹ᄒ며 능파사 보헤사며 우의곡 치 련곡을 셧드려 노릭ᄒ이 그 풍유소리 수궁의 진동ᄒ다 수졍궁으로 드려가이 별유쳔지비셰로다 남ᄒᆡ 광의왕이 통쳔관을 쓰고 빅옥홀을 손의 들고 호기 찰 난ᄒ거 들어간이 니삼쳔 외팔빅 수궁 추부 디신더련 왕을 위ᄒ야 영덕젼 큰 문 밧게 차례로 느려셔셔

〈35-앞〉

상ᄒᆞ 만셰ᄒ더라 심낭ᄌ의 뒤로난 빅로 탄 여동빈 고릭 탄 이젹션과 쳥흑 탄 장녀는 비상쳔 ᄒᆞᄂᆞ구나 집치례 볼작시며 늑난ᄒ고 장홀시고 쾌경글이 위양ᄒ 이 영광이 요일이요 집어런이 자와ᄒ이 셔기반공이라 주궁픠궐은 옹쳔상지삼 강이요 곤의수상은 비인간지오복이라 산호염 디모병은 광치도 출난ᄒ고 교인 단모장은 구름갓치 놉피 치고 동으로 바리보이 디봉이 비쳔ᄒ듸 수어남 풀은 무른 보간의 둘너 잇고 셔으로 바리보이 약수유사 아득ᄒ듸 일쌍쳥조 날아들 고 북으로 바리보니 일반쳥산은 취식을 쓰여 잇고 우으로 바리보니 상운셔일 불겻난듸 통상쳔 ᄒ팔구리ᄒ고 음식을 둘너보니 셰상 음식 안이로다 파유반 마류안과 유리잔 호박디의 ᄌᄒ주 쳔일주 인포로 안주ᄒ고 하로병 거호탕

〈35-뒤〉

의 감노수도 너허 잇고 옥익경장 호마반의 반도 다마잇고 훈 가온디 삼쳔벽도 덩그럿커 고야난디 무비션미어늘 수궁의 머물일시 옥황상졔의 명이여든 거힝 이 오직 ᄒᆞ랴 사ᄒᆡ용왕이 다 각기 신녀을 보니여 조셕으로 문안ᄒ고 체번ᄒ여

문안ᄒ며 시위ᄒ이 금수 능나 오식 치의 화용월티 고흔 얼골 다 각기 고이라
고 교티ᄒ여 운난 션녀 얌전코져 죽난 션녀 천셩으로 고흔 시여 수여ᄒ 시녀
더리 주야로 모실 적의 삼일의 소연ᄒ고 오일의 디연ᄒ며 상당의 치단 빅필이
며 ᄒ당의 진주 셔되라 이러처롬 공궤ᄒ되 유공불급ᄒ여 조심이 각별터라 각
셜 잇디 무릉촌 장승상딕 부인이 심소졔의 글을 벽상의 걸어두고 날마닥 증염
ᄒ되 빗치 변치 안이ᄒ더이 ᄒ로난 글족ᄌ의 물이 흐르고 빗

⟨36-앞⟩

치 변ᄒ여 거며진이 이난 심소졔 물의 ᄲᅡ져 죽은가 ᄒ여 무수이 익탄ᄒ던이
이윽고 물이 것고 빗치 돌노 황홀ᄒ여진이 부인이 고히 여기여 누가 구ᄒ여
살어난가 ᄒ여 십분 의혹ᄒ나 엇지 그러ᄒ가 쉬일오 그 날밤의 장승상 부인
졔젼을 가초와 강상의 나어가 심소졔을 위ᄒ여 혼을 불너 위로코져 ᄒ야 졔ᄒ
랴 ᄒ고 시비을 다리고 강두의 다다른이 밤은 집퍼 삼경이요 첩첩이 씨인 안
기 산악의 잠겨잇고 첩첩이 이난 너은 강수의 어리엿다 편주을 흘이 저어 중
유의 ᄲᅱ여 두고 배 안의셔 셜위ᄒ고 부인이 친이 잔을 부어 오얼ᄒ 정으로 소
졔를 불너 위로ᄒ난 마리 오호 이지 심소졔아 죽기을 시려ᄒ고 살기을 질겨홈
은 인졍의 고연커날 일편단심의 양육ᄒ신 부친의 은덕 죽기로써 갑푸려 ᄒ고
일노 잔명을 시ᄉ로 ᄌ단ᄒ이 고흔 ᄭᅩᆺ시 희

⟨36-뒤⟩

러지고 나은 나부 불의 드이 엇지 안이 실풀손야 ᄒ 잔 술노 위로ᄒ니 응당이
소졔의 혼이 안이면 멸치 안이 ᄒ린이 거희 와셔 흠힝ᄒ물 바리노라 눈물 ᄲᅮ
리여 통곡ᄒ이 천지미물이덜 엇지 안이 감동ᄒ리 두려시 발근 달도 체운 속의
숨어 잇고 힝박키 부던 바람도 고요ᄒ고 어용 잇도던지 강심도 적막ᄒ고 사장
의 노던 빅구도 목을 질겨 ᄲᅢ여 씰룩씰룩 소리ᄒ며 심상ᄒ 어션덜은 가던 돗
디 머무린다 ᄯᅳᆺ박겨 강 가온디로셔 ᄒ 줄 말근 기운이 비머리 어렷다가 이윽

ㅎ여 사라지며 일기 명낭커날 부인 반겨 이려셔셔 보이 가득키 부어던 잔 반
이나 엄난지라 소제의 영혼을 못늬 늬기시더라 일일은 광혼전 옥진부인이 오
신다 ㅎ이 수궁이 뉘놉난 듯 용왕이 겁을 너여 사방이 분주ㅎ이 원리 이 부인
은 심봉사의 쳐 곽시부인이 죽어 광혼전 옥진부인이 되얏

〈37-앞〉

던이 그 쑬 심소졔가 수궁의 왓단 말을 듯고 상졔겨 수유ㅎ고 모녀 상면ㅎ라
ㅎ고 오난 기리라 심소졔은 뉘신 주을 모으고 멀이 셔셔 바러볼 싸음릴너이
오운이 어리엿고 오식치교을 옥기린 놉피 실코 벽도화 단겨화은 좌우의 버려
쏩고 각궁 시녀더른 시위ㅎ고 청혹 빅학더런 전비ㅎ고 봉황은 춤을 추고 잉무
은 전어ㅎ듸 보던 비 처음일네라 이윽고 교즈의 너려 셤뜰의 올겨며 늬 쑬 심
청아 부르난 소리의 모친인 줄 알고 왈칵 쮜여 나셔며 어만임이요 어만임이
날을 낫코 초칠일 안의 죽어시이 우금 십오연을 얼골도 모로오이 천지간 갓업
시 집푼 흔이 기일 날이 업삽더이 오늘날 이 고더 와셔야 모친과 상면할을 알
아쓰면 오늘 날 부친 옵푸셔 이 말삼을 엿잡드면 날 보니고 셔룬 마음 졔그 안
심하실 거셜 우리 모여는 셔로 만나 보오이 조커이

〈37-뒤〉

와 외로오신 아부임은 뉘을 보고 반기시릿가 부친 싱각이 시로와라 부인이 울
며 왈 나는 죽어 귀이 되야 인간 싱각이 망연ㅎ다 네의 부친 네을 키여 셔로
의지ㅎ엿다가 너조차 니별ㅎ이 네 오던 날 그 정상이 오직ㅎ라 너가 너을 보
이 반가온 마음이야 네의 부친 너을 일은 후의 그 셔름을 다 이질손야 뭇노라
네의 부친 궁곤의 쓰이여셔 그 형용이 엇더ㅎ며 응당미 만이 늘거스리라 그간
수십 연의 면환이나 ㅎ여시며 뒷마을 귀덕어미 네게 안이 극진턴야 얼골도 더
여보며 수족도 만저보며 귀와 목이 히여스니 네의 부친 갓도 갓다 손과 발이
고흔 거슨 엇지 안이 닉 쑬이랴 닉 쎠던 옥지환이 네 지금 갓져스며 수복강영

티평안락 양편의 시근 돈 홍전 괴불 줄치 청홍당스 별미답도 이고 네가 찻구
나 아부 이별ᄒ고 어미 다시 보이 쌍전키 어려올손 인간

〈38-앞〉

고락이라 그러나 오날날 나를 다시 이별ᄒ고 네의 부친을 다시 만날 쥬를 네
가 엇지 알것난야 광훈전 맛든 일리 직분이 허다 ᄒ야 오리 비기 어렵기로 도
로여 이별ᄒ이 이통코 이연ᄒ나 임의로 못ᄒ나이 훈탄훈덜 어이 홀소야 일후
의 다시 만나 질길 날이 잇시라 ᄒ고 썰치고 이려서이 소졔 만류치 못ᄒ야 쌀
을 기리 업난지라 울며 ᄒ직ᄒ고 수졍궁의 머물더라 잇디 심봉사 쌀을 일코
모진 목숨 죽지 못ᄒ야 근근부자 살어날 졔 도화동 사람드리 심소졔의 지극훈
효셩으로 물의 쎤저 죽으오믈 불상이 여겨 타류비을 셰우고 글을 지어씨되 지
위기친쌍안폐ᄒ야 살신셩효힝용궁을 ○연파만이상심벽ᄒ이 ○방초연연한불궁
이라 ○강두의 니왕ᄒ는 힝인이 비문을 보고 뉘 안이 울 이 업고 심봉사난 쏠
곳 싱각나며 그 비을

〈38-뒤〉

안고 울더라 동중 사람드리 심밍인의 젼곡을 착이 취리ᄒ여 셩셰가 희마닥 느
려가이 본촌의 셔방질 일수 잘ᄒ여 밤낫업시 흘네ᄒ는 기갓치 눈이 벌게게 단
이난 쎙덕어미가 심봉사의 젼곡이 만이 잇난 주을 알고 자원쳡이 되야 살더이
이년의 입버르장이가 쏘훈 보지버릇과 가타야 훈씨 반씩도 노지 안이ᄒ라고
ᄒ는 년이라 양식 주고 썩 스먹기 벼을 주어 돈을 사셔 술 사먹기 정즈 밋티
낫잠 자기 이웃집비 밥 부치기 동인다려 욕셜ᄒ기 초군덜과 쌈 싸오기 술 취
ᄒ면 훈밤중의 와달셕 울럼 울기 빈 담비디 손의 들고 보는 디로 담비 청ᄒ기
총각 유인하기 제반 악증을 다 겸ᄒ여 그려ᄒ되 심봉사는 여러 히 주린 판이
라 그 중의 실낙은 잇셔 아모란 주을 모로고 가산이 졈졈 퇴퓌ᄒ니 심봉사 싱
각다 못

〈39-앞〉

호고셔 여보소 뺑덕어미 우리 셩셰 착실호다고 너미 수군수군호던이 근늬의 엇지혼지 셩셰가 졈졈 치펴호야 도로여 비러먹게 되여간이 이 늘근 거시 다시 비러 먹자 혼들 동인도 붓그럽고 너의 시셰드 악착혼이 어디로 낫셜 드러 단 이것나 뺑덕에미 디답호되 봉사님 엇티 자신 게 무어스요 식젼마닥 희장호신 다고 죽갑시 야든 양이요 졀어케 각갑호단인기 나셔키도 못혼 것 빈다고 살구 난 엇지 그리 먹고 십푸던지 살구갑시 일혼셩 양이요 졀어케여 각갑호단인기 봉사 속은 타고 헛우숨 우시며 야 살구은 너며 만이 머것다 그려쳬마은 계집 먹은 것 쥐 먹은 것시라난이 쓸디 업다 우리 셰간 기물을 다 파라 가지고 타관 으로 가시 그도 그리호오 여간 기물 다 파라지고 남부여디호고 유리출타혼이 라 일일은 옥황상계게옵셔 사히용왕의게 젼괴호시사 심소계 월노 방연의 기한 이 각가온이 인당

〈39-뒤〉

수로 환송호여 어진 쩌을 일치 말게호라 분부 지염호시거늘 사히용왕이 명을 듯고 심소계을 치송할 제 큰 곳숭이의 모시고 두 신여로 시위호여 조셕공양 찬물과 금수보픠을 만이 넛코 옥분의 고이 담어 인당수로 나올시 사히용왕이 친이 나와 젼송호고 각궁 시여와 팔션녀 엿자오디 소계는 인간의 나어가옵게 셔 부귀와 영총으로 만만셰을 질기옵소셔 소계 디답하되 여려 왕의 덕을 입어 죽을 몸이 다시 살아 셰상의 나가오이 은혜 난망이요 모든 시녀딜도 졍이 집 도다 쩌나기 셥셥호오나 유연이 노수혼 고로 이별호고 가거이와 수궁의 귀호 옵신 몸이 너니 평안호옵소셔 호직호고 도라셔이 순식간의 꿈갓치 인당수의 번듯 쩌셔 두렷시 수면을 영농커 호니 쳔심의 조화요 용왕의 신령이라 바람이 분들 잇닥호며 비가 온들 흐를손야 오싴치운이 곳봉이 속의 어리여

⟨40-앞⟩

둥덜실 쩌슬 졔 남경 갓던 션인더리 억심망금 퇴를 너녀 고국으로 도라오다
인당슈의 다달나셔 비을 미고 졔수을 졍이ᄒ고 용왕의겨 졔을 지닐시 고츅ᄒ
난 말이 우리 일ᄒᆡᆼ 수십 명이 신병 졔살 졔익ᄒ고 소망을 여으케 일우어 주옵
시이 용왕임의 너부신 덕틱을 ᄒᆫ 잔 슐노 졍셩을 드리오이 일졔일 화우동심ᄒ
외 흠향ᄒ옵소셔 ᄒ고 졔물을 다시 치려 심소졔의 혼을 불너 실푼 말로 위로
ᄒ되 출쳔회 심소졔은 당상 빅발 부친 눈 쓰기을 위ᄒ야 이팔홍안이 시사여귀
ᄒ여 수국고혼이 되여신이 엇지 안이 가련코 불상ᄒ야 우리 션인덜이 소졔을
인연ᄒ야 영혼이야 언의 날의 다시 도라올가 가다가 도화동의 드러가셔 심소
졔 부친 살아는가 존망어부을 알고 가올이라 그러ᄂ ᄒᆫ 잔 슐노 위로혼이

⟨40-뒤⟩

만일 알으시미 잇거든 복망 영혼은 흠양ᄒᆞ옵소셔 ᄒ며 졔물을 풀고 눈물을 쏫
고 ᄒᆫ 고슬 바라보니 흔숭이 쏫봉이 창히 즁의 둥덩실 쩌잇거늘 션인드리 고
히 여겨 져의덜까지 의논ᄒ되 아마도 심소졔의 영혼이 쏫시 되야 쩟나부다 갓
가이 ᄀ쳐보이 과여 심소졔가 쩐던 고지라 마암 감동ᄒ여 쏫셜 견져너여 노
코 보이 크기가 수리박구 가타여 이삼 인이 가이 안질네라 이 쏫션 셰상의 업
는 쏫시이 이상ᄒ고 고이ᄒ다 ᄒ고 인ᄒ여 졍ᄒ계 실코 올 졔 비 쌘르기 살가
듯 ᄒ더라 사오싁의 경영ᄒᆫ 질리 수삼일만의 득달ᄒ이 니도 쫏ᄒᆫ 이상타 ᄒ더
라 억십만금 나문 지물을 다 각기 수분홀 졔 도션주는 무삼 마암으로 지물은
마다ᄒ고 쏫봉이만 차지ᄒ여 졔 집 졍ᄒᆫ 고디의 단을 뭇고 두어쩌이 ᄒᆡᆼ취가
만실ᄒ고 치운이 둘너더라 잇쎠의 송쳔자 황후 붕ᄒ신 후 간택을 안이ᄒ시고
화

⟨41-앞⟩

초을 구ᄒ여 상임원의 다 채우고 황극젼 쓸 압푸로 여기져기 심어 두고 기화
요초로 볏셜 주어 구ᄒ실 졔 화됴도 만토 만타 八月芙蓉군자용 만단추수 홍연
화며 암힝부동 월황혼의 소식 젼턴 미화며 진시유량거후지은 불거 잇ᄂ 봉숭
화요 계자편월중단은 황무시의 게화며 요렴셤셤 옥지갑은 금부야도 봉션화며
구월구일 용산음 소축신의 국화며 공자왕손 방수화의 부귀홀손 모란화며 이화
만지 불기무은 장신궁중 비꼿시며 칠십졔자 강논ᄒ던 힝단 춘풍 살구꼿치며
쳔틱산 들어간이 양면기 자약이요 촉국ᄒ을 못이기여 졔혈ᄒ던 뒤졘ᄒ며 촉국
빅국 시월국이며 교화 논화 산당화며 장미화의 힝일화며 주자화의 금션화와
능수화의 게누화며 영산홍 자산홍의 왜쳘죽 진달누 빅일홍며 논초 파초의 강
진힝이며 그 가온디 젼나무 호도목이며 석유목의 승빅목이며

⟨41-뒤⟩

치자목 송빅목이며 율목 시목의 힝자목이며 자도 능금 도리목이면 오미자 팅
자 유자목이며 포도 다리 으름 넌출 너울너울 각식으로 칭칭이 심어두고 쩌을
ᄯ라 귀경ᄒ실 졔 힝풍이 건듯 불면 우질우질 넘놀며 불긋불긋 쩌러지며 별ᄂ
부 시 짐싱이 춤추며 노리ᄒ이 쳔자 홍을 붓치여 날마다 귀경ᄒ시더라 잇쩌의
남경션인니 궐니 소식을 듯고 호연 싱각ᄒ되 옛사람이 버셜 등지고 쳔자를 싱
각ᄒ이 ᄂ도 이 꼿셜 가져다가 쳔자게 듸인 후의 졍셩을 난홀이라 ᄒ고 인당
수의 어든 꼿 옥분의 치운ᄒ야 궐몸 바게 당도ᄒ야 이 뜻시로 주달ᄒ니 쳔자
반기사 그 꼿셔 드리다가 황극젼의 노코 보이 빗치 찬란ᄒ야 일월이 무광이요
크기가 짝이 업셔 힝기 특출ᄒ이 셰상 꼿시 안이로다 월중단게 기리미가 완연
ᄒ이 게화도 안이요 요지벽도 동방식이 짜온 후의 삼쳔련이 못되이 벽도화도
안이요 셔역국의 연

⟨42-앞⟩

화씨 쩌러져 그 꼿 되야 희중의 쩌오ᄂ가 ᄒ시며 그 꼿 일홈은 강션화라 ᄒ시

고 자셔이 살펴보니 불근 안기 어려 잇고 셔긔가 반공ᄒ니 황졔 더히하사 화
겨의 옴겨노니 모란화 부용화가 다 ᄒ품으로 도라가이 미화 국화 봉선화는 모
도 다 신이라 층하더라 쳔ᄌ 아르시는 빈 다른 쏫 다 바리고 이 쏫쑨이로다 일
일은 쳔ᄌ 당나라 옛 일을 본바다 궁녀의겨 젼교ᄒ사 화쳥지의 목욕ᄒ실시 쳔
ᄌ 친이 달을 따러 화계의 비효ᄒ시던이 명월은 만졍ᄒ고 미풍은 부동훈듸 강
선화 봉이가 문득 요동ᄒ며 가만이 버려지며 무슨 소리 나는듯 ᄒ거날 몸을
숨거 가만이 살펴보시이 선여훈 용녀 얼골을 반만 드러 쏫봉이 밧기로   니다
보더이 인젹 잇스믈 보고 인ᄒ여 도로 드려 가거날 황졔 보시고 홀연 심신이
황홀ᄒ사 으혹이 만단ᄒ여 아무리 셔선덜 다시난 동졍이

〈42-뒤〉

업거눌 갓가이 가셔 쏫봉이을 가만이 벌이고 보신이 일기 소여요 양기 미인라
쳔자 반기시사 물으시디 너의가 귀신인야 사람인야 미인이 직시 눌여와 복지
ᄒ여 여자오디 소녀는 남희용궁 신여옵더이 소졔를 모시고 희양으로 나와삽다
가 황졔의 쳔한을 범ᄒ여삽던이 극키 황공하여이다 ᄒ거눌 쳔자 니염의 식각
ᄒ시되 상졔게옵셔 조흔 인연을 보니시도다 쳔여불취ᄒ면 시호시호 부자너라
하시고 비필을 졍ᄒ니라 ᄒ시샤 혼인을 완졍ᄒ시고 틱사관으로 ᄒ여금 틱일훈
이 오월 오일 甲子日라 소졔로 황후을 봉ᄒ여 싱상으 집으로 뫼신 후의 吉日
이 당ᄒ미 젼괴ᄒ시샤 일어훈 일은 젼만고의 업논 일이이 가예범졀을 별반 셜
화ᄒ라 ᄒ신이 위의 거동이 쏘훈 금셰의 쳐음이요 젼고의 더욱 업더라 황졔
연셕의 ᄂ와 셔신이 쏫봉이 속의셔 양기 신여 소졔을 부익ᄒ여 모셔ᄂ온이 북
두七星의

〈43-앞〉

좌우 보필리 갈나 셧난듯 궁중의 휘황ᄒ여 바로 보기 어렵더라 국가의 경사라
더쳔ᄒ ᄒ고 남경 갓던 도선주을 특별이 졔수ᄒ여 무장틱수을 ᄒ이시고 만조

졔신은 상호 만셰ᄒ고 솔토지인민은 화봉삼죽하더라 심황후의 덕틱이 지중ᄒ
사 연연이 풍연 드려 요순쳔지를 다시 보니 ○셩강지치 되야셔라 심황후 부귀
극진ᄒ나 항시 중심의 슈문 근심이 다만 부친 싱각뿐이로다 일일은 수심을 이
기지 못ᄒ야 시종을 다리고 옥난ᄀ의 비겨더이 추월은 발가 산호발의 빗처들
고 실솔은 실피 우러 나류안의 홀너드러 무흔흔 심사을 졈졈이 불너닐 졔 하
물며 상쳔의 외로온 기려기 울고 나려오니 황후 반기온 마음의 바러보고 ᄒ는
마리 오너야 네 기러기 거기 잠간 머물너라 닉의 흔 말 드러셔라 소중낭이 북
희상의셔 편지 젼ᄒ던 기려기냐 수벽사명양안틱의

〈43-뒤〉

쳥원을 못이기여셔 나려오는 기러기야 도화동의 우리 부친 편지를 미고 네 오
난야 이별 삼연의 소식을 못드르이 니가 이졔 편지를 뼈셔 네겨 젼홀 터이니
부디부디 젼ᄒ여라 ᄒ고 방안의 드러가 상ᄌ를 얼는 열고 주지을 ᄯᅳ러 닉여노
코 붓셜 들고 편지을 스러홀 졔 눈물이 몬져 ᄯᅥ러지이 글ᄌᆞ는 수먹이 되고 언
어는 도칙흔다 실흐를 쩌나온 졔 셰식이 셰변ᄒ오이 칙호ᄒ야 싸인 흔이 하희
갓치 집수이다 복미심 그간의 아부지 기쳬후 일힝만안 ᄒᆞᆸ시며 원복모구구무
임 ᄒᆞ성지지로소이다 불효녀 심쳥은 션인을 ᄯᅡ라갈 졔 ᄒ로 ○열두 시의 열두
변식이나 죽고 십푸되 틈을 엇지 못하여셔 오류 식을 물의 자고 필경의는 인
당수의 가셔 졔숙으로 ᄲᅡ져더이 황쳔이 도으시고 용왕이 구ᄒᆞᆸ셔 셰상의 다
시 나와 당금 쳔ᄌᆞ의 황후가 되여시니 부

〈44-앞〉

귀영화 극진ᄒ오나 간장의 미친 흔이 부귀도 ᄯᅳ시 업고 살기도 원치 안이ᄒ되
다만 원이 부친 실ᄒᆞ의 다시 뵈온 후의 그날 죽사와도 흔이 업것난이다 아부
지 나을 보니고 게우 지닌 마옴 문의 비겨 싱각난 졸은 분명이 알거이와 죽어
슬 졔는 흔이 막켜 잇고 살러슬 졔는 익운이 막켜여셔 쳔륜이 ᄯᅳᆫ쳐난이다 그

간 삼연의 눈을 써서오며 동중의 막긴 전곡은 그겨 잇셔 보존ᄒ시며 아부지 귀ᄒ신 몸을 십분 보중ᄒ옵소셔 수이 보옵기을 쳔만 바리옵고 쳔만 바리난이 다 연월일시 얼는 써셔 가지고 나와보이 기려기는 간 ᄃᆡ 업고 충망ᄒᆞᆫ 구름 밧기 은하수먼 기우러졋다 다만 별과 달은 발가잇고 추풍은 삽삽ᄒ다 ᄒ릴업셔 편지 집어 상ᄌᆞ의 너코 소리업시 우더이 잇쩌의 황졔 니젼의 드러오시사 황후을 ᄇᆞ리보시이 미만의 수심을 씌여시 쳥산은 셕양의 잠긴듯ᄒ고 얼

〈44-뒤〉

골의 눈물 흔적이 잇스니 황화가 ᄐᆡ양의 이우난 듯 ᄒ거늘 황졔 무으시되 무삼 근심이 게시관ᄃᆡ 눈물 흔적이 잇난잇가 귀ᄒ기난 황후가 되야시니 쳔ᄒ의 졔일 귀요 부ᄒ기는 사히을 차지ᄒ엿시이 인간의 졔일 부라 무삼 일이 잇셔 져려탓 실어ᄒ시는잇가 황후 ᄃᆡ왈 신첩이 과연 소ᄃᆡ욕이 엇사오나 감이 엿잡지 못ᄒ엿삽니다 황졔 ᄃᆡ왈 소ᄃᆡ욕은 무삼 이리온지 ᄌᆞ셔이 말삼ᄒ소셔 ᄒ신ᄃᆡ 황후 다시금 ᄭᅮ러안져 엿ᄌᆞ오되 신첩이 과연 용궁 사람 안이오라 황주 도화동의 사는 ᄆᆡᆼ인 심학규의 ᄯᅩᆯ이옵더이 이비의 눈 쓰기을 위ᄒ와 몸이 션인의 겨 팔여 인당수 물의 졔슉으로 ᄲᅡ진 사연을 자셔이 엿ᄌᆞ오니 황졔 드르시고 갈아사ᄃᆡ 그려ᄒ시면 엇지 진직의 말삼을 못ᄒ시난이가 어럽지 안이 ᄒ온 일이온이 너무 근심치 마르소셔 ᄒ시고 그 익일의 조

〈45-앞〉

회ᄒ신 후 만조졔신과 의논ᄒ시고 황주로 힝관ᄒ야 심학규를 부원군으로 치송ᄒ라 ᄒ여더이 황주ᄌᆞ사 장겨을 오어거날 써여보이 ᄒ여시되 관연 분주 도화동의 ᄆᆡᆼ인 심학규 잇삽더이 연젼의 유리ᄒ여 부지거처라 ᄒ여거날 황후 드르시고 망극ᄒᆞᆫ 마음을 이기지 못ᄒ야 체읍 장탄ᄒ시이 쳔ᄌᆞ 간절이 위로ᄒ사 왈 죽어시면 홀 일 업거이와 살아시면 만날 날이 잇삽지 셜마 찻지 못ᄒ오릿가 황후 크계 ᄭᆡ닷고 황졔겨 엿ᄌᆞ오ᄃᆡ 과연 ᄒᆞᆫ 겨칙이 잇스오이 그리 ᄒᆞ옵소셔

솔토지신민이 막비왕신이오이 빅셩 중의 불상훈 비난 환과고독 사궁이요 그
중의 불상훈게 병신이오나 병신 중의 더옥 밍인이요이 쳔훈 밍인을 모도 모와
잔치을 훙옵소셔 졔으더리 쳔지 일월셩신이며 혹빅장단과 부모쳐즈을 보와도
보지못훙여

〈45-뒤〉

원훈 두믈 푸러 주옵소셔 그러훙오면 그 가온디 혹 신쳡의 부친을 만나겟사오
이 신쳡의 원일뿐 안이오라 쏘훈 국가의 화평훈 일도 되올 듯 훙오이 쳐분이
엇더 훙옵신잇가 훙신디 쳔즈 크게 층찬훙사 왈 과연 여즁의 요순이로소이다
그러훙사이다 훙시고 쳔훙의 반포훙시되 무론 디부사셔인훙고 밍인이여든 셩
명 거주을 헌록훙야 각읍으로 츠즈 기송훙라 잔치의 참예훙겨 훙되 만일 밍인
훈나라도 영을 몰나 참예치 못훈 지 잇스면 희도 신훙 수령은 단당죄 중훙리
라 교령이 신명훙신이 쳔훙 각도 각읍이 황겁훙야 셩화갓치 거힝터라 잇떠 심
봉사는 뺑덕어미을 다리고 젼젼 단이더이 훙로는 드르이 황셩이셔 밍인즌치을
비셜훈다 훙거날 심봉사 뺑덕어미다러 말훙되 사롬이 셰상의 낫다가 황셩 귀

〈46-앞〉

경훙여 보시 난양쳔리 멀고 먼 질을 나 혼즈 갈 수 업네 나와 홈겨 황셩의 가
미 어더훙요 질의 단이다가 밤이야 우리 홀 일 못훙오릿가 예 갑시다 그리훙
온 직일노 질을 쩌나 뺑덕어미 압 셰우고 수리을 힝훙여 훈 역촌의 당도훙여
즈던이 그 근쳐의 황봉사라 훙는 쇠경이 잇는듸 이는 반쇠경이든 거시엿다 셩
셰도 요무훙듸 뺑덕어마가 응탕훙여 셔방질 일수 잘훈단 말을 듯고 쏘훈 소문
이 인근읍의 즈즈훙여 훈 변 보기을 편셩의 심즁 원일넌이 심봉사와 홈겨 온
단 말을 듯고 주인과 으론훙고 뺑덕어미을 쌔여너랴 훙고 주인이 만단으로 기
유훈이 뺑덕어미도 싱각훈즉 막상 니가 짜러 가드리도 잔치의 춤예훙미 젼이
업고 도라온덜 셩셰도 견만 못훙고 살 길리 젼이 업셔시이 츠라리 황봉사을

따라시면 말연

〈46-뒤〉

신셰는 가장 편안ᄒ리라 ᄒ고 약속을 단단이 정ᄒ고 심봉사 잠들기를 기달여 니쎄일라 ᄒ고 고동목을 노코 누어더이 심봉사 잠을 집피 드려거날 두말 업시 도망ᄒ여 다라나난지라 잇쎠의 심봉사 잠을 쩨여 음흉ᄒ 싱각이 잇셔 엽을 만저보니 뺑덕어미 업거날 손질을 니미러보며 여보소 뺑덕어미 어던 갓난가 종시 동졍이 업고 웃목 구셕의 고초셤이 뇌야 쥐란 놈이 바시락바시락ᄒ이 뺑덕어미가 작난ᄒ난 줄만 알고 심봉사 두 손을 썩 벌이고 이러셔며 날다려 기여오란가 ᄒ며 더듬더듬 더듬으이 쥐란 놈이 놀니여 다라나이 심봉사 허허 우수면셔 이것 요이 간다 ᄒ고 이 구셕 져 구셕 두로 조차 단이다가 쥐가 영영 다라나고 업거날 심봉사 가만이 안져 싱각ᄒ이 헛분 마음 갓업시 속아쓰다 발셰 털속 조흔 황봉사의게 가셔 궁둥이 시음을 ᄒ난듸 잇실 수가 엇지 잇난가 여

〈47-앞〉

보 주인니 우이집 만누리 안의 드러갓소 그런 일 업소 심봉사 그계야 다러난 주을 알고 자탄ᄒ며 하단 말이 여바라 뺑덕엄이 날 바이고 어던 간난가 이 무상하고 고약한 게집아 황셩쳔리 먼먼 질의 뉘로 함기 벗슬 삼의 가리요 울다가 엇지 싱각ᄒ고 손조 쑤지져 손을 희희 쑤리여 ᄇ리며 아셔라 아셔라 이년 니가 너를 싱각하난 거시 인사불상의 코평창이 아들놈 업다 하고 고연이 그런 습연을 졍드러쓰가 가산만 탕진ᄒ고 중노의 낭픽한이 도시 너의 신수 소관이라 수원수구ᄒ랴 우리 헌쳘ᄒ고 음젼턴 곽씨부인 죽난 양도 보고 살아 잇고 출쳔효녀 심청이도 싱이별하야 물의 쌘져 죽난 양도 보고 살어거든 하물며 져만한 연을 싱각ᄒ며 기아들놈이라 사람 다이고 수작하듯 혼자 군말하던이 날리 발근니 다시 쩌나갈 졔 이쩌는 오뉴월이라 더우은 심하고 쏨은 흘너 한출쳔빈하니 세너가의

〈47-뒤〉

의관과 보짐을 버셔 노코 모욕하고 나와본이 의관 힝장이 간 곳 업거날 강변
으로 두로 사면을 더듬더듬 더듬난 거동은 산영기 미초이 너암 맛친 셩부르게
이리져리 더듬은들 어디 잇슬손야 심봉사 오도가도 못하여 방셩통곡할 졔 이
고이고 낙양쳔이 멀고 먼 질의 엇지 가리 네 이놈 좀도젹놈의 싴기야 니 거슬
가져가고 날 못할 일 시기넌야 허다흔 부자집의 먹고 쓰고 남는 지물이나 가
져다가 쓸거시졔 눈먼 몸의 거슬 갓다 먹고 왼젼할가 뫼모 업셔쓰이 뉘게 가
셔 밥을 빌며 의복이 업셔슨이 뉘라셔 날을 옷슬 주이 귀먹장이 젼둥발리 다
각기 병신 셥다 하되 쳔지 일월셩신 흑빅장단이며 젼하만물을 분별커늘 언의
놈의 팔자로셔 소경이 되야난고 흔창 이리 울며 탄식할 졔 ○이쩌 무릉티수
황셩의 갓다가 나려오난 기리리 에다 이놈 둘너셧다 나아거

〈48-앞〉

라 오험 에이 닙더바라 흐트러진 박셕수문 돌 돌바라 도리야 흔창 이리 와자
지근 썰쩌러 나러오이 심봉사 벽져소리를 반기듯고 올타 어디 관장 오나부다
억지라 좀 쎠보이라 하고 마참 독을 니고 안져더니 갓가이 오거날 두 손으로
부자지를 검어 쥐고 영금영금 기여 드러갈 졔 좌우 나졸 달여드러 밀쳐넌니
심봉사 무신 유셰나 흔 졸노 네 이놈더라 그리흐얏난이라 니가 지금 황셩의
가는 소경일다 네으 셩명은 무엇시며 이 힝차는 언의 고을 힝차런지 썩 일너
라 한창 이릿케 상지하니 무릉티수 하난 말리 네 드러라 어디 잇난 소경이며
엇지 옷슬 버셔스며 무신 말을 하고져 하난다 심봉사 엿자오더 셩은 황주 도
회동의 사난 심학규옵더니 황셩으로 가옵난 길의 날리 심흐게 더우미 갈 길
젼이 업삽기로 모욕하고 갈라고 잠관 모욕흐고 나와셔 보니 언의 무상흔 좀도
젹놈이 의관과 보짐을 모

〈48-뒤〉

도다 가져 갓사오니 진소위주출지망양이요 진퇴유곡이라 의관과 보짐을 차겨 주옵시거라 별반 쳐분하여 주옵소셔 그리 안이하옵시면 못갈 발긔 할 일 업시오니 관사주게ㅇ셔 별반통촉이 잇스물 바리느니다 틱수 이 말을 듯고 가긍이 여기사 네 알외난 말을 드르이 유식하나부다 원정을 지여 올이라 그런 후의야 의관과 노수를 주리라 심봉사 알외되 좀쳐 글은 하오나 눈이 어두오니 형이을 주시면 불너 씨오이다 틱수 형방의게 분부하여 쓰라하니 심봉사 원정을 부르되 셔슴지 안이하고 촤촤 지여 올이니 틱수 바다 본직 하여스되 복이획죄쳔하야 부명야빅이라 ○명막명어일월커날 혼쌍안이 불분하고 ○낙막낙어부쳐여날 통구원지난작이라 ○조조쳥운지지터이 만졍빅수지궁이로다 ○누불건이쳠금하고 흔무궁이쇄미로다 ○

〈49-앞〉

조이쇠모이쇠ㅎ니 쇠가혐이비부로다 ○식유호구ㅎ니 포모상존이요 의불엄신ㅎ이 수가안지오 ○당금의 쳔자셩신문무ㅎ사 ○포조렁이 연밍인ㅎ이 병양춘이 불유곡이로다 ○동벌향관ㅎ고 셔힝경낙이라 ○노운원의 어소지자일장이요 ○가소빈혜여 소픠자단포로다 ○외혹이지 유금혜여 학징현지욕기터이 ○의복야관망야를 견실어빅사지장하니 ○반젼야낭탁야를 난추어노임총중이라 ○자고신셰하면 촉변겨양이라 ○격신나체난 주출지망양이요 ○빅면이소난 졀영지외유라 ○복유상공은 이이지지요 두소지치라 ○걸궁상궁지조하며 ○망구쳐확지어하사 ○참고금니미유지여하면 송차싱지조지은할 테오니 ○통촉쳐분이라 하엿거날 ○틱수 층찬하시고 통인 불너 의롱 열고 의복 일십 니여주고 급장이

〈49-뒤〉

불너 감이 뒤의 달인 갓 데주고 수비 불너 노비 주시이 심봉사 쏘 말ㅎ되 신

업서 못가것소 신이야 홀 길 잇난야 하인의 신을 주자흐이 졔의랴 발을 벗고 갈라홀 졔 마참 그 중의 마부질 심이흐여 마상긔의 돈을 일수 잘 발어너여넌 듸 말 죽갑도 혼 돈이면 열두 닙 돗쳐 니고 신이 셩흐여도 쩔러젓 흐고 신갑셜 총총 돗쳐니여 신을 사셔 말궁둥이여다 달어 잇거날 월임이 그 놈의 소댱이 괘심흐여 라고 그 신을 쩌여 주라 흐시이 급장이 달여드러 쩌여주이 심봉사 신을 어더 신은 후의 그 숭흔 도젹놈이 오동수복 김희간죽 맛치맛게 마추워 듸속도 안이 며엿난듸 가져가스니 오날 감셔 먹을 듸 업소 틱수 왈 그러흐면 엇지흐잔 말가 글시 그럿탄 말이요 틱수 우시시고 여죽을 너여쥬시이

〈50-앞〉

심봉사 바다 가지고 황송흐오나 셔초 흔듸 맛보와시면 조흘 듯흐오 방즈 불너 담비 너여 주시이 심봉사 흐직흐고 황셩으로 올나갈 졔 듸셩통곡 우난 마리 노즁의 어진 수렁 맛나 의복은 어더 입어시나 질을 인도흐리 업셔스니 엇지흐 여 츠져갈가 이렷타시 탄식흐며 가더이 혼 곳셜 당도흐이 녹음은 우거지고 방 초는 숙어진 듸 압니 버들은 유록장을 두로고 뒷니 버들은 초록장을 둘너 혼 가지은 느러지고 혼 가지은 펑퍼져셔 휘넘느러진 고더 심봉사 녹음을 으지흐 여 쉬더이 각식 시짐싱 날어든다 호런 비조 뭇시더리 농초 화답의 짝을 지여 셔 쌍거쌍니 날어들 졔 말 잘흐는 잉무시며 춤 잘추난 학두루미와 수옥기 짜 옥기며 쳥강산 기럭기 갈무 졔비 모도 다 날어들 졔 장씨

〈50-뒤〉

는 씰씰 갓토리 푸두둥 방올시 덜넝 호반시 수루룩 왼갓 잡시 다 날어든다 만 수문젼 풍연시며 져 쑥국시 우름 운다 이 산으로 가면셔 쑥국쑥국 져 산으로 가면 쑥국쑥국 져 쪼쪼리 우름 운다 머리 곱게곱게 빗고 물 건네로 시집가자 져 가마구 울고 간다 이리 가며 가옥 져리 가며 ㄱ옥ㄱ옥 져 집비들키 우름 운 다 콩 흔나를 입의다 물고 암놈 수놈이 어루르아고 두리 셔을 쎄여 물고 구루

우 구루우르 구는 소리홀 졔 심봉사 졈졈 들어가이 듯밧기 목동 아히더리 낫자로 손의 쥐고 지겨 목발 두달리면셔 목동가로 노릭ᄒ며 심밍인을 보고 희롱ᄒ다 ○만쳡산즁 일발층층 놉파 잇고 ○쳥산녹수는 일일양양 집픠 잇다 ○호즁쳔지여호양이 여그로다 ○집팡막딕 자로 들고 쳘이강산 드려가이 ○쳔고지후 이 산즁의 가유지지

〈51-앞〉

무궁ᄒ다 ○등동고이셔소ᄒ고 임쳥유이부시로다 ○산쳔기셰 조커이와 남ᄒᆡ풍경 그지업다 ○못이기여 칼을 쎄여 놉픠 들고 녹수쳥산 그늘 속의 오락가락 니다보이 ○동셔남북 산쳔더를 비회일망 구경ᄒ니 ○원근산촌 두셰 집의 낙화모연 잠겨셔라 ○심산쳐사 어딕미요 무를 곳시 어렵도다 ○무심홀손 져 구름은 추수봉봉 쓰여이다 ○유유ᄒ 가마구는 쳥산 속의 왕닉ᄒ다 ○령쳑은 소을 타고 밍호련은 나구 탄네 ○두목지 보려ᄒ고 빅낙쳔변 니려가이 ○장건은 승사ᄒ고 여동빈 빅노 타고 ○밍등야 널운 들의 와용강변 니려가이 ○팔진도 축지법은 제갈공명뿐일손야 ○이 산즁의 드려오신 심밍인이 분명ᄒ다 ○이리져리 논일면셔 종일토록 니질기이 ○요산요축 ᄒ온 고디 인의예지ᄒ오리

〈51-뒤〉

라 ○송풍이 작금ᄒ고 폭포로 복을 삼아 소소 반별 다 바리고 흥을 게워 논일젹의 ○아침날 ᄭᅵ온 술을 졈심 지여 다 먹으며 ○황촌젹 손의 들고 자진곡을 노릭ᄒ이 ○상산사호 몃몃친고 날과 ᄒ면 다셧시요 ○죽임인헌 몃몃친고 날과 ᄒ며 야달비라 ○고소셩의 한산사의 야반종셩이 여기로다 ○셰왕젼의 경쇠 친 난 져 노승아 상쳔셰계 극낙젼의 인도환싱 ᄒ난구나 ○이미타불 관음보살 졍셩으로 외오난디 ○극역 안심ᄒ여 옛 사람을 싱각ᄒ이 ○주시졀 강틱공은 위수의 고기 낙고 ○뉴헌주 졔갈양은 남양운송 밧셜 갈고 ○이승기졀 장익덕은 유리촌의 걸식ᄒ고 ○이 산즁의 드려오신 심밍인도 ᄯᅩᄒ ᄯᆞ을 지달라 ○목

동더리 이러타시 비양ᄒ든 거시엿다 ○심봉사 목동 아히더를 이별ᄒ고 촌촌
전진ᄒ

〈52-앞〉

여 럴어 날만의 황셩이 차차 갓가오이 낙수교을 얼는 지니여 녹수진경을 드러
간이 ᄒ 고디 방이집이 잇셔 여러 겨집 스람드리 방이 찟거늘 심봉사 피셔ᄒ
려 ᄒ고 방이집 근을의 안자 쉬오던이 여러 사름드리 심봉사을 보고 잇고 져
봉사도 잔치의 오난 봉사요 이시의 봉사딜 ᄒ시게 ᄒ던고 져리 안졋지 말고
방이더러 찟쳬 심봉사 그계야 안마음의 헤아리되 올쳬 양반딕의 종이 안이면
상놈의 죳집이로다 ᄒ고 회롱이나 ᄒ여 보리라 디답ᄒ되 쳘이 타힝의 발셥ᄒ
여 오난 스람다러 방이 찌으라 ᄒ기를 니 집안 어룬다러 ᄒ듯 ᄒ니 무어시나
좀 줄나면 찌여주쳬 잇고 그 봉사 음흉하여라 그난 무어슬 주어 졈심이나 어
더 먹쳬 졈심 어더 먹으랴고 찌어 줄터관디 글어면 무엇슬 주어 괴그나 줄가
심봉

〈52-뒤〉

사 하하 우시며 그것도 괴기는 고기계마는 주기가 쉬리라고 줄지 안이 줄지
엇지 압나 방이나 찌코 보쳬 그 마리 반허락이엿다 방이의 오나셔셔 썰구덩
썰구덩 찌으면셔 심봉사 자어니여 ᄒ는 마리 방이소리는 잘ᄒ계마는 뉘라셔
알어주리 여러 흔임드리 그 말 듯고 졸나니이 심봉사 젼디지 못ᄒ여 방이소리
을 ᄒ는구나 어유야 어유야 방이요 티고라 천황씨는 목덕으로 왕ᄒ시이 이 낭
기로 왕ᄒ신가 어유야 방이요 뉴소씨 구목위소ᄒ이 니 남기로 집을 얼근가 어
유야 방이요 ○신롱씨 유목위뢰ᄒ이 이 남기로 짜부을 ᄒ가 어유야 방이요 ○
이 방이가 뉘 방인가 각덕 흔임 가쥭방인가 어유야 방이요 썰구덩 썰구덩 허
첨허첨 찌은 방이 강타공의 조작방이 어유아 방이요 격격공산 남글 벼여 이
방이을 만드럿니 방이 만

〈53-앞〉

든 졔도 보니 이상홈도 이상아다 사람을 비양턴가 두 달이을 벌여너여 ○옥빈
홍안의 빈허을 보이 혼 허리여 잠 쎌넌네 어유아 방이요 ○질고 가는 허리을
보이 초왕 우미인 넉실넌가 ○추천가 노든 발노 이 방이을 쩟것구나 어유야
방이요 ○머리 들고 잇난 양은 주란왕의 돈수런가 어유야 방이요 ○용목팔여
되야 분을 쪄여니이 옥입일다 ○오고디부 죽은 후의 방이소리 근쳐젓다 ○우
리 셩상 착ᄒ옵셔 국티민안 ᄒ옵신듸 ○ᄒ물며 밍인잔치 고금의 업셔스니 ○
우리도 티평셩더의 방이소리ᄂ ᄒ여보시 어유아 방이요 ○혼 달리 놉피 밥고
오우락너리락 ᄒ난 양과 실눅벌눅 쎄죽쎄죽 조기로다 어유야 방이요 ○얼일고
조을시고 지야ᄌᄌ 조을시고 ○흥을 계워 ᄒ참 이리 논일 적의 혼임더

〈53-뒤〉

리 듯고 쌀쌀 우시며 ᄒ난 마리 에 요 봉사 그게 무신 소리요 자셔이도 아네
아미도 그리로 나왓나부 그리로 나온 게 안이라 ᄒ여 보왓졔 좌우 벽장디소
ᄒ더라 그리져리 방이 쩟코 점심 어더 먹고 보짐○다 술 너허지고 집평막더를
착쥐고 나셔면서 자○ 마누리 그리딜 ᄒ오 잘 어더 먹고 갑닉 어 그 봉사 심심
치 안이ᄒ여 사람을 조혼 듸 잘가고 너려올 졔 쏘 웃시요 심봉사 거기셔 ᄒ직
ᄒ고 차차 셩중의 드러가이 억만장안이 모도 다 소경 빗시라 셔로 짝짝 부드
처 단이기 어렵더라 혼 고슬 지너던이 혼 여인이 문 밧기 셧다가 저기 가는 게
심봉사시요 게 뉘근고 나 알 이 업건만은 게 뉘가 나를 찻나 여보 딕이 심봉사
안이요 과연 기로다 엇지 이런고 그러찬혼 일이 잇시이 게 잠관 지쳬ᄒ오 이
윽고 나와

〈54-앞〉

인도ᄒᆞ여 외당으로 안치고 셕반을 드리거날 심봉사 싱각ᄒᆞ되 고이ᄒᆞ다 이 엇
젼 일인고 ᄯᅩᄒᆞᆫ 찬수 비상ᄒᆞ거날 밥을 달게 먹은 후의 날리 져무러져 황혼 되
이 그 여인이 다시 나와 여보시요 봉사임 날 ᄯᅡ라 니당으로 드려 갑시다 심봉
사 ᄃᆡ답ᄒᆞ되 이 집의 외주인 유무는 모로거이와 엇지 남의 니당의로 드러가리
요 예 그는 허물치 마르시고 날만 ᄯᅡ라 오시요 여보시요 무삼 우환 잇셔 이러
시요 나는 동토 졍도 일글 졸 모로요 여보 헛말삼 그만ᄒᆞ고 드러가 보시요 집
펑막ᄃᆡ을 끌어 당기이 끌여가며 으심이 나 엇불사 니가 아미도 보쌈의 드려가
졔 터ᄒᆞ다 이러쳐로 군말을 ᄒᆞ고 ᄃᆡ쳥의 올나가셔 좌샹의 안진 후의 동편의
ᄒᆞᆫ 여인이 무르되 심봉사시요

〈54-뒤〉

답왈 엇지 아오 아난 도리 잇소 먼 길의 평안이 오시요 너의 셩은 안가요 황셩
의셔 셰거ᄒᆞ옵더이 불힝ᄒᆞ여 부모구몰 ᄒᆞ옵고 홀노 이 지을 직키여 잇사오며
시년 이십오셰요 아직 셩혼치 못ᄒᆞ여거날 일직 복술을 비와 비필될 사람을 가
라옵더이 일젼의 꿈을 ᄭᅮ이 ᄒᆞᆫ 우물의 회와 달이 ᄯᅥ러저 물의 잠게거날 쳡이
건저 품의 안어 뵈이니 ᄒᆞᆯ날의 일월은 사람의 안목이라 일월이 ᄯᅥ러지이 날과
갓치 밍인닌 줄 알고 물의 잠겨스니 심씨 줄 알고 일직 종을 시겨 문의 지ᄂᆡ난
밍인을 차러로 무러온 졔 여러 날이요 쳔위신조ᄒᆞ사 이졔야 만나오이 연분인
가 ᄒᆞ옵닌다 심봉사 핏 우시며 왈 마리야 좃소만는 그러ᄒᆞ기 쉽소릿가 안씨밍
인 종을 불너 ᄎᆞ을 드러 권ᄒᆞᆫ

〈55-앞〉

후의 거주난 어ᄃᆡ며 엇더하신 ᄃᆡᆨ이온닛가 심봉사 자기 신셰 젼후수말을 낫낫
치 하며 눈물을 흘이니 안씨밍인 위로하고 그 날밤의 동품할 졔 한창 조흘고
부여 두리 다 업난 눈이 벌덕벌덕할 듯하되 셔로 알 수 잇나 사람은 두리나 눈
은 합하면 네시로되 담빗씨만치도 뵈이지 안이하니 할 일 업셔 잠을 자고 이

러난이 주린 판이요 첫날밤이니 오직 조흐랴만는 심봉사 수심으로 안젓거늘
안씨밍인이 무르되 무삼 일로 질거온 빗치 업사오니 첩이 도로에 무안하여이
다 심봉사 디답하되 본되 팔자가 기박하여 평성를 두고 징험한직 막 조흘 이
니 잇스면 엇잔한 일리 싱기고 싱기더니 쏘 간밤의 한 꿈을 어든리 평성 불길
할 증조라 니 몸이 불여 드러가 뵈이고 가죽을 벅겨 북을 미고 쏘 나무닙피 쩌
러져 쑤리를 덥피여 뵈이고 아미도 나 죽을 꿈 안이요 안씨밍인 듯고 왈 그 꿈
좃소 홍직길이라 니 잠간 희몽하오이

〈55-뒤〉

다 다시 셰수하고 분양하고 단졍이 쑤러안져 산통을 놉피 들고 축사를 일근
후의 괘를 푸러 글얼 지여스되 ○신입화즁하니 회로을 가기요 ○거피작고하니
고난 궁셩이라 궁의 드러갈 승조요 낙엽이 귀근하니 자손을 가봉이라 디몽이
오니 디단 반겁사오니다 심봉사가 우셔 가로디 속담의 쳔부당 만부당이요 피
육불관이요 조작지셜이요 니 본디 자손이 업시니 누기를 만나면 잔치예 참예
하면 궁의 드러가고 녹밥도 먹는 짝이졔 안씨밍인이 쏘 말하되 지금은 니 말
을 밋지 안이하나 필경 두고 보시요 앗침밥을 먹은 후의 궐문 밧게 당도하니
발셔 밍인잔치 들나 하거날 궐내에 드러가니 궐니가 오직 조흐랴만는 빗
쩌여 거무충충하고 소경니가 진동한다 이젹의 심황후 여러 날을 밍인잔치할
졔 셩명셩칙을 아모이 되려노코 보시되 심씨밍인이 업슨이 자탄하사 이 잔치
비셜흔 비는 부친을 뵈압자고 하엿더니 부친을 보지

〈56-앞〉

못ㅎ여스니 니가 인당수의 죽은 졸노만 알으시고 이통하여 죽으신가 몽운사
부쳬님이 영검하사 그간의 눈을 쩌셔 쳔지만물을 보시사 밍인축의 쌘지신가
잔치는 오날 망종이니 친이 나어가 보리라 ㅎ시고 후원의 젼좌하시고 밍인잔
치 시기실새 풍학도 낭자하며 음식도 풍비하여 잔치 다한 후의 밍인 셩칙올

올이라 하여 의복 한 벌식 니여 주실신 밍인 다 하례하고 셩칙 밧기로 밍인 한
나가 웃듯 셔쓰니 황후 무르시되 엇더한 밍인이요 여싱셔를 불너 무르시니 심
봉사 겁을 니여 과연 소신이 미실미가하와 천지로 집을 삼고 사히로 밤을 부
치여 유리하여 단이오미 언의 고을 거주 완연이 업사오니 셩칙의도 드치 못하
옵고 졔발노 드러 왓삽난이다 황후 반기시사 갓기이 입시라 하시니 어상셔
영을 밧자와 심봉사의 손을 쓰려 별젼으로 드러갈시 심봉사 아

〈56-뒤〉

무란 줄 모로고 겁을 니여 거름을 못이기여 별젼의 드러가 계흐의 셔쓰니 심
밍인의 얼골은 몰나 볼너라 빅발은 소소하고 황후는 삼년 용궁의 지니쓰니 부
친의 얼골리 의의하여 무르시되 쳐자 잇난야 심봉사 복지하여 눈물을 흘이면
셔 엿자오디 아모 년분의 상쳐하압고 초칠 일이 못다 가셔 어미 일은 쌀 한나
잇삽더니 눈 어두온 중의 어린 자식을 품에 품고 동영졋슬 어더먹여 근근 질
너 니여 점점 자러나니 효황이 출천하여 옛사람의 지니더니 요망한 중이 와셔
공양미 삼빅셕을 시주하오면 눈을 쎠셔 보리라 하니 신의 녀식이 듯고 엇지
아비 눈 쓰리란 말을 듯고 그져 잇스랴 하고 달이난 출판할 길이 젼이 업셔 신
도 모로게 남경 션인덜게 삼빅셕의 몸을 팔이여셔 인당수의 졔숙으로 쌘져 죽
여시오니 그 쩌의 심오셰라 눈도 쓰디 못하고 자식만 이러싸오니 자식 팔어
먹은 몸 이 셰상의 살어 쓸디 업시오니 죽여 주합소셔 황후 드르시고 쳬읍하
시며 그 말삼을 자셰이 드르시미 졍영혼 부친인

〈57-앞〉

줄을 아르시되 부자간 쳔륜의 엇지 그 말삼이 끈치기를 지달이랴만는 자연 말
을 만들자 하니 그런 거시엿다 그 말삼을 맛든 못 맛든 황후 보신발노 씌여 나
러와셔 부친을 안고 아부지 니가 과연 인당수의 쌘져 죽어던 심쳥이요 심봉사
짐작 놀너여 이게 원 말리인야 하더니 엇지 하 반갑던지 뜻박기 두 눈이 갈무

쩌러지난 소리가 나면셔 두 눈이 활닥 발거스니 만좌 밍닌드니 심봉사 눈 쓰
난 소리의 일시의 눈더리 혀번덕 짝짝 간치식기 밥 며기난 소리 갓더니 뭇소
경이 쳔지 명낭하고 집안의 잇난 소경 게집소경도 눈이 다 발고 비안의 밍인
비 밧기 밍인 반소경 쳥밍간이셧지 몰수이 다 눈이 발가스니 밍인의게난 쳔지
기벽 하엿더라 심봉사 반깁기난 반가오나 눈을 쓰고 보니 도로여 싱면목이라
짤리라 하니 짤인 줄 알것만은 근본 보지 못한 얼골이라 알 수 잇나 하 조와셔
죽을동 말동 춤추며 노리하되 얼시구 졀시구 지아자 조을시구 홍문연 놉푼 잔
치의 항장이 아무리 춤 잘춘들

〈57-뒤〉

니 춤을 엇지 당ᄒ며 ᄒ고조 마상의 득쳔ᄒ할 제 칼춤 잘춘다 홀지라도 어허
니 춤 당홀손야 어화 창셩더라 부중셩남중셩녀ᄒ소 죽은 짤 심청이를 다시 보
이 양귀비가 죽어 환싱ᄒᆫ가 우미인이 도로 환싱ᄒ여온가 아모리 보와도 니 짤
이졔 짤의 덕으로 어두온 눈을 쓰니 일월이 광화하여 다시 죳토다 경셩이출경
운이 홍하이 빅공이 상화가라 요순쳔지 다시 보오이 얼시고 조홀시구 부중셩
남중셩녀는 날노 두고 일으미라 무수ᄒ 쇠경덜도 쳘도 모르고 춤을 출 졔 지
아자 지아즈 됴홀시고 어화 좃코나 셰월아 셰월아 가지 마라 도라간 봄 쏘 다
시 도라오건만은 우리 인싱 ᄒ 번 늘거지면 다시 덤기 어려워라 옛 글의 일너
시되 시사난독이라 하는 거션 만고명헌 공밍의 말

〈58-앞〉

삼이요 우리 인싱 무삼 일 잇시랴 다시 노리하더 상호 상호 만셰를 부르더라
직일의 심봉사를 조복을 입펴여 군신지예로 조회하고 다시 니젼의 입시하사
젹연 기루던 회포를 말삼하며 안씨밍인의 말삼 낫낫치 하이 황후 드르시고 치
교을 니여 보니여 안씨를 모셔 들려 부친과 한게 게시하사 천자 심학규를 부
원군을 몽하시고 안씨는 졍열부인을 봉하시고 쏘 장승상부인을 특별이 금은을

만이 상사하시고 도화동 촌인을 연호 잡역을 물시하시고 금은을 만이 상사하여 동중의 구폐하라 하시니 도화 사람드리 은헤여천여힉하여 쳔하 진동하더라 무창틱수를 불너 예쌔자시로 이쳔ㅎ시고 자사의게 분부하되 황봉ㅆ八와 뻥덕어미를 직각 착디八라 분부 지염하시イ 예주자사 삼빅육관의 휭관하야 황봉ㅎ와 뻥덕어미를 잡어 올여거늘 부원군이 쳔졍누의 좌기八ㅣ고 황봉

〈58-뒤〉

ㅎ와 뻥덕어미를 자ㄱ드리여 분부하ㅆ 네 イ 무상ㅎ 연ㄱ 산첩첩 ㅑ심ㅎ드 쳔지 분불치 못ㅎㄴ 밍인 두고 황봉사를 어더가는 게 무신 쓰시야 직시 문초하이 역촌의셔 여막질ㅎㄴ 졍연이라 ㅎㄴ 사람의 게집으게 초인ㅎ미로소이다 부원군이 더옥 디로ㅎ여 뻥덕어미을 느지쳬촘ㅎ신 후의 황봉사을 불너 일은 말삼이 네 무상ㅎ 놈아 너도 밍인니지야 ㄴ무 안이 유인ㅎ야 간이 네ㄴ 조커이와 일은 사람은 안이 불상ㅎ야 속셜의 탐화광졉이라 ㅎ기로 그러홀가 소당은 죽일 일리노되 특별이 경비훈이 원망치 말나 後日 징십훈이 후셰 사람이 이갓치 불의지사을 본밧게 ㅎ지 못ㅎㄴ 일이라 ㅎ시고 ㅎ교ㅎ시니라 만조빅관이며 쳔ㅎ 빅셩드리 덕화을 송덕ㅎ더라 자손이 창디ㅎ고 쳔ㅎ의 일이 업고 심황후의 덕화 사히의 덥퍼스며 만셰 만셰 억

〈59-앞〉

만셰을 게게승승 바러오며 무궁무궁 ㅎ옵기을 천만복망 ㅎ옵니다 ㅎ더라 황후 쳔즈의게 엿즈오되 이러ㅎ 질거우미 업사오니 틱평연을 비셜ㅎ여이다 황졔 올히 여기시사 쳔ㅎ의 반포ㅎ야 일등 명기 명창을 다 불너 황극젼의 견좌ㅎ시고 만조빅관 묘와 질기실시 쳔ㅎ 졔후 솔복ㅎ고 사히진보 조공ㅎ며 일등명창 일등명긔 쳔하의 반포ㅎ야 거의 다 모와쓰니 틱평셩디 만난 빅셩 쳐쳐의 춤 추며 노러ㅎ되 출쳔디효 우리 황후 노푸신 덕이 사히의 덥펴시이 요지일월 순지건곤이라 강구동요 질거음미 창힉로 틱평주비 져 여군동취ㅎ며 만만셰을 질겨

보시 이려훈 틱펑연의 뉘가 안이 질길손야 이려타시 노리홀 졔 쳔즈며 부원군
이 황극견의 견좌ᄒ시고 명무명창을 픠초ᄒ시와

〈59-뒤〉

가무 금실 히롱ᄒ며 삼일을 디연ᄒᄉ 상ᄒ동낙 질긴 휴의 쳔즈와 황후와 부원
군이며 다 각기 환궁ᄒ시다 각셜 잇써의 황후며 경열부인 안씨 동연동월의 잉
틱ᄒ이 동월의 탄싱ᄒ민 두리 다 득남ᄒ신지라 황후의 어진 마옴 자기 압은
고사ᄒ고 부친이 싱남ᄒ시믈 들으시고 쳔즈게 주달ᄒ신디 황졔 쪼훈 반기사
필육과 금은 치단을 만이 상사ᄒ시고 에관을 보니여 위문ᄒ신디 부원군이 망
팔쇠연의 아달을 나어노코 깃분 마음 칭양 업셔 주야을 모르던 추의 쪼훈 황
졔겨옵셔 금은 치단이며 필육과 명관을 보니여 위문ᄒ시이 황공 감사ᄒ야 국
궁 비에ᄒ고 에관을 인도ᄒ며 황은을 못니 축사ᄒ디 또 황후 짓거 근은 보화
을 봉ᄒ여 예관을 보니여 위문ᄒ신디 부원군이 더욱

〈60-앞〉

짓거ᄒ며 일변 조복을 갓초오고 예관을 짜라 별궁의 드려가 황후거 뵈온디 황
후 쪼훈 싱남하여거날 질거운 마옴을 엇지 다 층양ᄒ리요 황후 부친의 손을
잡고 옛 일을 싱각하며 일히일비로 길거ᄒ미 부원군도 쪼훈 실허ᄒ시더라 잇
써 부원군이 집의 도라와 명관을 쓰라 옥계ᄒ의 다다르니 상이 극히 층찬ᄒ시
되 드르미 경이 노리의 귀즈을 어든 바 쪼훈 짐의 틱즈와 동연동월의 동근싱
이니 그 안이 반가오리요 연야션명ᄒ면 타일의 국사을 의논ᄒ리라 ᄒ시더라
군이 엿자오되 셕일의 고즈게셔도 ᄒ시기를 싱자가비란이나 양즈 양즈란이요
양즈가비란이나 괴즈란이라 ᄒ여시이 후사을 보사이다 ᄒ고 물너나와 아히 상
을 보니 활달훈 기상이며 쳥수훈 골격이 족키 옛사람을 본밧을네라

〈60-뒤〉

일홈은 티동이라 ᄒ야 졈졈 자라 십셰의 당ᄒᄆᆡ 춍명 지ᄒᆞ가 무쌍이요 시셔음
음율을 능통ᄒᄆᆡ 부모 사랑하미 장즁 보옥의다 비홀손야 무졍셰월 양유파라
십삼셰을 당ᄒᆞ지라 잇ᄯᅥ 황후 티즈를 여히고졔 ᄒᆞ사 동월동일의 구신간 혼사
을 주달ᄒᆞ신디 황졔 직거하사 광문ᄒ리 ᄒᆞ신디 잇ᄯᅥ의 마참 좌강노 권셩운이
일여을 두어시되 티임의 덕ᄒᆡᆼ이며 반히의 지질을 가졋ᄊᆞ며 인물은 위미인 압
두홀지라 잇ᄯᅥ 연왕이 공주 잇스되 안양공주라 덕ᄒᆡᆼ이 티기ᄒᆞ고 빅사 민쳡ᄒᆞ
물 듯고 상이 젼교ᄒᆞ사 연왕과 권강노을 입시ᄒᆞ야 어젼의셔 구혼ᄒᆞ신디 공주
와 소졔 ᄯᅩᄒᆞ 동갑인듸 십육셰라 직지 허락ᄒᆞ거날 상이 ᄒᆞ교ᄒᆞ시되 권소졔로
티즈의 비필을 졍ᄒᆞ시고 연왕의 공주로 티동의 비필을

〈61-앞〉

삼우미 엇더ᄒᆞ요 ᄒᆞ신디 좌우 다 올사이다 주달ᄒᆞ거날 황후와 부원군이며 조
경이 질거하더라 직시 티사관을 명ᄒᆞ야 퇵일하라 ᄒᆞ신디 춘삼월 망일이라 국
즁의 디경사라 길일이 당ᄒᄆᆡ 디연을 비셜ᄒᆞ고 각방 졔후와 만조빅관이 ᄎᆞ러
로 시위ᄒᆞ고 두 부인은 삼쳔 궁여가 시위ᄒᆞ야 젼우 좌우로 옹위ᄒᆞ야 조비셕의
친연홀시 일월갓ᄐᆞᆫ 두 신랑은 관디의 사모 쓰니 북두칠셩의 좌우 보필이 모신
듯 ᄒᆞ고 월티화롱 고흔 티도 녹의홍상의 칠보단장이며 각식 퓌물 요상으로 느
리오고 머리의난 화광이라 삼쳔궁녀 모흔 즁의 일등 미식을 초츌ᄒᆞ야 두 낭자
를 좌우로 모셔ᄊᆞ니 반다시 월궁항아라도 이의셔 더 휘황치 못홀네라 금수난
광모장을

〈61-뒤〉

반공의 소사치고 교비셕의 친연ᄒᆞ니 궁즁이 휘황ᄒᆞ물 일구난셜이라 두 신랑이
각기 젼안 납폐흔 후의 각기 쳐소로 좌졍ᄒᆡ 동방화촉 쳣날밤의 원앙이 녹슈
을 만난 듯 쇠락흔 졍으로 은은이 밤을 지너고 나와 티즈는 강노를 몬져보니
강노 양주 길거ᄒᆞ물 이위 칭양치 못할네라 잇ᄯᅥ의 티동이 ᄯᅩᄒᆞ 연왕 부부게

뵈온디 연왕과 왕후 뭇니 반기며 긔거ᄒ더라 직시 틱자를 연통ᄒ야 조회의 국
궁ᄒᆞᆫᄃᆡ 상이 짓거ᄒ사 부원군을 입시ᄒ야 동좌의 신힝인사을 바드시고 만조빅
관을 조회 바드신 후의 ᄒ교ᄒ사ᄃᆡ ○짐이 진직 틱동을 조정의 드리고져 ᄒ되
미장지젼이라 지시금무명작 ᄒ여시이 경등 쇠견의난 엇더ᄒ요 ᄒ신ᄃᆡ 문무빅
관이 주왈 인야

〈62-앞〉

출등ᄒ오니 직교ᄒ옵소셔 ᄒ거날 상이 직시 틱동을 입시ᄒ사 품직을 너리실시
할임학ᄉ겸 근의틱부 도훈관의 이부시랑을 ᄒ이고 그 부인언 왕열부인을 봉ᄒ
시고 금은 치단을 만이 상사ᄒ시고 왈 경이 젼일은 셔셩이라 국졍을 돕지 안
이ᄒ여거이와 금일부텀 국녹지신이라 진충갈역ᄒ야 국졍을 도으라 ᄒ신ᄃᆡ 시
랑이 국궁ᄒ고 물러나와 모친거 뵈온ᄃᆡ 질기고 반기난 마옴이야 엇지 다 셩언
ᄒ리요 ᄯᅩ 별궁의 드려가 황후젼의 비사ᄒᆞᆫᄃᆡ 황후 질거오믈 이기지 못ᄒ나 말
삼ᄒ시되 신부가 엇더ᄒ던요 ᄒ신ᄃᆡ 피셕 ᄃᆡ왈 슉흠ᄒ더이다 황후 ᄯᅩ 문왈 금
조 입시의 무삼 벼살ᄒ여난야 일이일이 ᄒ엿ᄂᆞᆫ이다 황후 더옥 질거 틱자와 시
랑을 다리고 종일 질

〈62-뒤〉

긴 후의 셔양의 파연ᄒ시고 왈 수리 신힝ᄒ라 ᄒ시거늘 실앙니 ᄃᆡ왈 쉬히 다
려다가 부모젼 영화을 보시게 ᄒ올이다 ᄒᆞᆫᄃᆡ 황후 ᄃᆡ열ᄒ사 니 말도 ᄯᅩᄒᆞ 그
ᄯᅳᆺ시로다 ᄒ시더라 이날 틱자와 홀임이 물너나와 수일 후 부원군이 틱길ᄒ야
왕열부인을 신힝ᄒ신이 부인이 구고양위 젼의 예로써 뵈온ᄃᆡ 부원군이며 졍열
부인이 금옥갓치 사랑ᄒ시더라 별궁을 시로 지여 왕부인을 거쳐ᄒ시게 ᄒ이라
각셜 잇ᄯᅥ의 홀임이 ᄂᆞ지면 국사을 도모ᄒ고 밤이면 도학을 심씬나 물논 ᄃᆡ소
사셔인ᄒ고 칭찬 안이 홀 이 업더라 일어굴러 홀임의 ᄂᆞ이 니십셰라 잇ᄯᅥ의
상이 홀임으 명망과 도덕을 조신의게 문후ᄒ시고 일일은 심학사을 입시ᄒ사

갈아사디 짐이 드으미 경의 명망과 도덕이 궁너의 진동ᄒ더라 엇지 벼살을 익
길니요 ᄒ시고 싱품ᄒ사 이부상셔의 겸 틱학관 ᄒ이시고 틱자와 동유ᄒ라 ᄒ
시며

⟨63-앞⟩

그 부친을 승승품ᄒ야 남평왕을 봉ᄒ시고 졍영분인 안씨로 인셩왕후를 봉ᄒ시
고 ᄯ 상셔부인은 왕열부인의 겸 공열부인을 봉ᄒ신이 남평왕이며 상셔와 인
셩왕후며 다 황은을 축사ᄒ고 우리 무삼 공이 닛셔 이디지 픔직을 ᄒᄂ요 ᄒ
며 주야 황은을 송덕ᄒ더라 잇ᄯ의 남팡왕이 연당 팔순이라 우연이 득병ᄒ야
빅약이 무회라 당금의 황후 어지신 효셩과 부인의 착ᄒ 마음 오직키 구병ᄒ랴
만은 사자은 불가부싱이라 칠일만의 별셰ᄒ신이 일가이 망극ᄒ고 ᄯᄒ 황후
이통ᄒ사 황제게 주달ᄒ이 상이 왈 인간 팔십 고릐히라 과도이 이통치 말으소
셔 ᄒ시고 명능 후원의 왕예로 안장ᄒ라 ᄒ시고 황후은 삼년 거상ᄒ신이라 부
원군의 초연 고상ᄒ던 일을 싱각ᄒ면 무삼 여흔이 잇실리요 어화 셰인더라 고
금이 달을손야 부귀영화혼다 ᄒ고 부디 사람 경이 말소 홍진비니 고진감너은
사람마닥 잇ᄂ

⟨63-뒤⟩

이라 심황후의 어진 일홈 천추의 유젼이라

단국대 나손문고 소장 심청전 (낙장 64장본)

가로 19.5cm, 세로 20.5cm로 앞뒤가 훼손된 필사본이다. 한 면에 13행씩 필사되어 있으며, 필체는 행서체이나 난삽하여 읽기에 어려움이 많다. 앞부분 한 장 정도, 뒷부분의 심봉사가 심청을 만나 눈뜨는 장면 이하가 낙장되었다. 내용은 완판본을 그대로 필사한 것으로 한시구절이나 창으로 불리는 부분에는 ◑표기가 되어 있다.

단국대 나손문고 소장 심청전 (낙장 64장본)

(앞부분 낙장)

〈1-앞〉

되 빗슬 쥬어 실슈업시 ㅂㄷ들려 춘추시힝 봉졔ㅅ의 암 못보난 ㄱ장공경 ㅅ졀 으복 죠셕찬수 입의 마진 ㄱ진 별미 비우 맛쳐 지셩공경 시죵이 여일ㅎ니 상ㅎ촌 ㅅ롬더리 곽씨부인 음젼타고 층찬ㅎ더랴 ㅎ로난 심봉ㅅㄱ 여보 마누리 옛

〈1-뒤〉

룸이 셰상의 삼겨날 졔 부부야 뉘 업스랴마은 젼셩의 무삼 은혜로 이상의 부부 되야 압 못보난 ㄱ장 ㄴ를 일시 반 쩌도 노지 안코 주야로 버려셔 어린ㅇ히 밧든다시 힝여 비 곱풀ㄱ 힝여 치워홀ㄱ 의복 음식 쎠 맛추워 극진이 공경ㅎ이 나는 편타 ㅎ련마는 마누리 고상ㅎ난 일리 도료여 불평ㅎ이 일후붓텀 날 공경 그만ㅎ고 사난 디로 사랴ㄱ되 우리 년당 ㅅ십의 실ㅎ의 일졈혈육 업셔 조종힝화를 일노 좃차 쓴케되이 죽어 지ㅎ의

〈2-앞〉

○○ ○삼 면목으로 조상을 디면ㅎ○ ○리 양주 신셰 싱각ㅎ면 초상 장ㅅ 소 디긔며 연연이 오난 길리의 밥 혼 그릇 물 혼 모금 게 뉘라셔 밧들익ㄱ 명산디 ○의 신공이나 드려보와 ㄷ힝이 눈 먼 즈식이랴도 남여간의 ㄴ여보면 평싱훈 을 풀 거신이 지셩으로 비려 보오 곽씨 디답ㅎ되 옛글레 일르기을 불효삼쳔으

무후위터라 ᄒ여씬이 우리 무ᄌᄒᆷ은 ᄃ 쳡의 죄악이라 응당 니침직ᄒ되 군ᄌ 의 너부신 덕으로 지금까지 보존ᄒ이 자식 두고 십푼 마음이야 주야 간절ᄒ와 몸을 팔고 쎼을 간들 못ᄒ오릿가마은 형셰 간

〈2-뒤〉

구ᄒ고 ᄀ군의 경터ᄒ신 셩졍을 몰ᄂ 불셜 못ᄒ엿든이 몬져 말삼ᄒ옵신이 지 셩신공ᄒ오리ᄃ ᄒ고 품 파라 모든 지물 왼갓 공 ᄃ 드린ᄃ 명산터찰 영신당 과 고픠충ᄉ 셩황사며 졔불보살 미력임과 칠셩불공 ᄂᄒ불공 졔셕불공 신중마 지 노구마지 탁의시주 인등시주 창오시주 갓갓지로 다 지니고 집의 드려 인난 날은 조왕셩주 지신졔을 극진이 공 드리니 공든 탑이 무너지며 심근 남기 썩 거질ᄀ ᄀᆸᄌ ᄉ월 초팔일의 ᄒ 쑴을 어드이 셔기 반공ᄒ고 오치 영농ᄒ듸 일 긔 션녀 학 타고 ᄒ날노 ᄂ려오이 몸으난 치의요 머리

〈3-앞〉

난 화관리라 월픠을 느짓츠고 옥픠소리 징징ᄒ듸 긔화 일지를 손으 들고 부인 긔 읍ᄒ고 졋터 와 안는 거동은 두렷ᄒ 달졍신이 품안으 ᄃ난 듯 남히관음이 히중의 ᄃ시 돈난 듯 심신이 황홀ᄒᄒ양 징졍키 어렵ᄃ이 션녀 ᄒ난 말리 셔황 묘으 쌀리옵ᄃ이 반도징상 ᄀ난 길의 옥진비ᄌ을 만ᄂ 두리 수작ᄒ여삽ᄃ이 시각이 좀 어기여삽기로 상졔께 득죄ᄒ야 인ᄀ의 너치시미 갈 발을 몰ᄂᄃ이 티힝산 노구와 후토부인 졔불보살 셔ᄀ여리임과 귀 덕으로 지시ᄒ압기여 왓ᄉ 오이 어엽비 여기옵소셔 품은의 들미

〈3-뒤〉

놀너 씨ᄃ르니 늠ᄀ일몽이라 직시 봉사임을 씨여 몽ᄉ을 의논ᄒ니 두리 쑴이 ᄀᆺ탄지라 그 날밤의 엇지ᄒ엿던 과연 그 달보텀 틱기 잇셔 곽씨부인 어진 마

음 셕부정부좌ㅎ고 할

부정불식ㅎ고 이불쳥음식ㅎ고 목불시악식ㅎ며 잇불번 와불칙ㅎ며 십 식을 찬 연후의 ㅎ 로난 히복기미 잇구나 인고 비야 인고 허리야 심봉ㅅ 일변 반겹고 일변 놀니여 집 흔 줌졍이 추려니여 ㅅ발의 졍화수을 소반의 밧쳐 노코 단졍 이 꾸려안져 비ᄂ이드 비ᄂ이드 삼신졔왕젼의 비난이드 곽씨부인 노산이오미 헌 쵸미의 외씨 빠지듯 순산ㅎ여 쥬압소셔 비더니 쯧

<h2>〈4-앞〉</h2>

밧기 힝니 만실ㅎ고 오식 안기 두류더니 혼미 중의 탄싱ㅎ이 과연 쌀이리료드 심봉ㅅ 거동 보소 쌈을 ᄀ려 뉘여 노코 만심 환히ㅎ든 츠의 곽씨부인 졍신 츠 려 문난 말리 여보시요 봉ㅅ임 남여근 무여시요 심봉ㅅ 디소ㅎ고 아기 삿쳘 만져보이 손니 ᄂ루비 지니듯 문듯 지니ᄀ니 아미도 무근 조긔ᄀ 횟조긔 ᄂ안 ᄂ부 곽씨부인 셜워ㅎ여 ㅎ는 마리 신공 드려 만득으로 ᄂ은 ᄌ식 쌀이랴 ㅎ 오 심봉ㅅ 이른 말리 마누리 그 말 마오 쳣치는 순산이요 쌀리랴도 잘 두면 연 의 아들 주워 밧구겟소 우리 이 쌀 고이 질너 예졀 몬져 ᄀ르치고 침션방

<h2>〈4-뒤〉</h2>

젹 두로ㅎ야 요조숙여 조흔 비필 군ᄌㅎ구 ᄀ리여셔 금실우지 질거옴과 종ᄉ 우진진ㅎ면 외손봉ㅅ 못ㅎ릿ᄀ 쳣 국밥 얼는 지여 삼신상으 밧쳐 놋코 의관을 졍졔ㅎ고 두 손 드려 비난 말리 비난이드 삼십삼쳔 도슐쳔 졔셕젼의 발원ㅎ며 삼신졔왕임니 화의동심ㅎ야 드 구버 보옵쇼셔 ㅅ십 후의 졈지흔 ᄌ식 흔두 달 의 이실 미져 셕 달의 피 어리여 넉 달의 인형 삼기여 드셧 달의 외포 삼겨 여 셧 달의 육졍 ᄂ고 일곱 달의 골격 삼겨 ㅅ만팔쳔 털리 ᄂ고 야답 달의 찬 짐 바드 금관문 히탈문 히 여려 순산ㅎ오이 삼신임니 덕이

<h2>〈5-앞〉</h2>

안이신 드만 무남동녀 딸이리오 동방삭의 명을 주워 티임의 덕힝이며 디
순증삼 효힝이며 기량 처의 졀힝이며 반히의 직질이며 복은 셕순이 복을 졈지
ᄒ며 촉부단혈 복을 주어 외 붓듯 달 붓듯 잔병 업시 일추월장ᄒ여 주압소셔
더운 국밥 퍼듯 놋코 ᄉ모을 먹인 후의 혼ᄌ말노 아기을 여룬듸 금ᄌ동아 옥
ᄌ동아 어허간간 닉 딸이야 표진강 숙힝이ᄀ 네ᄀ 되야 환싱ᄒ엿난야 은ᄒ수
증여셩이 네ᄀ 되야 ᄂ려왓야 남젼북답 장만ᄒᆫ들 이여셔 반ᄀᆞ오며 산호진주
어더신들 이여셔 더 반ᄀᆞ울ᄀ 어듸 갓듸 인ᄌ 와 삼겨ᄂᆞᆫ야 이럿ᄐ시 길기더이

〈5-뒤〉

쓴밧긔 산후별증이 낫구나 현쳘ᄒ고 음젼ᄒ신 곽씨부인 희봉ᄒ 초칠리 못듸
ᄀᆞ셔 외풍을 과이 쐬야 병이 난네 이고 비야 이고 머리야 이고 ᄀᆞ삼이야 이고
ᄃᆞ리야 지형 업시 만신을 알는구ᄂ 심봉ᄉ 기ᄀ 막켜 압푼 디을 두료 만지며
졍신 ᄎᆞ려 말을 ᄒᄋᆞ 쳬ᄒᆞ엿난ᄀ 삼신임닉 집탈인ᄀ 병셰 졈졈 위즁ᄒᆞ야 심봉
ᄉ 겁을 닉여 건네 마을 셩셩원을 모셔두ᄀ 짐믹ᄒᆞᆫ 연후의 약을 쓸 졔 쳔문동
믹문동 반ᄒ 진피 긔피 빅복영 소엽 방풍 시호 게지 힝인 실농씨 상빅초료 의
약을 쓴들 ᄉ병의 무아이라 병셰 졈졈 침즁ᄒ여 하일업시 죽긔 도이 곽씨부인
쏘ᄒᆞᆫ 사

〈6-앞〉

지 못 홀 줄 알고 ᄀ군의 손을 잡고 봉○임 휴유 ᄒᆞ숨 질긔 쉬고 우리 두리 셔
료 만ᄂ 희료빙연ᄒᆞ랴 ᄒ고 ᄀᆞ구ᄒ 살임ᄉ리 압 못보난 ᄀᆞ장 범연ᄒ면 노음씨
기 숩기료 아모죠록 뜻셜 바듸 ᄀᆞ장 공경ᄒ랴 ᄒ고 풍ᄒ셔셥 가리지 안코 남
촌북촌 품을 파라 밥도 밧고 반찬도 어더 식은 밥은 닉ᄀ 먹고 더운 밥은 ᄀ군
들려 비 곱푸잔케 춥지 안케 극진 경디ᄒᄋᆞᆸ든이 쳔명이 그 뿐인지 이연이 ᄭᆖ
쳐진지 ᄒ릴 업소 눈을 엇지 곱고 갈ᄀ 뉘라셔 헌 옷 지여주며 맛진 음식 뉘랴
셔 권ᄒ릿언ᄀ 닉ᄀ ᄒᆞᆫ 번 죽여지면 눈 어둔 우리 ᄀᆞ장 ᄉ고무친쳑 혈혈단신

으탁홀 곳 업셔 박으지 손

〈6-뒤〉

의 들고 집팡막더 부여잡고 써 맞추워 나ㄱ다ㄱ 구렁의도 샌지며 도례도 치여
업푸려져서 신셰ᄌ탄으료 우난 양은 눈으료 곳 보난 듯 ㄱㄱ문젼 츠져ㄱ셔 밥
달ᄂ는 실푼 소리 귀여 징징 들이난 듯 ㄴ 죽은 후 혼빅인들 츠마 엇지 듯고
보며 명산디찰 신공 드려 스십의 나은 ᄌ식 졋 ᄒ 번도 못메기고 얼골도 치 못
보고 죽단 말ㄱ 젼싱의 무삼 죄로 이싱의 삼겨ᄂ셔 어미 업논 어린 거시 뉘 졋
먹고 질려ᄂ며 ㄱ군의 일신도 주체 못흔듸 쏘 져거슬 엇지ᄒ며 그 모양 엇지
홀ㄱ 멀고 먼 황쳔질의 눈물 졔워 엇지 ㄱ며 압피 막켜 엇지 갈ㄱ 져 건네 이
동지 집의 돈 열 양 막겨쓰이 그 돈 열양

〈7-앞〉

츠져ᄃㄱ 초상의 보틱여 쓰고 도장 안의 양식 희복쌀노 두워쓰니 못ᄃ먹고 죽
어ㄱ이 니의 ᄉ졍 졀박흔네 쳔 상망이ᄂ 지닌 후의 두고 양식ᄒ압고 진어사딕
관복 ᄒ 벌 흉비 학을 놋틱ㄱ 못ᄃ ᄒ고 보의 쎠셔 밋티 농의 너어쓰니 ᄂ 죽
어 쵸상 후의 츠지려 오거든 염예 말고 니여 주고 건네 말을 귀덕어미 니게 졀
친ᄒ여 다여쓰니 어린 아히 안고 ㄱ셔 졋슬 먹여 달ᄂ흐면 응당 괄셰 안이ᄒ
리이 쳔힝으로 이 ᄌ식이 죽지 안코 ᄌ랴ᄂ셔 제발노 걸거든 압 셰우고 질을
무려 니 무덤 압푸 츠져와셔 네의 죽은 모친 무덤이료ᄃ ㄱ르쳐 모여 상면ᄒ
면 혼이라도 원이 업것소 쳔명을 어길 길이

〈7-뒤〉

업셔 압 못보난 ㄱ장의게 어린 ᄌ식 믹게 두고 영결ᄒ고 도랴ㄱ니 가군의 귀
ᄒ신 몸이 이통ᄒ여 상치 말고 쳔만 보즁ᄒ옵셔 ᄎ싱의 미진흔 인연 ᄃ시

만느 이별 말고 살이랴 이고이고 이졋소 져 아히 일홈을 심청이랴 지여 두고
나 쩌던 옥지환이 함 속의 잇스니 심청이 자라거든 날 본ᄃ시 니여주고 나라
의셔 상ᄉᄒ신 돈 슈복강영 티평안락 양편의 시긴 돈을 고흔 홍젼 괴불줌치
쥬홍당ᄉ 벌믜답의 ᄭᆫ을 ᄃ려 두어쓰니 그것도 니여 치여주오 ᄒ고 잡어썬 손
을 후리치고 흔슘 짓고 도라누어 어린 아히 ᄌ바달려 낫슬 흔티 문지르며 셔
를 씰씰 츠며 쳔지도 무심ᄒ고 귀신

⟨8-앞⟩

도 야속ᄃ 네ᄀ 진직 삼기거ᄂ 니ᄀ 좀더 살거나 너 낫ᄎ ᄂ 죽으니 갓업난 궁
쳔지통을 널노ᄒ여 풀게 되이 죽난 어미 ᄉ난 ᄌ식 셩ᄉᄀᆫ의 무삼 죄야 뉘 졋
먹고 살아나며 뉘 품의셔 잠을 ᄌ랴 이고 아ᄀ 니 졋 망종 먹고 어셔 ᄌ려거랴
두 줄 눈물 낫시 졋난군나 흔슘 지여 부난 바롬 삽삽비풍 되야잇고 눈물 미져
오난 비난 소소쳬우 니려도ᄃ 하날은 ᄂ직ᄒ고 음운언 자옥ᄒ듸 숨풀의 우난
시는 졍어궁ᄒ여 젹막키 머무르고 셰늬의 도난 물은 소리 삽삽잔잔ᄒ여 오열
이 흘너ᄀ니 ᄒ물며 ᄉ롬이야 엇지 안이 셜워ᄒ리 픡각질 두셰 번으 숨이 덜
걱 지니 심봉ᄉ 그졔야 죽은 졸 알고

⟨8-뒤⟩

이고 이고 마누리 춤으료 죽언난ᄀ 이긔 웬 일인고 ᄀ삼을 쌍쌍 두다리며 머
리을 탕탕 부드치며 니리궁글며 치궁글며 업더지며 잡바지며 발 구르며 고통
ᄒ며 여보 마누리 그듸 살고 니ᄀ 죽으면 져 ᄌ식을 키울 거슬 니ᄀ 살고 그듸
죽으이 져 ᄌ식 웃지 키잔 말ᄀ 이고이고 모진 목숨 ᄉᄌᄒ니 무엇 먹고 살며
홈긔 죽ᄌᄒᆫ들 어린 ᄌ식 엇지 홀ᄀ 이고 동지 셧달 찬바롬의 무웃 입펴 키여
니며 달은 지고 침침흔 빈 방안의셔 젼 먹ᄌ 우난 소리 뉘 졋 먹여 살여닐ᄀ
마오마오 졔발 덕분 죽지 마오 평싱 졍흔 뜻시 시직동혈 ᄒᄌ더니 염나국이
어디라고 날 바리고 져것 두고 죽단 말ᄀ 인졔 ᄀ면 언졔 오리 이고 쳥춘작

〈9-앞〉

반호환힝의 봄을 짜러 오랴난ㄱ 청천뉴월닉기시의 달을 씌고 오랴난ㄱ 꼿도
졋ᄃ ᄃ시 피고 희도 졋ᄃ ᄃ시 돗건마는 우리 마누리 ㄱ신 듸는 ㄱ면 ᄃ시 못
오넌ㄱ 삼천벽도 요지연의 셔왕모을 짜려간ㄱ 월궁항아 짝이 되약ᄒ려 올나간
ㄱ 황능묘 이비 홈기 회포말 ᄒ려간ㄱ 회ᄉ졍 호쳔ᄒ든 ᄉ씨부인 ᄎᄌ간ㄱ ᄂ
는 뉘을 ᄎ져 갈ㄱ 이고 이고 셜운지고 이러타시 이통홀 졔 도화동 ᄉ룸더리
남여노소 업시 모와 낙누ᄒ며 ᄒ는 말리 현쳘ᄒ든 곽씨부인 불상이도 죽어구
나 우리 동니 빅여 호라 십시일본으료 감장이나 ᄒ여 주ᄉ 공논이 여출일구ᄒ
야 의금관곽 졍이ᄒ야 힝양지지 ㄱ리

〈9-뒤〉

여 삼일만의 홀 졔 희로ㄱ 실푼 소리 원어 원얼리 넘ᄎ 원어 북망산이 머ᄃ더
이 건너산이 북망일셰 원어 원어 원얼리 넘ᄎ 원어 황쳔질리 머ᄃᄃ이 방문밧
기 황쳔이랴 원어 원어 불상ᄒᄃ 곽씨부인 힝실도 음젼ᄒ고 지질도 기이터이
늑도 졈도 안이ᄒ여셔 영결종쳔 ᄒ여쑤나 원어 원어 원어리 넘ᄎ 원어 원어
어화 너화 원어 이리져리 져리 건네갈 졔 심봉ᄉ 거동 보소 어린 아히 강보의
씬인 치 귀덕어미 믹겨두고 집팡막디 홋터 접고 논틀밧틀 좃ᄎ와셔 싱여 뒤치
부여 잡고 목은 쉬여 크게 우던 못ᄒ고 여보 마누리 니ㄱ 죽고 마뉘리ㄱ ᄉ려
야 어린 ᄌ식 살여니졔 쳔ᄒ쳔ᄒ지 몹실 마뉘리 그디

〈10-앞〉

죽고 니ㄱ 살어 초칠리 못ᄃ간 어린 ᄌ식 압 못보난 니ㄱ 엇지 키워닐고 이고
이고 셜이울 졔 산쳔의 당도ᄒ야 안장ᄒ고 봉분을 ᄃᄒ 후의 심봉ᄉ 졔을 지
니되 셔룬 진졍으료 졔문 지여 익던 거시엿ᄃ ◑ᄎ호부인 ᄎ호부인 요ᄎ조이

숭여ᄒ여 싱불고이고인이랴 ❶기빅년이히료터이 홀연몰혜언귀요 ❶유치ᄌ이
영셰혜여 이것실 엇지 질너니며 ❶귀불귀희쳔디혜여 어으 씨ᄂ 오랴ᄂᆫᄀ ❶탁
송추이위ᄀᄒ여 ᄌᄂ 듯시 누엇고 ❶상음용이막ᄒ여 보고 듯기 어려워라 ❶누
삼삼이쳠금ᄒ여 졋ᄂ 눈물 피ᄀ 되고 ❶심경경이소원ᄒ여 살 기리 젼이 업ᄃ
❶소회인이지피ᄒ여 ᄇ리본 어이ᄒ며 ❶어쟝조이

〈10-뒤〉

울도ᄒ여 누을 의지ᄒ쟌 말고 ❶빅양노이월낙ᄒ여 산젹젹 밤 집푼 디 ❶어춧
이주유ᄒ여 무슌 말을 ᄒ소ᄒᆫ들 격유현이노수ᄒ여 그 뉘라셔 위료ᄒ리 ❶셔리
상지상봉ᄒ여 ᄎ싱의ᄃ ᄒ일 업ᄂ ❶주과포희박잔혜여 마이 먹고 도랴 ᄀ오
졔문을 막 익더이 모들쎼기ᄒ여 이고이고 이게 웬 일인고 ᄀ오ᄀ오 날 바리고
ᄀ난 부인 혼탄ᄒ여 무엇ᄒ리 황쳔으료 ᄀᄂ 기리 각졈이 업시이 뉘 집의 ᄀ
ᄌ고 ᄀ오 ᄀᄂ 더ᄂ 일너 주오 무수이 이통ᄒ이 쟝ᄉ 회긱드리 말이기료 도
야와셔 집이라 드러ᄀ이 부역은 젹젹ᄒ고 방은 텡 비엿구ᄂ 어린 아히 다려ᄃ
ᄀ 헝덩글려진 빈 방안의 티박산 갈ᄀ마구 게발 무려 던진ᄃ시 홀노 누여쓰니
마암이

〈11-앞〉

원젼ᄒ리 벌덕 이러셔ᄃ이 이불도 만져보며 베긱도 더두무며 예 덥던 금침은
여ᄀ 잇ᄃ마는 독수공방 닐과 홈의 덥고 ᄌ며 놋짝도 쩡쩡 치며 바으질 상ᄌ
도 덥벅 만져보고 빗던 빗졉도 핑등글웃 니던져 보고 밧든 밥상도 더듬더듬
만져보고 부역을 힝ᄒ야 공연이 불너도 보며 이웃집 ᄎ져ᄀ셔 공연이 우리 마
누리 예 왓소 무러도 보고 어린 아히 품의 품고 너의 어만이 무상ᄒᄃ 너을 두
고 죽엇졔 오날은 졋슬 어더 머거씨ᄂ 너일은 뉘 집의 ᄀ 졋슬 어더 먹여 올ᄀ
이고 이고 약속ᄒ고 무상ᄒ 귀신 우리 마누리을 잡아갓군ᄂ 이려쳐로 이통ᄒ
ᄃᄀ 풀쳐 싱각ᄒ되 ᄉᄌᄂ 불ᄀ부싱이라 ᄒ일 업거이와 이

〈11-뒤〉

ᄌ식이ᄂ 잘 키여ᄂ니리라 ᄒ고 어린 아히 인난 집을 ᄎ레료 무려 동영졋슬 어
더 먹일 졔 눈 어두어 보든 못ᄒ고 귀는 발ᄀ 눈치료 간음ᄒ어 안ᄌᄃᄀ 마참
날 도들 젹의 우물ᄀ의 들니는 소리 얼는 듯고 ᄂ셔면셔 여보시요 마누리임
여보 아씨님네 이 ᄌ식 졋슬 좀 먹여주오 날노 본들 엇지ᄒ며 우리 마누리 ᄉ
려쓸 졔 인심으료 싱각ᄒ들 괄셰ᄒ며 어미 엄난 어린 거신들 안이 불상ᄒ오
불상ᄒ오 딕집으 귀ᄒ신 아기 멕이고 ᄂ문 졋 ᄒ 통 먹여주오 ᄒ이 뉘 안이 먹
여주리 ᄯᅩ 육칠월 지심 미난 녀인 수일참 ᄎ져ᄀ셔 이근ᄒ게 어더 먹이고 ᄯᅩ
셰닉ᄭ의 쌜니ᄒ난 듸도 ᄎ져ᄀ면 엇든 부인은

〈12-앞〉

달니ᄃᄀ 쌉뜻시 먹여주며 후일도 ᄎ져오라 ᄒ고 ᄯᅩ 엇든 녀인은 말ᄒ되 인ᄌ
막 우리 아기 먹여쓰니 졋시 엄노랴 ᄒ여 심청이 졋슬 만이 어더 먹인 후의 아
히 빈ᄀ 불녹ᄒ 직 심봉사 조와라고 양지 바른 어덕 미틔 쏙그려 안져 ᄋ기을
얼울 졔 아ᄀ 아ᄀ ᄌ는야 아ᄀ 아ᄀ 웃는야 어셔 커셔 너의 모친 갓치 현철ᄒ
야 효힝 잇셔 아비의게 귀흠물 뵈야라 언의 조모 잇셔 보며 언의 외ᄀ 잇셔 믹
길손ᄀ ᄒ료 뵈일 ᄉ롬 업셔쓰이 아히 졋슬 어더 먹여 뉘이고 시시이 동영ᄒ
졔 삼베 젼더 두동 지여 ᄒ 머리는 쌀을 밧고 ᄒ 머리는 베을 바ᄃ 모이고 ᄒ
달 육장 단이며 젼젼니 ᄒ 푼 두 푼 어더 모와 아히 맘죽ᄎ

〈12-뒤〉

료 깅엿 푼엇치 홍홉도 ᄉ고 일엇투시 지니ᄂ며 미월 상망 소디기을 염예업시
지니더이 ᄯᅩ 심청이는 장니 귀이 될 ᄉ롬이랴 천지귀신이 도와주고 계불보살
이 음조ᄒ여 잔병업시 ᄌ라ᄂ 졔발노 거려 잔주롬을 지니고 무졍셰월 양유파

라 언으더시 육칠셰라 얼골리 국식이요 인스ᄀ 민쳡ᄒ고 효힝이 니출ᄒ고 소
견 탁월ᄒ고 인ᄌ효미 기린이라 부친의 조셕 공양과 모친의 졔스을 의법으료
할 졸을 아니 누 안이 층찬ᄒ리요 ᄒ료난 부친게 엿ᄌ오더 미물 짐싱 ᄀ마구
도 공임 져문 날의 반포홀 졸을 아이 ᄒ물며 스룸이야 미물만 못ᄒ오리ᄀ 아
부지 눈 어두신더 밥 빌너 ᄀ시ᄃ

〈13-앞〉

ᄀ 놉푼 더 집푼 더와 조분 질노 쳔방지방 단이ᄃᄀ 넘여져 상키 쉽고 만일 날
구진 날 비바람 불고 셔리친 날 치워 병이 ᄂ실ᄀ 주야료 염예오이 니 ᄂ히 칠
팔셰라 싱아육아 부모은덕 이졔 봉힝치 못ᄒ면 일후 불힝ᄒ실 날의 이통ᄒ들
갓스오리ᄀ 오늘부틈 아부지는 집이ᄂ 직키시면 니ᄀ ᄂ셔셔 밥을 빌어ᄃᄀ
조셕근심 덜게 ᄒ오리ᄃ 심봉스 웃고 ᄒ는 마리 네 말리 기특ᄒᄃ 인졍은 그
려ᄒ나 어린 너을 니보니고 안ᄌ 바드 먹는 마음 니 엇지 편ᄒ리요 그른 말 ᄃ
시 말라라 쏘 엿ᄌ오되 ᄌ료난 현인으료 빅이예 부미ᄒ고 졔형은 어린 여ᄌ료
더 낙양 옥중의 갓친 아비 졔 몸을 ᄑᄅ 속조ᄒ니 그런 일 싱각ᄒ면

〈13-뒤〉

스룸이 고금이 ᄃᄅ릿ᄀ 고집지 말으소셔 심봉스 올히 여겨 기ᄒᄃ 니 쏠이야
효여료ᄃ 니 쌀리야 네 말더료 그려ᄒ여라 심쳥이 이 날부틈 밥 빌너 ᄂ셜 졔
원산의 히 비치고 압마을 연기 나면 헌 비중의 단임 치고 말만 ᄂ문 뵈초미 압
셥 업난 져고리을 이령져령 얼메고 쳥목 휘양 둘너쓰고 보션 업시 발을 벗고
뒤칙 업난 신을 끌고 헌 박아지 엽푸 쪄고 단지 놋근 미여 손의 들고 엄동셜ᄒ
모진 날의 치운 조을 모료고 이집 져집 문압문압 드러ᄀ셔 이근이 비난 말리
모친은 셰상 바리시고 우리 부친 눈 어두워 암 못보시난 줄 뉘 모르시릿ᄀ 십
시일반이오이 밥 ᄒ 술 덜 잡수시고 주시면 눈 어두

〈14-앞〉

온 니의 부친 시장을 면ᄒ것소 보고 든난 스룸더리 마음이 감격ᄒ야 그릇 밥 짐치 장 앗기지 안코 주며 혹은 먹고 ᄀ라 ᄒ면 심청이 ᄒ난 마리 치운 방의 늘근 부친 웅당 기달일 거스니 나 혼ᄌ 먹스오리ᄀ 어셔 밧비 도라ᄀ셔 아부 홈기 먹것난이ᄃ 이려쳐료 어든 밥이 두셰 집 어드이 족ᄒ졔라 속속키 도라와 셔 방문 압푸 드려오며 아부지 춥지 안소 아부지 시장ᄒ지요 아부지 기달엿소 ᄌ연이 더듸엿소 심봉스ᄀ 쌀을 보니고 마음 둘 디 업셔 탄복ᄒ더이 소리 얼 는 반겨 듯고 문을 펄젹 열고 두 손 듬벅 잡고 손 시렵지야 입의 디이고 홀홀 불며 발도 ᄎᄃ 어로만지며 셔을 끌끌 ᄎ며 눈물지여

〈14-뒤〉

이고이고 이듭도ᄃ 너의 모친 무상ᄒᄃ 너의 팔ᄌ야 널노 ᄒ여곰 밥을 비려 먹고 스잔 말ᄀ 이고이고 모진 목숨 구ᄎ이 스라나셔 ᄌ식 고상 시기난고 심 청이 극진ᄒ 효셩으료 부친을 위료ᄒ되 아부지 그 말삼 마오 부모을 봉향ᄒ고 ᄌ식의 효도 반난게 천리의 쯧쯧ᄒ고 인스의 당연ᄒ니 너무 걱졍 마르시요 진 지ᄂ 잡수시요 ᄒ며 졔의 부친 손을 잡고 이거슨 짐치요 이난 간장이오 시장 ᄒ신듸 만이 잡수시요 이려타시 공양ᄒ며 추하추동 스시졀 업시 동니 거린 되 야더이 ᄒ희 두희 네더 희 지니ᄀ니 지질이 민쳡ᄒ고 침션이 능난ᄒ이 동니 바누질을 공밥 먹지 안이ᄒ고 싹을 주면 바ᄃ

〈15-앞〉

뫼와 부친 의복 찬수ᄒ고 일 업난 날은 밥을 비려 근근이 연명ᄒ여 ᄀ니 셰월 이 여류ᄒ야 십오셰의 당ᄒ더이 얼골리 츄월ᄒ고 효힝이 팀기ᄒ고 동졍이 안 온ᄒ야 인스ᄀ 비범ᄒ이 쳔싱녀질니라 ᄀ라쳐 힝홀손야 녀중의 군ᄌ요 시중의 봉황이라 이려훈 소문이 원근의 ᄌᄌᄒ니 일일은 월평 무능촌 장승상덕 시비

드려와 부인 명을 바ᄃᆞ 심소졔을 청ᄒᆞ거늘 완네 심청이 부친게 엿ᄌᆞ오되 어룬이 부르신직 시비 흠긔 ᄀᆞ 단여오것ᄂᆞᆫ이ᄃᆞ 만일 ᄀᆞ셔 더듸여도 잡슈시던 ᄂᆞ문 진지 찬 시져 상을 보와 탁ᄌᆞ 우의 두어시니 시장ᄒᆞ시거든 잡수시요 부디 ᄂᆞ오기을 기려 조심ᄒᆞ압

〈15-뒤〉

소셔 하고 시비을 ᄯᅡ려갈 졔 시비 손 드러 ᄀᆞ라치난 ᄃᆡ 바라보이 문 압푸 심은 버들 엄율ᄒᆞᆫ 시상촌을 젼ᄒᆞ여 잇고 ᄃᆡ문 안의 드려셔니 좌편의 벽오동은 말근 이실리 ᄯᅮᆨᄯᅮᆨ ᄯᅧ려져 혹의 ᄭᅮᆷ을 놀ᄂᆡᄊᆡ고 우편의 션난 반송으 청풍이 건듯 부이 노용이 굼이난듯 중문 안의 드러셔니 창 압푸 심은 화초 일난초 봉미장은 송입픠 픠여니고 고루 압푸 부용당은 ᄇᆡᆨ구ᄀᆞ 흔흔ᄒᆞᆫ듸 ᄒᆞ엽이 출수소의전으료 놉픠 ᄯᅧ셔 동실 넙젹 진경은 쌍쌍 금붕어 둥둥 안 중문 드려셔니 ᄀᆞᄉᆞ도 굉장ᄒᆞ고 수호 문창도 찬란ᄒᆞᆫ듸 반ᄇᆡᆨ이 ᄂᆞ문 부인 의상이 단정ᄒᆞ고 기부ᄀᆞ 풍영ᄒᆞ야 복이 만ᄒᆞᆫ지라 심소졔을 보고 반겨ᄒᆞ야

〈16-앞〉

소을 쥐며 네 과연 심청이야 듯던 말과 ᄀᆞᆺᄯᅩ 갓ᄃᆞ ᄒᆞ시며 좌을 주워 안친 후의 ᄀᆞ긍ᄒᆞ물 위료ᄒᆞ고 ᄌᆞ셔이 살피니 쳔상의 봉용국식일시 분명ᄒᆞᄃᆞ 염용ᄒᆞ고 안진 거동 ᄇᆡᆨ셕청강 ᄉᆡ비 뒤의 모욕ᄒᆞ고 안진 졔비 ᄉᆞ롬 보고 놀ᄂᆡ난 듯 황홀ᄒᆞᆫ저 얼골은 쳔심의 도든 달리 슈면의 빗치엿고 추파을 흘리 씌이 ᄉᆡ벽빗 말근 ᄒᆞ날의 경경ᄒᆞᆫ ᄉᆡ별 갓고 양협의 고흔 빗쳔 노양연봉추분홍의 부용이 ᄉᆡ료 핀 듯 청산 미간의 눈셥은 초싱달 졍신이요 삼삼녹발은 ᄉᆡ료 ᄌᆞ난 난초 갓고 직약쌍 은빈는 ᄆᆡ야미 귀 밋치라 입을 벌러 운난 양은 모란화 ᄒᆞᆫ 숭이ᄀᆞ 하료밤 빗 기운의 픠고져 버러

〈16-뒤〉

지난 듯 호치을 여러 말을 ᄒ니 농산의 잉무로ᄃ 부인이 층찬 왈 네 젼셰을 모
로난야 분명이 션여로ᄃ 도화동의 젹ᄒᄒ이 월궁의 노던 션여 벗 ᄒᄂ을 이러
구나 오날 너을 보니 위연ᄒ 일 안이로ᄃ 무릉촌의 니ᄀ 잇고 도화동의 네ᄀ
나이 무릉촌의 봄니 들고 도화동의 긔화로ᄃ 탈쳔지지졍기ᄒ이 비범ᄒ 네로구
나 니 말을 들어셔라 승상이 일직 기셰ᄒ시고 아달리이 삼형졔라 황셩의 여환
ᄒ여 달은 ᄌ식 손ᄌ 업고 실ᄒ의 지미 업셔 눈 압푸 말벗 업고 각방의 며나리
는 혼졍신셩ᄒ 후의 다 각기 졔 일 ᄒ이 젹젹ᄒ 빈 방의 디ᄒ나이 초불이요 보
난 니 고셔로ᄃ 네의 신셰

⟨17-앞⟩

싱각ᄒ이 양반의 후예로 져럿탓 궁곤ᄒ니 어지 안 불상ᄒ야 니의 슈양ᄯᆯ 되면
녀공이며 문산을 학습ᄒ야 기출갓치 길너 니여 말연 지미 보려ᄒ이 네 ᄯᅳᆺ션
엇더ᄒ야 심소졔 일어 지비ᄒ고 엿ᄌ오더 명도 기구ᄒ여 나흔 졔 초칠 안의
모친이 불힝ᄒ야 셰상 바리시미 눈 어둔 니의 부친 동영졋 어더먹겨 게우 살
여쓰니 모야 쳔지 을골도 모르미 궁쳔지통 ᄭᅳᆫ칠 날리 업삽기로 니의 부모 싱
각ᄒ야 남의 부모도 공경터이 오날 승상부인게압셔 권ᄒ신 쓰시 미쳔ᄒ 줄 혜
지 안코 ᄯᆯ을 삼으려 ᄒ신니 모친을 ᄃ시 뵈온 듯 황송 감격ᄒ와 마을 둘 곳지
젼이 업셔 부인으 말삼을 좃ᄌᄒ

⟨17-뒤⟩

면 몸은 영귀ᄒ오나 안혼ᄒ신 우리 부친 조셕공양과 ᄉ졀의복 뉘라셔 이우럿
ᄀ 구휼ᄒ신 은덕은 ᄉ롭마닥 잇거이와 지여날ᄒ여 난당이별논이라 부친 모시
압기을 모친 겸 모시읍고 우리 부친 날 밋기을 아달 겸 밋ᄉ오이 니ᄀ 부친 곳
안이시면 이졔ᄭ지 살어쓰며 너가 만일 업거듸면 우리 부친 나문 힝을 맛칠
기리 업사오며 요조의 ᄉ졍 셔오로 의지ᄒ여 니 몸이 맛도록 기리 모시려 ᄒ
압난이ᄃ 말을 맛치미 눈물리 옥면의 젼난 거동은 춘풍셰우ᄀ 도화의 미쳐ᄃ

가 겸겸이 쩌러지난 듯ᄒᆞ이 부인도 쯔혼 긍칙ᄒᆞ야 등을 어로 만지면셔 효여로
ᄃᆞ 효여로ᄃᆞ 네 말리 응당 그려ᄒᆞᆯ 듯ᄒᆞ

〈18-앞〉

다 노혼혼 니의 말리 밋쳐 싱각지 못ᄒᆞ엿ᄃᆞ 그렁져렁 날이 져물러지니 심청이
엿ᄌᆞ오디 부인의 착ᄒᆞ신 덕을 입어 종일토록 모셔쓰이 영광이 만ᄒᆞ기로 일역
이 ᄃᆞᄒᆞ오이 급피 도라ᄀᆞ와 부친의 지달이시던 마음을 위로코져 ᄒᆞ난이ᄃᆞ 부
인이 말이지 못ᄒᆞ야 마음의 연연이 여기ᄉᆞ 치단과 필눅이며 양식을 후이 주워
시비 홈기 보닐 적의 네 부ᄃᆞ 날을 잇지 말고 모녀간 의를 두면 노인의 다힝이
라 심청이 디답ᄒᆞ되 부인의 장ᄒᆞ신 뜻시 이갓치 밋쳐쓰니 가르치시물 밧자오
리다 졀ᄒᆞ여 ᄒᆞ직ᄒᆞ고 망연이 오더니라 이쩌의 심봉사 홀노 안져 심청을 지달
일 졔 비 곱파 등의 붓고 방

〈18-뒤〉

은 추워 퇴이 쩔여지고 잘 시는 날어들고 먼 디 졀 쇠북소리 들이니 날 져문
졸 짐작ᄒᆞ고 혼ᄌᆞ ᄒᆞ는 말리 니 쌀 심청이는 무삼 일으 골몰ᄒᆞ며 날리 져문 졸
모로난고 주인의게 잡피여 못 오난ᄀᆞ 져물게 오난 길의 동무의 잠작혼ᄀᆞ 풍셜
의 가난 스롬 보고 짓난 기소리의 심청이 오난야 반기 듯고 무단홀ᄉᆞ 쩌러진
엽창의와 풍셜 셕거 부드치이 심청이 온 ᄌᆞ최 힝여 긴가 ᄒᆞ야 반겨 나셔면셔
심청이 네 오난야 적막공졍의 인적이 업셔쓰니 헛분 마음 아득키 속아구나 집
팡막더 츠져 집고 스룸 박긔 나ᄀᆞᄃᆞ가 지리 나문 기쳔의 밀친ᄃᆞ시 쩌러지니

〈19-앞〉

면상의 흑빗시요 의복이 어림이ᄅ 쮠들 도로 더 쌔지며 나오잔직 미쓰러져 ᄒᆞ
릴 업시 죽게 되여 아모리 소리혼들 일모도궁ᄒᆞ이 뉘라서 건져주리 진소예활

인지불은 곳곳마다 잇난지라 마참 잇쩌 몽운ᄉᆞ 화주승이 졀을 즁창ᄒᆞ라 ᄒᆞ고 권션문 드려메고 나려왓다 쳥산은 암암ᄒᆞ고 설월은 도라올 제 셕경 빗긴 질노 져을 ᄎᆞ져ᄀᆞ는 ᄎᆞ의 풍편으 실푼 소릐 ᄉᆞ롬을 구ᄒᆞ라 ᄒᆞ거늘 화주승 자비ᄒᆞᆫ 마음의 소릐나난 곳슬 ᄎᆞ져 ᄀᆞ더니 엇던 ᄉᆞ롬이 ᄀᆡ천의 빠져셔 거의 죽게 되엿거날 져 즁의 급ᄒᆞᆫ 마음 구졀죽장 빅골리 암상의 철철 더져두고 굴갓수먹 장삼실쪠 달인

〈19-뒤〉

취 버셔 노코 육날 메투리 힝젼 단임 보션 훨훨 버셔 노코 고두누비 바지 져골리 거듬거듬 훨신 츄고 월의을의 달여드러 심봉ᄉᆞ 고초상토 덤벅 잡어 엿뜰우미야 건져노니 젼의 보던 심봉ᄉᆞ라 봉ᄉᆞ 정신 ᄎᆞ려 뭇난 말리 게 뉘시요 ᄒᆞ이 즁이 ᄃᆡ답ᄒᆞ되 몽운ᄉᆞ 화쥬승이요 그럿체 활인지불리로고 죽을 ᄉᆞ롬 살여 노니 은혜 빅골난망이라 화주승이 심봉ᄉᆞ을 업고 방안의ᄃᆞᄀᆞ 안치고 빠진 연고을 무르니 심봉ᄉᆞ 신셰을 ᄌᆞ탄ᄒᆞᄃᆞᄀᆞ 젼후말을 ᄒᆞ이 그 즁이 봉ᄉᆞᄃᆞ려 ᄒᆞ는 말리 불상ᄒᆞ오 우리 절 부쳬님은 영검이 만ᄒᆞ옵셔 비려 안이 되난 일리 업고 구ᄒᆞ면 응ᄒᆞ나니 고양미 삼

〈20-앞〉

빅셕을 부체님게 올이옵고 지셩으로 불공ᄒᆞ면 졍영이 눈을 써셔 완인이 되야 쳔지말물을 보오리ᄃᆞ 심봉ᄉᆞ 셩셰는 싱각지 안코 눈 쓴단 말의 혹ᄒᆞ여 그러면 삼빅셕을 젹어 ᄀᆞ시요 화주승이 허허 웃고 여보시요 덕으 가셰을 살펴보이 삼빅셕 무신 수로 ᄒᆞ것소 심봉ᄉᆞ 홰짐으 ᄒᆞ는 말리 여보시요 언의 쇠아들놈니 부쳬님게 적어 노코 빈말ᄒᆞ것소 눈 뜰나ᄃᆞᄀᆞ 안진빙기 되게요 ᄉᆞ롬만 업순 여기난고 염여 말고 적의시요 화주승이 바랑을 펼쳐놋코 졔일층 불근씨여 심학규 빙미 삼빅셕이라 젹어ᄀᆞ지고 ᄒᆞ직ᄒᆞ고 간 연후의 심봉ᄉᆞ 즁을 보ᄂᆡ고 다시금 싱각ᄒᆞ니 시주쌀

〈20-뒤〉

삼빅셕을 판출홀 지리 업셔 을 빌나ᄃᆞ 도로여 죄을 어들 거시이 이 일을 어이 ᄒ리 이 셔음 져 셔름 무근 셔름 힛 서름이 동무지여 이려ᄂᆞ니 전디지 못ᄒ야 우룸 운ᄃ 이고이고 니 팔ᄌᆞ야 망영홀ᄉ 니 일이야 쳔심니 지공ᄒᆞᄉ 후박이 업건만은 무삼 일노 밍인 도여 셩셰좃ᄎ 간구ᄒ고 일월갓치 발근 거셜 분별홀 길 젼니 업고 쳐ᄌᆞ갓턴 지졍간을 디ᄒ여도 못 보건네 우리 망쳐 ᄉ려든면 조셕 근심 업슬 거셜 ᄃ 커ᄀ난 딸ᄌᆞ식을 ᄉ동니 노와셔 품을 팔고 밥을 비려ᄃᆞ 근근이 ᄒ기ᄒ난 중의 공양미 삼빅셕을 ᄒ기 잇긔 져여 놋코 빅ᄀ지로 싱각흔들 방칙이 업구ᄂ 빈 단지을 기우려 본들 흔 되

〈21-앞〉

곡식이 바니 업고 장농을 수탐흔들 흔 푼젼이 웨 잇시리 일간두옥 팔ᄌᆞ흔들 풍우를 못피커든 살 ᄉ롬이 뉘 잇시리 니 몸을 파ᄌᆞᄒ이 푼젼 싸지 안이ᄒ이 니라도 ᄉ지 안니ᄒ랴거든 엇더흔 사롬은 팔ᄌᆞ 조와 이목이 완젼ᄒ고 슈족이 구비ᄒ여 부부희로ᄒ고 ᄌᆞ손이 만당ᄒ고 곡식이 진진ᄒ고 지물리 영영ᄒ여 용지불갈 취지무궁 기루온 것 업건마는 이고이고 니 팔ᄌᆞ야 날갓턴 이 ᄯ 잇난ᄀ 안진빅이 곱ᄉ동이 셔룹ᄃ 흔들 부모쳐ᄌᆞ 보로 보고 말 못ᄒ는 벙어리도 셔룹ᄃ 흔들 쳔지만물 보와잇네 흔창 이러쳐롬 탄식홀 제 심쳥이 밧비 와셔 졔의 부친 모양 보고 심작 놀너여 발 구르면셔 편신을 두로만지며 아부

〈21-뒤〉

지 이긔 원 일리요 ᄂ을 ᄎ져 ᄂ오시ᄃᆞ 이런 욕을 보와겻소 이웃집의 ᄀ겨ᄃᆞ 이런 봉변을 당ᄒ셧소 츔긴들 오직ᄒ면 분흠인들 오직ᄒ릿ᄀ 승상딕 노부인이 구지 잡고 말유ᄒ여 어언ᄀ의 더듸엿소 승상딕 시비 불너 부역의 잇난

ㄴ무로 불 흔 부억 너이주소 부탁ᄒ고 초미폭을 거듬거듬 거더잡고 눈물 흔적
시치면셔 진지을 잡수시요 더운 진지 ᄀ져왓소 국을 몬져 잡수시요 손을 쓰러
ᄃᄀ ᄀ르치며 이거슨 짐치요 이거슨 ᄌ반이요 심봉ᄉ 만면수석으로 밥 먹을
ᄯ 전이 업셔쓰니 아부지 웬 일리요 어디 압퍼 그러신ᄀ 더듸 왓ᄃ고 이럿타
시 진로ᄒ신ᄀ 안이로ᄃ 네 아러 쓸 디 업ᄃ 아부지 그게 무삼 말삼이요 부

<hr/>

〈22-앞〉

ᄌ간 철윤이야 무삼 허물 잇스릿ᄀ 아부지는 날만 밋고 나는 아부지만 미더
디소사을 의논터이 오늘날 말삼이 네 알어 쓸 디 업ᄃ고 ᄒ시오니 부모 근심
은 곳 ᄌ식으 근심이라 졔 아모리 불효훈들 말삼을 안이 ᄒ시리요 졔 맘음이
섭스이ᄃ 심봉사 그졔야 늬ᄀ 무삼 이을 네을 쇠기라마는 만일 네ᄀ 길거드면
지극훈 네여 마음의 걱정만 되것기로 말ᄒ지 못ᄒ여ᄃ 악ᄀ 네을 지드리ᄃᄀ
져물도록 안이 오기여 하 갑갑ᄒ여 너을 마져 ᄂᄀᄃᄀ 질리 너문 기쳔의 ᄲ
져셔 거의 죽게 되엿든이 ᄯᆺ박게 몽운ᄉ 화주승니 나을 근져 살여 노코 ᄒ는
말리 고양미 삼빅셕을 직심으로 시주ᄒ면 셩젼으 눈을 쓰셔 쳔지만물을 본ᄃ
ᄒ두구나

<hr/>

〈22-뒤〉

ᄒᆡ씸의 젹어쩌니 즁을 보니고 싱각ᄒ니 푼젼 일이 업난 즁의 삼빅셕이 어듸셔
난단 말인야 도로여 후회로ᄃ ᄒ이 심쳥이 반기 듯고 부친을 위로ᄒ되 아부지
걱정 마르시고 진지ᄂ 잡수시요 후회ᄒ면 진심이 못되오니ᄃ 아부지 어두온
눈을 쩌셔 쳔지만물을 보량이면 고양미 삼빅셕을 아무조록 준비ᄒ여 몽운ᄉ로
올이리ᄃ 네 아무리 흔들 빅쳑간두의 홀 수ᄀ 잇슬손야 심쳥이 엿ᄌ오디 왕상
은 고빙ᄒ고 어름 궁기여 잉어 엇고 곽거라 ᄒ난 ᄉ름은 부모 반춘ᄒ여 노으
면 졔 ᄌ식이 상머리여 먹는ᄃ고 산 치 무드려 홀 졔 금항을 어더ᄃᄀ 부모봉
양 ᄒ여쓰니 ᄉ친지효ᄀ 옛ᄉ롬만 못ᄒ나

〈23-앞〉

지성이면 감쳔이라 ᄒ오이 공양미는 자연이 엇스오리ᄃ 집피 근심 마옵소셔
만단 위로ᄒ고 그날부텀 목욕지게 전조단발ᄒ며 집을 소쇄ᄒ여 후원의 단을
무어 북두칠셩 힝야반의 만뢰구격ᄒ듸 등불을 발켜쓰고 정화수 ᄒ 그릇시 북
힝ᄒ야 비난 말리 간기 모월 모일의 심청은 근고우지비ᄒ노이 쳔지 일월셩신
이며 하지후토 산영셩황 오방강신 ᄒᄀ빅이며 졔일의 셔ᄀ여리 삼금강 칠보살
팔부신장 십왕셩군 강임도령 수ᄎ공양ᄒ옵소셔 ᄒ늘님이 일월 두미 ᄉ롬의 안
목이라 일월이 업스오면 무삼 분별ᄒ오릿ᄀ 아비 무자셩신 삼십 안의 안밍ᄒ
야 시물을 못ᄒ오이 아비 허물을 니 몸으로 디신ᄒ옵

〈23-뒤〉

고 아비 눈을 발켜 쥬옵소셔 이럿ᄃ시 빌기을 마지 안이ᄒ나 ᄒ로난 드르니
남경삼고 션인더리 십오셰 쳐ᄌ를 ᄉ려ᄒᄃ ᄒ거늘 심청이 그 말 반기 듯고
귀덕엄미 시이 너어 ᄉ롬 ᄉ랴 ᄒ난 곡졀을 무른즉 우리난 남경션인으로 인당
수 지니갈 졔 졔숙으로 졔ᄒ면 무변디히을 무스이 월셥ᄒ고 십십만금 퇴을 니
기로 몸 팔여ᄒ는 쳐ᄌ 잇쓰면 굽슬 익기지 안코 주노라 ᄒ거날 심청이 반겨
듯고 말을 ᄒ되 ᄂ는 본촌 ᄉ롬일너니 우리 부친 안밍ᄒᄉ 공양미 삼빅셕 지
셩으로 불공ᄒ면 눈을 쩌보리라 ᄒ되 ᄀ셰 철빈ᄒ여 판츌할 기리 젼니 업셔
니 몸 팔여ᄒ니 나을 ᄉᄀ미 엇더ᄒ요 션인더리 이 말을 듯고 효셩이 지

〈24-앞〉

극ᄒ나 ᄀ긍ᄒᄃ ᄒ며 허락ᄒ고 직시 쌀 삼빅셕을 몽운ᄉ로 슈운ᄒ고 금연 삼
월 십오일의 발션훈ᄃ ᄒ고 ᄀ거늘 심청이 부친게 엿ᄌ오더 공양미 삼빅셕을
이무 수운ᄒ여쓰니 이졔난 근심치 마르옵소셔 심봉사 짐작 놀니여 네 그 말리

웬 말린야 심청갓탄 쳔출지효여가 엇지 부친을 속이랴만는 스셰 부득이라 잠
간 궤술노 소겨 디답ᄒ되 장승상딕 노부인이 월젼의 날ᄃ려 수양ᄯᆯ을 삼무려
ᄒ시난듸 ᄎ마 허락지 안이 ᄒ여삽더이 금ᄌ 스셰는 공양미 삼빅셕을 주션홀
기리 젼이 업셔 이 스연을 노부인긔 엿ᄌ온직 빅미 삼빅셕을 니여 주시기로
수양ᄯᆯ노 팔여난이ᄃ ᄒ이 심봉스 물식 모르고 이 말 반기 듯고 그러ᄒ면 거
록ᄒ

〈24-뒤〉

ᄃ 그 부인은 일국 지상의 부인이라 아미도 달으미라 후록이 만ᄒ것ᄃ 져러ᄒ
기여 그 ᄌ졔 삼형졔ᄀ 환로의 등양ᄒ난이라 그러ᄒ나 양반의 ᄌ식으로 몸을
팔엿단 말리 쳔문의 고히ᄒ ᄃ만은 장승상딕 슈양ᄯᆯ노 팔인게야 관게ᄒ랴 언졔
나 ᄀ는야 니월 망일노 ᄃ려간ᄃ ᄒ더이ᄃ 어 그 일 미우 잘 되얏ᄃ 심청이 그
날부텀 곰곰 싱각ᄒ니 눈 어두온 빅발 부친 영결ᄒ고 죽을 일과 스롬이 셰상
의 나셔 십오셰의 죽을 일리 졍신이 아득ᄒ고 일의도 ᄡᅵ시 업셔 식음을 젼폐
ᄒ고 슈심으로 지니든니 ᄃ시금 싱각ᄒ되 업지러진 물리요 쏘와는 살이로ᄃ
날리 졈졈 갓ᄀ오니 이러ᄒ여 못ᄒ것ᄃ 니ᄀ 살어쓸 졔 부친의 의복 ᄲᅡᆯ

〈25-앞〉

니ᄂ ᄒ리라 ᄒ고 춘추의보 상침 접것 ᄒ절의복 ᄒ삼 고의 박어지여 달어놋코
동졀의복 소음 두어 보의 싸셔 농의 넛코 쳥목으로 갓ᄭᆫ 접어 갓스 달어 벽의
걸고 망건 ᄭᅮ며 당줄 달어 거러두고 힝션날을 셰알리니 ᄒ로밤이 지격ᄒ지라
밤은 젹젹 삼경읜듸 은하슈 기우려졋ᄃ 촉불만 디ᄒ여 두 무릅 마조 ᄭᅮᆯ고 아
미을 수기리고 ᄒ슘을 질ᄀ 쉬니 아무리 효여라도 마음이 온젼홀소야 부친의
보션이ᄂ 망종 지으리라 ᄒ고 바늘의 실을 ᄭᅱ여든이 ᄀ삼이 답답ᄒ고 두 눈이
침침ᄒ고 졍신이 아득ᄒ여 히음업시 우름이 간장으로조ᄎ 소스ᄂ이 부친이 ᄭᅰᆯ
ᄀᄒ여 크게 우던 못ᄒ고 경경오열ᄒ여 얼골도 디여보며 수족도 만

〈25-뒤〉

져보며 날 볼 날 몃 밤이요 니ᄀ 호 번 죽어지면 누을 밋고 살으실ᄀ 의답도ᄃ 우리 부친 니ᄀ 쳘을 안 연후의 밥 빌기을 노으셔썬니 니일부텀이라도 동니 걸인 되겨쓴니 눈친들 오직ᄒ며 멸신들 오홀ᄀ 무삼 험혼 팔즈로셔 초칠릴 안의 모친 죽고 부친조츠 이별ᄒ이 이런 일도 잇실ᄀ 힝양낙일수운기난 소통천의 모즈이별 편삽수유소일인은 용산의 형졔이별 셔출양관무고인은 위셩은 붕우이별 졍긱관산노기즁은 오히월녀 부부이별 이런 이별 만컨만은 스ᄅ 당혼 이별이야 소식 드을 날리 잇고 싱면홀 날 잇건마는 우리 부여 이별이야 어느 날의 알며 어으 쩌여 싱면홀ᄀ

〈26-앞〉

도라ᄀ신 우리 모친 황천으로 ᄀ 겨시고 ᄂ는 이졔 죽거드면 수궁으로 갈 거스니 수궁의셔 황쳔각이 몃 말이 몃 쳘이ᄂ 되난고 모여싱면ᄒ라 혼들 모친이 ᄂ을 엇지 알며 니ᄀ 엇지 모친을 알이 말일 뭇고 무러 추져ᄀ셔 모여상면 ᄒ는 날의 응당 부친 소식을 무르실 거신니 무삼 말삼으로 디답ᄒ리오 이날밤 오경시을 함지여ᄃ 머무르고 니일 아침 돗난 희을 부상지의ᄃ 미량이면 의여쓸스 우리 부친 좀더 모셔 보련마는 일거월니을 뉘라셔 막을소냐 인고인고 셔룬지거 쳔지ᄀ 스졍이 업셔 이윽고 달기 우니 심쳥이 홀 길 업셔 달ᄀ달ᄀ 우지 마라 졔발 득분의 우지 마라 반야진관의 밍상군

〈26-뒤〉

이 안이로ᄃ 네ᄀ 울면 날리 시고 날리 시면 니ᄀ 죽난ᄃ 죽기는 셥지 안이ᄒ여도 으지업신 우리 부친 엇지 잇고 ᄀ잔 말고 언으더시 동방이 발거오니 심쳥이 졔의 부친 진지ᄂ 망종 지여 드리리라 ᄒ고 문을 열고 ᄂ셔드니 발셔 션

인드리 스룹 박기셔 ᄒᄂ 마리 오날리 힝션날이오니 슈이 ᄀᄀ게 ᄒᆞ옵소셔 ᄒ거늘 심청이 이 말을 듯고 얼골리 빗치 업셔지고 스지의 믹이 업셔 목이 메고 졍신이 어질ᄒᆞ야 션인들을 졔우 불너 여보시요 션인임ᄂ 느도 오날리 힝션날인 졸 이무 알어쩌니와 니 몸 팔인 조을 우리 부친이 아직 모르시오이 만일 알르시거드면 지러 야단이 날 거시니 잠간 지쳬ᄒᆞ옵소셔 부친 진지ᄂ 망죵 지여 잡수신

〈27-앞〉

연후의 말삼 엿잡고 쩌ᄂ게 ᄒᆞ오리ᄃ ᄒ이 션인더리 그러 ᄒᆞ옵소셔 ᄒ그늘 심청이 드러와 눈물노 밥을 지여 부친게 올이고 상머리예 마조 안져 아무쪼록 진지 만이 잡수시게 ᄒᄂ라고 주반도 쪠여 입의 너코 짐쌈도 쓰셔 스졔의 노으며 진지을 만이 잡수요 심봉스는 쳘도 모르고 야 오날은 반찬이 미우 조쿠ᄂ 뉘 집 졔스 지닌는야 그 날 꿈을 뀌니 이난 부즈간 쳘윤이라 몽스ᄀ 잇넌 거시엿ᄃ 아ᄀ아ᄀ 이상혼 일도 잇ᄃ 근밤의 꿈을 뀌니 네ᄀ 큰 수려을 타고 ᄒ업시 ᄀ 뵈인니 수려라 ᄒ난 거시 귀혼 스룸이라 타는이라 우리집의 무삼 조혼 일리 잇쓸ᄀ부ᄃ 그러치 안이ᄒ면 장승상딕으셔 ᄀ미 틱여 갈난ᄀ부ᄃ 심청이는 져 죽을 꿈인 졸

〈27-뒤〉

짐작ᄒ고 거짓 그 꿈 죳스이ᄃ ᄒ고 진지상을 물여넉고 담비 타려 드린 후의 그 진지상을 딕ᄒ여 먹으려 ᄒ니 간장의 셕난 눈물은 눈으로 소스ᄂ고 부친 신셰 싱각ᄒ며 져 죽을 일을 싱각ᄒ니 졍신이 아득ᄒ고 몸이 쩔여 밥을 못먹고 물인 후의 심쳥이 스당의 ᄒ직홀 추로 드려갈 졔 드시 셰수ᄒ고 스당문 ᄀ만이 열고 ᄒ직ᄒᄂ 말리 불초여손 심청이는 아비 눈 쓰기을 위ᄒ야 인당수 졔슉으로 몸을 팔여ᄀ오미 조종힝화를 일노조츠 끈케 되오니 불승영모ᄒ옵니ᄃ 울며 ᄒ직ᄒ고 스당문 닷친 후의 부친 압푸 ᄂ어와 두 손을 부여 잡고 기식

ᄒ이 심봉ᄉ 쌈작 놀닉 아ᄀ아ᄀ 이게 웬 일인야 졍신을 ᄎ려 말ᄒ여라 심청
이 엿ᄌ

〈28-앞〉

오디 니ᄀ 불초녀식으로 아부지을 소겻소 공양미 삼빅셕을 뉘라 ᄂ을 주겻소
남경 션인덜게 인당수 졔숙으로 니 몸을 팔여 오날리 쩌ᄂ는 날리오니 나을
망죵 보옵소셔 심봉ᄉ 이 말을 듯고 참말인야 참말인야 익고익고 이게 웬 말
인고 못ᄀ리라 못ᄀ리라 네 날ᄃ려 뭇지도 안코 네 임으로 ᄒ단 말ᄀ 네ᄀ 살
고 니ᄀ 눈 쓰면 그난 응당ᄒ려이와 ᄌ식 죽기여 눈을 쓴들 그게 ᄎ마 홀 일인
야 네의 모친 너을 늣게야 낫코 초칠 일 안의 죽은 후의 눈 어둔운 늘근 그시
품안의 너을 안고 이집 저집 단이면셔 구ᄎᄒ 말 ᄒ여감셔 동영젓 어더 먹여
키여 이만치ᄂ ᄌ라거든 니 아모리 눈 어두ᄂ 너를 눈으로 알고 너의 모친 죽
은 후의 ᄎᄎ 여젼터니 이 말리

〈28-뒤〉

무신 말린고 마라마라 못ᄒ리라 안히 죽고 ᄌ식 일코 니 살어셔 무엇ᄒ리 너
ᄒ고 ᄂᄒ고 홈기 죽ᄌ 눈을 파러 너을 살씩 너을 파러 눈을 쓴들 무어슬 보고
눈을 쓰리 엇던 놈의 팔ᄌ관디 ᄉ궁지슈 되단 말ᄀ 네 이놈 상놈덜야 장ᄉ도
조커이와 ᄉ름 ᄉᄃ 죽이여 졔ᄒ난듸 어디셔 보왓난야 ᄒ날임의 어지심과 귀
신의 발근 마음 양화ᄀ 업건넌야 눈 먼 놈의 무남동녀 철모르난 어린 아히 날
모르게 유인ᄒ여 ᄀ슬 주고 산단 말고 돈도 실코 쌀도 실타 네 이놈 상놈더라
옛글을 모로난야 칠연틱ᄒ ᄀ물 젹의 ᄉ름으로 빌ᄂᄒ이 탕인군 어지신 말삼
니ᄀ 지금 비난 비난 ᄉ룸을 위ᄒ미라 ᄉ룸 죽여 빌

〈29-앞〉

양이면 니 몸으로 디신ᄒ리라 몸으로 히싱 되야 신영빙모 젼조단발ᄒ고 상임 쓸의 비러쩌니 디우방수쳔리 비라 이런 일도 잇건이와 니 몸으로 디신 ᄀ미 엇더ᄒ야 여보시요 동니 스롬 절언 놈덜을 그져 두고 보오 심쳥이 부친을 붓들고 울며 위로ᄒ되 아부지 ᄒ릴업소 ᄂ는 이무 죽거이와 아부지난 눈을 쩌셔 디명쳔지 보고 창ᄒ 스롬을 구ᄒ여셔 아덜 낫코 ᄯ알을 ᄂ아 아부지 후ᄉᄂ 젼코 불초녀을 싱각지 마옵시고 만셰만셰 무량ᄒ옵소셔 이도 쏘ᄒ 쳔명이오이 후회ᄒᆫ들 엇지ᄒ오릭ᄀ 션인드리 그 경상을 보고 영좌ᄀ 공논ᄒ되 심소계의 효셩과 심봉ᄉ의 일싱 신셰을 싱각ᄒ여 봉ᄉ 굼쩨 안코 벗지 안케 ᄒᆫ 뫼

〈29-뒤〉

게을 굼여 주면 엇더ᄒ오 그 말리 올타ᄒ며 쌀 이뷔셕과 돈 삼빙양이며 뷕목 마포 각 ᄒᆫ 동식 동즁의 드러 노코 동인 묘와 구별ᄒ되 이뷕셕 쌀과 삼뷕양 돈을 근실ᄒᆫ 스롬 주워 도지업시 셩ᄒ게 질너 심봉ᄉ을 공궤ᄒ되 삼뷕셕 즁의 이십셕은 당연 양식 졔지ᄒ고 남젹이는 년년이 흐터주워 장이로 취식ᄒ면 양식이 넉넉ᄒ고 뷕목 마포는 ᄉ절의복 장만ᄒ고 이 ᄡ시로 본관의 공문 너여 동즁의 젼ᄒ랴 구별을 ᄃᆞᄒᆫ 연후의 심소계을 ᄀᆞᄌᆞ홀 졔 무릉쵼 장승상덕 부인이 그계야 이 말을 듯고 급피 시비을 보너여 심소계을 쳥ᄒ거날 소계 시비을 ᄯ라러ᄀ니 승상부인이 문밧게 너ᄃᆞ라 소계의 손을 잡고 울

〈30-앞〉

며 왈 네 이 무상ᄒ 스롬아 ᄂ는 너를 ᄌᆞ식으로 아라쩌니 너는 날을 어미갓치 안이 아난쏘ᄃ 뷕미 삼뷕셕의 몸이 팔여 죽으러 간ᄃ ᄒᆡ이 효셩이 지극ᄒᆞᄃᆞ만는 네ᄀ 살어 셰상의 잇셔 ᄒ난 것만 ᄀᆞ탈손야 날ᄃ려 으논테면 진직 주션ᄒ엿지야 뷕미 삼뷕셕을 이졔로 너여 줄 거스니 션인덜 도로 주고 망영은말 ᄃ시 말ᄂ ᄒ시니 심소계 엿ᄌᆞ오디 당초의 말삼 못ᄒ 거슬 이졔야 후회ᄒᆫ들 엇지 ᄒ오릿ᄀ 쏘ᄒ 위친ᄒ여 공을 빌 양이면 엇지 남의 무명싴ᄒ 지물을 빌러

오며 빅미 삼빅셕을 도로 너여주면 선인들 임시낭픽오니 그도 쏘호 어렵삽고 스롭의게 몸을 허락ᄒ여 약속을 정호 후의 ᄃ시금 비약ᄒ오면 소인의 간장이 라 그난

〈30-뒤〉

쏫지 못ᄒ려니와 ᄒ물며 굽슬 밧고 수식이 지난 후의 ᄎ마 엇지 낫칠 드러 무삼 말을 ᄒ오릿ᄀ 부인의 ᄒ날갓탄 은혀와 착ᄒ신 말삼은 지부로 도라가와 결초보은 ᄒ오리ᄃ ᄒ고 눈물리 옷짓슬 적시거날 부인이 ᄃ시 본직 엄숙흔지라 ᄒ릴업시 ᄃ시 말이지 못ᄒ고 노치지도 못ᄒ시거날 심소졔 울며 엿ᄌ오더 부인은 견성으 니의 부모라 어의 날의 ᄃ시 모시릿ᄀ 글 흔 수을 지여 정을 픠ᄒ오니 보시면 증혐ᄒ오리ᄃ 부인이 반기여 지필먹을 너여주시니 부슬 들고 글을 쓸 졔 눈물리 비ᄀ 되여 졈졈이 쩌러지니 슝이슝이 꼿치 되야 그림 족ᄌ로 ᄃ 중당의 걸고보이 그 글의 ᄒ여씨되 ❶싱기스귀일몽간의 ❶견정하

〈31-앞〉

필누잠잠이라마는 ❶셰간의 최유단장쳐ᄒ니 ❶초로강남인미환을 ❶이 글 쯧션 스롭의 죽고 스난 게 흔 꿈속이니 정을 잇쓰러 엇지 반ᄃ시 눈물을 흘이랴만은 셰간의 ᄀ장 단장ᄒ난 곳시 잇스니 풀풀린 강남의 스롭이 도라오지 못ᄒ난쏘ᄃ 부인이 ᄌ삼 만집ᄒ시ᄃᄀ 글 지으물 보시고 네난 과연 세상 스롭 안이로ᄃ 글언 진실노 션여로ᄃ 분명 인ᄀ의 인연이 ᄃᄒ여 상졔 부르시ᄆ 네 어이 피홀손야 니 쏘흔 ᄎ운ᄒ리라 ᄒ시고 글을 쎠쥬시니 ᄒ여씨되 ❶무단풍우ᄀ 야리혼ᄒ이 ❶취송명화각ᄒ문고 ❶적어인간쳔필연ᄒᄉ ❶강괴부모단정은을 ❶리 글 쓰션 무단풍우 밤의 어두워오니 명화을 부리 보닉여 뉘 문의 쩌러지는고 인ᄀ의 괴로오물 ᄒ날리 싱각ᄒ

〈31-뒤〉

ㅅ 강인ᄒ온 아비와 ᄌ식으로 ᄒ야금 정과 은을 ᄯᆫ케ᄒ미라 심소제 그 글을
품의 품고 눈물노 이별ᄒ니 ᄎ마 보지 못할네라 심쳥이 도라와셔 졔의 부친의
게 ᄒ직할시 심봉ᄉ 붓들고 ᄲᅱ놀며 고통ᄒ여 네 날 주기고 ᄀ졔 그져는 못ᄀ
이라 날 ᄃ리고 ᄀ거라 네 혼ᄌ는 못ᄀ이라 심쳥이 부친을 위로ᄒᄒ되 부자ᄀ
쳘륜을 ᄯᆫ코 시퍼 ᄯᆫᄉ오며 죽고 시퍼 죽ᄉ오릿ᄀ만은 익운이 막키엿삽고 셩
ᄉᄀ ᄶᅵᄀ 잇셔 ᄒ날임이 ᄒ신 비오이 훈탄ᄒᆫ들 엇지ᄒ오릿ᄀ 인졍으로 ᄒ량
이면 ᄶᅥ날 날리 업ᄉ오리ᄃ ᄒ고 졔의 부친을 동니 ᄉ룸의게 부뜰이고 션인덜
을 ᄯᅡ러갈 졔 방셩통곡ᄒ며 초미ᄯᆫ 졸ᄂ미고 초미폭 거듬거듬 안고 홋트러

〈32-앞〉

진 머리털은 두 귀 밋ᄐ 느리오고 비갓친 흐르ᄂ 눈물은 윈 오시 ᄉ못춘ᄃ 업
더지며 잡바지며 붓들여 ᄂ갈 졔 건네집 ᄇ라보며 아모기네집 큰ᄋᄀ 상침질
수 놋키을 뉘와 홈게 ᄒ라는야 작연 오월 단오일의 추쳔ᄒ고 노던 일을 네ᄀ
힝여 각난야 ᄋ모기네 집 ᄌ근ᄋᄀ 금연 칠월 칠셕야의 홈ᄭ 결고ᄒᄌ더니 이
졔는 허ᄉ로ᄃ 언졔ᄂ ᄃ시 보랴 너히ᄂ 팔ᄌ 조와 양친 모시고 잘 잇거라 동
니 남녀노소 업시 눈이 붓도록 셔로 붓들고 우ᄃᄀ 셩우의 셔로 분슈ᄒ 연후
의 ᄒ날임이 알으시던지 빅일은 어ᄃ ᄀ고 흑운이 ᄌ옥ᄒ며 쳥산이 ᄯᅳ기리ᄂ
듯 강소릭 오열ᄒ고 휘느러저 곱드란ᄒ던 꼿션 이우러져 졔 빗슬 일은 듯ᄒ고
요록ᄒ 버들ᄀ

〈32-뒤〉

지도 조을닷시 휘느러 졋고 춘됴는 ᄃ졍ᄒ야 빅반졔 ᄒ난 중의 뭇노라 저 쬐
ᄭᅩ리는 뉘을 이별ᄒ엿관디 환우셩케 울어오고 ᄯᅳᆺ밧긔 두견이난 피를 니여 운
ᄃ 야월공산 어디 두고 진졍졔송 단장셩을 네 ᄋ무리 ᄀ지 우의 불여귀라 울
것만은 갑슬 밧고 팔인 몸이 ᄃ시 엇지 도라올ᄀ 바룸의 날 ᄭᅩ시 옥면의 와 부
드치니 꼿슬 들고 빅러보며 약도츈풍불힉의면 ᄒ인취송낙화ᄂ오 한무졔 슈양

공쥬 미화장은 닛건만는 죽언 죽의러 가는 몸니 뉘을 위ᄒ야 단장ᄒ리 츈순의 지는 ᄭ시 지고 십퍼 지랴ᄆ은 ᄉ셰부득이라 슈원슈기하리요 ᄒ 거름의 도라 보며 두 거름의 눈물 지며 강두의 ᄃᄃ르니 비미리여 조판 노코 심쳥이를 닌 도ᄒ야

〈33-앞〉

비ᄶ 안의 실은 연후의 닷츨 감고 돗슬 ᄃ러 여러 션인더리 소리 ᄒ난구ᄂ 어 기야 어기양 어기양 소리을 ᄒ며 북을 둥둥 울이면셔 노을 져어 비질할 졔 범 피즁유 쩌ᄂᄀ다
각셜이라 망망ᄒ 창히며 탕탕ᄒ 물결이라 빅빈쥬 갈미기는 홍요안으 날어들고 삼상의 기
러기는 ᄒ슈로 도라들 졔 요량ᄒ 물소리 어젹이 여ᄀ연만은 곡종인불견의 수 봉만 푸리엿ᄃ 과니셩즁만고슈는 날노 두고 일으미라 장ᄉ을 지니갈 졔 ᄀ의 티부 ᄀ 곳 업고 명ᄂ수를 바라보니 굴삼여의 어복츙혼 무량도 ᄒ시던ᄀ 황학 누을 당도ᄒ니 일모ᄒᆼ관 ᄒ쳐시요 연파강산ᄉ인슈는 최호의 유젹이요 봉황디 를 ᄃᄃ르니 삼산은

〈33-뒤〉

반락쳥쳔외요 이슈은 즁분빅노쥬라 이젹션으 노던 디요 심양강 당도ᄒ이 빙낙 쳔은 어디 ᄀ고 피파셩만 ᄭ쳐젓ᄃ 적벽강 그져 갈라 소동파 듯던 풍월은 의 구이 잇ᄃ마는 조밍덕의 일셰지웅이 이금의 안지지오 월락오졔 집푼 밤의 고 소셩의 비을 미니 ᄒ산ᄉ 쇠북소리 긱션의 이르럿ᄃ 지회슈을 건네갈 졔 상녀 은 부지망국ᄒ ᄒ고 언롱한슈월롱ᄉ홀 졔 후졍화만 부르난듸 소상강 드러가니 악양누 놉푼 집 호상의 쩌잇거늘 동남으로 바리보니 오산은 쳔쳡이요 초슈는 망국라 소상팔경이 눈 압푸 버러 잇거늘 역역히 둘너보이 강쳔이 망막ᄒ여 우류룩 쮸류룩 오난 비는 ᄋ황여영의 눈물이요 반쥭의 셕은 ᄀ지 졈졈이 미쳐

쓰니 소상

〈34-앞〉

야우 ◑이 안인야 ◑칠빅평호 말근 물은 추월리 도ᄃ오이 상하쳔광 푸리엿ᄃ
어옹은 잠을 ᄌ고 ᄌ규만 ᄂ러들 졔 동졍추월 이 안이야 ◑오초동남 너룬 물
의 오고ᄀ는 상고션은 슌풍의 돗쳘 ᄃ러 북을 둥둥 울이면서 어기야 어기야
소리ᄒ이 원포귀범 이 안인야 격안강촌양삼ᄀ의 밥 진난 연기 ᄂ고 반조입강
셕벽상의 거울낫츨 여리쓰니 무산낙조 이 안이야 일간귀쳔 심벽이요 반틱용심
이라 옹옹이 일어나셔 흔 쩨로 둘너쓰니 창오모운이며 수벅ᄉ명양안틱의 원을
못이기여셔 이러오난 져 길어가는 갈디 흔ᄂ을 물고 점점 날어들며 씰눅씰눅
소리ᄒ니 평ᄉ낙안 이 안이야 상수로 울고ᄀ니 옛 ᄉ당이 완연ᄒᄃ 남순형졔
혼이라도 응당 잇시려 ᄒ엿

〈34-뒤〉

더니 졔 소리의 눈물지니 황능이원 이 안이야 시벽 쇠북소리ᄋ 경쇠 뎅뎅 셕
겨ᄂ니 오는 비 쳔의원귁의 집피 든 잠 놀니여 씨우 탁ᄌ 압푸 늘근 즁은 이미
타불 염불ᄒ이 흔ᄉ모종이 이 안인ᄀ 팔경을 ᄃ 본 연후ᄋ 힝션을 ᄒ랴홀 졔
힝풍이 이러ᄂ며 옥피소리 들이더니 죽임 시이로셔 엇더ᄒ 두 부인이 션관을
놉피 쓰고 자ᄒ상 셕유군의 신을 쓰러 ᄂ오더니 져그 ᄀᄂ 심소졔야 네 ᄂ을
모로리라 창오산봉상수졀이라야 죽상지류니ᄀ명을 쳔추ᄋ 집퍼 ᄒ소홀 곳 업
셔더니 지극ᄒ 네ᄋ 효셩을 ᄒ레코져 ᄂ완노라 요순후 기쳘연ᄋ 금은 언의 쩌
며 오현금 남풍시을 이졔ᄭ지 젼ᄒ던야 수로 먼먼 길으 조심ᄒ여 단여오라 ᄒ
며

〈35-앞〉

홀연 근 디 업거늘 심청이 니럼의 이는 이비로드 셔산으 당도ᄒᆞᆯ이 풍낭이 디 작ᄒᆞ며 찬 기운이 소삽ᄒᆞ여 흑운이 두르더니 스룸이 ᄂᆞ오난디 면여거륜ᄒᆞ고 미근이 광활ᄒᆞᄃᆡ ᄀᆞ죽으로 몸을 ᄊᆞ고 두 눈을 짝 감고 심청 불너 소리ᄒᆞ되 실 푸ᄃᆞ 우리 오왕 빅빈으 참소을 듯고 ᄎᆞᆼ누검을 나을 주워 목 질너 죽은 후의 칠 이로 몸을 ᄊᆞ셔 이 물으 던져스니 이답ᄃᆞ 장부으 원통ᄒᆞ미 월병에 멸오ᄒᆞᆯ물 역역키 보라고 니 눈을 쎄여 동문상으ᄃᆞ 걸고 와쩌니 과연 니 보완노라 그러 ᄂᆞ 니 몸으 감문 ᄀᆞ죽을 뉘라셔 벅겨쥬며 눈 엄ᄂᆞᆫ게 ᄒᆞᆫ이로드 이난 뉘고 ᄒᆞ니 은나라 ᄎᆞᆼ신 오ᄌᆞ셔례라 풍운이 거더지고 일월이 명낭ᄒᆞ고 물결이 잔잔 어리 든이 엇더ᄒᆞᆫ 두

⟨35-뒤⟩

스룸이 티반으로 ᄂᆞ오난듸 압푸 ᄒᆞᆫ 스룸은 왕ᄌᆞ의 긔상이요 얼골의 거문 ᄶᅵᆫ는 일국수식 ᄯᅴ여잇고 으복이 남누ᄒᆞ니 초숙일시 분명ᄒᆞᄃᆞ 눈물지며 ᄒᆞ는 말리 이달고 분ᄒᆞᆫ 게 진ᄂᆞ라으 소킴 되야 삼연 모관의 고국을 ᄇᆞ리보고 미귀ᄒᆞᆫ이 되것구ᄂᆞ 천추으 집푼 ᄒᆞᆫ이 ᄎᆞᆫ조 되야쩌니 박낭퇴성 반기 듯고 속절 업시 동 졍달으 헛춤만 추언노라 두여 ᄯᅩ ᄒᆞᆫ 스룸은 안식이 초췌ᄒᆞ고 힝용이 교교ᄒᆞᄃᆡ ᄂᆞ는 ᄎᆞᆫᄂᆞ라 굴원이라 회왕을 셤기ᄃᆞᄀᆞ ᄌᆞ관의 참소을 만ᄂᆞ 더러운 몸 시치랴 고 이물으 와 ᄲᅢ져쩌니 어엿불스 우리 인군 스후의ᄂᆞ 셤기라 ᄒᆞ고 이 ᄯᅡᆼ으 와 모셧노라 ᄂᆞ 지은 이소경 셰고양지묘혜여 짐황고왈빅용이라 유초목지영낙ᄒᆞ

⟨36-앞⟩

여 공민인지디혜로ᄃᆞ 셰상으 문장 지스 멋멋치ᄂᆞ 되오던고 그디는 위친ᄒᆞ여 효셩으로 죽고 ᄂᆞ는 충셩을 ᄃᆞᄒᆞ더니 ᄎᆞᆼ효는 일반이라 위로코져 니 왓노라 창 희말이 먼먼 질으 평안이 ᄀᆞᆸ소셔 심청이 식각ᄒᆞ되 죽은 져 수철연으 졍빅이 ᄂᆞ머 잇셔 스룸으 눈으 보이ᄂᆞᆫ이 이도 ᄯᅩ한 귀신이라 ᄂᆞ 죽을 증조로드 실피 탄식ᄒᆞ되 물으 잠이 멋 밤이며 비예 거연 스오 식을 이 물갓치 지너ᄀᆞ니 금풍

삽이셕기ㅎ고 옥우확이징영이라 낙화는 여고목계비ㅎ고 추수는 공장천일식이
라 왕발이 지은 귀요 무변낙목소소ㅎ요 부진장강곤곤너는 두즈미 을푼 귀요
강한니 출농ㅎ니 황금이 편편이라 노화풍비ㅎ이 빅셜이 만점이

〈36-뒤〉

요 신풍셰우 지는 입은 옥누청풍 불거는디 외로올소 어션더른 등불을 도도 달
고 어부ㄱ로 화답ㅎ이 그도 쪼한 수심이 안이며 희반청산은 봉봉이 칼날 되야
버리난이 수장이라 일낙장스추식원으 부지ㅎ쳐조상군고 송옥으 비취비ㄱ 이
여셔 더홀소야 동남동녀을 실어쓰니 지시황으 치약빈ㄱ 방스셔시 업셔쓰니 한
무졔으 구션빈ㄱ 질어 죽즈혼들 션인더리 수직ㅎ고 스러 ㄱ즈ㅎ이 고국이 창
망이라 한 곳셜 당도ㅎ이 돗셜 지우며 닷슬 주니 니난 곳 인당수레라 광풍이
디작ㅎ야 바더이 뒤누우며 어용이 쏘오난 듯 벽역이 일어느난 듯 디쳔ㅂ더 흔
ㄱ운더 일쳔셕 실은 비 노도 일코 닷도 끈쳐지며 용총도 부러져

〈37-앞〉

치도 쎈지고 ㅂ람 부러 물결 쳐 안기비 뒤셕거 즈즈진더 갈 질은 쳘이말이 느
마잇고 스면은 어둑졍그러져 쳔지 젹막ㅎ야 ㄱ치뉘 쩌오난듸 비젼으 탕탕 돗
디도 와직근 경각으 위티ㅎ이 도스공 영좌 이ㅎ로 황황디겁ㅎ야 홀불부신ㅎ며
고스 기긔을 츠일 젹의 셤쌀노 밥을 짓고 동우술으 큰소 잡아 윈소더리 윈소
머리 스지을 갈너 올노코 큰 돗 잡어 통치 살머 큰 칼 쏘즈 기난듯시 밧쳐 노
코 삼식실과며 오식탕슈와 어동육셔며 좌포우혜와 홍동빅셔을 방위 츠려 고야
노코 심청을 모욕 식여 소의소복 졍ㅎ게 입피여 상머리으 안친 연후으 도스공
으 거동 보소 북을 둥둥 치면서 고스홀 졔 두리둥 쳡더즈ㅂ 삼십삼

〈37-뒤〉

쳔 너립더 ᄌ버 이십팔수 허궁쳔지 비비쳔과 삼황오졔 도리쳔 십왕일이등 마
련ᄒᆞ옵실 졔 쳔상으 옥황상졔며 지ᄒᆞ의 십이졔국 ᄎᆞ지ᄒᆞ신 황졔 헌원씨와 공
밍 안즁 법문 너고 셔ᄀ여러 불도 마련이며 복히씨 시획팔패ᄒᆞ여 잇고 실농씨
상빅초 시위의약ᄒᆞ여 잇고 헌원씨 비을 너여 이졔불통 ᄒᆞ옵실 졔 후셩이 본을
ᄇᆞ더 ᄉᆞ롱공상 위업으로 ᄃᆞ 각기 싱화 직업ᄒᆞ이 막디ᄒᆞ신 공 이 안이시며 하
우씨 구연지슈 비을 ᄐᆞ고 ᄃᆞ살렷고 오국의 졍ᄒᆞ 공세 구주로 도라들며 오ᄌᆞ셔
분위홀 졔 노ᄀ로 건네주고 희셩의 퓌ᄒᆞ 장ᄉᆞ 오강으로 도라들 졔 비를 미고
지달여 잇고 공명으 탈조화로 동남풍을 비러너여 됴됴의 십만디병

〈38-앞〉

슈륙으로 화공ᄒᆞ이 비 안이면 엇지ᄒᆞ며 도련명은 젼원으로 도라오고 장경은
강동으로 도라갈 졔 이도 ᄯᅩᄒᆞ 비을 ᄐᆞ고 임술지추칠월으 죵일우지소여ᄒᆞ이
소동포도 노라 잇고 지극총 어ᄉᆞ화 ᄒᆞ이 교여승유무졍거는 어부으 질거오미요
게도난요로 ᄒᆞ장포ᄒᆞ이 오히월녀 치련주요 지오부셔거ᄒᆞ이 경셰우경연는 상
고션이 이 안이야 우리 동무 시물네 명이 상고로 위업ᄒᆞ야 십여 셰예 조슈 ᄐᆞ
고 표빅셔호 단이더니 인당수 용왕임은 인졔숙을 밧삽기로 유리국 도화동으
ᄉᆞ난 십오셰 된 효녀 심쳥을 졔숙으로 드리오이 ᄉᆞ 용왕임은 고이고이 밧ᄌᆞ옵
소셔 동희신 아명 셔희신 거승이며 남희신 츙융 북희신 옹강이며

〈38-뒤〉

칠금산 용왕임 ᄌᆞ금산 용왕임 긔기셥 용왕임 영각디감 셩황임 허리근으 화장
셩황 이물고물 셩횡임네 ᄃᆞ 구버 보옵소셔 수로 쳘이 먼면 길으 바람궁결 열
어너고 나지면 골노 너어 용난골수 집퍼난디 평반의 물 ᄃᆞ문ᄃᆞ시 비도 무쇠가
되고 닷도 무쇠ᄀ 되고 용총 마류 닷줄 모도 ᄃᆞ 무쇠로 졈지ᄒᆞ옵고 영낙지환
이 업삽고 실물실화 졔살ᄒᆞ와 억십만금 퇴을 너여 디슷터 봉기 질너 우심으로
연화ᄒᆞ고 춤으로 더길ᄒᆞ게 졈지ᄒᆞ여 주옵소셔 ᄒᆞ며 북을 두리둥 두리둥 치면

셔 심청은 시フ 급흥이 어셔 밧비 물으 들느 심청이 거동 보쇼 두 손을 흡장흥
고 이러느셔 흥날임 젼의 비난 말리 비난이ᄃ 비난이ᄃ 흥날임 젼의

〈39-앞〉

비난이ᄃ 심청이는 죽난 일은 추호라도 셥치 안이흥여도 병신 부친의 집푼 흥
을 싱젼으 풀야 흥웁고 이 죽엄을 당흥오이 명쳔은 감동흥웁셔 침침흥 아비
눈을 명명흥게 띄여 주옵소셔 팔을 드러 슬허치고 여러 션인 상고님너 평안이
フ옵시고 억십만금 퇴을 니여 이 물フ의 지너거든 너의 혼빅 불너 물압이ᄂ
주오 두 활기을 쩍 벌기고 비젼으 느셔보이 수쇄흥 푸린 물은 월리령 출넝 뒤
둥구러 물농울쳐 범큼은 북젹인디 심청이 기フ 막켜 뒤로 벌덕 주져 안져 비
젼을 ᄃ시금 잡고 기졀흥야 업된 양은 참아 보지 못흘네라 심청이 ᄃ시 졍신
츠려 흘 수 업셔 이러느 왼몸을 잔득 쓰고 초미폭을 무름씨

〈39-뒤〉

고 츙츙거림으로 물너셧ᄃ 창히 즁으 몸을 주워 이고이고 아부지 느은 죽소
비젼의 흔발리 짓칫흥며 썩구로 풍덩 쌘져노니 힝화는 풍낭을 쫏고 명월은 히
문으 잠기이 츠소위 묘창히지일속이라 시난 날 졍신갓치 물결은 잔잔흥고 광
풍은 삭어지며 안기 ᄌ옥흥야 フ는 구름 머물넛고 쳥쳔의 푸린 안기 시오난
날 동방쳐럼 일기 명낭흥더라 도스공 흥는 말리 고스을 지닌 후으 일기 순통
흥이 심낭ᄌ으 덕이 안이신フ 좌즁이 일심이라 고스을 파흥고 술 흔 잔식 먹
고 담비 흔 디식 먹고 힝션 흡시 어 그러흡시 어기야 어기야 과너셩 흔 곡조의
삼승돗작을 치여 양쪽으 갈ᄂ달고 남경으로 드러갈 졔 와룡수 여

〈40-앞〉

울물의 이젼고은 살디갓치 안족의 젼흔 편지 북히상으 기별갓치 순식간으 남

경으로 득달ᄒ니 ᄒ니라 잇쎠으 심낭ᄌ는 창희중의 몸이 드러 죽은 졸노 알엇
더니 오운이 영농ᄒ고 이힝이 촉비터이 옥져셩 말근 소리 은근이 들이거날 몸
을 머물너 주져홀 졔 옥황상졔 ᄒ교ᄒᄉ 인당수 용왕과 ᄉ희용왕 지부왕게 낫
낫치 ᄒ교ᄒ시되 명일으 출쳔효녀 심청이ᄀ 그 곳슬 갈 거시이 몸으 물 ᄒ 졈
뭇잔케 ᄒ되 말일 모시기을 실수ᄒ면 ᄉ희용왕은 쳔별을 주고 지부왕은 손도
을 줄 거스니 수졍궁으로 모셔 드려 삼연 공궤 단장ᄒ여 셰상으로 환송ᄒ라
ᄒ교ᄒ신이 ᄉ희용왕이며 지부왕이 모도 ᄃ 황

〈40-뒤〉

겹ᄒ야 무슈ᄒ 강ᄒ졔장과 쳔틱지군니 모야들 졔 원참군 별주부 승지 도미 비
변랑 낙지 감찰으 웅어며 슈찬으 송으와 흐림으 붕어 수문장의 미역기 쳥명ᄉ
령 ᄌᄀᄉ리 승더 북어 삼치 갈치 앙금 방게 슈군빅관이며 빅만인ᄀ이며 무슈
ᄒ 션여더런 빅옥교ᄌ를 등더ᄒ야 그 시을 지돌ᄒ야더이 관연 옥갓탄 심낭ᄌ 물
노 쒸여드니 션여더리 밧드려 교ᄌ으 올이거날 심낭ᄌ 졍신을 ᄎ려 이른 말리
진세ᄀ으 츄비ᄒ 인싱으로 엇지 용궁의 교ᄌ을 ᄐ오릿ᄀ ᄒ오이 여러 션여더
리 엇ᄌ오더 옥황상졔으 분부ᄀ 지엄ᄒᆸ시이 만일 ᄐ시지 안이시면 우리 용
왕이 죄을 면치 못ᄒ것스오이 싱양치 마르시고

〈41-앞〉

ᄐᆸ소셔 심낭ᄌ 그졔야 마지 못ᄒ야 교ᄌ 우으 놉피 안지니 팔션여는 교ᄌ을
메고 육용이 시위ᄒ야 강ᄒ지장과 쳔틱지군이 좌우로 옹위ᄒ며 쳥학 탄 두 동
ᄌ는 압 질을 인도ᄒ야 희수로 질 만들고 풍악으로 들어갈 졔 쳔상 션관션여
더리 심소졔을 보려ᄒ고 벼려 셔쓰니 티을션여는 학을 ᄐ고 젹송ᄌ는 구름 ᄐ
고 ᄉᄌ 탄 갈션옹과 쳥으동ᄌ 빅으동ᄌ 쌍쌍 시비 취젹셩과 월궁향아 셔황모
며 남악부인으 팔션여 ᄃ 모왓난듸 왼갓 풍유소리 수궁으 진동ᄒᄃ 수졍궁으
로 드러ᄀ니 별유쳔지빈셰로ᄃ 남히 광이 통쳔관을 쓰고 비옥홀을 손으 들고

호기 찰란ᄒ게 들어ᄀ

〈41-뒤〉

니 니 삼쳔으 팔빅 슈궁 지부 디신더런 왕을 위ᄒ야 영덕젼 큰 문 밧기 ᄎ례로 느러셔셔 상호 만셰ᄒ더라 심낭ᄌ의 집칠레 볼작시면 능난ᄒ고 광치 찰난ᄒ듯 쏘ᄒᆫ 음식을 둘너보이 셰상 음식 안이로ᄃ 즁물상을 살펴보이 유리잔 호박디ᄋ ᄌᄒ주 쳔일주 인포로 안주ᄒ고 ᄒ로병 거호탕으 감노주도 너허 잇고 옥익 경장 호마반도 도와잇고 ᄒ ᄀ온디 삼쳔벽도 덩그렷케 고야난디 무비션미여늘 수궁으 머물을시 옥황상졔으 명이여든 거힝 오직 홀ᄀ 스희용왕이 ᄃ 각기 시여을 보니여 조셕으로 무안ᄒ고 쳬변ᄒ여 무안ᄒ며 시위ᄒ니 금수 능ᄂ 오식 치으 화용월틱 고흔 얼골 ᄃ 각

〈42-앞〉

기 고이라고 교틱ᄒ여 운난 시여 얌젼코져 죽난 시여 쳔졍으로 고흔 시여더리 주야로 모일 젹으 삼일의 소연ᄒ고 오일으 디연ᄒ며 상당으 치단 빅필이며 ᄒ 등으 진주 셔되라 이러쳐롬 공궤ᄒ되 유공불급ᄒ여 조심이 각별터라 각셜 잇디 무릉촌 장승상딕 부인이 심소졔으 글을 벽상으 기러두고 날마닥 증험ᄒ되 빗치 변치 안이ᄒ더니 ᄒ로난 글 촉ᄌ의 무리 흐르고 빗치 변ᄒ여 거머지니 이난 심소졔 물으 ᄲᅵ져 죽은ᄀ ᄒ여 무수이 이통ᄒ더이 이윽고 물리 것고 빗치 도로 황홀ᄒ여지니 부인이 고히 여겨 누ᄀ 구ᄒ여 스려난ᄀ ᄒ여 십분 의혹ᄒᄂ 엇지 그려ᄒ기 쉬리요 그날밤으 장

〈42-뒤〉

승상 부인이 졔젼을 갓초와 강상으 ᄂ어ᄀ 심소졔을 위ᄒ여 혼을 불너 위로코져 ᄒ야 졔ᄒ랴 ᄒ고 시비을 ᄃ리고 강두으 ᄃᄃ르니 밤은 집퍼 삼경인듸 쳡

첩이 씨인 안기 산악의 잠겨잇고 첩첩이 이난 니년 강수으 어렷엿ᄃ 편주을 홀이 져어 즁유으 쩌여 두고 비안의셔 설위ᄒ고 부인이 친이 잔을 부어 오열ᄒ 졍으로 소제을 불너 위로ᄒ난 말리 오호 인지 심소계야 죽기을 실허ᄒ고 살기을 질거홈은 인졍으 고연커날 일편단심의 양육ᄒ신 부친으 은덕을 죽기로 씨 갑푸려 ᄒ고 일노 잔명을 시ᄉ로 ᄌ단ᄒ이 고혼 꽃시 희리지고 ᄂ는 ᄂ부 불으 드이 엇지 안이 실풀손야 ᄒ 잔 술노 위로ᄒ이 응당이 소졔으 혼이 안이면 멸

〈43-앞〉

치 안이ᄒ리니 고히 와셔 흠힝ᄒ물 바리노ᄅ 눈물 쑤리여 통곡ᄒ이 천지만물인들 엇지 안이 감동ᄒ리 두렷시 발근 달도 체운 속으 숨어 잇고 희박키 부던 ᄇ람도 고요ᄒ고 어용 잇도던지 강심도 졍막ᄒ고 ᄉ장으 노던 빅구도 목을 질긔 쩨여 쓸눅쓸눅 소리ᄒ며 심상ᄒ 어션더런 ᄀ든 돗디 머무린ᄃ 뜻박기 강훈 ᄀ운디로셔 ᄒ 줄 말근 기운니 비머리으 어렷ᄃᄀ 이윽ᄒ여 ᄉ라지며 일기 명낭커날 부인이 반겨 이려셔셔 보이 ᄀ득키 부엇던 잔이 반이ᄂ 업ᄂ지라 소계으 영혼인ᄀ 못니 여기시더라 일일은 광훈젼 옥진부인이 오신ᄃ ᄒ이 수궁이 뒤눕난 듯 용왕이 겁을 니여 ᄉ방으 분주ᄒ이 월니 이 부인은 심봉ᄉ으 쳐 곽

〈43-뒤〉

씨부인이 죽어 광훈젼 옥진부인이 되야더니 그 쌀 심소계ᄀ 수궁으 왓단 말을 듯고 상계게 수유ᄒ고 모여 상면ᄒ랴 ᄒ고 오난 길리라 심소졔는 뉘신 줄 모르고 멀이 셔셔 ᄇ리 볼 쓰름일너이 오운이 어리엿 오싴치교을 옥기린으 놉피 실코 벽도화는 좌우의 버려 꽂고 각궁 시여더른 시위ᄒ고 쳥학더런 젼비ᄒ고 봉황은 춤을 추고 잉무난 젼어ᄒ듸 보던 비 쳐음일네라 이윽고 교ᄌ의 ᄂ 셤뜰으 올ᄂ셔며 니 쌀 심쳥아 부르는 소리으 모친인 졸 알고 왈칵 쒸여 ᄂ셔며

어만이요 어만이 ᄂᆞ을 낫코 초칠일 안으 죽어쓰니 우금 십오연을 얼골도 모로오이 쳔지간 갓업시 집픈 ᄒᆞᆫ이 ᄀᆡ을

〈44-앞〉

날리 업삽더이 오늘날 이 고듸 와셔야 모친을 상면ᄒᆞᆯ 졸을 아라쓰면 오든 날 부친 엽푸셔 이 말삼을 엿잡드면 날 보닉고 셔룬 마암 졔긔 위로ᄒᆞ실 거슬 우리 모여는 셔로 만ᄂᆞ 보오니 조커니와 외로오신 ᄋᆞ부임은 뉘을 보고 반기시릿ᄀᆞ 부친 싱각이 시로와라 부인이 울며 왈 나는 죽어 귀이 되야 인간 싱각이 망연ᄒᆞᄃᆞ 네으 부친 너을 키여 셔로 의지ᄒᆞ엿ᄃᆞᄀᆞ 너조ᄎᆞ 이별ᄒᆞ이 너 오던 날그 경상이 오직ᄒᆞ랴 닉ᄀᆞ 너을 보이 반ᄀᆞ온 마ᄋᆞᆷ이야 너으 부친 너 일은 셔룸으ᄃᆞᄀᆞ 비ᄒᆞᆯ손야 뭇노라 너으 부친 궁곤으 쓰이여셔 그 형용이 엇더ᄒᆞ며 응당이 만이 늘거쓰리라 ᄒᆞ며 모여 얼골도 듸여보

〈44-뒤〉

며 수족도 만져보며 귀와 목이 희여쓰니 너으 부친 갓도 갓ᄃᆞ 손과 발리 고은 거슨 엇지 안이 닉 ᄯᆞᆯ이라 너 ᄶᅵᆫ 옥지환이 닉의 옥지환이로ᄃᆞ 부친 이별ᄒᆞ고 어미 ᄃᆞ시 보이 반갑기 칭양업ᄃᆞ 그러ᄂᆞ 오날날 ᄂᆞ을 ᄃᆞ시 이별ᄒᆞ고 네으 부친을 ᄃᆞ시 만날 주을 네ᄀᆞ 엇지 알건난야 광훈젼 맛든 일리 직분이 허ᄃᆞ ᄒᆞ야 오릐 비기 어렵기로 도로여 이별ᄒᆞ니 ᄋᆡ달코 ᄋᆡ연ᄒᆞᄂᆞ 임으로 못ᄒᆞ는이 ᄒᆞᆫ튼ᄒᆞᆫ들 어이 ᄒᆞᆯ손야 일후으 ᄃᆞ시 질길 날리 잇시리라 ᄒᆞ고 ᄯᅥᆯ치고 이러셔이 소졔 말유치 못ᄒᆞ고 울며 ᄒᆞ직ᄒᆞ이 수졍궁으 머물더라 잇ᄯᅢ 심봉ᄉᆞ ᄯᆞᆯ을 일코 모진 목숨 죽지 못ᄒᆞ야 근근부지 살어날

〈45-앞〉

졔 도화동 ᄉᆞ롬드리 심소졔으 지극ᄒᆞᆫ 효셩으로 물으 ᄲᅡ져 죽으오물 불상이 여

겨 타루비을 셰우고 글을 지여쓰되 ❶지위기친쌍안폐ᄒ여 ❶살신셩효힝용궁
을 ❶연파말이상심부ᄒ이 ❶방초연연호불궁이라 ❶강두으 ᄂ왕ᄒ난 힝인이
비문을 보고 뉘 안이 울 이 업고 심봉ᄉ난 ᄯ 곳 싱각ᄂ면 그 비을 안고 울더
라 동중 ᄉ롬드리 심밍인으 젼곡을 착실ᄒ긔 ᄒ여 셩셰ᄀ 히마닥 느려ᄀ니 본
촌으셔 ᄉ난 ᄲᆼ덕어미ᄀ 심봉ᄉ으 젼곡이 만이 잇난 졸을 알고 지원 졉이 되
여 살더이 주연버리ᄀ 고약ᄒ야 양식 주고 ᄯ 사먹기 베을 주워 돈을 ᄉ셔 술
ᄉ먹기 졍ᄌ 밋터 낫잠ᄌ기 이웃집으 밥 부치기 동인ᄃ

〈45-뒤〉

려 욕셜ᄒ기 초군덜과 쌈ᄒ기 술 취ᄒ여 ᄒ밤 중으 와달쎠 울림 울기을 죠와
ᄒ더라 힝실리 거러ᄒ니 심봉ᄉ는 그런 졸 모로더라 ᄀ산이 졈졈 탕픠ᄒ이 심
봉ᄉ 싱각ᄃ 못ᄒ야셔 여보소 ᄲᆼ덕이네 우리 셩셰 착실ᄒᄃ고 남니 ᄃ 수군수
군ᄒ더이 글리으 엇지흔지 셩셰ᄀ 치픠ᄒ여 도로여 비러먹긔 되여ᄀ니 이 늘
근 거시 ᄃ시 비러 먹ᄌ흔들 동인도 붓그럽고 너의 신셰 망칙ᄒ이 어더로 낫
슬 드러 단이건ᄂ ᄲᆼ덕어미 디답ᄒ되 봉ᄉ임 엿티 ᄌ신 긔 무엇시요 식젼마닥
희장ᄒ신ᄃ고 죽ᄀ시 야든두 양이요 져럿케 각ᄀᄒ단인긔 ᄂ셔키도 못흔 것
빈ᄃ고 살구ᄂ 엇지 그리 먹

〈46-앞〉

고 시푸던지 살구ᄀ시 일흔셩 양이요 져럿키여 ᄀᄀᄒ단인긔 봉ᄉ 속은 ᄐ고
헛우슴 우슈며 야 살구는 너머 만이 먹엇ᄃ 그럿체ᄆᄂ 제집 머근 것 쥐 머근
거시라니 안이 슬더 업ᄃ 우리 셰ᄀ 기물을 ᄃ 파라 ᄀ지고 ᄐ관으로 ᄂᄀ시
그도 그러ᄒ오 여ᄀ 기물을 ᄃ 파라 지고 남부여디ᄒ고 유리츌ᄐᄒ이라 일일
은 옥황상졔긔ᄋᆸ셔 ᄉ희용왕으긔 젼교ᄒ시ᄉ 심소졔 월노 방연으 기훈이 갓ᄀ
오이 인당수로 환송ᄒ여 어진 ᄲ을 일치 말게 ᄒ라 분부ᄀ 지업ᄒ시거날 ᄉ희
용왕이 명을 듯고 심소졔을 치송홀 졔 큰 꼿 숭이의 모시고 ᄃ 시여로 시위ᄒ

여 조석공양과 금수

〈46-뒤〉

보비을 만이 넛코 옥분으 고이 둠어 인당수로 느올시 스히용왕이 친이 느와 전송ᄒ고 각궁 시여와 팔셔녀 엿ᄌ오디 소졔는 인긴의 느어ᄀ겨셔 부귀와 영 화로 만만셰을 질기옵소셔 소졔 디둡ᄒ되 여러 왕으 덕을 입어 죽을 몸이 드 시 살러 셰상으 느ᄀ오이 은혀 난망이요 모든 시여 ᄒ직ᄒ고 도라셔이 순식ᄀ 으 꿈갓치 인당슈으 번듯 쩌셔 두렷시 잇시니 쳔신으 조화요 용황의 신영이라 ᄇ룸이 분들 잣닥ᄒ며 비ᄀ 온들 흐를손야 오식채운이 꼿봉이 속으 어리여 둥 덜실 쩌쓸 졔 남경 갓던 션인더리 억십만금 퇴을 니여 고국으로 도라오드 인 당수으 드달느셔 비을 미고 졔수을 졍이ᄒ여 용왕으게 졔을

〈47-앞〉

지닐시 고축ᄒ난 말리 우리 일힝 수심 명이 신병 졔살졔악ᄒ고 소망을 여으케 일위 주옵시니 용왕임으 너부신 덕틱을 혼 잔 술노 졍성을 드려오이 일져리 화우동심ᄒ와 흠향ᄒ옵소셔 쏘혼 졔물을 츠러 심소졔으 혼을 불너 실푼 말노 위로ᄒ되 출쳔효여 심소졔는 당상 빅발 부친으 눈 쓰기을 위ᄒ야 이팔홍안이 수국고혼이 되야쓰이 엇지 안이 ᄀ련코 불상ᄒ랴 우리 셔인더은 소졔으 덕 입 어 장스으 퇴을 니여 고국으로 도라ᄀ거이와 소졔으 혼이야 언으 날으 드시 올ᄀ ᄀ드ᄀ 도화동으 드러ᄀ셔 소졔으 부친 사라난ᄀ 존망여부는 알고 ᄀ오 리드 그러느 혼 잔 술노 위로ᄒ이 복망 영혼은 흠힝ᄒ옵소셔

〈47-뒤〉

ᄒ며 졔물을 풀고 눈물을 쓰고 혼 고슬 ᄇ리보이 혼 숑이 꼿봉이ᄀ 히즁으 둥 덜실 쩌잇거날 션인더리 고이 여겨 이논ᄒ되 아미도 심소졔으 영혼이 꼿시 되

야 썼느부듸 갓그이 ㄱ셔보이 과연 심소졔ㄱ 빠지던 고시라 마음이 감동ㅎ여 꼿슬 건져닉여 노코 보이 크기ㄱ 수릭박코 갓고 이삼 인이 안질네라 이 꼿슨 셰상으 엄는 꼿슨이 이상ㅎ고 고이ㅎ듸 ㅎ고 인ㅎ여 졍ㅎ게 실코 올 졔 비 볼 으기 살ㄱ틋 ㅎ더라 ㅅ오식으 경연ㅎ 질리 수삼 일만ᄋ 득달ㅎ이 이도 쪼ㅎ 이상ㅎ지라 억심만금 ㄴ문 지물을 듸 각기 부듸홀 졔 도션주는 무삼 마음으로 지물은 마듸ㅎ고 꼿봉이만 ᄎ지ㅎ여 졔으 집 졍ㅎ 고

〈48-앞〉

듸으 단을 뭇고 두워쩌이 황취 만실ㅎ고 치운이 둘너쩌라 ❶이듸으 송쳔ᄌ 황 후ㄱ 붕ㅎ신 후 간퇴을 안이ㅎ시고 화초을 구ㅎ여 상임원으듸 치우고 황극젼 썰 압푸로 여그겨그 심어 두고 화초로 벗실 삼을 졔 화초도 만토 만타 왼각 화 초 만발홀 졔 왼갓 ㄴ부 ㄴ라든듸 욍갓 율목 듸 심어듸 반송이며 힝ᄌ목이며 ᄌ도 능금 도리목이며 오미ᄌ 팅ᄌ 유ᄌ목이며 보도 드리 으름 넌출 너울너울 각식으로 층층이 심어두고 쎠을 싸라 귀경ㅎ실 졔 힝풍이 건듯 불면 우질우질 춤을 츌 졔 왼갓 시ㄱ ㄴ라드러 노릭ㅎ이 쳔ᄌ 흥을 부치여 날마닥 귀경ㅎ시 더라 이 쎠의 남경션인이 궐니 소식

〈48-뒤〉

을 듯고 ㄴ도 이 꼿슬 ㄱ겨듸ㄱ 쳔ᄌ께 드린 후으 졍셩을 난호리라 ㅎ고 인당 슈의 어든 꼿봉이을 ㄱ지고 궐니 문박긔 당도ㅎ야 이 뜻스로 주달ㅎ이 쳔ᄌ 반기ㅅ 그 꼿슬 드려듸ㄱ 황극젼으듸 노코 보니 빗치 찰란ㅎ야 셰상 꼿시 안 이로듸 월중단긔 길리미ㄱ 와연ㅎ이 게화도 안이요 미화도 안이라 그 꼿 일홈 을 모을네라 그 꼿 일홈을 강션화라 ㅎ시고 ᄌ셔이 살펴보니 불근 안긔 어리 여 잇고 셔기ㄱ 반공ㅎ이 황졔 듸히ㅎㅅ 욍갓 꼿 듸 ㅂ리고 이 꼿슬 졜노 아드 라 쳔ᄌ 밤은 집퍼 삼경이요 명월 만졍ㅎ듸 강션화을 귀경터이 문득 요동ㅎ며 ㄱ마이 버러지며 무슨 소릭 ㄴ난 듯ㅎ거늘 몸을 숨겨 ㄱ만이 살펴 보이 셔연

혼 용녀 얼골을 반만 드러 꼿봉이

〈49-앞〉

밧그로 니드 보더이 인젹 잇스물 고 인흐여 도로 후리쳐 드려 ㄱ거늘 황졔 보
시고 호련 심신이 황홀흐ᄉ 의혹이 만단흐여 아물리 셔쓴들 드시난 동졍이 업
거늘 갓ㄱ이 ㄱ셔 꼿봉이을 ㄱ만이 벌이고 보시이 션여 셔이 잇거날 쳔ᄌ 반
기시ᄉ 무르시되 너으ㄱ 귀신인ᄃ 스롬인ᄃ 미인이 직시 ㄴ와 복지흐여 엿ᄌ
오디 소여는 남희용궁 시여ᅌᆞ더니 소졔을 모시고 흐양으료 ㄴ왓삽ᄃㄱ 황졔으
쳔안을 범흐여쓰오이 극히 황공흐연이ᄃ 흐거날 쳔ᄌ 너럼으 싱각흐되 상졔게
옵셔 조혼 인연을 보니시도ᄃ 흐시고 비필을 졍흐시ᄉ 호인을 완졍흐시고 티
사관으로 흐여곰 티길흐이 오월 오일 갑ᄌ일으 소졔로 황후을 봉흐여

〈49-뒤〉

승상으 집으로 모신 후으 길일리 당흐미 젼교흐시ᄉ 이러흔 일은 젼만고으 업
ᄂ 일이니 ㄱ레범졀을 별반 셜화흐라 흐시이 위으 거동이 쏘흔 금셰예 쳐음이
요 젼고으 업더라 황졔 연셕으 ㄴ와 셔씨이 꼿봉이 속의셔 양기 시여 소졔을
모시고 ㄴ오이 북두칠셩으 좌우 보필리 갈ㄴ 셧난듯 궁즁이 휘황흐여 바로 보
기 어렵더라 국ㄱ의 경ᄉ라 디ᄉ쳔ᄒ 흐고 남경 갓든 도션주을 특별이 졔수흐
여 무장티을 시기시고 만조졔신은 상호 만셰흐고 솔토지인은 화봉삼축흐더라
심황후으 덕틱이 지즁흐ᄉ 년년이 풍연 드러 요순쳔지을 드시 보이 셩강지치
되야셔라 심황후 부귀 극진흐ᄂ 항시 즁심의 수문 근심이 드만

〈50-앞〉

부친 싱각뿐이로ᄃ 일일은 수심을 이기지 못흐야 시종을 드리고 옥난근으 비
겨쪄이 추월은 발ㄱ 산호발으 빗쳐들고 실솔은 실피 우러 ㄴ류안으 흘너드러

무한한 심亽을 점점이 불너닐 졔 흐믈며 상쳔으 외로온 기러기 울고 느러오이
황후 반겨온 마암으 ㅂ리보며 흐는 말리 오는야 네 기러기 거그 잠관 머믈너
셔 닉의 흔 말 드러셔라 소즁낭이 북희상으셔 편지 젼흐던 기러기야 도화동으
우리 부친 편지을 믹고 네그 오는야 이별 삼년으 속식을 못드르이 닉그 이졔
편지을 써셔 네게 젼홀 테 부 ㄷ신 젼흐여라 흐고 방안으 드러그 상즈을 얼는
열고 쥬지을 ᄯ너 닉여 노코 붓슬 들고 편지을 쓰랴홀 졔

<h3 style="text-align:center">〈50-뒤〉</h3>

눈물리 몬져 써러지이 글즈는 수먹이 되고 언어는 도쳑흐ᄃ 실흐을 써ᄂ온 졔
셰식이 셰번흐오니 쳑호흐야 싸인 흔이 하히갓치 집삽너ᄃ 복미심 그간으 아
부지 긔체후 일헝만안 흐옵신지 원복모구구무림흐셩지지로소이ᄃ 불효녀 심
쳥은 선인을 ᄯ라갈 졔 흐로 열두시 열두번식이ᄂ 죽고 시푸되 틈을 엇지 못
흐여셔 오륙 식을 물으 즈고 필경으난 인당수으 졔슉으로 쎤져써이 황쳔이 도
으시고 용왕이 구흐옵셔 셰상 ㄷ시 ᄂ와 당금 쳔즈 황후그 되여쓰이 부귀영화
극진흐오ᄂ 간장의 미친 흔이 부친 실흐으 ㄷ시 뵈온 후으 그날 죽亽와도 흔
이 업것난이ᄃ 아부지 ᄂ을 보니고 긔우 지닌 마음 문으 ㅂ

<h3 style="text-align:center">〈51-앞〉</h3>

겨 싱각난 졸은 분명이 알거이와 죽어쓸 졔는 혼이 막켜 잇고 스러쓸 졔는 익
운이 믹켜셔 쳘윤이 ᄯ쳐ᄂ은이ᄃ 그근 삼연으 눈을 써쓰며 동즁으 믹긴 젼곡
은 그져 잇셔 보존흐시며 아부지 귀흐신 몸을 십분 보즁흐옵소셔 슈이 보옵기
을 쳔만쳔만 바리옵ᄂ은이ᄃ 연월일시 얼는 써 ᄀ지고 ᄂ와보이 기려기 ᄂ려ᄀ
고 엄ᄂ은졔라 심황후 흐일 업셔 편지 졉버 상즈으 넛코 소리업시 우더이 잇써
으 황졔 닉젼의 드러오시미 황후 비회을 금치지 못흐야 시별 갓탄 눈으 진주
갓탄 눈물리 옥면으 흘러 옷기셜 젹셰거늘 황졔 무르시되 무삼 근심이 게시관
딕 비회

〈51-뒤〉

을 머금난익ᄀᆞ 귀ᄒᆞ기난 황후가 되야 잇스니 천ᄒᆞ으 졔일 귀요 부ᄒᆞ기난 ᄉᆞ히을 ᄎᆞ지ᄒᆞ오이 인간의 졔일 부라 무삼 일리 잇셔 져러탓 실허ᄒᆞ신난잇ᄀᆞ 황후ᄃᆡ왈 신쳡이 과연 심중으 쳐포지ᄒᆞᆫ이 잇ᄉᆞ와도 감이 엿잡지 못ᄒᆞ엿삽ᄂᆡᄃᆞ 황졔 ᄃᆡ왈 무삼 이리온지 ᄌᆞ셔 말삼ᄒᆞ소셔 ᄒᆞ시ᄃᆡ 황후 ᄃᆞ시금 ᄭᅮ려안져 엿ᄌᆞ오ᄃᆡ 신쳡이 과연 용궁 ᄉᆞ롬이 안이오라 황주 도화동으 ᄉᆞ난 ᄆᆡᆼ인 심학규으 ᄯᆞᆯ리옵더이 아비으 눈 ᄯᅳ기을 위ᄒᆞ와 몸이 션인으긔 몸을 팔여 인당수 졔숙으로 ᄲᅡ진 ᄉᆞ연을 ᄌᆞ셔이 엿ᄌᆞ오니 황졔 드르시고 ᄀᆞ라ᄉᆞᄃᆡ 그러ᄒᆞ시면 엇지 진

〈52-앞〉

직의 말삼을 못ᄒᆞ시난잇ᄀᆞ 어러압지 안이 ᄒᆞ온 일리오이 너무 근심 말르소셔 ᄒᆞ시고 그 잇튼날 만조졔신과 으논ᄒᆞ시고 황주로 ᄒᆡᆼ관ᄒᆞ야 심학규을 부원군으로 치송ᄒᆞ라 ᄒᆞ엿던이 황주ᄌᆞᄉᆞ 장긔을 올여거날 ᄯᅥ여보이 ᄒᆞ여씨되 과연 본주 도화동으 ᄆᆡᆼ인 잇삽더이 연젼으 유리걸씩 부지거쳐라 ᄒᆞ여거늘 황후 드르시고 망극ᄒᆞᆫ 마음을 이기지 못ᄒᆞ야 쳬읍 잣탄ᄒᆞ시이 쳔ᄌᆞ ᄀᆞᆫ절리 위로ᄒᆞᄉᆞ 왈 죽어시면 할 일 업건이와 ᄉᆞ라쓰면 셜마 차졔 못ᄎᆞ지리ᄀᆞ 황후 크긔 ᄭᆡᄃᆞ르시ᄉᆞ 황졔긔 엿ᄌᆞ오ᄃᆡ 과연 ᄒᆞᆫ 긔칙이 잇ᄉᆞ오이 그리 ᄒᆞ옵소셔 각도ᄀᆞ급으 ᄒᆡᆼ관ᄒᆞ와 ᄆᆡᆼ인잔치ᄒᆞ

〈52-뒤〉

오면 그 ᄀᆞ온ᄃᆡ의 혹 신쳡으 부친을 만ᄂᆞ것ᄉᆞ오이 신쳡의 원일ᄲᅮᆫ 안이오라 ᄯᅩ ᄒᆞᆫ 국ᄀᆞ으 화평ᄒᆞᆫ 일도 되올 ᄯᅳᆺ ᄒᆞ오이 쳐분이 엇더 ᄒᆞ옵신익ᄀᆞ ᄒᆞ신ᄃᆡ 쳔ᄌᆞ 크긔 층찬ᄒᆞᄉᆞ 왈 과연 녀즁이로소이ᄃᆞ 그러ᄒᆞᄉᆞ이ᄃᆞ ᄒᆞ시고 쳔ᄒᆞ으 반포ᄒᆞ시되 무론 ᄃᆡ부ᄉᆞ셔인ᄒᆞ고 ᄆᆡᆼ인이여든 셩명 거주을 혈록ᄒᆞ야 각읍으로 ᄎᆞᄎᆞ 기

송흐라 잔치예 참예흐긔 흐되 마일 밍인 흐나이라도 영을 몰나 참예치 못흔

지 잇시면 만조빅관이 죄을 면치 못흐라 분부ㄱ 엄숙흐시니 만조빅관이 황황

大겁흐야 성화갓치 거힝터 잇써 심봉ㅅ는 쎙덕어미을 드리고 젼젼 단이더이

흐로난 드르이 황성으

〈53-앞〉

셔 밍인잔치 비셜흔드 흐거날 심봉ㅅ 쎙덕어미드러 말흐되 ㅅ룸이 셰상으 낫

드ㄱ 황성 귀경흐여 보시 낙양쳘리 멀고먼 질을 ㄴ 혼ㅈ 갈 수 업네 ㄴ와 홈긔

가미 어더흐요 쎙덕어미이 그러흡시 어약기 지즁흔졔라 잇튼날 향장을 츠져지

고 쎙덕어미 압셰우고 수일을 힝흐여 흔 역촌으 당도흐여 ㅈ더이 그 근쳐으

ㅅ난 황봉ㅅ라 흐난 소경 잇시되 형셰ㄱ 요부흐고 풍도ㄱ 조흔졔라 쎙덕어미

욕심이 졀노 나셔 안마음으 흐난 마리 니ㄱ 황성으 짜라ㄱ도 쓸써 업고 도로

나러와셔 고상홀이 싱각흐이 니 쎌 마음이 간졀흐야 봉ㅅ 잠들기을 지드리더

라 잇써으 심봉ㅅ는 아

〈53-뒤〉

모란 줄을 모르고 잠을 지피 드러쎠날 쎙덕어미 황봉ㅅ 반소경을 쌰라ㄱ고 엄

난졔라 잇써으 심봉ㅅ 잠을 씨여셔 엽풀 만져보이 쎙덕어미 업거날 손질을 니

미러 보며 여보소 쎙덕이네 어더 간난ㄱ 죵시 동졍이 업고 웃묵 구셕으로 고

초 셤이 노야난디 쥐란 놈이 바시락바시락 흐이 쎙덕어미ㄱ 장난흐난 줄만 알

고 심봉ㅅ 두손을 쩍 벌이고 이러셔며 날드려 기여오란ㄱ 흐며 더듬더듬 더듬

으니 쥐란 놈이 놀니여 드라ㄴ 심봉ㅅ 혀혀 우수면셔 이것 요리 간드 흐고 이

구셕 져 구셕 두로 쪼츠 돈이드ㄱ 쥐ㄱ 영영 드라ㄴ고 업거날 심봉ㅅ ㄱ마이

안져 싱각흐이 헛분 마음 갓업시 속으

〈54-앞〉

쏘드 발셰 황봉스을 쓰라ᄀ고 엄난데 잇실 수ᄀ 잇건난야 여보 주인늬 우리집 마누리 안으 드러갓소 그런 일 업소 심봉스 그계야 드러난 줄 알고 즈탄ᄒ며 ᄒ는 말리 여바라 뺑덕엄미 날 바리고 어디 간난ᄀ 이 무상ᄒ고 고약ᄒ 긔집아 황셩쳘리 먼먼 길으 뉘로 홈기 법실 삼으 ᄀ리요 울ᄃᄀ 엇지 싱각ᄒ고 손조 꾸지져 손을 훨훨 쑤리여 바리고 아셔라 아셔라 이 연 늬ᄀ 너을 싱각ᄒ난 거시 인스불상이라 고연이 그런 요망ᄒ 연을 졍 드려쓰ᄀ 가산만 탕진ᄒ고 즁노으 능픠ᄒ이 도시 늬의 신수 소관이라 우리 현쳘ᄒ고 음젼ᄒ 곽씨부인 죽난 양도 보고 살고 출쳔효여 심쳥이도 싱이별ᄒ야 물으 빠져 죽고

〈54-뒤〉

난 양도 보고 살어거든 ᄒ물며 져만ᄒ 긔집을 싱각ᄒ랴 스룸ᄃ리고 수작ᄒ듯 혼즈 군말ᄒ던니 날리 발근이 ᄃ시 쩌ᄂ갈 졔 잇쩌는 오유월이라 심ᄒ긔 더워 쌈이 ᄂ이 셰늬ᄀ의 예관과 으복 짐을 버셔노코 모욕ᄒ고 ᄂ와보이 의관 힝장이 간 곳 업거날 강변으로 두로 스면을 더듬더듬 첫난 거동은 산영긔 미초리 늬음 맛듯 ᄒ드라 심봉스 오도ᄀ도 못ᄒ여 방셩통곡홀 졔 이고이고 난양쳘리 멀고먼 길으 엇지 ᄀ리 네 이놈 도동놈으 식기 늬 거슬 ᄀ져ᄀ고 날 못홀 일 시기난야 허ᄃᄒ 부즈집으 먹고 쓰고 ᄂ문 지물리ᄂ ᄀ져ᄀ계 눈 먼 놈으 거슬 갓ᄃ 먹고 왼젼홀ᄀ 으복예관 업셔쓰이 황셩쳘이 엇지 ᄀ리 뉘라셔 옷

〈55-앞〉

주며 예관 뉘 ᄂ을 주리 귀먹징이 젼둥바리 곱스동 셥ᄃ하여도 쳔지일월 보와 인네 어느놈으 팔즈로셔 소경이 되야난고 ᄒ츙 이리 울며 탄식홀 졔 이쩌 무릉티수 황셩으 갓ᄃᄀ ᄂ러오난 기리라 ᄂ졸더리 워라 이리져리 치여셔라 ᄒ며 벽져소리 요란ᄒ이 심봉스 반겨 듯고 올타 어으 관장 오나부ᄃ 억지 좀 쩌보리라 ᄒ고 안져쓰이 갓ᄀ이 오거날 두 손으로 부즈지을 짐어쥐고 엉금엉음 기여드러 갈 졔 좌우 나졸 드러 밀쳐 늬이 심봉스 심 유셰ᄂ 혼 졸노 네 이놈

더라 그리 안흐이라 니근 지금 황셩으 근난 소경이듸 네으 셩명은 무어시며
이 힝츳는 언으 고을 힝츳야 썩썩 일너라 흔

〈55-뒤〉

충 이럿틋시 호령흐이 무릉틱수 흐난 말리 네 니 말 드러라 어듸 잇난 송경이
엇지 옷슬 버셔쓰며 무신 말을 흐고져 흐난듸 심봉스 엿즈오듸 셩은 황주 도
화동으 스는 심학규옵더이 황셩으로 근옵난 길의 날리 심흐긔 더우미 갈 길
젼혀 업삽긔로 목욕흐고 갈라고 잠관 모욕흐고 느와 보이 언으 무상흔 도적놈
이 의관 으복 짐을 모도 듸 근겨갓스오이 진소위 주출지망양이요 진퇴유곡이
라 의관과 보짐을 츳져 주시거느 별반 쳐분더로 흐옵소셔 그리 안이흐압시면
못갈 박기 할 일 업사오이 관스 주이더로 흐옵소셔 별반통촉이 잇스물 바리난
듸 틱수 이 말을 듯고 가궁이 여기스 네

〈56-앞〉

말을 드른이 유식흐느부듸 원정을 지여 올이라 심봉스 알외되 글른 약근 흐오
느 눈이 어두오이 형이을 주시면 불너 오리 틱수 형방으긔 분부흐되 글 바다
쓰라 흔이 심봉스 원정을 부르되 셔슴지 안이흐고 좌좍 지여 올이니 틱수 바
듸 본즉 흐여쓰되 복이획죄우쳔흐야 부명야빅이라 명먹명어일월커날 혼쌍안
이불분흐고 낙막나어부쳐여날 통구원지난짝이라 ●조조청운지지터이 만졍빅
수지궁이로듸 ●조이쇠모이쇠흐이 쇠근험어비부로듸 ●셕유호구흐이 표모상
존이요 의불엄신흐이 지외유라 틱수 층찬흐시고 통인 불너 의롱 열고 의

〈56-뒤〉

으복 흔별 니여주고 급창이 불너 감이 뒤의 달인 갓 쩨여주고 수비 불너 노비
주시이 심봉스 쏘 말흐되 신 업셔 못근것소 신이야 할 길 잇느야 홀 졔 마참

그 중으 마부 신을 ᄉ서 말 궁둥이여ᄃ 달어 잇거날 원임이 그 놈으 소당이ᄀ 괘씸ᄒ여셔 그 신을 쪠여 주라 ᄒ신이 급창이 달여드러 쪠여 주이 심봉ᄉ 신을 어더 신은 후의 그 슝ᄒ 도젹놈이 오동수복 김희관죽 맛치맛긔 마추워난디 ᄀ져갓ᄉ오이 오날 감셔 먹을 디 엄난이ᄃ 틱수 왈 글러ᄒ면 엇지 ᄒ잔 말ᄀ 글시 그럿튼 말삼이요 틱수 디소ᄒ이 죽을 니여 주시이 심봉ᄉ 바ᄃᄀ지고 ᄒ난 말리 황송ᄒ오나 셔쵸 ᄒ더 맛보와스면 조

〈57-앞〉

홀 듯ᄒ오 방ᄌ 불너 담비 니여 주시이 심봉ᄉ ᄒ직ᄒ고 황셩으로 올갈 졔 더 셩통곡 우난 말리 노즁으 어진 수령 맛ᄂ 으복은 어더 입어쓰ᄂ 질을 인도ᄒ리 업셔쓰이 엇지ᄒ여 ᄎ쳐 갈ᄀ 이럿타시 탄식ᄒ며 ᄀ더니 ᄒ곳쓸 당도ᄒ이 녹음은 우거지고 방초는 숙어진ᄃ 심봉ᄉ 녹음을 으ᄒ여 쉬더이 각식 짐싱 나러든ᄃ 욍갓 시 ᄂ라들 졔 말 잘ᄒ는 잉무시며 춤 잘추난 학두루미와 수옥이 쩌옥기며 청망산 기력기 갈무기 졔비 모도 ᄃ 날어들 졔 쌩씨는 씰씰 갓토리 표푸두둥 방울시 덜닝 호반시 수루룩 욍갓 짐싱 다 날어든다 만수무젼 풍연시며 져 쑥국시 우름 운다 이 산으로 ᄀ면셔

〈57-뒤〉

쑥국 져 산으로 ᄀ면셔 쑥국쑥국 ᄒᄃ 져 쐬쏘리 우름 운ᄃ 머리 곱긔곱긔 빗고 물 건네 ᄀᄌ ᄒ더라 져 비둘키 우름 운ᄃ 콩 ᄒᄂ 입으 물고 암놈 수놈이 놀이로고 셔을 쎄여 넘놀더라 심봉ᄉ 졈졈 드러ᄀ이 수심명 목동더리 지긔 목발 쑤ᄃ리면셔 목동ᄀ로 노릭ᄒ며 심밍인을 보고 희롱ᄒᄃ ●만첩산중 놉파 잇고 쳥산녹수 집퍼 잇ᄃ ᄒ산ᄉ 져 노승아 삼쳔셰긔 극낙견으 인도환셩 ᄒ난구ᄂ 이미ᄐ불 관셰음보살 정셩으로 외난군나 옛ᄉ롬 싱각ᄒ이 주시졀 강틱공은 위수으 고기 낙고 유현주 졔갈양

〈58-앞〉

남양운즁 밧슬 갈고 이승기졀 장익덕은 유리촌으 걸식ᄒᆞ고 이 산즁의 드러오신 심밍인도
ᄯᅩᄒᆞᆫ ᄢᅥᆨ을 지ᄃᆞ인ᄃᆞ 목동더리 이러타시 비양ᄒᆞᆫᄃᆞ 심봉ᄉᆞ 목동아히더을 이별ᄒᆞ고 촌촌젼진ᄒᆞ여 여러 날만으 황셩이 ᄎᆞᄎᆞ 갓ᄀᆞ오이 낙수교을 얼는 지ᄂᆡ여 녹슈진경을 드러ᄀᆞ이 ᄒᆞᆫ 고ᄃᆡ 방ᄋᆡ집이 잇거날 여러 여인더리 방ᄋᆡ 찟거날 심봉ᄉᆞ 피셔ᄒᆞ랴ᄒᆞ고 방ᄋᆡ집 근늘으 안ᄌᆞ 수으더이 여려 ᄉᆞ롬더리 심봉ᄉᆞ을 보고 ᄋᆡ고 져 봉ᄉᆞ도 잔치으 ᄀᆞ난 봉ᄉᆞ요 ᄒᆞ면셔 방ᄋᆡ나 좀 찌여주요 봉ᄉᆞ ᄒᆞ난 말리 쳘이타향 발셥ᄒᆞ여 오난 사람다려 방ᄋᆡ 찌으라 ᄒᆞ

〈58-뒤〉

기을 ᄂᆡ 지반 어룬다려 ᄒᆞ듯 ᄒᆞ는고 욕우나 시겨줄ᄂᆡ면 찌여주리라 ᄒᆞ고 방ᄋᆡ의 올나 셔셔 쩔구덩 쩔구덩 찌으면셔 심봉ᄉᆞ ᄒᆞ난 마리 방ᄋᆡ타령이ᄂᆞ ᄒᆞ여볼가 예 그러ᄒᆞ오 ᄒᆞ며 졸나ᄂᆡ이 젼ᄃᆡ지 못ᄒᆞ여 방ᄋᆡ타령ᄒᆞ든 거시엿ᄃᆞ 어유야 방ᄋᆡ요 ᄐᆡ고라 쳔황씨는 목덕으로 왕ᄒᆞ시이 이 남기로 왕ᄒᆞ신가 어유야 방ᄋᆡ요 유소씨 구목위수ᄒᆞ니 이 남기로 집을 얼거난가 어유아 방ᄋᆡ요 실농씨 유목위로ᄒᆞ이 이 남기로 ᄯᅡ부을 ᄒᆞ시난가 어유야 방ᄋᆡ요 쩔구덩 쩔구덩 찐는 방ᄋᆡ 강ᄐᆡ공으 조작방ᄋᆡ로다 젹젹공산

〈59-앞〉

남길 비여 이 방ᄋᆡ을 만드러네 방ᄋᆡ 모양 볼짝시면 ᄉᆞ람 모야 갓도갓ᄃᆞ 어유야 방ᄋᆡ요 우리 셩상 착ᄒᆞ압셔 국ᄐᆡ미난 ᄒᆞ압신ᄃᆡ ᄒᆞ물며 밍인잔치 고금으 업셔시이 우리도 ᄐᆡ평셩ᄃᆡ으 방ᄋᆡ소래나 ᄒᆞ여보싀 이러처로 타령ᄒᆞ이 여러 한임더리 어 그 봉ᄉᆞ 심심찬ᄒᆞ고 ᄒᆞ며 졍심을 후이 ᄃᆡ졉ᄒᆞ이 머근 후의 붓짐 단단다슬어 지고 지팡막 허터집고 더듬더듬 벱비 ᄀᆞ이 셩중이 당ᄒᆞ야난졔라 억만

장안의 드러가 보이 소경이 팔졉으로 시여난듸 소경너가 진동훈 중으 셔로 짝
짝 부두쳐 단이 어렵더라 훈 고셜 지너더이 훈

〈59-뒤〉

여인이 문 밧그 셧다ㄱ 져그 ㄱ는 긔 심봉ᄉ시요 긔 뉜고 날을 알 이 업건마은
긔 뉘가 나을 찬난고 여보 딕이 심봉ᄉ 안이요 과연 기로듯 무신 쓰시로 문난
고 여인 훈난 마리 그러찬훈 일리 잇시이 긔 잠관 지쳬ᄒ시오 공순이 나와 인
도ᄒ야 외당으로 안친 후으 셕반을 드리거날 심봉ᄉ 너럼으 싱각ᄒ되 고이훈
도듯 그러나 찬수 찰난ᄒ믹 밥을 달기 머근 후으 나리 져무러 황혼 되이 그 여
인이 다시 느와 여보시요 봉ᄉ임 날 짜라셔 너당으로 드러갑시듸 심봉ᄉ 딕답
ᄒ되 이 집으 외주인 유무는 모로거이와 엇지 남의 너당으로

〈60-앞〉

드러ㄱ리요 그언 허물치 마르시고 날만 짜러 오시요 여보시요 무삼 우환 잇셔
이러ᄒ시요 느는 동토 졍도 일글 줄 모로난이듯 여보 헛말삼 그만ᄒ고 드러ㄱ
보시요 집팡막더을 슬어 당기이 끌여ㄱ며 으심이 나는구나 어여불ᄉ 너ㄱ 아
미도 봇쌈으 드러ㄱ졔 우터훈 일도 잇듯 이러쳐로 군말ᄒ고 딕쳥으 올나ㄱ셔
좌상으 안진 후의 동편으 훈 여인이 무르되 심봉ᄉ시오 답왈 엇지 아요 아난
도리 잇난이듯 먼 질으 평안이 힝ᄎᄒ졔난익ㄱ 소여으 셩은 안씨요 황셩으셔
셰거ᄒ압더이 불힝ᄒ여 부모 구몰ᄒ압고 홀노 이 집을 지키여 잇ᄉ오며 시연

〈60-뒤〉

은 이십오셰요 아직 셩혼치 못ᄒ엿거날 일즉 복슐을 비와 비필될 ᄉ람을 ㄱ리
압더이 일 젼으 꿈을 쮜이 훈 우물으 희와 달리 써러져 물으 잠기거늘 쳡이 건
져 푸으 안너 뵈이이ᄒ날으 일월은 ᄉ람의 안목이라 일월리 써러지이 날과 잣

치 밍인인 줄 알고 물으 잠겨씨이 심썬 줄 알고 일직 종을 시기여 문으 지니는 밍인을 추레로 무르온졔 여러 날이요 쳔우신조흐ᄉ 이야 만나오이 연분인가 흐압니다 심봉ᄉ 디소왈 말이야 조소마은 그러흐기 쉬오릭ᄀ 안씨밍인 종을 불너 추을 드러 권흔 후으 문난 말

〈61-앞〉

리 봉ᄉ임 거주난 어디오며 엇더흐신 덕이온잇ᄀ 심봉ᄉ ᄌ기 신셰 견후수말을 낫낫치 히며 눈물을 흘이이 안씨밍인 위로흐고 그날 밤으 동품할 졔 두 봉ᄉ 눈이 쩌여진덧 흐되 셔로 멘목은 모로더라 그날밤으 질거무로 지니씨나 심봉ᄉ는 수식이 만면흐미 안씨밍인이 무러 왈 무삼 일노 질거온 비치 업ᄉ오이 첩이 도로여 무안흐난이ᄃ 심봉ᄉ 디답흐되 팔ᄌ 기박흐여 평싱을 두고 징흠흔직 질거운 일 잇스면 엇잔흔 이리 싱기고 싱기더이 또흔 간밤으 흔 꿈을 어든이 평싱 불길홀 증조라 니 몸이 불으 드러ᄀ 뵈이고 가죽

〈61-뒤〉

을 벽겨 불을 미고 또 나무입피 쩌러져 쑤리을 덥퍼 뵈이이 아미도 나 주글 꿈 안이요 안씨밍인 듯고 왈 그 꿈 조ᄉ이ᄃ 흥직길이라 니 잠간 히몽흐오리ᄃ ᄃ시 셰수흐고 분향흐고 단졍이 쑤러안져 산통을 놉피 들고 축ᄉ을 일근 후으 괘을 푸러 글을 지여쓰되 신입화중흐이 회로을 ᄀ기요 거피작고흐이 고난 궁셩이라 궁으 드러갈 증조요 낙엽이 귀근흐니 ᄌ손을 ᄀ봉이라 디몽이오이 디단 반갑ᄉ오이ᄃ 심봉 우셔 ᄀ로디 속담으 쳔부당만부당이요 피육불관이요 조작지셜리요 니 본디 ᄌ손이 업시이 누기을 만

〈62-앞〉

나며 존치으 춤여흐면 궁으 드러갈 거시요 녹밥도 머글 거시로ᄃ 안씨밍인 또

말ᄒ되 지금은 니 말을 맛지 안이ᄒ나 후일으 알도레 잇ᄉ오리ᄃ 조반을 머근 후으 궐문 박ᄀ 당도ᄒ이 발셔 밍인잔치 둘나ᄒ그날 궐ᄂᄋ 러ᄀ이 궐ᄂᄀ 오직 조ᄒ라만은 빗쩌여 거무충충ᄒ고 소경니가 진동ᄒᄃ 이젹으 심황후 여러 나을 밍인잔치 할 졔 셩명셩칙을 아모리 드러노코 보시되 심씨밍인 업시이 ᄌ탄ᄒ시ᄉ 이 잔치 바셜ᄒ 비는 부친을 뵈압ᄌ고 ᄒ여더이 부친을 뵈옵지 못ᄒ여ᄉ이 니가 인당수으 죽은 줄

⟨62-뒤⟩

노만 아르시고 이통ᄒ여 죽은신ᄀ 몽운ᄉ 붓체임이 영금ᄒᄉ 그간으 눈을 쩌셔 천지만물을 보시ᄉ 밍인축으 쌘지신가 잔치는 오날 망종인이 친이 나와 보리라 ᄒ시고 후원으 젼좌ᄒ시고 밍인잔치 시기실시 풍악도 낭ᄌ히며 음식도 풍비ᄒ여 잔치을 다ᄒ 후으 밍인셩칙 올이라 ᄒ여 으복 ᄒ벌식 니여 주실시 밍인 다 ᄒ레ᄒ고 셩칙 박ᄀ로 밍인 ᄒ나가 웃둑 셔쩌니 황후 무르시되 엇더ᄒ 밍인이요 여셩셔을 불너 무르시이 심봉ᄉ 겹을 니여 과연 소신이 미실미가ᄒ와 천지로 집을 삼고 ᄉ희로 밥을

⟨63-앞⟩

부치여 유리ᄒ여 단여오미 언으 고을 거주 완연이 업ᄉ오이 셩칭으도 드지 못ᄒ압고 졔발노 드러 왓습난이ᄃ 황후 반기시ᄉ 갓ᄀ이 입시ᄒ라 ᄒ신이 어상셔 영을 밧ᄌ와 심봉ᄉ의 손을 쯔러 별젼으로 드러갈 시 심봉ᄉ 아무란 줄 모로고 겹을 니여 거름을 몬이기여 벌젼으 드러ᄀ 계ᄒ의 셔씨이 심밍인으 얼골은 몰나볼네라 빅발른 소소ᄒ고 황후는 삼연용궁으 지니쓰이 부친으 얼골리 예예ᄒ여 무르시되 쳐ᄌ 인나야 심봉ᄉ 복지ᄒ여 눈물을 흘이면셔 엿ᄊ오더 아모연분으 상쳐ᄒ옵고 초칠일이 못ᄃ

⟨63-뒤⟩

ᄀ셔 어미 일혼 쌀 ᄒ나 잇ᄉ더이 눈 어두온 중으 어린 ᄌ식을 품으 품고 동양 졋슬 어더먹여 근근이 질너니여 점점 ᄌ라나이 효힝이 출쳔ᄒ여 엿ᄉ람으 지 니더이 요망ᄒ 즁이 와셔 고양미 삼빅셕을 시주ᄒ오면 눈을 쩌셔 보리라 ᄒ이 신으 여식이 듯고 엇지 아비 눈 쓰리란 마을 듯고 그져 잇시랴 ᄒ고 달이난 출 판할 길리 견이 업셔 신도 모로긔 남경션인덜게 삼빅셕의 몸을 팔이여셔 인당 수 계숙으로 싸져 죽ᄉ오이 그쩌의 십오셰라 눈도 쓰지 못ᄒ고 ᄌ식만 이러싸 오이 ᄌ식 파러 머근 놈이 셰상으 사러 쓸더 업ᄉ오이

〈64-앞〉

죽여 주압소셔 황후 드르시고 체읍ᄒ시며 그 말삼을 ᄌ셔이 드르시미 경혼 붓 친인 졸은 아르시되 부ᄌ간 쳘윤 엇지 그 말삼이 끈치기을 지달이라만은 ᄌ연 마을 만들ᄌ ᄒ이 그런거시엿드 그 말삼이 맛든 못맛든 황후 보션발 쮜여 나 러와셔 부친을 아부지 니가 과연 인당수으 싸져 죽어던 심쳥이요 심봉ᄉ 씸작 놀니여 이게 원 말리야 ᄒ더이 엇지 ᄒ 반갑던지 뜻박기 두 눈이 갈무 쩌러지 난 소리ᄀ 나면셔 두 눈이 활닥 발거스이 만좌 밍인더리 심봉ᄉ 눈 뜬난 소리 의 일시으 눈더리 헤번덕 짝짝 간치 식기 밥 머기난 소리 갓더이 뭇소

(이하 낙장)

단국대 나손문고 소장 심청전 (낙장 119장본)

　가로 16.6cm, 세로 27.5cm 크기의 필사본으로 완판본을 필사한 것이다. 한 면에 아홉 줄로 행서체의 필체로 성의있게 쓰여 있다. 간혹 필사할 때 일부 어절을 누락시킨 곳이 눈에 띈다. 첫장에 '심**청**전 권지상'이라 되어 있으나 하권의 표시는 없고 ○으로만 표시되어 있다(52-뒤). 시공간적 배경은 송나라 말년 황주 도화동이며, 심학규와 곽씨가 등장한다. 곽씨의 치산대목이 있으며 심봉사의 제안에 의해 기자정성을 들인다. 심청의 전생은 서왕모의 딸이다. 전반적인 내용은 완판본과 다름이 없다. 맹인잔치 영을 듣고 황성으로 향하다 뺑덕어미와 헤어지고, 시냇가에서 목욕을 하다 옷을 잃은 심봉사가 무릉태수에게서 행장을 얻어 입고 올라갈 때 부르는 새타령과 목동들의 목동가는 여러 단가를 조합한 것이다. 방아타령의 해학성이 두드러진다. 마지막 후일담에서 낙장되어 거의 전부분이 있는 셈이다.

단국대 나손문고 소장 심청전 (낙장 119장본)

〈1-앞〉

심쳥젼권지상이라

송나라 말년의 황주 도화동의 한 사람이 잇스되 셩은 심이요 명은 학규라 누
셰 장영지족으로 문명이 자자터니 가운이 영치호야 이십 안밍하니 낙슈쳥운의
벼살이 쓴어지고 금장자수의 공명이 무어스니 향곡의 곤혼 신세 원근 친쳑 업
고 겸호여 안명호니 뉘라셔 졉디호랴마는 양반으 후여로 힝실이 쳥염하고 지
조가 강기호니 사람마닥 군즈라 층춘호더라 그 쳐 곽씨부닌 현철호야 임스의
덕힝이며 장강의 고음과 목느의 졀기와 예기 가리 닉쵝편이며 주남 소늡 과져
시를 몰을 거시 업스이 일이의 화목호고 노복의 은익호며 가손

〈1-뒤〉

범졀호미 빅집사가관이라 이졔의 쳥염이며 안연의 간는이라 쳥젼구업 비이 업
셔 혼 간 집 단포자의 조불여셕 호는구나 야외의 젼토 업고 늉셔의 노복 업셔
가린혼 어진 곽씨부인 몸을 바려 품을 팔러 싹반어질 관디 도포 힝의 창의 징
넘이며 졉슈 쾌자 중추막과 늡녀의복 즌누비질 숭침질 외올쓰기 꽈쌈 고두누
비 속올이기 세답 쌜니 푸식 마젼 하졀의복 한삼 고의 망건 쑤미기 갓쓴 졉기
앙능 볼지 휘양 복건 풍치 쳔의 가진 금침 베기모의 쌍원앙 수 놋키며 오사 모
스 각디 홍비의 학 놋키와 초승는 집 원슴졔복 질슴 션주 궁초 공단 수주

〈2-앞〉

남능 갑사 운문 토주 분주 명주 싱초 퉁경이며 북포 황져포 춘포 문포 졔추리
미 삼베 믹져 극상셰목 짜기와 혼장더사 음식 숙졍 가진 중게ᄒ기 빅산과졀
신셜노며 수팔연 봉오님과 비상ᄒ듸 고님질과 쳥홍황빅 침힝 염식ᄒ기를 일연
삼빅육십 일을 ᄒ로 반씩 노지 안코 손툽 발툽 자자지게 품을 파라 모일 젹의
푼을 모야 돈을 짓고 돈을 모야 양을 만드려 일수

〈2-뒤〉

쳬게 장이변으로 이웃집 착실ᄒ 듸 빗슬 주어 실수업시 바다 들려 춘추시힝
봉졔사와 압 못보는 가장 공경 사졀의복 조셕찬수 입의 마진 가진 별미 비위
맛쳐 지셩공경 시종이 여일ᄒ니 상ᄒ촌 스람더리 곽씨부인 음견타고 층춘ᄒ더
라 ᄒ로난 삼봉사가 여보 마누리 예 사롬이 셰상의 삼겨날 졔 부부야 뉘 업스
랴마는 견싱의 무삼 은희로 이상의 부부 되야 압 못보

〈3-앞〉

난 가장 나를 일시 반씩도 노지 안코 주야로 버려셔 어린아히 밧든다시 힝여
비 곱풀가 힝여 치워할가 의복 음식 씨 마추어 극진이 공양ᄒ니 나는 편타 ᄒ
련마는 마누리 고상하난 일리 도로여 불평하니 일후부팀 날 공경 그만ᄒ고 사
난 디로 스라가되 우리 년당 사십의 실ᄒ의 일졈혈육 업셔 조종힝화을 일노
좃차 끈케되니 죽어 지ᄒ의 간들 무삼 면목으로 조상을 디면ᄒ며

〈3-뒤〉

우리 양주 신셰 싱각ᄒ면 초상 장스 소디기며 년년이 오는 기일의 밥 ᄒ 그릇
물 한 모금 게 뉘라셔 밧들잇가 명산디찰의 신공이나 듸려보와 다힝이 눈먼
자식이라도 남녀간의 곽씨 디답ᄒ되 옛글의 이르기를 불효삼쳔의 무후위더라

ᄒ여스니 우리 무ᄌ홈은 다 첩의 죄약이라 응당 닉침직ᄒ되 군자의 너부신 덕
틱으로 지금가지 보존ᄒ니 지식 두고 시푼 마음이야 주야 간절하와 몸을

〈4-앞〉

팔고 쎄를 간들 못ᄒ오릿가만은 형시는 간구ᄒ고 가군의 졍디ᄒ신 셩졍을 몰
ᄂ 발셜 못ᄒ엿더니 몬져 말삼ᄒ옵시니 지셩신공ᄒ오리다 ᄒ고 품 파라 모든
지물 왼갓 공 다 쓸인다 명산디잘 영신당과 고뫼충사 셩황사며 졔불보살 미릭
님과 칠셩불공 ᄂ혼불공 졔셕불공 신중마지 노구마지 탁의시주 인등시주 충오
시주 갓갓지로 다 지니고 집의 드러 잇는 눌은 조왕셩

〈4-뒤〉

주 지신졔를 극진이 공 드리이 공든 탑이 무너지며 심든 남기 썩거질가 갑자
시월 초팔일의 한 꿈을 어드니 셔기 반공ᄒ고 오치 영농ᄒ되 일기 션녀 흑을
타고 ᄒ눌노 나려오이 몸의는 치의요 머리는 화관이ᄅ 월픠를 느짓차고 옥픠
소리 징징ᄒ되 게화 일지를 손의 들고 부인긔 읍ᄒ고 졋티와 안는 거동은 두
렷흔 달졍신니 품안의 드난 듯 남희관음이 히중의 다시 돗는 듯 심신

〈5-앞〉

이 황홀하야 진졍키 어렵더니 션녀 ᄒ난 말리 셔황묘 쌀리옵더니 반도진숭 가
는 길의 옥진비자를 만ᄂ 두리 수작ᄒ여습더니 시가 좀 어기여삽기로 상졔게
득죄ᄒ야 인간의 닉치시미 갈 바를 몰ᄂ더니 틱힝산 노군과 후토부인 졔불보
살 셔가여러님이 귀 딕으로 지시하옵기 여 왓시오니 어엽비 여기옵소셔 품안
의 들미 눌너 찌다르니 남가일몽이라 직시 봉사님을 찌여 몽ᄉ

〈5-뒤〉

를 의논ᄒ니 두리 꿈이 갓탄지라 그 날밤의 엇지하엿던 과연 그 달부텀 틱이 잇셔 곽씨부인 어진 마음 셕부졍부좌ᄒ고 할부졍불식ᄒ며 이불쳥음셩ᄒ고 목 불시악식ᄒ며 입불번 와불칙하며 십 식을 찬 연후의 ᄒ로난 희복기미 잇구나 이고 비야 이고 허리야 심봉사 일변 놀니여 집 안 줌 졍이 추리너녀 사발의 졍 화슈를 소반의 밧쳐 놋코 돈졍이 ᄭ러안겨 비

〈6-앞〉

난이다 비난이다 삼신졔왕젼의 비난이다 곽씨부닌 노산이오미 헌 초미의 외씨 ᄲᅡ지듯 순순ᄒ여 주옵소셔 비더니 ᄯᅳᆺ밧기 힝니 만실ᄒ고 오식 안기 두루더니 혼미 중의 탄싱ᄒ니 과연 ᄯᆯ이로다 심봉사 거동 보소 ᄶᆞᆷ을 가려 뉘여 노코 만 심환히ᄒ던 차의 곽씨부인 졍신 차려 뭇는 말이 여보시요 봉사님 남녀간 무어 시요 심봉사 디소ᄒ고 아기 삿셜 만져보니 손니 ᄂ루비

〈6-뒤〉

지니듯 문듯 지니가니 아미도 무근 조기가 힛조기 나아나부 곽씨부인 셜어ᄒ 여 ᄒ는 말리 신공 드러 만득으로 ᄂ흔 자식 ᄯᆯ이라 하오 심봉사 이른 말리 만 루러 그 말 마오 쳣치는 순산이요 ᄯᆯ리라도 잘 두며 어의 아들 주어 밧구것소 우리 이 ᄯᆯ 고이 질너 예졀 몬져 가르치고 침션방젹 두로ᄒ야 요조숙녀 소흔 비필 군ᄌ호구 가리여셔 금실우지 질거움과 종수우진진ᄒ면 외손봉스 못ᄒ릿

〈7-앞〉

가 쳣국밥 얼는 지여 삼신상의 밧쳐 놋코 의관을 졍졔ᄒ고 두 손 드러 비난 말 리 비난이다 비난이다 삼십습쳔 도술쳔 졔셕젼의 발원ᄒ며 삼신졔왕임니 화의 동심ᄒ야 다 구버 보옵소셔 사십 후의 졈지흔 자식 흔두 달의 이실 미져 셕 달 의 피 어리여 넉 달의 인형 삼기여 다섯 달의 외포 슴겨 여섯 달의 육졍 나고

일곱 달의 골격 숨겨 사만팔쳔 털이 나고 야듭 달긔 친 줌 바드

〈7-뒤〉

금광문 희탈문 고히 여긔 순순ᄒ오니 삼신임니 덕이 안이신가 다만 무남동녀 ᄯᆯ이요ᄂ 동방속의 명을 주워 틱임의 덕힝이며 디순증삼 효히이며 기랑 처의 졀힝이며 반히의 지질이며 복은 셕숭이 복을 졈지ᄒ며 촉부단혈 복을 주어 외 붓듯 달 붓듯 즌병 업시 일취월증 ᄒ여 주옵소셔 더운 국밥 퍼다 노코 산모을 먹인 후의 혼ᄌ말노 아기를 어룬다 금ᄌ동아 옥ᄌ동아 어허ᄀᆞᆫ

〈8-앞〉

니 ᄯᆯ이야 표진강 숙힝이가 니가 되야 환싱ᄒ엿난야 은ᄒ수 즉녀셩니 너가 되야 ᄂ려왓야 남젼북답 장만훈들 이여 더 반ᄀᆞ오며 손호진주 어더쓴들 이여셔 더 반가올가 어더 갓다 인자 와 숨겨ᄂ야 이럿타시 길기더니 ᄯᅳᆺ박기 산후별증 이 늦구ᄂ 현철ᄒ고 음젼ᄒ신 곽씨부인 희복훈 초칠일 못 ᄃᆞ 가셔 외풍을 과 이 쐬야 병이 낫니 익고 빅야 익고 머리야 익고 가삼이야 익고

〈8-뒤〉

다리야 지형 업시 만신을 알난구나 심봉사 기가 막켜 압푼 디를 두로 만지며 정신 차려 말을 ᄒ오 체ᄒ엿ᄂ가 숨신임니 집탈인가 병셰 졈졈 위중ᄒ니 심봉ᄉ 겁을 니여 건니 마을 셩셩원을 모셔다가 집믹훈 연후의 약을 쓸 제 쳔문동 믹문동 반하 진피 게피 빅복영 소엽 방풍 시호 게지 힝인 도인 실농씨 중빅초 로 의약을 쓴들 ᄉ병의 무약이라 병셰 졈졈 침중ᄒ여 하릴업시 죽게 되니 곽 씨부인 ᄯᅩᄒᆞᆫ ᄉᆞ지 못 홀 줄 알고 가군의 손

〈9-앞〉

을 줍고 봉사임 휴유 한슘 질게 쉬고 우리 두리 셔로 맛나 희로빅연ㅎ랴 ㅎ고
간구한 살임 못보난 가중 범연ㅎ면 노음쎠기 슙기로 아모조록 뜻슬 바다 가중
공경ㅎ랴 ㅎ고 풍한셔십 가리즌코 남촌북촌 품을 파라 밥도 밧고 반츤도 어더
식은 밥은 니가 먹고 더운 밥은 가군 들러 비 곱푼존케 춥지 안케 극진 경딕ㅎ
압더니 천명이 그 쑨인지 인연이 쯘쳐진지 ㅎ릴 업소 눈을 엇지 곰고 갈ㄱ 뉘
라셔

〈9-뒤〉

헌 옷 지여 주며 맛진 음식 뉘라셔 권ㅎ릿가 니가 흔 변 죽어지면 눈 어둔 우
리 가장 사고부친 혈혈단신 의탁홀 곳 업셔 박앗치 손의 들고 집팡막디 부어
줍고 쩌 맛추워 나가다가 구렁의도 쎠저 돌의도 치여 업푸러져셔 신셰 ㅈ탄으
로 우난 양은 눈으로 곳 보는 듯 가가문젼 츠저가셔 밥 달나는 실푼 소리 귀의
징징 들이는 듯 나 죽은 후 혼빅인들 차마 엇지 듯고 보며

〈10-앞〉

명슌딕찰 신공 들여 사십의 나흔 ㅈ식 젓 흔 번도 못미기고 얼골도 치 못보고
죽단 말가 전싱의 무삼 조로 이싱의 삼겨나셔 어미 업난 어린 거시 뉘 전 먹고
잘어나며 가군의 일신도 주치 못ㅎ듸 쏘 져거슬 엇지ㅎ며 그 모양 엇지 홀가
멀고 먼 황천질의 눈물 졔워 엇지 가며 압피 막켜 엇지 갈가 저 건너 이동지
집의 돈 열 양 믹겨스니 그 돈 열양 츠저다가 초승의 보

〈10-뒤〉

틔여 쓰고 도중 온의 양식 힉복쌀오 두어스나 못다 먹고 죽여가니 니의 사정
졀박ㅎ니 쳔 상망이나 지낸 후의 두고 양식ㅎ옵고 진어사딕 관복 흔 벌 흥비
흑을 놋트 못다ㅎ고 보의 싸셔 밋틱 농의 너어스니 ㄴ 죽어 초상 후의 츠지리

오거든 염여 말고 니여 주고 건니 마을 귀덕어미 너기 졀친호게 단여스니 어
린 아히 안고 가셔 졋슬 먹여 둘느호면 응둥 괄셰 안이

〈11-앞〉

호리니 청힝으로 이 자식이 죽지 안코 즈르나셔 제발노 걸거든 압 시우고 질
을 무러 니 무덤 압푸 츠저와셔 너의 죽은 모친 무덤이로다 가르처 모녀 상면
호면 혼이라도 원이 업것소 천명을 이길 질이 업셔 압 못보는 가장의 귀흐신
몸이 이통호여 상치 말고 천만 보즁호옵소셔 초싱의 미진훈 인연 다시 만느
이별 말고 살이라 이고이고 이겻소 저 아히 일홈을 심청이라 지

〈11-뒤〉

여 두고 느 쩌던 옥지환이 홉 속의 잇스이 심청의 자라거든 눌 본다시 너여주
고 나르의셔 상사호신 돈 슈복강영 티평안락 양 편의 시긴 돈을 고흔 홍젼 괴
불줌치 쥬홍당사 벌미답의 끈을 드러 두어쓰니 그것도 너여 치여주오 호고 즙
어쩐 손을 후리치고 호숨 짓고 도라누어 어린 오히 즈바달여 눗슬 훈티 문지
르며 셔를 씰씰 츠며 천지도 무심호고 귀신도 야속드 니가 진

〈12-앞〉

직 삼기거나 니가 좀더 살거나 너 눗차 느 죽으이 갓업는 궁천지통을 널노호
여 풀게 호니 죽는 어미 사난 즈식 싱스간의 무삼 죄야 뉘 졋 먹고 술아나며
뉘 품의셔 잠을 즈리 이고 아가 너 졋 망종 먹고 어셔 어셔 자러거나 두 줄 눈
물 눗시 젓는구나 호숨 지여 부는 브람 습습비풍 되야잇고 눈물 미져 오는 비
난 소소체우 니리도다 호늘은 느직호고 음운언 즈옥훈듸 숩

〈12-뒤〉

풀의 우는 식는 정어긍ᄒ여 적막키 머무르고 식니의 도난 물은 소린 습습 준
준ᄒ여 오열이 흘너가니 ᄒ물며 스람이야 엇지 안이 설위ᄒ리 뷕가질 두시 번
의 줌이 덜걱 지니 심봉ᄉ 그제야 죽은 줄 알고 이고이고 마뉘러 춤으로 죽언
눈가 이기 웬 일인고 가삼을 쾅쾅 두드리며 머리 탕탕 부드치며 뉘리궁글 치
궁글며 업더지며 잡바지며 발 구르며 고통ᄒ며 여보 마누릭 그딕

〈13-앞〉

살고 뉘가 죽으면 저 자식을 키울 거슬 뉘가 살고 그딕 죽어 져 자식 엇지 키
준 말고 이고이고 모진 목숨 스즈ᄒ니 무엇 먹고 살며 홉긔 죽자한들 어린 자
식 엇지홀가 이고 동지 셧달 찬 바람의 무엇 입펴 키여너며 달은 지고 침침ᄒ
빈 방안의셔 졋 먹즈 우는 소릭 뉘 졋 먹여닐가 마오 졔발 덕분 죽지 마오 평
싱 졍훈 뜻시 시직동혈 ᄒ자더이 엽나국이 어드라고 놀 바리고 저것 두고 죽
단

〈13-뒤〉

말가 인제 가면 언제 오리 이고 청춘죽반호환힝의 봄을 짜러 오랴난가 청쳔뉴
월너기시의 달을 찍고 오랴난가 꼿도 졋다 다시 피고 힉도 졋다 다시 돗건마
는 우리 마누릭 가신 듸는 가면 다시 못오넌가 슴쳔벽도 요지연의 셔왕모를
ᄯᅥ러간가 월궁 항아 쪅이 되야 도약ᄒ러 올ᄂᆞ간간 황능모 이비 함긔 회포말
ᄒ러간가 회사정 호쳔ᄒ던 스씨부인 ᄎᄌ간가 ᄂᆞ는 뉘를 ᄎ저 갈가 이

〈14-앞〉

고이고 셜운지고 이러타시 이통홀 제 도화동 사람더리 남녀노소 업시 묘와 낙
누ᄒ며 하는 말리 현철ᄒ든 곽씨부인 불숭이도 죽어구나 우리 동닉 빅여호ᄅ
십시일반으로 감중이나 ᄒ여 주식 공논이 여출일구하야 의금관곽 졍이ᄒ야 힝

양지지 가리여 삼일만의 출상홀 졔 희로가 실푼 소리 원어 원어 얼리 넘츠 원
어 북망손이 머다더니 건년손이 북망일셰 원어 원어

⟨14-뒤⟩

원이라 넘츠 원어 황천질리 머다더니 방문밧기 황천이라 원어 원어 불숭ᄒ다
곽씨부인 힝실도 음젼ᄒ고 지질도 기이터니 늑도 졈도 안이ᄒ여셔 영결죵쳔
ᄒ여ᄯᅡ 원어 원어리 넘츠 원어 어화 너화 원어 이리져리 건니갈 제 심봉ᄉ
거동 보소 어린 아히 강보의 싸인 쳐 귀덕어미 미겨두고 집팡막ᄃᆡ 훗터 집고
집고 논들밧들 춧츠와셔 승여 뇌치 부어 줍고 목은 쉬여 크게 우던 못

⟨15-앞⟩

하고 여보 만뉘리 니가 죽고 마뉘리 사러야 어린 자식 살여ᄂᆡ제 쳔ᄒ쳔지 몹
실 마누리 그ᄃᆡ 죽고 살어 초칠일 못다간 어린 ᄌᆞ식 엇 못보는 니가 엇지 키녀
닐고 이고이고 셔리울 제 산쳔의 둥도ᄒ야 안중ᄒ고 봉분을 ᄃᆞᆫ 후의 심봉ᄉ
졔를 지너되 셔룬 진졍으로 제문 지여 익던 거시잇ᄃ 차호부인 초호부인 요차
조지숙여ᄒ여 싱불고어고인리라 기빅년니희로터니 홀연몰희언귀요

⟨15-뒤⟩

유치자이영세ᄒ니 이것슬 엇지 질너니며 귀불귀혜쳔ᄃᆡ희여 언의 ᄃᆡ나 오랴는
가 탁송추이위가ᄒ여 ᄌᆞ는 다시 누어스니 승음용이졍막ᄒ여 보고 둣기 어려워
라 누슴슴이쳠금ᄒ여 졋는 눈물 피가 되고 심경경이소원ᄒ여 슬기리 젼이 업
ᄃᆞ 소회인이지피ᄒ여 바리본들 어이ᄒ며 어중주이울도ᄒ여 뉘를 의지ᄒᄌᆞᆫ 말
가 빅양노이월늑ᄒ여 손젹젹 밤 집푼 ᄃᆡ 어츄츄이

⟨16-앞⟩

주유ᄒᆞ여 무슨 말을 ᄒᆞ소훈들 격유헌이노수ᄒᆞ여 그 뉘라셔 위로ᄒᆞ리 서리상지 승봉하면 ᄎᆞ싱의논 훈이 업닌 주과포혜박존혜여 만이 먹고 도로 가오 제문을 막 익더니 모들쓰기ᄒᆞ여 이고이고 이게 왼 일인고 가오가오 늘 바리고 가난 부인 훈톤ᄒᆞ여 무엇ᄒᆞ리 황쳔으로 가는 기리 각졈이 업스니 뉘 집의 ᄀᆞ 자고 가오 가는 더 날 일너 주오 무수이 이통ᄒᆞ니 중ᄉᆞ 회긱더리 말여 도라와셔 집이라 드러

〈16-뒤〉

가니 부억은 젹젹ᄒᆞ고 방은 뎅 비엿구나 어린 아히 달러다가 헝덩글러진 빈 방안의 티빅손 갈가마구 게발 무러 더진다시 홀노 누어스니 마음이 온졍ᄒᆞ리 벌덕 이러서더니 이불도 만져보며 벼기도 더드무며 예 덥던 금침은 의구의 잇다마는 독슉공방 뉘와 홈기 덥고 ᄌᆞ며 농쪽도 콱콱 치며 반어질 숭ᄌᆞ도 덥벅 만져보고 빗던 빗졉도 핑등그리 더져도 보고 바든 밥숭도 더듬더듬 만져보고 부억을 향

〈17-앞〉

하야 공연이 불너도 보며 이웃집 ᄎᆞ차가셔 공연이 우리 마누리 예 왓소 무러도 보고 어린 아히 품의 품고 너의 어마니 무숭ᄒᆞ다 너를 두고 죽엇제 오늘은 졋슬 어더 먹어스니 너일은 뉘 집의 가 졋슬 어더 먹여 올가 이고이고 야속ᄒᆞ고 무숭훈 귀신 우리 마누리를 줍아갓구나 이러쳐로 이통ᄒᆞ다가 풀쳐 싱각ᄒᆞ되 ᄉᆞᄌᆞ는 불가불싱이라 ᄒᆞ릴 업건이와 이 자식이나 잘 키여ᄂᆞ리라 ᄒᆞ고 어린 아히

〈17-뒤〉

잇는 집을 ᄎᆞ리로 무러 동영졋슬 어더 먹일 제 기 눈 어두어 보든 못ᄒᆞ고 귀는

발가 눈치로 간음ᄒ고 안ᄌ다가 마춤 늘 도들 적의 우물가의 들니ᄂ 소리 얼
ᄂ 듯고 ᄂ셔면셔 여보시요 마누리님 여보 아씨임ᄂ 이 ᄌ식 졋슬 좀 먹여주
오 눌노 본들 엇지ᄒ며 우리 마누리 스러슬 제 인심으로 싱각ᄒ들 ᄎ마 엇지
괄시ᄒ며 어미 업ᄂ 어린 거신들 엇지 안이 불숭ᄒ오 딕집의 귀ᄒ신 아기 먹
이

〈18-앞〉

고 니문 젓 혼 통 먹여주오 ᄒ니 뉘 안이 먹여주리 ᄯ 육칠월 지심 미난 녀인
수일 춤 차져 가셔 이근ᄒ게 어더 먹이고 ᄯ 셰니가의 빨니ᄒᄂ 되도 차져가
면 엇던 부인은 둘니다가 ᄯᄯ시 먹여주며 후늘 ᄯ ᄎ져오라 ᄒ고 ᄯ 엇던 여
인은 말ᄒ되 인ᄌ 막 우리 아기 먹여스니 졋시 업노ᄅ ᄒ여 심쳥이 젓슬 만이
어더 먹인 후의 아히 비가 불녹훈 직 심봉ᄉ 조와리고 양지 바른 어덕 미티

〈18-뒤〉

쏙그러 안저 아기를 얼울 제 아가 아가 ᄌᄂ야 아가 아가 웃ᄂ야 어셔 커셔 너
의 모친 갓치 현쳘ᄒ야 효힝 잇셔 아비의게 귀ᄒ물 뵈야라 언의 조고 잇셔 보
며 언의 외가 잇셔 믹길손야 ᄒ로 뵈일 ᄉ람 업셔스니 아히 젓슬 어더 먹여 뉘
이고 시시이 동영홀 제 삼비 견더 두동 지여 혼 머리ᄂ 쑬을 밧고 한 머리ᄂ
비를 바다 모이고 혼 달 육즁 돈이며 젼젼이 혼 푼 두 푼 어더 모와 아히 맘

〈19-앞〉

죽ᄎ로 깅엿 푼엇치 ᄒ흡도 ᄉ고 일엇타시 지니나며 미월 쇽망 소더기를 염예
업시 지니더니 ᄯ 심쳥이ᄂ 즁니 귀이 될 스룸이라 쳔지귀신이 도와주고 제불
보살이 음조ᄒ여 즌병업시 ᄌ라나 제발노 거려 즌주룸을 지니고 무졍셰월 양
유파라 언의더시 육칠셰라 얼골리 국식이요 인사가 민쳡ᄒ고 효힝이 출쳔ᄒ고

소견이 특월ᄒ고 인ᄌᄒ미

〈19-뒤〉

기린이라 부친의 조셕 공양과 모친의 제사를 의법으로 홀 졸을 아니 뉘 안이
층찬ᄒ리요 ᄒ로ᄂ 부친게 엿ᄌ오되 미물 짐싱 각마구도 공임 겨문 눌의 반포
홀 조를 아니 ᄒ물며 ᄉ람이야 미물만 못ᄒ오릿가 아부지 눈 어두신듸 밥 빌
녀 가시다가 놉푼 듸 집푼 듸와 조분 질노 천방지방 든이다가 업푸러저 승키
쉽고 만일 날 구진 날 비바람 불고 셔리친 눌 치워

〈20-앞〉

병이 나실가 주야로 염여오니 니 나히 칠팔세라 싱아육이 부모 은덕 이제 봉
힝 못ᄒ면 일후 불힝ᄒ신 날의 이통ᄒᆫ들 갑사오릿가 오늘부텀 아부는 집이나
직키시면 니가 나셔서 밥을 빌어다가 조셕근심 덜게 ᄒ오리다 심봉ᄉ 웃고 ᄒ
ᄂ 말리 니 말리 기특ᄒ다 인정은 그러ᄒᄂ 어린 너를 니보너고 안ᄌ 바더 먹
ᄂ 마음 니 엇지 편ᄒ리요 그런 말 다시 마라 ᄯᅩ 엿ᄌ오되 ᄌ로ᄂ 현

〈20-뒤〉

인으로 빅이에 부미ᄒ고 제형은 어린 여ᄌ로되 녹양 옥중의 갓친 아비 제 몸
을 파라 속죄ᄒ니 그런 릴 싱각ᄒ면 ᄉ롬이 고금이 다르릿가 고집지 말으소셔
심봉ᄉ 올이 여겨 기특ᄒ다 니 ᄯᅡᆯ이야 효녀로다 니 ᄯᅩᆯ이야 니 말되로 그러ᄒ
여라 심청이 이 눌부텀 밥 빌녀 야셜 제 원순의 히 비치고 압마을 넌기 나면
헌 벼중의 단임 치고 말만 ᄂ문 뵈초미 압셥 업ᄂ 겹져고리 이렁

〈21-앞〉

져렁 얼미고 청목 휘양 둘너 쓰고 보션 업시 발을 벗고 뒤축 업ᄂ 신을 끌고

헌 박아치 엽푸 찌고 단지 놋근 미여 손의 들고 엄동셜안 모진 눌의 치운 조를
모로고 이접 져집 문압문압 드러가셔 인근이 비는 말이 모친은 시상 바리시고
우리 부친 눈 어두워 압 못보신 줄 뉘 모르시릿가 십시일반이오니 밥 훈 술 덜
줍수시고 주시면 눈 어두온 너의 부친 시장을 면ᄒ것소 보고

〈21-뒤〉

듯는 사람드리 마암이 감격ᄒ야 그릇 밥 짐치 장 앗기지 안코 주며 혹은 먹고
가라 하면 심청이 ᄒ는 말니 치운 방의 늘근 부친 응당 기달일 거스니 ᄂ 혼ᄌ
먹스오릿가 어셔 밧비 도르가셔 아부 홈기 먹겟ᄂ니이다 이러처로 어든 밥이
두세 집 어드니 족ᄒ지라 속속키 도라와셔 방문 압푸 드러오며 ᄋ부지 춥지
안소 아부지 시중ᄒ시지요 ᄋ부지 기둘엇소 ᄌ연이 더듸

〈22-앞〉

엿소 심봉사가 딸을 보너고 마암 둘 듸 업셔 탄복ᄒ더니 소리 얼는 반겨 듯고
문을 펄적 열고 두 손 덥벅 줍고 손 시렵지야 입의 듸이고 홀홀 불며 발도 추
다 어로만지며 셔를 끌끌 추며 눈물지며 이고이고 이답도다 너의 모친 무승홀
듸 너의 팔ᄌ야 널노 하여곰 밥을 비러 먹고 스즌 말가 이고이고 모진 목숨 구
츠이 스ᄅ나셔 ᄌ식 고승 시기는고 심청이 극진훈 효셩 부친을

〈22-뒤〉

위로ᄒ되 아부지 그 말슴 마오 부모를 봉양ᄒ고 ᄌ식의 효도 밧는 기 천리의
쩟쩟ᄒ고 인사의 당연ᄒ니 너무 걱정 마르시요 진지나 줍수시요 ᄒ며 지의 모
친 손을 줍고 이거슨 짐치요 이는 간장이오 시장ᄒ신듸 만이 줍수시요 이러틋
시 공양ᄒ며 춘ᄒ추동 스시절 업시 동니 걸인 되야더니 혼히 두희 니더희 지
니가더니 지질이 민첩ᄒ고 침션이 능는ᄒ니 동니 바누질을 공밥 먹지 ᄋ니

〈23-앞〉

하고 싹을 주면 바다 미와 부친 을복 천슈ᄒ고 일 업눈 눌은 밥을 비러 근근이
연명ᄒ여 가니 셰위리 려류ᄒ야 십오 셰의 둥ᄒ더니 얼골이 추월ᄒ고 효힝이
틱가ᄒ고 동졍이 안혼ᄒ야 인ᄉ가 비범ᄒ니 쳔싱녀질리라 가라쳐 힝할소야 녀
중의 군ᄌ요 시중의 봉황이라 이러ᄒ 소문이 원근의 ᄌᄌᄒ니 일일은 월평 무
릉춘 즁승승딕 시비 드러와 부인

〈23-뒤〉

명을 바다 심소제를 쳥ᄒ거늘 심쳥이 부친게 엿ᄌ오되 어룬이 부르신 직 시비
홈기 가 돈여오것ᄂᆞ니다 만일 가셔 더듸여도 즙슈시던 ᄂᆞ문 진지 반춘 시겨
승을 보와 특ᄌ 우의 두어쓰니 시즁ᄒ시거든 즙수시요 부듸 나 오기를 기다려
조심ᄒ옵소셔 ᄒ고 시비를 짜러갈 졔 시비 손 드러 가ᄅᆞ치는 딕 바ᄅᆞ보니 문
압푸 심은 버들 엄울ᄒ 시상촌을 젼ᄒ여 잇고 딕문 안의 드러셔니

〈24-앞〉

좌편의 벽오동은 말근 이실이 쑥쑥 쩌러져 혹의 꿈을 놀닉씨고 우편의 셧단
반송 쳥풍이 건듯 부니 노룡이 굽이ᄂᆞᆫ듯 즁문 안의 드러셔니 츙 압푸 심은 화
초 일ᄂᆞᆫ초 봉미증은 속입피 쎄여ᄂᆞ고 고루 압푸 부용등은 빅구기 흔흔ᄒ듸 ᄒ
엽이 출수소의젼으로 놉피 쩌셔 동실 넙젹 진경은 쌍쌍 금부어 둥둥 ᄋ 즁문
드러셔니 가ᄉ도 굉즁ᄒ고 수호 문충도 츤론ᄒ듸 반빅

〈24-뒤〉

이 ᄂᆞ문 부인 의승이 돈졍ᄒ고 기부가 풍영ᄒ야 복이 만ᄒ지ᄅ 심소제를 보고
반겨ᄒ야 손을 쥐며 네 과연 심쳥이야 듯던 과 갓도 갓다 ᄒ시며 좌를 쥬워 ᄋ

친 후의 가긍ᄒ물 위로ᄒ고 안진 제비 사람 보고 놀나는 듯 황홀ᄒ 저 얼골은
천심의 도든 달리 슈면의 빗치엿고 추파를 홀이 쓰니 시벽빗 말근 ᄒ늘의 경
경ᄒ 시별 갓고 양협의 고흔 빗천 노양연봉추분홍의 부용

〈25-앞〉

이 시로 피 듯 청슌 미간의 눈섭은 초싱돌 정신이요 슴슴녹발은 시로 ᄌ난 난
초 갓고 지약쌍쌍비는 미야미 귀 밋치라 입을 버려 웃는 양은 모론화 ᄒ 승이
가 ᄒ로밤 빗기운의 피고ᄌ 버러지는 듯 호치를 여러 말을 ᄒ니 농순의 잉무
로다 부인이 층춘 왈 니 젼세를 모로난야 분명이 션녀로다 도화동의 적ᄒᄒ이
월궁의 노던 션녀 벗 ᄒᄂ를 이러구ᄂ 오늘 너를 보니 위연ᄒ

〈25-뒤〉

일 안이로ᄃ 무릉촌의 니가 잇고 도화동의 봄이 들고 도화동의 긔화로다 툴천
지지정이 ᄒ니 비범ᄒ 니로구ᄂ 니 말을 들어서라 승승이 일직 기세ᄒ시고 ᄋ
들리이 슴형제로 황성의 여환ᄒ여 달은 ᄌ식 손자 업고 실ᄒ의 지미 업셔 눈
압푸 말벗 업고 각방의 며느리는 혼정신셩ᄒ 후 ᄃ 각기 제 일 ᄒ니 적적ᄒ 빈
방의 디ᄒᄂ니 촉불리요 보느니 고셔로다 니의 신시 싱각

〈26-앞〉

하니 양반의 후ᄒ로 져럿탓 궁곤ᄒ니 엇지 안이 불승ᄒ랴 니의 슈양쌀 되면
녀공이며 문순을 흑십ᄒ야 기출갓치 길너니여 말연 지미 보려ᄒ니 니 뜻시 엇
더ᄒ요 심소졔 일러 지비ᄒ고 엿ᄌ오디 명도 긔구ᄒ녀 ᄂ흔 졔 초칠 일 온의
모친이 불힝ᄒ야 세상 바리시미 눈 어둔 니의 부친 동영졋 어더먹여 긔우 슬
어쓰니 모야 젓지 얼골도 모르미 궁천지통 쓴칠 늘니 업습기로 니

〈26-뒤〉

의 부모 싱각ᄒ야 늠의 부모도 공경터니 오날 승승부인게압셔 권ᄒ신 쓰시 미
친한 줄 혜지 안고 쏠을 숨으려 ᄒ시니 모친을 모친을 다시 뵈온 듯 황송 감격
ᄒ와 마암을 둘 고지 젼이 업셔 부인의 말슴을 좃ᄌᄒ면 몸은 영구ᄒ오ᄂ 안
혼ᄒ신 우리 부친 조셕공양과 ᄉ졀의복 뉘르셔 이우릿가 구훌ᄒ신 은 ᄉ롭마
닥 잇거이와 지여눌ᄒ여 눈둥이별논이르 부친 모시옵

〈27-앞〉

기를 모친 겸 모시압고 우리 부친 눌 밋기를 아달 겸 밋ᄉ오니 니가 부친 곳
안이시면 이제까지 ᄌ르쓰며 니가 만일 업거더면 우리 부친 ᄂ문 희를 맛칠
기리 업ᄉ오며 요조의 ᄉ경 셔로 의지ᄒ여 니 몸이 맛도록 기리 모시려 ᄒ옵
ᄂ니다 말을 맛치미 눈물리 옥면의 젓난 거동은 춘풍셰우가 도화의 밋쳐다가
졈졈 쩌러지난 듯ᄒ니 부인도 쏘ᄒ 긍칙ᄒ야 등을 어로 만지시기 가라ᄉ더 효

〈27-뒤〉

녀로ᄃ 네 말리여 응동 그러홀 듯ᄒ다 노혼ᄒ 니의 말리 미쳐 싱각지 못ᄒ엿
ᄃ 그렁져렁 날이 져무러지니 심청이 엿ᄌ오더 부인의 측ᄒ신 덕을 입어 종일
토록 모셔쓰니 연광이 만ᄒ기로 일역이 ᄃᄒ오니 급피 도라가 부친의 지달
이시던 마음을 위로코져 ᄒᄂ이다 부인이 말이지 못ᄒ야 마암의 연연이 여기
ᄉ 치돈과 필룩이며 양식을 후이 주워 시비 홈기 보닐 적의 니 부

〈28-앞〉

더 날을 잇지 말고 모녀간 의를 두면 노인의 다힝이라 심청이 더답ᄒ되 부인
의 장ᄒ시든 뜻시 이갓치 미쳐쓰니 가르치시믈 밧ᄌ오리다 절ᄒ여 ᄒ직ᄒ고
망연이 오더니라 이 쩌의 심봉ᄉ 홀노 ᄋ져 심청을 지달일 졔 비 곱파 등의 붓

고 방은 추워 턱이 떨여지고 잘 시는 늘어들고 먼 듸 질 쇠북소리 들니리 늘 저문 졸 짐죽ᄒ고 혼ᄌ ᄒ는 말리 늬 쑬 심청이는 무슴 일의

〈28-뒤〉

골몰ᄒ며 날리 저문 졸 모르ᄂ고 주인의게 잡피여 못 오는가 져물기 오는 길의 동무의게 좀축흔가 풍셜의 가는 스룸 보고 짓는 기소리의 심청이 오ᄂ야 반기듯고 무든홀스 쩌러진 엽충의와 풍셜 셕겨 부드치니 심청이 온 ᄌ최 향여 긴가 ᄒ야 반겨 ᄂ셔면셔 심청이 늬 오ᄂ야 적막공경의 인젹이 업셔쓰니 헛분 마암 으득키 속아구ᄂ 집팡막더 ᄎ져 집고 스립 박기 ᄂ가다가 지리 ᄂ문

〈29-앞〉

기쳔의 밀친다시 쩌러지니 면승의 흑빗시요 의복이 어림이라 쑤들 도로 더 쌔지며 나오즌직 미쓰러져 흐릴업세 죽기 되여 아모리 소리흔들 일모도궁ᄒ니 뉘라셔 건져주리 진소위 홀인지불은 곳곳마닥 잇난지라 마춤 잇쩌 몽운스 화주승이 졀을 즁충ᄒ랴 ᄒ고 권션문 드러미고 ᄂ려왓다 청순은 암암ᄒ고 셜월은 도드올 제 셕경 빗긴 질노 졀을 ᄎ져가는 ᄎ의 풍편 실

〈29-뒤〉

푼 소리 스룸을 구ᄒ라 ᄒ거늘 화주승 자비흔 마암의 소리ᄂ는 곳슬 ᄎ져 가더니 엇던 사룸이 기쳔의 쌔져셔 거의 죽기 되엿거늘 져 즁의 급흔 마암 구졀 죽중 비골리 압승의 쳔쳔 더져두고 굴갓톤 수먹 즁삼 실쯰 둘인 치 버셔 녹코 육눌 며투리 힝젼 단임 보션 훨훨 버셔 노코 고두누비 바지 져고리 거듬거듬 훨신 추고 월의을 달여드러 심봉스 고코승토 업이 줍어 엇뜰우

〈30-앞〉

미야 건져노니 젼의 보던 심봉스른 봉스 정신 추려 믓는 말리 기 뉘씨요 ᄒ니
즁니 디답ᄒ되 몽운스 화쥬승이요 그럿체 활린지불이로고 죽을 스롬 살여 노
이 은히 빅골난망이라 화쥬승이 심봉사를 업고 방안의다가 안치고 ᄲ진 연고
를 무르니 심봉스다려 ᄒ는 말리 불숭ᄒ오 우리 졀 부체님은 영검이 만ᄒ압셔
비러 아니 되ᄂ이라 업고 구ᄒ면 응ᄒᄂ니 고량미 슘

〈30-뒤〉

빅셕을 부체님게 올이압고 지셩으로 불공ᄒ면 정영이 눈을 ᄶ셔 완인이 되야
쳔지만물을 보오리다 심봉스 정세는 싱각지 안코 눈 쓴단 말의 혹ᄒ여 그러면
슘빅셕을 적어 가시요 화주승이 허허 웃고 여보시요 딕의 가세를 살펴보니 슘
빅셕을 무신 수로 ᄒ것소 심봉스 해씸의 하는 말리 여보시요 언의 쇠아들놈이
부체님게 적어 녹코 빈말ᄒ것소 눈 쓸ᄂᄃ

〈31-앞〉

가 안진빅이 되게요 사람만 업수이 여기난고 염여 말고 적의시요 화주승이 ᄲᆯ
낭을 펼쳐노코 제일츙 불근찌의 심학규 빅미 삼빅셕이라 적어가지고 ᄒ직하고
간 연후의 심봉스 즁을 보니고 다시금 싱각ᄒ니 시주쓸 삼빅셕을 판츌홀 기리
업셔 복을 빌야다가 도로여 죄를 어들 거시나 이 일을 어어ᄒ리 어 셔름 져 셔
름 무근 셔름 히 셔름이 동무

〈31-뒤〉

지어 이러나이 견디지 못하야 우름 운디 익고익고 니 팔자야 망영할사 니 일
이야 쳔심이 지공ᄒ스 후박이 업건마는 무삼 일노 밍인이 되여 셩세조차 간구
ᄒ고 일월갓치 발근 거슬 분별홀 길 젼이 업 쳐자갓턴 지졍간을 디ᄒ여도 못
보건니 우리 망쳐 사러씌면 조셕 근심 업슬 거슬 다 커가난 ᄯᆯᄌᆞ식을 사동니

여 닉노와셔 품을 팔고 밥을 비러다가 근근

〈32-앞〉

이 호구ᄒ난 즁의 공양미 삼빅셕을 호기 잇기 져어 노코 빅가지로 싱각ᄒ들 방칙이 업구ᄂ 빈 단지를 기우린들 ᄒ 되 곡식이 바이 업고 즁농을 수탐ᄒ들 ᄒ 푼젼이 웨 잇시리 일간두옥 팔ᄌᄒ들 풍우를 못피커든 술 ᄉ람이 뉘 잇스리 닉 몸을 파자하니 푼젼 싸지 아니ᄒ니 너라도 ᄉ지 안이ᄒ랴거든 엇더ᄒ ᄉ람은 팔ᄌ 조와 이목이 완젼ᄒ고 슈족이 구비ᄒ여 부부

〈32-뒤〉

희로ᄒ고 ᄌ손이 만당ᄒ고 곡식이 진진ᄒ고 지물리 영영ᄒ여 용지불갈 취지무금 기루온 것 업건마는 이고이고 닉 팔ᄌ야 날갓턴 이 ᄯᅩ 잇난가 안진박 쏩ᄉ 등이 셔릅다 ᄒ들 부모 쳐ᄌ 바로 보고 말 못하는 벙어리도 셔릅다ᄒ들 쳔지 만물 보와잇니 ᄒ충 이러쳐롬 톤식홀 제 심쳥이 밧비 와셔 제의 부친 모냥 보고 깜ᄌ 놀너여 발 구르면셔 편신을 두로

〈33-앞〉

만지며 아부지 이기 웬 일리요 ᄂ를 ᄎ져 나오시다가 이런 욕을 보와겻소 이 웃집의 ᄀ겻다가 이런 봉변을 둥ᄒ겨소 춥긴들 오직ᄒ며 분함인들 오직ᄒ릿가 승샹딕 노부인이 구지 줍고 말유ᄒ여 어언간의 더듸엿소 승샹딕 시비 불너 부억의 잇ᄂ ᄂ무로 불 ᄒ 부억 너어 주소 부탁ᄒ고 초미폭을 거듬거듬 거더잡고 눈물 흔젹 시치면셔 진지를 줍

〈33-뒤〉

수시요 더운 진지 가졋왓소 국을 몬져 잡수시요 손을 ᄯ리다가 가르치며 이거

슨 짐치요 이거슨 ᄌ반이요 심봉ᄉ 만면슈식 밥 먹을 뜻 견이 업셔쓰니 아부지 웬 일리요 어디 압퍼 그러신가 더듸 왓다고 이럿틋시 진보ᄒ신가 안이로ᄃ 너 알어 쓸 디 업다 아부지 그기 무슴 말슴이요 부ᄌ간 쳔륜이야 무슴 허물 잇시릿가 아부지는 날만 밋고 ᄂ는 아부지만

〈34-앞〉

미더 듸소ᄉ를 의논터니 오늘눌 말슴이 너 아러 쓸 디 업다고 ᄒ시오니 부모 근심은 곳 자식의 근심이라 지 아무리 불효한들 말삼을 아이ᄒ시이 제 마음의 섭사이다 심봉사 그제야 니가 무신 이을 너을 소기라마는 만일 네가 알거드면 지극한 너의 마음 걱정만 되것기로 말하지 못하엿다 악가 너를 기다리다가 져무도록 아이 오기여 ᄒ 각갑ᄒ여 너를 ᄎᄌ 나가ᄃ가

〈34-뒤〉

질리 너문 기쳔의 ᄲ져셔 거의 죽기 되얏더니 뜻박기 몽운ᄉ 화주승이 나를 건져 살여 노코 ᄒ는 말리 공양미 삼빅셕을 진심으로 시주ᄒ면 셩젼의 눈을 ᄯᅥ셔 쳔지만물을 보리라 ᄒ더구나 홰씸의 적어더니 즁을 보니고 싱각ᄒ니 푼견 일미 업ᄂ 즁의 숨빅셕이 어디셔 ᄂᄃ 말인야 도로여 후회로ᄃ ᄒ니 심쳥이 반기 듯고 부친을 위

〈35-앞〉

로ᄒ되 아부지 걱졍 마르시고 진지ᄂ 줍수시요 후회하면 진심이 못되오니다 아부지 어두온 눈을 더셔 쳔지만물을 보량이면 공양미 삼빅셕을 아무조록 준비하여 몽운ᄉ로 올이리다 네 아무리 한들 빅쳑간두의 ᄒ 슈가 잇슬손냐 심쳥이 엿ᄌ오디 왕숭은 고빙ᄒ고 어름 궁기셕 이어 엇고 곽거ᄅ ᄒᄂ 사람은 부모 반챤ᄒ여 노으면 지 ᄌ식이

〈35-뒤〉

상머리여 먹는ᄃ고 손 치 무드려 홀 제 금황을 어더다가 부모봉양 ᄒ여쓰니 ᄉ친지효가 옛스롭만 못ᄒ나 지셩이면 감쳔이라 ᄒ오니 공양미는 ᄌ연이 엇스오리다 집피 근심 마압소셔 만단 위로하고 그 늘부텀 목욕지계 젼조돈발ᄒ며 집을 소쇄ᄒ며 후원의 돈을 무어 북두칠셩 힝야반의 만뢰구젹ᄒ듸 등불을 발켜쓰고 졍화수 ᄒ 그릇시 북힝ᄒ야

〈36-앞〉

비난 말리 간지 모월 모일의 심쳥은 근고우지비ᄒ노니 쳔지 일월셩신이며 하지후토 손영셩황 오방강신 하빅이며 졔일의 셔가여리 슘금강 칠보술 팔부신즁 십왕셩군 강임도령 슈ᄎ 공양ᄒ압소셔 ᄒ늘님이 일월두미 사람의 안목이라 일월리 업스오면 무삼 분별ᄒ오릿가 아비 무ᄌ싱신 삼십 안의 안밍ᄒ야 시물을 못ᄒ오니

〈36-뒤〉

아비 허믈을 니 몸으로 디신ᄒ압고 아비 눈을 발켜 쥬압소셔 이럿ᄐ시 빌기를 마지 안이ᄒ니 ᄒ로는 드르니 남경승고 션인더리 십오세 쳐자를 사려ᄒ다 ᄒ거늘 심쳥이 그 말 반기 듯고 귀덕어미 시이 너어 사람 ᄉ로 ᄒ는 곡져를 무른직 우리난 남경션인으로 인둥수 가너갈 지 지숙으로 졔ᄒ면 무변디힉를 무스이 월셥하고 십십만금 퇴를 너기로 몸 팔여ᄒ는

〈37-앞〉

쳐녀 이쓰면 갑슬 앗기지 안코 주노ᄅ ᄒ거늘 심쳥이 반겨 듯고 말을 ᄒ되 ᄂ는 본촌 사람일너이 우리 부친 안밍ᄒᄉ 공양미 슘빅셕을 지셩으로 불공ᄒ면

눈을 써보리라 ᄒ되 가세 쳘빈ᄒ여 판츌홀 기리 져니 업셔 니 몸 팔여ᄒ니 나
늘 스가미 엇더ᄒ뇨 셔인드리 이 마를 듯고 효셩이 지극ᄒᄂ 가긍ᄒ다 ᄒ며
허라ᄒ고 직시 쌀 숨빅셕을 몽운스로 슈

〈37-뒤〉

운ᄒ고 금년 숨월 십오일의 발션한다 ᄒ고 가거늘 심쳥이 부친게 엿ᄌ오디 공
양미 숨빅셕을 이무 수운ᄒ여쓰니 이졔ᄂ 근심츠 마옵소셔 심봉스 쌈작 놀니
여 네 그 마리 웬 말인야 심쳥갓튼 젼츌지효녀가 엇지 부친을 속이랴마ᄂ 스
셰부득이라 잠간 궤술노 속여 디답ᄒ되 즁승숭딕 노부인이 월젼의 눌ᄃ려 수
양쌀을 숨무려 ᄒ시ᄂᆞᆫ듸 츠ᄆ

〈38-앞〉

허락지 아니 ᄒ엿습더니 금ᄌ 스셰ᄂ 공양미 숨빅셕을 주션홀 기리 젼이 업셔
이 스언을노부인긔 엿ᄌ온직 빅미 숨빅셕을 니여 주시기로 수양쌀노 팔여ᄂ니
다 ᄒ니 심봉스 물식 모르고 이 말 반기 듯고 그러ᄒ면 거록ᄒᄃ 그 부인은 일
국 지숭의 부인이라 아미도 돌으리라 후록이 만ᄒ것ᄃ 져러ᄒ기여 그 ᄌ직 숨
형지가 환로의 등양ᄒᄂ니라 그러ᄒᄂ 양반의

〈38-뒤〉

자식으로 몸을 팔이단 마리 쳔문의 고히ᄒᄃ만은 즁승샹딕 슈양쌀노 팔인기야
관게ᄒ랴 언졔ᄂ 가년야 니월 망일노 ᄃ려간다 ᄒ더이 어 그 일 미우 줄 되얏
다 심쳥이 그 눌부텀 곰곰 싱각ᄒ니 눈 어두온 빅발 부친 영결ᄒ고 죽을 일과
사람이 셰상의 나셔 십오 셰의 죽을 일을 일리 졍신니 아득ᄒ고 일의도 쓰시
업셔 식음을 젼피ᄒ고 슈심으로 지니더

〈39-앞〉

니 다시곰 싱각하되 업지러진 물리요 쏘와는 살이로다 날리 점점 갓가오니 이
러흐여 못흘것다 너가 살어쓸 제 부친의 의복 쌜니나 흐리라 하고 츈추의복
상침 접것 흘절의복 한슘 고의 박어지여 다려 노코 동졀의복 소음 두어 보의
쓰셔 농의 넛코 쳥목으로 갓쓴 접어 가스 다려 벽의 걸고 망건 쑤며 당쓸 다려
거러두고 힝션날을 세알리이 흐로밤이 지격흔

〈39-뒤〉

지라 밤은 적적 삼경인듸 은하슈 기으러젓다 초불만 디흐여 두 무릅 마조 쑬
고 아미를 수기리고 흐숨을 질개 쉬니 아무리 효여라도 마암이 온젼할소냐 모
친의 보션이나 망종 지으리라 하고 바늘의 실을 쭤여드니 가삼이 답답하고 두
눈이 침침 정신이 아득흐여 힘읍시 우름이 간중으로조차 소스나니 부친이
쎨가흐여 크긔 우던 못흐고 경경오열흐여 얼골도 디여보며 수족도 만

〈40-앞〉

져보며 날 볼 눌 몃 밤인요 너가 흔 번 죽어지면 뉘를 밋고 살으실가 이닯도다
우리 부친 너가 철을 안 연후의 밥 빌긔를 노으시더이 너일붓텀이리도 동뉘
걸인 되게쓰이 눈친들 오직흐며 멸신들 오직할가 무슴 험흔 팔즈로셔 초칠일
안의 모친 죽고 부친조차 이별흐리 이런 일도 잇실가 힝양녹일수운기는 소통
쳔의 모자이별 편습슈유소일인은 용손의 형제

〈40-뒤〉

이별 서출양관무고인은 위셩의 부우이별 졍긱관슨노기즁은 오히월여 부부이
별 이런 이별 만컨마는 스르 당흔 이별이야 소식 들을 눌이 잇고 승면홀 눌 잇
건마는 우리 부여 이별이야 언의 눌의 소식 알며 언의 쩌여 승면홀가 도라가

신 우리 모친 황쳔으로 가 겨시고 ᄂ는 이직 죽거드면 수궁으로 갈 거시니 슈
궁의셔 황쳔가기 멋 말니 멋 쳘니나 되넌고 모녀ᄉ면ᄒ

〈41-앞〉

랴 ᄒ들 모친이 나를 엇지 알며 니가 엇지 모친을 알이 만일 못고 무러 츠져가
셔 모녀상면 ᄒ는 날의 응당 부친 소식을 무르실 거시니 무슴 말숨으로 딕답
ᄒ리 오늘밤 오경시를 함지의픠 머무르고 니일 아침 돗는 ᄒ를 부숭지의다 미
양이면 이여쓸사 우리 부친 좀더 모셔 보련마는 일거월니를 뉘라셔 막을소냐
이고이고 셔룬지거 쳔지가 ᄉ졍이 업셔 이윽고 둑

〈41-뒤〉

기 우니 심쳥이 홀 길 업셔 닥가닥가 우지 말아 제발 덕분의 우지 말아 반야진
관의 밍상군이 안이로다 니가 울면 날리 시면 니가 죽ᄂᄃᆫ 죽기는 셥지 안이
ᄒ여도 의지업신 우리 부친 엇지 잇고 가잔 말고 언의 동방이 밝거오니 심쳥
이 제의 부친 진지ᄂ 망종 지여 드리리라 ᄒ고 문을 열고 나셔더니 발셔 션인
드리 사립 박기셔 ᄒ는 마리 힝션날이오니 슈

〈42-앞〉

이 가게 ᄒ옵소셔 ᄒ거늘 심쳥이 이 말을 듯고 얼골이 빗치 업셔지고 ᄉ지의
믹이 업셔 목이 믹고 졍신이 어질ᄒ야 션인들을 제우 불너 여보시요 션인임니
나도 오늘리 힝션눌인 졸 이무 알어쩌니와 니 몸 팔인 조를 우리 부친이 아직
모르시오니 만일 알르시거듸면 지러 야단이 날 거시니 좀간 지체ᄒ압소셔 부
친 진지나 뭉종 지여 줍슈신 연후의 말숨 엿줍고 쩌ᄂ기 ᄒ오리다 하니 션인
더리 그러 하압소셔 ᄒ

⟨42-뒤⟩

거늘 심청이 드러와 눈물노 밥을 지여 보친게 올이고 슝머리에 마조 안져 아무조록 진지 만이 줍수시 ᄒ노ᄅ고 좌반도 쪠여 입의 너코 짐쌈도 싸셔 슈져의 노의며 진지를 만이 잡수시요 심봉사는 철도 모르고 야 오날은 반춘이 미우 조쿠ᄂ 뉘 집 제ᄉ 지닌넌야 그늘 꿈을 쮜이 이난 부자간 쳔륜이라 몽조가 잇넌 거시엿다 아가아가 이승혼 일도 잇ᄃ 간밤의 꿈을 쭈니 너가 큰 수리

⟨43-앞⟩

를 타고 흐업시 가니 수리라 ᄒ난 거시 귀한 사람이 타는이라 우리집의 무슴 조흔 일리 이쓸가부다 그러치 아니ᄒ면 중승숭듸의셔 가미 틔여 갈는가부다 심청이는 저 죽을 꿈인 졸 짐작ᄒ고 거짓 그 꿈 쬿ᄉ이다 ᄒ고 진지상을 물여 너고 담비 타여 듸린 후의 그 진지숭을 더하여 먹으려 ᄒ니 간중의 셕는 눈물은 눈으로 소ᄉᄂ고 부친 신세 싱각ᄒ며 져 죽을 일을 싱각ᄒ니

⟨43-뒤⟩

정신이 아득하고 몸이 쪌여 밥을 못먹고 물인 후의 심청이 사당의 하직홀 ᄎ로 드러갈 제 다시 세수ᄒ고 사당문 가만이 열고 하직ᄒ는 말리 불초녀손 심청이는 아비 눈 쓰기를 위ᄒ야 인당수 제숙으로 몸을 팔여가오미 죠종힝화를 일노조챠 ᄯᆫ케 되오니 불승영모ᄒ압니다 울며 ᄒ직하고 사당문 둇친 후의 부친 압푸 ᄂ어와 두 손을 부여 잡고 기식ᄒ니 심봉ᄉ 깜쪽

⟨44-앞⟩

놀니 아가아가 이게 왼 일인야 정신을 차려 말ᄒ여라 심청이 엿ᄌ오더 너가 불초녀식으로 아부지를 소겻소 공양미 숨빅셕을 뉘라 ᄂ를 주것소 남경선인덜기 인당수 제숙으로 니 몸을 팔여 오늘리 쩌나는 날리오니 나를 망종 보압소

셔 심봉스 이 말을 듯고 춤말인야 춤말이야 이고이고 이게 웬 말인고 못가리
라 못가리라 니 날다려 뭇지도 안코 니 몸의로 ㅎ단 말

〈44-뒤〉

가 너가 술고 너가 눈 쓰면 그는 응둥ㅎ려니와 자식 죽기여 눈을 쓴들 그게 춤
아 홀 일인야 네의 부친 너를 늦게야 늣코 초칠일 안의 죽은 후의 눈 어두은
늘근 겨시 품안의 너를 안고 이집 져집 단이면셔 구츠ㅎ 말ㅎ여감셔 동영졋
어더 먹여 키여 이만치 즈라거든 니 아모리 눈 어두나 너를 눈으로 알고 너의
모친 죽은 후의 차차 여젼터니 이 말리 무신 말인고 마르ㅁ르 못ㅎ리라 온

〈45-앞〉

희 죽고 자식 일코 니 살어셔 무엇ㅎ리 너ㅎ고 홈기 죽자 눈을 팔어 너를 술찍
너를 팔어 눈을 쓴들 무엇슬 보고 눈을 쓰리 엇던 놈의 팔즈관디 스궁지슈 되
단 말가 네 이놈 숭놈더러 즁스도 조커니와 스롬 사다 죽이여 제ㅎ는디 어디
셔 보왓는야 하날님의 어지심과 귀신의 발근 마음 앙화가 업건넌야 눈 먼 놈
의 무놈동녀 철모르는 어린 ㅇ희 날 모르기 유인ㅎ여

〈45-뒤〉

갑슬 주고 손단 말고 돈도 실코 쑬도 실타 니 이놈 숭놈더라 옛글을 모로난야
칠연한 가물 젹의 사람으로 빌ᄂᆞㅎ니 퉁인군 어지신 말슴 너가 지금 비는 비
는 스롬을 위하미라 스롬 죽여 빌 양이면 니 몸으로 디신ㅎ리라 몸으로 히셩
되야 신영빅모 젼조단발ㅎ고 숭님쓸의 비러쩌니 디우방수쳔이 비라 이런 일도
잇건이와 니 몸으로 디신 가미 엇더ㅎ야 여보시요 동니 스롬 절언 놈덜을 두
고 보오 심쳥이 부친을 붓들

〈46-앞〉

고 울며 위로ㅎ되 아부지 ㅎ일 업소 느는 이무 죽거니와 아부지난 눈을 쩌서 딕명쳔지 보고 축흔 ㅅ룸을 구ㅎ여서 아들 눗코 쫀를 느아 아부 후ㅅㄴ 젼코 불초녀를 싱각지 ㅁ압시고 만셰만셰 무량ㅎ옵소셔 이도 쪼흔 쳔명이오니 후회 흔들 엇지ㅎ오리닛가 션인드리 그 경숭을 보고 영좌가 공논ㅎ되 심소졔의 효 셩과 심봉ㅅ의 일셍 신셰를 싱각하여 봉ㅅ 굼지 안코 벗지 안케 흔 모게를

〈46-뒤〉

쑴여 주면 엇더ㅎ오 그 말리 올틋ㅎ며 쌀 이빅셕과 돈 삼빅양이며 빅목 마포 각 흔 동식 동즁의 드려 노코 동인 묘와 구별ㅎ되 이빅셕 쌀과 삼빅양 돈을 근 실흔 사롬 주워 도지업시 셩ㅎ게 질너 심봉사를 공궤ㅎ되 삼빅셕 즁의 이십셕 은 당연양식 졔지ㅎ고 남젹이는 년년이 흐터주워 즁이로 취식ㅎ면 양식이 넉 넉ㅎ고 빅목 마포는 ㅅ졀의복 중만ㅎ고 이 쓰시로 본

〈47-앞〉

관의 공문 너여 동즁의 젼ㅎㄹ 구별을 ㄷ한 연후의 심소졔를 가자훌 졔 무릉 촌 즁승상딕 부인이 그졔야 이 말을 듯고 급피 시비를 보너여 심소졔를 쳥ㅎ 거늘 소졔 시비를 싸라가니 승승부인이 문밧기 니다려 소졔의 손을 줍고 울며 왈 네 이 무슝흔 ㅅ롬아 나는 너를 ㅈ식으로 알이써니 너는 눌을 어미갓치 아 니 아난쏘ㄷ 빅미 숨빅셕의 몸이 팔여 죽으려 간다 ㅎ니 효셩이 지극ㅎㄷ

〈47-뒤〉

만은 니가 술어 세상의 잇셔 ㅎ는 것만 갓할손야 날다려 은논티면 진직 주션 ㅎ엿지야 빅미 삼빅셕을 이제로 너여 줄 거스니 션인덜 도로 주고 망영은 말 다시 말나 ㅎ시니 심소졔 엿ㅈ오디 당초의 말솜 못한 거슬 이제야 후회흔들

엇지 ᄒᆞ오릿가 ᄯᅩᄒᆞᆫ 위친ᄒᆞ여 공을 빌 양이면 엇지 눔의 무명식ᄒᆞᆫ 지물을 비러오며 빅미 숨빅셕을 도로 니여주면 션인들 임시능푀오니 그도 ᄯᅩ

〈48-앞〉

한 어렵숩고 ᄉᆞ롬의기 몸을 허록ᄒᆞ여 약속을 졍ᄒᆞᆫ 후의 다시금 비약ᄒᆞ오면 소인의 간장이라 그ᄂᆞᆫ 쫏지 못ᄒᆞ려니와 ᄒᆞ물며 갑슬 밧고 수식이 지닌 후의 ᄎᆞ마 엇지 낫셜 드러 무슴 말을 ᄒᆞ오릿가 부인의 ᄒᆞ날갓탄 은혀와 축ᄒᆞ신 말숨은 지부로 도라가 결초보은 ᄒᆞ오리다 ᄒᆞ고 눈물리 옷지슬 적시거날 부인이 다시 본직 엄숙ᄒᆞᆫ지ᄅᆞ ᄒᆞ릴 업시 다시 말이지 못ᄒᆞ고 노치지도 못

〈48-뒤〉

하시거날 심소제 울며 엿ᄌᆞ오디 부인은 젼성의 ᄂᆡ의 부모라 언의 날의 다시 모시릿가 글 ᄒᆞᆫ 수를 지여 졍을 표ᄒᆞ오니 보시면 증험ᄒᆞ오리다 부인이 반기여 지필묵을 니여주시니 붓슬 들고 글을 쓸 제 눈물리 비가 되여 젼젼이 ᄯᅥ러지니 숨이숨이 쏘시 되야 그림 죡ᄌᆞ로ᄃᆞ 중당의 걸고보니 그 글의 ᄒᆞ여쓰되 싱기ᄉᆞ귀일몽간의 견졍ᄒᆞ필누줌좀이랴마는 세간의 최유단

〈49-앞〉

장처하니 초록강남인미환을 이 글 ᄯᅳᆺ션 ᄉᆞ롬의 죽고 ᄉᆞᄂᆞᆫ 기 ᄒᆞᆫ 꿈 속이니 졍을 익쓰러 엇지 반ᄃᆞ시 눈물을 흘이랴마는 세간의 가장 단장ᄒᆞᆫ 곳시 니쓰이 풀풀린 강남의 ᄉᆞ롬이 도라오지 못ᄒᆞᄂᆞᆫᄯᅩ다 부인이 지숨 만집ᄒᆞ시다가 글 ᄌᆞ으물 보시고 네난 과연 세상 ᄉᆞ롬 안이로ᄃᆞ 글언 진실노 션녀로다 분명 인간의 인연이 다ᄒᆞ여 숭제 부르시미 네 어찌 피할손냐 니 ᄯᅩᄒᆞᆫ ᄎᆞ운

〈49-뒤〉

하리라 하시고 글을 써주시니 ᄒ여쓰되 무단풍우기랴리ᄒᄉ 강괴부모단졍은
을 리 글 쓰션 무단풍우 밤의 어두워오니 명화를 부러 보니여 뉘 문의 쩌러지
넌고 안간의 괴로오믈 ᄒ나리 싱각ᄒᄉ 강인ᄒ온 아비와 ᄌ식으로 ᄒ야금 졍
과 은을 ᄯᆫ케ᄒ미라 심소졔 그 글을 품의 품고 눈물노 이별ᄒ니 ᄎ마 보지 못
ᄒᆯ녜ᄅ 심쳥이 도라와셔 졔의 부친의게 ᄒ직ᄒᆯ세 심봉

〈50-앞〉

사 붓들고 씌놀며 고통ᄒ여 네 놀 죽이고 ᄀ제 그려는 못가리라 날 ᄃ리고 가
거ᄅ 니 혼자는 못가리라 심쳥이 부친을 위로ᄒ되 부여간 쳔륜을 ᄯᆫ코 시퍼
ᄯᆫᄉ오며 죽고 시퍼 죽ᄉ오릿가만은 익운이 막키엿습고 싱ᄉ가 쩌가 잇셔 ᄒ
늘임이 ᄒ신 비오니 한탄ᄒᆫ들 엇지ᄒ오릿가 인졍으로 ᄒ량이면 쩌놀 눌리 업
ᄉ오리다 ᄒ고 졔의 부친을 동니 ᄉ롬의긔 붓쑬리고 션인덜

〈50-뒤〉

을 ᄯ러갈 제 방셩통곡ᄒ며 초미ᄯᆫ 졸나믹고 초미폭 거듬거듬 온고 훗트러진
머리틸은 두 귀 밋틱 느리오고 비갓치 흐르는 눈물은 옷시 ᄉ못춘다 업더지며
곱바지며 붓들어 나갈 제 건넌집 ᄇᄅ보며 아모긔니집 큰ᄋᄀ 상침질 수놋키
를 뉘와 홈긔 ᄒ랴는야 슉연 오월 ᄃᆫ오일의 추쳔ᄒ고셔 노던 일을 네가 힝여
싱각는야 ᄋ모긔니 집 자근ᄋ가 금연 칠월 칠셕야의 홈긔 결

〈51-앞〉

교ᄒᄌ더니 이제는 허ᄉ로다 언제ᄂ ᄃ시 보랴 너히ᄂ 팔ᄌ 조와 양친 모시고
줄 잇거라 동니 남녀노소 업시 눈이 붓도록 붓들고 우다가 셩우의 셔로 분슈
ᄒ 연후의 ᄒ날님의 올ᄋ시던지 빅일은 어더 가고 음운이 자옥ᄒ며 쳥산이 쯩
기리는 듯 강소리 오열ᄒ고 휘느러져 곱고 뉴식던 ᄭᅩ션 이우러져 빗슬 일은

듯ᄒ고 요록ᄒ 버들가지도 조을둣시 휘느러 젓고 춘됴는 ᄃ졍ᄒ

〈51-뒤〉

야 빅만졔 ᄒᄂ 중의 뭇노ᄅ 져 ᄭᅬᄭᅩ리는 뉘를 이별ᄒ엿관ᄃᆡ 환우셩 졔 울고 쯧밧기 두견이난 피를 ᄂᆡ여 운ᄃ 야월공산 어디 두고 진졍졔송 ᄃᆞ중셩을 너 아무리 가지 우의 붙여귀라 울것마ᄂᆞᆫ 갑슬 밧고 팔인 몸이 다시 엇지 도ᄅᆞ올가 바룸의 날인 ᄭᅩ시 옥면의 와 부드치니 ᄭᅩᄉᆞᆯ 들고 바ᄅᆡ보며 약도츈풍불희의면 ᄒᆞ인취송낙화너오 ᄒᆞ무지 슈양공주 미화중은 잇건

〈52-앞〉

마ᄂᆞᆫ 죽으러 가는 몸이 뉘를 위ᄒ야 ᄃᆞ중하리 춘손의 지ᄂᆞᆫ ᄭᅩ시 지고 시퍼 지랴만은 ᄉᆡ셰부득이라 슈원슈기ᄒᆞ리요 ᄒ 거름의 도ᄅᆞ보며 두 거름의 눈물 지며 강두의 ᄃᆞᄃᆞ르니 ᄇᆡ머리예 죠판 노코 심청이를 인도ᄒᆞ야 ᄇᆡᄉᆞᆼ 안의 실은 연후의 돗츨 갑고 돗츨 들어 여러 션인드리 소리 ᄒᆞᄂᆞᆫ구ᄂᆞ 어기야 어기야 어기양 어기양 소리를 ᄒ며 북을 둥둥 울이면셔 노를 져어 ᄇᆡ질ᄒᆞᆯ 졔 범피즁유ᄶᅥ

〈52-뒤〉

나간다
○각셜이라 망망ᄒ 충히며 탕탕ᄒ 물결이라 ᄇᆡᄇᆞᆫ주 갈며가는 홍요은의 눌어들고 슴슝안 기러가는 ᄒᆞ슈로 도ᄅᆞ들 졔 요량ᄒ 물소리 이젹이 분명커날 곡종인 불견의 수봉만 푸러럿다 과ᄂᆞ셩중만고슈는 눌노 두고 일으미라 중ᄉᆞ를 지ᄂᆡ간의티부 간 곳 업고 명ᄂᆞ수를 바라보니 굴ᅌᅳᆷ여의 어복충혼 무량도 ᄒᆞ시던가 황ᄒᆞ누

〈53-앞〉

를 당도ᄒ니 일모힝관ᄒ시요 연파강산사인슈는 최호의 유젹이요 봉황디를 주
라 이젹션의 노던 듸요 심양강 당도ᄒ니 빅낙쳔은 어듸 가고 피파셩이 ᄯᆫ쳐졋
다 젹벽강 그져 가랴 소동파 노던 풍월 의구이 잇다마는 조밍덕의 일셰지웅이
이금의 안지지오 월록오계 집푼 밤의 고소셩의 비를 미니 호슨ᄉ 쇠북소리 긱
션의 이르럿ᄃ 진회슈를 건너간니 승녀은

〈53-뒤〉

부지망국흔ᄒ고 연롱흔슈월롱ᄉ홀 제 후졍화만 부르는듸 소승강 드러가니 옥
양누 놉푼 집 호승의 ᄯᅥ잇거늘 동눕으로 바라보니 오손은 쳔쳡이요 초슈는 망
경이라 소숭팔경이 눈 압푸 버러 잇거늘 역역히 둘너보니 강쳔이 막막ᄒ여 우
류류 쑈류류 오난 비는 ᄋ황여영의 눈물이요 본죽의 셕은 가지 겸겸이 미쳐스
니 소숭야우 이 안이야 칠빅평호 말근 물은 추월

〈54-앞〉

리 도다오니 승ᄒ쳔광 푸러럿다 어옹은 잠을 ᄌ고 ᄌ규만 ᄂ러들니 동졍추월
이 안이며 오초동남 너룬 물의 오고가는 승고션은 순품의 돗슬 달어 북을 둥
둥 울이면셔 어기야 어기야 어야 소리ᄒ니 원포귀범 이 안인야 격안강촌양ᄉ
가의 밥 짓난 연기 나고 반조입강셕벽승의 거울낫츨 여러쓰니 무슨녹조 이 안
이야 일간귀쳐 심벽이요 반터용심이라 옹옹이

〈54-뒤〉

일어나셔 ᄒ 쎄로 둘너쓰니 충오모운이 이 안이며 수벽ᄉ명양안티의 쳥원을
못이기여셔 이러오는 져 길러기는 갈듸 한나를 입의 물고 졈졈 날어들며 씰눅
씰눅 소리ᄒ니 평ᄉ녹안 이냐 승수로 울고가니 옛ᄉ당이 완연ᄒ다 놉순형졔

혼이라도 응둥 잇시러 ᄒᆡᆺ더니 지 소리의 경쇠 뎅뎅 셔겨나니 오는 비 쳔니 원긱의 집피 든 줌 놀너여 ᄭᅢ우고 ᄐᆞᆽ 압푸 늘근 즁

〈55-앞〉

은 이미타불 염불ᄒᆞ니 흔ᄉᆞ모종이 이 안인가 팔경을 ᄃᆞ 본 연후의 ᄒᆡᆼ션을 ᄒᆞ랴할 제 ᄒᆡᆼ풍이 이러나며 옥픠소리 들니더니 숙임 시이로셔 엇더ᄒᆞᆫ 두 부인이 션관을 놉피 쓰고 ᄌᆞᄒᆞᆼ 셕유군의 신을 ᄭᅳ러 나오더니 져기 가는 심소계아 네 나를 모로리라 츙오산봉상수절리라야 죽승지류니가멸을 쳔추의 집푼 ᄒᆞ소 홀 곳 업셔더니 지극ᄒᆞᆫ 너의 효셩을 ᄒᆞ레

〈55-뒤〉

코져 ᄂᆞ왓노라 요슌 후 기쳔연의 지금은 언의 ᄭᅥ며 오현금 늠풍시를 이제까지 젼ᄒᆞ던야 수로 먼먼 길의 조심ᄒᆞ여 단여오라 하며 홀언 간 ᄃᆡ 업거늘 심쳥이 니럼의 아난 이비로다 셔산의 당도ᄒᆞ니 풍능이 디쟉ᄒᆞ며 춘 기운이 소슴ᄒᆞ여 흑운이 두르더니 ᄉᆞ룸이 ᄂᆞ오난ᄃᆡ 면여거륨ᄒᆞ고 미간이 광활ᄒᆞᄃᆡ ᄀᆞ죽으로 슘을 ᄊᆞ고 두 눈을 쏙 감고 심쳥 불너 소릭ᄒᆞ되 실푸ᄃᆞ 우리 오왕 빅

〈56-앞〉

빈의 춤소를 듯고 촉누검을 나를 주어 목 질너 죽은 후의 필리로 몸울 ᄊᆞ셔 이 물의 던져더니 쟝부의 원통하미 월병의 멸오하물 역역키 보랴고 니 눈을 ᄲᅢ여 동문승의다 걸고 와더니 과연 보왓노ᄅᆞ 그러나 니 몸의 감문 가죽을 늬라셔 벽겨주며 눈 업난 기 흔이로다 이난 뉟고 하니 오나라 춍신 오ᄌᆞ셔릴ᄅᆞ 풍운이 거던지고 일월이 명낭ᄒᆞ고 물결이 존존터니 엇더ᄒᆞᆫ 두

〈56-뒤〉

사람이 턱반으로 나오난듸 압푸 흔 사람은 왕자의 기상이요 얼골의 거문 찌는
일국 수식 찍여잇고 의복이 남누ᄒ니 초수일시 분명ᄒ다 눈물지며 하는 말리
익달고 분흔 게 진나라의 소김되야 숨년 모관의 고국을 바려보고 미귀ᄒ니 되
것구나 천추의 집푼 ᄒ니 초혼조 되여더니 박낭퇴성 반기 듯고 속졀 업는 동
졍달의 헛춤만 추엇노라 뒤의 ᄯ 흔 ᄉ람은 안식

〈57-앞〉

이 초취ᄒ고 형용이 고고한듸 나는 초나라 굴원이라 회왕을 섬기다가 자관의
춤소를 만나 더러운 몸 시치랴고 이 물의 와 ᄲ져더니 어엿불스 우리 인군 스
후의나 섬기랴 ᄒ고 이 찌의 와 모셧노라 나 지은 이소경 졔고양지모허여 짐
황고왈빅용이라 유초목지영낙히여 공민인지지혀로다 시상의 문중 지사 몃몃
치나 외오던고 그디는 위친ᄒ여 효성으로 죽고 ᄂ는 츙셩을

〈57-뒤〉

다하더니 츙효는 일반이라 위로코져 니 왓노라 충희말리 면면 질의 평안이 가
옵소셔 심쳥이 싱각ᄒ되 죽은 졔 수쳔년의 졍빅이 나미 잇셔 사람의 눈의 뵈
이니 ᄂ도 ᄯᅩ흔 귀신이ᄅ ᄂ 죽을 층조로다 실픠 탄식하되 물의 좀이 몃 밤이
며 비의 밥이 몃 날이야 거연 스오식을 이 불 갓치 지니가니 금풍습이셕기ᄒ
고 옥우학이졍영이라 녹화는 여고목졔비ᄒ고 추수는 공중쳔일

〈58-앞〉

식이라 왕발이 지은 귀요 무변늑목소소ᄒ요 부진즁강곤곤ᄂ는 두즈미 을푼 귀
요 강안의 츌농ᄒ니 황금이 편편이요 노화풍비하니 빅셜리 만졈이라 신풍셰우
지난 입은 옥누쳥풍 불거난듸 외로올시다 어션더른 등불을 도도 달고 어부가
로 화답ᄒ니 그도 ᄯᅩ흔 수심이라 희만쳥순은 봉봉이 칼눌 되야 버혀난이 수즁

이라 일뇩중사추식원의 부지ㅎ쳐조승군고 송옥의 비

〈58-뒤〉

츄시가 이의셔 더할손야 동남동녀을 실어스니 진시황의 치약빈가 방스셔시 업
셔스니 흔무제의 구션빈가 질어 죽자흔들 션인더리 수직ㅎ고 술어 가노란이
고국이 충망이라 흔 곳슬 당도ㅎ니 돗슬 지우고 닷슬 주니 이는 곳 인당수라
광풍이 디죽ㅎ야 바다이 뒤누우며 어용이 싸오는 듯 벽역이 일어나는 듯 더쳔
바더 흔 가운더 일쳔셕 울은 비 노도 일코 돗도 끄쳐

〈59-앞〉

져 용총도 부러져 치도 빠지고 바람 부러 물결 쳐 안기비 뒤셕거 ᄌᄌ진더 갈
길은 쳔이만이 나마잇고 ᄉ면은 어둑 졍그러져 쳔지 젹막하야 간치뉘 쩌오난
듸 비젼의 탕탕 돗더도 와직근 경각의 위티ㅎ니 도사공 영 이하로 황황더겹ㅎ
야 혼불부신ㅎ면 고ᄉ기게를 추릴 젹의 셤쌀노 넙을 짓고 동우술의 큰소 줍아
왼소다리 왼소머리 ᄉ지를 갈너 올여노코 큰 돗 줌어 통

〈59-뒤〉

치 살머 큰 칼 쏘바 기난다시 밧쳐노코 슘식실과며 오식탕수 어동육셔 좌포우
혜 홍동빅셔 방위 추러 고야노코 심청을 목욕식여 소의소복 졍이 입피여 상머
리의 안쳔 후의 도ᄉ공의 거동 보소 북을 등등 치면셔 고사훌 제 두리둥 두리
둥 칩더자바 슘십슘쳔 니립더 자비 이십팔수 허궁쳔지 비비쳔과 삼황오제 도
리쳔 십왕일이등 마련ㅎ압실 제 쳔승의 옥황승제 지ㅎ의

〈60-앞〉

십이제국 ᄎ지ㅎ신 황제 헌원씨 공밍 안증 법문 니고 셕가여러 불도 마련 복

히씨 시확팔괘ㅎ여 잇고 실농씨 승빅초 시위의약ㅎ여 잇고 헌원씨 비를 니여
이제불통 ㅎ압시물 후싱이 본을 바다 사롱공승 위업으로 다각기 성이 직업ㅎ
니 막디혼 공 이 안이며 하우씨 구년지슈 비를 타고 다사럿고 오국의 졍혼 공
셰 구주로 도라들며 오자셔 분위홀 제 로가로 건네주고 희셩의 피

〈60-뒤〉

한 즁ㅅ 오강으로 도라들 제 비를 미고 지달여 잇고 ㅎ명의 탈조화로 동놈풍
을 비러니여 됴됴의 십만디병 수륙으로 화공ㅎ니 비 안이면 엇지ㅎ며 도런명
은 견원으로 도라오고 즁경은 강동으로 도라갈 제 이도 쪼혼 비를 타고 임술
지추칠월의 종일우지소여하니 소동파도 놀아잇고 지극춍 어ㅅ화ㅎ니 교여승
유무졍거는 어부의 질거오미요 게도난요로 ㅎ즁포ㅎ니 오히윌녀 치련주요 지
오

〈61-앞〉

부셔거ㅎ니 경세우경년은 승고션이 이 안이느 우리 동무 시물니 명이 승고로
위업하야 십녀세예 조수 타고 표빅셔호 단이더니 인당슈 용왕입은 인제숙을
밧습기로 류리국 도화동의 사난 십오세 된 호녀 심쳥을 졔숙으로 드리오니 스
히 용왕임은 고이고이 밧즈옵소셔 동희신 ㅇ명 셔희신 거승이며 남희신 츙융
북희신 옹강이며 칠금손 용왕임 즈금손 용왕임 긔긔

〈61-뒤〉

셤 용왕임 영각디감 셩황임 허리간의 화장셩황 이물고울 셩횡임네 다 구버 보
압소셔 슈로 쳔리 먼먼 길의 바람궁걸 열어니고 나지면 골노 너어 용난골수
집펴난듸 평반의 물 다문다시 비도 무쇠가 되고 닷도 무쇠가 되고 용총 마류
닷줄 모도 다 무쇠로 졉지ㅎ옵고 영녹지환이 업습고 실물실화 졔술ㅎ와 억십

만금 퇴를 니여 디삿티 봉기 질너 우심으로

〈62-앞〉

연화호고 춤으로 디길기 점지호여 주옵소셔 호며 북을 두리둥 두리둥 치면셔
심쳥은 시가 급호니 어서 밧비 물의 들 심쳥이 거동 보소 무 손을 홉즁호고
이러 셔 호날임젼의 비난 말리 비 이다 비난이다 호날임젼의 비난이다 심쳥
이 죽난 일은 추호라도 셥지 안이하여도 병신 부친의 집푼 하를 싱젼의 풀야
호압고 이 죽엄을 당호오니 명쳔은 감동호압셔 침침

〈62-뒤〉

한 아비 눈을 명명호게 씌여 주옵소셔 눈물 지며 호난 말리 여러 션인 슝고님
니 평안이 가옵시고 억심만금 퇴를 니여 이 물가의 지니거든 니의 혼빅 불너
물옵이나 주오 호며 안식을 변치 안코 비젼의 나셔보니 수쇄호 푸린 물은 월
리렁 콸넝 뒤둥구러 물농울쳐 벅금은 북젹 쩌디린듸 심쳥이 기가 막키여 뒤로
벌덕 주져 안져 비젼을 다시 잡고 기졀호야 업된 양인 침으 보

〈63-앞〉

지 못호너라 심쳥이 다시 졍신 츠러 홀 수 업셔 이러나 왼몸을 즌득 쓰고 초미
폭을 무름씨고 충충거림으로 물너 셧다 충희즁의 몸을 주어 이고이고 아부지
나는 죽소 비젼의 호발리 짓칫호며 쩍구로 풍덩 쎠져 노니 힝화는 풍능을 쏫
고 명월은 희문의 좀기니 츳소위 묘충희지일쏙이라 시 놀 졍신 갓치 물결은
즌즌호고 광풍은 숙어지며 안기 즈옥호야 가는 구름 머물넛고 쳥쳔

〈63-뒤〉

의 푸린 안기 시로 놀 동붕쳐롬 일기 명낭호더라 도스공 호는 말리 고스를

지닌 후의일기 순통ᄒ니 심낭ᄌ의 덕 이 안이신가 좌중이 일심이라 고ᄉ를 파
ᄒ고 술 ᄒ 진식 먹고 담비 ᄒᄃ식 먹고 힝션흡시 어 그리 흡시 어기야 어기야
과니셩 ᄒ 곡조의 슴슴돗작을 치여 양쪽의 갈나달고 늠경으로 드러갈 졔 와룡
수 여울물의 이젼고으 술ᄃ갓치 온속의 젼ᄒ 편지 북희승의 기별갓치

〈64-앞〉

순식간의 남경으로 득달ᄒ니ᄅ 잇써의 심능ᄌ는 충희중의 몸이 드러 죽은 졸
노 올엇더니 오운이 영농ᄒ고 이힝이 촉비터니 옥져셩 말근 소리 은근이 들이
거날 몸을 머물너 주져홀 졔 옥황승졔 ᄒ교ᄒ사 인동수 용왕과 ᄉ희용왕 지부
왕기 ᄂ‌ᄌᄂ‌ᄌ치 ᄒ교하시되 명일의 출쳔효녀 심청이가 그 곳슬 갈 거스니 몸의
물 ᄒ 졈 뭇즌케 ᄒ되 만일 모시기를 실수ᄒ면 ᄉ희용왕은 쳔벌을

〈64-뒤〉

주고 지부왕은 손도를 줄 거스니 수졍궁으로 모셔 드러 슴연 공궤 단장ᄒ여
셰승으로 환송ᄒ라 ᄒ교ᄒ시니 ᄉ희용왕이며 지부지왕이 모도 다 황겁ᄒ야 무
수ᄒ 강호지중과 쳔퇴지군이 모아들 졔 원츔군 별주부 승지 도미 비변능 녹지
감츌이 이어며 수츈의 송어와 흐림의 부어 수문중의 미어기 쳥영사령 ᄌ가사
리 승ᄃ 북이 슴치 갈치 용금 붕계 슈군 빅관이며 빅만인갑이며 무수ᄒ

〈65-앞〉

션여더른 빅옥교ᄌ를 등ᄃᄒ야 그 시를 지달이더니 옥갓탄 심낭자 물노 쒸여
드니 션여더리 밧드러 교ᄌ의 올니거날 심능ᄌ 졍신을 차려 일은 말리 진셰간
의 츄비ᄒ 인싱으로 엇지 용궁의 교ᄌ를 타오릿가 ᄒ니 여러 션여더리 엿ᄌ오
디 옥황승졔의 분부가 지엄ᄒ압시니 만일 타시지 안이ᄒ시면 우리 용왕이 죄
를 면치 못ᄒ것ᄉ오니 식양 마지못ᄒ야 교ᄌ 우의 놉피 안지니 팔셔

〈65-뒤〉

여는 교자를 메고 육용이 시위호야 강호지장과 쳔틱지군이 좌우르 어거호며 청학 탄 두 동즈는 압질을 인도호야 희수로 질 만들고 풍악으로 들어갈 제 쳔 승 션관녀드리 심소졔를 보러호고 별러 셔스니 티을션여는 혹을 타고 젹송즈 는 구름 타고 스즈 톤 갈션옹과 청의동즈 빅의동즈 쌍쌍 시비 취젹셩과 월궁 황아 셔왕모며 마구션여 녹포션녀와 남혹부인의 팔션여 다 모왓는듸 고흔 복

〈66-앞〉

식 조흔 피물 힝기도 이상하며 풍악도 젼도호다 왕자진의 봉피레며 곽셔사의 죽장구며 셩연자의 거문고와 즁즈방의 옥통소며 희강의 희금이며 완젹의 쉬파 람의 격타고 취옹젹호며 능파사 보혜스며 우의곡 치련곡을 셧드러 노리호니 그 풍유 소리 수궁의 진동호다 수졍궁으로 드러가니 별유쳔지비세로다 남히 광이왕이 통쳔관을 쓰고 빅옥홀을 손의 들고 호긔 츤는호긔 들

〈66-뒤〉

어가니 니 삼쳔 외 팔빅 수궁 주부 디신더런 왕을 위호야 영덕젼 큰 문 밧기 츠리로 느러셔셔 상호 만셰호더라 심능즈의 뒤로난 빅노 탄 녀동빈 고리 단 이젹션과 쳥혹 톤 장녀는 비상쳔 호난구나 집치레 볼죽시면 능난호고 즁홀시 고 쾌경골리위양호니 영광이 요일이요 집어린이족와호니 셔기반공이라 주궁 피궐은 응쳔상지삼광이요 곤의수승은 비인간지오복이라 슨

〈67-앞〉

호염 디모병은 광치도 츤란하고 교인단모장은 구름갓치 놉피 치고 동으로 바 라보니 디봉이 비쳔한듸 수어남 풀은 물은 보가의 둘너 잇고 셔으로 바라보니

약수유ᄉ 아득ᄒᄃᆡ 일쌍 쳥조 날아들고 북으로 바라보니 일반 쳥산은 취식을 쓰여 잇고 우으로 바라보니 상운셔일 불것ᄂᆞᆫᄃᆡ 상통 삼쳔 ᄒᆞ팔 구리하고 음식을 둘너보니 셰ᄉᆞᆼ 음식 안이로다 파류안과 유리즌 호박ᄃᆡ의 ᄎᆞᄒᆞ주 쳔

〈67-뒤〉

일주 인포로 안주ᄒᆞ고 ᄒᆞ로병 거호탕의 감노수도 너허 잇고 옥익경장 호마반의 반도 다마잇고 한가온ᄃᆡ 삼쳔벽도 덩그럿케 고야난ᄃᆡ 무비션미여늘 수궁의 머물을시 옥황상졔의 명이여든 거힝이 오직ᄒᆞ라 사ᄒᆡ용왕이 다 각기 시녀를 보니여 조셕으로 문안하고 체번하여 문안ᄒᆞ며 시위ᄒᆞ니 금수능ᄂᆞ 오식쳐의 화용월ᄐᆡ 고흔 월골 다 각기 고이랴고 교ᄐᆡᄒᆞ여 웃는 시녀 얌젼코

〈68-앞〉

져 죽난 시녀 쳔셩으로 고흔 시녀 수며ᄒᆞᆫ 시녀더리 주야로 모실 젹의 삼일의 소연ᄒᆞ고 오일의 ᄃᆡ연ᄒᆞ며 상당의 치단 빅필이며 하당의 진주 셔되라 이러쳐름 공궤ᄒᆞ되 유공불급ᄒᆞ여 조심이 각별터라 각셜 잇ᄃᆡ 무릉촌 장승상덕 부인이 심소졔의 글을 벽상의 거러두고 눌마닥 증험ᄒᆞ되 빗치 변치 안이ᄒᆞ더니 ᄒᆞ로ᄂᆞᆫ 글족자의 무리 흐르고 빗치 변하여 거머지니 이난

〈68-뒤〉

심소졔 물의 ᄲᅡ져 죽은가 하여 무수이 이탄ᄒᆞ더니 이윽고 물리 것고 빗치 도로 황홀하여지니 부인이 고히 여기 누가 구ᄒᆞ여 ᄉᆞ런난가 하여 십분 의혹ᄒᆞ니 엇지 그러ᄒᆞ기 쉬리요 그 날밤의 장승상 부인이 졔젼을 갓초와 강상의 나어가 심소졔를 위ᄒᆞ여 혼을 불너 위로코져 ᄒᆞ야 졔ᄒᆞ랴 ᄒᆞ고 시비를 다리고 강두의 다다르니 밤은 집피 삼경인ᄃᆡ 쳡쳡이 ᄊᆞ인 안기 슨악의 잠겨잇고

〈69-앞〉

첩첩이 이난 너년 강수의 어리엿ᄃ 편주를 홀니 져어 중유의 셕여 두고 비 안의셔 셜위ᄒ고 부인이 친이 잔을 부어 오열호 졍으로 소졔를 불너 위로 ᄒ난 말니 오호 이지 심소졔야 죽기를 실허ᄒ고 슬기를 질거홈은 인졍의 고연커날 일편단심의 양육ᄒ신 부친의 은덕을 죽기로쎠 갑푸러 하고 일노 존명을 시사로 ᄌᄃᆫᄒ니 고혼 꼿시 희러지고 나는 나부불의 드니 엿지 안이 실

〈69-뒤〉

풀소야 호 존 술노 위로ᄒ니 응당이 소졔의 혼이 안이면 멸치 안이ᄒ리니 거히 와셔 흠힝ᄒ물 바리노라 눈물 쑤리여 통곡하니 쳔지 만물인들 엇지 안이 감동ᄒ리 두렷시 발근 달도 체운 속의 숨어 잇고 희박키 부던 바람도 고요ᄒ고 어용 엇도던지 강심도 격막ᄒ고 ᄉ중의 노던 빅구도 목을 질게 쎄여 끌눅 끌눅 소리ᄒ며 심상한 어션더른 가든 돗더 며무른다 쯧박기

〈70-앞〉

강 가온디로셔 호 줄 말근 기운이 비머리의 어렷다가 이윽ᄒ여 ᄉᄅ지며 일기 명ᄂᆼ커날 부인이 반겨 이러셔셔 보니 가득키 부잇던 존이 반이나 업는지라 소졔의 영혼을 못니 늑기시더라 일일은 광훈젼 옥진부인이 오신다 ᄒ니 수궁이 뉘눕는 듯 용왕이 겁을 너여 사방이 분주ᄒ니 원리 이 부인은 심봉ᄉ의 쳐 곽씨부인이 죽어 광훈젼 옥진부인이 되얏더니 그 쌀 심소졔가

〈70-뒤〉

수궁의 왓단 말을 듯고 승제게 수유ᄒ고 모녀 상면하랴 하고 오난 길리라 심소졔는 뉘신 줄을 모로고 멀이 셔셔 바리 볼 ᄯᅳ름일너니 오운이 어리엿고 오식치교를 옥기린의 놉피 실코 벽도화 단계화는 좌우의 버러 쏩고 각궁 셔녀더

른 시위ᄒ고 청흑빅흑더런 젼비ᄒ고 봉황은 춤을 추고 잉무ᄂ 젼어한듸 보던
비 쳐음일니라 이윽고 교즈의 나러 셤뜰의 올나셔며 니 ᄯᅡᆯ 심쳥아 부르

〈71-앞〉

난 소리의 모친인 졸 알고 왈칵 ᄲᅱ여 나셔며 어만이요 어만이 나를 늣코 초칠
일만의 죽어스니 우금 십오년을 얼골도 모로오니 쳔지간 갓업시 집푼 흔이 긔
일 날니 업습더니 오늘놀 이 고듸 와셔야 모친과 승면홀 졸을 알아쓰면 오는
놀 부친 압푸셔 이 말삼을 엿줍드면 놀 보니고 셔룬 마암 졔괴 위로ᄒ실 거슬
우리 모녀는 셔로 만ᄂ 보오니 조커니와 외로오신 아부인은 뉘를 보고 반

〈71-뒤〉

기시릿가 부친 싱각이 시로와라 부인이 울며 왈 ᄂᄂ 죽어 귀이 되야 인간 싱
각이 망연ᄒ다 네의 부친 너를 키여 셔로 의지ᄒ엿다 너조츠 이별ᄒ니 너 오
던 알 그 졍상이 오직ᄒ랴 니가 너를 보니 반가온 마암이야 너의 부친 너를 일
은 셔름의다가 비길손야 못노룩 너의 부친 궁곤의 ᄡᅵ여셔 그 형용이 엇더ᄒ
며 응당이 만이 늘거스리라 그간 수삼년의 면환이나 ᄒ여스며 뒷

〈72-앞〉

마을 귀덕어미 네게 안이 극진턴야 얼골도 디여보며 수죡도 만져보며 귀와 옥
이 히여스니 너의 부친 갓도 갓다 손과 발리 고은 거슨 엇지 안이 니 ᄯᅡᆯ이야
니 ᄭᅵ던 옥지환도 니 지금 갓져스며 수복강영 티평안록 양편의 시긴 돈 홍젼
괴불줄치 쳥홍당ᄉ 벌미답도 이고 너가 찻구ᄂ 아부 이별ᄒ고 어미 다시 보니
쌍젼키 어려올손 인간고락이라 그러나 오늘놀 ᄂ를 드시 이별

〈72-뒤〉

하고 니의 부친을 다시 만늘 슈를 니가 엇지 알것는야 광혼젼 맛든 일리 직분
이 허다 ᄒ야 오릭 비기 어렵기로 도로여 이별하니 이통코 이연ᄒ나 임의로
못ᄒ나니 혼톤둔들 어이할소야 일후의 다시 만나 질길 날리 잇스리라 ᄒ고 썰
치고 이러셔니 소 만류치 못ᄒ고 ᄯᅩᆯ을 기리 업는지라 울며 ᄒ직ᄒ고 수졍궁의
머물더라 잇ᄯᅥ 심봉스 ᄯᅡᆯ을 일코 모진 목숨 죽지

〈73-앞〉

못ᄒ야 근근부지 실러날 제 도화동 사람드리 심소졔의 지극훈 효셩으로 물의
ᄲᅡ져 죽으오물 불상이 여겨 타루비를 셰우고 글을 지여쓰되 지위기친쌍훈폐하
야 살신셩효힝용궁을 연파만리상심벽ᄒ니 방초연연훈불궁이라 강두의 니왕ᄒ
난 힝인이 비문을 보고 뉘 안이 울 이 업고 심봉사난 ᄯᅡᆯ 곳 싱각ᄂ면 그 비을
안고 울더라 눙즁 스람드리 심밍인의 젼곡을

〈73-뒤〉

차리 취라ᄒ여 셩셰가 희마닥 늘러가니 본촌의 셔방질 일수 잘ᄒ여 밤낫업시
홀니하난 긔갓치 눈이 벌게게 단니난 ᄲᆼ덕머미가 심봉사의 젼곡이 만이 잇난
줄을 알고 자원 쳡이 되아 살더이 니 년의 입버르장이가 ᄯᅩ훈 보지 버릇과 갓
타여 훈시 반ᄶᅥ도 노지 안이ᄒ랴고 ᄒ는 년이라 양식 주고 썩 사먹기 베를 주
워 돈을 스셔 술 스먹기 졍자 밋티 늣줌ᄌ기 이웃집의 밥 부치기 동인

〈74-앞〉

다려 욕셜ᄒ기 초군덜과 쌈 쓰오기 술 취ᄒ여 한밤즁의 와달셕 울럼 울기 빈
둠비디 손의 들고 보는 디로 담비 쳥ᄒ기 총각 유인하기 졔반 악즁을 다 겸ᄒ
여 그러ᄒ되 심봉스는 여러 히 주린 판이라 그 즁의 실낙은 잇셔 아모란 줄을
모르고 가산이 졈졈 퇴펴ᄒ니 심봉사 싱각다 못ᄒ야셔 여보소 ᄲᆼ덕이니 우리

셩셰 츅실ᄒ다고 놉이 다 수군수군ᄒ더니 근닉의 엇지ᄒᆫ지 셩셰가 치

〈74-뒤〉

퓌하여 도로여 비러먹게 되여가니 이 늘근 거시 다 비러 먹ᄌᆞᄒᆫ들 동인도 붓
끄럽고 너의 신셰ᄃᆞ 악츅ᄒ니 어디로 낫슬 드러 단이겻나 ᄲᆙ덕어미 디답ᄒ되
봉ᄉ님 엿티 ᄌᆞ신 게 무어시요 식젼마닥 희즁ᄒ신다고 죽ᄀᆞᆸ시 야든두양이요
져럿케 각갑ᄒ단인기 나셔키도 못ᄒᆞᆫ 것 빈다고 술구ᄂᆞᆫ 엇지 그리 먹고 시푸던
지 술구갑시 일혼셕양이요 져럿키여 ᄀᆞᆸᄀᆞᆸᄒ다인기 봉ᄉ 속은 타고

〈75-앞〉

헛우슘 우슈며 야 살구든 너머 만이 먹엇다 그럿체마는 졔집 머근 것 쥐 머근
거시라이 안이 쓸더 업다 우리 셰간 기물을 다 파라 가지고 타관으로 가시 그
도 그러ᄒᆞ오 여간 기물을 다 팔라지고 남부녀디ᄒ고 유리츌ᄐᆞᆨᄒ니라 일일은
옥황상졔게옵셔 사희용왕의게 젼교하시사 심소졔 월노 방연의 기훈이 갓가오
니 인당수로 환송ᄒ여 어진 ᄲᅵ를 일치 말게 ᄒ라 분부가 지엄ᄒ시거늘 ᄉ희용

〈75-뒤〉

왕이 명을 듯고 심소졔를 치송홀 졔 큰 ᄭᅩᆺ 숭이의 모시고 두 시위로 시위ᄒ여
조셕공양 찬물과 금수보픠를 만니 넛코 옥분의 고이 담어 인당수로 ᄂᆞ올시 사
희용왕이 친니 나와 젼송ᄒ고 각궁시녀와 팔셔녀 엿ᄌᆞ오되 소졔는 인간의 나
어가옵게셔 부귀와 영총으로 만만시를 질기옵소셔 소졔 디답ᄒ되 여러 왕의
덕을 입어 죽을 몸이 다시 살어 셰숭의 나가오니 은혜 난망이요 모든 시녀덜
도 졍

〈76-앞〉

이 집도다 쩌나가 셥셥ᄒ오나 유현이 노수한 고로 이별ᄒ고 가거니와 수궁의
귀ᄒ옵신 몸이 니니 평온ᄒ옵소셔 ᄒ식ᄒ고 도라셔니 순식간의 꿈갓치 인당수
의 번듯 쩌셔 두렷시 수전을 영농케 ᄒ니 쳔신의 조화요 용왕의 신령이라 바
람이 분들 쌌닥ᄒ며 비가 온들 흐를손야 오식치운이 꼿봉이 속의 어리여 둥덩
실 쩌슬 졔 남경 갓던 션인더리 억십만금 퇴를 니녀 고국으로 도리오다

〈76-뒤〉

인당수의 다달나셔 비를 미고 졔수를 졍이하여 용왕의게 졔를 지닐시 고축ᄒ
는 말리 우리 일힝 수십명이 신병 졔익ᄒ고 소망을 여의케 일우어 주옵시니
용왕임의 너부신 덕퇵을 ᄒ잔 술노 졍성을 드리오니 일졔이 화우동심ᄒ외 흠
힝ᄒ옵소셔 ᄒ고 제물을 다시 추려 심소졔의 혼을 불너 실문 말노 위로ᄒ되
츌쳔효녀 심소졔는 당상 빅발 부친 는 쓰기를 위ᄒ야 이팔홍안이 시ᄉ여귀ᄒ
여 수국고혼이 되

〈77-앞〉

엿스니 엇지 안이 가련코 불상ᄒ랴 우리 션인더른 소졔를 인연ᄒ야 즁ᄉ의 퇴
를 니녀 고국으로 도라 가거니와 소졔의 영혼이야 언의 날의 다시 도라올가
가다가 도화동의 드러셔 소졔의 부친 살아난가 존망여부을 올고 가오리다 그
러니 한잔 술노 위로하니 만일 으시미 잇거든 복망 영혼은 흠양ᄒ옵소셔 ᄒ며
제물을 풀고 눈물을 쏫고 ᄒ 고슬 바라보니 한 숭이 꼿봉이 충희즁의 둥덩실
쩌

〈77-뒤〉

잇거늘 션인드리 고히 여겨 겨의덜까지 의논ᄒ되 아마도 심소졔의 영혼이 꼿
시 되야 쩟나부다 갓가이 가셔보니 과연 심소졔가 쌔지던 고지라 마암이 감동

ᄒ여 꼿슬 건져너여 노코 보니 크기가 수리박구 가타여 이삼인이 가이 안질너
라 이 꼿슨 세상의 업난 꼿시니 이승ᄒ고 고이ᄒ다 ᄒ고 인ᄒ여 정하게 실코
올 제 비 ᄲ르기 술 가듯 ᄒ더라 ᄉ오셕의 경영ᄒ 질리 수슴 일만의 득달

〈78-앞〉

하니 이도 ᄯ오ᄒ 이승타 ᄒ더라 억십만금 나문 지물을 다 각기 수분ᄒ 제 도션
주는 무삼 마암으로 지물은 마다ᄒ고 꼿봉이만 차지하여 졔의 집 졍ᄒ 곳더의
돈을 뭇고 두어쩌니 힝취가 만실ᄒ고 치운이 둘너더라 이쩌의 송쳔ᄌ 황후가
붕ᄒ신 후 간턱을 안이ᄒ시고 화초를 구ᄒ여 승임원의 다 치우고 황극쳔 뜰
압푸로 여그져그 심어 두고 기화요초로 버슬 주어 구ᄒ실 졔 화조도 문

〈78-뒤〉

토 만타 팔월부용군ᄌ요 만당추수 홍연화며 암힝부동 월황혼의 소식 젼턴 미
화며 진시유랑거후지은 불거잇는 복숭화요 게자핀월중돈은 황무시의 게화며
요렴셤셤 옥지갑은 금부야도 봉선화며 구월구일 용손음 소츅신의 국화며 공ᄌ
왕손 붕수화의 부귀ᄒ손 모론화며 이화만지 불기문은 중신궁중 비꼿시며 칠십
제ᄌ 강논ᄒ던 힝단 춘풍 술구꼿시며 쳔틱산 드

〈79-앞〉

러가니 양면기 ᄌ약이요 촉국ᄒ을 못이기여 졔혈ᄒ던 두견화며 촉국 빅국 시
월국이며 교화 난화 순당화며 중미화의 힝일화며 주쥭화의 금션화와 능수화의
견우화며 영신홍 ᄌ손홍의 왜철쥭 진달누 빅일홍이며 난초 파초의 강진힝이요
그 가온더 젼나무와 호도목이며 셕유목의 빅목이며 치중목 송빅목이며 율목의
힝지목이며 ᄌ도 능금 도리목이며 오미

〈79-뒤〉

자 텅즈 유즈목이며 포도 다러 으름 넌출 너울너울 각식으로 층층이 심어두고
씨를 짜라 귀경ᄒ실 제 힝풍이 건듯 불면 우질우질 넘놀며 울긋불긋 쩌러지며
벌나부 시 짐싱이 춤추며 노러ᄒ니 쳔즈 흥을 부치여 날마닥 구경ᄒ시더라 이
씨의 남경션인이 궐니 소식을 듯고 홀연 싱각하되 옛사람이 벼술 등지고 쳔즈
를 싱각하니 나도 이 곳슬 가져다가 쳔즈기 두린 후

〈80-앞〉

의 졍셩을 늬호리라 ᄒ고 인둥수의 어든 곳 옥분의 치운ᄒ야 궐문밧겨 등도ᄒ
야 이 뜻시로 주달ᄒ니 쳔즈 반기스 그 곳슬 드리다가 황극젼의다 노코 보니
빗지 쵼란ᄒ야 일월지싱광이요 크기가 쪽이 업셔 향기 특출ᄒ니 시숭 곳시 안
이로다 월즁든게 지리미가 완연하니 게화도 안이요 요지벽도 동방식이 짜온
후의 숩쳔련이 못되이 벽도회도 은이요 셔역국의

〈80-뒤〉

연화씨 쩌러져 그 곳 되야 희즁의 왓는가 ᄒ시며 그 곳 일홈을 강션화라 ᄒ시
고 즈셔이 술펴보니 불근 안기 어리여 잇고 셔기가 반공하니 황제 디희ᄒ사
화게의 옴겨노니 모란화 부용화가 다 ᄒ품으로 도라가니 미화 국화 봉선화는
모도 다 손이라 층ᄒ더라 쳔즈 아르시난 비 다른 곳 다 바리고 이 곳쑨이로다
일일은 쳔즈 당나라 잇일을 본바다 궁녀의게

〈81-앞〉

젼교ᄒᄉ 화쳥지의 목욕ᄒ실셔 쳔즈 친이 달을 짜러 화게의 비회ᄒ시더니 명
월은 만졍하고 미풍은 부동훈듸 강션화 봉이가 문득 요동ᄒ며 가만이 버러지
며 무슨 소리 나난듯 ᄒ거늘 몸을 숨겨 가만이 쏠펴보니 션연훈 용녀 얼골을

반만 드러 꼿봉이 밧기로 반만 니다 보더니 인젹 잇스물 보고 인ㅎ여 도로 후
리쳐 드러 가거늘 황제 보시고 홀연 심신이 황홀ㅎᄉ 의혹이 만단ㅎ여

〈81-뒤〉

아무리 셔슨들 다시는 동졍이 업거늘 갓가이 가셔 꼿봉이을 가만이 벌이고 보
시니 일기 소졔요 양기 미인이라 쳔ᄌ 반기시사 무르시되 너의 귀신인다 사람
인다 미인이 직시 나려와 복지ㅎ여 엿ᄌ오디 소녀는 눕희용궁 시녀압더니 소
졔를 모시고 희양으로 ᄂ왓삽다가 황졔의 쳔안을 범ㅎ여쓰오니 극히 황공ㅎ여
이다 ㅎ거날 쳔ᄌ 니렴의 싱각하시되 상졔게압셔 죠흔 인연을 보니시도다

〈82-앞〉

천여불취ㅎ면 시호시호 여부지니라 ㅎ시고 비필을 졍ㅎ리라 ㅎ시사 혼인을 완
졍ㅎ시고 티사관으로 ㅎ여곰 튁일ㅎ니 오월 오일 갑ᄌ일이라 소졔로 황후를
봉ㅎ여 승숭의 집으로 모신 후의 길일리 당ㅎ미 젼교ㅎ시ᄉ 이러ㅎ 일은 젼만
고의 업난 일이니 가례범졀을 별반셜화ㅎᄅ 하시니 위의 거동이 쏘흔 금세에
처음이요 젼고의 더옥 업더라 황제 연셕의 ᄂ와

〈82-뒤〉

셔시니 꼿봉이 속의셔 양기 시녀 소졔를 부익ㅎ여 모셔나오니 북두칠셩의 좌
우 보필리 갈ᄂ 셧눈듯 궁중이 휘황ㅎ여 바로 보기 어렵더라 국가의 경사라
딕사쳔ㅎ ㅎ고 눕경 갓던 도션주을 특별이 제슈ㅎ여 무중틱수를 ㅎ이시고 만
조졔신은 숭호 만식ㅎ고 솔토지인민은 화봉숨축ㅎ더ᄅ 심황후의 덕틱이 지즁
ㅎᄉ 넌년이 풍년 드러 요순쳔지를 다시 보니 셩강지치 되야셔라 심황후 부귀
극

〈83-앞〉

진흐나 홍시 즁심의 수문 근심이 다만 부친 싱각뿐이로다 일일은 수심을 이기
지 못하야 시종을 다리고 옥난간의 비겨더니 츄월은 발가 산호발의 빗처들고
실솔은 실퍼 우러 나류안의 흘너드러 무흐흔 심사를 졈졈이 불너닐 제 흐믈며
숭쳔의 외로온 기러기 울고 나러오니 황우 반기온 마암의 바리보며 흐는 말리
오는야 네 기러기 거기 좀간 머물너셔 뉘의 흔 말 드러쎠릉

〈83-뒤〉

소즁능이 북힉숭의셔 편지 젼흐던 기러기냐 수벽ᄉ명양안틱의 쳥원을 못이기
여셔 나러오는 기러기야 도화동의 우리 부친 편지를 믿고 니 오는야 이별 숨
연의 소식을 못드르니 니가 니제 편지를 쎠셔 네게 젼흘 테이니 부디부 디신
젼흐여라 흐고 방안의 도리가 숭ᄌ를 열고 주지를 쓴너 닉여노코 붓슬 들고
편지를 스랴흘 제 눈물리 몬져 쩌러지이 글ᄌ는 수먹이 되고 언어는 도최흔다
실흐늘 쩌느온

〈84-앞〉

졔 시셕이 셰번흐오니 칙호흐야 쓰인 흔이 하힉갓치 집ᄉ이다 복미심 긔간의
아부지 긔쳬후 일힝만안 흐옵신지 원복모구구무림흐셩지지로소이다 불효녀
심쳥은 션인을 쌰라갈제 흐로 열두시의 열두번식이ᄂ 죽고 시푸되 틈을 엇지
못흐여셔 오류식을 물의 ᄌ고 필경의ᄂ 인둥수의 가셔 졔숙으로 쌔져더니 황
쳔이 도으시고 용왕이 구흐옵셔 시상의 드시 나와 둥금 쳔ᄌ의 황후

〈84-뒤〉

가 되여스니 부귀영화 극진흐오ᄂ 간중의 미친 흔이 부귀도 쓰시 업고 살기도
원치 안이하되 다만 원이 부친 실흐의 다시 뵈온 후의 그늘 죽ᄉ와도 환이 업

것는이다 아부 느를 보니고 게우 지닌 마암 문의 비겨 싱각는 좔은 분명이 알
거니와 죽어슬 제는 혼이 막켜 잇고 사러슬 졔는 익운이 막커여셔 쳔륜이 쓴
쳐는이다 그간 숨년의 눈을 쩌ᄉ오며 동중의 막인 젼곡은 그져 잇셔 보존ᄒ시
며 아부지

〈85-앞〉

귀하신 몸을 십분 보중ᄒ압소셔 슈이 보압기를 쳔만 바리압고 쳔만 바리옵는
이다 년월일시 얼는 쩌셔 가지고 나와보니 기러기는 간 디 업고 충망ᄒ 구름
밧기 은ᄒ슈만 기우러졋다 다만 별과 달은 발가잇고 춘풍은 삽삽ᄒ다 ᄒ릴업
셔 편지 집어 숭ᄌ의 너코 소리업시 우더니 이쩌의 황졔 닉젼의 드러오시사
황후를 바라보시니 미간의 수심을 씌여스니 쳥슨은 셕양의 줌긴 듯ᄒ고

〈85-뒤〉

얼골의 눈물 흔젹이 잇스니 황화가 티양의 이우는 듯ᄒ거늘 황졔 무르시되 무
슴 근심이 게시관디 눈물 흔젹이 잇는잇가 귀하기는 황후가 되야 잇스니 쳔ᄒ
의 졔일 귀요 부하기는 스희를 ᄎ지ᄒ엿스니 인간의 졔일 부라 무슴 일이 잇
셔 져러탓 실허ᄒ시난잇가 황후 디왈 신쳡이 과연 소디욕이 잇스오나 감이 엿
줍지 못ᄒ엿습니다 황지 디왈 소디욕은 무슴 일이온지 ᄌ셔이 말

〈86-앞〉

삼하소셔 하신디 황후 다시금 쑤러인져 엿자오디 신쳡이 과연 용궁 사람이 안
이오라 황쥬 도화동의 사난 밍인 심학구의 쌸이압더니 아비의 눈 쓰기을 위하
와 몸이 선인의긔 팔여 인당수 물의 졔숙으로 쌔진 사연을 자셔이 엇자오니
황졔 드르시고 가라사디 그러하시면 엇지 진직의 말슴을 못ᄒ시눈잇가 어엽지
안이 ᄒ온 일이오니 너무 근심치 말르소셔 ᄒ

〈86-뒤〉

시고 그 익일의 조회ᄒ신 후 만조제신과 의논ᄒ시고 황주로 힝관ᄒ야 심훅규
를 부원군위로 치송ᄒ라 ᄒ엿더니 황주ᄌᄉ 중게를 올여거늘 쩌여보니 ᄒ여스
되 관연 본주 도화동의 밍인 심훅규 잇ᄉ더니 연젼의 유리ᄒ여 부지거쳐라 ᄒ
엿거늘 황후 드르시고 망극ᄒ 마암을 이기지 못ᄒ야 체읍 중톤ᄒ시니 쳔ᄌ 간
졀이 위로ᄒᄉ 왈 죽어스면 홀 일 업거니와 ᄉᆯ스면 만놀 놀

〈87-앞〉

리 잇ᄉ지 셜마 춋지 못ᄒ오릿가 황후 크게 ᄭᅵ다르시ᄉ 황제게 엿ᄌ오더 과연
ᄒ 게치이 잇ᄉ오니 그리 ᄒ옵소셔 솔토지신민이 막비왕신이오니 빅셩 중의
불숭ᄒ 빈난 환과고독 ᄉ궁이요 그 중의 불숭ᄒ게 병신이오나 병신중의 더옥
밍인이오니 쳔ᄒ 밍인을 모도 묘와 준치을 ᄒ옵소셔 져의더리 쳔지 일월셩신
이며 흑빅중단과 부모쳐ᄌ를 보와도 보지못ᄒ여 원

〈87-뒤〉

한 두물 푸러 주압소셔 그러ᄒ오면 그 가온더의 혹 신쳡의 부친을 만ᄂ것ᄉ오
니 신쳡의 원일ᄯᅮᆫ 아니오라 ᄯᅩᄒ 국가의 화평ᄒ 일도 되올 듯 ᄒ오니 쳐분이
엇더 ᄒ압신잇가 ᄒ신더 쳔ᄌ 크게 층찬ᄒᄉ 왈 과연 녀중의 요순이로소이다
그러ᄒᄉ이다 하시고 쳔ᄒ의 반포ᄒ시되 무론 더부ᄉ셔인ᄒ고 밍인이여든 셩
명 거주를 헌록ᄒ야 각읍으로 ᄎᆞᄎᆞ 기송ᄒᆯ 존체예 참예

〈88-앞〉

치 못ᄒ 지 잇스면 희도 신ᄒ 수령은 둔중 죄중ᄒ리라 교령이 신명ᄒ시니 쳔
ᄒ 각도각읍이 황겁ᄒ야 셩화갓치 거힝터라 이ᄯᅥ 심봉ᄉ는 ᄲᅢᆼ덕어미를 다리고

젼젼 단이더이 ᄒᆞ로는 드르니 황셩의셔 밍인존치를 빅셜ᄒᆞᆫᄃᆞ ᄒᆞ거날 심봉ᄉᆞ 쌩덕어미다려 말ᄒᆞ되 ᄉᆞ룸이 세ᄉᆞᆼ의 낫ᄃᆞ가 황셩 귀경ᄒᆞ여 보시 ᄂᆞᆨ양쳔리 멀고 던 질을 ᄂᆞ 혼ᄌᆞ 갈 수 업ᄂᆡ 나와 ᄒᆞᆷ기 황셩의 가미 엇

〈88-뒤〉

더ᄒᆞᆫ요 질의 단이다가 밤이야 우리 ᄒᆞᆯ 일 못ᄒᆞ오릿가 예 갑시 그리ᄒᆞ오 직일노 질을 떠나 쌩덕어미 읍 식우고 수일을 힝하여 한 역촌의 당도ᄒᆞ여 ᄌᆞ더니 그 근쳐의 황봉ᄉᆞ라 ᄒᆞ난 소경이 잇는듸 이는 반소경이든 것시엿다 셩식도 요부ᄒᆞᆫ듸 쌩덕어미가 응탐ᄒᆞ여 셔방질 일수 즐ᄒᆞᆫ단 말을 듯고 ᄯᅩᄒᆞᆫ 소문이 인근읍의 ᄌᆞᄌᆞᄒᆞ여 ᄒᆞᆫ 번 보기를 평싱의 심중 원일너니 심봉ᄉᆞ와 ᄒᆞᆷ

〈89-앞〉

기 온단 말을 듯고 쥬인과 의논ᄒᆞ고 쌩덕어미를 씨여ᄂᆡ랴고 주인이 만든으로 기유하니 쌩덕어미도 싱각ᄒᆞᆫ직 막ᄉᆞᆼ ᄂᆡ가 ᄯᅡ러 가드릭도 존치의 ᄎᆞᆷ예ᄒᆞ미 젼이 업고 도라온들 셩세도 젼만 못ᄒᆞ고 술 길리 젼이 업서스니 ᄎᆞ라리 황봉ᄉᆞ를 ᄯᅡ라스면 말연 신세는 가ᄌᆞᆼ 편안ᄒᆞ리라 ᄒᆞ고 약속을 단단이 정ᄒᆞ고 심봉ᄉᆞ 좀들기를 기달여 ᄂᆡ씨리라 ᄒᆞ고 고동목을 노코 누엇더니 심봉

〈89-뒤〉

사 좀을 집피 드러거늘 두말 업시 도망ᄒᆞ여 다러난지라 이ᄯᅴ의 심봉ᄉᆞ 좀을 ᄭᅵ여 음흉한 싱각이 잇셔 엽을 만져보니 쌩덕어미 업거늘 손질을 ᄂᆡ미러보며 여보소 쌩덕이네 어ᄃᆡ 갓는가 종시 동졍이 업고 웃묵 구셕의 고초셤이 뇌야 쥐란 놈이 바시락바시락하니 쌩덕어미가 즉난 ᄒᆞ는 줄만 알고 심봉ᄉᆞ 두 손을 씩 벌이고 이러셔며 날ᄃᆞ러 기여오른가 ᄒᆞ며 더듬더듬 더듬우니 쥐란 놈이

〈90-앞〉

놀니여 다라나니 심봉스 허허 우수면서 이겨 요리간다 ᄒ고 이 구석 져 구석 두로 조차 단이다가 쥐가 영영 다라나고 업거날 심봉스 가만니 안져 싱각ᄒ니 헛분 마암 갓업시 속아쏘다 발셰 털속 조흔 황봉스의게 가서 궁즁이 세움을 ᄒ눈듸 잇실 수가 엇지 잇난가 여보 주인니 우리집 만누리 안의 드러갓소 그런 일 업소 심봉스 그계야 다러난 줄을 알고 ᄌ튼ᄒ며 ᄒ난 말리 여

〈90-뒤〉

바라 ᄲᅩᆼ덕엄이 날 바리고 어듸 갓는가 이 무샹ᄒ고 고약ᄒ 게집아 황셩쳔리 먼먼 질의 뉘로 홈기 벗슬 삼아 가리요 울다가 엇지 싱각ᄒ고 손조 ᄭᅮ지져 손을 허허 ᄲᅮ리여 바리며 아셔라 아셔라 이년 니가 너를 싱각ᄒ난 거시 인스불숭의 코평충이 아들놈 업다 ᄒ고 공연이 그런 즙년을 졍드러짜가 가산만 탕진ᄒ고 즁노의 낭퓌ᄒ니 도시 니의 신수 소관이라 수원수구ᄒ랴 우리 현쳘

〈91-앞〉

하고 음젼턴 곽씨부인 죽는 양도 보고 살아 잇고 츌쳔효녀 심쳥이도 싱이별ᄒ야 물의 ᄲᅡ져 죽는 양도 보고 술어거든 하물며 져만 연을 싱각ᄒ며 기아들놈이라 사람 다리고 수작한는 혼자 군말ᄒ더니 눌리 발근이 다시 쩌나갈 졔 이 쩌난 오류월이라 더우은 심ᄒ고 ᄯᅵ음은 홀너 훈츌쳔비ᄒ니 세니가의 의관과 보짐을 버셔 노코 목욕ᄒ고 ᄂᆞ와보니 의관 힝즁이 간 곳 업거늘 강변으로 두로ᄉ

〈91-뒤〉

면늘 더듬더듬 더듬는 거동은 손영긔 미초리 니암 맛친셩 부르게 이리져리 더듬은들 어듸 잇슬손야 심봉스 오도가도 못ᄒ여 방셩통곡홀 졔 이고이고 낙양

쳔리 멀고 먼 질의 엇지 가리 니 이놈 좀도젹놈의 식기야 니 거슬 가져가고 날
못홀 일 시기넌야 허다 부즈집의 먹고쓰고 눕는 지물리나 가져다가 쓸 거시제
눈먼 놈의 거슬 갓다 먹고 완젼홀가 쾨모 업셔쓰니 뉘게 가서 밥을 빌며 의복
이 업

〈92-앞〉

셔스니 뉘라셔 날을 옷슬 주리 귀먹중이 젼둥발리 다 각기 병신 셥다 ᄒ되 쳔
지 일월셩신 혹빅중단이며 젼ᄒ만물을 분별커늘 언느 놈의 팔즈로셔 소경이
되야난고 ᄒ충 이리 울며 탄식홀 제 이ᄶᅥ 무릉티수 황셩의 갓다가 ᄂᆞ려오는
기리라 예ᄅ 이놈 둘너셧다 ᄂᆞ이거라 오험 에이 넙더바ᄅ 흐트러진 복셕수문
돌돌바ᄅ 도아야 ᄒ창 이라 왁즈지근 썰쩌려 ᄂᆞ리오니 심봉ᄉ

〈92-뒤〉

벽져소리를 반기듯고 올타 어디 관중 오나부다 억지나 좀 쎠보리라 ᄒ고 마참
독을 니고 안져더니 갓가이 오거날 두 손으로 부즈지를 검어 쥐고 엉금엉금
기여 드러갈 졔 좌우 나졸 달여드러 밀쳐니니 심봉ᄉ 무신 유셰나 ᄒᆞᆫ 졸노 네
이 놈더라 그리ᄒ엿난이라 니가 지금 황셩의 기는 소경일다 네의 셩명은 무엇
시며 이 힝츠는 언의 고을 힝차런지 썩 일너라 ᄒ충 이럿케 ᄉ

〈93-앞〉

지ᄒ니 무릉티수 ᄒᆞ는 말리 니 니 말 드러ᄅ 어디 잇난 소경이며 엇지 옷슬 버
셔스며 무신 말을 ᄒ고져 ᄒᆞ난다 심봉ᄉ 엿즈오디 셩은 황주 도화동의 심혹규
옵더니 황셩으로 가옵난 길의 날리 심ᄒ게 더우미 갈 길 젼히 업습기로 목욕
ᄒ고 갈ᄅ고 좀관 목욕ᄒ고 나와셔 보오니 언의 무슝ᄒᆞᆫ 좀도젹놈이 의관과 보
짐을 모도 다 가져 갓ᄉ오니 진소위주출지망양이요 진퇴유곡이ᄅ

〈93-뒤〉

의관과 보졈을 추져 주옵시거나 별반쳐분ᄒ여 주옵소셔 그리 안이ᄒ옵시면 못
갈 밧기 할 일 업ᄉ오니 관ᄉ주기압셔 별반통촉이 잇스물 바리난이다 틱수 이
말을 듯고 가긍이 여기사 니 알외는 말을 드르니 유식ᄒ나부다 원졍을 지여
올니라 그런 후의야 의관과 노수를 주리라 심봉ᄉ 알외되 좀쳐 글은 ᄒ오나
눈이 어두오니 형이을 주시면 불너 씨오리다 틱수 형벙의게 분부ᄒ여

〈94-앞〉

쓰라ᄒ시니 심봉ᄉ 원졍을 부르되 셔슴지 안이ᄒ고 좍좍 지여 올이니 틱수 바
다본즉 ᄒ여스되 복이획죄우쳔ᄒ야 부명야빅이라 명막명어일월커날 혼ᄉ양안이
불분하고 낙막낙어부쳐어날 통구원지ᄂ즉이라 조조쳥운지지터니 만졍빅수지
궁이로다 누불건니쳠금ᄒ고 훈무궁이쇄미로다 조이쇠모이쇠ᄒ니 쇠가험이비
부로다 식유호구ᄒ니 표모숭존이요 의불엄신ᄒ

〈94-뒤〉

니 수가안지오 당금의 쳔ᄌ셩신문무ᄒᄉ 포조령이연밍인ᄒ니 명양춘이불유곡
이로ᄃ 동별향관ᄒ고 셔힝경늑이ᄅ 노운원의 어소지ᄌ일중이요 가소빈혜여
소즤ᄌ단포로다 외혹이지유금혜여 흑징현지욕기터니 의복야관망야를 견실어
빅ᄉ지중ᄒ니 반젼야낭특야를 ᄂ추어노임총중이라 자고신셰ᄒ면 촉번져양ᄅ
격신ᄂ체ᄂ 주출지망양이요 빅연이소ᄂ 졀영지외유라

〈95-앞〉

복유숭공은 이이지지요 두소지치라 걸궁숭궁지조ᄒ며 망구쳐확지여ᄒᄉ 참고
금닉미유지여ᄒ면 숭츠셩지조지은 홀체오니 통초쳐분이라 ᄒ엿거날 틱수 충

춘흐시고 통인 불너 의롱 열고 의복 일십 니여주고 급충이 불너 감이 뒤의 달
인 갓 디여주고 수비 불너 노비 주시니 심봉수 쏘 말흐되 신 업셔 못가것소 신
이야 홀 길 잇는야 흐인의 신을 주자흐니 지의랴 발을 벗고 가랴홀 졔 마춤 그

〈95-뒤〉

중의 마부질 심이흐여 마숭즥의 돈을 일수 줄 발너 니여닌듸 말죽밥도 혼 돈
이면 열두 닙 돗쳐니고 신이 셩흐여도 쌀러졋다 하고 신갑슬 총총 돗쳐너여
신을 스셔 물궁둥이여다 달어잇거날 원님이 그놈의 소둥이 괘심흐여랴고 그
신을 쩌여주라 흐시니 급중이 달여드러 쩌여주니 심봉사 신을 어더신은 후의
그 숭흔 도젹놈이 오동수복 김희간죽 맛치맛게 마추워 디속도 온

〈96-앞〉

이 며엿는듸 가져가스니 오날 감셔 먹을 디 업소 틴수 왈 글어흐면 엇지 흐준
말가 글시 그럿탄 말삼이요 틴수 우시시고 어죽을 니여주시니 심봉수 바다가
지고 황송흐오나 셔초 혼 디 맛보와스면 조흘 듯흐오 붕즈 불너 담비 니여주
시니 심봉사 하직고 황성으로 올느갈 졔 디셩통곡 우는 말리 노즁의 어진 수
렁 맛나 의복은 어더 입어스나 질을 인도흐리 업셔스니 엇지흐여 츠져갈가 이
럿투시 툰식

〈96-뒤〉

흐며 가더니 혼 곳슬 당도흐니 녹음은 우거지고 방초는 숙어진듸 압너 버들은
유록장 두로고 넛너 버들은 초록중 둘너 혼가지로 느러지고 혼가지로 펑퍼져
셔 휘넘느러진 고듸 심봉사 녹음을 의지흐여 쉬더니 각식 시짐싱 날어든다 홀
넌 비조 뭇시더리 농초 화답의 쭉을 지여셔 쌍거쌍너 눌어들 졔 말 잘흐는 잉
무시며 춤 줄추난 흑두루미와 수옥기 다옥기며 쳥망순 기력기

〈97-앞〉

갈무두둥 방올시 덜넝 호반시 수루룩 왼갓 잡시 다 날어든다 만수문견 풍연시
며 져 쑥국시 우름 운다 이 산으로 가면셔 쑥국쑥국 셔산으로 가면셔 쑥국쑥
국 셔 꾀꼬리 우름 운다 머리 곱게곱게 빗고 물 건네로 시집가자 져 가마구 울
고 간다 이리로 가며 갈곡 져리로 가며 까옥 져 집비들키 우름 운다 콩 흔ᄂᆞ를
입의 물고 입놈 수놈이 어루르아고 두리 셔를 쎄여 물고 구루우 구

〈97-뒤〉

루우 어루는 소리홀 제 심봉ᄉᆞ 졈졈 드러가니 쑷밧기 목동 아히더리 늣즈루
손의 쥐고 지기 목발 두달리면져 목동가로 노리ᄒᆞ며 심밍인을 보고 희롱흔다
만쳡순중 일발층층 놉파 잇고 쳥산녹수는 일일양양 집피 잇ᄃᆞ 호중쳔지여호양
이 여그로다 집팡막더 즈로 들고 쳔리강순 드러가니 쳔고지후 이 순중의 가유
지지 무궁ᄒᆞᄃᆞ 등동고이셔소ᄒᆞ고 임쳥유이부시로다 순쳔기시 초커니와 늠희
풍경 그지 업

〈98-앞〉

다 유유일경 못이기어 칼을 쎄여 놉피 들고 녹수쳥산 근늘 속의 오락가락 니
다보니 동셔남북 산쳔더를 비회일망 구경ᄒᆞ니 원근순촌 두세 집의 낙화모연
잠겨셔라 심산쳐사 어디민요 무를 곳시 어렵도다 무심할손 져 구름은 추수봉
봉 쯰여잇다 유유한 가마구난 쳥순 속의 왕니흔다 왕손곡이 어디민고 오류촌
이 여그로다 령쳑은 소를 ᄐᆞ고 밍호연 나구 탓니 두목지 보려고 빅녹쳔

〈98-뒤〉

변 니려가니 장건은 승ᄉᆞᄒᆞ고 여동빈 빅노 ᄐᆞ고 밍동야 널운 들의 와용강변

니려가니 팔진도 축지법은 졔갈공명쑨일소냐 이 손즁의 드러오신 심밍인이 분
명ᄒ다 이리져리 논일면셔 죵일토록 닉질기니 요산요축하온 고디 인의예지ᄒ
오리라 송풍이 작금ᄒ고 폭포로 북을 숨아 소소분별 다 바리고 흥을 게우 논
일 젹의 아침날 씨온 술을 졈심지여 다 먹으며 황총젹 손의 들고

〈99-앞〉

자진곡을 노리ᄒ리 승존사호 멋멋친고 눌과 ᄒ면 다셔시요 죽일칠현 멋멋친고
눌과 ᄒ면 야달비라 고소셩외 흔손스의 야반죵셩이 여기로다 셰왕젼의 경쇠
치난 져 노승아 삼쳔새개 극낙젼이 인도환셍 ᄒ난구나 애미타불 관셰음보살
졍셩으로 외오난디 극역 안심ᄒ여 옛사람을 셍각ᄒ니 주시졀 강틱공은 위수이
고기 낙고 뉴현주 졔갈양은 남양운수 밧슬 갈고 이승기졀 장익익덕은 위리촌
에 결식ᄒ고 이 산즁의 드러오신

〈99-뒤〉

심밍인도 쏘흔 씨를 지달니ᄅ 목동덜리 이러타시 비양ᄒ든 거시엿다 심봉사
목동 아히덜을 이별ᄒ고 촌촌젼진ᄒ여 여러 날만이 황셩이 차차 갓가오니 낙
수교를 얼는 지니여 녹수진경을 드러가니 흔 고디 방에집이셔 여러 게집 사람
들리 방에 쎗커늘 심봉사 피져ᄒ이 ᄒ고 방이집 근늘리 안자 쉬오더니 여러
사람들리 심봉사를 보고 잇고 저 봉사도 잔체에 오난 봉사요 이셰이 봉사들
흔시게 ᄒ던고 저리 안져지 말고 방에더리 쎗체 심봉사 그졔야 안마암이 해아
리되

〈100-앞〉

올체 양반의딕 죵이 안이면 상놈의 좃집이로다 ᄒ고 기롱이나 ᄒ여보리라 디
답ᄒ되 쳔이 타향의 발셥ᄒ여 오난 스룸다러 방이 쎄으라 ᄒ기를 닉 집안 어

론다러 흐듯 흐니 무엇시나 좀 줄느면 찌여주졔 이고 그 봉스 음흉하여라 주
기는 두어슬 주어 졈심이나 어더 먹졔 졈심 어더 먹으랴고 찌여 줄테관딕 글
어하면 무엇슬 주어 고기나 줄가 심봉스 흐흐 우시며 그것도 고기스 고기졔마
는 주기가 쉬리랻

〈100-뒤〉

고 줄지 안이 줄지 엇지 압나 방이느 찌코 보졔 올체 그 말리 반허락이엿다 방
이여 올느셔셔 썰구덩 썰구덩 찌으면셔 심봉스 즈어닌여 흐는 말리 방이소리
는 졸흐졔마는 뉘릳셔 알어주리 여러 흐임드리 그 말 듯고 졸느니니 심봉스
젼더지 못흐야 방이소리를 흐는구나 어유아 어유아 붕이요 티고랻 쳔황씨는
목덕으로 왕흐시니 이 늠기로 왕흐신가 어유아 방이요 유소씨 구목위소흐니
이 남기로 집을

〈101-앞〉

얼근가 어유아 방이요 신롱씨 유목위뢰흐니 이 남기로 짜부를 흔가 어유아 방
이요 이 방이가 뉘 방인가 각덕 흐임 가죽방인가 어유아 방이요 썰구덩 썰구
덩 허쳠허쳠 찌은 방이 강티공의 조촉방이 어유아 방이요 젹젹공산 늠글 벽여
이 방이를 만드럿니 방이 만든 제도 보니 이승흠도 이상흐듯 스름을 비양턴가
두 달리를 벌여니여 옥빈홍오의 빈허를 보니 흔 허리여 좀 썰넌니 어유

〈101-뒤〉

아 방이요 질고 간는 허리를 보니 초왕 우미인 넉실넌가 추쳔가 노든 발노 이
방이를 쪘것구나 어유아 방이요 머리 들고 잇는 양은 주란왕의 돈수런가 어유
아 방이요 용목팔여 되야 분을 찌여 너니 옥입일다 오고딕부 죽은 후의 붕이
소리 근쳐쪄니 우리 셩승 쵹흐압셔 국티만안 흐압신디 흐물며 밍인잔쳐 고금

의 업셔스니 우리도 티평셩디의 방이소린나 ᄒ여보시 어유아 ᄫ이요 흔 둘리

〈102-앞〉

놉피 밥고 오루락 니리록 ᄒ는 양과 실눅벌눅 쎗쑥쎗쑥 조기로다 어유아 방이
요 얼시고 조을시고 지아지자 조을시고 흥을 졔위 일히노니 열어 흔임더리 듯
고 쌀쌀 우시며 ᄒ는 말리 예 요 봉스 그게 무신 소린고 ᄌ셔이도 아녀 아미도
그리로 나왓ᄂ부 그리로 ᄂ온 게 안이라 ᄒ여 보왓제 좌우 복중디소 ᄒ더라
그리져리 방이 쎗코 졈심 어더 먹고 보침다 술 너허 지고 집팡목디를 츠쥐고
ᄂ셔면

〈102-뒤〉

셔 자 만누리덜 그리덜 ᄒ오 줄 어더 먹고 감니 어 그 봉사 심심치 안니 ᄒ여
사람은 조은 디 잘가고 니려올 제 또 오시요 심봉사 거기서 ᄒ직ᄒ고 차차 정
중이 드러가니 억만장안니 모도 다 소경빗시라 서로 짝짝 부드처 단니기 어렵
더라 흔 곳슬 지니더니 흔 여인니 문밧기 섯다가 저기 가는 게 심봉사시요 게
누군 날 알 이 업건만은 게 누가 날 찾는가 여보 덕이 심봉사 안니요 판인 기
로ᄃ 엇지 이린고 그러츤흔 일리 잇스니 제 즘관 지체하오 니ᄋ고 나와 인도
ᄒ여 외당으로 ᄋ치고 셕

〈103-앞〉

반을 드러거날 심봉스 싱각ᄒ되 고이ᄒ다 이 엇젼 일인고 쏘흔 츤수 비승ᄒ거
날 밥을 달게 머은 후의 날리 셔무러 황혼 되니 그 여인이 다지 나와 여보시요
봉스님 눌 ᄶ리셔 니당으로 드러 갑시다 심봉스 디답ᄒ되 이 집의 외주인 유
무는 모로거니와 엇지 남의 니둥의로 들어가리요 예 그는 허물치 마르시고 날
만 ᄶ러 오시요 여보시요 무심 우환 잇셔 이러ᄒ시요 나는 동토졍도 일글 졸

모로요 여

〈103-뒤〉

헛말숨 그만ㅎ고 드가 보시요 집펑막더를 쓸어 당기이 쓸여가며 의심이 ㄴ 엇 불ㅅ 니가 아미도 보쏨의 드러가지 터ㅎ다 이러쳐로 군말ㅎ고 디쳥의 올ㄴ가 셔 좌승의 안진 후의 하 여인이 무르되 심보사시요 답왈 엇지 아오 아ㄴ 도리 잇소 먼 길의 평안이 오시요 니의 셩은 안가요 황셩의셔 시거ㅎ압더니 불힝ㅎ 여 부모 구몰ㅎ압고 홀노 이 집을 직키여 잇ㅅ오며 시년은 이십오셰요 아직 셩혼치 못

〈104-앞〉

하엿거날 일직 복술을 비와 비필될 사람을 가리압더니 일젼의 꿈을 뛰니 한 우물의 히와 달리 쩌러져 물의 줌기거늘 쳡니 건져 품의 안의 뵈이니 ㅎ날의 일월은 사람의 안목이라 일월리 쩌러지니 놀과 갓치 밍인인 줄 올고 물의 줌 겨스니 심쎤 줄 알고 일즉 종을 시기여 문의 지나는 밍인을 추리로 무러온 제 여러 날리오 쳔위신조ㅎ사 이졔야 만ㄴ오니 연분인가 ㅎ옵ㄴ다 심봉ㅅ 픳 우 셔 왈 말리야 좃소만은 그러ㅎ기 쉽소

〈104-뒤〉

릿가 안씨밍인 종을 불너 추를 러 권흔 후의 거수ㄴ 어더오며 엇더ㅎ신 딕이 온잇가 심봉ㅅ 즈기 신셰 젼후수말을 늣늣치ㅎ며 눈물을 흘이니 안씨밍인이 위로ㅎ고 그 놀밤의 동품홀 제 흔충 조흘고 부여 두리 다 업ㄴ 눈이 벌덕벌덕 홀 듯ㅎ되 셔로 일 수 잇나 스람은 두리 다 눈은 흡ㅎ면 니시로되 담비씨만치 도 뵈이지 안이ㅎ이 홀 일 업셔 줌을 즈고 이러나니 주린 판이요 첫눌밤이니 오직 조ㅎ랴

〈105-앞〉

만은 심봉스 수심으로 안졋거늘 안씨밍인이 무르되 무슴 일노 질거온 빗치 업
스오니 쳡이 도로여 무안ᄒ여이다 심봉스 디답ᄒ되 본디 팔즈가 기박하여 평
싱을 두고 징험직 막 조홀 이리 잇스면 엇즌ᄒ 일리 싱기고 싱더니 도 간밤의
ᄒ 꿈을 어든니 평싱 불길홀 증조라 니 몸이 불의 드러가 뵈이고 가죽을 벽겨
북을 미고 쏘 ᄂ무님피 쩌러져 쑤리를 덥피여 뵈이니 아미도 ᄂ 죽을 꿈 안

〈105-뒤〉

이요 안씨밍인 듯고 왈 그 꿈 좃소 홍직길이라 니 줌간 히몽ᄒ오리다 다시 셰
쑤ᄒ고 분향ᄒ고 단졍이 쑤러안져 손통을 놉피 들고 축스를 일근 후의 괘를
푸러 글얼 지여스되 신입화즁ᄒ니 회로을 가기요 거피죽고하니 고는 궁셩이라
궁의 드러갈 증조요 녹엽이 귀근ᄒ니 즈손을 가봉이라 디몽이오니 디단 반갑
스오니다 심봉스가 우셔 가로디 속딤의 쳔부둥 만부둥이요 피육불관이요 조

〈106-앞〉

작지셜이요 니 본디 즈손이 업스니 누기를 ᄆ나며 존치예 참예ᄒ면 궁의 드러
가고 녹밥도 먹는 쏙이제 오씨밍인이 쏘 말ᄒ되 지금은 니 말을 밋지 안이ᄒ
ᄂ 필경 두고 보시요 앗침밤을 먹은 후의 궐문 빗기 당도ᄒ니 발셔 밍인 존치
들ᄂ ᄒ거늘 궐니의 드러가니 궐니가 오직 조흐랴만은 빗쩌여 거무충충ᄒ고
소경니가 진동훈ᄃ 이젹의 심황후 여러 날을 밍인잔쳬홀 졔 셩

〈106-뒤〉

명셩칙을 아모리 듸려 노코 보시되 심씨밍인이 업스니 즈탄ᄒ스 이 존치 비셜
ᄒ 비 부친을 뵈압즈고 ᄒ엿더니 부친을 보지 못ᄒ여스나 니가 인둥수의 죽은

졸노만 알으시고 이통ᄒ여 죽으신가 몽운사 부쳬님이 영검하사 그간의 눈을 ᄶ려 쳔지만물을 보시ᄉ 밍인축의 ᄱᅢ지신가 죤치는 오늘 망죵이니 친이 나어 가 보리라 ᄒ시고 후원의 젼좌ᄒ시고 밍인죤치 시기실시 풍옥도 능

자ᄒ며 음식도 풍비ᄒ여 죤치를 듼ᄒᆞᆫ 후의 밍언 셩칙을 올이라 ᄒ여 의복 ᄒᆞᆫ 벌식 니여 주실시 밍인 다 ᄒᆞ례ᄒ고 셩칙 밧기로 밍인 ᄒᆞ나가 웃득 셔ᄶ스니 황 후 무르시되 엇더ᄒᆞᆫ 밍인이요 녀셩셔를 불너 무르시니 심봉스 겁을 니여 과연 소신이 미실미가ᄒᆞ외 쳔지로 집을 슴고 스ᅙᅵ로 밤을 부치여 유리ᄒ여 단이오 미 언의 고을 거쥬 완연이 업ᄉ오니 셩칙의도 드지 못ᄒᆞ옵고 지불노 드러

왓습ᄂᆞᆫ이다 황후 반기시사 갓가이 입시하라 ᄒ시니 어상셔 영을 밧ᄌᆞ와 심봉 사의 손을 ᄭᅳ려 별젼으로 드러갈시 심봉스 아무런 쥴 모로고 겁을 니여 거름 을 못이기여 별젼의 드러가 게ᄒ의 셔ᄶ스니 심밍인의 얼골은 몰ᄂ 볼니ᄅ 빅발 은 소소ᄒ고 황후는 습년 용궁의 지니ᄉ니 부친의 얼골리 의의ᄒ여 무르시되 쳐ᄌᆞ 잇ᄂᆞ야 심봉스 복지ᄒ여 눈물을 흘이면셔 엿지오디 ᄋᆞ모 연분의 슝쳐ᄒ

압고 초칠 일이 못 다가셔 어미 일은 ᄯᅩᆯ ᄒᆞ나 잇습더니 눈 어두온 즁의 어린 ᄌᆞ식을 품의 품고 동영졋슬 어더 먹여 근근 질러 니여 졈졈 ᄌᆞ러ᄂᆞᅵ 효ᄒᆡᆼ이 출쳔ᄒ여 옛스룸의 지니더니 요망ᄒᆞᆫ 즁이 와셔 공양미 슴빅셕을 시쥬ᄒ오면 눈을 ᄶ려 보리ᄅ ᄒ니 신의 녀식이 듯고 엇지 아비 눈 ᄯᅳ리론 말을 듯고 그져 잇스랴 ᄒ고 달이ᄂᆞᆫ 홀판홀 길리 젼이 업셔 신도 모로게 ᄂᆞᆷ경 션인덜게 슴빅

〈108-뒤〉

셕의 몸을 팔이여셔 인둥수의 졔슉으로 빠져 죽스오니 그 씨의 십오세라 눈도 쓰지 못ᄒ고 자식만 이러쏘오니 ᄌ식 팔여 먹은 놈이 시상의 살어 쓸 디 업스오니 죽여 주압소셔 황후 드르시고 체읍ᄒ시며 그 말ᄉᆷ을 ᄌ셔이 드르시미 졍영ᄒ 부친인 졸은 아르시되 부ᄌ간 쳔륜의 엇지 그 말ᄉᆷ이 끈치기를 지달이랴만은 ᄌ연 말을 만들ᄌ ᄒ니 그런 거시엿다 그 말ᄉᆷ을 맛듯 못 맛듯 황후 보션 발노 씌여 ᄂ려와서

〈109-앞〉

부친을 안고 아부지 니가 과연 인둥수의 ᄲᅥ져 죽던뎐 심쳥이요 심봉스 쌈죽 놀니여 이게 왼 말리인야 ᄒ더니 엇지 ᄒ 반갑던지 뜻박기 두 눈이 갈무 쩌러지는 소리가 나면셔 두 눈이 활닥 발거스니 만좌 밍인드리 심봉스 눈 쓰는 소리의 일시의 눈더리 허번덕 쫙쫙 간치 식기 닙 며기난 소리 갓더니 뭇소경이 쳔지 명능ᄒ고 집안의 잇는 소경 게집 소경도 눈이 다 발고 비안의 밍인 비 밧기 밍인 본소경 쳥밍간이ᄶᅡ

〈109-뒤〉

지 몰수이 다 눈이 발가스니 밍인의게는 쳔지긔벽 ᄒ엿더라 심봉스 반갑기는 반가오나 눈을 쓰고 보니 도로여 셩면목이라 쌀리라 하니 쌀인 줄 알것만은 근본 보지못ᄒ 얼골이라 알 수 잇ᄂ ᄒ 조와셔 죽을동 말동 춤추며 노리ᄒ되 얼시구 졀시구 지아ᄌᄌ 조을시구 홍문연 놉푼 진치의 흥중이 이무리 춤 줄춘들 니 춤을 엇지 당ᄒ여 ᄒ고조 마승의 득쳔하할 졔 칼 춤 줄춘ᄃ 홀지ᄅ도 어허 니 춤

〈110-앞〉

당할손야 어화 창성더라 부중성남중성녀흐소 죽은 딸 심청이를 다시 보니 양귀비가 죽어 환성흔가 우미인이 도로 환성하여 온가 아모리 보와도 니 딸 심청이졔 딸의 턱으로 어두온 눈을 쓰니 일월리 광화흐여 다시 좃토다 경셩이출경운이 홍흐니 빅공숭화가라 요쳔지 다시 보오니 일시고 조흘로다 부중성남중성녀는 눌노 두고 일으미라 무소흔 소경덜도 쳘도 모루고 춤을 출 지

〈110-뒤〉

지아자 지아자 조흘시고 어화 좃코ᄂ 세월아 세월아 가지 말라 도라간 봄 쏘 다시 도르오건만은 우리 인성 흔 번 늘거지면 다시 졉기 어리워라 옛글의 일너스되 시스난독이라 흔난 거슨 만고명현 공밍의 말슴이요 우리 인성 무슴 일 잇시랴 드시 노릭흐되 숭호상호 만셰를 부르더라 직일의 심봉스를 조복을 입피여 군신지예로 조회흐고 다시 니젼의 입시흐스 격연 기루던 회포를 말슴흐

〈111-앞〉

며 안씨밍인의 말슴 늣늣치 흐니 황후 드르시고 치교를 너여 보니여 안씨를 모셔 들러 부친과 함기 게시게 흐스고 쳔자 심흑규를 부원군을 봉흐시고 안씨는 경열부인을 봉흐시고 쏘 중승승부인을 득별리 금은을 만이 승스흐시고 도화동 촌인을 연호 졉역을 물시흐시고 금은을 만이 승스흐여 동중의 구폐흐라 하시니 도화동 스롬드리 은혜 여천여히흐여 쳔흐 진동흐더라 무쳥티수를 불너 예주

〈111-뒤〉

자사로 이쳔흐시고 즈스의게 분부흐야 황봉스와 뺑덕머미를 직각 축디흐르 분부 지엄흐시니 예주즈스 숨빅육관의 힝관흐야 황봉사와 뺑덕어미를 줍이 올여거늘 부원군이 쳔졍누의 좌기흐시고 황봉스와 뺑덕어미를 줍아드리여 분부흐

스 니 이 무승훈 연아 순첩첩 야심혼듸 천지 분별치 못ᄒᆞᄂᆞᆫ 밍인 두고 황봉ᄉᆞ를 어더가는 게 무신 쓰신야 직시 문초ᄒᆞ니 역촌의셔 여막질ᄒᆞᄂᆞᆫ 정연이ᄅ ᄒᆞ는

〈112-앞〉

사람의 게집의기 초인ᄒᆞ미로소이다 부원군이 더옥 디로ᄒᆞ여 뺑덕어미를 능지처참ᄒᆞ신 후의 황봉ᄉᆞ를 불너 일은 말숨이 니 무승한 놈아 너도 밍인이지냐 남의 안희 유인ᄒᆞ여 가니 너는 조커니와 일은 ᄉᆞ룸은 오이 불상ᄒᆞ야 속셜의 탐화광접이라 ᄒᆞ기로 그리홀가 소둥은 죽일 일ᄅ로되 특별리 정비ᄒᆞ니 원망치 말ᄂᆞ 후일 승십ᄒᆞ이 후시상 ᄉᆞ룸이 이갓치 불의지ᄉᆞ를 본밧게 ᄒᆞ

〈112-뒤〉

지 못ᄒᆞᄂᆞᆫ 일이라 ᄒᆞ시고 ᄒᆞ교ᄒᆞ시니라 만조빅관이며 쳔ᄒᆞ 빅셩드리 덕화를 송덕ᄒᆞ더라 ᄌᆞ손이 충딩ᄒᆞ고 쳔ᄒᆞ의 일리 업고 심황후의 덕화 ᄉᆞ희의 덥펴스며 만세만세 억문세를 게게승승 바러오며 무궁무궁 ᄒᆞ압기를 쳔문 복망ᄒᆞ압옵니다 ᄒᆞ더ᄅ 황후 쳔ᄌᆞ의게 엿ᄌᆞ오디 이러한 질거우미 업ᄉᆞ오니 티평연을 비설ᄒᆞ여이다 황제 올히 여기시ᄉᆞ 쳔ᄒᆞ의 분포ᄒᆞ야 일등 명기 명충을 ᄃᆞ 불너 황극젼의 젼좌ᄒᆞ

〈113-앞〉

시고 만조빅관 묘와 질기실시 쳔ᄒᆞ제후 솔복ᄒᆞ고 사히진보 조공ᄒᆞ며 일등명충 일등명기 쳔ᄒᆞ의 반포ᄒᆞ야 거의 다 모와쓰니 티평셩디 만는 빅셩 쳐쳐의 춤츄며 노리하되 출쳔디효 우리 황후 놉푸신 덕이 ᄉᆞ희의 덥피스니 요지일월 순지건곤의 강구동요 질거음미 충희로 티평주 비져 여군동취ᄒᆞ며 만만세를 질겨 보시 이러한 티평연의 뉘가 오이 질길손야 이러ᄐᆞ시 노리홀 제 쳔ᄌᆞ면 부

〈113-뒤〉

원군이 황극젼의 젼좌ᄒ시고 명무명충을 픠초ᄒ시와 가무금실 히롱ᄒ며 삼일을 디연ᄒ사 승ᄒ동늑 질긴 후의 쳔ᄌ와 황후와 부원군이며 다 각가 환궁ᄒ시다 각셜 잇써의 황후며 졍열부인 오씨 동연동월의 잉ᄐᄒ야 동월의 탄싱ᄒᄆᆡ 무리 ᄃ 득남하신지ᄅ 황후의 어진 마암 ᄌ기 압은 고소ᄒ고 부친이 싱남ᄒ시믈 드르시고 쳔ᄌ게 주들ᄒ신디 황졔 쏘ᄒ 반기ᄉ 필육과 금은 치돈을 ᄆᆞ이 승ᄉᄒ

〈114-앞〉

시고 예관을 보ᄂᆡ여 위문ᄒ신디 부원군이 망풀쇠년의 ᄋᆡ들을 ᄂᆞ어노코 집분 마암 층양 업셔 구야를 모로던 ᄎ의 쏘ᄒ 황졔압셔 금은 치돈이며 필육과 명관을 보ᄂᆡ여 위문ᄒ시니 황공 감소ᄒ야 국궁 비러ᄒ고 예관을 인도ᄒ며 황은을 못ᄂᆡ 죽소ᄒ던 쏘 황후 더옥 즛거 금은 보화를 봉ᄒ여 예관을 보ᄂᆡ여 위문ᄒ신디 부원군이 더옥 짓거ᄒ며 일변 조복을 갓초으고 예관을 ᄯᅡ라 별궁의 드러가 황후게 비온디 황후 쏘ᄒ 싱눕ᄒ엿거눌 질거운 ᄆᆞ

〈114-뒤〉

암을 엇지 디 층양ᄒ리요 황후 부친의 손을 잡고 옛일을 싱각ᄒ며 일히일비로 길거ᄒᄆᆡ 부원군도 쏘ᄒ 실허ᄒ시더라 이ᄊᆞ 부원군이 집의 도ᄅᆞ와 명관을 ᄯᅡ라 옥게ᄒ의 다다르니 상이 극히 층춘ᄒ시되 드ᄅᆞᄆᆡ 경이 노리의 귀ᄌ를 어든 바 쏘ᄒ 짐의 ᄐᆡᄌ와 동연동월의 동근싱이니 그 안이 반가우리요 연야션명ᄒ면 ᄐᆞ일의 국소를 의논ᄒ리라 ᄒ시더라 군이 엿ᄌ오디 셕일의 공ᄌ게셔도 ᄒ시기를 싱ᄌ가 비란양ᄌ론

〈115-앞〉

이요 양즈가 비란교즈론이라 ㅎ엿스니 후스를 보스이다 ㅎ고 물너 느와 아히
승을 보오니 활달ㅎ 기상이며 청수ㅎ 골격이 족키 옛스롭을 본바들니라 일홈
은 티동이라 ㅎ야 점점 즈란 심시의 둥ㅎ미 총명 지혀가 무쌍이요 시셔음율을
능통ㅎ미 부모 스롱하미 중주보옥의ㄷ 비홀손야 무정세월양유파라 십숨 세를
둥ㅎ지라 이쎠 화후 티즈를 여히고져 ㅎ스 동월동일의 구싱간 혼스를 주달ㅎ
신디 황계 직거ㅎ스 광문ㅎ리 ㅎ신디 이쎠의

〈115-뒤〉

마춤 좌강노 권셩운이 일녀를 두어쓰되 티임의 덕힝이며 본히의 지질을 가져
쓰며 인물은 위미인을 읍두홀지라 이쎠 연왕이 공주 잇스되 안양공주라 덕힝
이 티기ㅎ고 빅스 민첩ㅎ물 듯고 승이 젼교ㅎ스 연왕과 권강노를 입시ㅎ야 어
젼의셔 구혼ㅎ신디 공주와 소제 쏘ㅎ 동갑인듸 십육식릭 직거 허록ㅎ거날 승
이 ㅎ교ㅎ시되 권소제로 티즈의 비필을 졍ㅎ시고 연왕의 공주로 티동의 비필
을 숨우미 엇더ㅎ요 ㅎ

〈116-앞〉

신디 좌우 다 올스이ㄷ 주달ㅎ거늘 황후와 부원군이며 조정이 질기더라 직시
티사관을 멷ㅎ야 틱일ㅎ라 ㅎ신디 춘삼월 망일이라 국즁의 디경사라 길일이
당ㅎ미 디연을 비셜ㅎ고 각방 졔후와 만조빅관이 추릭로 시위하고 두 부인은
숨쳔 궁녀가 시위ㅎ야 젼후 좌우로 옹위ㅎ야 조비셕과 쳔연홀시 일월갓탄 두
신승은 빅관이 모셔쓰니 북두칠셩의 좌우 보필이 모신 듯 ㅎ고 월틱화용 고흔
티도 녹의홍

〈116-뒤〉

상의 칠보돈중이며 각식 픠물 요숭으로 느리오고 머리의는 화관이라 슘쳔궁녀 모혼 중의 일등 미식을 초출ㅎ야 두 낭즈를 좌우로 모셔쓰니 반다시 월궁항이라도 이예셔 더 휘황치 못ㅎ니르 금수는 광보중을 반공의 소스치고 교비셕의 쳔연ㅎ니 궁중이 휘황ㅎ물 일구는셜리라 두 신능이 각기 젼온 닙픠혼 후의 각기 쳐소로 좌졍ㅎ니 동방화쵹 쳔날넘의 원앙이 녹슈를 만는 듯 쇄록혼 졍으로 은은이 밤을 지너고 느와 티

자는 강노를 몬져보니 강노 양주 길거ㅎ물 일휘 층양지 못ㅎ니라 이쩌의 티동이 쏘혼 연왕 부부게 뵈온디 연왕과 왕후 못니 반기며 긱거ㅎ더라 직시 티즈를 연통ㅎ야 조회의 국궁혼디 상이 질거ㅎ스 부원군을 입시ㅎ야 동좌의 신힝인스를 브드시고 만조빅관을 조회 바드신 후의 ㅎ교ㅎ스디 짐이 진즉 티동을 조졍의 드리고져 ㅎ되 미중지젼이르 지이금무명죽 ㅎ여쓰니 경등 소견의는 엇더ㅎ요 ㅎ신디 문무빅

관ㅇ 주왈 인야출등ㅎ오니 직교ㅎ옵소셔 ㅎ거날 숭이 직시 티동을 입시ㅎ스 품직을 니리실시 혼임혹스 겸 간의티부 도훈관의 이부사랑을 ㅎ이시고 그 부인은 왕열부인을 봉ㅎ시고 금은 치단을 만이 숭스ㅎ시고 왈 경이 젼일은 셔싱이라 국졍을 돕지 안이ㅎ얏거니와 금일부텀은 국녹지신이라 진츙갈역ㅎ야 국졍을 도우라 ㅎ신디 시룡이 국궁ㅎ고 물러나와 모친게 뵈온디 질기고 반기는 마암이야 엇지

다 셩언ㅎ리요 쏘 별궁의 드러가 황후젼의 비사혼디 황후 질거오믈 이기지 못

〈115-앞〉

이요 양즈가 비란교즈론이라 ᄒ엿스니 후ᄉ를 보스이다 ᄒ고 물너 ᄂ와 아히 승을 보오니 활달ᄒ 기상이며 청수ᄒ 골격이 족키 옛스롭을 본바들너라 일홈 은 티동이라 ᄒ야 졈졈 즈ᄅ 심시의 등ᄒ미 총명 지혀가 무쌍이요 시셔음율을 능통ᄒ미 부모 스룽하미 중주보옥의ᄃ 비홀손야 무졍셰월양유파라 십숨 셰를 등ᄒ지라 이쩌 화후 티즈를 여히고져 ᄒᄉ 동월동일의 구셩간 혼ᄉ를 주달ᄒ 신디 황졔 직거ᄒᄉ 광문ᄒ리 ᄒ신디 이쩌의

〈115-뒤〉

마춤 좌강노 권셩운이 일녀를 두어쓰되 티임의 덕힝이며 본히의 지질을 가져 쓰며 인물은 위미인을 ᄋᆸ두ᄒᆯ지라 이쩌 연왕이 공주 잇스되 안양공주라 덕힝 이 티기ᄒ고 빅ᄉ 민쳡ᄒ물 듯고 승이 젼교ᄒᄉ 연왕과 권강노를 입시ᄒ야 어 젼의셔 구혼ᄒ신디 공주와 소졔 ᄯ호 동갑인듸 십육시ᄅ 직거 허룩ᄒ거날 승 이 ᄒ교ᄒ시되 권소졔로 티즈의 비필을 졍ᄒ시고 연왕의 공주로 티동의 비필 을 숨우미 엇더ᄒ요 ᄒ

〈116-앞〉

신디 좌우 다 올스이ᄃ 주달ᄒ거늘 황후와 부원군이며 조졍이 질기더라 직시 티사관을 멋ᄒ야 틱일ᄒ라 ᄒ신디 춘삼월 망일이라 국즁의 디경사라 길일이 당ᄒ미 디연을 비셜ᄒ고 각방 졔후와 만조빅관이 ᄎ리로 시위하고 두 부인은 숨쳔 궁녀가 시위ᄒ야 젼후 좌우로 옹위ᄒ야 조비셕의 쳔연홀시 일월갓탄 두 신승은 빅관이 모셔쓰니 북두칠셩의 좌우 보필이 모신 듯 ᄒ고 월티화용 고흔 티도 녹의홍

〈116-뒤〉

상의 칠보돈중이며 각식 픠물 요숭으로 느리오고 머리의눈 화관이라 숨쳔궁녀
모혼 중의 일등 미식을 초츌ᄒ야 두 낭즈를 좌우로 모셔쓰니 반다시 월궁항이
라도 이예셔 더 휘황치 못ᄒ닉라 금수눈 광보중을 반공의 소스치고 교비셕의
쳔연ᄒ니 궁중이 휘황ᄒ믈 일구눈셜리라 두 신능이 각기 젼온 뉍픠훈 후의 각
기 쳐소로 좌졍ᄒ니 동방화쵹 쳔날넘의 원앙이 녹슈를 만눈 듯 쇄록훈 졍으로
은은이 밤을 지닉고 느와 티

〈117-앞〉

자는 강노를 몬져보니 강노 양주 길거ᄒ믈 일휘 층양지 못ᄒ닉라 이쩌의 티동
이 쏘훈 연왕 부부게 뵈온디 연왕과 왕후 못닉 반기며 긱거ᄒ더라 직시 티즈
를 연통ᄒ야 조회의 국궁ᄒ더 상이 질거ᄒ스 부원군을 입시ᄒ야 동좌의 신힝
인스를 브드시고 만조빅관을 조회 바드신 후의 ᄒ교ᄒ스디 짐이 진즉 티동을
조졍의 드리고져 ᄒ되 미중지젼이ᄅ 지이금무명죽 ᄒ여쓰니 경등 소견의눈 엇
더ᄒ요 ᄒ신디 문무빅

〈117-뒤〉

관ᄋ 주왈 인야츌등ᄒ오니 직교ᄒ옵소셔 ᄒ거날 숭이 직시 티동을 입시ᄒ스
품직을 닉리실식 훈임ᄒ스 겸 간의티부 도훈관의 이부사랑을 ᄒ이시고 그 부
인은 왕열부인을 봉ᄒ시고 금은 치단을 만이 숭스ᄒ시고 왈 경이 젼일은 셔싱
이라 국졍을 돕지 안이ᄒ얏거니와 금일부텀은 국녹지신이라 진층갈역ᄒ야 국
졍을 도우라 ᄒ신디 시룡이 국궁ᄒ고 물너나와 모친게 뵈온디 질기고 반기는
마암이야 엇지

〈118-앞〉

다 셩언ᄒ리요 쏘 별궁의 드러가 황후젼의 비사ᄒ디 황후 질거오믈 이기지 못

ᄒᄂ 말슴하시되 신부가 엇더ᄒ던요 ᄒ신ᄃ 피셕 ᄃ왈 숙흉ᄒ더이다 황후 ᄯᅩ 문왈 금조 입시의 무삼 벼살ᄒ엿ᄂ야 ᄃ왈 이러저러 ᄒ엿ᄂ니다 황후 더옥 질거 티자와 시량을 ᄃ리고 종일 질긴 후의 셕양의 파연ᄒ시고 왈 수이 신힝ᄒᄅ ᄒ시거늘 신랑이 ᄃ왈 쉬히 ᄃ려다가 부모젼의 연화를 보시게 ᄒ오리다 ᄒᄃ 황후 ᄃ열ᄒᄉ 니 말도

⟨118-뒤⟩

ᄯᅩ흔 그 뜻시로다 ᄒ시더라 이날 티ᄌ와 흔림이 물너나와 수일 후 부원군이 틱일ᄒ야 왕열부인을 신힝ᄒ시니 부인이 구고양위젼의 예로써 뵈온ᄃ 부원군이며 졍열부인이 금옥갓치 ᄉ랑ᄒ시더라 별궁을 시로 지여 왕부인을 거쳐하시게 ᄒ니라 각셜 이ᄊ의 흔임이 나지면 국사를 도모ᄒ고 밤이면 도혹을 심씨니 무론 ᄃ소사셔인ᄒ고 층춘 온니ᄒ리 업더ᄅ 이러구러 흔림의 ᄂ히 이십셰ᄅ 이ᄊ의 승이 흔림의 명망과 도

⟨119-앞⟩

덕을 조신의게 문후ᄒ시고 일일은 심흑ᄉ를 입시ᄒᄉ 가라사ᄃ 짐이 드르미 경의 명망과 도덕이 국ᄂ의 진동ᄒ진라 엇지 벼술을 앗기리요 하시고 승품ᄒᄉ 이부승셔의겸 티흑관 ᄒ이시고 티자와 동유ᄒᄅ ᄒ시며 그 부친을 ᄯᅩ 승품ᄒ야 ᄂᆷ평왕을 봉ᄒ시고 졍열부인 안씨로 인셩왕후를 봉ᄒ시고 ᄯᅩ 승셔부인은 왕열부인의 겸 공열부인을 봉ᄒ시니 ᄂᆷ평왕이며 승셔와 인셩왕후며 다 황은을 축ᄉᄒ고 우리 무슴 공이 잇셔 이ᄃ

⟨119-뒤⟩

지 품직을 ᄒᄂ요 ᄒ며 주야 황은을 송덕ᄒ시더ᄅ 이ᄊ의 ᄂᆷ평왕이 년당 팔순이라 우연이 득병ᄒ야 빅약이 무회라 당금의 황후 어지신 효셩과 부인의 축흔

마음 오직키 구병ᄒ랴만은 ᄉᄌᄂ 불가부셩이라 칠일만의 별세ᄒ시니 닐ㄱ이
ᄆᆼ극ᄒ고 쏘ᄒᆫ 황후 이통ᄒᄉ 황제기 주둘ᄒ이 승이 왈 인간 팔십 고려히니
과도이 이통치 ᄆᆯ르소셔 ᄒ시고 명능 후원의 왕예로 ᄋᆫᄀᆼᄒᄅᆫ ᄒ시고 황후ᄂ
슴년 거승ᄒ미 ᄒ시니ᄅ 부원군의 조년 고승ᄒ던 일을 싱ᄀᆨᄒ면 무심 여흔이
잇시리요 어화 세인들ᄋ 고금이 둘을손야 부귀영화ᄒᆫᄃᆫ ᄒ고 부디 ᄉᄅᆷ 경이
ᄆᆯ소 홍진ᄇᆫ려 고진ᄀᆷ녀ᄂ ᄉᄅᆷ마다 잇ᄂᆫ이ᄅ 심황후의 어진 일홈 쳔추

(이하 낙장)

단국대 나손문고 소장 심청전 (낙장 19장본)

　한글과 한자가 병기되어 있는, 대략 가로 15.5cm, 세로 24.2cm의 필사본으로 진대방전과 합철되어 있다. 한 면은 11행이며, 세필로 정교하게 필사되어 있으나 글씨가 흐리고 다른 내용과 섞여 있어 판독하기에 어려움이 많다. 제목은 '심쳥가'이다. 장면이 바뀔 때나 창으로 불리는 대목에는 △표시가 되어 있다. 중간중간 여러 부분이 낙장되어 의미의 이해가 어렵다. 〈12-뒤〉~〈15-앞〉부분이 결말 부분으로 〈15-뒤〉부분과 순서가 뒤바뀌어 엮여 있으나 여기서는 바로 잡아 놓았다. 송나라 즉위 초 뉴리국 도화동이 배경이며 심봉사의 이름은 '심밍고', 부인은 양씨이다. 심봉사는 삼십전 안맹으로 설정되어 있다. 양씨의 치산대목과 기자치성이 보인다. 심청이 태어나자 기뻐하며 아기를 어르는 심봉사의 모습과, 심청이 동냥할 때 구박받는 모습이 잘 묘사되어 있는 것으로 보아 초기 창본을 필사한 것으로 보인다. 그리고 물에 빠진 심봉사를 구하고 시주를 권하는 사람은 모雲寺 화주승이다. 뱃노래 등 노래로 불리는 대목이 많다. 맹인잔치의 마지막 날, 황성에서 심청을 만난 심봉사는 심청의 환생을 믿지 않으나 '인단쇼의 제물이 되던 심청이 여기 왓소' 하는 말에 눈을 뜬다. 뒤에 있는 안씨맹인과의 결연대목에서, 심봉사와 인연을 맺은 안씨가 심봉사의 꿈을 해몽해주는 부분이 상세하게 서술되어 있다.

단국대 나손문고 소장 심청전 (낙장 19장본)

〈1-앞〉

심청가

宋 太祖 卽位 初의 五星伊 聚○호고 넘낙관민의 諸賢이 비츌호야 國泰民安호
고 時和○○○○○○○ ○동요聲果 到處의 擊壤歌라 이쎄 뉴리國 桃花洞의 호
스람이 잇셔시되 姓名이 심밍고라 四柱八字 긔험호야 三十前의 眼閉호여 天地
萬物 볼 슈 업고 靑紅黑伊 몰나시니 이 안니 願痛혼가 그 안히 양氏夫人 盲人
가장 위로홀 졔 △잔둘누비 삭바누질 淸灘白石 쌜너질 六月炎天 밧 미긔 三冬
寒雪 물니기 부즈집의 방이 찌키 일결 집의 간스호기 蠶農의 ○고치 짜기 이
웃집의 슘슘긔 씨아틀어 무명타기 물네 즈여 실 너리기 곡셕 빈듸 이삭 듚기
올베논의 피 홀트기 △온갓 품을 다 팔아셔 盲人 家長 위로호니 이

〈1-뒤〉

런 烈女 쏘 잇는가 一日은 沈盲人伊 夫人다려 호는 말이 우리 두리 엿터쪄지
苦身업시 지니오되 一点血肉 업셔신니 地下의 도라간들 先祖을 어이 볼야 夫
人伊 호는 말이 옛스람도 致誠호고 子息을 나어신니 우리도 情誠 드려 祈禱호
여 보스이다 그날벗텀 지계호고 △호늘임게 天神祭 垕土堂의 地神祭 朝夕 東
方 日月祭 夜半 北斗星辰祭 五岳神灵 山神祭 四海龍王 水神祭 名山大찰 佛功
祭 古木총死 城隍祭 노고마지 집짓기 다리 노아 行人功德 온갓 神功 다 들이
니 공든 榻이 문어지며 신든 남기 썩쩌지라 그달벗텀 胎氣 잇셔 十朔伊 당도
호미 ○○ 일어나며 瑞氣도 半空호고 香늬가 집을 둘너 양씨夫人 昏迷中의 一
介 玉女을 탄싱호니 심밍인니 親執호여 쳣국밥을 지어노코 三神임게 비는 말
이 東方

〈2-앞〉

朔의 命을 쥬고 石崇의 福을 쥬어 壽命長○호옵쇼셔 빌기을 다흔 후의 夫人을
위로호여 三神을 鎭定호고 국밥을 勸守호며 아이을 어로만져 티도을 짐작호니
月宮姮娥 下降이요 天上仙女 還生이라 일홈을 지어시되 청이라 호여시니 ○숨
을 並合호여 불으기을 심청이라 二三朔 도여가니 터덕터덕 노는 양은 사람이
압폐 얼는 호면 방긋방긋 웃는 양을 심밍人伊 죠와호여 들고안고 얼오는되 둥
게둥게 둥게야 어허 둥게둥게야 金字童아 玉字童아 金을 둔즐 너을 스며 玉을
둘들 너을 스라 둥게 둥게둥 시벽 발람의 연쵸롱 어름 궁게 슈달피 八萬 陣中
의 외창스 도더오는 ○生달 덤불 밋티 무○○ 奇窓 압폐 玉梅花냐 둥게둥게
니 쌀이야 남의 집 열 아들이 너 흔 쌀만 못홀지라

〈2-뒤〉

○今 天下 父母心이 不重生男重生女을 옛말노 들엇나 오늘에야 볼이로다 둥게
둥게 니 쌀이야 △이러트시 질기더니 時運伊 不幸호고 죠物이 시긔호여 양씨
夫人 解腹 後의 偶然伊 得病호여 百藥伊 無效호니 沈盲人의 손을 줍고 偶然
歎息호는 말리 우리 夫婦 重緣間의 貧富는 고스호고 無男獨女 쌀을 나어 貴흔
情을 볼얏더니 人命伊 有限호여 흔쩌 벌기 어려우니 恨歎흔들 엇지호리 압 못
보는 盲人家長 강보의 어린子息 이갓치 버려 두고 地下 도라간들 눈을 엇지
감으리요 言畢의 운명호니 △沈盲人의 거동 보소 身體을 부여잡고 大聲痛哭
우는 말이 여보쇼 아기 어멈 니가 죽고 그디 살면 져 子息을 키울연만 그디 둑
고 너가 스니 襁褓의 져 즈식을 뉘졋 먹여 키워 닐가 일家親戚 업는 놈이 베호
즈 읍셔시니 戶○감藏 엇지

〈3-앞〉

ᄒᆞ며 쌀 ᄒᆞ되 읍셔신니 安葬ᄒᆞᆯ 슈 젼여 업네 鬼神도 허무ᄒᆞ다 날 마죠 잡어가
라 아교아교 셜은지고 △이셔 洞里 스람더리 沈盲人의 졍상 보고 그져 둘 슈
바이 업셔 富ᄌᆞ집은 닷카 니고 그 즁간은 三카니고 그 지ᄎᆞ의 ᄒᆞ카 니여 斂戶
每葬긔계 찰여 沈盲人의 先山下의 安葬ᄒᆞ고 도라오니 二三日 듈인 아희 呼逮
蒼天 우는 소리 참아 듯지 못ᄒᆞ깃다 沈盲人 실푼 마음 심쳥을 품의 안고 이집
져집 딩기며셔 아기 나은 夫人임네 졋 ᄒᆞᆫ 목음 먹여듀오 동영졋을 어더먹여
四五歲 되여갈 졔 업고 안고 딩기며셔 밥 빌기 죠곰 낫고 七八歲 되여가미 불
신불엄 물 신불엄 염녀 업시 能히 ᄒᆞ니 그만히도 快事로다 歲月伊 如流ᄒᆞ여
심쳥 어린 나이 十五歲의 當到ᄒᆞ미 얼굴이 풍英ᄒᆞ여 〇片桃花 만發伊〇 ᄒᆞ로
는 심쳥이가 父親게 엿ᄌᆞ오되 오날버텀 父

〈3-뒤〉

親임은 밥 으들어 가지 마오 쇼女 비록 어리오나 옛 말씀 듯스오니 飛禽라도
가마구는 먹글 거슬 물어다가 어미의게 反哺ᄒᆞ고 走獸라도 호랑이는 父子 의
을 알어시니 쇼女가 온날버텀 효슌두슐 밥을 빌어 父親 디졉ᄒᆞ올이다 △심쳥
의 거동 보쇼 짓만 나문 헌 베젹삼 말긔만 나문 헌 베침미 上下掩身 둘너입고
표ᄌᆞ ᄒᆞ나 엽페 ᄶᅵ고 밥 으들어 나갈 젹의 나는 가오 나는 가오 밥 으들어 나
는 가오 져문 날 柴門 압페 날 불으고 나지 마오 이러트시 당부ᄒᆞ고 그 길노
니달아셔 이 집의 밥을 빌고 져 집의 가 밥을 빌고 쏘ᄒᆞᆫ 집 들어가니 그 中의
몹신 여인 부듀쌍 막디기로 오지 말나 너더치니 可怜ᄒᆞᆫ 져 심쳥이 은 쌍의 퍽
셕 안ᄌᆞ 哀怨 痛哭 우는 말이 치지 마오 치지 마오 ᄒᆞᆫ 슐 두 슐 밥을 빌어 〇
〇〇〇 디졉ᄒᆞ오 쳐량ᄒᆞᆫ 울음 쇼리 금치을 놉피 들어 옥을 치는

〈4-앞〉

쇼리로다 그 中의 칙ᄒᆞᆫ 女人 우지 말아 우지 말아 집푼 셜음 네 ᄒᆞᆫ 소리 一時
라도 못듯깃다 먹던 밥을 모도 쥬며 가져 가라 勸ᄒᆞ거늘 듀는 밥을 바다 들고

南村을 두로 돌아 北村을 向홀 젹의 東天의 도든 히는 西水의 써러지고 寒天
의 가마구는 옛날글 츠자간다 萬丈갓치 눈 쓰인듸 九谷山間 죠분 질노 은 숀
발 불고오며 身勢은 自歎ᄒᆞ되 雪中의 놉푼 峰은 首陽山 갓다마는 伯夷叔齊 무
신 意로 西山의 듈여 듁어 萬歲後의 有名ᄒᆞ며 ○不○○鳳凰시는 곡셕은 안이
먹고 디열민만 먹고살아 쳔질 우의 날어는되 엇지ᄒᆞ여 니 身勢는 듁도 ᄉᆞ도
못훈 人生 이다지 困窮훈가 이러트시 自歎ᄒᆞ며 집으로 돌아올 졔 이쩌 심盲人
雪霜○○ 치운 날의 어린 쌀 심쳥이을 밥 은들어 보니노코 히 지도록 지달여
도 안이

〈4-뒤〉

오기 민망ᄒᆞ여 집평막되 것더 집고 門박게 니달으며 △심쳥이 네 오는야 니
쌀 심쳥 네 오는야 萬徑의 人跡滅ᄒᆞ니 질을 일코 못 은는야 시만 펄젹 날아가
도 심쳥이 네 오는냐 갈앙입만 벗셕히도 심쳥이 네 오는야 △ 쳔방지방 나오
다가 一陣狂風 부는 곳의 집평이을 헛집푸며 긔쳔미 물의 너머져셔 거의 듁게
도엿실 졔 △石逕 險路 좁은 질노 듕 하나 나려온다 셰디식갓 슉여씨고 모시
장숨 썰쳐 입고 발앙지디 걸머지고 百八염珠 목의 걸고 쥬셕막되 뉵환장을 이
리져리 휘던지며 허위허위 날여오니 洞庭龍宮 回程路의 셩진大師 갓다마는 桃
李○○ 石橋上의 八仙女가 안이로다 △져 듕의 거동 보쇼 심밍인의 경상 보고
그져 갈 슈 젼여 업셔 식갓 장숨 훨훨 벗고 심밍인을 건져니여 물가의 안쳐노
코 연고을 물어

〈5-앞〉

본니 심밍人伊 對答ᄒᆞ되 果然 달음 안이오라 나의 八字 긔박ᄒᆞ여 少時의 眼閉
ᄒᆞ고 그 후의 喪妻ᄒᆞ고 외쌀 심쳥 길으더니 오늘갓치 치운 날의 박쳑훈 오슬
입펴 밥 으들어 보닛더니 只今쩌지 안오기로 져 불고 나오다가 이 至境伊
되건이와 뭇잡난니 뉘신잇가 져 즁이 對答ᄒᆞ되 나는 곳 보雲寺의 화쥬듕이옵

더니 졀이 破産ᄒ엿기로 졀을 重修ᄒ라 ᄒ고 闔염의로 도라덩경 시쥬을 쳥ᄒ
더니 봉ᄉ임 그리 말고 佛功 白米 三百石만 우리 졀의 시듀ᄒ면 三年 안의 눈
이 발거 世上萬物 구경ᄒ고 귀ᄒ 쌀 얼굴 보와 平生快樂ᄒ오리다 沈盲人이 이
말 듯고 形勢ᄂ 싱각잔코 눈 뜬 말만 반겨 듯고 엄막 졀의 許諾ᄒ여 권션의 치
부ᄒ고 져 즁이 간 연後의 집을 ᄎᄌ 들어와셔 다시 곰곰 싱각ᄒ야 글은 일을
ᄒ엿쏘다 △自歎ᄒ여 우는 말이

〈5-뒤〉

스홉 쌀도 바이 읍셔 앗침 격역 남의 집의 밥을 비러 먹난 놈이 佛功米 三百石
을 어듸 가 변통ᄒ랴 부쳐을 속여시니 殃禍가 업실손가 아교아교 셜은지고 잇
써 심쳥이가 밥을 들고 들어오며 져의 父親 ○樣 보고 엇지ᄒ여 우는 잇가 終
日 空腹 빈 肝腸의 비가 곱파 우는잇가 현순빅결 헌 衣服의 몸이 ᄎ셔 우는잇
가 晝夜長天 눈을 감어 답답ᄒ여 우는잇가 죽은 母親 싱각ᄒ고 셜어셔 우는
잇가 연고을 아사이다 △심밍人 ᄒᄂ 말리 네가 오지 안해기로 너 불으고 나
가다가 기쳔물의 ᄲ져더니 모雲寺 화쥬즁이 지니다가 날을 건져 니여노코 ᄒ
ᄂ 말이 佛功米 三百石을 분젼의 시쥬ᄒ면 너 눈이 다시 발거 네 얼굴을 보다
ᄒ니 뒷일은 싱각잔코 경홀이 티답ᄒ여 부쳐을 쇽여시니 눈 쓰기는 苦舍ᄒ고
罪罰을 입게 되면 살 슈가 잇깃ᄂ야 심쳥이 엿ᄌ오디 父親은 염여 마오 쇼녀
비록 어리오나 그만 거슨 ᄒ오이다 어더온 밥

〈6-앞〉

니여노코 父親게 勸ᄒ거늘 심밍인이 졔 말 듯고 마음이 죠곰 노여 咸胞叩腹
먹은지라 심쳥이 그날버텀 모욕지계 졍이ᄒ고 後園의 단을 모어 졍화水 질어
노코 밤마둥 祈禱ᄒ되 黃天 后土와 日月星辰은 明明이 下감ᄒ와 심쳥의 몸 살
ᄉ람 졈지ᄒ여 쥬옵소셔 이써 南京장ᄉ 船人더리 千萬金을 비 실고 인단쇼의
지니갈 졔 人物노 祭祀ᄒ면 順風 만이 興利ᄒ고 그려치 안이ᄒ면 禍敗을 보는

고로 여염의 도라딩거 날마둥 웨는 말이 年光伊 十五歲요 힝실노 얌젼ㅎ고 一
身의 험피 업고 父母게 孝誠잇는 處女 팔리 어듸 잇쇼 이리ㅎ여 웨이거날 심
쳥이 싱각ㅎ되 父親 願을 풀녀ㅎ면 니 몸이 듁는 거슬 엇지 가이 스양ㅎ랴 그
러면 나을 스오 船人덜 ㅎ는 말이 娘子 몸을 팔야시면 갑슬 뇌졍ㅎ옵시오 심
쳥이 하는 말리 더두 말고 들두 말고 白米 三百石만 갑 듀고 스가시오 船人덜
이 許諾ㅎ고 심쳥다려 ㅎ는 말이 白米 三百石을 어듸로 실을

〈6-뒤〉

잇가 심쳥이 디답ㅎ되 모雲寺로 슈운ㅎ여 화쥬등을 ᄎᄌ 듀고 도화동 심盲人
의 쌀이라고 일너쥬오 船人더리 디답ㅎ고 가 錢○ 五十兩을 더 쥬며 ㅎ는 말
이 來月 十五日伊 發船홀 날이오니 그 지향의 娘子 몸을 졍결이 ㅎ옵쇼셔 船
人덜 간 然後의 심쳥이 그 돈으로 布帛을 박궈다가 져의 父親 衣服 ᄒᆫ벌 시로
꿈일 젹의 져의 父親 ᄒ직ㅎ고 듁을 싱각ㅎ니 훈심ㅎ고 可憐ㅎ다 실푼 마음
못 이기여 門박게 나와 안자 쩌러진 꼿틀 들고 ○○ㅎ여 自歎ㅎ며 可憐훈 니
身勢가 너와 갓치 되리로다 發船날이 近當ㅎ여 數三日이 나문지라 심쳥이 죵
니토록 긔만홀 슈 업는 고로 父親게 엿ᄌ오되 佛功米 三百石을 변통홀 질 젼
연 업셔 南京장ᄉ 船人의게 쇼녜의 몸을 팔아 祭物노 도여가고 佛功米 三百石
은 모운ᄉ로 실녀신니 부친은 아옵쇼셔 심盲人 이 말 듯고 졍신이 아득ㅎ여
ᄒ춤 氣絶ㅎ엿다가 심쳥을 부여즙고 쇼리을 놉피 질너

〈7-앞〉

△이거시 윈 말인야 古今天下 人世間의 스람 祭物훈단 말은 쳔음 듯는 말이로
다 七年大旱 가물 쩌의 桑林들의 비을 빌 제 스람으로 祭物홀듸 湯인군 ᄌ당
ㅎ여 몸쇼 희싱 되엿시되 듁든 안니 ㅎ엿는듸 너는 이제 祭物 도여 듁을여 훈
단 말가 가지 말라 가지 말라 심쳥아 가지 말아 살나고 간다 희도 날 발이고
못갈 터의 듁으러 간단 말가 너을 일코 눈 쓰는이 너을 두고 눈 감깃다 △심쳥

이 落淚ᄒ여 父親을 위로ᄒ야 마음을 진졍ᄒ고 數日얼 지닌 후의 發船날리 當
到ᄒ리 船人더리 왓는지라 심청이 부친前의 伏地痛哭 ᄒ직ᄒ되 不肖女息 심청
이는 오늘날 ᄶᅥ나간이 바린난이 父親임은 萬歲무양 ᄒ옵쇼셔 言畢의 목이 믜
여 시실픠 통곡ᄒ니 이ᄯᅥ 심밍인은 넉슬 일코 氣絶ᄒ여 아물란 둘 모로더라
船人덜도 悲悵ᄒ여 가외 白米 五十石을 洞里의 부쳐 쥬어 심밍을 공궤하라 信
信이 당부ᄒ니 심청이 감ᄉ

⟨7-뒤⟩

ᄒ여 船人더을 치ᄉᄒ고 洞里人을 도라보며 간쳥ᄒ여 비는 말이 우리 父親 눈
이 발거 世上萬物 구경ᄒ며 百歲安寧 ᄒ시다가 終必別世 ᄒ시거든 洞里ᄉ람
德澤으로 收斂安葬 ᄒ여듀면 날갓튼 不肖女 地下의 도라가도 졀죠보은 ᄒ오이
다 이러트시 哀乞ᄒ고 船人을 ᄯᅡ라갈 졔 △심청의 거동 보소 永離別 가는 질
의 故鄕이나 다시 보ᄌ 雲山은 疊疊ᄒ여 太古色을 가져 잇고 江水은 潺潺ᄒ여
嗚咽聲이 흘넛도다 故鄕山川 잘 잇거라 다시 보기 얼엽도다 海邊의 當到ᄒ니
波濤는 흉용ᄒ여 ᄒᄂᆞᆯ가의 다여잇고 風烟은 창망ᄒ여 ᄲᅥᆼ 地境이 멀어도다 無
心ᄒ 白鷗덜은 이리져리 날아들고 有意ᄒ 海棠花는 여긔져긔 피엿도다 불읍도
다 져 白鷗야 어이 그리 흔가ᄒ며 海棠花 져 나부는 꼿 진다고 限을 마라 明春
伊 도라오면 너는 다시 필연마는 可憐ᄒ

⟨8-앞⟩

이니 몸은 이졔 가면 언졔 올야 ◇이ᄯᅥ 船人더리 심청을 引導ᄒ여 비 안의 올
녀노코 비쥴 글너 ᄶᅥ나갈 졔 이니일셩 산슈록의 비노리 창연ᄒ다 △어긔야 올
여 지극총 비 ᄯᅴ워라 어긔야 올여 야박진회근듀가의 연용ᄒ슈월농ᄉ라 어긔야
울여 桂棹兮蘭檣으로 擊共明兮關流先을 어긔야 올여 駕一葉之片舟ᄒ야 陵萬
境之○발이라 어긔야 울여 浩浩憑虛御風ᄒ니 不知其所止 어긔야 울여 죠죠ᄌ
락만죠니의 범급젼산홀우산을 어긔야 울여 舟緝묘연ᄌᄎ거ᄒ이 江湖원젹무젼

거라 어긔여 올여 △그렁져렁 비을 씌위 인단쇼의 당도ᄒ니 水雲은 참담ᄒ여
숀의 愁心 ᄌ어니고 ○月은 은영ᄒ여 스람 넉슬 불으난 듯 심쳥 老親 싱각ᄒ
니 ○○ᄒ고 可怜ᄒ다 △이쩌 船人더리 祭物을 机設ᄒ고 목셩 죠흔 도스공이
나는 북

〈8-뒤〉

을 걸어노코 북을 둥둥 울니며셔 고소을 祝願ᄒ되 四海龍王 神灵임 강신ᄒ빅
神灵임 人物 죠코 힝실 잇고 父母게 孝誠 잇고 一爲의 험피 업고 十五歲 되는
處女로 祭物 들리오니 바다 歆饗ᄒ옵시고 惡風도 지워듀고 물결도 지워듀고
順風만 어더듀워 無事 도빅ᄒ여 듀며 흥이ᄒ게 ᄒ옵쇼셔 빌기을 다 ᄒ 후의
심쳥다려 ᄒ는 말이 娘子는 지쳬말고 슉키 물의 들나 ᄒ니 심쳥의 거동 보쇼
죠금도 의려업시 顔色을 不辨ᄒ고 비머리의 썩 나셔셔 蒼天을 바리보고 머리
우의 숀을 들어 ᄒ늘임게 비는 말이 明天 日月星辰임은 照臨 ᄒ감ᄒ옵쇼셔 琉
璃國 桃花洞의 不肖女 沈쳥이는 父親 願을 풀여ᄒ고 인단쇼 집푼 물의 祭物노
드스오니 明天伊 드으옵셔 閉盲ᄒ 나의 부친 눈이 발게 ᄒ옵쇼셔 빌기을 다ᄒ
後의 치미을 물

(중간 낙장)

〈9-앞〉

雲無心而出宙터니 蓬萊山이 놉퍼 잇고 죠권비어지할ᄒ니 藥水三千 멀어잇다
西王母 靑○시는 漢武帝 편지 물고 雲間의 놉피 날아 瑤池로 도어들고 듀궁퓌
궐 놉푼 집은 半空의 쇼셔 잇고 영덕전 上樑文은 뭄전문 치은 비라 △龍宮의
당도ᄒ니 龍王伊 下敎ᄒ교ᄒᄉ 大宴을 机設ᄒ고 심娘子을 모셔들여 극진이 對
接ᄒ고 위로ᄒ여 일은 말이 그디 天上 仙人으로 人間의 下降ᄒ야 고익을 다
지니고 吉運伊 널여시니 人間의 다시 나가 前生 년부 만니 후의 父親을 츠ᄌ

보고 富貴 榮華ᄒ라 ᄒ고 五色 곳틀 모와 들여 곳방을 쑴인 후의 沈處子을 인
도ᄒ여 곳방 안의 안치우고 龍王이 ᄒ는 말이 비가 만일 곱푸거든 이 곳틀 씌
여 먹고 목이 만일 말으거든 곳이슬을 마시며셔 人間으로 가라 ᄒ고 물 우의
씌우

〈9-뒤〉

거늘 沈娘子 스려ᄒ여 龍宮을 ᄒ직ᄒ고 곳가온듸 藏○ᄒ여 人間으로 나올 젹
의 △世界을 도라보니 廣闊ᄒ 天地間의 一爲이 묘련이라 白雲은 千里萬里ᄒ고
明月은 젼게후게로다 만山風物 바리보니 무비景○絶勝이라 崑崙山 千主峯은
太極을 과와 잇고 黃河水 千丈니는 千年을 발가셔라 歷代○○ 혜알인니 豪傑
은 一朝공이요 古人今人 若流波라 萬古英雄 秦始皇은 몃디나 눌일야고 萬里長
城 져리 쓰어 二世亡國 도여시며 雨山落照 지는 희는 齊景公의 눈물이라 그
곳을 다 지니고 ᄒ 곳을 당도ᄒ니 簫簫ᄒ 더슈풀이 밤비의 져져는듸 어더ᄒ
두 夫人伊 머리의 華冠 씨고 明月퓌을 빗기 추고 져긔 가는 沈娘子야 말 ᄒ 마
듸 부탁ᄒ세 哀怨聲음 우는 말이 그듸 世上 나가거든 瀟湘江 지너다가 二妃魂
보왓노라 즈셔이 일너 쥬쇼 이거슨 뉜고 ᄒ니 娥皇女英 怨魂이라 舜임군이

〈10-앞〉

南巡ᄒᄉ 蒼梧山의 죽으시니 그 안히 두 夫人 瀟湘江의 싸즈씨니 愁雲暮月 寂
寞되리 黃陵廟가 거긔로다 그 곳을 지니노코 쏘 ᄒ 곳 다다르니 엇던 스람 나
오는듸 모퓌을 물의 품고 져게 가는 沈娘子은 말 ᄒ 마듸 부탁ᄒ세 그듸 인간
나가거든 원상을 지니다가 屈三閭을 보왓다고 말 ᄒ 마듸 젼히듀쇼 이거슨 뉜
고 ᄒ니 屈元의 忠魂이라 楚國 忠臣 屈沉이가 쇼인의 춤쇼 만니 江南의 구양오
니 물의 싸져 듁은 몸이 고기 비의 연장ᄒ니 無情芳草 懷沙亭의 泪羅水가 거
긔로다 그곳을 지니노코 쏘 ᄒ 곳 당도ᄒ니 엇던 스람 나오는듸 머리의 黑巾
씨고 몸의 黑衣 입고 鬼哭聲 놉피 ᄒ여 졔게 가는 沈娘子야 그듸 世上 나가거

든 니 눈을 젼히 듀쇼 두 눈을 쎄여다가 東門의 달어더니 눈이 읍셔 限이로세
이거슨 넋고혼이 五子胥의 灵魂이라 입스 江山

〈10-뒤〉

져문 날의 白馬江이 거긔로다 그렁져렁 지니올 졔 인단쇼의 다다르니 마음 쳐
량ᄒ다 南京장스 船人덜은 無事渡빅 득달ᄒ여 興利ᄒ물 으더시며 우리 父親
눈을 쩌셔 世上萬物 보시는가 前과 갓치 閉盲으로 나를 싱각ᄒ시는가 이러트
시 思念홀 졔 △이쩌 南京船人더니 回船ᄒ여 돌오다가 인단쇼의 당도ᄒ여 멀
니셔 바라보니 큰 독갓튼 꼿송이가 물의 둥둥 쩌나오니 船人덜 ᄒ는 말이 심
낭ᄌ 듁은 魂이 져 꼿치 도엿는가 꼿틀 건져 비의 실고 南京으로 向ᄒ라 이
쩌 南京 天子게셔 皇后가 듁으시고 皇帝가 홀노 되어 配位을 未定ᄒ고 心神伊
散亂ᄒ여 온갓 花草을 모와 들여 화분의 심어두고 화초을 구경ᄒ며 일노 歲月
을 보니더니 이쩌의 船人덜이 그 꼿틀 가져다가 天子게 納上ᄒ니 皇上伊 大喜
ᄒ여 이 꼿

〈11-앞〉

틀 스랑ᄒ되 △이 꼿치 웨 꼿치냐 보던 빅 츰이로다 天上의나 잇셧던지 人間
의는 업실노다 어와 그 꼿 니상ᄒ다 香氣 은은ᄒ고 노혼이 격격ᄒ여 날을 보
고 반기는 듯 광한궁젼 놉푼 가지 달 가온듸 桂樹花냐 崑崙山 瑤池상의 三千
年 碧桃花냐 티화봉상 玉京 등의 太乙仙듀 紅蓮花냐 셔경강상 발근 달의 동각
雪中 白梅花냐 九月九日 龍山飮의 笑逐臣 黃菊花냐 만경창파 무회화냐 富貴○
光 牧丹花냐 十里明沙 海棠花냐 洛陽城東 桃李花냐 君子見 蜀葵花냐 니게 忠
臣 向日花냐 왜쳘듁 진달니 민들암 鳳仙花 둥굴네 함박꽃 살구 櫻桃고지 호박
츔외꽃도 안이로다 △船人덜을 重상ᄒ고 그 꼿틀 물을 듀어 궁장 안의 심어두
고 朝夕으로 구경홀 졔 이쩌 심낭ᄌ는 꽃 가온듸 隱爲ᄒ여

〈11-뒤〉

종跡을 감쳐더니 ᄒ로밤은 달이 발고 人跡이 고은ᄒ되 마음이 散亂ᄒ여 꼿박
게 잠간 나와 月色을 ᄉ랑ᄒ여 宮闕을 구경터니 이쩌 皇帝게셔 愁心니 滿場ᄒ
여 밤의 잠을 못 일우고 花月을 구경코져 宮門박게 나오거늘 심낭ᄌ 몸을 슘
겨 꼿속으로 들어가니 皇帝 잠갓 엿보시고 心神伊 恍惚ᄒ여 잇튼날도 朝會後
의 萬朝百官 모오시고 皇上이 下詔ᄒ되 져 꼿속을 슈탐ᄒ여 만일 女子 잇게되
면 皇后을 定ᄒ리라 玉手로 親이 줍고 꼿슝이을 흔드시니 심낭ᄌ 할 일 업셔
꼿박게 너다르며 부글움을 먹음거늘 仔셔이 살펴보니 요죠훈 말근 틴도 月宮
姮娥 下降이요 션연훈 고은 모양 玉京 仙女 니臨이라 滿朝百官 치ᄒ하여 聖교
을 稱숑ᄒ고 擇日을 卛時ᄒ여 婚礼을 일운 후의 宮中이 喜樂

〈12-앞〉

ᄒ고 天下가 泰平터라 이쩌 심皇后가 一身이 安寧ᄒ고 萬事가 和平ᄒ야 父親
을 싱각ᄒ고 愁心伊 滿面ᄒ여 氣像이 不平ᄒ니 皇上이 물으시되 △엇지ᄒ여
그러ᄒ오 天上의셔 노던 몸이 人間의 下降ᄒ여 玉京仙女을 싱각ᄒ오 광훈궁전
놉푼 집의 長生不死 홀노 잇는 月宮姮娥을 셜어ᄒ오 垓城夜月 玉帳中의 楚覇
王 離別홀 제 츄파로 눈물 짓던 虞美人을 셜어ᄒ오 今日 沃宮 ᄒ직ᄒ고 明朝
胡地 妾이 되어 馬上의셔 落淚ᄒ던 王昭君을 실펴ᄒ오 長信宮 가을 밤의 벽나
션을 ᄎ면ᄒ고 홀노 안져 歎息ᄒ던 ○○○을 실펴ᄒ오 마외파하 겨문 날의 옥
얼굴은 간듸 업고 니토등의 고혼 되던 楊貴妃을 실퍼ᄒ오 강구년月 太平時의
天下萬民 질기는듸 홀노 엇지 그리ᄒ오

(중간 낙장)

〈12-뒤〉

病이 들어 못오는가 둑고 업셔 못오는가 ᄉ라잇셔 못오는가 눈이 발거 완인

도여 상당찬이 못오는가 엇지ᄒ여 못오는야 千古永訣 死地 中의 千辛萬苦 ᄉ
라나셔 父親을 볼얏더니 形容이 杳○ᄒ고 縱跡伊 돈絶ᄒ니 둑기가 젹실ᄒ아
可矜ᄒ 우리 父親 人世間의 나셧다가 일시지락 못보시고 黃泉의 도라가셔 無
主孤魂 되여시니 不肖ᄒ 이니 몸이 부친을 못볼진디 富貴榮華 뜻지 업고 萬乘
皇后 씰디 업셔 둑는 것만 못홀지라 △이갓치 自탄ᄒ고 明日은 盲人잔츠 빗날
을 마죠ᄒ니 잔츠 춤예 못ᄒ 盲人 마죠 춤예ᄒ라 ᄒ고 城外城內 두로 웨니 이
씨

〈13-앞〉

의 沈盲人이 女子 盲人집의 잇셔 一身伊 安寧ᄒ니 잔츠의 춤여코져 이튼날 平
明 후의 皇闕 안의 들어가셔 盲人宴의 춤여ᄒ여 末席의 안즈던니 이씨 沈皇后
가 듀염을 들이우고 잔츠을 구경ᄒ며 四方을 살피더니 末席의 안진 盲人 父親
이 분명ᄒ다 질겁고 실푼 마음 礼節도 不顧ᄒ며 事體도 不辨ᄒ고 ᄒ 거음의
쑤여나와 父親의 목을 안고 목이 미여 말 못ᄒ고 이리져리 궁글 젹의 심밍인
무망 중의 곡졀을 알 슈 업셔 이거시 웬 일이요 나는 아뭇 罪도 업쇼 멀고면
皇城질의 잔츠 볼어 예 왓다가 슐잔이나 바리더니 디졉은

〈13-뒤〉

고ᄉᄒ고 낫기나 늘근 ᄉ람 이쳐름 괄시ᄒ니 너무 셜코 원통ᄒ오 이작지 곤핍
ᄒ니 ᄉ람을 줍으랴오 孤○單名 늘근 놈이 여게셔 둑게 되면 니 屍體 거둘 ᄉ
람도 무졔비이 업쇼 너무 과이 이리 마오 혼춤 일이 실나타가 沈皇后 精神ᄎ
려 氣運을 鎭定ᄒ고 父親게 엿ᄌ오되 인단쇼의 祭物되던 심쳥이 여게 왓쇼 沈
盲人이 이 말 듯고 精神伊 아득ᄒ며 두 눈이 번젹 쓰며 天地日月 昭明ᄒ고 世
界物情 完然ᄒ다 億千萬古 人世間의 이런 이리 ᄯ 잇는가 너을 나어 길을 젹
의 말소리만 들어더니 네 득의 눈이 밝고 네 어굴을 쳐음 보니 질겁기는

〈14-앞〉

ㅎ거니와 인단쇼의 죽은 네가 엇지ㅎ여 예 왓는야 듁은 鬼神이 네 왓는야 술
어 늇신이 네 왓는야 줌든 꿈이 이러ㅎ냐 찌여 生時가 이러ㅎ냐 니가 늘거 망
영 도여 군쇼리을 이랴는야 일졍 분별 못홀노다 沈皇后 겻틔 안즈 父親을 위
로ㅎ여 마음을 鎭定ㅎ고 前後事을 엿즈오되 當初의 船人 딸어 海邊의 가던 말
과 인단쇼의 當到ㅎ여 祭物 도여 물의 들어 거의 죽게 도엿실 졔 四海龍神 구
완ㅎ여 龍宮으로 가던 말과 龍王伊 厚對ㅎ고 五色꼿틀 모와들여 꼿방 꿈여 듀
던 말과

〈14-뒤〉

꼿쇽의 隱爲ㅎ여 人間으로 나올 젹의 瀟湘 洞庭 지니다가 烈女 忠臣 怨魂 만
니 말슴 부탁ㅎ던 일과 인단소의 當到ㅎ여 回還ㅎ는 船人만니 꼿틀 건져 비의
실고 南京으로 오던 말과 皇帝게 꼿틀 밧쳐 至今 몸이 皇后 도여 父親을 보랴
ㅎ고 盲人잔츠 ㅎ던 말을 낫낫치 說話ㅎ니 萬朝百官 諸臣덜과 後宮 三千 侍女
덜과 長安 皇城 萬人덜이 뉘 안니 稱誦하랴 皇上伊 下詔ㅎㅅ 皇后 父親을 封
爵ㅎ여 府院君을 ㅎ이시고 皇后 母親 양夫人을 死後의 츄존ㅎ여 貞烈夫人을
ㅎ이시고 女子 盲人 증직ㅎ여 貞敬

〈15-앞〉

夫人을 ㅎ이시니 四海가 安定ㅎ고 만국이 太平ㅎ여 時和年豊ㅎ고 家給人足ㅎ
니 훈 世上의 이런 일이 前古의 업셔거든 後世의 잇슬숀가

(중간 낙장)

〈15-뒤〉

년고을 아스이다 △沈皇后 ᄒ는 말이 온 天下의 잇는 쇼경 밍人잔ᄎ 비셜ᄒ여
빗날을 잔ᄎᄒ면 心中의 잇는 일을 짐작ᄒ여 보리이다 皇上이 許諾ᄒ고 天下
發及ᄒ여 房房谷谷 잇는 盲人 ᄒ나도 누셜 말고 盲人잔ᄎ 참여ᄒ라 이러트시
ᄒ교ᄒ니 이쩌의 심盲人이 외ᄯᆞᆯ 심쳥 일우 후의 가외 白米 五十石을 동녀의
부쳐 두고 朝夕 공궤ᄒ던 ᄎ의 건넌 마을 ᄲᅢᆼ덕어미 갓 三十의 시집 가셔 三日
만의 喪夫ᄒ고 의지 업시 지니더니 심밍인의 쇼문 듯고 妾 되기을 自請ᄒ여
심밍인과 가치 살며 쌀 五十石 다 먹으니 皇帝게셔 호교ᄒᄉ 밍人잔ᄎ ᄒᆞᆫ단
말을 風便 으더듯고 심밍인 行裝ᄎ려 皇城으로 올너갈 졔 ᄲᅢᆼ덕어미 압 셰우
고 질을 인도ᄒ여 갈 졔 이쩌는 炎天이라 더우가 腹發ᄒ여 여보쇼 ᄲᅢᆼ덕이네

〈16-앞〉

목욕 죠곰 ᄒ고 가셰 물가을 차ᄌ가셔 衣服을 버셔 노코 덤벙텀벙 목욕ᄒ며
어허 시원 장이로다 목욕을 다ᄒ 後의 衣服 둔듸 ᄎᄌ가니 의복이 업는지라
ᄲᅢᆼ덕어미을 불너보니 ᄯᅩᄒ 디답 업는지라 아물이 불너본들 도망ᄒ ᄲᅢᆼ덕어미
디답이 잇실손냐 심盲人의 거동 보쇼 ᄯᅡᆼ의 턱셕 물너 안ᄌ 듀먹을 두다리며
실피 痛哭ᄒ는 말이 八字 글은 이니 身勢 갈수록 심산이라 긔쳔이네 글을야
쇼경된 니 글으다 當初의 몹실 년을 치쳐ᄒ기 망발일라 世上人間 病身中의 날
갓튼 놈 ᄯᅩ 잇실야 귀먹얼이 셜다 ᄒ되 世上 物情 살펴 잇고 벙어리놈 셜다ᄒ
되 言談 실피할 비 업고 허충이놈 셜다ᄒ되 남과 갓치 出○ᄒ고 입ᄲᅦᆮ돌리 셜
다 ᄒ되 발은 말을 능이ᄒ고 코평창이 셜다ᄒ되 보는듸

〈16-뒤〉

는 온젼ᄒ고 등곱쟝이 셜다ᄒ되 졔 홀놀 슬다ᄒ엿고 죠막손니 셜다ᄒ되 호불
호는 알아 보고 졀농발이 셜다ᄒ되 고계쳥탁 분간ᄒ고 목둑발리 셜다ᄒ되 졔

갈 더을 다 덩기고 안진방이 셜다 ᄒ되 水火분별 ᄒ엿잇고 半身不遂 셜다ᄒ되
父母兄弟 알어 보고 고시놈 셜다ᄒ되 낭청벼실 ᄒ엿는듸 니 八字는 엇지ᄒ여
두 눈이 어두우니 天地가 寞寞ᄒ고 世界가 暗暗ᄒ야 晝夜을 不辨ᄒ고 淸濁을
몰나시이 飮食을 먹ᄌᄒ면 헷슨질이 반이 남고 衣服을 입ᄌᄒ면 上下분별 못
ᄒ깃고 어들노 가자 ᄒ면 집평이로 눈을 숨고 大患이 당도ᄒᄒ들 회피 도망할
슈 업네 발길 놈 ᄶ질 놈 모운ᄉ 화쥬즁놈 니 ᄯᆞᆯ 심청 ᄎ져다와 시쥬도 헷거시
라 ᄯᆞᆯ만 일코 눈 못쓰니 이런 寃痛 ᄯᅩ 잇는가 아교아교 셜은지고 이러트시 실

〈17-앞〉

피 울 졔 권마셩 쇼러ᄒ며 官長 行ᄎ 오는지라 심밍인 싱각ᄒ되 官長게 발괄
ᄒ고 의복을 ᄎ질이라 질가의 안ᄌ던니 官長이 당도ᄒ여 ○○이 혼금ᄒ니 官
長이 ᄒ는 말이 그 웬 무어시냐 심밍이 ᄭᅮᆯ업드려 예 소인이 알르이다 八字가
기박ᄒ여 少時의 眼閉ᄒ고 환거로 지닉다가 오늘날 당차ᄒ여 목욕을 ᄒ고 나
와 의복을 일ᄉ옵고 오도가도 못ᄒ오니 官長임 德澤을오 모다 ᄎᄌ 듀옵쇼셔
官長이 ᄒ는 말이 무엇무엇 일어는야 심밍인이 엿ᄌᄋ우되 △三百돌임 통양갓슨
구영ᄌ 밀화ᄯᆫ의 전쥬탕건 셕셩망근 호박풍잠 디모관ᄌ 당팔ᄉ ᄭᆫ을 다라 모
도 겸쳐 일어습고 갓져구리 갓바지 돈피토시 양피빈ᄌ 셰모시 듕츄막기 싱쥬
창옷 안을 밧쳐 슴십팔ᄉ 슈실ᄯᅱ며 물명쥬 숀슈견의 송화식 물을 들여 모도
兼쳐 일어습고 엽졉이 비단

〈17-뒤〉

약낭 蘇合丸 일곱介는 괴洙經로 위의ᄒ고 쳥심황 다셔기는 金박으로 위의ᄒ고
경명 朱砂 닷돈 듕 구젼영ᄉ 스돈듕 호듀먼이 갓득 너어 부남단쵸 ᄭᆫ을 미여
모도 겸쳐 일어습고 뉴록표단 허리씌 상사ᄶᆞᆫ 듀먼이의 듀홍당ᄉ ᄭᆫ을 달고 삼
동거리 양호쵸筆 金字 식인 唐香먹과 팔간 졉은 부시쌈이 왜鐵 부쵀 唐大石
슈양再 網巾 尾子 화류鏡 산유면 빗사을 葉錢 돈 닷돈을 모도 兼쳐 일어습고

梧桐鐵○ 디모長刀 鶴膝眼鏡 虎皮 집의 홍젼으로 덥피ᄒ고 곱장머리 칠션부치
빅통ㅅ북 銀고피의 이궁쳔향 ᄯᆫ 달어 모도 겸쳐 일엇습고 瀟湘班竹 디집평며
오동슈복 빅통디 金經오쥭 별간竹 셜화지휠 삼이 靑젼으로 짝이ᄒ고 ○쵸 담
비 ᄭᅮᆯ물 지워 ᄒ쌈지 갓득

(중간 낙장)

⟨18-앞⟩

이 날어와셔 담 우의 지져괴이 마음의 고이ᄒ여 졈을 쳐 희리ᄒ니 今日午時
後 貴人이 올 거시요 그 ᄉ람을 親近ᄒ면 큰 夢事을 볼 듯ᄒ여 고더ᄒ여 지달
일 졔 이ᄯᅥ 沈盲人이 皇城의 득달ᄒ여 쳐음으로 가는 거시 女子盲人 집의 가
셔 宿食을 쳥얼ᄒ니 그 집 主人 女盲人이 侍婢을 분부ᄒ여 沈盲人을 請이ᄒ여
外堂의 定座ᄒ고 극진이 디졉 후의 女子盲人 문는 말이 엇더ᄒ신 숀임이며 尊
姓은 뉘신잇가 沈盲人 디답ᄒ되 桃花洞 ᄉ옵더니 姓名은 심밍봉요 八字가 긔
박ᄒ여 少時의 眼閉ᄒ고 그 후의 喪妻ᄒ고 외로이 지너다가 盲人잔초 춤녀코
져 不遠千里 왓건이와 主人은 뉘신잇가 女子盲人 對答ᄒ되 外丁업는 女子몸이
나도 ᄯᅩ한 盲人으로 天地을 不辨ᄒ고 年光이 三十이되 配位은 未定터니 말슴
을 듯ᄉ온즉

⟨18-뒤⟩

同病상년 갓튼 病身 同室相居 夫婦되어 同樂百年 偕老ᄒᆞ면 그 안이 죠을잇가
심밍인이 혜알이되 ᄲᅡᆼ덕어미 두엇다가 失敗훈 일 싱각ᄒ고 나는 실쇼 그 말 마
오 이왕 쇽어온 질이요 女子盲人 ᄒ는 말이 쵸목이 훈 빗치요 同類相從이라 갓
튼 病身 안니오면 니 엇지 쳥ᄒ릿가 심밍인이 싱각ᄒ되 니 이왕 盲人이요 져
ᄯᅩ한 盲人이라 셜마 엇더하랴 ᄒ고 부득이 許諾ᄒ니 女子盲人 大喜ᄒ여 內房을
掃灑ᄒ고 沈盲人을 모셔들어 連枕同樂 ᄒ는 情이 비홀디 업는지라 沈盲人 客苦

中의 一身伊 편이 居處ᄒ미 忽然이 줌이 들어 非夢似夢 꿈을 뛰니 남게 불이
타 보이고 몸 가죡을 베겨닉여 북을 메워 보이거늘 씨달으니 南柯一夢이라 이
틀날 平明後의 沈盲人 ᄒ는 말이 夢事가 凶夢ᄒ니 解夢졈을 ᄒ여보라

〈19-앞〉

女子盲人 졈을 칠 졔 △팔모졉은 티모산통 눈 우의 놉피 들고 祝詞을 告講ᄒ
되 干支 某年 某月 某日 琉璃國 桃花洞 居名 某生 沈盲瞽 今夜夢事如〇〇〇非
〇吉凶謹伏向 夫大人者 時天地 合〇〇 日月合明其四時合 其序興思神合其吉凶
先天이 철불우 後天이 봉쳐시쳔츠불우 황어인호황어지신 天下언지 地가 언지
고지 즉응감이 슈통 伏羲 神農 皇帝 堯舜禹湯 文武周公 孔子곽박관릐 諸葛亮
〇 千里眼 淳風니 程明道程伊미 邵康〇진되이 뉵상산마의 도스 쳥卦童子 비卦
童子 츅쳔츅지젼 마후군 諸位先生來臨降座吉則吉卦 凶則凶卦 괘불망동 爻不
망시단상 三百八十四爻 元定八八六十四卦 이일효 血秘昭示 △占卦을 희리ᄒ
되 남기 불의 타면 시 움이 도더나니 읍던 子

〈19-뒤〉

息 볼거시오 몸 가둑을 벳겨 북을 메워 보인 거슨 북을 치면 쇼리 나니 그 몸
이 貴이 도여 션성이 잇실이다 沈盲人 이 말 듯고 半信半의 여기더라 이쩌 沈
皇后는 듀廉을 들이우고 盲人잔츠 구경ᄒ며 날마동 살펴보되 父親은 안니 오
니 마음이 悲帳ᄒ여 홀노 自歎ᄒ는 말이 △天下 盲人 다 모이되 닉의 부친 안
오신니 엇지ᄒ여 못오는고 萬壑千峰 獨閉乃의 消息 몰나 못오는가 샹山伊 枉
其北ᄒ니 산이 막켜 못오는가 大海가 경其南ᄒ이 물리 막켜 못오는가 萬里의
노장지ᄒ니 길이 멀어 못오는가 무민경노 죠이이ᄒ니 질을 몰나 못오는가 不
出門前 三四步ᄒ니 힝보 못ᄒ 못오는가 힝즈는 필유신ᄒ니 노지 업서 못오는
가 臥病의 人事絶ᄒ니

(이하 낙장)

단국대 나손문고 소장 심청전 (낙장 40장본)

가로 18.2cm, 세로 22.6cm의 크기로 한 면에 앞부분은 9행, 뒷부분은 10행이 필사되어 있다. 앞부분은 행서체로 단정하게 쓰였으나, 뒷부분에 다른 사람의 어지러운 글씨체도 눈에 뜨인다. 한시를 삽입한 경우 ○표를 해서 구별하고 있다. 완판 71장본을 그대로 필사한 것으로, 완판의 상권은 없고, 하권의 소상팔경 대목부터 필사한 것이다. 후일담 부분에서 심학규와 부인 안씨 사이에서 태어난 아들을 연왕의 딸 안양공주와, 황제와 황후 심청의 아들 태자는 권강노의 딸과 혼인시키는 장면 등 두 장 정도가 낙장되었다.

단국대 나손문고 소장 심청전 (낙장 40장본)

(앞부분 낙장)

〈1-앞〉

각설이라 망망흔 창히며 탕탕흔 물결이라 빅빈주 갈미기는 흉요안의 날어 들고 삼상의 기려기는 한수로 도라든 제 요량흔 물소리 어적이 여그연마는 곡종언불건 수봉만 푸리엿다 과니성중만고슈는 날노 두고 일으미라 장사을 지니갈제 간의티부 간곳업고 명나수를 바라보니 굴삼여의 어복충혼 무량도 흐시던가 확학누를 당도흐니 일모힝관흐처시요 연파강산사인수는 최호의 유적이요 봉황더을 다다르니 삼사는 발낙청천외요 이수는 중분빅노주라 이적선의 노든 디요 심양강 당도흐니 빅낙천은 어더 가고 픱파성만 끈처젓다 적벽강 그저 가랴소

〈1-뒤〉

동파 놉던 풍월은 의이 잇다마는 조밍덕의 일세지웅이 이금안지지오 월낙오제 집푼 밤의 고소성의 비를 미니 한산사 쇠북소리 긱선의 이르럿다 진회수을 건니갈 제 상여은 부지망국흐고 연롱한수월롱사 홀 제 후정화만 부르난디 소상강 드러가니 악양누 놉푼 집 호상의 쩌 잇거늘 동남으로 바리보니 오산은 천첩이요 추수는 망극이라 소상팔경이 눈압픠 버러 잇거늘 역역히 둘너보니 강천이 망막흐여 우류류 쌱쌱 우류 오난 비는 아황여영의 눈물이요 반죽의 석은 가지 점점이 밋쳐쓰니 소상야우 이 안인야 칠빅평호 말근 물은 추월 도

〈2-앞〉

다오니 상하천광 푸리엿다 어옹은 잠을 자고 자규만 나려들 제 동정추월 이 안인야 옷초동남 너룬 물의 오고가는 상고선은 춘풍의 돗슬 달어 북을 둥둥 울이면서 어기여 어기야 이야 소리흐니 원포귀범 이 안인야 격안강촌양삼가의 밥 깃난 연기 나고 반조압강셕벽상의 거울 낫슬 여러쓰니 무산낙조 이 안인야 일간귀천심벽이요 반틔용심이라 옹옹이 일어나서 흔쩌로 나라쓰니 창오모운 이 이 안이며 수벽사명영안틔의 청원을 못이기여서 이러 오난 져 길어기는 쌀 쩌 흐나을 입의 물고 점점 날어 들며 씰눅씰눅 소리흐니 평사낙안 이 안이야 상수로 울고 가니 옛사당이 완연흐다 남순형제 혼

〈2-뒤〉

이라도 응당 잇시려 흐엿더니 제 소리의 눈물 지니 황능이원 이 안인야 시벽 쇠북 흔 소리 경쇠 졩졩 셕겨나니 오는 비 천이원긱의 집픠 든 잠 놀니여 쩨우 고 탁자 압픠 늘근 즁은 익미타불 염불흐니 흔사모종이 이 안인가 팔경을 다 본 연후의 힝선을 흐랴 홀 제 힝퐁이 이려나며 옥퓌소리 들이더니 죽임 시이 로서 엇더흔 두 부인이 선관을 놉퓌 쓰고 자흐상 서유군의 신을 쓰려 나오더 니 져기 가난 심소졔야 네 나를 모로리라 창오산북상수졀이라야 죽상지류너가 명을 천추의 집픠 흐소홀 곳 업서더니 지극흔 네의 효성을 흐례코져 나왓노라 요순후 기쳔련의 직금은 언의 쩌며 오현금 남풍시를 이제까지

〈3-앞〉

전흐던야 수로 먼먼 길의 조심흐여 단여오라 흐며 홀연 간더 업거늘 심쳔이 니렴의 이난 이비로다 서산의 당도흐니 풍낭이 더작흐며 찬 긔운이 소삽흐여 흑운이 드르더니 사람이 나오난더 면여거륨흐고 미간이 광홀흔더 갸쥭으로 몸 을 싸고 두 눈을 쌱 감고 심쳔 불너 소리흐되 실푸다 우리 오왕 빅빈의 참소를

듯고 초누겸을 나를 주워 목 질너 죽은 후의 칠이로 몸을 싸서 이 물의 던저쓰
니 익답다 장부의 원통ㅎ미 월병의 멸오ㅎ물 역역키 보랴고 닉 눈을 쎼여 동
문상의다 걸고 와쩌니 과연 닉 보왓노라 그러나 닉 몸의 가문 가죽을 뉘라서
벽겨 주며 눈 업난 게 혼이로다 이난 빋고 ㅎ니

〈3-뒤〉

온나라 츙신 오자서례라 풍운이 거더지고 일월이 명당ㅎ고 물결이 잔잔ㅎ니
엇더혼 두 사롬이 턱반으로 나오난듸 압푸 혼 사람은 왕자의 긔상이요 얼골의
거문 씨는 일국수식 씌여 잇고 의복이 남누ㅎ니 초숙일시 붓명ㅎ듸 눈물지여
ㅎ는 마리 익달고 분혼게 진나라의 소킴 되야 삼연 모관의 고국을 바리보고
미귀ㅎ니 되것구나 쳔추이 집푼 혼이 초혼죠 되야쩌니 빅낙턴셩 반기 듯고 속
절업시 동정달의 헛춤만 추엇노노라 뒤에 쏘 혼 사람은 안식이 초췌ㅎ고 형용
이 교교ㅎ듸 나는 촌나라 굴원이라 회왕을 섬기다가 자관의 참소를 만나 덜러
운 몸 싯치랴고 이 물의 와 쌔저쩌니 어엿불사 우리 인군

〈4-앞〉

사후의나 섬기랴 ㅎ고 이 짜의 와 모섯노라 나지면 이소경제 고양지묘에 ㅎ여
짐황고왈빅용이라 유쵸목지영낙ㅎ여 공미인지디혜로다 세상의 문장지사 면면
시나 되든고 그듸는 위친ㅎ여 효성으로 죽고 나는 슝성을 다ㅎ더니 츙효는 일
반이라 위로코져 닉 왓노라 창히마리 먼먼 질의 평안이 가옵소셔 심쳥이 싱각
ㅎ되 죽은제 수쳔연의 졍빅이 나머 잇서 사롬의 눈의 뵈이니 이도 쏘혼 귀신
이라 나 죽을 증조로다 실피 탄식ㅎ되 물의 잠의 멋밤이며 비의 밤이 멋날인
야 거연 거연 사오식을 이물갓치 지닉가니 금풍삽이 셕기ㅎ고 옥우확이징영이
라 낙화는 여고목지비ㅎ고 추수

⟨4-뒤⟩

는 공장쳔일식이라 왕발이 지은 귀요 무변낙목소소ᄒ요 부진쟝강곤곤닉는 두
잠이 을푼 귀요 강한이 출농ᄒ니 황금이 편편이라 노화풍비ᄒ니 빅셜리 만졈
이요 신풍셰우 지난 입은 옥누쳥풍 불거는디 외로올사 어션더른 등불을 도도
달고 어부가로 화답ᄒ니 그도 쏘ᄒ 수심이 안니녀 희반쳥산은 봉봉이 칼놀 되
야 버리는니 수쟝이라 릴락쟝사추식원의 부지ᄒ쳐죠상군고 숑옥의 비취

⟨5-앞⟩

비가 이여셔 더 홀손야 동남동여을 실어쓰니 진씨황의 졔약빈가 방사 셔시 업
셔쓰니 훈무졔의 구션빈가 질어 죽자훈들 션인더리 수직ᄒ고 살어가자 ᄒ니
고국이 챵망이라 훈곳슬 당도ᄒ니 돗슬 지우며 닷슬 주니 이난 곳 인당수례라
광풍이 디작ᄒ야 바디이 뒤누우며 어용이 싸오난 듯 벽역이 일어나난 듯 디쳔
바디 훈가운디 일쳔셕 실은 비 놋토 일코 닷도 끗쳐지며 용총도 부러져 치도
싸지고 바람 부러 물결 쳐 안기 빗 뒤셕거 자자진디 갈질은 쳘이말이 나머 잇
고 사면은 어둑 졍그러져 쳔지젹막ᄒ야 간치 뉘 쩌오난디 비젼의 탕탕 돗더도
와지끈 경각의 위팀ᄒ니 도사공

⟨5-뒤⟩

영좌 이ᄒ로 황황디겁ᄒ야 혼불부신 ᄒ며 고사긔게를 차릴 젹의 셤쌀노 밥을
짓고 동우술의 큰 소 잡아 왼소다리 왼소머리 사지를 갈너 올여녹코 큰 돗 잡
아 통쳬 살머 큰 칼 고자 기난다시 밧쳐노코 삼식실과며 오식탕슈와 오동육셕
며 좌포우혜와 홍동빅셕를 방위 차려 고야노코 심쳥을 모욕식여 소의소복 졍
ᄒ게 입펴 상머리의 안친 연후의 도사공의 거동 보소 북을 둥둥 치면서 고사
ᄒ 졔 두리둥 두리둥 칩더 잡아 삼십삼쳔 닉립더 자버 이십팔수 허궁쳔 지비
비쳔과 삼황오졔 도리쳔 십왕일이 등 마련ᄒ압실 졔 쳔상의 옥황상졔며 디ᄒ

의 십이제국 차지흐신 황제

〈6-앞〉

헌원씨와 공밍안증 법문 니고 실농씨 상빅초 씨위 의약흐여 잇고 헌원씨 비를
니여 이제불통 흐옵실제 후싱이 본을 바더 사롱공상 위업으로 다 가키 싱화직
업흐니 막더흐신 공이시며 하우씨 구연지수 비를 타고 다살렷고 오국의 졍훈
공셰 구주로 도라들며 오자서 분위홀 제 노가로 건니주고 희셩의 픠훈 장사
오강으로 도라들 제 비를 미고 지달여 잇고 공명의 탈조화로 동남풍을 비려
니여 됴됴의 심만더병 수륙으로 화공흐니 비 안이면 엇지흐며 도련명은 견원
으로 도라오고 장경은 강동으로 도라갈 제 이도 쏘훈 비를 타고 임술지추칠월
의 종일우지소여흐니 소동파도 놀아 잇고 지극총 어사화 흐나 교여승유무졍거
는 어부

〈6-뒤〉

의 질거오미요 게도난요로 흐장포흐니 오히월여 치련주요 재오부서거흐니 경
시우경연은 상고선인 이 안인야 우리 동무 시물네명이 상고로 위엽흐야 십여
시예 조수 타고 표빅셔효 단이더니 인당수 용왕임은 은제숙을 밧삽기로 유리
국 도화동의 사난 십오시 된 효녀 심청을 제숙으로 드러오니 사희용王임은 고
이고이 밧자옵소셔 동희신 안명 석희신 거승이며 남희신 츙융 북희신 옹강이
며 칠금산 용왕임 자금산 용왕임 기기섬 용왕임 영각디감 성왕임 허리간의 화
장성왕 이물고물 성왕임네 다 구버 보옵소서 수로쳘이 먼면 질의 바람 궁결
얼어니고 나지면 골노 너어 용난 골수 집퍼난더 평반의 물

〈7-앞〉

물 다문다시 비도 무쇠가 되고 용촉 마류 닷슬 모도 다 무쇠로 졈지흐옵고 영

낙지환이 업삽고 실물실화 제살ᄒ와 억십만금 퇴를 너여 디ᄉᆞᆺ티 봉기 질너 우심으로 연화ᄒ고 춤으로 디길ᄒ게 졈지ᄒ여 주옵소소 ᄒ며 북을 두리둥 두리둥 치면서 심청은 시가 급ᄒ니 어서 밧비 물의 들나 심청이 거동 보소 두 손을 흡장ᄒ고 이러나서 ᄒ날임젼의 비난 말이 비난이다 비난이다 ᄒ날임젼의 비난이다 심쳥이는 죽난 일은 추호라도 셥지 안이ᄒ여도 병신 부친의 집푼 흔을 싱젼의 풀야ᄒ옵고 이 죽음을 당ᄒ오니 명쳔은 감동ᄒ압셔 침침흔 아비 눈을 명명ᄒ게 씌여 주옵소셔 팔을 드려 슬어지게 여러 션인 상고임니 평안이 가옵시고 억십만금

<h2 style="text-align:center">〈7-뒤〉</h2>

퇴를 너여 이 물가의 지니거든 너의 혼빅 불너 물압이나 주오 두 활기를 쩍 버리고 비젼의 나서보니 수쇄흔 푸린 물은 월리렁 출넝 뒤둥구러 물농으로 져벽큼은 북젹ᄶᅵ린디 심청이 기가 믹켜 뒤로 벌덕 주저 안져 비젼을 다시 잡고 기졀ᄒ야 업된 양은 참아 보지 못ᄒ올네라 심쳥이 다시 졍신 차려 흘 수 업서 이러나 윈몸을 잔득 쓰고 초미폭을 무름쓰고 츔츔거림으로 무너섯다 창히 중의 몸을 주워 이고 아부지 나는 죽소 비젼의 흔 발이 짓칫ᄒ며 쩍구로저 풍덩 ᄲᅡ저노니 힝화는 풍낭을 쫏고 명월은 희문의 잠기니 차소위 묘창히지일속이라 시난 날 졍신갓치 물결은 잔잔ᄒ고

<h2 style="text-align:center">〈8-앞〉</h2>

광풍은 삭어지며 안기 자옥ᄒ야 가는 구름 머물너 잇고 청쳔의 푸린 안기 시 오난 날 동방쳐름 일기 명낭ᄒ더라 도사공 ᄒ는 말이 고사를 지닌 후의 일기 순통ᄒ니 심장의 덕이 안이신가 좌중이 일심이라 고사를 파ᄒ고 술 흔잔식 먹고 담비 흔디식 먹고 힝션 흡시 어 그리 흡시 어기야 어기야 과너셩 흔곡조의 삼승 돈작을 치여 양쪽의 갈나 달고 남경으로 드러갈 제 와룡슈 여을물의 이 젼고은 살디갓치 안족의 겨흔 편지 북희상의 기별갓치 순식간의 남경으로 득

달흐니라 잇씨의 심낭자는 창희중의 몸이 드러 죽은 줄노 알엇더니 오운이 영
농흐고 이힝이 축비터니 옥져성 말근 소리 은근이 들이거날 몸을 머물너 주져
홀 제 옥왕상제 흐교흐사 인당수 용

〈8-뒤〉

왕과 사희용왕 지부왕게 낫낫치 흐교흐시되 명일의 출쳔효녀 심청이가 그곳슬
갈 거스니 몸의 물 흔 점 뭇잔케 흐되 만일 모시기를 실수흐면 사희용왕은 쳔
별을 주고 지부왕은 손도를 줄 거스니 수정궁으로 모셔드려 삼연 공궤 단장흐
여 셰상으로 환송흐랴 흐교 흐시니 사희용왕이며 지부왕이 모도 다 황검흐야
무수흔 강흐제장과 쳔턱지군이 모야들 제 원참군 별주부 승지 도미 비범랑 락
지 감찰의 잉어며 슈찬의 송어와 흐림의 부어 수문장의 미억기 쳥명사령 자가
사리 승디 북어 삼치 갈치 앙금 방계 수군빅관이며 빅만인갑이며 무수흔 션여
더른 빅옥교자를 등디흐야 그 시를 지달이던이 과연 옥갓탄 심낭자 물노 뛰여
드니 션여더리 밧드러 교자의 올이거날 심낭자 정신을 차려 일은 마

〈9-앞〉

리 진세간의 추비흔 인싱으로 엇지 용궁의 교자를 타오럿가 흐니 여러 션여더
리 엿자오디 옥황상제의 분부가 지엄흐옵시니 만일 타시지 안이흐시면 우리
용왕이 죄를 몃치 못흐것사오니 시양치 마르시고 타옵소서 심낭자 그제야 마
지 못흐야 교자 우의 놉피 안지니 팔션여는 교자를 메고 육용이 시위흐야 강
흐지장과 쳔턱지군이 죄우로 어 어거흐며 쳥흑 탄 두 동자는 압질을 인도흐야
희수로 질 만들고 풍악으로 들어갈 제 쳔상 선관선여드리 심소제를 보려흐고
벌어셔쓰니 틱을션여는 흑을 타고 적송자는 구리 타고 사자 탄 갈션옹과 쳥의
동자 빅의동자 쌍쌍 시비 취적성과 월궁황아 서황묘며 마구션여 낙포

〈9-뒤〉

선여와 남악부인의 팔션여 다 묘왓난듸 고흔 복식 조흔 픠물 힝기도 이상ᄒ며
풍악도 젼도ᄒ다 왕자진의 봉피례며 곽쳐사의 죽장구며 셩연자의 거문고와 장
자방의 옥통소며 희강의 희금이며 완젹의 쉽바람의 젹타고 취옹젹ᄒ며 능과사
보혜사며 우곡 치련곡을 섯드러 노라ᄒ니 그 풍유소리 수궁의 진동흔다 슈졍
궁으로 드러가니 별유쳔지 비시로다 남희광이 왕이 통쳔관을 쓰고 빅옥홀을
손의 들고 호기 찬란ᄒ게 들어가니 닉삼쳔의 외팔빅 슈궁지부더신더런 왕을
위ᄒ야 영덕젼 큰 문 밧기 차래로 느러셔셔 상호만세 ᄒ더라 삼ᄂ낭지의 뒤로
난 빅호 탄 여동비 고닉 타니 젹션과 쳥확

〈10-앞〉

탄 장여는 비상쳔ᄒᄂ구ᄂ 짐치레 볼작시면 능ᄂᄒ고 장홀시고 쾌용골이 위양
ᄒ니 영광이 요일니요 짐어린이작와ᄒ니 셕의반공이라 주궁픠궐은 웅쳔상지
삼광이요 곤의수상은 비인간지오복이라 산호염 디모병은 광체도 찬란ᄒ고 교
인돈모장은 구름갓치 놉퓌 치고 동으로 바라보니 디붕이 비젼흔디 수여남 풀
은 물은 봉가의 둘러 잇고 시으로 바라보니 약슈유사 아득흔듸 일쌍쳔죠 나라
들고 북으로 바라보니 일반 쳥산은 취식을 씌여 잇고 우으로 브라보니 상운셔
인 불겻ᄂ듸 상통삼쳔 ᄒ팔구리 ᄒ고 음식

〈10-뒤〉

을 둘너 보니 시상음식 안이로ᄃ 파류반 마류안과 유리잔 호박더의 자ᄒ주 쳔
일쥬 인포로 안쥬ᄒ고 ᄒ로병 거호탕의 감노주도 너허 잇고 윽악경장 호마반
도 도와 잇고 흔가온디 삼쳔벽도 덩그럿케 고야ᄂ디 무비션미여늘 수궁의 머
물을시 옥황상졔의 명이여든 거힝이 오직ᄒ랴 사희용왕이 ᄃ 각키 시여을 보
니여 조셕으로 문안ᄒ고 체번ᄒ여 문안ᄒ며 시위ᄒ니 금슈 능나 오식치의 화

용월틱 고흔 얼골 두 각키 고이랴고 교틱ᄒ여 운는 시여

〈11-앞〉

얌젼코져 죽는 시여야 쳔졍으로 고흔 시여 수려훈 시여더리 주야로 묘일 젹의 삼일의 손연ᄒ고 오일의 틱연ᄒ면 상당의 쳬돈 비필이며 ᄒ듕의 진주 서되라 이러쳐롬 공궤ᄒ되 유공불급ᄒ여 죠심이 각별더라 각셜 잇던 무릉촌 장승상씩 부인이 심소제의 글을 벽작의 기려 두고 눌마둥 증험ᄒ되 변치 안니ᄒ더니 ᄒ 로는 글 족사의 무리 흐르고 빗시 변ᄒ여 거머지니 이는 심소제 물의 싸져 죽 은가 ᄒ여 무슈이 자탄ᄒ더니 이윽고 무리 검고 빗시 도로

〈11-뒤〉

황홀ᄒ여지니 부인이 고히 여겨 누가 구ᄒ여 사려는가 ᄒ여 십푼의혹 ᄒᄂ 엇 지 그러ᄒ기 쉬리요 그늘 밤의 장승상 부인이 졔젼을 갓초와 강상의 ᄂ어가 심소제을 위ᄒ여 혼을 불러 위로토져 ᄒ야 졔ᄒ라 ᄒ고 십비을 드리고 강두의 ᄃᄃ르니 밤은 집퍼 삼경인듸 쳡쳡이 씨인 안게 산악의 잠겨 잇고 쳡쳡 이는 너년 강수의 어리엿ᄃ 면주을 흘니면서 즁유의 씌여두고 비안의셔 셜위ᄒ고 부인니 친이 잔을 부어 오열훈 졍으로 ᄒ는 마리 오호 의제 심소제야 죽기을

〈12-앞〉

를 질거홈은 인졍의 고연커날 일편단심의 양육훈신 부친의 은덕을 죽기로써 갑푸려 ᄒ고 일노 잔명을 시스로 자탄ᄒ니 고흔 꼿시 흐러지고 나는 나부 불 의 드니 엇지 안이 실풀손냐 훈잔 술노 위로ᄒ니 응당이 소제의 혼이 안이면 멀지 안이ᄒ리니 응당이 소제의 혼이 안이면 멀지 안이ᄒ니 이 고히 와셔 흠 힝ᄒ물 비리노라 눈물 뿌리여 통곡ᄒ니 쳔지 미물인들 엇지 안이 갑도ᄒ리 두 럿시 발근 달도 체운 속의 숨어 잇고 히빅키 부든 바람도 고요ᄒ고 어용 엇도

던지 강심도 정막ㅎ고 사장의 노든 빅구도 목을 질게 쎄여 슬눅슬눅 소리ㅎ며
심상ㅎ 어선더른 가든 돗더 머무럿다

〈12-뒤〉

뜻박기 강 가온더로셔 흔 줄 말근 기운이 비머리의 어렷다가 이윽ㅎ여 서라지
며 일기 명낭ㅎ거날 부인이 반겨 이러셔셔 보니 가두키 부엇던 잔이 반이나
업난지라 소제의 영혼을 못너 늑기시더라 얼얼은 광흔전 옥진부인이 오신다
ㅎ니 수궁이 뒤넘난 듯 용왕이 겁을 너여 사방이 분주ㅎ니 수궁이 뒤넘난 듯
용왕이 겁을 너여 사방이 부원러이 부인은 심봉사의 곽씨부인이 죽어 광흔전
옥진부인이 되얏더니 그 짤 심소제가 수궁의 왓단 말을 듯고 상제게 수유ㅎ고
몬녀 상면ㅎ랴 ㅎ고 오난 기리라 심소제는 뉘신 줄을 모로고 멀이 셔셔 ᄇ리
볼 ᄯ람일너니 오운이 어리엿고 오식 치교

〈13-앞〉

를 옥기린의 놉피 실코 벽도화 단게화는 좌우의 버러 쏩코 각궁 시여더른 시
위ㅎ고 청흑빅흑더런 선비ㅎ고 봉황은 춤을 추고 잉무난 견어ㅎ되 보던 비 처
음일너라 이윽고 교자의 나려 셤쎨의 올나셔며 니 짤 심청아 부르난 소리의
모친인 줄 알고 왈칵 쮜여 나셔며 어만이요 어만이 나를 낫코 초칠일 안의 죽
어쓰니 우금 십오연을 얼골도 모로오니 천지간 갓업시 집푼 흔이 기일날이 업
삽더니 오늘날이 고더의셔 모친과 상면홀 줄을 알아 쓰면 오든 날 부친 압퍼
서 이 말삼을 엿잡드면 날 보니고 서룬 마음 제기 위로호실 거슬 우리 몬여는
서로 만나 보오니 조컨이와 외로

〈13-뒤〉

오신 아부임은 뉘를 보고 반긔시릿가 부친 싱각이 시로와라 부인이 울며 왈

나는 죽어 귀이 되야 인간싱각이 망연ᄒ다 네의 부친 너를 키여 셔로 의지ᄒ
엿다가 너 좃차 이별ᄒ니 너 오든 날 그 졍상이 오직ᄒ랴 니가 너를 보니 반가
온 마암이야 너으 부친 너를 일은 서럼이야 이예 비홀손야 뭇노라 너의 부친
궁곤의 샷이여 그 형용이 엇더ᄒ며 응당이 늘거쓰리라 그간 수십연의 면환이
나 ᄒ여쓰며 뒷마을 귀덕어미 네게 안이 극진텬야 얼골도 디여보며 수족도 만
져 보며 귀와 목이 희여쓰니 너의 부친 갓도 갓다 손과 바리 고은 거슨 엇지
안이 니 쌀이야 니 ᄭᅵ든 옥자환도 직금 가져쓰며 수복강영 티평안락 양

〈14-앞〉

편의 시긴 돈 홍젼괴불 줌치 쳥홍당사 벌미답도 이고 늬가 찻구나 아부 이별
ᄒ고 어미 다시 보니 쌍견키 어려올손 인간고라 그러나 오날날 나를 다시 이
별ᄒ고 네의 부친을 다시 만날 주를 네가 엇지 알겟난야 광훈젼 맛든 일이 직
분ᄒ다 ᄒ야 오리 뵈기 어렵기로 도로여 이별ᄒ니 이둘코 이연ᄒ나니 혼탄ᄒ
들 어이 홀손야 일후의 다시 만나 질길 날이 잇쓰리라 ᄒ고 썰치고 이려서니
소졔 말유치 못ᄒ고 닷시 울기리 업난지라 울며 ᄒ직ᄒ고 수졍궁의 머물더라
잇쩌 심봉사 쌀을 일코 모진 목슘 죽지 못ᄒ야 근근부지 살어날 제 도화동 사
람더리 심소졔의 지극ᄒ 효성으로 물의 ᄲᅡ져 죽어오멀 불상이 여겨 타루비를
시우고 글을 지여쓰되 ○지위기친쌍안폐ᄒ여 ○살신성효힝궁을 ○연파만리상
심

〈14-뒤〉

부ᄒ니 ○방초연연호불궁이라 강두의 너왕ᄒ난 힝인이 비문을 보고 뉘 안이
울이 업고 심봉사난 쌀 곳 싱각나면 그 비를 안꼬 울더라 동즁사람더리 심밍
인의 젼곡을 착실이 취리ᄒ여 셩졔가 히마득 늘이가니 본촌의 셔방질 일수 잘
ᄒ여 밤낫업시 흘니ᄒ난 기갓치 눈이 빌게 단이난 ᄲᅧᆨ덕어미가 심봉사의 젼곡
이 만이 잇난 줄을 알고 자원졉이 되여 살더니 이년의 입버러장이가 쏘ᄒ 아

리 버릇과 갓타여 혼시 반틔도 노지 안이ᄒ랴고 ᄒ는 연이라 양식 주고 쩍 사
먹기 베를 주워 돈을 사셔 술사먹기 정자 밋틔 낫잠 자기 이웃집의 밥 부치기
동인다려 욕설ᄒ기 초군덜과 쌈 싸오기 술취ᄒ여 혼밤중의 와달쩌 우림울기
빈 담빗틔 손의 들고 보는 디로 담비 청ᄒ기

〈15-앞〉

총각 유인ᄒ기 제반 악증을 다 겸ᄒ여 그러ᄒ되 심봉사는 여려히 주린 판이라
그 중의 실낙은 잇셔 아모란 줄을 모르고 가산이 점점 퇴퓌ᄒ니 심봉사 싱각
다 못ᄒ여셔 여보소 뺑덕이니 우리 셩시 착실ᄒ다고 남이 다 수군수군 ᄒ더니
글니의 엇지혼지 셩시가 치퓌ᄒ여 도로여 비러먹게 되야가니 이 늘근 거시 다
시 비러 먹자혼들 도인도 붓그렙고 니의 신시도 악척ᄒ니 어더로 낫슬 다려
단이것나 뺑덕어미 디답ᄒ되 봉사님 엿틔 자신게 무엇시요 식젼마당 해장ᄒ신
다고 죽갑시야 단 두양이요 져럿캐 각갑ᄒ단인긔 나셔키도 못혼 것 빈다고 살
구난 엇지 그리 먹고 십푸던지 살구갑시 일혼셩양이요 져럿키예 갑갑ᄒ단인긔
봉사 속은 타고 헛우슴 우수면셔 살구는 너머 만이 먹엇다 그럿체

〈15-뒤〉

마는 제집 머근 것 쥐 머근 거시라 이 안이 쓸터 업다 우리 시간 기물을 다 파
라 가지고 타관으로 나가시 그도 그러ᄒ니 시간기물을 파라 가지고 남부여터
ᄒ고 유리 출타ᄒ니라 일일은 옥황상제게압셔 사ᄒ요왕에게 젼교ᄒ시사 심소
제 月노 방연의 기ᄒ니 갓가오니 인당수로 환송ᄒ여 어진 씩를 밀치 말게 ᄒ
가 분부가 지엄ᄒ시거늘 사ᄒ용왕이 명을 듯고 심소제를 치송홀 제 큰 꼿숭이
의 모시고 두 신여료 시위ᄒ여 조셕 공양 찬과물과 금수 보픠를 만이 넛코 옥
분의 고이 담어 인당수로 나올시 사ᄒ용왕이 친이 나와 전송ᄒ고 각궁신여와
팔션여 엿자오디 소제는 인간의 나어가압셔 부귀와 영총으로 만만시를 질게옵
소셔 소제 디답ᄒ되

〈16-앞〉

여러 왕의게 덕을 입어 죽을 몸이 다시 살어 셰상의 나가오니 은혜난망이요 모든 신여덜도 졍이 집도다 써나기 셥셥ᄒ오나 유명이 노수ᄒ고로 이별ᄒ고 가거니와 수궁의 귀하ᄒ옵소셔 ᄒ직ᄒ고 도라서니 순식간의 꿈갓치 인당수의 변듯 써서 두렷시 수면을 영웅게 ᄒ니 쳔신의 조화요 용왕의 신령이라 바람이 분들 싼닥ᄒ며 비가 온들 흐럴손야 오싴체운이 꼿봉이 속의 어리여 둥덩실 써 쓸 졔 남경 갓던 션인더리 억십만금 퇴를 너여 고국으로 도라온다 인당수의 다둘나셔 비를 미고 졔수를 졍이ᄒ여 용왕의게 졔를 지닐시 고축ᄒ는 말이 우리 일힝 수십명이 진

〈16-뒤〉

병케 졔홀졔익ᄒ고 소망을 여의케 일우워 주옵시니 용왕임의 너부신 덕퇵을 ᄒ 잔 술노 졍셩을 드리오니 일졔이 화유동심ᄒ와 흠힝ᄒ옵소셔 ᄒ고 졔물을 다시 차려 심소졔의 혼을 불너 실푼 말노 위로ᄒ되 출쳔ᄒ녀 심소졔는 당상 빅발 부친의 눈 쓰기을 인ᄒ야 팔홍안이 살기을 보존치 안이ᄒ야 수궁고혼이 되야쓰니 엇지 안이 가련코 불상ᄒ랴 우리 션인더른 소졔를 인연ᄒ야 장사의 퇴를 너여 고국으로 도라가건이와 소졔의 방혼이야 언의 날의 다시 도라올가 가다가 도화동의 드러셔 소졔의 부친 살아난가 존망여부는 알고 가오리다 그러나 ᄒ 잔 술노 위로ᄒ니 만일 알으

〈17-앞〉

시며 잇거든 복망 영혼은 흠양ᄒ옵소셔 ᄒ며 졔물을 파ᄒ고 눈물을 쏫고 ᄒ 곳슬 바라보니 ᄒᄉ숭이 꼿봉이가 희즁의 둥실 써 잇거늘 션인드리 고히 여겨 션인들까지 이논ᄒ되 아미도 심소졔의 영혼이 꼿시 되야 썻나부다 갓가이 가

셔보니 과연 심소제가 싼지던 쏫시라 마암이 감동ㅎ여 쏫슬 건져 너여 노코
보니 크기가 수리박투 갓다여 이삼인이 가이 안질너라 이 쏫슨 세상의 업난
쏫시니 이상ㅎ고 고이ㅎ다 ㅎ고 인ㅎ여 졍ㅎ게 실코 올 제 비 싼르기 살갓듯
ㅎ더라 사오식의 경영ㅎ 질이 수삼일만의 득달ㅎ니 이도 쏘ㅎ 이상타 ㅎ더라
억십만금 나문 직물을 다 각키 수분홀 제 도선주는 무삼 마암으로 직물은 마
다ㅎ고 쏫봉이만 차지ㅎ여 제의 집 졍ㅎ 고디여 단을 무어 두어써니 힝

〈17-뒤〉

취가 만실ㅎ고 치운이 둘너쎠라 ○이 써의 송천자 황후가 붕ㅎ신 후 간틱을
안이ㅎ시고 화초을 구ㅎ여 상임원의다 치우고 황극젼 뜰압픠로 여그뎌그 심어
두고 기화요초로 벗슬 주어 구ㅎ실 제 화초도 만토만타 팔월부용 군자요 마당
추수 홍연화며 암힝부동 월황혼의 소식 견턴 미화며 지시유랑 거휴지는 불거
잇난 복성화요 계자편월 중단은 화무 씨게화며 요렴섬섬 옥지갑은 금부야도
봉선화며 구月구일 용산음 소축신의 국花며 공자왕손 방수화의 부귀홀손 모란
화며 이화만지 불기문은 장신궁즁 비쏫시며 칠십제자 강논ㅎ던 힝단순풍 살구
쏫시며 천틱산 드러가니 양변기작약이요 촉국혼을 못이기여 제

〈18-앞〉

혈ㅎ던 두견화며 족국빅국 시월국이며 교화난화 산당화며 장미화의 힝일화며
주자화의 금선화며 능수화의 젼우화며 영산홍 자산홍의 왜쳘쥭 진달누 빅일홍
이며 난초 반초의 강진힝이요 그 가온디예 견나무와 호도목이며 석유목이며
송빅목이며 치자 목 송빅목이며 율목 시목 힝자목이며 자도 능금 도리목이며
오미자 텅자 유자목이며 보도 다리 으름 넌출 너울너울 각식으로 층층이 심어
두고 써를 짜라 귀경ㅎ실 제 힝풍이 건들 불면 을질을질 넘놀면 을긋불긋 쎠
러지며 벌나부 시 집싱이 춤추며 노리ㅎ니 천자 홍을 부치여 날마당 구경ㅎ시
더라 ○이써의 남경 선인이 궐

〈18-뒤〉

니 소식을 듯고 홀연 싱각ᄒ되 옛사람이 버슬 등지고 쳔자를 싱각ᄒ니 나도 이 ᄭᅩᆺ슬 가져다가 쳔자ᄭᅦ 드린 후의 졍셩을 난호리라 ᄒ고 인당수의 어든 ᄭᅩᆺ 옥분의 치운ᄒ야 궐문밧기 당도ᄒ야 이 ᄯᅳᆺ시로 주달ᄒ니 쳔자 반기사 그 ᄭᅩᆺ슬 드려다가 황극젼의다 녹코 보니 빗시 찬란ᄒ야 일월지싱이요 크기가 ᄶᅡᆨ이 업서 힝기 특출ᄒ니 셰상 ᄭᅩᆺ시 안이로다 월즁단게 길이민가 완연ᄒ니 게화도 안이요 요지벽도 동방삭이 ᄯᅡ온 후의 삼쳔련이 못되니 벽쏘화도 안이요 셔역국의 연화씨 ᄯᅥ러저 그 ᄭᅩᆺ 되야 희즁의 ᄯᅥ 왓난가 ᄒ시며 그 ᄭᅩᆺ 일홈은 강션화라 ᄒ시고 자셔이 살펴보니 불근 안기 어리여 잇고 셔긔가 반공ᄒ니 황졔 디희ᄒ사 화긔 옴

〈19-앞〉

겨노니 모란화며 부용화가 다 ᄒ품으로 도라가니 미화 국화 봉션화는 모도 다 신이라 층ᄒ더라 쳔자 아르시난 비 다른 ᄭᅩᆺ 다 버리고 이 ᄭᅩᆺᄲᅮᆫ이로다 일일은 쳔자 당나라 옛일을 본바다 궁여의게 젼교ᄒ사 화쳥지의 목욕ᄒ실시 쳔자 친이 달을 ᄯᅡ려 화게의 비회 ᄒ시더니 명월은 만졍ᄒ고 미풍은 부동ᄒᆫ듸 강션화 ᄭᅩᆺ봉이가 문듯 요동ᄒ며 가만이 버러지며 무슨 소리 나난 듯 ᄒ거늘 몸을 숨겨 가만이 살펴보니 션연ᄒᆫ 용여 얼골을 반만 드러 ᄭᅩᆺ봉이 밧기로 반만 니다 보더니 인젹 잇써믈 보고 인ᄒ여 도로 후리처 드러가거늘 황졔 보시고 홀연 심신이 황올ᄒ사 의혹이 만단ᄒ여 아무리 셔쓴들 다시난 동졍이 업거늘 갓가이 가셔 ᄭᅩᆺ봉이을 가만이 벌이고 보시니일긔 소졔요 일더 미인이라 쳔자 반기사 무르시되

〈19-뒤〉

늬 귀신인야 사람인야 미인이 직시 나려와 복지ᄒ여 엿자오디 손여는 남희용

궁 신여옵더니 소제를 모시고 희앙으로 나왔삽다가 황졔의 젼안을 범ᄒ여 밧
오니 극키 황공ᄒ여이다 ᄒ거날 쳔자 니럼의 싱각ᄒ시되 상졔게옵서 조혼 은
연을 보니시도다 쳔여불취ᄒ면 시호시호여부지니라 ᄒ시고 비필을 졍ᄒ리라
ᄒ시사 혼인을 완정ᄒ시고 틱자관으로 ᄒ여곰 틱일ᄒ니 오월오일 갑자일이라
소지로 화후을 봉ᄒ여 승상의집으로 모신 후의 질일이 당ᄒ민 젼교ᄒ시사 이
러ᄒ 닐은 쳔만고의 업ᄂ 일이니 가례범절을 벌본설화ᄒ라 ᄒ시니 위의

〈20-앞〉

거동이 ᄯ호 금시의 처음이요 젼고의 더욱 업더라 황지 연셕의 나와서시니 꽃
봉이 속의서 훈게 시여 소지를 부익ᄒ여 묘시 나오니 북두칠셩의 좌우보필리
갈나섯ᄂ 듯 궁중이 황홀ᄒ여 바로 보기 어렵더라 국가의 경사라 딕사젼ᄒ ᄒ
고 남경 갓든 도션주을 특벼리 지수ᄒ여 무장틱수을 ᄒ니시고 만조지신은 상
호만시ᄒ고 솔토지인민은 화봉삼축ᄒ더라 심황후의 덕틱이 지중ᄒ사 연연이
풍연드래 요순쳔지를 ᄃ시 보니 셩강지치 되야셔라 심황후 부귀 극진ᄒᄂ 항
상 중심의 수문 근심이 다만 부친 싱각 ᄲ니로다 일일은 수심을 이

〈20-뒤〉

기지 못ᄒ야 시종을 다리고 옥ᄂ간의 비겨쪄니 추월은 발가 산ᄒ마리 빗쳐들
고 실솔은 슬피 우러 나류안의 홀너드러 무훈ᄒ 심사을 첩첩이 불너닐 지 ᄒ
물며 상쳔의 외로온 기러기 울고 나러오니 황후 반기온 마옴의 바리보며 ᄒᄂ
마리 오ᄂ야 니 기러기 거기 잠관 머물러서 너의 훈 말 드러서라 소중낭이 북
희상의서 편지 젼ᄒ든 기러기야 수벽사명양안틱의 쳥원을 못이기여서 너려오
ᄂ 기러기야 도화동의 우리 부친 편지을 미고 늬가 오ᄂ야 이별 삼연의 소식
을 못드르니 너가 이지 편지를 써서 늬게 젼홀 터이니 부디부디 신 젼ᄒ여라

〈21-앞〉

ᄒ고 방안의 드러가 상장을 열는 열고 쥬지을 ᄭᅳᆯ너 너여노코 붓슬 들고 편지를 쓰랴ᄒᆞᆯ 제 눈무리 몬저 ᄯᅥ러지니 글자는 수먹이 되고 언어는 도최ᄒᆞᆫ다 실ᄒᆞ를 ᄯᅥ나올 제 셰식이 셰번 ᄒᆞ오니 척호ᄒᆞ야 싸인 ᄒᆞᆫ이 ᄒᆞᆨ희갓치 집삽ᄂᆡ다 복미심 그간의 아부지 기체후일힝만안ᄒᆞ옵신지 원복모 구구무림ᄒᆞ성지지로소이다 불효여 심청은 선인을 ᄯᅡ라갈 제 ᄒᆞ로○열두시의 열두번식이나 죽고 십푸되 틈을 엇지 못ᄒᆞ여서 오류식을 물의 자고 팔경의난 인단수의 가서 제숙으로 ᄲᅢ저ᄯᅥ니 황천이 도으시고 용왕이 구ᄒᆞ옵셔 시상의 다시 나와 당금천자의 황후가 되야쓰니 부귀영화 극진

〈21-뒤〉

ᄒᆞ오나 간장의 미친 ᄒᆞᆫ이 부귀도 ᄯᅳ시 업고 살기도 원치 안이ᄒᆞ되 다면 원이 부친 실ᄒᆞ의 다시 뵈온 후의 그날 죽사와도 ᄒᆞᆫ이 업것난이다 아부지 나를 보니고 게우 지닌 마암 문의 빗처 싱각난 졸은 분명이 알거니와 죽어쓸 제는 혼이 막켜 잇고 사러쓸 제는 익운이 막켸여서 천륜이 ᄭᅳᆾ처난이다 그간 삼연의 눈을 ᄯᅥ사오며 동즁의 막긴 전곡은 그저 잇서 보존ᄒᆞ시며 아부 귀ᄒᆞ신 몸을 십분 봉즁ᄒᆞ옵소서 슈이 보옵기를 천만 ᄇᆞ리옵고 천만 바릭옵난이다 연월일시 얼는 ᄲᅢ서 가지고 나와 보니 기러기난 간ᄃᆡ 업고 창망ᄒᆞᆫ 구름 밧긔 은ᄒᆞ수만 기우러 젓다 다만 별과 달은 발가 잇고 춘풍은 삼삼ᄒᆞ고 ᄒᆞ일 업셔 편지 집어 상자의 넛코 소릭업시 우더니 이ᄯᅥ

〈22-앞〉

의 황제 닉젼의 드러오시사 황후를 바라보시니 미간의 수심을 ᄯᅱ여쓰니 청산은 석양의 잠긴 듯ᄒᆞ고 얼골의 눈물 흔적이 잇쓰니 황후가 틱양의 어우난 듯ᄒᆞ거늘 황졔 무르시되 무삼 근심이 게신관ᄃᆡ 눈물 흔적이 인난잇가 귀ᄒᆞ기난

황후가 되야 잇스니 인간의 제일 천ᄒᆞ의 제일 귀요 부ᄒᆞ기난 사ᄒᆡ를 차지ᄒᆞ엿
쓰니 인간의 제일 부라 무삼 일리 잇셔 저러탓 실허ᄒᆞ난잇가 황후 디왈 신첩
이 과연 소디욕이 잇사오나 감이 엿잡지 못ᄒᆞ엿삽니다 황제 디왈 소디욕은 무
삼 일이온지 자서이 말삼ᄒᆞ소셔 ᄒᆞ신디 황후 다시 ᄭᅮ러 안져 엿자오디 신첩이
과연 용궁사람이 안이오라 황주 도화동의 사난 밍인 심혹규의 ᄯᅡᆯ이압더니 아
비 눈 ᄯᅳ기를 위ᄒᆞ와 몸의 선인의게 팔여 인당수

<h3>〈22-뒤〉</h3>

물의 제숙으로 ᄲᅢ진 사연을 자서이 엿자오니 황제 드러시고 가라사디 그러ᄒᆞ
시면 엇지 진직 말삼을 못ᄒᆞ시난잇가 어렵지 안이ᄒᆞ온 일이오니 너머 근심치
마르소서 ᄒᆞ시고 그 일 조회 ᄒᆞ신 후의 만조 제신과 의논ᄒᆞ시고 황주로 ᄒᆡᆼ광
ᄒᆞ야 심혹규을 부원군의로 치송ᄒᆞ라 ᄒᆞ엿더니 황주 자사 장게를 올여거날 ᄶᅥ
여보니 ᄒᆞ여쓰되 과연 본주 도화동의 밍인 심혹규 잇삽더니 연전의 유리ᄒᆞ여
부지거쳐라 ᄒᆞ엿거늘 황후 드르시고 망극ᄒᆞᆫ 마암을 이기지 못ᄒᆞ야 체음장탄ᄒᆞ
시니 천자 간절이 위로ᄒᆞ사 왈 죽어쓰면 홀일업거니와 사라쓰면 만날 이리 잇
삽제 설마 찻지 못ᄒᆞ오릿사 황후 크게 ᄭᅢ다르시사 황제게 엿자오디 과연 ᄒᆞᆫ
게칙이 잇사오니 그리 ᄒᆞ압소셔 솔토지신민이 막비왕신이오니 빅셩중의 불

<h3>〈23-앞〉</h3>

상ᄒᆞᆫ 빅셩 비난 환과고독 사궁이요 그 중의 불상ᄒᆞ게 병신이오나 병신 중의
더옥 밍인이오나 천ᄒᆞ 밍인을 모도 묘화 잔치를 ᄒᆞ옵소셔 져의더리 쳔지 일월
셩신이며 흑빅 자단과 부모 쳐자를 보와도 보지 못ᄒᆞ여 원ᄒᆞᆫ 두물 푸려 주옵
소서 그리ᄒᆞ오면 그 가온디의 혹 신첩의 부친을 만나것사오니 신첩의 원일쑨
안이오라 ᄯᅩᄒᆞᆫ 국가의 화평ᄒᆞᆫ 일도 되올 듯ᄒᆞ오니 천명이 엇더ᄒᆞ압신잇가 ᄒᆞ
신디 천자 크기 층찬ᄒᆞ사 왈 과연 녀중의 요순이로소이다 그러ᄒᆞ사이다 ᄒᆞ시
고 쳔ᄒᆞ의 반포ᄒᆞ시되 무론 디부사셔인ᄒᆞ고 밍인이여든 셩명거쥬를 현록ᄒᆞ야

각읍으로 차차 기송ᄒ라 잔치예 참예ᄒ게 ᄒ되 말이 밍인 ᄒ나라도 영을 몰나
참예치 못ᄒ 지 잇스면 희도 신ᄒ 수령은 단당
죄

〈23-뒤〉

죄 즁ᄒ리라 교령이 신명ᄒ시니 천ᄒ 각도 각읍이 황겁ᄒ야 셩갓치 거힝터라
○○ 잇쩌의 심봉사는 쎅덕어미를 다리고 견젼 단이더니 ᄒ로난 드르니 황성
의서 밍인잔치를 비셜ᄒ다 ᄒ거날 심봉사 쎅덕어미다려 말ᄒ되 사람이 세상의
낫다가 황성 귀경ᄒ여 보시 낙양철이 멀고 먼 질을 나 혼자 갈 수 업니 나와
흠기 황성의 가미 엇더ᄒ요 질의 단이다가 밤이야 우리 홀 일 못ᄒ오릿가 에
갑시 그리ᄒ오 직일노 질을 쩌나 쎅덕어미 압 시우고 수일을 힝ᄒ여 ᄒ 역촌
의 당도ᄒ여 자더니 그 근처의 홍봉사라 ᄒ난 소경이 잇난듸 이난 반소경이○
잇든 거시엿다 셩세도 요부ᄒ듸 쎅덕어미가 음탐ᄒ여 셔방질 일수 잘 ᄒ단 말
을 듯고 쏘ᄒ 소문이 인근 읍의 자자ᄒ여 ᄒ 번 보기를 평

〈24-앞〉

싱의 심즁 원일너니 심봉ᄉ와 흠기 온단 말을 듯고 쥬인과 의논ᄒ고 쎅덕어미
를 쎼여 니랴고 쥬인이 만단으로 기유ᄒ니 쎅덕어미도 싱각ᄒ직 막상 니가 짜
라가드라도 잔치의 참예ᄒ기 젼이 업고 도라온들 셩셰도 젼만 못ᄒ고 살 길이
업서쓰니 차라리 황봉사를 짜라쓰면 말연 신셰는 가장 편안ᄒ리라 ᄒ고 약속
을 단단이 졍ᄒ고 심봉사 잠들기를 기달여 니 쎼리라 ᄒ고 고동목을 녹코 누
엇더니 심봉사 잠을 집피 들르거늘 두말 업시 도암ᄒ여 다러난지라 ○이쩌의
심봉사 잠을 쎼여 음흉ᄒ 싱각이 잇셔 엽펄 만져보니 쎅덕어미 업거날 손질을
니미러 보며 여보소 쎅덕이니 어듸 갓난가 죵시 동졍 업고 웃목 구석의 고초
셤이 뉘야 쥐란 놈이 바시락 바시락ᄒ니 쎅덕어미가 작난ᄒ난 줄만 알고 심봉
사 두 손을 쩍 버리고 이러서며 날다려 기여 오란가 ᄒ며 더듬더듬 더움으니

쥐놈

〈24-뒤〉

이 놀니여 다라나니 심봉사 허허 우수면서 이것 요리 간다 ᄒ고 이 구석 져 구석 두로 좃차 단이다가 쥐가 영영 다라나고 업거늘 심봉사 가만이 안저 싱각 ᄒ니 헷분 마암 갓 업시 속아ᄯᆞ다 발시 털속 조흔 황봉사의게 가셔 궁둥이 시음을 ᄒ난듸 잇실 수가 잇난가 여보 주인니 우리집 만누리 안의 드러갓소 그런 일 업소 심봉사 그제야 다려난 줄을 알고 자탄ᄒ며 ᄒ난 마리 여바라 ᄲᅡᆼ덕어미 날 바리고 어듸 간난가 이 무상ᄒ고 고약한 게집아 황셩철이 면면 질의 뉘로 홉기 벗슬 삼아 가리요 울다가 엇지 싱각ᄒ고 손조 ᄭᅮ지져 손을 훨훨 쑤리여 바리며 아셔라 아셔라 인연 니가 너를 싱각ᄒ난 거시 인사불싱이요 코펑창이 아들놈 업다 ᄒ고 공연이 그런 잠연을 졍드렷ᄯᅡᆫ가 가산만 탕진ᄒ고 구ᄒ랴 우리 현쳘ᄒ고 음

〈25-앞〉

젼틴 곽씨부인 죽난 양도 보고 살아 잇고 출쳔효여 심쳥이도 싱이별ᄒ야 물의 ᄲᅡ져 죽난 양도 보고 살아 잇고 출쳔효녀 심쳥이도 싱이별ᄒ야 물의 ᄲᅡ져 죽난 양도 보고 살어거든 ᄒ물며 져 망ᄒ연을 싱각ᄒ면 기아들놈이라 사람 다리고 수작ᄒ듯 혼자 군말ᄒ더니 날이 발근이 다시 ᄯᅥ나 갈 제 이 ᄯᅢ난 온유월이라 더움은 심ᄒ고 ᄯᆞᆷ 흘너 ᄒ출쳡비ᄒ니 시니가의 의관과 봇짐 버셔 녹코 모욕ᄒ고 나와보니 의관 힝장이 간곳 업거늘 갱변으로 두로 사면을 더둠더둠 더둠난 거동은 산영기 미쵤이 니임 밋친셩 부르게 이리져리 더둠은들 어듸 잇슬손야 심봉사 오도가도 못ᄒ여 방셩통곡 홀 제 익고익고 낙양철이 멀고먼 질의 엇지 가리 네 이놈 좀 도

〈25-뒤〉

적놈의 식기야 니 것슬 가져가고 날 못홀 일 시기넌야 허다흔 부자집의 먹고
쓰고 나는 물이나 가져다가 쓸 거시제 눈 먼 놈의 거슬 갓다 먹고 왼전홀가 쾨
맛 업서쓰니 뉘게 가셔 밥을 빌며 이복이 업셔쓰니 뉘라셔 날을 옷슬 주리 귀
먹징이 젼둥바리 다 각키 병신 섭다ᄒᆞ되 쳘지 일월성신 흑빅장단이며 쳔ᄒᆞ만
물을 분별커늘 언의 놈의 팔자로셔 소경이 되야난고 ᄒᆞ참 이리 울며 탄식홀
제 이씨 무릉틱수 황셩의 갓다가 니려오난 길이라 에라 이놈 둘너셔다 나이거
라 오협 허허 후비 사자에 이닙더 바라 훗트러진 박직수문 돌중중ᄒᆞ다 어 돌
바라 도리야 ᄒᆞ창 이리 왁자지근 썰쩌러나려오니 심봉사 벽져 소리를 반기 듯
고 올타 언의 관장 오나부다 억지나 좀 쎠보리

〈26-앞〉

라 ᄒᆞ고 마참 독을 이고 안져쩌니 갓가이 오거늘 두 손으로 부자지를 검어쥐
고 엉금엉금 기려드러갈 졔 좌우 나졸 달여드러 밀쳐너니 심봉사 무신 유셰나
ᄒᆞ 졸노 니 이놈더라 그리ᄒᆞ엿난이라 니가 직금 황셩의 가는 소경일다 니의
셩명은 무엇시며 이 ᄒᆡᆼ차는 언의 골 ᄒᆡᆼ차런지 썰 일너라 한창 이럿케 상기ᄒᆞ
니 무릉틱수 ᄒᆞ난 마리 니 말 드러라 어디 잇난 소경이며 엇지 옷슬 버셔쓰며
무신 말을 ᄒᆞ고져 ᄒᆞ는다 심봉사 엿자오디 셩은 황주 도화동의 사는 심흑규옵
더니 황셩으로 가옵는 길의 날이 심ᄒᆞ기 더우미 갈 길 젼이 업삽기로 모욕ᄒᆞ
고 갈라고 잠관 모욕ᄒᆞ고 나와셔 보오니 언의 무상흔 좀도적놈이 의관과 봇짐
을 모도 다 가져갓사오니 진소위주출지망양이요 진퇴유곡이라

〈26-뒤〉

의관과 봇짐을 차져 주옵시거나 별반 처분ᄒᆞ여 주옵소셔 그리 안이 ᄒᆞ옵시면
모갈밧기 홀 일 업사오니 의관 사주게 ᄒᆞ옵셔 별반통촉이 잇스몰 바리난이다

틱수 이 말을 듯고 가궁이 여기사 니 알외난 말월 드르니 유식ᄒᆞ나부다 원정
을 지여 올이라 그런 후의 이관과 노수를 주리라 심봉사 알외되 좀쳐 글은 ᄒᆞ
오나 눈이 어두오니 형이를 주시면 불너 씨오리다 틱수 형방의게 분부ᄒᆞ여라
ᄒᆞ시니 심봉사 원정을 부로디 셔슴덕의지 안이ᄒᆞ고 좍좍 지여 올이니 틱수 바
다 본직 ᄒᆞ여쓰되 ○복이획죄우쳔ᄒᆞ야 부명야빅이 ○라명먹영어일월커날 혼
생안이불분ᄒᆞ고 ○낙막낙어부쳐여늘 통구원지난작이라 ○조조쳥운지지터니
만졍빅수지

<h3 style="text-align:center">〈27-앞〉</h3>

궁이로다 ○누불건어첨금ᄒᆞ고 혼무궁이쇄이로다 ○조이쇠모이쇠ᄒᆞ니 쇠가험
어비부로다 ○식유효구ᄒᆞ니 포모상존이요 의불염신ᄒᆞ니 수가안지오 ○당금의
쳔자셩션문무ᄒᆞ사 ○걸궁상궁지조ᄒᆞ며 ○망구쳐흑지어ᄒᆞ사 ○참고금너미유지
여ᄒᆞ면 송차싱지조지은 할 테오니 ○통쵹쳐분이라 ᄒᆞ엿거날 ○틱수 층찬ᄒᆞ시
고 토인 불너 의롱 열고 이복 일십 니여 주고 급졍이 불너 감이뒤의 달인 갓
쩌여 주고 수비 불너 노비 주시니 심봉사 ᄯᅩ 말ᄒᆞ되 신 업셔 못가겟소 신이야
홀 길 잇난야 ᄒᆞ인의 신을 주자ᄒᆞ니 져는 발을 벗고 가랴홀 제 마참 그 즁의
마부질 심이ᄒᆞ여 마상긱의 돈을 일수 잘 발너니여 닌디 말죽갑도 ᄒᆞ이면 열두
닙 돗쳐니고 신이 셩셩ᄒᆞ여도

<h3 style="text-align:center">〈27-뒤〉</h3>

쩌러졋다 ᄒᆞ고 신갑슬 총총 돗쳐너니 신을 사셔 말궁둥이예 달여 잇거늘 원임
이 그놈의 소힝 괫씸이 ᄒᆞ여라고 신을 쩌여 주라 ᄒᆞ시니 급쟁이 달여 드러 쩌
여 주이 심봉사 신을 어더 신은 후의 그 슝ᄒᆞᆫ 도적놈이 오동수복 김희간죽 맛
치 맛게 마추워 디속도 안이며 엿난디 가져가쓰니 오날 감셔 먹을디 업고 틱
수월 글어ᄒᆞ면 엇지ᄒᆞ잔 말가 글시 그럿탄 말삼이요 틱수 우수시고 일죽을 니
여 주시니 심봉사 바다 가지고 황송ᄒᆞ오니 셔소ᄒᆞᆫ디 맛보와 쓰면 조흘 듯ᄒᆞ오

방자 불너 담비 너여 주시니 심봉사 ㅎ직ㅎ고 황성으로 올나간지 디셩통곡 우
난 마리 노중의 어진 수령 만나 의복은 어더 입어쓰나 질을 인도ㅎ리 업셔쓰
니 엇지ㅎ여 차져 갈가 이럿틋시 탄식ㅎ며 가더니 ㅎ곳

〈28-앞〉

슬 당도ㅎ니 녹음은 우거지고 방초는 숙어진디 압니 버들은 유록장 두르고 뒷
니 버들은 초록장 둘너 ㅎ가지로 느러지고 ㅎ가지로 펑퍼져셔 휘넘느러진 고
디 심봉사 녹음을 의지ㅎ여 쉬더니 각식 시짐싱 날어든다 후련네조 뭇시더라
농초화답의 짝을 지여셔 쌍거쌍니 날라들 제 말 잘ㅎ는 잉무시며 춤 잘추난
학두룸이와 수옥기 짜옥기며 쳥망산 기려기 갈무기 지비 모도 다 날어들 제
장씨는 씰씰 갓토리 푸두덩 방올시 덜넝 호반시 수루룩 왼갓 잡시 다 날어든
다 만수문젼 풍연시며 져 쑥국시 우름 운다 이 산으로 가셔 쑥국 쑥국 저산으
로 가면 쑥국 쑥국 저 꾀꼬리 우름 운다 머리 곱게 빗고 물 건노로 시집가자
져 가마구 울고 간다 이리로 가며 길곡 져리로 가며 꽉꽉 져

〈28-뒤〉

집 비들기 우름 운다 콩 ㅎ나를 입의 물고 암놈순놈이 어루늘아고 두리 셔를
찌여 물고 구루우구루우 어루는 소리홀 제 심봉사 점점 들어가니 뜻밧기 목동
아히더리 낫슬 들고 지게목발 두다리면셔 목동가로 노러ㅎ며 심밍인을 보고
회롱흔다 ○만첩산중 일총총 놉파 잇고 ○쳥산녹수는 일일양양 집퍼 잇다 ○
호중쳔지여호양이 여그로다 ○집팡막디 자로 들고 쳘니강산 드러가니 ○쳔고
지후 이 산중의 가유지무궁ㅎ다 ○등동고이셔고ㅎ고 임쳥유이부시로다 ○산
쳔기시 죡커이와 남의 풍경 거지 업다 ○유유일경 못위여 칼을 씨여 놉피 들
고 녹수쳥산 그늘 속의 오락가락 니다보니 ○동셔남북 산쳔더을 비회일망 구
경ㅎ니 ○원근산쳔 두시 집

〈29-앞〉

의 낙화보연 잠겨셔라 ○심산쳐사 어디미요 무를 곳시 어렵도다 ○무심흘손
저 구름은 추봉봉 씌여잇다 ○유유흔 가마구난 청산 속의 왕니흔다 ○황산곡
이 어디미요 유류손이 여그로다 ○영척은 소름 타고 밍호연은 나구 탓네 ○두
목지 보려고 빅낙천변 니려가니 ○장거는 승사흐고 여동빈 빅녹타고 ○밍동야
널운 뜰의 와룡강변 니려가니 ○팔진도 축지법은 제갈공명 쑨이로다 ○이 산
중의 드러오신 심밍인이 분명흐다 ○이리저리 놀이면서 종일토록 질기니 ○요
산요축 흐온 고디 인의예지 흐오리라 ○송풍이 착금흐고 폭포로 북을 삼어 소
소분별 다 바리고 흥을 게우 놀일 적의 ○아침날 깨온 줄을 정심 지여 다 먹으
며 ○황총적 손의 들

〈29-뒤〉

고 자진곡을 노러하니 ○상산사호 면몃신고 ○날과 흐면 다섯시요 ○죽임칠현
면몃신고 날과 흐면 야달비라 ○고소성외 혼산사의 야반종성이 여그로다 ○세
왕전의경쇠치는 저 노승아 삼쳔시게 극녹전의 인도환싱 흐는구ᄂ ○이미타불
관시음보살 정성으로 외오는디 ○극역 안심흐여 옛사람을 싱각흐니 ○주시졀
강틱공은 위수의 고기 녹고 ○유현주 지갈양은 늠양 융중의 밧슬 갈고 ○이승
기졀 장익덕은 우리촌의 걸식흐고 ○이 산중의 드러오신 심밍인도 쏘흔 흔쎄
를 지달이라 ○목동더리 이러타시 비양흐든 거시엇다 심봉사 목동아히더를 이
별흐고 촌촌 전진흐여 여러날 만의 황성이 차차 갓가오니 낙수교을 얼는 지니
여 녹수진경을 드러가

〈30-앞〉

니 흔 고시 방의집이 잇서 여러 게집사람더리 방의 쬣거늘 심봉사 피셔흐라
흐고 방의집의 안져 쉬더니 여러 사람더리 심봉사을 보고 이고 져 봉사도 잔

치의 오는 봉사요 이 시의 봉사덜 한식의 ᄒ던고 저리 안젓지 말고 방의ᄂ 씻
치 심봉사 그지야 안마음의 히아리되 올치 양반의 쩍 종이 안니면 상놈의 종
집이로다 ᄒ고 기롱이ᄂ ᄒ여 보리랴 화답ᄒ되 쳘니 타힝의 발섭ᄒ여 오는 사
람다려 방의 ᄶᅳ라 ᄒ기을 니 집안의 갓치 ᄒ니 무어시ᄂ 좀 줄나면 ᄶ여주
지 익고 그 봉사 음흉ᄒ여라 주기는 무엇슬 주워 정심이ᄂ 어더먹지 정심 어
더 머그랴고 ᄶ여 줄티관더 그러ᄒ면 무엇슬 주워 고기ᄂ 줄가 심봉사 허허
우스며 그것도 고기사 고기지마는 주기가 쉬리랴고 줄지 안니 줄지 엇지 아ᄂ
방의 ᄶᅵ고 보지 올치 그 말의 반

〈30-뒤〉

허락이엿다 방이에 올나서서 쩔그덩 쩔그덩 ᄶᅳ으면셔 심봉사 자어니어 니여
ᄒ는 말이 방이소리는 잘ᄒ제마는 뉘라셔 알어 주리 여러 홀임드리 그 말을
듯고 졸나너니 심봉사 전디지 못ᄒ야 방이소리를 ᄒ는구나 어유아 어유아 방
이요 티고라 천왕씨는 목덕으로 왕ᄒ시니 이 남기로 왕ᄒ신가 어유아 방이요
유소씨 구목위소ᄒ니 이 남기로 집을 얼근가 어유아 방이요 실롱씨 유목위뢰
ᄒ니 이 남기로 ᄯᅡ부를 ᄒ가 어유아 방이요 이 방이가 뉘 방인가 각덕홀임 가
죽방인가 어유아 방이요 쩔그덩 쩔그덩 헛첨헛첨 ᄶᅵ은 방이 강티공으 조작방
이 어유아 방이요 적적공산 남기를 비여 이 방이를 만드런니 방이 만든 체도
보니 이상흠도 이상ᄒ다 사람을 비양턴가 두 달

〈31-앞〉

리를 벌어너여 ○옥빈홍안의 빈혀를 보니 ᄒ 허리의 잠 쩔넌니 어유아 방이요
○질고 가는 허리를 보니 초왕의 머인 넉실넌가 ○추쳔가 노든 발노 이 방이
를 ᄶᅥ것구나 어유아 방이요 ○머리 들고 잇난 양은 창희노롱 셩을 닌 듯 ○머
리를 수기려 좃난 양은 주란왕의 돈수런가 어유아 방이요 ○욕목 팔여 되야분
을 ᄶᅥ여너니 옥입일다 ○오고디부 죡은 후의 방이소리 근쳐쩌니 ○우리 셩상

착흐압소 국티민안 흐압신듸 ○흐물며 밍인잔치 고금의 엄서쓰니 ○우리도 티평셩듸의 방이소릭ᄂ 흐여보시 어유아 방이요 ○흔 달이 놉피 밥고 오유락 니리락 흐는 양과 실눅벌눅 쎗쑥 쎗쑥 조기로다 어유아 방이요 ○얼시고 조을시고 지아자 조을시고 ○흥을 제워

〈31-뒤〉

일히노니 열어 훌임더리 듯고 쌀쌀 우시며 흐난 말이 에 요 봉사 그기 무신 소린고 자서이도 아니 아미도 그리로 나왓나부 그리로 나온 게 안이라 흐여보왓제 좌우 박장디소 흐더라 그리저리 방이 쎗코 정심 어더먹고 보쎔의다 술나 먹고 집팡막디를 칙 쥐고 나셔면셔 마누릭덜 그리덜 흐오 잘 어더 먹고 갑닉다 어 그 봉사 심심치 안이흐여 사람은 조흔디 잘 가고 너려올 제 쏘 오시요 심봉사 그기서 하직흐고 차차 성즁의 드러가니 억만장안이 모도 다 소경 빗시라 서로 짝짝 부드처 단이기 어렵더라 흔 곳슬 지너더니 흔 여인이 문밧기 셧다가 저기 가는 게 봉사시요 게 뉘긴고 날 알이 업건만는 뉘가 나를 찻나 여보 씩이 심봉사 안이요 과연 기로다 엇지 아는고 그러찬흔 일이 잇쓰니 게 잠관 짓치흐오 니윽고 나와 인도흐여 외당

〈32-앞〉

으로 안치고 석반을 드리거날 심봉사 싱각흐되 고이흐다 이 엇잔 일인고 쏘흔 찬수 비상상흐거날 밥을 달게 먹은 후의 날이 져무러 황혼 되니 그 여인이 다시 나와 여보시요 봉사임 날 짜러서 닉당으로 드러갑시다 심봉사 디답흐되 이 집이 외쥬인 유모는 모로건이와 엇지 남의 닉당으로 들러 갈이요 에 그는 허물치 마르시고 날만 짜러 오시요 여보시요 무삼 우완 잇셔 이려흐시오 나는 동토 정도 일글 줄 모르요 여보 헛말삼 그만흐고 드러가 보시요 집팡막디를 씁어 당그니 끌여가며 의심이 난다 엇불사 너가 아미도 봇쌈의 드러가제 위티흐다 이로쳐로 군말흐고 디청의 올나가셔 좌상의 안진 후의 동편의 흔 여인이

무르되 심봉사시요 답왈 엇지 으오 아난 도리 잇소 먼 길의 평안이 오시요 너의 셩은 안

〈32-뒤〉

가요 황셩의셔 시거ᄒ압더니 불힝ᄒ여 부모 구몰ᄒ옵고 홀노 이 집을 직키여 잇사오며 시연은 이십오시요 아직 셩혼치 못ᄒ엿거늘 일직 복술을 비와 비필될 사람을 가리옵더니 일젼의 꿈을 ᄭᅱ니 ᄒᆞᆫ 우물의 희와 달리 ᄶᅥ러저 물의 잠기거늘 첩이 건저 품의 안어 뵈이니 ᄒᆞᆫ날의 일월은 사람의 안목이라 이월이 ᄶᅥ러지니 날과 갓치 밍인인 줄 알고 물의 잠겨ᄡᅳ니 심씬 줄 알고 일직 종을 시기여 문의 지니넌은 밍인 차례로 무러올 지 열어날이오 천위신소ᄒ사 이지야 만나오니 연분인가 ᄒ옵너다 심봉사 픗 우셔 왈 말이야 좃소만은 그리ᄒ기 쉽소릿가 안씨밍인 종을 불너 차를 드려 권ᄒᆞᆫ 후의 거쥬는 어디오며 엇더ᄒ신 ᄶᅥ인닛가 심봉사 자기 신

〈33-앞〉

셰 전후수말을 낫낫치 ᄒ며 눈물을 흘이니 안씨밍인니 위로ᄒ고 그날밤의 동풍홀 제 ᄒᆞᆫ참 조흘고 부여 두리 다 업는 눈이 벌덕벌덕 홀듯ᄒ되 서로 알 수 잇ᄂᆞ 사람은 두리나 눈을 ᄒᆞᆸᄒ면 너시로되 담비씨만치도 뵈이지 안이 ᄒ니 홀 일 업셔 잠을 자고 이러나니 주린 판이요 첫날밤이니 오직 조흐랴만은 심봉사 수심으로 안졋거늘 안씨밍인이 무르되 무삼 일노 질거온 빗시 업사오니 첩이 도로여 무안ᄒ여이다 봉사 디답ᄒ되 본 니 팔자가 기박ᄒ여 평셩을 두고 징험ᄒᆞᆫ직 막 조흘 일이 잇스면 엇잔ᄒᆞᆫ 일이 싱기고 싱기더니 ᄯᅩ 간밤의 ᄒᆞᆫ 꿈을 어드니 평싱 불길홀 증조라 니 몸이

〈33-뒤〉

불의 드러가 뵈이고 가죽을 벅겨 북을 미고 ᄯᅩ 나무입피 ᄶᅥ러져 뿌리를 덥퍼

뵈이니 이미도 나 죽을 쑴 안이요 안씨밍인 듯고 왈 그 쑴 좃소 흉직길리라 니 잠관 희몽호몽호오리다 다시 세수호고 분힝호고 단정이 꾸러 안져 산통을 놉피 들고 축사를 일근 후의 괴를 푸러 글을 지여쓰되 ○신임화중호회로얼가기요 ○거피작고호니 고난 궁셩이라 궁의 드러갈 증조요 ○낙엽이 귀근호니 자손을 가봉이라 디몽이오니 디단 반갑사오이다 심봉사 우셔 가로되 속담의 천부당 만부당이요 피육불관이요 조잘지셜이요 니 본디 자손이 업쓰니 누기을 만나며 잔치의 참예호면 궁의 드러가고 녹밥도 먹는 쑥이지 안씨밍인이 쏘 말호되 직금은 니 말를 밋지 안이호나 필경 두

〈34-앞〉

고 보시오 앗침 밥을 먹은 후의 궐문 밧기 당도호니 발셔 밍인잔치 들나호거늘 궐니의 드러가니 궐니가 오직 조호랴만은 빗쌔여 거무츰츰호고 소경니가 진동호다 이젹의 심황후 여려 눌을 밍인잔치홀 지 셩명셩칙을 아모리 디려녹코 보시되 심씨 밍인이 업스니 자탄호사 이 잔치 비셜호 바 부친을 뵈압자고 호엿더니 부친을 보지 못호여쓰니 니가 인당수의 죽은 줄노 알으시고 이통호여 죽으신가 몽운사 붓치임이 영금호사 그간의 눈을 쩌셔 천지만물을 보시사 밍인축의 쌘지신가 잔치는 오늘 망종이니 친이 느어가 보리라 호시고 후원의 전좌호시고 밍인잔치 시기실 시 풍악도 눙자호며 음식도 풍비호여 잔치를 다 흔 후의 밍인셩칙을 올이라 호여 이복 흔 불식 니여주실시 밍인 다 흐례호고 셩칙 밧기로

〈34-뒤〉

밍인 흔나가 웃죽 셔쓰니 황후 무르시되 엇더흔 밍인이요 여상셔를 불불너 무르시니 심봉사 겁을 니여 과연 소인이 미실미가 호와 천지로 집을 삼고 사히로 밥을 붓치여 유리호여 단이오미 언의 고을 거주 완연이 업사오니 셩칙의도 드지 못호고 제발노 드러 왓삽난이다 황후 반기시사 갓가이 입시호라 호시니

여상셔 영을 밧자와 심봉사의 손을 꼬러 별젼으로 드러갈시 심봉사 아모란 줄
모로고 겁을 니여 거름을 못이기여 별젼의 드러가 계하의 셔쓰니 심밍인의 얼
골은 몰나 볼니라 빅발은 소소하고 황후는 삼연 용궁의 지닉쓰니 부친이 얼골
이 의의하여 무르시되 처자 잇난야 심봉사 복지하여 눈물를 홀이면셔 엿자오
더 아모 연분의 상쳐하옵고 초칠

〈35-앞〉

일이 못다 가셔 어미 일은 쭐 하나 잇삽더니 눈 어두온 중의 어린 자식을 품의
품고 동양젓슬 어더 먹여 근근 질너니여 점점 자라나니 효힝이 출천하여 옛사
람의 지닉더니 요망한 중이 와셔 고양미 삼빅셕을 시쥬하면 눈을 써셔 보리라
하니 신의 여석이 듯고 엇지 아비 눈 쓰리란 말을 듯고 그저 잇스랴 하고 달이
난 출관할 길이 젼이 업셔 신도 모로게 남경 션인덜게 삼빅셕의 몸을 팔이여
셔 인당수의 졔숙으로 쌘져 죽사오니 그 쩌의 십오시라 눈도 쓰지 못하고 자
식만 이러사오니 자식 팔어 먹은 놈이 셰상의 살어 쓸더 업사오니 죽여 주옵
소셔 황후 드르시고 체읍하시며 그 말삼을 자시이 드르시니 졍영 붓친인 줄
아르시되 부

〈35-뒤〉

자간 쳔륜의 엇지 그 말삼이 끈치기를 지달이라만은 잔연 말을 만들자하니 그
런 거시엿다 그 말삼을 맛듯 못맛듯 황후 보션발노 쮜여 니려와셔 부친을 안
고 아부지 니가 과연 인당수의 쌘져 죽어쩐 심청이요 심봉사 짐작 놀니여 이
계 웬 말인야 하더니 엇지 한 반곱던지 뜻반기 두 눈이 갈무 쩌려진난 소리가
나면셔 두 눈이 활닥 발거쓰니 만좌 밍인드리 심봉사 눈 쓰난 소릭의 일시의
눈더리

〈36-앞〉

헤번덕 짝짝 간치식기 밥 며기난 소리갓터니 뭇소경이 천지 명낭ᄒ고 집안의 잇난 소경 게집소경도 눈이 다 박고 비안의 밍인 비 밧기 밍인 소경 청밍깅이 ᄭᆞ지 몰수이 다 눈이 발가ᄡᆞ디 밍인의게는 천지기벽 ᄒᆞ엿더라 심봉사 반듭기는 반가오나 눈을 ᄯᅳ고 보니 도로여 싱면목이라 ᄯᆞᆯ리라 ᄒᆞ니 ᄯᆞᆯ인 줄 알것만은 근본 보지 못ᄒᆞᆫ 얼골이라 알 수 잇나 하 조와셔 죽을동 말동 춤추며 노리ᄒᆞ되 얼시구 졀시구 지으ᄌᆞ

〈36-뒤〉

조을시고 홍문연 놉푼 잔치의 항장이 아무리 춤 잘춘들 늬 춤을 엇지 당ᄒᆞ며 ᄒᆞᆫ고조 마상의 득천하홀 졔 칼춤 잘 춘다 홀지라도 어허 늬 춤 당홀손야 어화 창싱더라 부즁싱남즁싱여 ᄒᆞ소 죽은 ᄯᆞᆯ 심청이를 다시 보이 양귀비가 죽어 환싱ᄒᆞᆫ가 우미인이 도로 환싱ᄒᆞ여온가 아무리 보와도 늬 ᄯᆞᆯ 심청이졔 ᄯᆞᆯ의 덕으로 어두온 눈을 ᄯᅳ니 이월광화ᄒᆞ여 다시 조로다

〈37-앞〉

경셩이 출경운이홍ᄒᆞ니 빅공상화가라 요순천지 다시 보오니 일월이 즁화로다 부즁싱남즁싱여는 날노 두고 일으미라 무수ᄒᆞᆫ 소경덜도 철도 모르고 춤을 출지 지아자 지아자 조흘시고 어화 죳나 셰월 셰월 가지 말라 도라간 봄 ᄯᅩ다시 도라오건만은 우리 인싱 ᄒᆞᆫ번 늘거지면 다시 졈기 어려와라 옛글의 일너ᄡᅳ되 시사난독이라 ᄒᆞᄂᆞᆫ 거슨 만고명현 공밍 말삼이요 우리 인싱 무삼일 잇시랴 다시 노리ᄒᆞ되 상호상호 만세를 부르더라 직일의 심봉사을 조복을 입피여 군신지예로 조회ᄒᆞ고 다시 ᄂᆞ견의 입시ᄒᆞ사 젹연 긔루던 회포를 말슘ᄒᆞ며 안씨 밍인의 말슘 낫낫치 ᄒᆞ니 황후 드르시고 치교를 ᄂᆞ려 보이 치 안씨모미 들의부

〈37-뒤〉

친과 홈기 게시게 흐시고 쳔자 심학규를 부원군을 봉흐시고 안씨는 졍열부인
을 봉흐시고 또 장승상 부인을 특별이 금은을 만이 상사흐시고 도화동 촌인을
연호잡역을 물시흐시고 금은을 만이 상사흐여 도중의 구폐흐라 흐시이 도화동
스롭드리 은체 여쳔여희흐여 쳔하진동흐더라 무창틱수을 불너 예주자스로 이
쳔흐시고 자사의게 분부흐야 황봉스와 뺑덕어무를 직각 착디흐라 분부 지엄흐
시이 예주자사 삼빅육관의 힝관흐야 황

〈38-앞〉

봉사와 뺑덕어무을 잡아 올이거날 부원군 쳔쳥누의 좌긔흐시고 황봉사와 뺑덕
어미를 잡아 드리여 분부흐사 네 이 무상흔 연아 산 쳡쳡 야심흔듸 쳔지 분별
치 못흐난 밍인 두고 황봉사를 어더가는게 무신 쓰신야 직시 문초흐니 역촌의
셔 여막질 흐는 졍연이라 흐난 사람의 게집의게 초인흐미로소이다 부원군이
더옥 디로흐여 뺑덕어미을 능지쳐참 흐신 후의 황봉사를 불너 일은 말삼이 네
무상흔 놈아 너도 밍

〈38-뒤〉

인이지야 남의 안희 유인흐여가니 너는 조컨이와 일은 사람은 안이 불상흔야
속셜의 탐화광졉이라 흐기로 그러홀가 소힝은 죽일 사리로되 특별이 졍비흐니
원망치 말乀 후일 증심흐니 훗셰상 사람이 이갓치 불의지사를 본 밧게 흐지
못흐난 일이라 흐시고 흐교흐신이라 만조빅관이며 쳔흐 빅셩더리 덕화를 송덕
흐더라 자손이 셩디흐고 쳔흐의 일이 업고 심황후의 덕화 사히의 덥퍼쓰니 만
셰만셰 억만셰를 게게승승 비리오며 무궁무궁 흐옵기를 쳔만봉망 흐옵닌다 흐
더라 황후 쳔자의게 엿자오더 이러흔 질거우미 업사오니 틱평연을 비셜흐여이
다 황졔 올히 여기시사 쳔흐의 반포흐야 일등명기 명창

〈39-앞〉

을 다 불너 황극전의 전좌ᄒ시고 만조빅관 묘와 질길시 천ᄒ 제후 솔복ᄒ고
사ᄒ진보 조공ᄒ며 일등명창 일등명기 천ᄒ의 반포ᄒ야 거의 ᄃ 모와쓰니 티
평성디 만난 빅셩 쳐쳐의 춤추며 노리ᄒ되 출천디효 우리 황후 놉푸신 덕의
사ᄒ의 덥퍼쓰니 요지일월 순지건곤의 강구동요 질거음미 창희로 창희로 티평
주 비져 여군동취ᄒ며 만만셰를 질겨보시 이러ᄒ 티평연의 뉘가 안이 질길손
야 이러타시 노리홀 제 천자며 부원군이 황극전의 전좌ᄒ시고 명무 명창을 픠
초ᄒ사와 가무금실 허몸ᄒ며 삼일일을 디연ᄒ사 상ᄒ동낙 질긴 후의 천자와
황후와 부원군이며 다 각케 환궁ᄒ시다 각설 잇썩의 황후며 졍열부인 안씨 동
연동월

〈39-뒤〉

월의 잉티ᄒ야 동월의 탄셩ᄒ미 두리 다 득남ᄒ신지라 황후의 어진 마음 자갸
압편 고사ᄒ고 부친이 싱늠ᄒ심을 드르시고 천자게 주달ᄒ신디 황제 쏘ᄒ 반
기사 필육과 금은 치단을 만이 상사ᄒ시고 예관을 보니여 위문ᄒ신디 부원군
이 망팔쇠연의 아들을 나어녹코 잡분 마암 층양 업셔 주야를 모로던 차의 쏘
ᄒ 황제 압셔 금은 치단이며 필육과 명관을 보니여 위문ᄒ신니 황공 감사ᄒ야
국궁 비례ᄒ고 이관을 인도ᄒ며 황은을 못니 축수훈디 쏘 황후 더옥 즛거 금
은 보화를 봉ᄒ여 예관을 보니니여 위문ᄒ신디 부원군이 더옥 짓거ᄒ며 일번
조복을 갓초오고 예관을 쓰라 별궁의 드러가 황후게 뵈온디 황후 쏘ᄒ 싱남ᄒ
엿거날

〈40-앞〉

질거운 마암을 엇지 다 층양ᄒ리요 황후 붓친의 손을 잡고 옛일 일을 싱각ᄒ
며 일희일비로 길거ᄒ미 부원군도 쏘ᄒ 실어ᄒ시더라 이씨 부원군이 집의 도

라와 명관을 짜라 옥기훈의 다다르니 상이 극케 층찬훈시되 드르미 경이 노리
의 귀자를 어든 바 쪼훈 짐의 틱자와 동연동월의 동근싱이니 그 안이 반가우
리요 언야선명훈면 타일의 국사을 이논훈리라 훈시더라 군이 엿자오디 석일의
공자쎄셔 도훈시기를 싱자가 비란양자란이요 양자가 비란교자란이라 훈엿쓰
니 후사를 보사이다 훈고 물너나와 아히 상을 보오니 활달훈 기싱이며 청수훈
골격이 족키 옛사람을 본바들네라 일홈은 틱동이라 훈야 점점 자라 십세의
당훈미 총명지훈가

⟨40-뒤⟩

무쌍이요 시셔음율을 능통훈미 부모 사랑훈미 가장중보옥의다 비홀홀손야 무
졍셰월약유파라 십삼세를 당훈지라 이쎠의 황후 틱자를 여히고져 훈사 동월동
일의 구싱간 혼사를 주달훈신디 황지 짓거훈사 관문훈라 훈신디 이쎠의 마참
좌강노 권셩운이 일너를 두어쓰되 틱임의 덕횡이며 반희의 직질을 가져쓰며
인물은 위미인을 압두홀지라 이쎠 연왕이 공주 잇쓰되 안양공주라 덕횡이 틱
기훈고 빅사 민쳡훈물 듯고 상이 젼교훈사 연왕과 권강노를 입시훈야 어젼의
셔 구혼훈신디 공주와 소제 쪼훈 동갑인듸 십육셰라 직거 허락훈거날 상이 하
교훈시되 권소제로 틱자의 비필을 졍훈시고 연왕의 공주로 틱동의 비필을

(이하 낙장)

단국대 나손문고 소장 심청전 (낙장 12장본)

이해룡전과 합철되어 있는 필사본으로 필체는 난삽하여 읽기에 어려움이 많다. 한 면은 일정하지 않고 11줄에서 13줄까지 쓰였다. 이해룡전이 끝나는 부분에 '심청전이라'는 제목과 함께 시작된다. 배경은 송나라 시절, 도화동이다. 심봉사의 이름은 학규이며 부인은 곽씨이다. 초압 부분에 심학규에 대한 소개가 간략히 제시되어 있다. 치산대목은 없으나 기자치성 대목이 있으며, 심청의 전생은 태을선관의 딸이다. 곽씨는 낳은 아이가 딸인 것을 몹시 슬퍼하나 심봉사는 매우 기뻐한다. 태어난 딸의 명을 빌어주고 아기 어르는 노래가 자세히 기술되어 있다. 모은사 화주승이 물에 빠진 심봉사를 구해주고 공양미 삼백석의 시주를 권하는 장면에서 낙장되었다. 많은 부분이 낙장되어 전체적인 내용을 알기는 어려우나 초압부분의 치산대목이 없는 점, 심청의 전생이 태을선관의 딸인 점 등을 제외하고 많은 부분에서 완판본의 구조와 유사함을 발견할 수 있다. 곽씨부인의 유언대목이나 장승상 부인 대목 등으로 볼 때, 완판본을 바탕으로 한 축약본의 성격을 지닌 것으로 보인다.

단국대 나손문고 소장 심청전 (낙장 12장본)

〈1-앞〉

심청전니라

옛 송ᄂ라 시졀의 도화동 사난 심혹규라 ᄒ난 밍이니 잇시되 고고호 신셰 부
모 일직 조ᄉᄒ고 형졔 친쳑 업난 듕의 혈혈만신니 가셰가 쳘빈ᄒ여 이식이
난쳐ᄒ되 물욕이 탁이 업고 일편심 고직호 ᄆ음 셩닌군ᄌ 안일넌가 곽씨부인
가장공경 스름스리 부지런케 삼강오륜 인의예지 여중군ᄌ로 셰상의 쌍이 업셔
됴셕이면 찬물 먹지 안코 ○

〈1-뒤〉

○○○○ᄌ 젼턴이 선영 그본 덕턱인ᄀ 천상비필 되얏던지 우리 두리 연분으
로 오십의 ᄃ 되ᄃ록 실ᄒ의 일졈혈육이 젼니 업셔 미일 붓쳐 셜워ᄒ며 우리
ᄉ후의 선영 봉힝얼 뉘ᄅ쳐 ᄒ올손가 이럿트시 탄식홀 졔 심봉ᄉ ᄒ난 마리
여보소 ᄆ누린님 디도 무ᄌᄒ면 명산디쳔 신공드려 ᄌ식을 본ᄃᄒ니 우리도
공을 드려 ᄌ식을 보려ᄒ시 곽씨부인 올히 넉겨 그눌봇톰 좃초리 모욕ᄒ고 신
공얼 듸릴 젹이 명산뎟쳔 엄신동과 고목초목 셩화시며 ᄌ불밀억 졔불공디 혜
우우 다다으며 ᄀᄉ시듀 닌동시듀 빅일손졔 니호

〈2-앞〉

○○○○○○○○○○불공 ᄃᄒ오며 셩조지신 둥산쳘용 구조실영 ᄀ츳츳ᄃ
ᄒ오니 공든 답이 무워지며 심든 남무 썽쩌지랴 천신이 도이시고 귀신니 도이
시고 천도의 도와쥬워 갑ᄌ 삼월 삼일밤의 선닌옥여 흑얼 트고 게화닐지 손의

뒤고 셔긔 본공의 어리여 셔운얼 트고 ᄂ려와셔 곽씨 부쳐 압페 흔연니 지비
ᄒ고 지셩으로 엿ᄌ오디 소여가 ᄃ른 ᄉ룸이 아니로 쳔상의 티을션관의 ᄯᆞᆯ의
옵쩐니 부인 실흐의 왓ᄉ오니 부인 연의 훨ᄒᆞ옵소셔 몽둥의 살펴보니 셰상ᄉ
룸 안니로ᄃ 닌ᄒᆞ야 씨ᄃ른니 평셩이 더몽이라 붓쳐 질거ᄒᆞ여 초졍얼 붓쳐 두
고 셰월를 보니던니 그돌봇톰 티○

잇셔 ᄉ디삭신 육쳔ᄆ듸 ᄃ 알니이와 고○○님 ᄂ 듁썻소 그렁져렁 십셰를 치
와 ᄒᆞ로ᄂ 희산ᄒᆞ게 되얏신니 심봉ᄉ 일변 반갑고 일변 겁이 ᄂ난지ᄅ 집ᄌ리
여 뉘여놋코 시 시블 졍화소 붓쳐 올여놋코 좌불안셕 급흔 ᄆᆞ음 슌ᄒᆞ기 기달
닐 졔 오식치운 둘우면셔 향니가 진동편니 흔미듕의 탄싱ᄒᆞ니 션닌옥여 ᄯᆞᆯ이
로다 씀을 가려 뉘여놋코 안심ᄒᆞ게 ᄒᆞᄂ 츠의 곽씨부인 졍신 츠려 슌슌을 ᄒ
엿시ᄂ 남여간의 무엇시요 심봉ᄉ 퍽 우시며 이기 싹 만쳐보니 ᄋ러터리난 밋
금ᄒᆞᄂ ᄋ미도 무군 조기가 힙 조기ᄀ 되얏구ᄂ 곽씨부인 셜워ᄒᆞ며 지

달니다 공듸려 ᄂ아이 굿ᄒᆞ여○ ᄯᆞᆯ리로다 ᄒᆞ오니 엇디 원통치 아니리요 심봉
ᄉ ᄒᆞᄂ 마리 ᄆᆞ느러 그 물 ᄆᆞ오 쳣치 슌산ᄒᆞ니 ᄃ힝이요 ᄋ달도 줄못 두면 욕
급션영 홀 거시요 ᄯᆞᆯ이라도 줄 두오면 ᄋ달 ᄒᆞ고 박구것소 잇ᄯᆞᆯ 고이 고이 질
너니 여졀 몬져 ᄀᆞ릇치며 침션방젹 ᄃ 식게셔 요묘슉여 조흔 비필 군ᄌ호구
가려셔 금실우지 질거움과 동ᄉ우신진ᄒᆞ야 뷰규ᄃ남 ᄒᆞ거드면 외손봉ᄉ 못홀
손가 ᄆᆞ누리 걱졍 ᄆᆞ오 쳣국박을 얼는지여 삼신상의 올여놋코 의관을 졍이 ᄒ
고 두 손 홉장 비난 마리 삼십삼쳔 도솔쳔 승불쳬셕 삼신계왕님니 ᄒᆞ우동○

ᄒᆞ야 다 구버 보옵소셔 ᄉ십후의 졈지흔 ᄯᆞᆯ 흔두 달리 니실미ᄌ 셕ᄯᆞᆯ의 요 닌

형 삼겨 넉쌀의 피 어리여 드셧쌀의 오포 삼겨 여셧쌀의 육정느고 일곱쌀의
이구삼겨 스만팔구 털니느고 야답답의 구귀 여러 아홉쌀의 젓설 먹고 열쌀의
츈진 보다 금광문 흐탈문 여러 순산시겨 듀옵시니 삼신님니 여진은 빅골난뭉
이로소이다 뭇 동여 쏠이오느 동병서기 명을 듀워 석슝의 복을 듀워 달 붓덧
외 붓덧 준병업시 줄 각구와 일츄월장 흐게 졈지흐여 주옵소서 더운 국박 펴
드놋코 산모를 메긴 후의 외풍 업씨 몸을 쓰고 삼일만의 쌈불피고 신봉수 장
흐

〈4-앞〉

무음이 긜여쥬것쌰 금ᄌ동아 옥자동아 은ᄌ동으 금보쳔금 보비동으 금을 준들
너를 스며 은을 듄들 너를 스랴 늡면북답 드삿신들 이디지 반가오랴 여둥둥
니 쌀리야 나르가난 흑션니야나 어름 궁이 슈돌피야 옷고름이 밀화불슈야 당
귀 꼿티 쥰쥰씨야 어둥둥 닛 쏠리야 붕실붕실 운는 양은 동산 쏙이 꼿실네르
쓰박쓰박 얼는 양은 기졀럼도 기졀흐다 네 가 흐늘에서 쩌러젼야 쌍이셔 소스
눈야 네ᄀ 흐느레 쩌오는 반드리야 왼드리야 에붐이 칭양업고 스랑이 무궁흐
드 어동동 니 쏠리야 이러ᄐ시 질긔던니 우연니 곽씨부인 산후의 별증으로 만
신을 두로 붓고 호흡 쳔텬흐야 술음을 젼폐흐고 뎡쳬업시 알는구느 심봉수 겁

〈4-뒤〉

을 니여 곽씨부인 ○○○○○○○○○○○○○○○○○○○만느리 졍신 츠리요 긔
허흐여 그러흔ᄀ 무엇 먹고 체혠는ᄀ 삼신니니 집탈닌ᄀ 병셰 졈졈 위둥흐야
흐일업셔 듁게 되니 곽씨부인 살지 못홀 쥴 알고 ᄀ장 손을 잡고 요보 봉스님
니 평상 머근 무암이 옵 못보는 가장 신 히로빅연 봉힝투가 불힝 문셰 당흐오
면 초승장스 삼상더을 예로셔 흐 연후의 뒤얼 쏫ᄎ 죽쓰던니 쳔명이 닛쌴닌가
홀일 업셔 듁게 되니 옵 못보는 느의 가장 스졀이복 됴셕공경 그 뉘라셔 흐야
듀며 스고뭇ᄎ 흐흐고 혈혈단신 의탁홀 곳 가이 업셔 딥평막덕이 검쳐 줍고

더듬더듬 드니드가 구령이도 쩌러지고 틀이도 츠여 넘엇져쇠 신비갓튼 우는
몬양 눈으로 본덧

〈5-앞〉

흥고 긔흔을 몬이기여 ㄱㄱ문젼 다다려 밥 둘난 실푼 소리 귀의 징징 들니는
듯 ㄴ 듁은 혼빅인들 츠마 엇지 듯고보며 명상디쳔 신공 디려 스후의 ㄴ흔 즈
식 젓 흔번도 못메기고 얼골도 치야보지 못ㅎ고 듁돈 마리 무삼 죄요 뉘 젓 메
겨 술여니며 뉘 품의셔 잠을 즈며 쳔명을 빌 쩔 업셔 옵 못보난 가장님게 어린
즈식 믹겨 두고 영결종쳔 도르ㄱ니 ㄱ군의 귀ㅎ신 몸 이통ㅎ여 상케 말고 쳔
만보존 ㅎ옵시요 츠성이 못푼 흔을 후성의ㄴ 다시 만ㄴ 이별 업시 스즈ㅎ옵시
다 져 건네 이동지쩍이 돈 열양을 믹겨쩐니 그 돈 열양 츠다ㄱ 초상의 봇터씨
오 두피궤의 너은 양식 히복쌀너 두워쩐니 츌상이나 ㅎ 연후의 두

〈5-뒤〉

고 양식 ㅎ옵소셔 진어스딕 과디 벌 숭비의 흑얼 놋ㅌ 흔 칼 못쓴 놋코 보의
쓰셔 농이 너엇시니 남의 듕흔 옷시오니 ㄴ 듁기 젼의 보니시고 뒨말 스는 귀
덕어미 데려드 듀면 어린 ㅇ기 져셜 먹겨 듁지 안코 즈르나셔 제발노 걸거덜
낭 옵셰우고 질을 무러 니 못 옵페 츠즈와셔 아가아가 이 무덤이 너의 모친 분
묘로가 즈상이 ㄱ룻쳐 주워 모녀상봉 식겨쥬오 져 쥬르고 지인 굴네 오쉭비단
금즈 복아 진옥푠의 홍스쥬실 진쥬느려 부젼 드라 신힝홉의 너허싯니 업칠고
뒷칠고 긔거들낭 날 본드시 지여듀오 ㄴ라여셔 상스ㅎ신 크드큰 은젼 흔 푼
슈복강

〈6-앞〉

령 툇평안낙 양편의 시거쩐니 그것도 치여 주고 ㄴ 쩌던 옥지환은 경디 안의

둘어시니 날본ᄃ시 듀옵소셔 니 아히 일홈을 심청이라 불너주오 멀고먼 황천 질이 눈물 밋쳐 어이 가며 압피 막켜 엇지 갈고 이고이고 넛 쏠이야 니 졋 망 종만 먹거ᄅ 어린 ᄋ히 ᄌᄫ단겨 낫셜 훈퇴 문지르면 천지도 무심ᄒ고 귀신도 야속ᄒᄃ 네가 일직 슘기그ᄂ 니가 족곰 더 슬거ᄂ 이고이고 니 풀ᄌ야 홀 마 리 무궁ᄒᄂ 슘 믹켜 못ᄒ것소 쇠ᄉ실노 목을 거러 픽각질 두세변의 슘이 쌀 싹 쥬겄쑤ᄂ 심봉ᄉᄂ 눈 어둔 ᄉᄅᆷ이라 운명훈 줄 모로고 종시 손 쥴만 ᄋ더 니 얼골을 훈퇴 디의면셔 어로몬치며 마ᄂ리 졍신ᄎ려 ᄆ리ᄂ ᄒ소

〈6-뒤〉

천호문호 부른덜 죽근 ᄉᄅᆷ이 디답ᄒ야 춤 듁근 쥴 알고 이고 여보 마ᄂ리 춤 듁○○ ○돈 마리 웬 마린가 ᄀ심을 퉁퉁 쑤ᄃ리며 니리 궁굴 치 궁굴며 여보 ᄆᄂ리 죽지 ᄆ오ᄂ 죽고 그더 살면 져 ᄌᄉᆨ을 키울텐듸 그더 죽고 니가 술면 이 ᄌᄉᆨ을 엇지 키우ᄅ오 ᄌᄉᆨ도 귀치 안쏘 구ᄎᄂ니 사ᄌᄎ니 무엇 먹고 ᄉ라 ᄂ며 홈씨 쌀라 죽쏘ᄒ니 어린 ᄌᄉᆨ 엇지 홀고 ᄃ른 지고 불 업씰 제 침침훈 빈 방안의 비 곱파 우ᄂ ᄌᄉᆨ 무엇 메겨 살여니ᄅ오 평싱의 졍훈 뜻션 사싱동 거 ᄒ라던니 황쳔니 어더ᄅ고 날 바리고 어더 강ᄀ 이고이고 ᄂ 풀쏘야 닌졔 ᄀ면 언졔 올ᄊ 쳥츈작반

〈7-앞〉

호환힝의 본얼 ᄊᄅᆞ 오랴난가 쳥쳔유월닉기시오 늘을 쏠라 오ᄅ난가 꼿쏘 졋 ᄊ 다시 피고 힉도 졋ᄊ 돗건ᄆ난 ᄆᄂ리 가신 질른 ᄃ시 오지 못ᄒ난고 마오 마오 ᄀ지 마오 니렷ᄐ시 톤식ᄒ니 화동 ᄉᄅᆷ더리 노소업시 뫼와 안ᄌ 낙누ᄒ 여 니렷ᄐ시 니른 ᄆ리 현쳘ᄒ신 곽시부인 늑도 졈도 아니ᄒ여 불쌍이 되야 듁어쑤ᄂ 우리 동니 동님동장 불너디려 미호의 디돈식 슈렴 노와 감장ᄒ여 쥬 ᄌᄒ고 공논ᄒ여 소방상 디뜰 우의 결관ᄒ여 니여놋코 명견 삽션 힝ᄌ목 비ᄑ 우의 갈ᄂ 셰우고 바린졔 지닐 적의 축문 지여 일근 후의 상부군 상이 메고 어

이 가리 어이 가리 붕망산쳔 어이 가리 붕망산니 머두던니 건네산니 붕망산니
로다 어이 구리 어이 구리 심봉사 ○아 가며 긔믹켜 우난 무리 느도 구시 나도
구시 멀고 먼 황쳔질레

〈7-뒤〉

○○○○○○○○○○○○○○○○○○○○○○○쪄지며 쌔지며 붓○○ 젹이 심
봉스 여광여휘 우는 모양 춤무 보지 못홀네라 ○낭지지 가여 고이 안장훈 연
후의 평토졔 지닐 젹기 듀과포 초려놋코 엇지 봉스가 축을 지여 일그랴무는
이십젼의 글을 줄흐더니 낭 초호부인니 요초조니슉여헤여 삼불고인니라 기박
연의 희로터니 흐연몰헤여 어인귀리료 위치즛이 영셰헤여 언으 찌여 오르난가
낙슈츄이위가헤여 즈난다시 누윗쑤느 힝읍용의졍헤여 보고 듯끼 어렵쏘다 누
삼삼이쳠금헤여 젓난 눈물 피가 되고 심경경니 소회헤여 살 지리 젼니 업니
소회인니져피헤여 바르본딜 어니 흐되 여장쥬이로울도헤여 뉘를 으지흐즌 몰
구 복약뫼니월낙혀여 손은 젹젹 밤 집푼듸 어츄츄니 두우겨여 무신 몰 흐소
○○○○노

〈8-앞〉

슈혀여 그 뉘르셔 위로흐리 ○○○○상봉혀여 초셩의난 홀 일 업니 쥬과푼 박
젼혜여 마니 먹고 도르구소 졔문 을푼 후의 복통간장셩으로 우난고느 여보 무
느리 날 두려구오 읍 못보는 이니 풀즛 뉘을 밋고 스오릿짜 북풍훈셜 치운 늘
의 어러셔도 죽을 테요 쥬야장톤 니이 신셰 익틔겨도 죽을 테니 어셔 진죽 늘
다려 구오 즛식도 귀치 안소 이고이고 니일이야 니럿툿 셜이 룰 졔 동니 스름
더리 심봉스를 위로훈디 요보 봉스님 스즛난 니이라 죽은 가속 쏘라구면 산즛
식을 엇지 흐랴시오 졋 쏠즛식 인도흐야 집으로 드러구니 부억은 정막흐고 방
안은 쎵 비고 어린 아히 홀노 누워 응이응이 실피 우니 심봉스 셔룬 무음 도로
여 경이 느난고느 우는 즛식 품이 안고 우지 마르 우지 마르 네 눈의셔 눈물이

ᄂᆞ면 ᄂᆡ 눈의셔 피가 난다 그ᄂᆞᆯ◯◯ ᄉᆡ고 ᄂᆞ니 어둔 눈니 침침 ᄒᆞ야 ᄀᆡᆼ이을 못 ᄒᆞ◯◯◯

〈8-뒤〉

◯이 번니 발가오니 운물가의 물 질난 소ᄅᆡ 귀의 들니거날 문얼 열고 나가면셔 운물의 오신 부인 뉘신 쥴른 모로오ᄂᆞ 젓 잇거던 존닐 ᄒᆞ오 ᄂᆞ난 고하연 젓시 업소 ᄋᆞ히 갓난 여인더리 이 동ᄂᆡ ᄆᆞᆫ니 ᄉᆞ오니 뉘가 괄세ᄒᆞ오릿까 심봉ᄉᆞ 그 ᄆᆞᆯ 듯고 어린 ᄋᆞ히 품이 안고 이집 져집 단니면셔 ᄎᆞᆺ칠안의 엄이 일코 ᄇᆡ곱ᄑᆞ 우ᄂᆞᆫ 거동 ᄎᆞᄆᆞ 보지 못ᄒᆞ것소 젓 잇거던 활인젹션 ᄒᆞ옵시요 젓 잇난 여인더리 뉘라셔 괄셰ᄒᆞ랴 동양젓 ᄆᆞ니 먹여 방이다 뉘여놋코 심봉ᄉᆞ 조와ᄅᆞ고 허허 ᄂᆡ ᄯᆞᆯ이야 ᄂᆡᆺ ᄯᆞᆯ ᄇᆡ 불넛ᄯᆞ 이것시 뉘 덕인가 부인님ᄂᆡ 덕이로다 ᄂᆡᆯ연 삼ᄇᆡᆨ육십일리 ᄂᆡᆯᄉᆡᆼ 니만ᄒᆞ여 너도 어셔 ᄌᆞᄅᆞᄂᆞ셔 너이 못친 ᄯᅳᆫ을 ᄇᆞᄃᆞ 현쳘ᄒᆞ고 회향ᄂᆡᆺ셔 ᄋᆡ비 귀염 베여라 어레셔 고ᄉᆡᆼᄒᆞ면 부귀다남 ᄒᆞᆫ

〈9-앞〉

다더라 ᄋᆞ가ᄋᆞ가 ᄌᆞ느냐 웃ᄂᆞᆫ냐 ᄯᆞ독ᄯᆞ독 잠드려 포단 덥퍼 뉘여놋코 ᄉᆡ니ᄉᆡ니 동냥ᄒᆞ야 어린 ᄋᆞ히 ᄆᆞᆷ둑ᄎᆞ로 ᄀᆡᆼ엿 ᄉᆞ고 홍ᄋᆞᆸ ᄉᆞ고 더듬더듬 오난 거동 불쌍ᄒᆞ고 가련ᄒᆞ다 심쳥이난 장ᄂᆡ 귀이 될 ᄉᆞᄅᆞᆷ이라 쳔지 귀신니 도와쥬고 졔불 보살이 음조ᄒᆞ야 잔병업시 ᄌᆞᄅᆞᄂᆞ셔 일취월장 ᄒᆞᄒᆞᄂᆞᆫ고ᄂᆞ 육칠세 되얏시니 ᄒᆞ로난 심쳥이 붓친 젼의 엿ᄌᆞ오ᄃᆡ ᄋᆞ부지 드르소셔 말 못ᄒᆞᆫ 가ᄆᆞ기도 공님 져문 ᄂᆞ리 반포를 ᄋᆞᄅᆞ씨니 ᄒᆞ물며 ᄉᆞᄅᆞᆷ이야 미물ᄆᆞᆫ 못ᄒᆞᆯ닛까 오ᄂᆞᆯ붓틈 집이 안ᄌᆞ시오면 ᄂᆡᄀᆞ ᄂᆞ셔 밥을 빌어 조셕공양 ᄒᆞ오리다 허허 ᄂᆡᆺ ᄯᆞᆯ이야 츌쳔ᄌᆡ 회여로ᄃᆞ 네 ᄂᆡ 말를 드러ᄇᆞ라 저만◯ 큰 여ᄌᆞ가 츌입ᄒᆞ기 궁난ᄒᆞᄃᆞ 체모 업씨 어ᄃᆡ◯◯

〈9-뒤〉

○○○○○○○○○○○○○○○○○○○○○○○○ᄌ 빌거드면 ᄒ 집
ᄀ면 ᄒ 슐리니 두리 ᄀ야 ᄂᄋ리라 심쳥이 엿ᄌ오디 아부님 단닐 졔ᄂ 쳔쳔
니 도여써거와 ᄂ 혼ᄌ ᄃ니오면 혼집 갈 졔 두 집 ᄀ니 그 폼이 나으리다 혼
ᄉᄒ고 ᄂ 달ᄂ셔 그눌봇틈 밥을 빌노 ᄂ갈 젹의 동지셧둘 치운 날의 헌 비즁
우 단님 믹고 진만 ᄂ문 졉져고리 말만 ᄂ문 힁ᄌ초미 보션업시 발를 엇고 뒤
칙업난 신을 신고 ᄃ 써러진 쳥목휘양 두 귀를 둘너씨고 헌 ᄇ갓치 손에 들고
이집 져집 밥을 빌 졔 졍지 무납 드러셔면 인근니 비난 ᄆ리 못친 셰상 ᄇ리시
고 눈 어두온 우리 붓친 뉘 안니 모로릿까 ᄒ 슐식ᄆ 덜 ᄌ시고 쳐분디로 쥬옵
소셔

〈10-앞〉

보듯ᄂ 스람더리 ○○○○○○○셔 ○○○○○○○ ○치 장을 익씨준코 더
러 듀니 녑과 반쳔 어더 들고 집으로 도ᄅ오며 ᄋ부지 비 곱푸시오 ᄌ연 짓쳬
되얏ᄂ이다 심봉ᄉ 쏠 소리를 반기 듯고 문을 펄젹 열고 닛 쏠리야 어셔 급피
드러오ᄅ 손 시리ᄃ 불 쐬야라 이달쏘다 너의 못친 무상ᄒ다 너의 풀ᄌ 널노
ᄒ여 녑을 비니 이 밥 먹고 ᄉ존 말ᄀ 쎄를 끌끌 눈물 쓰니 ᄋ부지 근심치 ᄆ
옵시고 진지ᄂ 마니 잡슈시요 이것션 팟밥이요 져것션 콩밥이요 이것션 즙밥
이요 져것션 약과 졍과요 금동지딕 혼닌 잔치 귀경ᄒ고 ᄆ니 먹고 부ᄃ 왓쏘
비 곱파 욕비겻쏘 이럿치로 공양ᄒ야 그리져리 셰월를 보닐 젹의 심쳥이 나히
십여셰라 얼고리 국식이라 닐ᄉᄀ 민쳡ᄒ고 효힝이 출쳔ᄒ야 지질리 비

〈10-뒤〉

범ᄒ니 쳔상예질이라 ᄀ릿쳐 힁홀손냐 여즁군ᄌ요 시즁의 봉황이라 니러ᄒ 소
문이 원근의 낭ᄌᄒ니 ᄒ로난 월평 무릉촌 장승상 부인니 심쳥이 소문을 드ᄅ

시고 시비를 보니여 보긔를 청ᄒ신더 심쳔니 붓친젼의 엿ᄌ오더 승성썩 부인
님이 날를 보랴ᄒ시고 시비를 보니엿씨니 중꽌 다여 오리다 시비를 싸라 승상
썩이 드러간니 가ᄉ도 웅중ᄒ고 문창도 화려ᄒ다 반박이 ᄂ 된 부닌니 상이
단정ᄒ고 긔부ᄀ 고양ᄒ야 봉녹이 만ᄒ지라 심쳔을 반기 보고 네ᄀ 과연 심쳔
니야 듯던 말과 갓튼지라 죄를 쥬워 안진 후의 ᄌ셰의 살펴보니 별노 단장ᄒ
닐 업시 쳔ᄌ방웅국식이라 엄용ᄒ고 안진 거동 박셕쳥톤 시빗 뒤의 모욕ᄒ고
온진 졔비 ᄉ룸 보고 ᄂ라난 듯 황홀ᄒ 져 얼고른 쳔심의 도든 돌은 츄변의 빗
치난 듯 츄파을 홀니 쓰니 씨벅빗 물근 ᄒ늘 경경ᄒ 시별 갓고 쳥산 가는 눈섭
초싱

〈11-앞〉

평월 정신니요 양협의 고흔 빗션 부용화 시로 핀 듯 닙얼 여러 운난 양은 모란
화 ᄒ 솜이ᄀ 피고ᄌ와 버러여러 말을 ᄒ니 농산의 잉무로다 얼골 티도 싱긴
모양은 완연ᄒ 션여로ᄃ 도화동의 격ᄒᄒ여 월궁의 노던 셔여 벗 ᄒᄂ를 이러
고ᄂ 무릉촌의 니ᄀ 잇고 도화동의 네ᄀ 손니 무릉촌의 봄이 드러 도화동의
여러쏘다 툴쳔지지졍괴ᄒ니 비범ᄒ 네로구ᄂ 네 니 몰을 드러셔라 양반의 ᄌ
식의로 져럿툿 궁곳ᄒ니 너의 슈양쌀이 되면 엇쩌ᄒ냐 심쳔니 엿ᄌ오더 부인
말삼 감격고 황송ᄒ오ᄂ 눈 어두온 우리 붓친 뉘라셔 위로ᄒ며 구로ᄒ신 부모
ᄂ덕 ᄉ룸ᄆ다 닛건만은 ᄂᄂ 더욱 칭양홀 질 업쌈ᄂ이다 승상 부인 드르시

〈11-뒤〉

고 츌쳔지 회여로다 노혼ᄒ 너의 말리 밋쳐 싱각지 못ᄒ엿쓰 심쳔니 다시 굴
러 엿ᄌ오더 부인의 관디ᄒ신 쳐분의 실ᄒ의 쩌날 마음이 젹ᄉ오ᄂ 닐역이 ᄃ
되고니 급피 도ᄅ가셔 붓친 지달니신 ᄆ음을 위로코ᄌ ᄒ니이다 부닌 ᄆ음 연
연ᄒ야 치단과 보물이며 양식을 후이 쥬며 시비 홈긔 보니실 졔 네 날을 잇지
말고 모여간 이얼 두면 노인의게 다힝이엇지 졍답지 아니ᄒ리요 심쳔니 엿ᄌ

오뎌 부인의 어지신 쳐분이 니갓치 밋치시니 그련치심을 밧쓰오리다 ㅎ고 하
직ㅎ고 물너올 졔 잇써 심봉스난 쌀 오기만 지둘닐 졔 이고 닛 쌀 엇지 ㅎ야
못오는야 쳔산조비 끈쳐지고 만경닌조 엽셔지니 질를 분간 못ㅎ야 남무님만
팟싹ㅎ면 이고 심쳔 네 오는냐 시만 펄젹 느라ㄱ도 이고 닛 쌀 네 오느야

〈12-앞〉

무신 일노 못오느냐 집평막디 츠집고 더듬더듬 느ㄱ드가 빙폰의도 밋쓰러져
쳔질 니문 긔쳔물의 밀친ㄷ시 쩔러지니 듸들슈락 더 쌔져고 느온직 밋쓰러져
두 눈을 번덕번덕 어푸어후 일신 스족 벌벌 쩔며 홀일 업시 듁게되야 아모리
소ㅎ뎔 닐묘도궁 ㅎ얏쎤니 뉘라서 건져쥬랴 맛춤 몽은스 화듀승이 졀을 중창
ㅎ ㄹ ㅎ고 권션문을 드러메고 시쥬츠로 드니다ㄱ 졀을 츠즈 도르갈 졔 져 중
거동 브라 양이슈견 미복연니라 셔리갓튼 두 눈섭은 왼나셜 두로 덥고 크닥큰
두 귓밥은 양 억끼여 쳥쳐지고 실구랏쥭 감토 빅졔포 중삼이느 홍쒸 눌너쒸고
쥰홍용두 쳘둑장 눈 우의 번듯 드러 쳔쳔 홋터 집고 흐늘거려 나려온다 쳐량
ㅎ 우룸 소리 풍편의 들니거날 그 고졀 ○○츠즈 가니 ○

〈12-뒤〉

○○ 스롬인지 ○○ ○○○○○○○○○○○○○○○○○○○○○○○○○○○
○○○○○○○○○○○○○앗거날 져 중이 곱○○○○○○○○○○굴갓 장
삼 헐헐 벗고 힝젼 단님 보션 버셔 ○○○○○○○○○즈감의 싹 붓치고 징
검징검 드러ㄱ 두리쳐 안ㅇ다가 긔쳔ㄱ의 니여 노니 젼의 보던 봉스로다 봉스
반기ㅎ여 그계 뉘시오 몽은스 화쥬이 조승이요 춤 화린지불로고 죽을 스롬 살
여닌니 은혀 난망이요 물의 쌔진 스연을 무르니 봉스 젼후수말 다ㅎ니 중의
듯고 불쌍ㅎ시오 졍담으로 ㅎ는 무리 우리졀 붓체임이 ○○○○○○○○○
삼빅셕을 치셩으로 불공ㅎ면 싱젼의 눈얼 쩌셔 후분영화 보오리다 그러ㅎ면
젹으씨요

(이하 낙장)

단국대 나손문고 소장 심청전 (낙장 32장본)

'박시젼'과 합철되어 있는, 대략 가로 17.5cm, 세로 31cm 크기의 필사본으로 한 면은 11줄이다. 초서체에 가까운 행서체로 부분 부분 낙장이 있으며, 음절과 어절이 빠진 것이 많아 이해가 어려운 부분이 많다. 시공간적 배경이 옛날 유리국으로 제시된다. 심봉사의 이름이나 심청의 모친 이름은 없다. 부인의 치산대목과 기자치성 대목도 보이지 않는다. 심청이 동냥할 때의 불쌍한 정상이 뚜렷하다. 장승상 대목이 없고 심청이 인당수로 팔려갈 때 장자부인을 들먹여 부친을 위로한다. 심청이 강남국 선인에게 인당수로 팔려갈 때 하늘의 선관이 내려와 심봉사를 위로하는 장면에서 낙장되었다. 심봉사가 개천에 빠졌을 때 구해주고 공양미 시주를 받아가는 사람은 몽은사 화주승인데, 심청이 팔려갈 때의 심봉사 탄식대목에서는 봉은사 화주승으로 나와 당착이 보인다. 심청이 옥황상제의 명으로 용왕의 구함을 받아 용궁에서 대접받는 대목이 낙장되었다. 꽃을 타고 용궁에서 나온 심청이 선인들의 구함을 받고 황성에 들어가서 황제에게 발견되는 장면은 간략히 서술되었다. 딸을 잃고 슬퍼하는 심봉사는 동네사람들의 주선으로 뺑덕어미와 혼인하여 차차 슬픔을 잊는다. 뺑덕어미가 가산을 탕진함을 슬퍼하던 심봉사는 맹인잔치의 말을 듣고 황성으로 올라가던 중 황봉사와 만난다. 뺑덕어미가 황봉사와 눈이 맞아 달아난 후 낙담하던 심봉사는 우연히 만난 목동의 인도로 황성으로 향한다. 황성에서 만난 안씨와의 결연을 심봉사가 거절하자, 자기를 노류장화로 보지 말라며 자결하겠다고 한다. 놀래어 안씨를 달래는 장면이 재미있다. 안씨와의 혼인장면과 사랑가를 부르는 대목이 장황하다. 심봉사가 황성에 들어가는 장면이 없다. 심청을 만나 눈을 뜬 심봉사는 심청과 지난날의 사연을 주고받는다.

단국대 나손문고 소장 심청전 (낙장 32장본)

〈1-앞〉

심청전 권지일

렛날 유리국이 ᄉ난 심망인니 잇시되 죠상부모ᄒ고 의탁홀 길 비이 업서 동서 남북으로 유리걸긱 ᄃ니더니 천힝으로 양처 어더 안히 심으로 슈간두옥 쥰비 ᄒ야 천한 인싱의 펴니 술ᄃ 우연 잇난 터기 십식을 치운 후의 나흔 비 ᄯ라리로 ᄃ 유정의 싱긴 얼골 만고절식이라 이지즁지 기루더니 심봉ᄉ 기복ᄒ여 우연 이 처환 잇서 비약이 문효ᄒ여 ᄉ른놀 길 만무ᄒ고 홀길 업시 죽어지니 심망 닌 거동 보쇼 무슈통곡 우난 마리 서룬지고 서룬지고 만고천ᄒ 설운 ᄉ름 날 갓타니 위 이스리 눈 쓴 가장 목전의 두고 죽어도 차마 못홀 일인디 천지만물 흠빅즁단 분별 못ᄒ난 이 신세를 두고 간 귀신도 눈을 감을ᄀ 불샹ᄒᄃ 우리 심청 뉘를 밋고

〈1-뒤〉

간난고 ᄒ날님씨 비나니ᄃ 비나니ᄃ 니 못슬 져니 홍미 디신ᄒ고 우리 처자 살여 듀옵쇼서 암만 빌고 빈들 황천길 디신 갈가 가셰을 싱각ᄒ니 염도 홀 길 전니 업서 동즁이 남여노쇼 업시 이 말 드러 보소 불슝ᄒ 우리 안히 신체 감중 홀 길 전니 업서니 신체을 엇지 ᄒ리 ᄒ고 디성통곡 쇼리 차마 듯지 이연ᄒ고 불슝ᄒᄃ 동즁 공히ᄒ고 전곡간의 보의ᄒ여 근근 염도 ᄒ여 쥬이 심망닌 거도 보쇼 이니 ᄯ 짓 달나 우난 쇼리 이니 심듕 늑난 ᄆ듸 피다려ᄒ잔 말인ᄀ 할 길 엽서 심청 품의 품고 이집 저집 단이면서 젓도 어더 먹니고 밥도 간간이 어 더 먹이니 그 정곡 오죽홀가 더듬더듬 집의 와서 심청의 얼골 만저 설마둥둥 니 달이야 어서 밧비 슉성ᄒ여 전말ᄒ고 ᄉ릐 보즈 쥬에 혼심으로 세월을 보

니니

〈2-앞〉

뉘 아니 비창ᄒ리 말못ᄒ난 심청이를 ○○○○○○○○○○ᄒ티 디면서 흔
병 업시 잘 싱장ᄒ고 곱게곱게 줄커라 숨ᄉ오경 잠 가온디도 심청이 졋티 누
어 심청 동정 술펴 잠을 자면 그저두고 줌을 ᄭ면 이러 안고 자져 이러 안ᄌ
누히며 달닌 말니 어서 잠잠 우지 마ᄅ 이러안ᄌ 홀게 길너니고 공역 오쥭홀
리오 심청이 비록 이릴지라 두고봉 쳔싱총명이라 저의 부친 셔룬 정승 엇지
김작 못홀소야 일연 숨빅 육십일니 보치난 비 젼니 업고 선약슝반 자라나며
세월리 여류ᄒ야 오륙세 당ᄒ여셔 힝보랄 능히 ᄒ미 부친 가나난 왕너기리 익
골고 다니면서 인도ᄒ여 이른 마리 여기난 놉푼디시 져기난 집푼디시 이거슨
ᄯᅩ랑이시 져거슨 돌히시 낫낫치 가라치며 죠료 보며 비러다가 두리 먹고

〈2-뒤〉

ᄉ룬난ᄃ 심청이 나의 칠팔세 되여서난 져의 붓친 자난 방의 부목이라도 손죠
ᄒ여다가 치운 방의 안칩게 ᄒ고 병든 붓친 죠섭혼다 심청의 싱각ᄒ되 불숭흔
우리 붓친 압 못보난 망닌으로 어미 업난 이니 몸을 이만치 길너니고 제그 공
역 엇더타 일고 부싱모육 ᄒ난 공은 ᄉ롬마당 잇건마은 날 갓트니 뉘 잇스
리 우리 붓친의 은공을 아모리 갑자혼들 계집자식 되여나셔 엇지ᄒ여 갑잔 말
가 어엿부ᄃ 저 ᄯᅡ마구 너난 엇던 김싱으로 어미 공을 네 아라 밥을 무러 반포
ᄒᄂᄃ ᄒ물며 ᄉ롬으로 김싱만 못홀쇼 나도 니만치 장성 ᄒ의 나 혼자 밥을 비
러다가 병든 우리 붓친 구안ᄒ자 심청니 효성 부모 부친 진져으로 ᄒ난 말라
아부임 아부임 오늘부터 방안의 게시면 혼ᄌ 비려다가 아부님을 봉양ᄒ○○○
○○○○

〈3-앞〉

더설 치운 나리 아부님 치워ᄒᆞ난 양 보○○○○○○○○○○○ 심망인 니 말 듯
고 두 눈을 금벅금벅 허히 처 우슈며 이른 마리 어엿보고 기특ᄒᆞ듸 니 ᄯᆞᆯ 마리
더욱 아람답답 네 손의 귀ᄒᆞᆫ 거슬 발셜로 본단 마리야 아모커ᄂᆞ 그리ᄒᆞ여라
심청 즐겨 듯고 니일 봇틈 혼자 나ᄋᆞ가 총총기셜 심쎠ᄒᆞ여 스롬마닥 칭찬ᄒᆞ며
밥을 별노 만식 쥬니 심청니 거동 보쇼 밥을 빌고 반찬 어더 집으로 도로와서
무를 밧비 덥게 디여 부친기 밥 권ᄒᆞᆯ 제 아부님 비 곱푼듸 밥 먹쇼 날 치운듸
물 먹쇼 어더온 반찬 낫낫치 가라치니 심청니 효성 뉘 아니 층찬ᄒᆞ리 적신ᄒᆞ
난 부닌들이 불숭이 싱각ᄒᆞ야 입던 입셩 버셔쥬면서 날 치운듸 이거시나 이
입고 방풍이나 ᄒᆞ여라 심청이 어진 마음 저 입을 듯 아니ᄒᆞ고

〈3-뒤〉

어더온 헌 이복을 칼카리 서답ᄒᆞ여 쏙쏙이 이서니여 저의 붓친 헌 이복을 이
리 집고 저리 지워니여 칩잔게 봉친ᄒᆞᆫ듸 저 입은 이 볼작시면 안만 나문 접저
고리 말만 나문 마포쵸미을 이리 저리 ○○○○○○○○운 힝결ᄒᆞ니 불숭코
앗갑고 앗가온 술술 빗다드려가니 발발 썬듸 승ᄒᆞ촌 스롬더리 탄식ᄒᆞ여 이를
마리 불숭ᄒᆞ듸 심봉스여 낫갓치 보거드면 이 못슬 속옷슬 어더 어엿분 심청을
입피련마은 봉스ᄅ 홀 일 업듸 ᄒᆞ더라 잇쩨예 심청니 나히 십스셰라 ᄒᆞ리난
아참밥 빌노 갈 제 나리 심니 치운지라 여러마을를 빌자 ᄒᆞ니 자연 더딘지라
심망닌 거동 보쇼 심청 오기 기다리고 제 ᄯᆡ가 넘니 느저가도 오난 비 업난지
라 밧거 나와 스방으로 우먹지먹 거름거름 이리 더듬 저리 더듬 ○○○○○○○
니

〈4-앞〉

ᄯᆞᆯ 심청 거 닛나야 뉘 집 문밧게서 ○○○○○○○○○○○고 잇쩌가지 아니 온
고 동편집 죠서방네 니 ᄯᆞᆯ 심청이 게 잇나 죠서방 디답ᄒᆞ되 어제 아참은 왓더
니 오날 아참은 아니 왓니 서편집 박서방네 니 ᄯᆞᆯ 심청 게깃 인난가 박서방 디

답ᄒ되 어지 저억은 왓더니 오날 앗참은 아니 왓네 심청붓친 이 말 듯고 결단
ᄒ야 이른 마리 어듸 간난고 니 ᄯᆯ 심청 어듸 간고 엇던 스람 ᄒ야 유닌ᄒ야
자식 숨ᄋ 다러간난게 제 ᄯᅳᆺ슬 알거니와 날 바리고 도망키난 만무ᄒ니 아모ᄶᅩ
록 츠즈리라 작지를 두두니 집고 문밧긔 거뮤니 그 스의 어려 안저 그러ᄒᆞᆫ지
지리 더옥 싱소ᄒᆞ미 놉푼듸 집푼듸을 김작홀 슈 저니 잇서 이리저리 어라만저
다니면서 심청이만 부르드가 딥푼 물니 실슈ᄒ야 쩌러지니

〈4-뒤〉

이려날 둘 저니 업서 죽기만 바라더니 몽은스 화쥬승이 마참 거기 기니다가
심망닌을 건저쥬고 이른 마리 고양미 숨빅석만 불젼의 시쥬ᄒ면 싱젼의 눈을
쩌서 천지만물과 처자식 얼골을 반겨 보리라 심망닌 이 말 듯고 가셰난 전이
업고 싱젼 눈 ᄯᅳᆫ단 말만 반겨 듯고 고양미 숨빅석을 권션의 기록ᄒ고 심청은
찻도 못ᄒ고 집으로 도라와서 저진 옷슬 그저 입고 발발 썰고 혼즈 저 권션의
기록ᄒᆞᆫ 것 ᄭᅵ달너 싱각ᄒ고 가셰을 싱각ᄒ니 숨빅 쏠케니 서훕슬 날듸 업듸
막딕으로 가로 쏩고 을막집단 둘너도 거칠 거시 젼이 업듸 기록ᄒ고 아니 쥬
면 붓쳐님을 쇠긔미라 갈스록 죄인 되야 불젼의 긔망ᄒ고 일각인둘 봉명ᄒ리
니 이것 원 일인가 니 엇지 망친고 즈탄ᄒ고 안자실제 심청이 어진 마음

〈5-앞〉

원촌이 밥을 엇고 ᄶᅵ가 님이 느저시미 붓친○○○○○○○○○○○ ᄒ고 황
황급급 도라와서 아부님 아부님 브르시면서 방문을 밧비 열고 부친기 기승 슬
펴보니 붓친의 정승 보쇼 입은 옷시 물이 흘니지고 단단 저저서 발발 썰고 안
저시니 심청이 황겁ᄒ야 왈칵 달여드러 붓친 목을 안고 이거시 엇던 일인가
다 쩌러진 초미작락으로 붓친이 눈물 이리 싯고 저리 싯처 울면 이른 마리 어
듸 갓다가 물니 ᄲᅡ저 이 지경니 되엿난잇가 날 차지러 나오다가 기천물이 ᄲᅡ
저 이러신가 저진 옷 밧비 벅겨 연ᄒ고 가난 두 손으로 ᄶᅡ고 다시 빨근 자서

양지이에 너여널고 입던 이복 지워너여 압 갈유와 안처두고 정지 밧비 나가서 어더온 밧비 쩌려 붓친 압퓌 드려노코 지성으로 밥 권홀 제 아부님 아부님 비 곱푼딩 이 밥 먹쇼 심망닌

이른 마리 아서라 밥도 너스 실틋 심청니 설이 울며 이른 마리 그거시 원 말닌가 자식의 어딩가서 더듸와서 노정닌난가 근촌 밥 빌기 염치 업서 오날은 멀이 가서 밥 빌자흐니 자연이 더듸왓닉 노정 풀고 밥 먹쇼 심망인 이른 마리 너 아모리 병신닌들 너갓탄 자식으게 츄호ㄹ 노정두랴 그러흐면 엇지 밥을 아니 잡슈시오 심망닌 이른 마리 너 차즈러 나갓드가 기천물리 빠저 죽게 되어더니 몽은스 화쥬승의 날 건저 쥬 흐는 마리 고양미 숨빅석만 불전의 시쥬흐면 싱전의 눈을 쩌서 천지만물 처자식 얼골 반겨 보리라 정영 이르미 가세난 저니 업고 눈 뜬단 말만 반겨듯고 반가와 만닐 눈 뜬겨드면 어엽분 너의 얼골 우선 볼가 이것만 싱각흐고 고양미 숨빅석을 권션니

치부흐고 집으로 도라와서 곰곰 싱각흐니 숨빅석 고스흐고 ○○○난 서홉 쏠이 업서시니 무엇스로 시쥬흐리 권션의만 치부흐고 도로혀 못쥬면 불전니 죄닌니 되니 엇지 아니 황숑홀가 차리 닉 몸 죽고 너나 편케 흐리라 심청니 니 말 듯고 죠흔 말 안식 조흔 말노야 엿즈오딕 아부님 걱정 말쇼 걱정훈 일 아이로시 당담 니르시기를 나릐의 진상이라도 업스오면 못혼다 흐오니 잇고 아니 쥬오면 죄 된다 흐려니와 업고 못 쥬면 죄 아니 될 닷흐니 걱정 말고 이 밥 먹쇼 심망닌 이른 마리 듯고 탄복흐여 니른 마리 자락흐듯 네오 말 들를진딕 앗가 니 걱정도 모다 허스로듯 아모커나 네 말노서 밥 먹고 스릭보즈 심청이 거동 보쇼 붓친 마음 감동흐야 밥으 게유 전흐면서 혼즈 싱각흐되 불숭흐듯 우리 부친 압 못보난 망닌 된 것 오작키나 원통

〈6-뒤〉

ㅎ여 눈 쓰리란 말 고지 듯고 날더 엽는 고양미 숨빅석을 불전이 기록ㅎ고 그 마음 오죽ㅎ리 남의 자식 되어나셔 아부님 원을 못풀면 이류익 좀예키 어렵도 드 엿날 밍동닐난 눈 가온더 죽슌 썩고 왕숭은 엇지ㅎ여 어름 속 니어 낙거 죽게 된 부모목슘 술여시니 아니 자락ㅎ가 남니 집 츌천의 효난 쏜밧기 어려오느 숨빅석 고양미 저그나ㅎ면 못 구ㅎ랴 아모조록 변통ㅎ야 불전니 시쥬ㅎ야 아분님 원을 푸린진더 자신박미 ㅎ난지라드니 이 쌀를 쥰비ㅎ여 원과 갓치 훈 후의 쓸더 업 니니 몸 그날 죽어도 연훈이 업스런마은 누츄훈 이 니 몸을 중갑 듀고 뉘가 술고 지성이면 감청이라 ㅎ날님쎄 비러 볼가 심청 이날부터 지반을 씨려처 스방의 금토 노코 정성으로 모욕ㅎ야 숨일지게 극진니 ㅎ야 후원니 자리ㅎ니 ㅎ닐이 ○○

〈7-앞〉

ㅎ고 지성으로 비난 마리 썰더 씨업난 심○○○○○○○○○○○겨나서 전성이 묩슨 죄악으로 압 못보난 병신이라 어미 업난 이니 몸을 이만치 키워닐 제 은공 엇더타 할고 그 공 다 갑자한들 엇지 다 갑잔 말ㄱ 남의 자식 되어나서 부모님의 망○으로 평성 설워ㅎ나니드 양은 츠마 원통ㅎ나니드 음식의느 바드시면 낫낫치 가라처도 이것도 더듬더듬 이리 가긍ㅎ여 못보건니 날갓탄 쌀즛식을 인지즁지 키워니여 무릅 우의 안치고 쥬야로 ㅎ시난 마리 엇지ㅎ야 니 눈을 쓰면 어엿분 쌀의 얼골 훈번만 보고 죽어도 여한이 업다ㅎ며 쥬야로 한탄ㅎ니 니의 화쥬승이 말을 듯고 날 쎄 업난 고양미 숨빅석을 권선이 기록홀 제 마음 엇더홀고 도로니혀 싱각ㅎ니 훈홉 쌀 구홀 쎄 업서 부친님을 속니라

〈7-뒤〉

더욱 즁한 죄을 지여스니 용납홀 길 져 업시 일결단 흐난 양은 인자지졍의 차
마 마 보기 원통흐여 비나니다 하나님꼐 비나니ᄃ 이 말숨 흐나님거이 감동흐
야 심쳥니 몸을 팔라 권션니 기록 불젼이 치부흐라 츅슈흔 숨닐만의 궁경즁스
션인들이 방곡이 왕리흐며 지셩으로 웨난 마리 아모집 쳐즈ᄅ도 열네슬 먹은
쳐즈 얼골도 닐셩이요 온몸이 흥도 업고 부모꼐 효셩이 잇고 힝실 업난 쳐즈
즁니 몸 팔니리 뉘 잇시리요 심쳥니 반기듯고 나셔니 셔닌들이 숨펴보니 이상
은 남누흐난 얼골이며 티도난 만고이 졀식이라 션닌들리 무른 마리 몸을 만닐
팔일진디 갑슬 언마나 달나 하나요 심쳥니 흐난 마리 더 쥬어도 슬 쩍 업고 덜
쥬어도 못슬지라 고양미 숨빅셕만 시급흐고 날 스라오 션닌들

⟨8-앞⟩

반기 듯고 첫말리 허락흐니 심쳥니 거동보○○○○○○○○○○ 니 집으로 오지
말고 몽은스로 예운흐여 숨빅셕 고양미를 치송흐엿노라 흐고 화주승꼐 슈표
바다 니 눈이 보이면 니 몸은 자연 갈 거시니 그리 알고 도ᄅ가ᄅ 션닌등이 허
락흐되 고양미 숨빅셕은 낭즈의 말과 갓치 몽은스로 예운흐여 슈니 도라오련
이와 낭즈의 입은 이승 남누흐기 막심흐니 낭자의 형셰로난 이복 쥰비하기 어
렵도ᄃ 쏠 이십셕 별급흐야 일노 이복 쥰비흐라 낭자의 처신갓치 션명게 지여
입고 힝션날 틱졍흐여 우리 이리 올거시니 굿쩌예 흠꼐 가게 흐쇼셔 피차 약
속흔 연후 션즁이 기별흐야 쏠 이십셕이 에운흐여 낭자의게 평슈흐고 션닌등
도ᄅ간 후의 심쳥이 어진 마음 몸 팔인 것 부친이 만닐 아르시면 디변이 날 쥴
알

⟨8-뒤⟩

고 이십셕 쏠을 바다 니리 작졍이 흐여 부친 이복 몬져 짓고 제 이복 쥰비흐되
빅낭은 쳡쳡고리 졔식고름 넌짓 달고 비슴승 졉바지예 세모슈 흔단초미 션명
케 지여 쇼이복으로 구며 두고 션닌 오기 기다린ᄃ 심쳥의 부친게 엿즈오디

아부님 소원디로 고양미 숨빅석을 니다가 변통ᄒᆞ여 몽은ᄉᆞ로 에운ᄒᆞ여 화듀승
게 전슈ᄒᆞ고 슈표 맛더 왓나니ᄃᆞ 심망닌 이 말 듯고 감작 놀나며 ᄒᆞ난 마리 이
거시 웨 말닌가 숨빅석 고양미를 어디로 통ᄒᆞᆫᄃᆞ 심청이 디답ᄒᆞ되 동편집 장지
이 날다려 ᄒᆞ난 마리 고양미 숨빅석을 니 당ᄒᆞ여 쥴 거시니 너난 우리집 슈양
되여 우리집 디소ᄉᆞ롤 네 ᄉᆞᆫ죠 쥬장ᄒᆞ여 술펴쥬미 엇더ᄒᆞ나요 지성으로 이르
기에 허락ᄒᆞ고 왓나니ᄃᆞ 심망닌 ᄒᆞ난 마리 너난 그리로 가랴이요

〈9-앞〉

니 몸은 뉠을 밋고 손 마리아 심청이 엿자오디 장ᄌᆞ집○○○○○○○○○○ 난
말슴니 니 집도 돌보면서 고ᄒᆞᆫ 너니 부친 절승 공경 ᄒᆞ라 ᄒᆞ시기에 허락하고
왓나니ᄃᆞ 심만인 ᄒᆞ난 마리 네 말과 갓틀진디 짐중자 하시난 말슴이 홀미업난
성닌나라 칭찬ᄒᆞ여 지니더니 선닌들 힝선날리 미구니 잇난지라 심청이 셩각ᄒᆞ
되 힝선날 곳 당ᄒᆞ여서 만닐 정 갈 거시니 붓친과 이별홀 제 참혹ᄒᆞᆫ 정승을 참
엿지 본단 마린가 불승ᄒᆞᆫ 우리 붓친 도로혀 속기미 이도 ᄯᅩᄒᆞᆫ 니 죄로ᄃᆞ 이리
셩각 저리 셩각 자연 심회 되여 음식니 마시 업고 침석이 잠 못드러 장탄식 무
심홀 제 심망인니 ᄒᆞ례 밤니 꿈을 어드 일날 밤이 어든 꿈이 밍낭ᄒᆞ고 고히ᄒᆞ
ᄃᆞ 우리 집 ᄉᆞ면을 치운이 두루더니 난디 업난 선관더리 공중으로 나려와서

(중간 낙장)

〈9-뒤〉

요지깃슨 구은이요 낫낫치 가라치 심망닌 놀니 듯고 니 성세 싱각ᄒᆞ면 이리
죠흔 고기 반찬 어더서 난 거시야 심청니 엿ᄌᆞ오디 김장자님이 아부임 반찬
ᄒᆞ라고 고기 사서 보니엿스니 밥 짓고 반찬ᄒᆞ와 귀물노 드리오니 염염 말고
잡슈시오 심망인 거동 보쇼 심청니 모로러니 모라고 짐장ᄌᆞ 반찬인 쥴 알고
밥을 싹싹 다 글거 먹은 후의 심청이 밥승을 정제 덥퍼두고 지여둔 시 이복을

차리로 니여입고 부친 압퓌 제리ᄒ여 슬피 울며 엿ᄌ오디 아부님 아부님 드르
시오 고양미 숨빅석을 달니 변통 아니오ᄅ 강남국 성인등게 니 몸 팔닌 거시
오 오날은 선닌드리 나를 ᄃ려 가러 ᄒ고 문밧기 왓사오니 기연코 갈 거시니
ᄒ직을 드리리나니ᄃ 아부임 아부님 설워 말고 평니안니 기시가ᄃ 천힝으로

〈10-앞〉

눈 쓰면 천지만물 구경ᄒ고 양가○○○○○○○○○○○○○○ 이 말 듯고 왈칵
쒸여 니다르며 심청니 초미잘 두 손으로 휘휘칭칭 감어 잡고 궁구리며 통곡ᄒ
며 이런 마리 이것 웬 말인가 ᄒᆯ 말도 만컨마난 이더지 불측ᄒᆫ 말 네 입으로
날냐 아모리 짤자식인들 스지 성ᄒᆫ 아비 두고 혼ᄌ 가기 차마 못닛고 가거든
면 ᄒ물며 이 니 몸은 압 못보난 병신이라 누를 밋고 순단 말가 제발 빌ᄌ 가
지 마라 심청니 슬피 울며 엿ᄌ오디 아부님 아부님 울지 말고 줌간 드러 보쇼
인간 죄중ᄒᆫ 것 처륨 밧기 ᄯ 인난가 ᄒ나님이 쥬신 오륜 스룸마다 잇난지라
니 아모리 여ᄌᄅ도 부싱모육 중ᄒᆫ 은혀 무를 갑갑난 아부님 망인으로 평싱
설워 ᄒ나 양 차무 보기 원통ᄒ야 쓸찌 업난 이니 몸을 중갑 밧 팔여서

〈10-뒤〉

불전이 시쥬ᄒ야 불승ᄒ 우리 아부님을 싱전의 눈을 쩌서 동서남북 분별ᄒ야
임으로 왕니ᄒ여 천지만물 일월성신 다 아라보면 이것 니 소원이라 스룸 못ᄒᆯ
일리라 과도니 설워 말고 편안이 계시다가 천힝으로 눈을 쩌서 빅세ᄂ 스르시
고 지ᄒᆼ이 드러 오시면 반가히 만나 뵈오리ᄃ 심망닌 ᄒ난 마리 아서ᄅ 눈 쓰
기도 니스 실ᄐ 고양미 숨빅석을 이제라도 차자다ᄀ 선닌등게 환슈ᄒ고 너난
부디 가지 마라 너 날 속일 쥬를 나난 짐즉 못ᄒ엿ᄃ 이니 정곡 드러보아라 너
ᄂ 세술 먹고 너의 어미 죽은 후의 혼ᄌ 너을 키울 제 불면 날ᄀ 쥐면 쩌질가
천신발원 키워닐 제 모린ᄌ리 가러 누의고 진ᄌ리 니가 누어 쥬야로 스롱ᄒ여
평싱 소원ᄒ기를 네 몸의 장성ᄒ면 너와 ᄌ탄 현서 어더 지롬의 스난 모습 짐

죽

〈11-앞〉

ㅎ여 보온 후의 불측혼 이니 몸을 일가친척 ○○○○○○○ 달자식도 업시니 밋난 비 너 뿐이ㄹ 이 니 몸 죽어지면 너의 부부의 뭇처 볼ㄱ 연구혜심 바라더니 너도 나을 바리고 기연코 갈난ㄷ ㅎ니 이것 홀 일이야 답답혼 니 몸을 뉘를 밋고 ㅅ단 말ㄱ 너 혼나 업서지면 이탁 업난 이 혼 목슘 동서남북 전설타가 구령 송장 될 거시니 이 아니 불슝ㅎ야 원슈로ㄷ 원슈로ㄷ 봉은ㅅ 화쥬승니 날과 슴싱 원슈로ㄷ 기천물이 빠저실 제 인ㅎ여 죽이시면 이런 경숭 으니 볼 거셜 날 건저 쥬고 가ㅅ로 이르기를 고양미 슴빅석을 불전의 시쥬ㅎ면 싱전의 눈을 쓰리란 마리 저 즁이 마린 거슬 니 엇지 망연턴고 이것 니의 쵀로ㄷ 두 쥬먹을 뿔끈 쥐고 가슴을 쌍쌍 쑤다리면서 앙천통곡 슬피 우니 남여노소 업

〈11-뒤〉

보는 ㅅ롬 뉘 아니 낭누ㅎ리 심청이 더옥 디경ㅎ야 우난 부친 목을 안고 서로 잡고 통곡ㅎ며 부친을 위로ㅎ리 ㅅ롬이 자식 되여 이거시 홀 일인가 초마 못 홀 일인 줄 나도 짐쥭ㅎ엿건만은 부친 눈 쓰기만 각골원통 집픠 드러 임이 절단혼 이리 저니 이지난 홀 일 업니 오지 마쇼 지발 덕분 우지 마쇼 아부님 우난 경숭 첨 못 보건니 아부님 아니 울고 죠혼 안식으로 날 보니여도 병은 부친 이별ㅎ고 돌아가난 마음 두로두로 층양 못ㅎ올디 ㅎ물며 이러타시 설워ㅎ니 혼즈 가난 이 니 몸니 엇지ㅎ여 집스 ㅎ고 차마 보기 원통ㅎ니 디셩통곡 우난 마리 불츌ㅎㄷ 이 니 팔즈 전싱니 무슴 죄로 이 세숭이 싱겨나서 서룬지고 서룬지고 만고천지 설운 ㅅ롬 날탓갓트리 워 잇스리 피누물 반쥭 되니 아황여영이 셜엄이요 우난○○

〈12-앞〉

난히난 제공 서룸이요 슈족을 다 쓴으니 척부닌인의 서룸○○○○○ 손발○
틈 니졔의 버어 세이니 음별ᄒᆫ 슉낭ᄌ의 서룸니요 놀기 죠흔 단누알 눈물노
ᄒᆞ직ᄒᆞ직 호지예 드려가던 왕소군니 설름니요 막외역의 피눈물은 양구니 서름
이요 옥즁즁의 혼닌날에 위미닌의 서름이요 봉경도 이원성은 기삽쳥의 서룸이
요 빅두옴졔여 장탄식은 탁문 쥴 서룸이요 벽히 쳔쳔 이이 워룬월궁ᄒᆞ이 아니
설음니요 연졍슴노슈 니외의 서룸이요 아모리 셥ᄃᆞᄒᆞᆫ들 니 서룸이 비홀소야
이고이고 서룬지고 이이를 엇지ᄒᆞ잔 말ᄀ 동즁 여려 어르신니 불측ᄒᆞᆫ 심쳥이
난 독ᄒᆞ고 모진 연이라 심즁치분 ᄒᆞ신는 쥴 니 엇지 몰릿ᄀ 부친 망닌 된 것
쳘쳔지 ᄒᆞᆫ 되어 쳔ᄉ만틱으로 우리 부친 불승니 싱각ᄒᆞ오 빅만번이나 당부ᄒᆞ
니 차마 볼 길이 저

〈12-뒤〉

의 업고 ᄒᆞᆫ 슬피 통곡ᄒᆞ니 일월리 무광ᄒᆞᆫ닷 ᄒᆞ야 차 볼길 업난지라 심낭을 쳥
ᄒᆞ야 위로ᄒᆞ여 이른 마리 낭ᄌ의 효셩이야 만고쳔ᄒᆞ의 짝이 업고 낭ᄌ의 보친
경승을 불승ᄒᆞ여 못보것니 빅미 오십석 별급으로 허락ᄒᆞ니 이 쑬은 예운ᄒᆞ여
병든 부친 양식으로 동즁의 흠치고 물쎄 느저가니 어서 밧비 가ᄉ이다 심쳥니
감격ᄒᆞ여 오십석 쑬을 바드 동즁이 비난 마리 동편집 최임 쑬 이십석 밧더 두
고 우리 부친 양식을 진난 밥이 연져다가 연명이라도 ᄒᆞ게 ᄒᆞ시요 서편집 박
동지님 이 쑬 이십석 바더노코 오리 부친 이복 등절 세월 ᄎᆞ르 ᄒᆞ게 ᄒᆞ오 남편
집 정쳠지님 이 쑬 열섬 밧더 두고 오리 보친 자난 즁의 방목이라 ᄒᆞ여 쥬오
니 원지로 시힝ᄒᆞ면 구쳔니 도라가도 끼르신 은혀난 만분지일ᄂ 갑풀 나리 잇
ᄉ오리ᄃ 아부님도 니 말 듯소 양

〈13-앞〉

식이며 방목 이복 등절 즁ᄒᆞ야 두고 가니 부디 ○○○○○○○다가 셩젼의 눈
을 쩌서 쳔지만물 귀경ᄒᆞ쇼 일월셩신 귀경ᄒᆞ쇼 동서남북 슬퍼보쇼 심망닌 거

동 보쇼 심청의 치마자락 손의 칭칭 트러 잡고 익결ᄒ야 ᄒ난 마리 가지 마라 가지 마라 제 발 빌즈 가지 마라 너 가난 디 나도 가자 심청이 설이 울며 웃쇼 어선 슈쇼 쩌러지니 쩌러지니 초민말 쩌러지니 심망닌 우난 마리 쩌러지면 갑천 음마셔 모슈 가온 실노 세침 바날노 끼어들고 이닉 어둔 눈으로 홀솔마닥 감처 쥬마 심청니 어진 마음이아 이난 천흔 가문 박긔 서인드른 물쎠 느저간 듯 ᄒ고 지쵹이 성황갓고 집안이 병든 붓친 가지 마라 익결ᄒ며 초민 졥고 아니 놋니 차라리 이 흔몸이 이것도 아니 보고 저것도 아니 보고 죽어 맛당ᄒ듯 만은 이것도 저것도 못ᄒ고 민망흔 것 나뿐

〈13-뒤〉

이로다 천만가지로 부친을 위로ᄒ며 독흔 마음으로 잡은 치마자락 썰치고 문 밧기로 도망ᄒ니 심망닌 거동 보쇼 마당으 궁그르며 무슈 통곡ᄒ난 마리 심청아 어디 간구 날 바리고 어디 간고 야쇽야쇽 그더지 야쇽ᄒ야 간밤이 꿈을 쑤미 너을 일코 디성통곡 우러 보니더니 이 경승을 올날 보니 꿈도 서셔가 아니로ᄃ 아모리 설니 운들 발서로 선닌들 짜라간 심청 이미 오기 십긴난야 잇쩌 이 심청이난 동즁 여려 부닌젼의 눈물노 ᄒ직ᄒ고 선인을 짜라 가서 박쳐의 차자갈 제 흐르난이 눈물이라 압의 어 어둡어 못가건닉 쌍쌍이 다다라 이숨선 황즁니 인츠ᄒ여 이 물가의 좌졍ᄒ여 힝션을 지쵹ᄒ니 선닌등니 거동 보쇼 일시 소린ᄒ며 닷치고 돗슬 드니 슈나 뭉의 칠을 맛쳐 쏠쏜듯시 가난지라 비 쩐난 순식간의 고

〈14-앞〉

향의 쳘니로ᄃ 심청의 가웅의 여슌 즁의 올나안자 하날를 우러러 즁탄식 벗슬 숨ᄋ 눈물만 홀이면서 병든 보친 싱각ᄒ니 간즁니 쳘석이라 고단흔 우리 보친 엇지ᄒ여 스르날가 가지 마라 익결ᄒ던 그 졍을 숨숨 싱각ᄒ니 엇지 다 층앙ᄒ랴 부친 거동 눈의 숨숨 말소리 귀에 징징 아모리 모진 스룸인들 이리ᄒ고

엇지 술이 무병더왕으로 쥬유 쩌ᄂ간ᄃ 동졍호 ᄃᄃᄅ니 쇼승니 빅을 미고 슌
풍을 지다일 제 심쳥의 싱각ᄒ되 옛그리 가란 소승강 잔나비와 황능모 두견셩
은 날과 갓치 셔른 스롬 간중이라 석난듯고 졍영이 드려 숨경야월 젹막흔 뒤
견의 슬피 운ᄃ 슬피난 시 소리 날괏치 불여귀라 긱슈의 슈심 들 쩌 업ᄃ 소즁
강 디쥴끼난 비 갓고 바람 갓고 안기 갓고 우염 갓ᄃ 초강인 붓들고 낙슈더을

〈14-뒤〉

드리비고 힝화촌 급피 찻고 셔염이 쵸부등은 소통을 엽피 쩌고 갈더슙 츠ᄌ든
ᄃ 실갓탄 일쳔금 리비의 눈물인가 반쥭입피 젓고 피빈츌 져저잇ᄃ 충호손 기
럭이난 스창 츠ᄌ 들고 촌탁니 잔나비 바람이 슬피 운다 젹젹혼 슨당슈의 초
월리황나니 비ᄂ이ᄃ 비ᄂ이ᄃ 아황여젼의 비나이ᄃ 나도 유리국 심쳥으로 죄
약지즁ᄒ야 병든 부친 이별ᄒ고 인당슈 집푼 물니 빠저 죽을 거시요이 고단흔
이 니 몸 혼빅 못ᄒ의 의지누여외ᄃ 이 날 지넌 후 동졍츄월 도라온ᄃ 어엿부
ᄃ 져 명월이 구름 쇽이 드르온ᄃ 낙빈왕니 토손월 가홍션의 쳔츄월 가의빅니
강남월 목동피 이벽월 가비호연이 명간월이 두려시 발가온ᄃ 십오야 셩모시예
져 덕원니 이 기울인가 젹광은 앙급ᄒ고 졍영은 치벽이다 칠빅 너룬 무른 동
남으로

〈15-앞〉

벼러잇고 무슨 시봉은 묘묘이 바리보니 유리세졍 이건마○○○궁 만쪽드른 나
신가 ᄒ니 슙고 스즁의 빅구드른 나진월 쩌 날 제 져다ᄅ 말 므러 보ᄌ 다른
마리 아니ᄅ도 왼 쳔ᄒ을 ᄃ 발키난 유리국 우리 보친 심망닌이 몹슐 ᄯᆯ 나를
일코 거쵀로 다다니며 날 부르며 우르싯더야 너 분디로 이이너쥬면 쇼식이ᄂ
죠곰 알ᄌ 홍요미빈 만강츄의 일셩쳔희문지안을 너와 져 기력의 너 가난 기리
로ᄃ 북힝승 쇼즁낭은 너 업시 슈심이요 향도령 홍손의를 쓰고 탄식ᄒ니 쳔쳔
만니 먼먼 기리 일ᄌ항의 더옥 좃ᄐ 강남셔 져문 나리 굴티부를 ○망ᄒ고 망

막평亽 갓업난 디 압서거니 뒷서거니 나도 갈놋 숨부즈의 진법츠로 듬성듬성 기리가서 문츄숭 바들 차로 점점이 쩌러지며 용흐흔 두비쳐로 나고나고

〈15-뒤〉

나러지니 평亽날안 반갑도드 어여부드 저 기력아 너 가난 기리 유리국 우리 부친 심망닌찌 니 이 말슴 죰간 전흐여 쥬려무나 불측흔 심청이는 일어기 무亽니 와서 근근보명 허탄흐고 이란 말 전흐여 달나고 비나니다 비나니다 흐나님전의 비나니드 심청이 설운 원정 낫낫치 명감흐亽 유리국 우리 부친 눈을 쩌서 천지만물 보게흐게 흐면 심청의 죽은 혼빅 원흔이나 업슬리드 창천도 유죠턴가 비도 쏘흔 슈고물만 나무명쵸 식칠 비일을 쩟쩟 업시 니 가니 인당 지푼 물리 멸이 아니 잇난지라 선닌들도 문망흐야 심낭즈찌 간청흐야 모욕지게 흐고 황승도 몽욕시겨 고亽거동 찰일 적니 쏠을 싯고 다시 싯쳐 죨쵸리 밥을 지여 츠리 놋코 이물가니 북쇼리 울면서 고亽흠서 비나이드 비난마리 거리빅 강○니 성황

〈16-앞〉

임니 인슈용왕님 너니 칠쳐로 거흐옵소 우리난 ○○○○○○인으로 슈만금 미물 가저 북경 중亽 가옵더니 열네술 먹은 쳐여 고은 틱도 만고절식이라 힝실 선즁 소망亽을 망亽망 점지흐야 말이창희 왕니길이 물결 지여 쥬고 바람결도 지여쥬고 우리 선석들 신병 업시 도라오게 흐여쥬게 덕틱 입펴쥬오 천만축슈 비느니드 심낭즈은 정신을 진정흐여 시 이복 너여닙고 물니 밧비 쒀여 들쇼 심청이 이 말 듯고 억안이 먹먹 슝당의 막켜 아모란 쥴를 전니 몰나 정신 슈습기가 여렵도드 천연흔 낫빗츠로 완보로 거러와 선두니 홀노 서니 그 닌물 그 틱도난 후닐 업난 서여로드 심청의 어짐이여 즈요성의 츙천흐오니 흐날님도 감동흐亽 동힝슈 용왕으게 흐야 교흐야 분부흐되 유리국 심

〈16-뒤〉

청이난 범범 스룸과 드른지라 오날 스시 쵸의 인당슈의 빠질 거시니 범연 지
체 말고 슈궁의 연으듸 쥬어 시여드을 츌숑ᄒ여 미리 등디ᄒ여 어엿분 심청
을 놀니잔케 연니 틱와 용궁니 다려드가 지성 극디ᄒ여 쥬고 용궁의 죠화로서
묘리 잇게 꼿 만드 만고절식 심청이를 그 꼿 속니 집피 너어 인당슈 물결 우
의 선명케 쒸워 두고 손곡선 오난 질 그 꼿슬 건저다가 쳔즈게 진승ᄒ여 황후
되게 점지ᄒ리라 잇써 동횡슈 용왕이 쳔명을 바더기로 오직이나 분쥬ᄒ랴 시
여 등을 밧비 불너 옥교을 니여 쥬며 분분ᄒ여 이른 마리 인당슈 급피 나가 미
리 등디ᄒ엿다가 유리국 심낭즈 물의 풍덩 쒸여들 거시니 옹교의 뫼서 풍악으
로 시위ᄒ여 평안니 모서오 선연들 분분막서 옥교니 풍악

〈17-앞〉

이며 질기시니 등디ᄒ여 인당슈니 다다르니 잇써에 심낭즈난 선두이 홀노 안
즈 하나님께 스비ᄒ고 디성통곡 울난 마리 씰디업난 심청이난 오날날 인당슈
니 빠저 죽스오니 쳔명도 감ᄒ옵쇼서 일월성신도 아옵쇼서 이 몸은 죽스오
우리 집 병든 부친 싱젼이 눈을 써서 쳔지만물 보게ᄒ오면 죽은 혼빅이라도
여ᄒ니 업스올 거시니 부디 명감ᄒ옵쇼서 빌기을 다ᄒ 후의 선인등게 ᄒ직ᄒ
고 물니 풍덩 쒸여드니 빅일이 무광ᄒ고 창쳔니 어둡더니 난디업난 풍악쇼리
어더서 들이거날 선닌 등니 디명ᄒ야 선즁니 급피 숩고 아모란 줄 모르더니
이윽고 풍악쇼리 점점 머러가며 쳔지 명낭ᄒ고 물결도 잠잠ᄒ거날 선닌들도
황겁ᄒ야 힝선을 지촉ᄒ며 순풍 만나 써나가 잇써예 용궁니

(중간 낙장)

〈17-뒤〉

숨일만니 선닌드리이 지니다가 젼 업던 꼿숭이가 물의 씌워 잇나 양을 술펴니 고의ᄒ고 기니ᄒᄃ 가숭이 비을 디여 꼿 건저 올여놋코 진정ᄒ여 술펴보니 션 즁니 황홀ᄒ야 선셕과 갓틋지라 여러 날 힝션 말ᄒ며 꼿 두고 짐작ᄒ니 식도 ᄯᅩᄒ 불편이라 어인니 ᄒ가 보고 다시 술펴보니 만고이 업난 바라 꼿시 기묘 ᄒ니 천자ᄭᅦ 진숭ᄒ면 필유즁가로 이리로ᄃ 십쓴 근심 간쇼ᄒ여 황셩이 올나 가셔 숭셔 진숭ᄒ니 잇ᄶᅥ에 황제게압셔 우연 숭비ᄒ고 슈심으로 기니더니 꼿 이 젼후로 만실환히ᄒ여 귀경숨ᄋ 보려ᄒ고 궐니의 회부 푸더 이 꼿슬 심어 두고 들며 보고 날며 보니 이 꼿 ᄯᅩᄒ 불편ᄒ다 천자라도 보던 비 처음이라 볼 수록 스룽ᄒ니 듀야 두고 지경터니 원식도 귀경ᄒ고 화분 술펴보니 꼿빗치 황 홀ᄒ

〈18-앞〉

엿난더 화분 아리 잇던 미닌 월셩을 히롱타가 인젹을 놀니더니 감작 놀니여 꼿쇽으로 더러가니 황제 보시고 일혹ᄒᄃ 귀신인가 스룸인가 니 눈늬 즘간 보 니더니 저 꼿쇽으로 더러가니 필윤 ᄒ 곡절ᄒ 이리ᄃ 심즁이 만치 붓ᄒ고 방 으로 더러가셔 혼즈 안즈 싱각ᄒ되 닝일 밤 지푼 후의 가마니 은신ᄒ고 안져 다가 만닐 다시 오거든 니 숀죠 붓드리이라 잇밤 겨오 기여 만죠빅관 죠회 밧 고 월야삼경 고홀 졔 낫슨봉화 이리 소식 보아더니 이월 황홀된단 말 궁즁의 젹요ᄒ여 밤니 이무 집푼지라 황제난 미리 밧기 나와 가마니 은신ᄒ고 화부만 술피더니 치니 단장 일미인의 꼿쇽예서 나오면셔 좌우을 술피더니 젹젹부닌 집푼 밤이 회셰여 잠간 나려 처연 완보ᄒ나 양은 만고절식이라 황제 급피 가 셔 손목을 거머 줍고 귀

〈18-뒤〉

신인가 스룸인가 연고을 못즈오니 심낭즈 홀일 업셔 이미을 구지 숙이고 단슌 호치 게요 여러 옥셩으로 엿즈오디 귀신은 아니로더 스룸이로쇼니ᄃ 황제 ᄒ

교호스 네 만일 스롬이면 나를 쓰러 홈끠 가며 엇지흐려 여기 온지 디졔을 듯
스흐고 낭즈 손을 줍어 졍셩의 올느가셔 쵹흐의 안쳐노고 자셔히 술펴보니 요
조흔 얼골리며 쳐연흔 그 틴도난 셰샹 스롬 아이리로듸 젼후 스연을 낫낫치
치문흐니 심낭즈 디쳬만 알의되 쳔흔 스롬 즈식으로 유리국셔 스압더니 셩셰
치빈흐와 병든 부친 구안차로 션닌들게 몸을 팔라 인슈에 물이 빠져더니 동히
슈 용왕이 시여 등을 츌흐야 이 목슘 구완흐여 용궁으로 다려다가 극진이 디
졉흐고 져 꼿슬 만드러 이 몸을 인도흐여 꼿속이 감쵸오고 셰샹으로 젼숑흐며

〈19-앞〉

요왕의 이르기를 인간이 나가면 황후 되리라 ○○○○○○○○ 겨우 되여 심
신쳡니 스셩고락은 폐흐게 바여오니 쳐분이오니 죽이거든 죽이거날 술니시기
이시고 쳐분디로 흐옵쇼셔 심낭자 닌미등 낫낫시 공슌흐니 범스롬 아닌 쥴을
황졔 짐작흐스 시여 등을 급피 불너 궁즁으로 모셔다가 시위흐여 슈식흐고 잇
튼날 죠회 긋티 만죠빅관 말유흐고 황후로 봉흐나니 죠졍 쓰시 엇더흐고 졔신
이 복지 쥬왈 위연흔 이리 아이로소니듸 흐나님이 쥬신 비필 뉘라셔 말유흐릿
가 셩교디로 흐옵쇼셔 틱스관의 분부흐야 틱기를 지쵹흐여 혼예 거동을 차일
젹니 위이도 슝활흐시고 화쵸평풍 들넌난디 각식 평풍 더옥 좃투 교비연젹 꿈
일 젹니 치식으로 꿈인 장막 찰난흠도 찰

〈19-뒤〉

난흐듸 화쵸영능흔디 이 아니 구경인간 화원의 죠흔 풍악 젼후의 질비흐고 슘
쳔궁영 치의화풍의 시위흐여 만죠빅관 죠신들은 의졍이 열닙흐야 향안쳔 틴경
닌들 여기셔 더흘쇼야 어엿분 심낭즈난 시여등게 시위흐여 교비연셕의 모셔두
고 황졔와 마죠셔셔 교비흐난 거동 홀 일 업난 신션이요 인간 스롬 아로듸 황
금스 드러노코 왕니흐난 거동은 이 아니 흡환쥰가 잔치을 파흔 후의 신방이
드러가 원앙의 금비취침과 곡절평풍과 흡환셩은 부듸 호스즈락흐고 황졔와 동

침호니 근실도 졍호시고 이 스랑이며 분의 비홀 디 업두 이튼날 평명쵸의 심 황후 좌기호스 황쵸로 금렴 드러 만조빅관 조회 밧고 궁중의 디모를 녜법으로 시힝호니 티평셩디 이 안닌フ 황

〈20-앞〉

제 극키 스룽호스 심황후 호난 말 마당 신힝호시이 조졍 졔신니며 쳔호의 만 민드리 모도 두 송덕호니 가음의 동요셩은 쳐쳐이 아람둡두 심황후 거동 보쇼 죽을 몸니 스르나셔 황후 되엿스니 영화 극진호것마은 병든 부친 싱각호여 쥬야 슈심호되 불숭훈 우리 부친 죽어난가 스르난가 몹실 쌀 나을 일코 길노 다이면셔 나 부르시고 우르신가 그 스의 눈을 쩌서 인간 즈시 보시난가 오십셕 쓸 잇시니 기호나나 면호신가 일여 자자호니 아모리 줄거워도 훈번도 입을 여러 웃난 양을 보지 못훈지라 황제 위로호여 달너여 문난 마리 황후는 엇지호여 궁중의 드러온지 여러 히포 되엿스되 즐거 웃난 양을 훈번도 못보오니 무숨 이리 부죡호여 무숨 일노 슈심호며 나을 불

〈20-뒤〉

평홀고 황후 엿즈오디 궁심지의 쇼락이며 의복 입난 비을 마음디로 다한 후의 분이예 티과호여 두로쳐 싱각호면 숀복호온 이리오나 평싱니 밋친 슈심 쳘쳔지훈이오니 부친 망인 되신 일 오직키나 원통호오 쳔호니 병신 만컨만은 젼싱 무숨 죄로 망인 되여나셔 길 차저 왕니홀 졔 압 못보와 원통호고 부모쳐즈 얼골 엇더훈 쥴 져리 모르나니 아니 볼숭훈가 폐호 어진 덕틱 스히예 진도호스 초예의 농부 빅셩드리 각양가 부르면셔 티평셩디 노릭호니 불숭훈 것 망린 빅셩이라 일시의 덕틱으로 쳔호 힝관호여 노쇼망닌 불너드려 잔쳐 셰번 비셜호야 저의 셔로 즐기오면 이도 쏘훈 셩덕이라 신쳡이 귀푼 호니 이 쑨이라 원디로 시힝호오시면 여한니

〈21-앞〉

업스오리드 황제 이 말을 드르시 칭찬ᄒ여 이른 마리 황후 어진 덕틱 이 아이 자락ᄒᆫ가 국가의 이만 일은 어렵지 아니ᄒ니 원더로 ᄒ리라 잇튼날 죠 밧고 죠회의 ᄒ교 ᄒ시ᄉ 글ᄂ예 치민 범저리 엇더ᄒ고 과니 쇼미치난 구중궁권 지 폐시니 ᄂ업 아직 만코 낙ᄉ를 김죽홀 길 업거이와 천ᄒ시정 술위기난 죠정티 신 아르니 가기 쇼문 쇼경으로 쥬달ᄒ여 김니 혹 업게ᄒ라 제신이 예 복지 쥬 왈 국가 친민 더쇼ᄉ을 신 등의 비의 엇지 범연홀릿가 더국 인정 술피기난 임 심이 슈후ᄒ야 방곡니 남노쇼 업시 티평연을 비셜ᄒ고 홈표고복 경앙가로 이 러타시 질기면서 성덕을 칭송ᄒ여 요지일월이요 슈직건공이라 티평성니 되니 인간 골골마닥 ᄌ통ᄒ니 영영홀 비 업스오니 심히 저극케 후왕

〈21-뒤〉

의 쇼보를 볼작시면 글ᄂ예 연치 풍연ᄒ와 ᄉ방이 이리 업서 천ᄒ 티평ᄒ니 차 막비성덕니요믹 염염홀 일 업나니드 성승니 더열ᄒᆞᄉ 정등이 말슴 드를진 디 과인니 경ᄉ로드 심히 제국 각도 방빅니 티평연을 비셜ᄒ고 그중이 가극홀 망인 된 빅성이라 세승의 싱겨나서 천지만물 불별홀 길 업난지라 이 아니 ᄒᆫ 심훈가 망닌잔치 비셜ᄒ야 저의 서로 질기난 양 모르ᄒ니 ᄒᆫ번 보기 원일넌니 이만치 티평시예 볼ᄀ물ᄒᆞᆫ이리드이 천ᄒ이 힝관ᄒ여 남녀노쇼 망닌들 일시에 다 불너 잔치 세 번 할 거시니 이더로 시힝ᄒ라 만죠제신 봉명ᄒ고 잔치날 틱 정ᄒ고 각도 각읍 힝관ᄒ여 남녀노쇼 망닌빅성 낫낫시 지위ᄒ여 황성으로 거 동ᄒ라 잇쩌 망닌드리 이 기별을 듯고 히히낭낭

〈22-앞〉

츔을 츄고 기리 츔을 츄고 기리기리 쎄를 지여 압 서거니 뒷 서거니 서로 줍고 닌도ᄒ여 쥴보ᄉ로 온ᄃ 심황후 거동 보쇼 잔치날 당ᄒ여 옥병이 슈를 가지고

전승의 죄기호여 쥬렴을 드리우고 보친 오기 기다린ᄃ 남여노쇼 망닌들 서로
잡고 인도호여 차려 드려온ᄃ 심황후 거동 보쇼 츄좌를 ᄌ로 드러 멍닌마당
술핀ᄃ 여도복지도 보고 좌우로 ᄃ 살펴도 보친 안니 완니 이것 원인이른고
병이 드러 못오신가 죽어서 못옷신ᄀ 이관 업서 못오신가 육로말니 험안흔디
인도호리 업서 못오신가 멀고 먼 유리국이 시열 밋칫쳠 못가셔 못오신가 이것
ᄃ 시ᄉ로ᄃ 그 ᄉ의 눈을 쩌서 망닌이 아니여서 못오신가 만단니나 의혹 되
여 중심이 밋친 서름 피를 구러 이 말 호고 혼ᄌ 안저 ᄌ탄흔다 흔번 잔치 나
거시면 이번가지

〈22-뒤〉

안이 오실진던 필연코 죽어시니 나도 ᄯ흔 ᄌ결호여 고돈흔 우리 부친 지호니
차자볼가 이리 싱각 저리 싱각 마음 간절호여 세 번 잔치날 다시 퇵정호여 가
급이 지위호여 이날만 지다린다 잇쩌예 심망인은 심청이을 이별호고 쥬야로
길탄호고 죽게 되니 동중ᄉ 호기인드리 ᄎ마 보기 민망호여 동중의 공회붓쳐
홀노 인난 쎙덕어미 저도 ᄯ흔 고단호니 심망인과 동거호야 마음긋 위로호여
안심흐기을 ᄎᄎ 호고 쎙덕어미 불너닌다가 달닉강호되 쎙덕어미 거동 보쇼
계오리고 욕심 만키로 판쥴 게집이라 오십석 쑬 보고 허락호니 심망인게 이
말 호여 위로호니 심망닌 서룬 중의 이 말슴 반게 듯고 헝 우섭 우시면 아시오
오 실업은 말슴 봇자의 마시오 동중이 여려 어루신너 날만 ᄉ룸을 싱각

〈23-앞〉

호여 강권호시니 언심천거 막심호오 그러호겨 이은 발서 호여스면 쎙덕어미
보닉시요 나지면 심심흔디 말버시나 서로 호고 밤이면 심심흔디 다른 것도 총
총호고 서름이나 풀게 흐온 동중의 길겨호고 쎙덕 불너다가 이날 호닌호니 심
망인 거동 보쇼 쎙덕어미 어든 후로 ᄯ 싱각 차차 머러지고 그리저리 ᄉ룻난
ᄃ 쎙덕어미 무슨 쥬야로 펑펑 놀고 오십석 쑬을 제 몸 디로 다 허러 업신 후

로 심망닌 신세 보쇼 곤곤흐기 막심흐야 자탄흐여 흐난 마리 차라리 그저 홀
노 잇서스면 이런 변니 일실쇼야 불숭흔 우리 짤 몸 팔닌 쑬 오십셕을 발길연
쌩덕어미 숀니 허탕 탕진흐니 원통흐고 이다롭 결단흐고 지닐 제 동즁의 여러
스롬드리 심망인게 이른 마리 지극 황셩의서 황틱후 인후흐사 의민흐난 어진
덕틱으로 스히예 진

동흐스 즁의 망인빅셩 가극이 싱각흐여 천흐망넌 다 불너셔 잔치 비셜흐고 이
홀흐기 장흐더라 곳마당 총숑흐니 심망닌도 올나가서 이번 잔치예 춤여흐쇼
심망인 이 말 듯고 쌩덕어미와 닌도흐여 아물흐면 오직홀가 이 형셰만 나실제
황셩나나 구경흐시 잔니 아니면 가잔 쯧시나 둘가 마음을을 밋고 이 병신을
인도흐여 딕국으로 올나가서 잔치 숨예 흐여 보면 잔니의 어진 닌공 엇지 다
기록흐리 황천의 도른가셔도 아모조록 갑푸리라 쌩덕어미 이 말 명심흐여 부
디 듯소 길노 다니자면 밍낭흔 일이 마니 보고 우슈우 스롬 마니 잇나 부디 죠
심흐고 남이 말 듯고 말고 지니니 어진 마음 나도 김즉흐거와 게집니 마음을
제 마음 갈 제 마음과 드리드 흐여스니 보더 마음을 조심흐여 날만 밋고 올나
가시 당부흐

며 기를 차저 인도허난디 난디 업난 황봉스을 즁노의서 만나 셔로 인스 통셩
을 차려로 다 흔 후의 황봉스 이른 마리 나도 잔치기별 반겨 듯고 황셩으로 향
흐더니 동힝을 마나시니 이도 쏘흔 연분이라 반갑기 긋지 업쇼 흠씨 동힝흐스
니드 심망인 이 말 듯고 무슈 싱각흐되 황봉스난 소연 만당이나 이혹더여 아
죠 쎨처 디답흐되 게거난 혼몸이요 나난 부부동힝흐니 닉 부부 동힝흐난 즁이
짠 스롬 훔기 가기 체면 아니이 게난 게더로 가고 나난 나더로 갈 거시이 여러
말 다시 마오 황봉스 간청흐야 우리 피차 만나기난 이도 쏘흔 연분이리 피차

몹슬 망인이로 가난 비 흔 고지라 말니장성 먼먼 기리 동힝ᄒ여 가락이면 서
로 부종졔요니 허무른 이논ᄒ오릿가 심망닌 이 말 듯고 즁심으로 이른 마리
형졔ᄒ잔 마리

⟨24-뒤⟩

더욱 슈승ᄒ고 고니 ᄒᄃ 필연 봉퍼ᄒ리로ᄃ 만단이나 이혹다가 다시 곰곰 싱
각ᄒ되 져도 ᄯ혼 스룸이라 형졔라 ᄒ고 말혼 후의 허다시 ᄯᆮ슬 두랴 황봉ᄉ
도 니 말 듯쇼 겨리형졔 ᄒ니 니 마음 등등ᄒ미 동힝ᄒ여 가려이와 황봉ᄉ난
쇼연이요 나난 연노ᄒ니 자닌난 아히 되고 나난 형이 될 거시니 그리 알고 흠
기 가신 황봉ᄉ 디답ᄒ되 그 말이야 아니 이를 말 말슴이요 ᄒ로 잇틀 가고 삼
이를 동힝터니 황봉ᄉ 소연니요 인물이 니풍ᄒ야 면슈건장ᄒ니 ᄲᅦᆼ덕어미 슐퍼
보고 욕을 잔득 너고 잇다금 조롱ᄒ며 ᄯᆮ졀 두고 침그ᄒ니 황봉ᄉ 음흉ᄒ여
ᄲᅦᆼ덕어미 ᄯᆮ슬 알고 무단니 히롱타가 엇지 틈을 어더 흔번 좀을 드니 서로 밋
쳐 발광혼다 볼ᄒᄃ 심망닌은 아모리 금츠혼들 봉ᄉᄅ 알 슈 업고 게집은 음
탕ᄒ여 쇼기기로

⟨25-앞⟩

ᄒ니 하물혼들 엇지 ᄒ리 심망닌 젼니 몰네 니빗○○○이 잇ᄯᅥ난 ᄒᄉ월리라
이이가난 심심덥고 힝보니 던지운 만니 ᄲᅦᆼ덕어미 이른 마리 길가니 죠흔 졍ᄌ
잇스니 잠간 슈여 가스이ᄃ 심망닌 이른 마리 졍ᄌ 밋티 잇ᄃ ᄒ고 황봉ᄉ 흠
기 가며 졍ᄌ 밋티 좌졍ᄒ고 ᄲᅦᆼ덕어미 급피 물너 닝을 질너가다 서로 마신 후
의 심망닌 거동 보쇼 황봉ᄉ 만난 후의 슉소참니 드러가면 슝졍골물ᄒ야 밤니
면 잠을 못ᄌ더니 이 고ᄃ 슈여 안ᄌ 쳥풍 서늘ᄒ야 스룸을 밋고 계ᄒ난지라
심망닌도 니로ᄒ여 ᄲᅦᆼ덕어미 간쳥ᄒ야 무릅 ᄲᅦ고 누닌면서 아몰ᄒ며 오직홀가
오날은 슈여가시 머리에 이나 좁쇼 ᄲᅦᆼ덕어미 반겨 듯고 젹근젹근 ᄌᄅᄌᄅ 죽
기ᄃ가 승젹이 골몰ᄒ여 잠 못ᄌ던 심망닌이 예서 잠을 집피 드러 굿슬 흔들

엇지 알이 썽

〈25-뒤〉

덕어미 소위 보쇼 심망닌 베닌 무릅 가마니 쎄여니여 옷보 베여쥬고 황봉수와
니논ᄒ되 우리 두리 도망ᄒ여 다른나른 잇써 심망닌은 잠을 짠득 자고 호련니
잠을 ᄭᅵ여 이러 안저 지지기을 볼근스며 혼즈 안저 ᄒ난 마리 쎙덕어미 거 잇
난가 잠을 오리 자니 곤흠도 곤흔지 오날 히가 어나 ᄶᅵ 되엿나요 그만 즈고 어
서 가시 혼즈 안즈 ᄒ난 마리 이리 나오오 쎙덕어미 이리 나쇼 아모리 말흔들
뉘 잇서 디답ᄒ리 심망인 거동 보쇼 쇼리을 크게 ᄒ니 저가 쥬여 지를난당 쎙
덕어미 그리잔가 황봉수도 그저 잔가 쎙덕어미 어여불수 황봉수도 어여불수
두로 수방 더듬으면 아모리 불인들 발서 도망 멀이 간너 어더 차저즈리요 심
망인 거동 보쇼 두로 수방 더듬으면서 옷보만 차자들고 아슙게 이른 마리 옷
보가 예 잇스니 혈마 어디 갓던 말가 쎙덕

〈26-앞〉

어미 어서 오쇼 너머 진훈 ᄒ시질로 너머 ᄒ지○오르 ○○○○ 기롱 쓷티 쏘
음나미 이 아니 죠찬홀가 어서 오쇼 밧비 오쇼 부르신들 뉘 아라서 디답ᄒ리
심망닌 홀 일 업서 신세을 곰곰 싱각ᄒ니 통곡이 절노 난ᄃ 쎙덕어미 무승ᄒ
야 눈 뜬 가장 쇽인기로 큰 이리라 이른거든 ᄒ물며 니니 몸은 압 못보난 병신
이라 눈 먼 가장 두고 쇼연 셔방 탐을 니여 아 고단흔 이니 몸을 무인지정니
두고 잇럿 업시 다른나니 어느편은 오던 기리며 어느 편은 갈 기린고 천ᄒ의
병신도 만컨마는 날 갓드리 뉘 잇스리요 천갓치 섭ᄃ흔들 동셔남북 분별ᄒ야
길 차 왕니ᄒ고 안진방이 섭ᄃ흔들 천지만물 구경ᄒ고 온갓 음식 알아보고 부
모처즈 얼골 낫낫치 아라보니 이니 서룸 갓틀쇼냐 이니 몸은 무슴 죄로 이 시
승니 숨겨나며 압 못보난 봉수 천지만

(중간 낙장)

〈26-뒤〉

집 이리고 드러가며 시근밥 돈중경의 이겨요 이리그리 요기ᄒ니 몸니 팔즈 엇
지ᄒ여 이리 홀고 길들기리 지니ᄃᄀ 잇쩨에 심망인 게집 일코 팔즈 원망ᄒ난
마를 가마니 드러보니 불숭ᄒ고 가련ᄒᄃ 목동의 싱각ᄒ고 아서라 월저 다 바
리고 저 봉스나 인도ᄒ여 황성이나 귀경ᄒ시 심망넌 ᄒ난 마리 봉스 나 우난
마를 앗가 드러 짐작ᄒ니 불숭ᄒ긔 세승니 짝이 업쇼 쏘 말슘을 드르니 황성
으로 간ᄃᄒ니 나도 일신니 고돈ᄒ여 목동으로 일슴더니 이것 ᄃ 바리고 봉스
님을 인도ᄒ야 황성을 갈 거시니 동힝ᄒ미 엇더ᄒ오 심망인이 말 듯고 반갑고
ᄒ 반가와 눈을 홉쓰면서 금벅금벅 ᄒ난 마리 뉘신가가 엇더ᄒ신 군즈신가 날
술일 뜻즐 두니 말슘 감격ᄒ건만는 말슘 감격 술이면 ᄒ희갓치 집난고 은혀
빅골진

〈27-앞〉

퇴 된들 엇지ᄒ여 이질쇼야 제발 덕분니○○○○○○○○○○락ᄒ고 심망인을
인도ᄒ야 황성으로 돌나갈 제 잇쩌 황성 근쳐 이 안씨망인이 ᄉ난지라 죠승부
모ᄒ고 일시니 고단ᄒ여 약간 부모 죠님으로 종 게집이 ᄒ나만 이지ᄒ여 근근
이 지니ᄂ 나히 장슘십이라 아직 성혼치 못ᄒ 차의 ᄒ로밤 꿈을 쑤니 빅발노
닌이 정영 이기를 니일 오시 죠니 유리국 심망닌이 네 집압푸로 지닐 거시니
귀후츠가 지니거든 기연니 유닌ᄒ야 네 집으로 모서드가 디졉ᄒ고 서룬 정승
말ᄒ면서 정혼 말 간청ᄒ야 부부지락 미진 후의 황성으로 갓치 갓면 너 몸도
귀니 되고 평싱이 편홀 거시니 부디부디 명심불망ᄒᄅ 빅번니나 당보ᄒ니 안
씨망인 꿈을 쩌여 혼즈 저 싱각ᄒ되 밍낭ᄒ 이리로ᄃ 꿈이와 셧든 노닌니 엇
더ᄒ신 노닌고 만단니

〈27-뒤〉

나 슈심타가 용경이 쏘호 꿈 흐나을 어드니 심봉스릭 흐난 스룸니 황용 됩터 트고 방안으로 드러와서 무수 히롱타가 황용 우의 숨기 올나 황성으로 힝흐드 가 놀니여 씨드르니 남가닐몽이라 꿈을 쑨 안 정신니 미오 이혹흐야 고히 흐 고 밍낭흐드 노닌 말솜 그리 흐고 꿈도 쏘호 이러흐니 심승훈이라 아니라 잇 튼날 죠석흐고 문박기 즈리흐고 망닌오 기달릴 제 종연다러 당부흐되 아모 봉 스릭도 오건든 닉 알게 흐릭 잇써 심망인니 목동으로 인도흐여 분망일 나온드 안씨도 극 소리 김죽흐고 마죠 나와 이른 마리 예릭 심망인니요 심봉스 쌈짝 놀니여 뉘신고 말이장성 먼먼 기리 니로 흐더 드러와 잠간 슈여 단비나 잠슈 시며 자연이니드 심망닌 거동 보쇼 꿈적꿈적 드러와셔 만단 이혹흐여 혼즈 서 서 흐난 마리 나난 김죽 못흐것

〈28-앞〉

닉 뉘신가 답답흐니 시여서 쇽키 일너쥬오 잇써 망닌 거동 보쇼 심망인을 인 도흐야 방안이 드러와셔 죠흔 슐노 강권흐여 이른 마리 유리국서 예 오즈면 멀고먼 말이긔리라 이와 오직기 구차홀가 슈리나 좁슈시오 닉 집니 군치흐나 말솜니ᄂ 서로흐고 평안이 슈여 가오 잔치날 머러시니 미리 가면 존츠흐기 막 심홀 거시니 염염 말고 계시다가 가시게 흐오 심망 혼즈 싱각흐되 남여노쇼 유벼를 각곳마당 잇것마난 고히흐고 밍낭흐고 기의흐드 피츳 경후불견으로 나 를 엇지 아라보고 심봉스릭 부르시니 의아니 고의흐며 심승의 가난 과긱 모드 니 간청흐여 디접이 극진흐니 필유묘리흐드마은 미스난 간쥬인이라 흐니 쥬의 니 간청흐고 날포ᄂ 쥬리시니 슈리ᄂ 먹어보즈 두어 숨비 지닌 후의 심망닌

〈28-뒤〉

이른 마리 나난 본씨 망인은 엇지 날갓탄 심망이 과긱을 심봉산 줄 엇지흐며

마자드러 쥬육으로 후디후고 슈여가르 후시니 가점을 묵잘후니 아난 니리 벌
노 잇쇼 나도 불숭훈 스롬으로 신세 곤곤후오니 기정 말고 바로 이르시오 안
씨망닌 이른 마리 나도 팔즈 무숭후야 압 보난 망닌로 죠실부모 후고 동싱간
일가친척 바히 업서 일신니 고단후야 죽업 맛당후건마은 이 모진 목슘 아니
죽고 잇씨가지 지보후여 나히 정참 슴십이르 음양니 뜻지 업 세숭흥미 모르더
니 간밤의 꿈을 쑤니 빅발노닌이 헌몽후되 유리국 심봉스가 네 집 압푸로 지
닐 거시니 아모쪼록 마저 드러 네 몸을 이탁후면 일신니 편후리르 정여니 당
부후되 이 꿈이 훈 기이후야 문밧기 디후의 봉스님을 맛나시니 소여의 죵신디
가난 봉스임 잇스오

⟨29-앞⟩

더립드 말고 다허 허락후옵소서 심망닌 이 말○○○○○○○ 아 소란씰 서럼
말 드시 무시오 스롬을 몰나보고 결난지 달포 되여 전전걸식 우난 스람 낭덕
이 비여시니 무어시 잇드 후고 간디로 호림난가 이런 말 드시 마시오 길 밧분
스롬 일비 쩌나오니 드시 보시 안씨망인 무안후야 심망닌 쇼니 잡고 봉스님
게 안저 니 말씀 더 드러보쇼 심망닌 이른 마리 노으란씨 그리후난가 아모리
희셩디로 무가너시 안씨망인 이른 마리 말슴도 야속후오 마드후면 그저 마드
후제 불숭한 이니 몸을 노류장후로 으라시고 회권타고 말슴후시니 그 아니 원
통훈가 아모리 봉스를 말노 드리 볼지라도 스롬을 볼만 일 창여오면 봉스님
아라도 술 스롬 만컨마은 보더 봉스님게 봉디를 드 으후리요 봉스란 것 말쏜
마린 거슬 본디 무도후야 그리난 후려니와 느도

⟨29-뒤⟩

쪼훈 무식훈 아히로 이탁고저 청훈 거시니 실체되얏거 ○○작후여 알거시니
와가신다 홀지라도 속 모린이 니 몸을 창여로 아지 마오 심망닌 가신 후의 씰
디업난 이니 몸은 즈결코즈 뜻줄 두니 그리 알고 어서 가오 심망인 거동 보쇼

가런 말솜 흔번 곳 져라 쏘흔 보쓰면셔 우슴 우스면서 안씨망닌 돌닌 마리 앗가흔 ᄒᆞ난 마를 진담으로 드르시고 노정을 두거이와 이리흔 ᄃᆡ로변의 영닌 ᄃᆡ접ᄒᆞ난 게집 무슈니 잇다ᄒᆞ여도 ᄂᆡ 본심 망닌으로 눈짐작홀 슈 업셔 낭자의 다러 이른 마리 실업난 마리 아니 뭄이라 여 나 잡고 ᄆᆡ우 시면 힝시리 비서나고 진정니 쇼회 ᄉᆞ난 쳣말솜 일너시니 낭ᄌᆞ의 소견ᄃᆡ로 입니 위지ᄒᆞ옵쇼서 안씨망닌 이른 마리 혈혈단신으로 이텩이 저니 업서 인각이 바린 ᄉᆞ름 되여시니 이 마롤 것 업건

〈30-앞〉

마은 황성니 이나 ᄀᆞ겨ᄒᆞ고 이ᄂᆡ 몸 쥭을리라 ᄒᆞ고 일식○○○○○여시니 봉ᄉᆞ님 처분니요 심봉ᄉᆞ 이른 마리 낭ᄌᆞ의 은정으로 쥬육으로 ᄃᆡ접ᄒᆞ니 몽박기 말솜ᄒᆞ니 진작 허락 못ᄒᆞ여스나 낭자 진정 쇼원 실ᄉᆞᆼ 상거ᄒᆞ면 엇지 허락 못홀가 이런폐지왈 만날 나리 제저라 오날노 흡궁ᄒᆞ시 피차 허락흔 후의 안씜망닌 즐겨ᄒᆞ야 석반을 차릴 적니 심낭자의 찬슈ᄒᆞ러든 오직키나 기록ᄒᆞ랴 먹기 죠흔 싱치구음 보기 죠흔 슈여구음 죠쵸른 싱북희며 풍치 죠흔 광이 만도ᄃᆡ 양판의 갈찜 쇼양판니 옝개찜 염통손적 양찜을 온갓 양염을 다 갓쵸와 차러로 과여 잇고 싸거 노흔 싱울이며 저여노흔 싱어로 가멸 화로 화ᄉᆞ 당밧 죠흔 화치등물 음식ᄃᆡ 먹을 차로 죠고만흔 ᄃᆡ목판이 보기 죠케 ᄎᆞ려 노코 빙거지골ᄎᆞ

〈30-뒤〉

릴 적니 도ᄅᆞ지 고침이며 마거리 포고등물 점점이 괴와 두고 거울 업게 잡어라 두리우면 뭇수니 이리 마날 싱각 후초 양염으로 장일적 지름 마니 부어 랄고기가 연ᄒᆞ이라 쓰리쓰리 저 질겨 갈너라 저르면 숀니 오니라 청도ᄒᆞ로 이 숫불니로 워라니 방의 드리 노코 적쇼의 연기로 노와 골가른ᄃᆞ 잠물 부어라 옷갓 치쇼 여어두고 고기로 지름 뭇처 고로고로 귀서 얼풋얼풋 고기가 이무

익으면 꽉꽉하여 먹기가 거복흐이라 드리니여라 절님절림흐며 귀저라 적병강 묘묘 비애 일방반포 볼지니 화광이 찬천흐여 강물리 쒸쏠난덧 흔참 쓰러날 제 게란 씨 너으면서 휘휘 저며라 영그면서 못시리라 밧기 목동 거 잇난가 허물 말고 드러 오쇼 만일 즈니 아니 오면 니 엇지 여기 올가 그디 은공 싱각흐면 빅골난망 그지 업니 낭즈도 그리 알고 일가갓치 디접

〈31-앞〉

흐쇼 목동은 여기 안저 날 권흐여 즈니도 먹쇼 아적이난 심중으로 무슈니 먹은 후의 밥니 넘엇 지니지라 그만 놀고 줌을 즈시 워낭금 비취짐니 서로 벗고 누어 등도 맛쵸고 비도 맛쵸와 온곳 히롱 스룽과 남창복창 노적처로 담을 쏘 싼인 스룽 암니갓 슈양버들 청처지고 느리지 스룽 환쥬 풍신 목판활처로 펑퍼지고 고은 스룽 틱갓치 놉푸난 스룽 흐히갓치 지푼 스룽 포도 다리 너출갓치 휘휘 치치 기푼 스은 흐직여락 금갓치 올마리시푼 청느미여 침뭇갓치 혼솔갓치 감친 스룽 잡옥중 중식처로 묘모마듸 이 감친 스룽도 그지 업듸 연분도 진 물노 씨고 마니닌 품어 누어 교디흐여 이른 마리 봉스임 슴강 아러시요 나난 슴강 모라것드 네 슴강 드러보즈 그리흐면 슴강을 드르시요 군위신강 부지즈강 부위처강 이 슴강니요 아셔르 네

(중간 낙장)

〈31-뒤〉

○전이 몰나 슐만 바드 마신 후의 심황후 부친 목을 안고 우난 ○리 아부임 아부임 오시신가 나를 엇지 모르신ㄱ 아부님 눈 쓰시라고 고양미 슘빅석니 몸을 팔여서 죽를 초로 인당슈의 갓던 신청니시 그 스예 눈을 쩌서 천지만물 구경 흐신가 흐엿더니 잇쩌가 뭇쩟난가 어서 밧비 눈을 쩌서 쌀리 얼골 디면흐쇼 심망넌 황갑 쥬니 심청이라 흐난 마를 듯고 꿈갓고 싱시 갓드 참말넌가 제발

덕분 눈 조곰 쓰면 쌀니 얼골 차라보니 이 쇼리 예 눈을 번뜻 쓰니 천지일월
명흐고 정신니 황홀흐야 쌀이 얼골 자라보니 이 아니 천조신가 서로 잡고 울
면셔 흔 실피 통곡흐니 만죠빅관 제신드리 뉘 아니 친찬흐리요 황제 보시다가
즁게여 나려 황후의 보친이며 심황후를 위로흐여 벌전니 들러가서○○

⟨32-앞⟩

심흐여 좌정흐시와 심황후 거동 보쇼 부친과 ○○○○○○○○ 보친의 압 못
보난 망인으로 평싱 셜워하나 양을 츠마 보기 원통흔 강남국 선닌 등겨 몸을
팔닌 말슴을 차여로 엿즈와 가로디 인당슈 집푼 물리 빠저 죽게 되엿더니 동
힝슈 용왕이 아르시고 이 몸을 구완흐여 쇳쇽이 몸을 숨겨 구완흐던 말슴이면
낫낫치 쥬달흐고 황후 부친 심원된 쌀자식 이별흐고 동동 덕을 입어 쎙덕어미
어더 동거타가 다 어더쥬던 오십석 쌀을 헛탕 탕진흐고 곤곤흐기 막심흐더니
잔치 기별 어더 듯고 쎙덕어미 인흐야 츠을 기리 황봉스와 셔로 만나 동힝흐
여 오드가 무닌지졍 드둘나셔 고단흔 이 니 몸을 츠바리고 무승흔 쎙덕어미
황봉스와 ○○흐고 두리 드 도망흐니 압 못보난 이 니 몸을 이 아모디로 갈 둘
몰나

⟨32-뒤⟩

죽기만 바라더니 뜻밧기 목동 흔나 니 경승 슬퍼보고 가무 싱각흐고 인도흐여
오던 말과 황성 근처이 안씨망닌이 기록○○ 디졉흔 말슴이며 졍든 말슴이며
차리로 승달흐니 황틱후의 드르시고 일비일히흐여 무슈의 치송흐고 황후 부친
은 부원군 봉흐시고 안씨망닌 불너드려 졍열부닌을 봉흐시고 목동은 벼술길노
즁승을 마니 흐시고 황봉스와 쎙덕어미난 스실흐로 도청이 자바다가 쇼시흐기
흐니 세승 길겁고 서릅고 원통흔 일른 심청전 밧긔 업더라
이 치 쥬닌는 신진쩍이 맷노라
○졍○○○○○륵

단국대 나손문고 소장 65장본 심청전

　대략 가로 20.5cm, 세로 29.8cm 크기의 필사본으로 한 면에 12줄이 쓰여 있다. 앞장에 '강순전이라'는 제목이 붙어 있으며, 낙자와 와음이 많이 보인다. 앞부분은 활판본(광동본 6판)과 비슷하나 전반적인 내용은 차이가 있다. 시간적 배경은 없고 공간적 배경은 황주 도화동이다. 심봉사의 이름은 학규이며 부인은 곽씨이다. 치산대목, 기자치성 대목이 있다. 기자치성 대목의 뒤에 '이런 부정당한 일을 헛쓸잇가 잇나야 이것은 모다 광대의 농담이든 것이엇다'고 되어 있다. 심청이 태어난 후 삼신께 축원을 드릴 때, '셩혼 스람 갓겨 되면 나죽히 빌연마는 심봉스난 근본이 셩픔이 팔팔혼 고로 숨신졔왕님이 쌈쪅 놀니 도망ᄒ기 빌겻다'는 서술자의 개입이 나타난다. 후반부의 대화 대목에서는 '봉', '쎙'과 같은 대화자의 표시가 보인다. 심청이 꽃을 타고 해상에 나올 때 선인들의 앞에 선관이 나타나 천상화라는 꽃이름과 각별 조심 모시라는 말을 전한다. 천자의 꿈에도 선관이 나타나 상제가 인연을 보냈으니 바삐 살피라는 말을 전한다. 안씨맹인과의 결연대목 뒤에 방앗간 대목이 나오는데 '요 방아타령의 우슌 말이 만체마는 줄되야서 ᄃ 쎄야든 거시엇다'는 서술자의 개입이 나온다. 심봉사가 심청과 만나 눈을 뜬 후, 몽운사를 재궁으로 삼고 장승상 부인과 도화동 사람들에게 상급을 내리고 심부원군이 안씨맹인에게서 칠십에 생남을 한다는 후일담이 간단히 제시되어 있다.

단국대 나손문고 소장 65장본 심청전

〈1-앞〉

강순전이라

느진 봄 피난 곳은 곳곳이 만발인디 정업시 분난 바람 곳가지을 후리치미 낙화난 유접갓고 유접은 낙화갓치 펄 날니다가 령당슈 흐르난 물에 힘업시 써러지미 아람다온 봄소식 물소리를 짜라 흔젹 업시 너러간다 잇써에 황쥬 도화동의 쇼경 ᄒ나히 잇쓰되 셩은 심이요 일홈은 학규라 셰디 잠영지족으로 셩명이 자자터니 가운니 영체ᄒ야 이십의 안밍ᄒ니 낙슈쳥운의 발즈최 ᄯᅳ어지고 금장장슈의 공명이 뷔여씨니 향곡의 곤ᄒᆫ 신세 강근ᄒᆫ 친척 업고 겸ᄒ야 안밍ᄒ니 누가 디접홀가마는 양반의 후예로셔로 힝실이 쳥염ᄒ고 지기가 고승ᄒ야 일동 일젹을 경

〈1-뒤〉

솔리 아니ᄒ니 스람마다 다 군즈라 칭ᄒ더라 그 안히 곽씨부인 쏘ᄒᆫ 현철ᄒ야 임스의 덕과 중광의 식과 목난의 졀기와 네기 가려 니측편과 주남소남 관져시을 모를 것이 바이 업고 봉졔스 졉변긱과 인니레 ᄒ목ᄒ고 가중공경 ᄒ목ᄒ고 치손범빅집스 가감이오 이졔에 쳥염이오 안즈의 간난나라 긔구지업 바이 업고 ᄒᆫ간 집 단포즈의 반소음슈 ᄒ난고나 곽외에 편토 업고 낭ᄒ의 노비 업셔 가련ᄒᆫ 곽씨부인 몸을 바려 품을 팔 졔 슉바느질 관디 도복 즌누비질 숭침질 막음질과 외올뜻기 씨담누비 고두누비 솔올기며 셔답 쌜니 푸시 마젼 ᄒ졀의복 젹숨 고의 망건 쑴여 갓ᄯᆫ 졉기 비자 토수 보

〈2-앞〉

선 짓기 힝전 딘님 허리쯰와 쥼치 양낭 쏨지 필낭 휘양 풍차 복건 흐기 가진 금침 벼기모의 쌍원앙 수 놋키며 문무빅관 관디 흉비의 학 쌍흑 범 그리기 길 쏨도 궁초공단 토쥬 감쥬 분쥬 져쥬 싱반저 빅마포 츈포 무명 극승세목 쏙밧고 맛허 짜고 청황젹빅 침향오식 각식으로 염식흐기 초상난 집 원슘 제복 혼 슝디스 음식 셜비 가진편 중겨약과 빅손과쥴 다식졍과 냉면 화쳐 신션노 강진 찬슈 약쥬 빗기 슈팔연 봉오림 상비 보아 괴임질 일연 슴빅육십일을 잠시라도 놀지 안코 품을 파라 올 젹의 푼을 모아 돈니 되면 돈을 모아 양 만들고 냥을 모아 관니 되면 인근동 스룹 중의

〈2-뒤〉

착실흔듸 빗즐 쥬어 실슈 업시 바다드러 츈츈시힝 봉제스와 압 못보난 가중공경 시종이 여일흐니 슝흐일면 스룸드리 뉘 아니 칭찬흐랴 흐로난 심봉스가 마누라 겻혀 안즈 여보 마누라 거기 안져 니 말슘 드려 보오 스룹니 세숭의 나 부부야 뉘 업실까마는 이목구비 셩흔 스람도 불측흔 겨집을 어더 부부불화 만컨니와 마누라는 쳔숭의 나와 무슴 은혜 잇셔 이싱의 부부 되야 암 못보난 가중 나을 흔시반쩌 놀지 안코 불쳘쥬야 버러드러 어린아히 밧늘드시 향여 치워 홀까 비곱을까 의복음식 쩨 맛츄아 지셩으로 봉양흐니 나는 편타흐려니와 마느라 고승스리 도로혀 불안흐니 괴로온 일 너모 말고 스는디로 스옵시다

〈3-앞〉

그려나 니 마암의 지원흔 닐 잇소 우리가 연광이 스십이나 슬흐의 일졈 혈육이 업셔 조승황황은 끈켜되니 죽어 황쳔의 도라간들 무슴 면목으로 조승을 디흐오며 우리 양쥬 스후 신셰 초종양예 소디기며 연연니 오난 긔졔 밥 흔 그릇 물 흔 목음 뉘라셔 쩌노릿가 병신 즈식이라도 남여간 나아보면 평싱 흔을 풀

듯ᄒ니 명싱딕쳔에 졍셩이나 드러보오 곽씨부인 딕듭ᄒ되 녯글에 잇ᄂ 말슴 불효습쳔의 무후위딕라 ᄒ얏쓰니 응당 니침즉 ᄒ되 가군의 널으신 덕으로 지금ᄭ지 보죤ᄒ얏쓰나 ᄌ식두고 십은 마암이야 몸을 팔고 쎠를 간들 무슴 이를 못ᄒ릿가마는 가즁의 졍딕ᄒ신 셩졍을 알지 못ᄒ야 발셜치 못ᄒ엿습드니 먼져 말슴ᄒ옵

〈3-뒤〉

시니 무슨 일을 못ᄒ릿기 졍셩굿 ᄒ오리다 그란붓틈 곽씨부인 품 파라 모은 지물 왼갓 졍셩 다 드린다 명순딕쳔 영신당 고모춍ᄉ 셕왕ᄉ의 셕불보살 미륵님젼 노귀맛이 집짓기와 칠셩불공 나ᄒ불공 빅일손졔 졔셕불공 가ᄉ시쥬 인등시쥬 창호시쥬 신즁마지 다리격션 질닥기와 집의 드러 잇난 날도 셩쥬 죠왕 터쥬임의 양군웅 지신졔을 갓가지로 다 지닉니 공든 탑이 문어지며 힘든 나무 부러질ᄭ 현쳘ᄒ 곽씨부인 이런 부졍당ᄒ 일을 힛쓸잇가 잇나야 이것은 모다 광딕의 농담이든 것이엇다 갑ᄌ ᄉ월 초팔일날 꿈 ᄒ나랄 엇어시되 이숭밍낭 괴이ᄒ다 쳔지명낭ᄒ고 셔긔 반공ᄒ며 오식치운 두

〈4-앞〉

루더니 션닌 옥녀 혹을 타고 ᄒ날노셔 나리온다 머리에 화관이요 몸의난 ᄒ이로다 월을 늦짓 츠고 옥푀옥 소리 징징ᄒ며 겨화가지 손의 들고 엄연히 나려 와셔 부인 압혜 지비ᄒ고 겻흐로 오난 양이 두렷탄 월궁항아 달속으로 드러온 듯 남희관음이 희즁으로 도라온 듯 심신닌 황홀ᄒ야 진졍치 못홀 젹의 션여의 고은 모양 이현니 엿ᄌ오되 다른 ᄉ롬 아니오라 셔왕모의 ᄯᆯ이더니 반도진숭 가난 길의 옥진비ᄌ 즁간 만나 슈죽을 ᄒ옵다가 조금 느졋기로 숭졔ᄭ 득죄ᄒ고 인간으로 졍빈ᄒ야 갈 발 모로더니 티숭노군 후토부인 졔불보술 셕가님이 덕으로 지시ᄒ야 지금 ᄎᄌ왓쓰오니 어엽비 넉이소셔 품의와 안키거날 곽씨부인 ᄌ믐을 ᄭ니 남과일몽이라 양

〈4-뒤〉

쥬 몽스을 의론ㅎ니 두리 꿈이 갓튼지라 티몽인 쥴 짐죽ㅎ고 마암의 ㅎㅎ야
못니 것버 넉이더니 그 달부텀 티기 잇셔 곽씨부인 어진 범졀 조심이 극진터
라 좌불변ㅎ고 일불편ㅎ고 셕불경부좌 할부졍불식 이불쳥음셩 목불시악식 심
식을 고이 치여 ㅎ로난 희복 빌미가 잇고나 이고 비야 이고 허리야 심봉스 겁
을 니야 이웃집을 추즈가셔 친흔 부인 다러다가 희손 구안 식이날 졔 집 흔 단
드러쌀고 시 스발 졍하슈 소반 우에 밧쳐 놋코 좌불안셕 급흔 마음 슌슌ㅎ기
바랄 적의 향치가 진동ㅎ며 치운니 두르더니 혼미 중의 탄셩ㅎ니 션녀갓튼 쌀
이로다 웃집 부인 드러와셔 아기을 바든 후의 슘을 갈나 누여 놋코

〈5-앞〉

밧그로 나가구나 곽씨부인 졍신 추러 여보시오 봉스님 슌슨은 ㅎ야씨나 남여
간 무엇시오 심봉스 깃분 마암 아기을 더듬어 삿틀 만져 보아 흔춤을 만지더
니 우스며 ㅎ난 마리 아기 슷을 만져 보니 손니 나로비 지나가듯 것침업시 지
니가난 거시 아마도 아달 비디 되난 거들 나아나 보오 곽씨부인 셜위ㅎ야 만
득으로 나은 즈식 쌀이나니 졀통ㅎ오 심봉스 디다ㅎ되 마누라 그 말 마오 쌀
이 아달만 못ㅎ되 도 줄못 두면 욕급션조 할 것이오 쌀즈식도 줄 두오며 못된
아달과 밧구리요 우리 이 쌀 고히 길너서 예졀 먼저 가라치고 침션 방젹 줄 가
라쳐 요조슉여 조흔 비필 군즈호구 줄 가리여 금실우지 즐기오고 종스우진진
ㅎ면 외손봉스난 못ㅎ릿가 그런 말은 다시 마

〈5-뒤〉

오 웃집부인 당부ㅎ여 첫국밥을 얼넌 지어 슘신승의 밧쳐 노코 의칸을 졍히
ㅎ고 두 무릅 공손이 꿀고 슘신끠 두 손 합중 비난 말니 셩훈 스람 갓겨되면

나죽히 빌연마는 심봉스난 근본니 성품이 팔팔ᄒᆞ고로 숨신제왕님이 깜쪽 놀니 도망ᄒᆞ기 빌겻다 숨십숨천 두솔천 이십팔슈 신불제왕 영혐ᄒᆞ온 신영님네 화의 동심ᄒᆞᆸ소셔 스십후의 졈지ᄒᆞᆫ 짤 십숙 고히 것되 슌순을 시기시니 숨진님 널 부신 덕 빅꾀리 남망인들 이즈릿가 다만 독엿짤이라도 오복을 졈지ᄒᆞ야 동방 셕의 명을 쥬고 석숭의 복을 너러 ᄃᆞ슌증즈 호힝이며 반희의 지질이며 팅임의 덕힝이며 슈복을 고로 티여 외 붓듯 가지 붓듯 존병 업시 줄즈라 일추월

〈6-앞〉

장 시깁소셔 더운 국밥 쩌나 노코 손모을 먹인 후의 심봉스 기훈 마암 아기을 어루난디 아가아가 니 짤이야 아달 겸 니 니 짤이야 금을 준들 너을 술가 옥을 준들 너을 술라 어어둥둥 니 짤이야 열 소경의 훈 막디 문방서안 옥들경 시벽 바람 스초롱 단기 꼿혜 쥰쥰 어름 궁경 이어로구나 어어둥둥 니 짤이야 남젼 북답 죽만훈들 이에서 더 조흐며 손호쥰쥬 엇엇슨들 이예서 반가오라 포진강 의 슉향이가 네가 되여 티엿나야 은ᄒᆞ슈 직여셩이 네가 되야 나러왓나 어어둥 둥 니 짤이야 쥬야로 줄겨홀 제 뜻밧겨 곽씨부인 숀후 별정 이러나 호흡을 쳔 촉ᄒᆞ며 식음을 젼펴ᄒᆞ고 정신 업시 알ᄂᆞᆫ구나 이고 머리야 이고 허리야 이고 어머니 심봉스 겁을 니야 문

〈6-뒤〉

의ᄒᆞ야 경도 잇고 문복ᄒᆞ야 굿도 ᄒᆞ고 빅가지로 서두러도 죽기로 든 병이라 인역으로 홀 슈 잇나 심봉스 기가 믹혀 곽씨부인 겻혀 안저 젼신을 만져 보연 여보시오 마누라 정신 추러 말을 ᄒᆞ오 식음을 젼펴ᄒᆞ니 긔혀ᄒᆞ야 이러허오 숨 신님쪄 탈이 되며 제셕님겨 탈이 난나 할 일업시 죽겨되니 영결이 원 니리요 만닐 불힝 죽겨되면 눈 어둔 이놈 팔쯔 일가친쳑 바이 업고 혈혈단신 이 니 몸 이 올디갈디 업서스니 그 쏘훈 원통ᄒᆞᆫ디 강보의 이 여식을 엇지을 ᄒᆞ자 말이 오 곽씨부인 싱각ᄒᆞ니 즈긔의 알ᄂᆞᆫ 병세 살지는 못홀 줄 알고 봉스의겨 유원

혼다 가군의 손을 줍고 휴유 흐슴 길겨 시며 여보시오 봉스님 니 말슴 드러보
오 우리 부부 회로호야 빅연동거 흐라쩌니 명혼을

〈7-앞〉

못익기여 필경은 죽을 테니 죽난 나는 설지 안으나 가군 신세 어이흐리 니 평
싱 먹은 마암 암 못보난 가중님을 너가 조금 범연흐면 고싱되기 십겨기예 풍
흔서습 가리지 안코 남촌북촌 품을 팔아 밥도 밧고 반춘 어더 식은 밥은 니가
먹고 더운 밥은 가군 드러 곱흐지 안코 칩지 안케 극진공경 흐여드니 천명 이
쑨닌지 인연니 끈쳐난지 할닐 업시 죽겨되니 니가 마닐 죽겨되며 이복 듸을
뉘 거두며 조셕공겨 뉘라홀짜 스고무친 혈혈단신 의탁홀곳 바이 업서 집힝막
듸 점처 줍고 더듬더듬 단니다가 구렁의도 쎱려지고 돌에 치여 너머져서 신세
즈탄 우난 모양 눈으 본 듯흐고 긔혼을 못이기여 가가문젼 단니면서 밥좀 쥬
오 슬푼 소

〈7-뒤〉

리 귀예 징징 들니난닷 나 죽은 혼빅인들 츠마 엇지 듯고보며 쥬야 중천 기더
리다 스십 후의 나은 즈식 졋 혼변도 못먹이고 죽단 말니 이 윈닐고 어미 업난
어리 것슬 뉘 졋 먹이 길너며 춘호츄동 스시졀을 무엇 입펴 길너며 이 몸
아츠 죽겨되면 멀고먼 황쳔길를 눈물 가려 어이가며 압히 막혀 이 갈고 여보
시오 봉스님 져 견네 김동지딕 돈 열냥 맛겻쓰니 그 돈은 츠져다가 나 죽은 초
승시에 낙낙히 쓰옵시고 항아리 너은 양식 스미로 두엇쩌니 못다 먹고 죽어가
니 츌승이나 혼 연후의 두고 양식 흐옵시고 진어스딕 관더 흔별 홍비의 학을
놋타 못드 놋코 보의 쓰 농안의 너어쓰니 남의 중혼 의복 나 죽기 젼 보닉압고
뒷말 귀덕어미 나

〈8-앞〉

와 친훈 스룸이니 니가 죽은 휴일지라도 어린아히 안고가서 젓좀 먹여 달나ㅎ
면 괄씨 아니 ㅎ오리다 천힝으로 ㅈ식이 죽지 안코 스라나서 제발노 것거들낭
압 세우 길을 무려 니 며 압혜 ᄎ져와서 아가 이 무덤이 너의 모친 무덤이다
역역히 가라치여 모여숭봉 식여쥬오 천명을 못이기여 압 못보난 가즁의겨 어
린ㅈ식 씌쳐 두고 영결죵천 도라가니 가군의 귀ㅎ신 몸 이통ㅎ야 숭치 말고
천만보즁 ㅎ옵소서 ᄎ셩의 미진훈을 휴셩의 다시 만나 이별 업시 스스이다 훈
슘 쉬고 도라누어 어린아히에겨 낫흘 디고 혀을 ᄎ며 천지도 무심ㅎ고 귀신도
아속ㅎ다 네가 진즉 신겨거나 니가 조곰 더 술겨나 너 낫ᄎ 나 죽으니 ㅎ랑 업
난 구천지통 너로ㅎ야 풀겨되니 죽

〈8-뒤〉

난 어미 손 ㅈ식이 싱ᄉ간의 무슴 죄야 아가 니젓 망죵 먹고 오리오리 줄 술어
라 아ᄎ 니가 이졋소 이 아히 일홈을낭 심청이라 불너쥬오 이이 쥬라 지은 굴
네 진옥판 홍슈울 진쥬드림 부젼 달어 함 속에 너엇쓰니 업치락 뒤치락 ㅎ거
들낭 나 본 듯이 씨워쥬소 할 말이 무궁ㅎ나 슘이 갑버 못ㅎ겻소 훈슘겨워 부
난 바람 습습비풍 되야잇고 눈물 겨워 오난 비는 소소제우 되얏셰라 펴괴질
두세 번의 슘이 덜컥 끈쳐구나 심봉ᄉ난 안밍훈 사람이라 죽은 쥴 모로고 죵
시 스아잇난 쥴 알고 여보여보 마누라 병 들면 다 죽을가 그런 닐 업나이다 약
방의가 문의ㅎ야 약 지어 올거시니 부디 안심ㅎ옵소서 속속히 약을 지어 집으
로 도라와 화로의 불 피우고 부

〈9-앞〉

치질 히 다려니여 북포 슈건의 얼는 쓰들고 오며 여보 마누라 이려나 약 ㅈ시
오 이려 안치려 홀 제 무셔운 마암이 나셔 스지을 만겨 보니 슈족은 다 느려지
고 코 밋혀 촌김이 나니 봉ᄉ 기가 막혀 분명 죽은 쥴 알고 실셩발광을 ㅎ난디
잇고 마누라 춤우로 죽엇난가 가슴 쾅쾅 머리 탕탕 발 동동 구루면셔 여보시

요 마누라 그디 술고 나 죽으면 저 주식을 줄 키울 썰 그디 죽꼬 니가 스라 저 주식을 엇지 ᄒ며 구추히 스난 술님 무엇 먹고 스라날가 음동셜안 북풍 불 제 무엇 입펴 길너니며 비 곱파 우난 주식 무엇 먹여 술여닐가 평싱의 정훈 뜻 스 싱동거 ᄒ짓쩌니 념나국이 어디라고 나 버리고 엇의 갓소 인제 가면 언직 올 가 쳥츈

〈9-뒤〉

작반호환향 봄을 짜라 오라난가 쳥쳔유월리긔시오 달을 좃츠 오라난가 쏫도 지면 다시 피고 희도 졋다 돗졋마는 마누라 가신곳은 몃말니나 머려관디 ᄒ변 가면 못오난고 습쳔벽도 요지연의 서왕모을 짜라 갓나 월궁황ᄒ 쩍이 되여 도 학ᄒ려 올나갓나 화룽모 이비젼의 회포말을 ᄒ려 갓나 목졉이질 덜컥덜컥 치 며굴 니리둥굴 복통졀식 셜니 우니 도화동 스름드리 남여노소 업시 뉘 아니 슬허ᄒ리 동너셔 공논ᄒ되 곽씨부인 죽고홈도 지극히 불숭하고 안밍훈 심봉스 가 그 안이 불쌍훈가 우리 동이 빅여호의 십시일반으로 훈돈식 슈렴 노와 현 쳘훈 곽씨부인 감중ᄒ야 주면 엇더ᄒ오 그 말이 훈

〈10-앞〉

변 나니 여츌일구 허락ᄒ고 츌상을 ᄒ랴 홀 제 불쌍훈 곽씨부인 의금관곽 졍 히 ᄒ야 신건숭두 디틀 우의 결관ᄒ여 니여놋코 명졍공포 운하숩을 좌우로 갈 나셰고 겨린졔 지닌 후의 숭두을 운송홀시 숭두치리 혼난ᄒ다 남디단 휘중 빅 공단 추양의 초록디단 젼을 둘너 남공단 드림의 홍부젼 금죽 박어 압뒤난간 슌금중식 국화물여 느리웟닷 동셔남북 쳥의동주 머리의 쌍북숭토 좌우난간 비 계셔고 동의 쳥봉 셔의 빅봉 남의 젹봉 북의 흑봉 훈가온디 황봉 쥬홍당스 벌 미듭의 쇠코 물여 느리우고 압뒤의 황용 식인 벌미듭 느리여서 구졍닷쥴 숭두 군은 두견계복 힝장까지 싱버로 거들고셔 숭두을 엇며고 갈지주로 운숭

〈10-뒤〉

한다 쩡그랑쩡그랑 어흥넘츠 너화 그 씨의 심봉스난 어리아히 광보의 쓴 귀덕 어미쎠 맛씨두고 졔복을 어더 입고 숭두뒤치 검쳐 즙고 여광여취 실셩발광 부 축히 나가면셔 이고 여보 마누라 날 바리고 엇에 가느 나도 갑시다 말나라도 나와 홈기 갑세다 엇지 그리 무졍혼가 즈식도 긔호지 안소 어려셔도 죽을 테 오 굴머셔도 죽을 테니 날과 홈쎠 가스이다 어화넘츠 너흐 불쌍혼 곽씨부인 힝실도 음젼터니 불쌍이도 죽엇쑤나 어화넘츠 너화 북망이 멀다 마소 건네손 니 북망일세 어화너화 너화 이 세숭의 나은 스람 즁싱불스 못호야셔 이 질 흔 변 당호지만 어하 넘츠 너화 우리 마누라 곽씨부인 칠십힝슈 못호고셔 오날 이

〈11-앞〉

길 왼닐인가 어화너화 너화 시빅달이 지쳐우니 서산명월 다 넘어가고 벽슈비 풍 슬슬 분다 어화너화 어화너 건너 안손 도라들어 향양지지 갈니워셔 깁피 안즁흔 연후의 평토졔 지닐 젹의 어동육셔 홍동빅셔 좌포우히 버려노코 슉문 을 익을 젹의 심봉스가 근본 밍인니 안니라 이십 후 밍인니라 속의 식즈 넉넉 호야 셜운 원졍 축을 지여 심봉스가 일것다 츠호부인 츠호부인 요조슉여혀여 티평온지융융이라 긔빅연지희로혀여 홀연몰혀혼지로다 유치즈이영세혀여 이 흐츌이양육호리 지불지혀무어호니 무흐기니깅니로다 낙송츄이위가호야 여치 수이즁와로 숭음용혀젹막호니 츠난건니는문나라 빅양지의위락호야 순혀젹젹 밤 깁흔디 여츄츄유셩호야 무슨 말을 호소혼들 격유현이로슈호야 겨 뉘라

〈11-뒤〉

셔 위로호리 쥬과포히박견니라 마니 먹고 도라가오 축문을 다 일더니 심봉스 긔가 막혀 여보시오 마누라 나는 집으로 도라가고 마누라는 예셔 술고 으으

달여 들어 봉분의 가 업더져셔 통곡ᄒ여 ᄒ난 마리 그디는 만스을 이겨바리고 심심훈 손곡즁의 송빅으로 울을 삼고 두견니 벼지 되야 ᄎ오야월 발근 달의 화답가을 ᄒ라는ᄀ 너 신세 싱각ᄒ니 기밥의 도토리요 쎙 일은 미가 되니 누를 밋고 술겻잇가 봉분을 어로만져 실셩통곡 울음우니 동즁의 힝긱들이 뉘 아니 셜워ᄒ리 심봉스을 위로ᄒ며 마오마오 이리 마오 죽은 안히 싱각 말고 어린 ᄌ식 싱각ᄒ오 고분지통 진졍ᄒ야 집으로

〈12-앞〉

도라올 제 심봉스 졍신 ᄎ례 동즁의 오신 손님 빅비 치스 ᄒ직ᄒ고 집의을 당도ᄒ니 부억은 젹막ᄒ고 방은 텡 비여난디 향니 긔셔 퓌여 잇다 횡덩그런 방안의 벗 업시 혼ᄌ 안져 온갓 슬은 싱각홀 제 귀덕어미 도라와셔 아기을 쥬고 가니 아기 밧아 품의 안꼬 지리순 갈가마기 겨발 무려 던진더시 혼ᄌ 웃뚝 안져스니 셜음이 츙쳔훈디 품안의 어린 이기 죄아쳐 울음 운다 심봉스 긔가 막혀 아가아가 울지 마라 너의 모친 먼데 갓다 낙양동쳔 니화졍의 슉낭ᄌ을 보려 갓짜 황능묘 이비 ᄒ퇴 회포 말을 ᄒ로 갓다 너도 너의 모친 닐코 셜음겨워 너 우나야 우지 마라 우지 마라 네 팔ᄍ가 얼마나 조흐면 칠일만의 어미 일코 강보 즁의 고싱ᄒ리 울지 마라 울지 마라 히당

〈12-뒤〉

화 범나뷔야 꼿이 진다 셜워 마라 명연슴월 도라오면 그 꼿 다시 피나니라 우리 안히 가신 디는 ᄒ변 가면 못오신다 어진 심덕 축훈 힝실 잇고 술 길 바이 업다 낙일욕몰현순셔 히가 져도 부인 싱각 파손야우츙츄지 비소리도 부인 싱각 세우쳥강 능ᄒ던 쏙 이른 외기력이 명스벽혀 바라보고 쑤루룩 씰눌 소리 ᄒ고 북쳔으로 힝ᄒ난 양 니 마음 더욱 슬혀 너도 쪼훈 임을 일코 임 츠져 가는 길가 너와 나와 비고ᄒ면 두 팔ᄍ 갓ᄒ구나 그날밤을 기닐 젹의 아기난 기진ᄒ이 어둔 눈이 침침ᄒ야 엇지홀 쥴 모로더니 동방이 발가난지 운물가의 스

롬소리 귀에 얼는 들니거날 날 신 줄 짐죽ᄒ고 문 혈젹 열고 우당퉁 밧겨 나가 운물가의 오신 부인 뉘신 쥴은 모로오

〈13-앞〉

나 칠일 안의 어미 이른 졋 못먹여 죽겨 되니 이이 졋좀 먹여쥬오 저 부인 디 둡ᄒᄃᆡ 나난 과연 저시 업쇼 졋 잇는 여인네가 이 동너 만ᄉ오니 아기 안고 ᄎ 져가셔 졋좀 먹여 달나ᄒ면 뉘가 괄씨ᄒ오릿가 심봉ᄉ 그 말 듯고 품 속이 아 기 안고 한손이 집평이 집고 더듬더듬 동너 가셔 아ᄒᆡ 잇난 집을 무러 안의 드 려셔며 인결복결 비난 마리 이 ᄃᆡᆨ이 뉘시온지 술올 말슴 잇나이다 그 집 부인 밥을 ᄒ다 천방지방 나오면셔 만감이 디답ᄒ다 지닌 말은 아이 ᄒᆞ나 엇지 고 셩ᄒ시오며 엇지 오신잇가 심봉ᄉ 눈물 지며 목이 며여 ᄒᆞ난 마리 현쳘ᄒ 우 리 안ᄒᆡ 인심으로 싱각ᄒ나 눈어둔 날을 본들 어미 업난 어린 거시 이 안니 불 쌍ᄒ오 ᄃᆡᆨ집 귀ᄒᆞᆫ 익기 먹고 남은 졋 잇거든 이 이 졋좀 먹의쥬오 동셔

〈13-뒤〉

남북 인결ᄒ니 졋 잇는 여인네가 목셕인들 안 먹이며 도쳑인들 안먹이고 괄세 홀짜 칠월이라 유ᄒᆞ졀의 지심 믹고 시인 여가 이이 졋좀 먹의주오 빅셕쳥탄 시니가의 쌜너ᄒ다 쉬인 여가 이이 졋 먹여쥬오 근방의 부인네라 봉ᄉ 근본 아는고로 ᄒᆞᆫ업시 긍칙ᄒᆞ야 아기 바다 졋을 먹여 봉ᄉ 쥬며 ᄒᆞ난 마리 여보시 오 봉ᄉ임 어러히 알지 말고 너일도 안고 오고 모레도 안고 오면 이이 셜마 군 기릿가 심봉ᄉ 아기 밧고 부인들겨 치ᄒᆞ며 어질고 후덕ᄒᆞᄉ 조혼 일을 ᄒᆞ시 오니 우리 동너 부인ᄃᆡᆨ들 셰숭의는 드무오니 비길건디 여려 부인 슈복강영 ᄒ 옵소셔 빅빅 치ᄒᆞᄒ고 ᄋ기을 품의 안고 집으로 도라와셔 아기 ᄇᆡ을 만져 보 며 허허 니 쌀 ᄇᆡ 불넛짜 일연 슴빅 육십일 일

〈14-앞〉

셩 이만만 ᄒᆞ고지고 이거시 니 덕이야 동너부인 덕이로다 어셔어셔 줄 ᄌᆞ라라
너도 너의 모친갓치 현쳘ᄒᆞ고 효힝 잇셔 아비 기염 버이여라 어리셔 고셩ᄒᆞ면
부기다남ᄒᆞ니라 요 덥허 뉘여노코 ᄉᆞ이ᄉᆞ이 동양ᄒᆞᆯ 졔 마포 젼디 두 동지여
듸 억기 둘너메고 집힝이 츠져집고 구붓ᄒᆞ고 더듬더듬 이집 져집 단니면셔 ᄉᆞ
쳘업시 동양ᄒᆞᆫ다 ᄒᆞᆫ편의 ᄡᆞᆯ을 넛코 ᄒᆞᆫ편의 벼을 엇엇 쥬ᄂᆞ듸로 져츅ᄒᆞ고 ᄒᆞᆫ달
육즁젼 거두어 어리아힌 암쥭거리 셜탕 홍ᄒᆞᆸ ᄉᆞ셔 들고 더듬더듬 오난 양이
뉘 안니 불샹ᄒᆞ리 미월 속망 소터기을 궐치 안코 져녁갈 졔 그쩌 심쳥이난 즁
니 크거 될 ᄉᆞ롬이라 쳔지신명이 도아쥬고 졔불보살이 보호ᄒᆞ야 ᄌᆞᆫ병 업시 줄
아나 육칠셰 되야가니 소경 아비 손길 줍고 압혀셔셔 인도ᄒᆞ

〈14-뒤〉

고 십여셰 되야가니 얼골이 일셕이오 효힝이 츌쳔나라 쇼견니 능통ᄒᆞ고 지조
가 졀등ᄒᆞ야 부친젼 조셕공양 모친의 긔졔ᄉᆞ을 지극히 공경ᄒᆞ야 어른을 압두
ᄒᆞ니 뉘 아니 칭춘ᄒᆞ라 ᄒᆞ로난 심쳥이가 부친젼의 엿ᄌᆞ오되 아버님 듯ᄌᆞ시오
말못ᄒᆞᆫ 가마기도 공님 져문 날의 반포을 ᄒᆞᆯ 쥴 알고 곽거라 ᄒᆞᆫ 스롬 부모
젼 효도ᄒᆞ야 쳔슈공양 극진ᄒᆞᆯ 졔 숨ᄉᆞ셰 된 어린ᄋᆞ히 부모 반챤 먹난다구 슨
ᄌᆞ식을 무드라고 양쥬 셔로 의론ᄒᆞ고 밍종을 호도ᄒᆞ야 음동셜안 죽신 엇더 부
모봉양 ᄒᆞ얏스니 소여 나히 십여셰라 녯 호ᄌᆞ만 못ᄒᆞᆯ 망졍 감지공치 못ᄒᆞ오릿
가 아바지 어두신 눈 험노ᄒᆞᆫ 길 단니시다 넘어져 승키 십

〈15-앞〉

고 불피풍우 단니면 병환 날가 염여오니 아바지는 오날부틈 지반의 겨시오면
소여 혼ᄌᆞ 밥을 비러 조셕근심 드오리다 심봉ᄉᆞ 듸소ᄒᆞ야 봉 네 말이 효녀로
인졍은 그려ᄒᆞ나 어린 너을 늬 보니고 안져 바다 먹난 마암 늬가 어지 편컨나
야 그런 마른 다시 마라 심쳥이 아바지 그 말 마오 ᄌᆞ로난 현닌으로 빅니부미
ᄒᆞ야잇고 녯날 졔영이난 낙양읍의 가친 아비 몸을 파라 속죄ᄒᆞ니 그런 날을

싱각ᄒ며 ᄉ람은 일반닌ᄃ 이만 닐을 못ᄒ릿가 넘어 말유 마옵소셔 심봉ᄉ 올
켜 역여 효여로다 니 ᄯᆯ이야 네 말이 긔특ᄒ니 아모려나 흐렴으나 심쳥이 그
날븟텀 말을 빌너 나셜 적의 원슨의 ᄒᆡ 빗치고 압미을

〈15-뒤〉

연긔 나니 가련ᄒ다 심쳥이가 헌 버즁의 웃단님 미고 깃만 남은 헌 져고리 ᄌ
락 업난 쳥목휘양 볼셩 업시 슉의 쓰고 뒤츅 업는 헌 집신의 보션 버셔 발을
벗고 헌 박앗치 손의 들고 건너 말 바라보니 쳔슨조비 ᄯᅳᆫ어지고 만경인족 바
이 업ᄃ 북풍의 모진 바람 술 쏜ᄃ시 불어온다 황혼에 가난 거동 눈 ᄲᅱ리난 슈
풀 속의 외로히 어미 일고 눌아가난 가마귀라 엽거름 쳐 손을 불며 용송구려
건너간다 건너말 다다라 이집 져집 바을 빌 ᄶᅦ 부억문안 드려서며 가련이 비
난 말이 모친 승ᄉᄒ신 후에 안밍ᄒ신 우리 붓친 공양홀 길 업ᄉ오니 덕의셔
줍수시난 ᄃᆞ로 밥 ᄒᆞᆫ 술만 쥬옵소셔 보고 듯는 ᄉᄅᆞᆷ드리 마음이 감동ᄒ야 그
릇

〈16-앞〉

밥 짐치 즁을 악기치 안코 더려쥬며 아가 어셔 어홀ᄒ고 만히 먹고 가거라 심
쳥이 엿ᄌᆞ오듸 치운 방의 늘근 붓친 나 오기만 기다리니 나 혼ᄌ 먹ᄉ릿가 이
러켜 어든 밥이 두세그릇 족ᄒ지라 심쳥이 급ᄒᆫ 마음 속속히 도라와서 ᄊᆞ리문
밧겨 둥ᄒ며 아바지 칩지 안소 더던이 시즁ᄒ지오 여려 집을 단니ᄌᆞ니 ᄌᆞ연
지체 되옵듸ᄃ 심봉ᄉ ᄯᆯ 보너고 마음 놋치 못ᄒ다가 ᄯᆯ 소리 반겨 듯고 문 혈
젹 마조 열고 이고 니 ᄯᆯ 너 오나야 두 손목을 덤셕 줍고 손시리지 아니ᄒ며
화로의 불 ᄶᅦ여라 심봉ᄉ 긔가 막혀 훌쩍훌쩍 눈물 지며 이달도다 니 ᄯᆯᄶᅡ야
압 못보고 구ᄎᄒ야 쓰지 못홀 이 목슘이 슬며 무엇ᄒᆞᆫ ᄒᆞ고 ᄌᆞ식 고ᄉᆡᆼ 시기
는고 심쳥이 즁ᄒᆞᆫ 호셩 부친을

〈16-뒤〉

위로ᄒᆞ야 아바지 설워 마오 부모겨 공양ᄒᆞ고 ᄌᆞ식의겨 효 밧난 것이 천지에 썻썻ᄒᆞ고 ᄉᆞ체에 당연ᄒᆞ니 넘어 성화 마압소셔 이려켜 공양홀 제 츈ᄒᆞ츄동 ᄉᆞ 시졀의 쉴 눌 업시 밥을 빌노 단니오니 동늬 거린 되얏구나 나이 졈졈 ᄌᆞ라가 니 침션방젹 능난ᄒᆞ야 동늬집 바느질을 공밥 먹지 아니ᄒᆞ고 슥을 바다 모은 돈을 붓친의 의복 츤슈 근근 공양 지너갈 제 세월이 여류ᄒᆞ야 십오세의 당ᄒᆞ 더니 얼골이 국식이오 효힝이 츌쳔흔 중 지질이 비범ᄒᆞ고 문필도 유여ᄒᆞ야 인 의례지 슴강힝실 빅집ᄉᆞ 가감ᄒᆞ니 쳔셩여질이라 여즁의 군ᄌᆞ요 금즁의 봉황이 오 화즁의 모란니라 승ᄒᆞ촌 ᄉᆞ

〈17-앞〉

람들이 모친 겨쥭ᄒᆞ얏ᄃᆞ고 층츤니 ᄌᆞᄌᆞᄒᆞ야 원근의 젼파ᄒᆞ이 ᄒᆞ로는 월편 무 룽촌 즁승승 부인니 심쳥의 소문을 드르시고 시비을 보너여 심소겨을 쳥ᄒᆞ거 늘 심쳥이 그 말 듯고 붓친젼의 엿ᄌᆞ오디 아바지 쳔만이의셔 즁승승 부인꼐 셔 시비의겨 분부ᄒᆞ야 소녀을 부르시니 시비와 흔쪄 가오릿가 봉ᄉᆞ 그 말 듯 고 일부로 부르신다니 아니 가 뵈옵겟나야 여보아라 그 부인니 일국 지승부인 이니 조심ᄒᆞ야 단여오라 심쳥이 더듭ᄒᆞ고 아버지 소여가 더듸 단여 오겨되면 기간 시즁ᄒᆞ실 터이니 진지승을 보와 틱ᄌᆞ 우의 노와슨즉 시즁커든 줍슈시오 슈히 단여오오리다 ᄒᆞ직ᄒᆞ고 물너셔서 시비은 짜라갈 제 쳔연ᄒᆞ고 단정ᄒᆞ야 쳔쳔히 거름거러 승승문젼

〈17-뒤〉

당도ᄒᆞ니 문젼의 드린 버들 오루츈식 ᄌᆞ랑ᄒᆞ고 담안의 겨화요초 즁향셩을 여 러는 듯 즁문 안을 드려셔니 건축이 웅즁ᄒᆞ고 즁식도 화려ᄒᆞ다 즁겨의 다다르 니 반빅이 넘은 부인 의승이 단정ᄒᆞ고 긔부가 풍부ᄒᆞ야 복녹이 가득ᄒᆞ다 심쳥

을 반겨 흐고 이러 마즌 후의 심청의 손을 즙고 네 과연 심청인다 듯던 말과 다람 업다 좌을 주어 안진 후의 즈세히 술펴보니 별노 단중흔 닐 업시 천즈 봉 용국식이라 염용흐고 안진 모양 빅석청탄 시니가의 모욕흐고 안진 제비 스룹 보고 나라는 듯 얼골이 두렷흐야 연심의 돗은 다리 수변의 비최인 듯 추파을 흘니 쓰니 시벽비 기인 흐날 경경흔 시별 갓고 팔즈청순 가는 눈섭 초싱편월 졍

⟨18-앞⟩

신이오 양협의 고흔 빗은 부용화 시로 핀 듯 단순호치 말흐는 양 동순의 잉무 로다 전신을 네 물나도 분명흔 션여로다 도화동의 적흐흐니 월궁의 노던 션여 벗 흐날을 일헛도다 무릉촌의 니가 잇고 도화동의 네가 나서 무릉촌의 봄이 든니 도화동의 기화로다 달천디지 졍기흐니 비범흔 네로구나 심청아 말 드려 라 승승은 기세흐시고 아달은 슘형제나 황셩 가 려환흐고 다른 즈식 손즈 업 고 슬흐의 말벗 업서 즈나씨느 적적흔 빈 방안의 디흐나이 촉불이라 길고 길 은 겨울밤의 보난 거시 고서로다 네 신세 싱각흐니 양반의 후예로서 저럿타시 궁곤흐니 나의 수양딸이 되면 여공도 숭승흐고 문즈도 학습흐야 긔츌갓치 셩 취

⟨18-뒤⟩

식여 말연 즈미 보즈흐니 너의 뜻지 엇쩌흐야 심청이 엿즈오더 명도가 긔구흐 와 저 나흔지 칠일만의 모친 세승 바리시고 안밍흐시 늘근 붓친 눌을 안고 단 니면서 동니 젓을 엇어먹여 근근히 길너니여 이만큼 되얏는더 모친의 의형 모 습 모로난 일 철천지훈이 되야 끈칠 날이 업습기로 니 몸을 싱각흐야 남의 부 모 봉양터니 오날날 승승부인 존귀흐신 처지로서 미천홈을 불고흐스 쏠 숨으 라 흐옵시니 어미을 다시 본 듯 반갑고도 황송흐니 부인을 뫼시오며 니 팔쯔 는 영귀흐나 안밍흐신 우리 붓친 숫철의복 조석공양 뉘라서 흐오릿가 길너니

신 부모은덕 스룸마다 잇거니와 나는 더옥 부모은혀 빌홀 디 업수오니 슬흐을
일시라 쩌늘

〈19-앞〉

수가 업습니다 목이 며여 말 못흐고 눈물이 흘너나러 옥면의 젓는 형용 춘풍
세우 도화가지 이슬의 줌기엿듯 점점이 쩌려진 듯 부인이 듯고 가긍흐야 네
말이 과연 출천지 효여로다 노혼혼 니 늘근니 밋처 싱각 못흐엿 그렁저렁 날
저무니 심청이 이려서며 부인전의 엿즈오되 부인의 덕틱으로 종일토록 놀다가
니 영광이 무비오나 일역이 다흐오니 제 집을오 가겻나이다 부인니 연연흐야
비단과 픠물이며 양식을 후이 쥬어 시비 흔쩌 보닐 적의 심청아 말 드려라 너
난 나을 엇지 말고 모여간 의을 두라 심청이 엿즈오되 부인의 어진 처분 누우
말숨흐옵시니 가르침을 밧소리다 흐직흐고 도라올 제 그

〈19-뒤〉

쩌의 심봉스는 무릉촌의 쌀 보니고 말벗 업시 혼즈 안즈 쌀오기만 기달일 제
비난 곱파 등의 붓고 방은 취워 소냉흐고 줄시난 날아들고 먼듸 절 쇠북 치니
날 저문 줄 짐흐고 혼즈말노 즈탄흐야 우리 쌀 심청이는 응당 수히 오련마는
무슨 일의 골몰흐야 날 저문 줄 모로난고 부인니 줍고 아니 놋나 풍셜이 쓸쓸
흐니 몸이 치워 못오난가 우리 쌀 중흔 소성 불피풍우 오련마는 시만 푸르르
날아가도 심청이 너 오느야 낙엽만 벗석희도 심청이 너 오느야 아모리 기다려
도 적막공산 일모도궁 인적이 바이 업서 심봉스 각갑흐야 집힝막디 것더집고
쌀 오난 디 마종간다 더듬더듬 주춤주춤 시비 박겨 나가다가 빙판의 볼이 쎅
긋 긜리는 긔천물의 풍덩 쭉 쩌려저 면숭의 진

〈20-앞〉

홀이오 의복이 다 젓난다 두 눈을 번적이며 나오라면 더 빠지고 스방 물이 츌
넝거려 물소리 요란ᄒ니 심봉스 겁을 너여 아모도 업소 스람 술이시오 허리
위 물이 드니 아이고 나 죽난다 츳츳 물이 올나와 목의 간즈련ᄒ니 허푸허푸
이고 스롬 죽소 아모리 소리ᄒᆫᄃᆯ 니인거긔 믄첫쓰니 뉘라서 건저 쥬라 그ᄯᅦ
몽운스 화쥬승이 절을 즁충ᄒ려 ᄒ고 권선문 둘너며고 시주 집의 나릐왓다 절
을 츠저 올나갈 제 츙츙 ᄂ간다 ᄂ간다 저 즁의 거동 보소 얼골은 형순 빅옥
갓고 눈은 쇼숭강 물결이라 양귀가 축 처저 수수과슬 ᄒ얏난듸 실굿갓

〈20-뒤〉

충감투 뒤을 눌너 흠뻑 쓰고 당숭금관즈 귀 위의다 쩍 붓처 빅세포 큰 즁승 다
홍씌 눌너 씌고 구리 빅통 은즁도 고름의 느짓 추고 넘주 목의 걸고 단주 발의
걸고 소승반쥭 열두마듸 쇠고리 걸겨 달어 철철 둘너집고 흐늘 거려 올나간다
이 즁이 엇던 즁인고 육관디스 명을 바다 용궁의 문안 갓다 약쥬 취겨 먹고 츈
풍 석교숭의 팔선연 희롱ᄒ던 성진니도 안니요 슉발은 도진세은오 존염은 표
즁부은나 스명당도 안이오 봉즈 화쥬승이 시주 집 너리 왓다가 청순은 암암ᄒ
고 설월은 도다올 제 석경의 좁은 길노 흐늘흐늘 흐늘겨러 올나갈 제 풍편의

〈21-앞〉

슬푼 소리 스람을 청ᄒ거날 이 즁이 의심너여 이 울음이 왼 우름 마의역 저문
날의 양틔진의 울음인가 호지설곡 즁통국을 이별ᄒ던 소즁낭의 울음인가 이
소리가 왼 소린고 그곳을 츠져 가니 엇더ᄒᆫ 스롬이 깃쳔물의 쩌러져 거의 죽
게 되얏거날 져 즁이 쌈죽놀나 굴갓 즁승 훨훨 버셔 되난 디로 너버리고 집헛
던 구졀 죽중 되ᄂᆫ디로 니 버러 힝전 단님 보션 벗고 고두누비 바지 가려 둘둘
말아 즈감이의 쪽 붓쳐 빅노규어격으로 징검징검 드러가 심봉스 가는 흐리을
후리쳐 둠슉 안어 에에두림미 여츠 물가 밧기 안친 후의 즈셔히 살이보니 젼
의 보든 심봉스라

〈21-뒤〉

허허 이겨 원일요 심봉수 정경신 출러 나 술인이 거 누괴시오 소승은 몽운수
화쥬승이올시다 그럿치 활인지불이로고 죽을 수람을 술여쥬니 은혜 빅골난망
이요 그 즁이 손을 줍고 심봉수을 인도호야 방안의 안친 후의 저진 의복 벗겨
놋코 마른 의복 입핀 후의 물의 쌧진 니력을 무른 즉 심봉수가 신세 주탄호야
전후슈말을 호니 저 즁이 말호기을 우리절 부처님이 영험이 마느서서 빌어 안
이 되난 일 업고 구호면 응호시나이 부처임전 고양미 숨빅셕을 시쥬로 올이압
고 지성으로 비르시면 셩전의 눈을 써서 천지만물 조혼 구겡 완닌니 되오리다
심봉수 그 말 듯고 처세는

〈22-앞〉

싱각지 안코 눈 뜬다난 말 반가와서 여보소 디수 고양미 숨빅셕을 권선문의
적어가소 저 즁이 허허 웃고 적기난 적수오나 딕 가세을 둘너보니 숨빅셕을
쥬션홀 길 업슬 듯호오이다 심봉수 화을 니여 요보소 디수가 수람을 몰나보네
엇던 시럼슨 놈이 영험호신 붓처님전 빈 말을 홀릿가 눈도 못 쓰고 안진방이
마즈 되겨 수람을 너오 줌이업시 역이난고 당중 적어 칼부림 날터이니 화쥬승
이 허허 웃고 권선문의 올니기을 제일층 홍지에다 심학규 미 숨빅셕이라 디서
특서호더니 호직호고 간 연후의 심봉수 즁 보니고 화 써진 뒤 싱각호니 도로
혀 후호니라 혼주말노 주탄호야 니가 공을 드

〈22-뒤〉

리라다가 만약의 죄가 되면 이를 중추 엇지 호준 말가 묵은 근심이 동모지어
니러나니 수세 주탄호야 통곡호난 말이 천지가 지공호수 별노 후박이 업건만
는 이 니 팔주 어이호야 허세 업고 눈니 머러 희달 갓치 발근 거슬 분별홀 슈

전혀 업고 처즈갓튼 지정간의 디ᄒᆞ야도 못보난고 우리 망처 스랏스면 조석근심 업슬턴되 다 커가난 쌀 즈식을 숩스동니 품을 팔아 근근호구 ᄒᆞ난 중 숨빅석이 어더 잇서 호기 잇겨 적어 놋코 빅가지로 혜아리도 방칙이 업게듸니 이 일을 엇지 ᄒᆞ준 말가 독기 그릇 파라도 ᄒᆞ되 곡식 술 것 업고 중농함을 경미ᄒᆞᆫ들 단돈 단양 쓰지 안코 집이나 팔즈ᄒᆞᆫ들 비바람 못

〈23-앞〉

가리니 니라도 안슬퇴라 니 몸이나 팔즈ᄒᆞᆫ들 눈 못보난 이 즙거슬 언의 누가 스가리오 엇던 스람 팔쪼 조와 이목구비 완연ᄒᆞ고 슈족이 구비ᄒᆞ야 곡식이 진진 지물이 넉넉 용지불갈 취지무금 그른 닐리 업건마난 나난 혼즈 무슨 죄로 이 몰골이 되얏난가 이고이고 설운지고 혼춤 이리 서러올 제 심청이 거동 보소 속속히 도라와서 다든 방문 혈적 열고 아바지 부르드니 저의 붓친 모양을 보고 깜쪽 놀나 달여드러 이고 이겨 윈 닐이요 나 오난가 마종코져 문밧겨 나오시다 이런 욕을 보신닛가 버스신 이복 보니 물의 흠식 저저실 제는 물의 ᄲᅡ저 욕을 보섯소 이고 아바지 칩긴들 오죽ᄒᆞ며 분홈인들 오죽홀가 승숭딕

〈23-뒤〉

노부인니 구지 줍고 말유ᄒᆞ야 더듸엿소 승숭딕 시비다려 방이 불을 쎠 달나고 치마폭을 거더지고 눈물을 씨쓰면서 언으다시 밥을 지어 붓친 압펴 승을 놋코 아바지 진지 줍슈시오 심봉스가 엇진 곡절인지 나 밥 안니 먹을난다 엇의 압ᄒᆞ 그러시오 소여가 더듸오니 기심ᄒᆞ야 그려시오 안다 그려면 무슨 근심 겨시나잇가 너 알 닐 안이다 심청이 엿즈오되 아바지 그 무슨 말슴이오 소어난 아바지만 바라고 스옵고 아바지쎠서난 소여을 밋어 딕소스을 의론턴이 오날날의 무슨 일노 너 알 일이 안니라니 소여 비록 불호인들 말슴을 속이시니 마음의 설스이다 홀적홀적 울어오니 심봉스가 깜쪽놀나 아가아가 울지 말아 너 속일 닐 업제마난 네가 만닐

〈24-앞〉

알고보면 지극흔 네 효성의 걱정이 되겟기로 진죽 말을 못흐엿다 아가 너가
너 오난가 문 밧겨 나가다가 기천물의 써러저서 거의 죽겨 되엿더니 몽운스
화쥬승이 나를 건저 술여놋코 니 스정을 무러보기 니 신세 싱각흐고 전후 말
을 다 힛더니 그 즁 듯고 말을 흐되 몽운스 부천님이 영험흐기 쏘 업스니 고양
미 숨빅석을 불전의 시쥬흐면 싱전의 눈을 써서 완이니 된듸 흐기로 형세난
싱각지 안코 화김의 적엇더니 도로혀 후혁로다 심청이 그 말 듯고 반겨 웃고
디듭흐되 후회를 흐압시면 정이 못되오니 아바지 어두신 눈 발가보랑이면 숨
빅석을 아모쪼록 쥰비흐야 보오리다 네 아모리 흐ᄌ흔들 안빈낙도 우리 형

〈24-뒤〉

세 단 빅석을 홀 슈 잇나 아비지 그 말 마오 옛닐을 싱각흐니 왕승은 고빙은
흐야 어름궁겨 이어 엇고 밍즁은 읍즁은흐야 눈 가온듸 죽슌 나니 그런 닐을
싱각흐면 츌천디효 스친지절 옛스롬만 못흐여도 지성이면 감천나라 마모 걱정
마옵소셔 만단으로 위로흐고 심청이 그날붓텀 붓친을 위로흐야서 흐눌임전 축
슈흐다 후원을 정히 씰고 황토로 단을 모고 그 우이 금쥴 미고 정흐슈 흔동의
을 소반 우의 밧처 노코 북두칠성 효야반의 분힝지비 흐연후의 두 무릅 정히
꿀고 두 손 합중 비난 말이 숭천 일월성신니면 흐지 후토성황 스방지신 제천
저불 석가열이 가흠강 보슬 소소 응감 흐옵소서 하나임이 일월 두기 스롬의

〈25-앞〉

안목이라 일월이 업스오면 무슨 분별흐오릿가 소여 아비 무ᄌ싱이 이십 후 밍
인 되야 시물을 못흐오니 소여 아비 허물을낭 이 몸으로 디신흐고 아비 눈을
박겨흐양 천싱연분 쯕을 만나 오복을 갓겨쥬어 슈부다남ᄌ을 점지흐야 쥬옵소

서 쥬야로 비럿더니 도화동 심소저난 텬신니 아난고로 흠향을 ᄒ옵시고 압 일을 인도ᄒ신지라 ᄒ로난 유모 귀덕어미가 오더니 아가씨 이승혼 닐 보앗나이다 무슨 닐이 이승ᄒ오 엇더한 스롬인지 이십여명이 단니면서 갑은 고하간의 십오세된 처즈을 스겻다 ᄒ고 단니니 그런 밋친 놈들이 잇소 츌천디효 심소져난 안마음의 반겨 듯 여보 그 말 진정이오 정말 그리 되랑이

〈25-뒤〉

면 그 단니난 스롬 중의 노슉ᄒ고 졈존한 스롬을 불너오되 이 말이 밧겨 나지 안켜 조용이 다려오ᄅ 귀덕어미 디답ᄒ고 과연 다러 왓난지라 처음은 유뮤 식여 스롬 슬나난 니력을 무른즉 그 스람 디답ᄒ되 우리난 본디 황성 스롬으로서 승교츠로 비을 타고 말니 박겨 단니더니 비 갈 길의 임당슈라 ᄒ난 물이 잇서 변화불측ᄒ야 앗짓ᄒ면 몰스을 당ᄒ난디 십오세 처즈을 몌슈 넛코 제스을 지니면 슈로 만니을 무스히 왕니ᄒ고 중스도 홍왕ᄒ옵기로 싱이가 원슈로서 스롬 스라 단니오니 몸 팔ᄂ난 처여 잇스오면 갑을 앗기지 안코 쥬겟나이다 심청이 그제야 니서며 일은 말이 나난 본촌 스롬으로 우

〈26-앞〉

리 붓친 안밍ᄒ야 세상을 분별 못ᄒ기로 평의 ᄒ니 되야 ᄒ나님전 축슈ᄒ더니 몽운스 화쥬승이 고양미 숨빅석을 불전의 시쥬ᄒ면 눈을 써서 보리라 ᄒ되 가세가 지빈ᄒ야 쥬선을 홀 길 업습기로 니 몸을 방미ᄒ야 발원ᄒ기 바러오니 ᄂ을 스미 엇더ᄒ오 니 ᄂ히 십오세라 그 안니 적당ᄒ오 선닌니 그 말을 듯고 심소저 쳐드보더니 마음이 억식ᄒ야 다시 볼 정신니 업서 고기을 식이고 묵묵히 서 잇다가 낭즈 말슴 듯즈오니 거룩ᄒ고 중혼 효성 비홀디 업습니다 이럿타시 치ᄒ한 후의 저의 일이 긴ᄒ지라 그리ᄒᆯ 허락ᄒᆫ이 심소저 다시 무러 힝선날이 언제온잇가 니월 십오일이 힝선

〈26-뒤〉

ᄒᆞ난 날이오니 그리 아옵소셔 피츳의 승약ᄒᆞ고 그날의 선인들이 고양미 숨빅석을 몽운스로 보닛구나 심소제나 귀덕어미을 빅번니나 당부ᄒᆞ야 말못기기 ᄒᆞ연후의 집으로 드러와 붓친전의 엿ᄌᆞ오되 아바지 웨 그리나냐 고양미 숨빅석을 몽운스로 올엿나이다 심봉스가 ᄶᅡᆷ쏙 놀나서 그겨 엿쏜 말이야 숨빅석이 엇의 잇서 몽운스로 보닛나냐 심청이가 유달은 효성으로 거즌말을 ᄒᆞ여 붓친을 속일ᄭᅡ마난 스세부득이라 좀ᄊᆞᆫ 속여 엿쥽것다 일전의 무릉촌 중승승딕 부인ᄶᅥ서 소여 보고 말ᄒᆞ기을 슈양ᄯᅡᆯ 노릇ᄒᆞ라 ᄒᆞ되 아바지 겨시기로 허락 아니 ᄒᆞ얏난디 스세부득ᄒᆞ야 이 말슴 술

〈27-앞〉

왓더니 부인니 반겨 듯고 ᄡᅥᆯ 숨빅석 쥬시기로 몽운스로 보니옵고 슈양ᄯᅡᆯ노 팔엿나다 심봉스 물식 모르고 디소ᄒᆞ며 즐겨ᄒᆞ야 어허 그 일 줄 되얏다 일국 지승부인니오 후복이 만ᄒᆞ겻ᄃᆞ 암만ᄒᆞ야도 다르니라 춤 그 일 줄되얏다 언제 다려 간ᄃᆞᄃᆞ야 니월 십오일날 다려 간ᄃᆞ ᄒᆞ옵듸다 너 겨가 술더리도 나 술기 관겨촌치 어어 그 일 춤으로 줄 되엿ᄃᆞ 만ᄃᆞᆫ으로 위로ᄒᆞ니 심청이 그날붓텀 일을 곰곰 싱각ᄒᆞ니 스람이 세상의 싱겨나서 아모 일ᄒᆞᆫ 것 업시 심육세의 죽을 일과 오밍ᄒᆞᆫ 즈기 부친 영결ᄒᆞ고 죽을 일이 정신니 아득ᄒᆞ야 일의도 쓰지 업서 식음을 전폐ᄒᆞ고 실음업시 지너다가 다시 싱각ᄒᆞ야 보니

〈27-뒤〉

얼크러진 그물이 되고 쏘아노은 술이로다 니 이 몸이 죽어노면 츈ᄒᆞ츄동 스시절의 붓친의복 뉘라 ᄒᆞ고 아직 스라 잇슬 ᄶᅢ의 아바지 스철의복 망종 지어 드리리라 츈츄의복 승침겹겻 ᄒᆞ절의복 적숨고의 겨울의복 소음 두어 보의 ᄡᅥ서 중의 넛코 갓 망근도 시로 ᄡᅥ서 말ᄯᅮᆨ의다 거러놋코 힝선날을 기달일 제 ᄒᆞ로

밤이 격혼지라 밤을 점점 숨경인디 은ᄒᄒ슈난 기우러저 촉불이 히미홀 제 두 무릅을 쏘구리고 아모리 싱각혼들 심신니 난정이라 붓친의 신뜬 버선 볼이나 망종 바드리라 바늘의 실을 ᄭᅴ여 손의 들고 희염 입ᄂᆞ 눈물이 간중의서 소스올나 경경열열 ᄒᆞ야 붓친 귀의 들니지 안켜 숙으로 늣

〈28-앞〉

겨 울며 부친의 낫혜ᄃᆞ가 얼골도 감이 다여보고 슈족도 만지면서 오날밤 뫼시오면 다시는 못볼 테제 니가 혼번 죽어지면 여단슈족 우리 붓친 뉘을 밋고 술 으실가 이달도다 우리 붓친 니가 철을 안 연후의 밥 빌기을 노앗더니 이제 니 몸 죽겨되면 츈ᄒᆞ츄동 ᄉᆞ시절을 동니 걸인 되겻구나 이총인들 오즉 쥬면 괄셰인들 오즉 홀가 붓친 겻혜 니가 리서 빅세까지 공양타가 이별을 당ᄒᆞ야도 망극혼 이 설음이 층양홀 슈 업슬텐데 홈을며 싱니별이 고금천지 쏘 잇슬까 우리 붓친 곤혼 신세 적슈단신 술ᄌᆞ혼들 조석공겨 뉘라 ᄒᆞ며 고싱ᄒᆞ다 죽스오면 쏘 언의 ᄌᆞ식 잇서 머리 풀고 이통ᄒᆞ며 초종중예 소디기며 년

〈**28-뒤**〉

년 오난 긔제ᄉᆞ의 밥 혼 그릇 혼 그릇 뉘라서 ᄎᆞ려 놀가 몸슬연의 팔ᄶᅩ로다 칠일 안의 모친 일코 부친 마즈 이별ᄒᆞ니 이런 일도 쏘 잇난가 ᄒᆞ양낙일슈원니난 쇼통국의 모ᄌᆞ이별 편습슈유쇼일인은 용손의 형제이별 정긱관손노귀중은 오회월여 부부이별 서츌힝관무고인은 위성의 붕우이별 그런 이별 만ᄒᆞ야도 피ᄎᆞ 술아 당혼 이별 소식 드를 나리 잇고 만나 볼 ᄶᅥ 잇섯스나 우리 부여 이 이별은 니가 영영 죽어가니 언의 ᄶᅥ 소식 알며 언의 날의 만ᄂᆞ볼ᄶᅡ 도라가신 우리 못친 황천으로 드러가고 나난 인제 죽겨되면 슈궁으로 갈 터이니 슈궁의 드러가서 모여승봉 ᄒᆞᄌᆞ 혼들 황천과

〈**29-앞**〉

슈궁길이 슈륙이 현슈ᄒ니 만ᄂ볼 슈 전혀 업네 슈승의서 황천가기 몃천나나 머다난지 황천길을 뭇고 무러 부런철이 ᄎ저간들 모친니 나을 어이 알며 나는 모친 어이 알니 만닐 알고 뵈옵난 날 붓친 소식 뭇ᄌ오면 무슨 말노 더듭홀쏘 오날밤 오경시을 함지에 머무르고 너일 아츰 돗난 ᄒ를 부숭에 미엿스면 ᄒ날 갓튼 우리 붓친 더 뫼서 뵈오런만는 밤 가고 ᄒ 돗난 닐 그 뉘라서 막을 손가 텬지가 사정 업서 이윽고 닥이 우니 심청이 기가 막혀 닥아닥아 우지 마라 반야진관의 밍ᄉ군니 안니온다 네가 울면 날이 시고 날이 시면 나 죽는다 ᄂ 죽 기난 설지 안으나 으지 업슨 우리 붓친 엇지 잇고 가존 말고 밤시도록

〈29-뒤〉

설이 울고 동방이 발가오니 붓친 진지 지으라고 문을 열고 나서보니 발서 션 닌들이 시비 밧겨 쥬저쥬저 오날 힝선날이오니 시히 가겨 ᄒ압소서 심청이가 그 말 듯고 더변의 두 눈의서 눈물이 빙빙 도라 목이며여 시비 밧겨 나가 여보 시오 선닌네들 오날 힝선ᄒ난 줄은 니 이며 알거니와 붓친니 모라오니 줌간 지체ᄒ압시면 불숭ᄒ신 우리 붓친 진지 망죵ᄒ야 숭을 올여 줍슨 후의 말슴을 엿쥬압고 써나겨 ᄒ오리라 선닌이 가궁ᄒ야 그리ᄒ오 허락ᄒ니 심청이 드러와 서 눈물 석거 밥을 지어 붓친 압펴 숭을 올니고 아모조록 진지 만히 줍슛도록 ᄒ노라고 숭머리의 마조 안저 좌반도 쑥쑥 쪠여 수저 우이 올여놋코 쏨도 싸 서 입의 넛며 아바지 진진 만히 줍슈시

〈30-앞〉

오 오냐 만히 먹으마 오날은 별노 반찬니 미우 좃쿠나 뉘집 제ᄉ 지난나냐 심 청이난 긔가 막켜 속으로만 늣겨 울며 홀적홀적 소리나니 심봉ᄉ 묵식업시 귀 발근테 말을 ᄒ며 아가아가 워 그러니 몸이 압흐야 감긔가 드럿나 오날이 몃 칠이야 오날이 열닷시지 부여철룬이 즁ᄒ니 엇지 몽조가 업슬소야 심봉ᄉ가 간밤 꿈 이약이을 ᄒ던 것이엿다 간밤의 꿈을 쑤니 네가 큰 슈려을 타고 ᄒ업

시 가보이니 슈러라 흔난 거슨 귀흔 스룸 탄난 거시라 아마도 오날 무릉촌 승
승딕의서 가마 틱여 갈나보다 심청이 드러보니 죽이 죽을 쑴이로다 아모조록
안심토록 그 쑴이 중이 졷소이다 진지상 물여 니고 단비 푸여 올닌 후의 스당
의 ᄒ직초로 세슈을 정히 ᄒ고 눈물 흔

〈30-뒤〉

적 업신 후의 정흔 의복 가라입고 후원의 도라가서 스당문을 가만히 열고 쥬
가을 추러놋코 통곡 지비ᄒ 연후의 불효여식 심청이난 붓친 눈을 씌우려고 남
경중스 선인들쎠 숨빅석의 몸이 팔여 임당슈로 도라가니 소여가 죽드리도 붓
친의 눈을 씌여 축흔 부인 직비ᄒ야 아달 낫코 쏠을 나아 조승힝화 전켜ᄒ오
문 닷치며 우난 마리 소여가 죽스오면 이 문을 누가 여드며 동지흔식 단오
츄석 스명절이 도라온들 쥬가포혜을 누가 다시 올니오며 분향지비 누가 ᄒ고
조승의 복이 업서 이 지경이 되압난지 불승흔 우리 붓친 무강근지친족ᄒ고 압
못보고 형세 업서 밋을 곳시 업시되니 엇지 잇고 도라갈고 우루루 나오더니
즈긔 붓

〈31-앞〉

친 안진 겻혀 털석 안지면서 아바지 부르더니 말 못ᄒ고 긔절흔다 심봉스 쌈
쏙 놀나 아가 왼일이야 봉스의 쌀이라고 누가 정가ᄒ드야 이거시 회가 ᄒ엿고
나 말ᄒ여라 심청이 정신 추려 아바지 오야 닉가 불효여식으로 아바지을 속엿
소 고양미 숨빅석을 누가 나을 쥬오릿가 남경중스 선인들이 숨빅석의 몸을 팔
녀 님등슈 제슈 가기 ᄒ와 오날 힝선날이오니 나을 망종 보압소서 심봉스 ᄒ
기가 막혀 울음도 안니 나오고 실성을 ᄒ난되 이고 이겨 왼 마리야 정 춤마리
야 농담이야 말갓지 안니ᄒ다 나다러 뭇도 안코 네 마음디로 흔단 말가 네가
슐고 닉 눈 쓰면 그난 응당 조런니와 네가 죽고 닉 눈 쓰면 그겨 무슨 말이 되
야 너의 못친 너을 낫코 칠일

〈31-뒤〉

만의 죽은 후의 눈조츠 어둔 놈이 품안의 너을 안고 이집 저집 단니면서 동양
젓 엇더 먹어 그만치나 즈랏겨로 흔 스름을 이젓더니 네 이겨 왼 마리야 눈을
팔아 너을 술듸 너을 팔아 눈을 슨들 그 눈 히서 무엇흐리 엇전 놈의 팔쫀로서
안희 죽고 즈식 일코 스궁지슈가 되단 말가 네 이 션닌놈들아 중스도 조켠이
와 스룸 스듸 제슈니난더 엇의서 보앗나야 흐나님이의 어지심과 귀신의 발근
마암 앙화가 업슬손야 눈먼 놈의 무남독여 쳘 모르난 어린 것을 나 모르겨 유
인흐야 스단 말이 웬 마리야 쏠도 실코 눈 쓰기도 니스 실투 네 이 독흔 숭놈
드라 옛닐을 모르느야 칠연디흔 감을 적의 스룸 잡아 빌야흔이 탕님군 어진
마음 니가 지금 비난 바난 빅성을 위흠이라 스룸 죽

〈32-앞〉

역 빌양이면 니 몸으로 디신흐리라 몸으로 희싱되야 젼조단발 신영빅모 슝님
들의 비르시니 디우방슈천이 그런 닐도 잇나니라 츠라리 니 몸으로 디신가면
엇더흐야 너의 놈들 나 죽여라 평싱의 밋친 마음 죽기가 원니로 이고 나 죽는
다 직음 니가 죽어노면 네 놈드리 무스홀짜 무지흔 강도놈들아 싱스룸 죽이며
는 디젼통편 율이 잇다 홀노 중담 이을 갈며 죽기로 시죽흐니 심청이 붓친을
붓들고 아바지 이 일이 남의 타시 오니오니 숭담퍼셜 마옵소셔 분여 셔로 붓
들고 둥굴며 통곡흐니 도화동 남녀노소 뉘 안이 설어흐리 션인들 모다 울며
여보시오 영즈 영감 츌쳔디효 심소저난 의론도 말연니와 심봉스 저 양반니 춤
으로 불쌍흐니 우리 션인 숨십여명 십시일반으

〈32-뒤〉

로 저 양반평싱 신세 굼지 안코 벗지안켜 쥬션을 흐야 쥬세 그 말이 올타흐고

돈 숩빙양 빅미 빅석 빅목 마포 각 훈 바리 동중으로 드려노며 숩빅양은 논을 스서 축실훈 스롬 쥬어 도조로 젹정ᄒ고 빅미 중 열닷섬은 당연 양식 ᄒ겨ᄒ고 남저지 팔십여석 연연니 훗터 노아 중니로 츄심ᄒ면 양미가 풍족ᄒ니 그릇켜 ᄒ시압고 빅목 마포 각 일틴는 숫철의복 짓겨ᄒ소서 동중의서 의론ᄒ야 그리ᄒ라 ᄒ고 그 연유로 공문 너여 일동이 구일ᄒ겨 구변을 ᄒ얏구나 그쩌의 무릉촌 중승승 부원쪄서 심청이 몸을 팔여 임당슈로 간단 말을 그제야 드르시고 시비을 급펴 불너 들르미 심청이가 죽으러 간ᄃ ᄒ니 셩전의 근너와서 나을 보고 가라 ᄒ고 급히 다리고 건너오라 시비 분부

〈33-앞〉

듯고 심청을 와서 보고 그 연유로 말을 ᄒ니 심청이 시비와 홈쪄 무릉촌을 건네 간니 승승부인 밧겨 나와 심청의 손을 줍고 눈물 지어 ᄒ난 말이 너 이 무승훈 스롬아 니가 너을 안 니후의 ᄌ식으로 역엿난듸 너는 나을 이졋나야 네 말을 드러보니 붓친 눈을 씌우라고 선인의겨 몸을 팔여 죽으로 간다ᄒ니 효셩은 지극ᄒ나 네가 죽어 될 이리야 그리 일이 되랑이면 나 훈틔 건너와서 이 연유을 말ᄒ엿스면 이 지경이 업슬 것을 엇지 그리 무승ᄒ야 쯰을고 드러가서 심청을 안친 후의 쓸 숩빅석 줄 것이니 선인 불너 도로 쥬고 망영의ᄉ 먹지 마라 심청이 그 말 듯고 훈춤을 싱각다가 텬연히 엿ᄌ오되 둥초 말슴 못훈 일을 후헤훈들 엇지

〈33-뒤〉

ᄒ며 쪼 훈 몸이 위친ᄒ야 정성을 ᄃ촛ᄒ면 남의 무명식훈 지물을 바랏릿가 빅미 숩빅석을 도로 니쥰다 훈들 선닌들도 임시낭퓌 그도 쪼훈 어렵습고 스람이 훈변 남의겨다 몸을 허락ᄒ야 갑을 밧고 팔엿다가 슈숙이 지닌 후의 츔아 엇지 낫틀 두고 무엇시라 비약ᄒ오릿가 노친 두고 죽는 것시 이효승효 ᄒ난 줄은 모르난 비 안니로듸 텬명이니 홀 일 업소 부인의 놉흔 은혜와 어질고 축

흔 말슴 죽어 황천 도라가서 결초보은 흐오리다 승승부인니 놀나와서 심청을
슬펴보니 긔식이 엄슉흐야 다시 권치난 못흐고 참아 눗키 익식흐야 통곡흐며
흐눈 마리 니가 너을 본 연후에 긔츌갓치 정을 두어 일

〈34-앞〉

시일각 못보아도 흐니 되고 연연흐니 싱각 잇치지 못흐더니 목젼의 네 몸이
죽으려 가난 것을 참마 보고 술 슈 업 네가 줌간 지쳬흐면 네 얼골 네 틱도을
화공 불너 그려두고 니 싱젼 볼 것이니 조금만 머물너라 시비을 급히 불너 일
등 화공 불너드러 분부흐되 여보아라 정신 드러 심소져 얼골 쳬격 승흐의복
입은 것과 슈심 겨워 우난 형용 츠축 업시 줄 그리면 즁승을 홀 터이니 정신
드리 줄 그리라 조니족즈을 니여노니 화공이 분부 듯고 족즈의 포슈흐야 유탄
을 손의 들고 심소져을 쏙쏙이 바라본 후 이리저리 그린 후의 오식화필 좌르
르 펼쳐 각식단청 버러노코 난초갓치 푸른 머리 광치가 찰난흐고 빅옥갓튼 슈
심 얼

〈34-뒤〉

골 눈물 흔적이 완연흐고 가는 허리 고은 슈족 분명흔 심소저라 휠휠 터러 노
으니 심소저가 두리로득 부인니 이려나서 우슈로 심청의 목을 안고 좌슈로 화
승을 어로만지며 통곡흐야 슬피 우니 심청이 울며 엿즈오디 정영히 부인쎠서
전싱의 니 부모니 오날날 물너가면 어늬날의 머시릿가 소여의 일정슈심 글 흔
슈 지여니여 부인전의 올니오니 걸어두고 보시오면 증험이 잇스리득 부인니
반겨 역의 필연을 니여노니 화승족즈승의 화제글 모양으로 붓을 들고 글을 쓸
제 눈물이 피가 되야 점점이 쩌러지니 송이송이 꼿치 되야 향니가 날 듯흐다
그 글의 흐얏쓰되 싱긔스귀일몽간흐니 권정흐필누손슨가 세간최유단중쳐눈
초록강남인미환이

〈35-앞〉

라 부인니 놀나시며 네 글이 진실노 신선의 글거니 이변의 너 가난 길이 네 마음이 안니라 쳔승의서 불음이로다 즉시 혼솟 쓴어니여 얼는 써서 심쳥 쥬니 그 글의 ᄒ얏쓰되 무단풍우야니혼은 취송명화락히문니라 젹고인간을 쳔필념이어날 무고부여돈성은니라 심소져 그 글 밧아 단단이 간직ᄒ고 눈물노 이별할 제 무릉촌 남여노소 뉘 아니 통곡할고 심쳥이 건너오니 심봉수 달여들어 심쳥의 목을 안고 씌놀며 통곡ᄒ다 나ᄒ고 가즈 ᄂ랑 가즈 혼즈 가지 못ᄒ리라 죽어도 갓치 죽고 스라도 갓치 스즈 나 바리고 못기리ᄅ 고기밥이 되드리도 나와 너와 갓치 되즈 심쳥이 우름 울며 우리 부여 쳔룬을 쓴코 십펴 쓴수오며 죽고 십허 죽수릿가마는 익혀가 슈의 잇고 고 셩수

〈35-뒤〉

가 ᄒᄂ니 잇서 인즈지졍 싱각히면 쩌날 날이 업수오나 쳔명이니 홀닐 업소 불효여식 심쳔니난 싱각지 마압시고 아바지난 눈을 쩌서 디명쳔지 다시 보고 축혼 스롬 구혼ᄒ야 아달 늣코 쌀을 ᄂ아 후수 젼켜 ᄒ옵소서 심봉수 펼쩍 씌며 익고익고 그 말 마라 쳐즈 잇슬 팔ᄯ 되며 이런 일이 잇겻나야 나 바리고 못가리ᄅ 심쳥이 져의 붓친을 동니 스롬을 붓들니 안쳐놋코 울면서 ᄒᄂ 마리 동니 남여 스롬드ᄅ 혈혈단신 우리 붓친 죽으로 가난 몸이 동즁만 밋수오니 깁히 싱각ᄒ옵소서 ᄒ직ᄒ고 도라서니 동니 남여노소 업시 발 구루며 통곡ᄒ다 심쳥이 우름 울며 선인을 ᄯ라갈 제 쓸니는 초마즈록 거듬거듬 거더오고 만슈비봉 홋흔 머리 귀 밋헤와 드리웟고 피갓치 흐른 눈물 옷

〈36-뒤〉

깃세 스못춘다 졍신업시 나가면서 근너집 ᄇ라보며 김동지딕 큰아기 너와 ᄂ와 동갑으로 격즁간 피추 크며 형제갓치 졍을 두어 빅연니 다 진토록 인간고

락 스는 혹미 흠끠 보즈 ㅎ얏쓰니 ㄴ 이리 쩌ㄴ가니 그도 쏘 ㅎ니로다 천명이 그 쑨으로 ㄴ난 이며 죽거니와 으지 업는 우리 붓친 이통ㅎ야 승ㅎ실짜 나 죽 은 후이라도 슈궁 원혼 되겻쓰니 네 ㄴ을 싱각거든 불숭ㅎ신 ㄴ의 붓친 극진 디우 ㅎ야다고 압집 즈근아가 승침질 슈놋키을 누와 흔끠 ㅎ라ㄴ야 즉연 오월 돈오야의 츄천ㅎ고 노던 닐은 너가 그저 싱각녀야 금연 칠월 칠석야의 흔끠 결고 ㅎ졋더니 이제는 허시로드 ㄴ난 임의 위친ㅎ야 영결ㅎ고 가거니와 네가 나을 싱각거든 불숭흔 우리 붓친 나 부르고 이통커든 네가 와서 위로희

〈37-앞〉

라 너와 나와 스겐 본정 네 부모가 니 부모요 니 부모가 네 부모라 우리 싱전 잇슬 제는 별노 혐이 업섯스나 우리 부모 빅세 후의 집우의 드러 들어오셔 부 여싱면 ㅎ는 말의 네 정성을 니 알겻드 이럿타시 ㅎ직홀 제 ㅎ나임이 으시던 지 빅일은 어듸 가고 음운니 즈옥ㅎ다 이짜감 비쌩울이 눈물갓치 쩌러지고 휘 늘어저 눕던 꼿이 이위고저 밋히 얼고 청순의 섯는 초목 슈식을 씌워 잇고 녹 슈의 드린 버들 니 근심을 도읍난닷 우느니 저 꾀꼬리 너는 무신 회포런가 너 의 속 깁흔 흔을 니가 알든 못ㅎ여도 통곡ㅎ난 니 심스을 네가 혹시 짐쪽홀가 듯밧쎠 저 두견니 귀촉도 불여기라 야월공순 엇드 두고 진정제 돈중성은 어이 스즈 술오나야 네 아모리 ㄱ지 우의 불여귀라 울것마는 갑을 밧고 팔닌 몸이 드시 엇

〈37-뒤〉

지 도라오리 바람의 날인 꼿치 낫혜와 붓웃치니 꼿을 두고 바라보며 약도츈풍 불희의ㅎ면 ㅎ인취송낙화너오 츈순의 지는 꼿이 지고 십허 지라마는 바람의 쩌러지니 네 마음이 안니로 나의 박명홍안 신세 저 꼿과 갓흔지라 죽고십퍼 죽으랴마난 스세부득이라 슈원슈구홀 것 업드 흔 거름의 누물 지고 두 거름의 도라보며 강두의 드드르니 선닌드리 일심ㅎ야 비머리의 좌판 놋코 심소져을

모서올이 비층안의 안친 후의 듯 감고 돗을 달아 어긔어긔 소리ᄒ며 북을 둥둥 울니면서 지향업시 더ᄂᆞ간ᄃ 범피중유 쩌나갈 제 망망ᄒᆞᆫ 충희 중의 탕탕ᄒᆞᆫ 물결이라 빅반쥬 갈먹이ᄂᆞᆫ 홍요안으로 날아들고 습강의 기력이ᄂᆞᆫ 평스로 쩌러진ᄃ 오롱ᄒᆞᆫ 남은 소리 어젹인 듯 ᄒᆞ것만는 곡종인불견에 유식만

〈38-앞〉

푸루럿다 이닌셩즁만소슈ᄂᆞᆫ 나을 두고 일음이라 중스을 지나가니 가티부 간곳 업고 명ᄂᆞ슈 바라보니 굴솜여 어복층혼 엇의로 가셧ᄂᆞᆫ고 황학누 다다르니 일모향관ᄒᆞ처시오 연파강승ᄉᆞ인슈ᄂᆞᆫ 최호의 유젹이라 봉흥디 ᄃᆞᄃᆞ르니 습곤반낙 청천의 이슈즁분빅노쥬ᄂᆞᆫ 틱빅이 노든디오 심양강 ᄃᆞᄃᆞ르니 빅낙천니 어디 가고 피파셩이 슫어졋다 적벽강 그저 가라 소동파 노던 풍월 의구히 잇다만는 조밍덕 일세지웅 이금의 안지지오 월낙오제 깁흔 밤의 고소셩의 비을 미고 ᄒᆞᆫ 손ᄉᆞ 쇠북소리 긱선의 쩌러진ᄃ 진회슈 건네가니 격강의 승여들은 망국혼을 모르고서 연롱ᄒᆞᆫ슈월롱ᄉᆞ을 후졍화만 부르더라 소승강 드러간니 약양누 놉흔 집은 호승의 쩌서 잇고

〈38-뒤〉

동남으로 바라보니 오손은 천첩이오 초슈난 만즁이라 반쥭의 저진 눈물 이별혼을 씌워 잇고 무숸의 돗ᄂᆞᆫ 달은 동졍호의 비취이니 스ᄒᆞ천광 거울 속의 푸르럿다 창오손의 졈은 연긔 춤듬ᄒᆞ야 횡능모의 줌긔엿ᄃ 순협의 준나뷔ᄂᆞᆫ 즈식 춧ᄂᆞᆫ 슬흔 소리 천긱소인 몃몃치야 심청이 비안의서 소승팔경 ᄃᆞ 본 후의 ᄒᆞᆫ곳을 가노라니 향풍이 이려나며 옥픠소리 들니더니 의회ᄒᆞᆫ 쥬렴 시로 엇더ᄒᆞᆫ 두 부인이 선관을 놉히 스고 즈ᄒᆞᆼ 것듬 안고 두렷이 나오더니 저긔 가난 심소저야 나을 어어 모로나야 우리 셩군 유유씨가 남슌슈 ᄒᆞ시다가 창오야의 붕ᄒᆞ시니 속절 업ᄂᆞᆫ 이 두 몸이 소승강 디슈풀의 피눈물을 쏠렷더니 가지마ᄃ 아롱저서 입

〈39-앞〉

입히 원호니라 츙오손봉숭슈절이랴야 쥭숭지뤼너가멸이라 쳔츄의 깁흔 흔을
흥소홀 길 업섯드니 네 호셩이 지극키로 너다려 말흥노라 더슌봉후긔쳔연의
오현금 남풍시을 지금짜지 졍흥더야 슈로만니 몃몃칠의 조심흥야 단여오라 홀
연히 간 곳 업드 심쳥이 싱각호니 소숭강 이비로 쥭으로 가난 느을 조심흥야
오라호니 진실노 괴긔흥드 그곳을 지너여서 겨손을 당도호니 풍낭이 이러나며
쳔긔운니 소슙터니 흔ᄉ람 나오난더 두 눈을 싹 감고 가쥭으로 몸을 쓰고 우
름 울고 나오더니 저기 가는 심소져야 너 느을 모르리ᄅ 오느라 ᄌ서로다 슬
흐다 우리 셩승 빅비의 춤소 듯고 촉누검을 나을 쥬어 목을 질너 쥭은 후의 치
리로 몸을

〈39-뒤〉

씨서 이 물의 더젓구느 원통홈을 못이긔여 월병이 멸오이홈을 역역히 보라흐
고 이 눈을 일즉 쎄여 동문숭의 걸엇더니 니 완연히 보앗쓰니 몸의 쓰힌 이 가
쥭을 뉘라서 벗겨쥬며 눈 업는 겨 호니로드 홀연니 간곳 업드 심쳥이 싱각호
니 그 혼은 오나ᄅ 츙신 오ᄌ서라 흔곳을 드드르니 엇더흔 두 ᄉ롬이 틱반으
로 나오난더 압흐로 서신이는 왕ᄌ의 긔숭이라 의숭이 남누호니 초슈일시 분
명흥드 누물지며 흐는 마리 이달고도 분흔 거시 진느라 송님 되야 무관의 슴
연 잇드 고국을 바ᄅ보니 미귀혼니 되얏고나 쳔츄의 흔니 잇서 초혼조가 되얏
더니 박낭퇴서 반겨 듯고 속절업는 동졍들의 헛춤만 츄엇졔라 그듸의 ᄉ롬은
안식이 초최흐고 형용이 고괴흔더 나는

〈40-앞〉

조나라 굴원이라 회왕을 섬긔드가 ᄌ란의 춤소 만나 드런 마음 씨스라고 이

물의 와서 빠젓노라 어엿뿔스 우리 님군 스후의나 뫼서볼가 길이 혼니 잇서기로 이갓치 뫼섯노라 티고양지모예여 짐황고왈빅용이라 유초목지영낙혜여 공미인지지모로다 세상의 문승지스 멋분이나 겨시더야 심소저는 호성으로 죽고 느난 충심으로 죽엇스니 충효난 일반나라 위로코저 느왓노라 충희만니에 평온니 가압소서 심청이 싱각호되 죽은지 슈천연의 영혼이 남아잇서 니 눈의 뵈는 일이 그 안니 이승혼가 나 죽을 증조로다 슬흘겨 탄식혼다 물에서 밤이 멋밤이면 비의서 날이 멋날이야 거연 스오일이 물과 갓 흘너가니 금풍습이석긔

〈40-뒤〉

혼고 옥우곽이징영이라 낙혼여고목죄비혼고 츄슈공장천일식이라 강안의 귤농 혼니 황금이 천편혼니이 이으로 화의풍긔혼니 빅설이 만점의 혼니이라 신포세루 지는 입과 옥노청풍 부럿는디 괴로올스 어선들은 등부를 도도달고 어가로 화답호니 도도는겨 수심이요 희반의 청손들은 봉봉이 칼난이라 월낙중스초석 원호니 부지호처조승군니라 송옥의 비츄부가 이의서 슬흘소야 동여을 실엇스니 진시황의 치약빈가 방스는 업섯스나 혼무죄 구선빈가 너가 진죽 죽즈호니 선닌들이 슈직호고 술아 실여 가즈호니 고국이 충망호듯 혼곳을 당도호니 닷을 쥬고 돗을 줄 제 이는 곳 임당슈라 광풍이 디죽호고 바드가 되놉는디 어용이 쓰오는듯

〈41-앞〉

디양바드 혼가온디 돗을 일코 돗도 끈처 노도 일코 키도 빠저 바롬 불고 물결처 안긔되 석거 즈즈진 날이 갈길은 천니만니느 넘고 스면니 검고 존둑 서쿨어 천지지척 막막호야 손갓흔 파도 빈젼을 땅땅처 경긱의 위틱호니 도스공 이혼가 황황더겁호야 혼불부신 호야 고스결츠 츠리는디 섬쌀노 밥을 짓고 큰 돗 혼아 큰 칼 쯧즈 정호겨 밧처 놋코 슴식실과 오식당속 큰 소 줍고 독의술을 방위 츠저 갈나놋코 심청을 모욕식여 이복을 정히 입혀 빈머리의 안친 후의 도

스공이 고스을 올일 졔 북치을 갈느 지고 북을 둥둥 두리둥둥 울니며 헌원씨 비을 모와 이졔불통 ㅎ압신 후 후싱이 본을 바드 드 각기 위엽ㅎ니 막디ㅎ 공이 아닌가 ㅎ우씨 구연지

⟨41-뒤⟩

슈 비을 타고 드스리며 오복의 졍ㅎ 공세 우구도로 도라들 졔 비을 타고 기디리며 공명의 놉흔 조화 동남풍을 비러니여 조조의 빅만디병 쥬유로 화공ㅎ야 적벽디젼 ㅎ올 젹의 비 아니며 어이ㅎ리 쥬요요이경양ㅎ니 도연명의 귀거니요 희활ㅎ니 고범지ㅎ니는 중흔의 강동긔오 임슐지츄칠월의 종일위지소여ㅎ니 소동파의 노라잇고 지국총 어스화로 공선만지월명귀는 어부의 즐검이오 겨도란요ㅎ중포는 오희월여치런쥬오 츄군발서 발션ㅎ 군왕은 숭고선니 그 안닌가 우리 동모 슈믈네명 숭고로 위업ㅎ야 십오에 조슈트고 경세우경연의 포박서남 단니더니 오날날 님당슈의 졔슈을 올니오니 동희신 아명이며 남희신 츅융이며 서희신 거승이

⟨42-앞⟩

며 북희신 웅강이며 강호지종과 쳔틱지신니 졔수을 흠향ㅎ야 일체통감 ㅎ읍신 후 비럼으로 바람 쥬고 희약으로 인도ㅎ야 빅쳔만금 퇴을 니겨 소망 일워 쥬압소서 고시리 둥둥 빌기을 드흔 후의 심청이 물의 들느 선인들이 지쵹ㅎ니 심청의 거동 보소 비머리의 웃둑서서 두 손을 합중ㅎ고 ㅎ나님젼 비는 마리 비나이다 비나이드 ㅎ나임젼 비나이다 심청이 죽는 일은 츄호도 설지 안으나 안밍ㅎ신 우리 붓친 쳔지의 깁흔 흔을 싱젼의 풀야ㅎ고 죽엄을 등ㅎ오니 명쳔니 감동ㅎ스 우리 붓친 어둔 눈을 불원간의 발겨ㅎ야 디명쳔지 보겨ㅎ오 뒤로 펄젹 쥬져안저 도화동을 향ㅎ더니 아바지 나난 죽어서 눈을 쓰압소서 손집고 이러서 선인들쎠

〈42-뒤〉

말을 ᄒ야 여러 선인 승고님네 평안니 가압시고 억십만금 일을 엇어 이 물가
의 지니거든 나의 혼빅 넉을 불너 기귀 면켜ᄒ야 쥬오 영치 조흔 눈을 감고 초
마폭을 무릅씨고 이리저리 저리이리 비머리의 와락 나가 물의 풍덩 ᄲᅡ저 노니
힝화는 풍낭을 좃고 명월은 희문의 좀겻도ᄃ 선인영좌 긔가 막혀 아츠아츠 불
승ᄒ다 영ᄌ가 통곡ᄒ며 역군화중 업처울며 츌천디효 심소저는 앗갑고 불승ᄒ
다 부모형제 죽엇슨들 이에서 더홀소야 흐챰 이리울 제 굿쩌의 옥황상ᄌ끠압
서 ᄉ희용왕의ᄭᅧ 분부ᄒ야 명일 오시 초각의 님둥슈 바다 중의 츌천디효 심청
이가 물의 ᄶᅥ러질 터이니 그디 등은 등디ᄒ야 슈정궁의 영접ᄒ

〈43-앞〉

고 다시 영을 기다려 도로 츌송인간ᄒ되 만일 시각 억이다는 ᄉ희슈궁 제신들
이 죄을 면치 못ᄒ리라 분부가 지엄ᄒ시니 ᄉ희용왕 황겁ᄒ야 원춈군 별쥬부
와 빅만철갑 제중이며 무슈혼 시여들겨 빅옥교ᄌ 등디ᄒ고 그 시을 기다일 제
과연 오시 초각 되ᄌ 빅옥갓튼 혼 소저가 희승의 ᄶᅥ러지니 여러 선여 옹위ᄒ
야 심소제을 고히 뫼셔 교ᄌ의 안치거날 심소저 정신 ᄎ러 ᄉ양ᄒ야 이른 마
리 ᄂᆞ는 진세 천닌이라 엇지 황송ᄒ야 용궁교ᄌ을 트오릿가 여러 선여 엿ᄌ오
되 승제 분부겨압셔니 만닐 지쵀ᄒ옵시면 ᄉ희슈궁 탈이오나 지쳬 말고 타옵
소서 ᄉ양타 못ᄒ야 교ᄌ의 안저 노니 수정궁으로 드러갈 제 수

〈43-뒤〉

정궁으로 드러간다 위의도 중홀시고 천승 선ᄀᆞ선여들이 심소제을 보라ᄒ고 좌
우로 버러섯난디 티을진군 혹을 타고 안긔성은 눈초 ᄐ고 적송ᄌᄂᆞᆫ 구름 ᄐ고
갈선군은 ᄉᄌ 타고 청의동ᄌ 홍의동ᄌ 쌍쌍이 버러섯ᄂᆞᆫ디 월궁황아 서왕모며
말선여 락포선여 남악부인 팔선여 다 모여 들엇ᄂᆞᆫ디 고흔 물식 조흔 픠물 향

기가 진동ᄒ고 풍악이 낭ᄌᄒ다 왕ᄌ진의 봉필이 곽쳐ᄉ의 죽중고 롱욱의 옥
통소 완젹의 회파름 금고의 거문고 랑ᄌᄒ 풍악소리 슈궁이 진동ᄒ다 수졍궁
을 드러가니 집치리가 황홀ᄒ다 쳔여간 수졍궁의 호박기동 빅옥쥬츄 더모란간
손호주렴 광치 출난ᄒ다 서기가 반공이라 쥬

〈44-앞〉

궁뛰궐은 웅쳔숭지 숨강이요 근의슈샹은 비인간지 오복이라 동으로 바라보니
ᄉ빅쳑 부숭까지 일윤홍이 불엇잇 남어로 바라보니 더붕이 비진ᄒ야 수식이
쏙과 갓고 셔으로 바라보니 츄야요지왕모강ᄒ니 일쌍쳥조 나라들고 북으로 바
라 요졈ᄒ쳐 시중원고 일발쳥신이 풀어엿다 우으로 봐라보니 중쥬파일봉셔ᄒ
니 챵셩화중을 다져ᄒ고 아리로 봐러보니 쳥효빈문 춘비셩ᄒ니 강신하빅이 조
회로다 음식을 드릴 격의 셰숭의 업눈 비라 피리싱 화루봔의 손호준 호복면
ᄌᄒ국 연엽쥴을 기린포로 안쥬 놋코 호로병 졔호당의 감노쥬을 겻들이고 금
강셕 식인 징반 안기증조 담아놋코 좌우의 션여들이 심쇼

〈44-뒤〉

져을 위로ᄒ야 슈졍궁의 머무을시 옥황숭졔 영이여든 거힝이 범연ᄒ라 ᄉ희용
왕끠서 선여들을 보니여 조석으로 문안ᄒ고 쳬변ᄒ야 시위홀 쎄 숨일의 소연
의요 오일의 딕연으로 극진히 위로ᄒ다 그쎄의 무릉촌 중승승 부인은 심소져
을 이별ᄒ고 익석ᄒ 마음을 익여지 못ᄒ야 심소져 화승 족ᄌ을 침숭의 걸어두
고 날마둥 징험터니 ᄒ로는 족ᄌ빗히 겸어지며 화승의 물이 흐르거날 부인니
놀니여 왈 인져는 죽엇고ᄂ 비회을 못익의여 간중히 끈치눈둣 가슴이 처지는
둣 긔믹혀 우름 울 졔 이윽고 족ᄌ빗시 완연히 시로오니 마음의 괴이ᄒ야 누
건져 술여니야 목슘이 술앗는가 충희말니이 소식을 엇지알니 그날 밤 숨경초
의 졔젼을 갓초와서 시비 ᄒ

〈45-앞〉

야 들니고서 강가의 나아가 빅스중 정훈 곳의 쥬가포 츠러노코 승승부인 축문
을 놉히 일거 심소져의 혼을 불너 위로흐야 제 지닌ᄃ 강촌의 밤이 들어 스면
니 고요홀 제 심소져야 심소져야 앗갑도다 심소져야 안밍흔 너의 붓친 어둔
눈을 씌우라고 평성의 흐니 되야 지극흔 네 호성의 죽끼로써 갑흐라고 일누준
명을 스스로 판돈흐야 어복의 혼니 되야 가련흐고 불숭코나 흐나임이 어이흐
야 너을 니고 죽겨흐며 귀신은 어이흐야 죽는 너을 못슬니ᄂ 네가 나지 마랏
거나 너가 너을 몰낫거나 싱니스별 어인일고 그믐이 되기 전의 달이 먼저 기
우렷고 모츈니 되기 전의 꼿이 먼저 쩌러지니 오동의 걸닌 달은 두렷흔 네 얼
골이 분명이 ᄃ시 온 듯 이슬의

〈45-뒤〉

저진 꼿튼 선연흔 네 티도가 눈 압혜 ᄂ리는 듯 조양의 안진 제비 아름ᄃ온 너
의 소리 무슨 말을 흐소할 뜻 두 귀 밋혀 서린 터른 일노좃ᄎ 희여 지고 인간
의 남은 히는 너로흐야 지촉흐이 무궁흔 나의 슈심 너는 죽어 모르것만 ᄂ난
스라 고성일ᄃ 흔존 슐노 위로흐니 유유향혼은 오호이지 숭향 제문 일고 분향
홀 제 흐날이 나즉흐니 제문을 드르신 듯 강숭의 즈진 안기 체운니 어리는 듯
물결이 즌즌흐니 어용이 늣씨는 듯 청신 적적흐니 금조가 섯워흔 듯 명스지
척 줌든 빅구 놀너 씨여 머리 들고 등불 든 어션들은 가는 길 머무른다 부인니
눈물 씻고 제물을 무러 풀 제 슐즌니 굴엇스니 소져의 혼니 온 듯 부인이 흔업
시

〈46-앞〉

설워 집으로 도라오스 그 잇튼날 직물을 만히 드러 물가의 놉히 모와 망여ᄃ
을 지어노코 미월 숙망으로 숨연까지 죄 지닐 제 쩌가 업시 부인끠서 망연ᄃ

의 올나 안주 심소저을 싱각더라 잇쩌의 심봉스는 무남동여 쌀을 일코 모진 목슘 안니 죽고 근근히 부지할 제 도화동 스롬드리 심소저 지극호 효성으로 물의 쌔저 죽은 닐을 불쌍이 역의 망여더 지은 녑혀 타루비을 세우고 글을 지여 슉엿스니 심위기친쌍오홀호야 슐신성호스용궁을 연파만이심심벽호니 강초연연호불궁을 강두의 세워노니 니왕호난 힝인들이 그 비문 글을 보고 눈물 안니 지나니 업더라 도화동 스롬들이 심봉스의 전곡을 축실이 신칙호야 의식이 넉넉호고 형

〈46-뒤〉

세 츳츳 늘어가니 본촌의 빙덕어미라 호는 연니 힝실이 괴약호더 심봉스의 가세 넉넉호 줄 알고 주원호고 첩이 되야 심봉스와 스는 디 이 연의 버릇이 아조 인즁지말쓰라 이런 것이얏ᄃ 심봉스의 가세을 결단니는디 쌀을 쥬어 엿 스먹고 벼을 쥬고 곡기 스기 줄곡을낭 돈을 스서 슐집의 가 슐 먹기와 이웃집의 밥 붓치기 빈 담빈쩌 손의 들고 보난 디로 담비 청키 이웃집을 욕 줄 호고 동무들과 쌈 줄호고 정주 밋혜 낫줌 주기 슐 치호면 혼밤중의 목을 노코 우름 울고 동니 남주 유인호고 일연 슴빅육십일은 입을 줌시라도 안놀니고 집안의 슐님 스리을 홍시감 쌀 듯 홀쪽 업시호되 심봉스는 슈연 공방의 지너던 터

〈47-앞〉

이라 기즁 실가지락이 잇서 죽을동 슬동 모르고 밤낫업시 속 밧고 관가일 호 듯 호되 쎙덕어미는 마암 먹기을 형세을 쩌러먹고 이슙일 양식 홀만큼 남겨놋코 도망할 죽정으로 오륙월 가마귀 돌슈박 파먹듯 불숭호 심봉스의 지물을 쥬야로 퍽퍽 파던 것이엿 호로는 심봉스가 쎙덕어미을 불너 여보소 우리 형세가 미우 축실터니 지금 남은 슐님이 얼마 아니된듯 호니 니 도로 비러먹긔 시운즉호니 탈호리 타관의 가 비러 먹세 본촌의난 붓그럽고 맘의 칙망 어려오니 이스호면 엇쩌호가 쎙 니스 가중 호즈난 디로 호지오 봉 당신 혼 마리로세 동

니 늡의 빗이ᄂ 업ᄂ가 쎙 니가 쥴 것 조곰 잇소 봉 얼마ᄂ 되나 쎙 뒤동니 놉흔 쥬막의 가 히중혼 갑이 마흔 양 심봉ᄉ 어이업

〈47-뒤〉

서 쥴 먹엇네 쪼 오디 잇ᄂ가 쎙 저거네 불쏭이홈씨ᄢ 엿갑 서른양 봉 쥴 먹엇네 쎙 쪼 안촌 가서 담비갑시 쉬힌양 이것 춤 쥴 먹엇네 쎙 그름 중ᄉ혼터 스무양 봉ᄉ 그름은 무엿힛ᄂ 머릿기름 힛지요 실승 얼마 안이 되네 쎙 고까직 썻 얼마 되오 여간 좁물 남은 것을 헐가 방미ᄒᆞ야 ᄉ방의 세음ᄒᆞ고 남저지 얼마 가지 남부여디로 거처 업시 단니것다 긋쎄의 심소저ᄂ 슈정의 머물을 제 ᄒᆞ로ᄂ ᄒᆞ날의 옥진부인니 오신ᄃ ᄒᆞ니 심소제ᄂ 누군 쥴 모르고 이러서 바라보니 오식치운니 반공의 어려ᄂ디 요란혼 풍악이 궁중의 낭ᄌᆞᄒᆞ며 우편의ᄂ 단겨화 좌편의ᄂ 벽도화 청학 빅학 옹위ᄒᆞ고 공죽은 츔을 츄고 안비로 전인ᄒᆞ야 텬승 선여 압홀

〈48-앞〉

서고 용궁 선동이 뒤을 서 엄슉ᄒᆞ겨 나려오니 보던 비 처음이라 이윽고 나려와 교ᄌᆞ로 좃ᄎᆞ 옥진부인이 들려오며 심청ᄋ 너의 모 너가 왓ᄃ 심쇼제 듸려ᄃ 보니 못친이 오섯거날 심청이 반계라고 펼젹 쐬여 니러가 이고 어머이오 우루루 달여들러 모후 목을 덥셕 안고 일히일비ᄒᆞ난 말이 어머니 날을 낫코 칠일만의 샹ᄉ 나셔 긋쎄 쇼여 몸이 붓친덕의 안이 죽고 십오셰 당ᄒᆞ도록 모여간 쳔지 중혼 얼골을 모로기로 평싱혼이 미쳐 이즐 날이 업습더니 오날날 뫼시오니 나ᄂ 혼이 업ᄉ오나 외로오신 아바지ᄂ 누을 보고 반기실까 시룹옵고 반가온 졍과 감격ᄒᆞ고 급혼 마옴 엇지 홀 쥴 모로다가 뫼시고 루의 올나가 못친 품의 ᄊᆞ여 안져 얼골도 디여

〈48-뒤〉

보고 슈족도 만지면서 졋도 인졔 먹어 보세 반갑고도 즐거워라 즐겨ᄒᆞ며 우름
우니 부인도 슬혀ᄒᆞ야 등을 쑥쑥 쑤다리며 울지 마라 니 딸이야 니가 네을 난
연후로 승제 분부 급급ᄒᆞ야 세승을 이졋스나 눈 어둔 너의 붓친 고싱ᄒᆞ고 술
으신 일 싱각ᄉᆞ록 긔믹ᄒᆞᆫ 중 버섯갓고 이슬갓튼 십싱구ᄉᆞ 네 목슘을 더욱 엇
지 밋엇스라 황쳔니 도와쥬시 네 이제 술앗구나 안어볼까 업업볼가 귀ᄒᆞ여라
니 달이야 얼골 젼형 웃는 모양 너의 붓친 홉ᄉᆞᄒᆞ고 손길 발길 고은 것시 엇지
그리 ᄂᆞ갓ᄒᆞ냐 어려서 크던 일을 네가 웃지 알나마는 이집 져집 몃 ᄉᆞᄅᆞᆷ의 동
량졋을 먹고 크니 저 기간의 너의 붓친 그 고싱을 알이로다 너의 붓친 고

〈49-앞〉

싱ᄒᆞ야 응당 만히 늘그싯지 뒷동니 귀덕어미 네겨 미오 극진ᄒᆞ야 지금까지 안
닛친다 심청이 엿ᄌᆞ오되 아바지쎠 듯ᄊᆞ와도 고싱ᄒᆞ고 지닌 니을 엇지 감히 이
즈릿가 붓친 고싱ᄒᆞᆫ 말과 일곱술의 제가 나서 밥 비러 봉친ᄒᆞᆫ 닐 바느질노
ᄉᆞ든 말과 승승 부인 저을 불너 모여 의로 미진 후의 흔혜 틱산 갓튼 닐과 선
닌 ᄯᅡ라 오라홀 쎠 화승족ᄌᆞ ᄒᆞ던 말과 귀덕어미 은혀 말을 낫낫치 다 고ᄒᆞ니
부인니 그 말 듯고 승승부인 치ᄒᆞᄒᆞ며 그렁저렁 여러 날을 수정궁의 머무를
제 ᄒᆞ로는 옥진부인니 심청다려 ᄒᆞ는 마리 모여간의 이별홀 말 ᄒᆞᆫ양이 업건마
난 옥황승제 처분으로 맛흔 직분 혀ᄃᆞᄒᆞ야 오리 짓체 못ᄒᆞ겻ᄃᆞ 오날날 이별ᄒᆞ
고 너의 붓친 만날

〈49-뒤〉

쥴은 너야 엇지 알야마는 후일의 서로 반길 쎠가 잇스리라 죽별ᄒᆞ고 이러나니
심청이 긔가 막혀 아이고 어머니 소여는 마음 먹긔을 오리오리 모실 쥴노만
아라쩌니 이별 말이 왼 마리오 아모리 이결ᄒᆞᆫ들 임의로 못할지라 옥진부인니
이러서서 손을 좁고 직별터니 공중으로 향ᄒᆞ야 인홀불견 올나가니 심청이 홀
일 업서 눈물노 ᄒᆞ직ᄒᆞ고 슈정궁의 머무를시 심낭ᄌᆞ 츌쳔딕호을 옥황승제씌압

서 심히 가숑히 역이스 슈궁의 오리 둘 기리 업서 스희 용왕의겨 다시 흐교흐
스디 디효 심낭즈을 옥전 연화 쏫봉 쏙이 아모조록 고히 뫼서 오던 길 림둥슈
로 도로 니보너라 역역히 이르시니 용왕이 영을 듯고 옥정연 쏫봉 쏙이 심낭
즈을 고히

<h3>〈50-앞〉</h3>

뫼서 님당슈로 환송홀시 스희용왕 각궁시여 팔션여을 츠레로 흐직흐느디 심낭
즈 즁흔 효셩 셰숭의 나가서서 부귀영화 만만셰나 누리소서 심낭즈 디답흐되
죽은 몸이 다시 스라 여러 왕의 은혜 입어 셰숭의 다시 가니 슈궁의 귀흔 몸이
너니 무양흐압소서 흐두마디 마을 홀시 인홀불견 즈최 업드 쏫봉 쏙에 심낭즈
는 막지소향 모르다가 슈정문 밧 써나갈 쎄 텬무영풍 음우흐고 희불양과 존존
흔디 숨춘의 힝당화난 희수즁의 불어잇고 동풍의 푸른 버들 위슈변의 드럿는
디 고귀 줍는 저 어옹은 시름 업시 안즛구느 흔곳을 다다르니 일식이 명낭흐
고 스면니 광흘흐다 스면을 둘너보니 용궁가든 임둥수

<h3>〈50-뒤〉</h3>

라 그찌의 남경즁스 션닌들이 심낭즈을 제슈흔 후 그 힝보의 일을 남겨 돗디
싯혜 큰 긔 쏫꼬 우슘으로 담화흐야 춤을 츄고 도라올 제 님둥슈 당도히셔 큰
소 줍고 동의슐과 각식 과실 츠러 놋코 북을 치며 제 지닌다 두리둥 두리둥 북
을 끈치더이 도스공이 심낭즈의 넉을 쳐드러 큰 소리 부른다 츌천디호 심낭즈
슈즁고혼 되여스니 이답고 불숭흔 말 엇지 다 흐릿가 우리 여러 션닌드른 소
저로 인연흐야 억십만양 이를 맘겨 고국으로 가러니와 낭즈의 방혼니야 언의
써나 오라시오 가다가 도화동의 소저 붓친 평안흔가 안부 문안흐오리다 심낭
즈야 심낭즈야 슈즁고혼 되지 말고 극낙세겨 가압소서 고슈레 테테 흐더니 스
공도 울고 여러 션닌이 모다 우름

〈51-앞〉

을 울 제 희승을 바라보니 논디 업는 꼿 호 승이 물 우에 둥실 떠오거날 선인들이 니드르며 이이야 저 꼿이 왼 꼿이야 텬승의 월겨화야 요지의 벽도화야 천승꼿도 안니요 세승 꼿 온인 디희승의 떳슬 떠는 아모리도 심낭즈의 넉원겨다 공논니 분분홀 씨 빅운니 몽농혼 중 선연혼 청의선관 공중의 흑을 트고 크겨 웨여 일은 말이 희승의 떤는 선인들아 꼿 보고 짠말 마라 그 꼿이 천승화니 타인 통셜 부디 말고 각별 조심 곱겨 뫼셔 천즈젼의 진승호라 만닐의 불연호면 네셩보화 천존 식여 손베락을 니리리라 선닌들이 이 말 듯고 황급호야 별별 썰며 그 꼿틀 고히 건저 허리간의 모신 후의 청포즁 둘너쳬니 니

〈51-뒤〉

외 태통 분명호디 닷을 달고 돗을 다니 슌풍이 절노 일어 남경이 슌식간니라 희안의 비을 미엿것다 세지 경진 슙월이라 송천즈꿰옵서 황후 승스 당호시니 억조충셩 만닌들과 십이제국 스신드른 황황급급 분쥬할 씨 천즈 마음 슈란호야 각식화초을 다 구호야 승님원의 치우시고 황국젼 압흐로 여긔저긔 심엇더니 그 화초 즁호도 경보룽파 답명경 만당츄슈 홍연화 암향부동 월황혼 소식전텬 환미화 공즈왕손 방슈화의 부귀롤손 모란화 이화만지 불기문에 즁신궁즁 비꼿 촉국혼 못익의역 제혈호는 두견화 황국 빅국 적국이며 빅힐농 영산홍 난초 파초 석유 유즈 머리 다리 왜철쥭 진달니 민드라미 봉선화 여러 화

〈52-앞〉

초 만바한디 화관 쌍쌍 범니위는 꼿틀 보고 반기 역여 너울너울 춤을 츌 제 천즈 마음 디희호야 꼿틀 보고 스룽할 제 남경즁스 선인들이 꼿 홈송이 진승호니 천즈 보시고 디희호야 옥징반의 밧처 놋코 구름갓튼 황극젼의 날이 가고 밤이 드니 경점 소리쑨니로다 천즈 취침호실 써의 비몽스몽간의 봉니선관 학

을 타고 분명히 나러와 거슈중엄 ㅎ고 혼연니 가로디 황후 슝ᄉ 당ㅎ심을 상
제쎠서 아르시고 인연을 보닛섯ᄉ오니 어서 밧비 솗히소서 말을 맛지 못ㅎ야
씨드르니 일몽이라 비회ㅎ야 완보타가 궁여들을 급피 불너 옥졍반의 곳송이을
슬피시니 보든 곳 간디 업고 혼 낭ᄌ가 안젓거날 천ᄌ쎠서 디히ㅎ야 죽일요하
반승긔 금일션아하천니로구나 꿈인 쥴

〈52-뒤〉

아랏더니 굼인 쏘혼 실졍인가 이 곳으로 기록ㅎ야 모당의 너리시니 슘틱육경
만조빅관 문문졔신니 일시의 드러와 복지ㅎ니 천ᄌ쎠서 ㅎ교ㅎᄉ디 짐이 거야
의 득몽ㅎ니 ㅎ도 심히 긔이키로 죽일 션넌 진숭ㅎ던 곳송이을 슬펴보니 그
곳튼 간 곳 업고 혼 낭ᄌ가 안젓는디 황후의 긔상이라 경등 뜻슨 엇더ㅎ요 문
무죄신니 일시의 알외되 황후 승하ㅎ옵심을 슝쳔니 아르시고 인연을 보니시니
황후을 봉ㅎ소서 천ᄌ 극히 올켜 역여 일관 식여 틱일홀시 음양부중 싱긔복덕
슘합덕일 가러니여 심낭ᄌ로 황후을 봉ㅎ시니 요지복시 친보화관 집중싱 슈복
노아 진쥬 옥픠 슌금승학 봉미젼의 월궁황와 화강혼 듯 젼후좌

〈53-앞〉

우 슘궁시여 녹의홍승 빗시 나네 낭ᄌ 환관 족도리며 봉촛 죽궐 밀화불슈 손
호가지 명월픠울 금향당의 원슘호품으로 단중ㅎ고 황후 위의 중ㅎ도다 층층히
뫼신 션여 광흔젼 시위혼 듯 쳥홍빅 비단 츠일 ㅎ늘닷겨 놉히 치고 금슈복 통
문셕 공돈 휘중 금평풍의 빅집쳔손근갈ㅎ다 금촛디 홍초 곳쏘 녹이슌호 조혼
옥병 귀븨귀븨 진쥬로다 눈봉공쏙 짓는 ᄉ지 쳥흑 빅획 쌍쌍이요 잉모갓튼 국
여드른 긔을 줍고 느러섯다 슘틱육경 만조빅관 동서편의 갈나서서 음양진퇴
ㅎ난 거동 이부승셔 함을 지고 납치을 드린 후의 천ᄌ 위의 볼쩍시면 룡쥰농
안 미슈염의 미디강슨졍긔ㅎ고 복은 천지조화ㅎ이

〈53-뒤〉

황ᄒ슈 다시 말거 성인니 ᄂ섯도다 면유판 골농포의 양 억기 일월 붓처 웅천 숭지숨광이오 비인간지오복이라 디레을 맛친 후에 낭즈을 금등의 고이 뫼셔 황극젼의 드압실 ᄶ 위의례절이 거록ᄒ고 중ᄒ도다 심황후의 어진 셩덕 천ᄒ 의 가득ᄒ니 조졍의 문문빅관 각졍즈스 열읍티슈 억조충성 인민들이 복지ᄒ야 축원ᄒ되 우리 황후 어진 셩덕 만슈무강 ᄒ옵소셔 이ᄶ의 심봉스는 ᄯᆯ을 일코 실셩ᄒ야 날마다 탄식ᄒᆯ ᄶ 봄이 가고 여름 되니 녹음 방초 ᄒ니 되고 가지가 지 우는 시는 심봉스을 비웃난 듯 숀천은 막막ᄒᆫ듸 물소리도 쳐량ᄒ다 도화동 안밧 동이 남여노소 모다 와서 안부 무러 졍담ᄒ고 ᄯᆯ과 갓치 노든 쳐여 종종 와서 인스ᄒ고 서른 마음 쳡쳡ᄒ야 아즁아즁 드로난 듯 압헤 안저 말ᄒ는

〈54-앞〉

듯 물이이 쵹혼 일과 공경ᄒ던 말소리을 일시라도 못잇겻고 반시라도 못견딜 ᄶ 목젼의 ᄯᆯ을 일코 목셕갓치 스랏스니 이런 팔ᄶ ᄯ 잇셧ᄂ 이럿타시 낙누 홀저 잇ᄶ의 심황후난 귀중혼 몸이 되얏스나 안밍ᄒ신 붓친 싱각 무시로 비감 ᄒ스 홀노 안저 탄식혼다 불숭ᄒ신 우리 붓친 싱존가 별세혼 부쳐님이 영험ᄒ 스 기간의 눈을 ᄯᅳᆺ 졍쳐업시 단니시나 이러타시 탄식홀 ᄶ 천즈ᄭᅴ서 닉젼의 드압셔 황후을 보압시니 두 눈의 눈물이 셔러 잇고 옥면의 슈심이 쏘엿거날 천즈 무르시되 황후는 무슴 널노 미간의 슈심이 미만ᄒ시니 무슴 니리온지요 무르시니 심황후 ᄭᅮ러안저 나즉이 엿즈오되 신쳡이 근본 용궁인니 아니오라 황쥬 도화동 스압는 심학구의 ᄯᆯ이더니 쳡의 붓

〈54-뒤〉

친 안밍ᄒ야 쳘쳔지 워니 되압더니 몽운스 부쳐님ᄭᅧ 공양미 숨빅셕을 향안의 시쥬ᄒ면 감은 눈을 ᄯᆮᄃ ᄒ압기로 가셰는 빈ᄒᆫᄒ고 판츌홀 길 바이 업셔 남

경중수 선닌들쪄 슙빅석의 이 몸이 팔여 님당슈의 쌔졋숩더니 요왕의 덕을 입어 싱환인간ᄒᆞ야 몸이 귀히 되얏스오나 천지 인간 병신 중의 소경이 제일 불승ᄒᆞ오니 특별이 통촉ᄒᆞ압셔 천ᄒᆞ의 션쳑ᄒᆞ사 밍인 불너 올여 진치을 ᄒᆞ압시면 첩의 천윤을 츠질 날이 잇슬가 ᄒᆞ오며 ᄯᅩ혼 국가의 티평혼 경ᄉᆞ가 아니올잇가 황제 칭춘ᄒᆞ시되 황후난 과연 여중디효로소이다 즉시 근신을 명소ᄒᆞᄉᆞ 연유을 ᄒᆞ고ᄒᆞᄉᆞ 금월 망일의 황셩의셔 밍인연을 여르신다는

〈55-앞〉

칙지을 션포ᄒᆞ니 각도 각현의셔 곳곳마다 거리거리 겨시ᄒᆞ야 노소밍인드를 황셩으로 올여 보닐시 그 중의 병든 소경 약을 먹여 조리 식혀 올여가고 그 중의도 요부혼 즈 하쳥우쵹 ᄲᅡ지라다 염문의 들여가면 볼기 맛고 올나가고 졀문 밍인 늘근 밍인 일시의 올나갈 제 잇써의 심봉ᄉᆞ는 심청 싱각 간졀ᄒᆞ야 강두의 올나가 심청 가던 길을 츠저 강변의 홀노 안즈 ᄯᅡᆯ을 불너 우는 마리 닌 ᄯᅡᆯ 심청아 너는 어이 못오나야 님당슈 집흔 물의 네가 죽어 황쳔가셔 네의 모친 뵈압그든 모여간의 혼니라도 나을 어셔 잡어가라 이럿타시 낙누할 ᄯᅢ 관ᄎᆞ가 심봉ᄉᆞ 강두의셔 운단 말을 듯고 강두로 좃ᄎᆞ와셔 여보소 심봉ᄉᆞ님 관가의셔 부르시니 어셔 밧비 가

〈55-뒤〉

압시다 심봉ᄉᆞ 이 말 듯고 나는 아모 죄가 업소 관ᄎᆞ가 ᄒᆞ난 마리 황셩의셔 밍인님을 불여올여 벼슬을 쥬고 조혼 가디을 만히 쥰다 ᄒᆞ니 어셔 급히 관가로 갑시다 심봉ᄉᆞ 관ᄎᆞ ᄯᅡ라 관가의 드러가니 관가의셔 분부ᄒᆞ되 황셩셔 밍인진치 ᄒᆞ신다니 어셔 급히 올나가라 심봉ᄉᆞ 디답ᄒᆞ되 옷 업고 노자 업셔 황셩쳘니 못가겟소 관가의셔도 심봉ᄉᆞ의 일을 다 아는고로 노즈을 닉여쥬고 옷 일습 닉여쥬며 어셔 밧비 올나가라 ᄒᆞ니 심봉ᄉᆞ 할 일 업셔 집으로 도로 나와 ᄲᅦᆼ덕이네 황셩 진치 닌 갈 터이니 집안을 잘 살피고 나 오기을 기디리소 ᄲᅦᆼ덕어미

흐는 마리 여필이종부란디 가군 가는 디 나 아니 갈가 느도 갓치 가겻소 심봉
수 그 말 듯고 즈네 마리 흐도 고마오니 갓치 가 볼가 건너말

〈56-앞〉

○중즈집 돈 숨빙양 믹겻스니 그 돈 중의 오십양만 츠저 가지고 가세 뺑덕어
미 그 말 듯고 에 그 봉스님 쏜소리 흐늬 그 돈 숨빙양 발셔 츠저 이달의 술구
갑으로 다 업싯소 심봉스 긔가 막혀 숨빅양 츠저온지 멋칠 안니 되야 술구갑
으로 다 업싯든 마리야 고까진 돈 숨빅양을 썻닷고 그갓치 노여흐나 봉 네 말
흐난 꼴 드러본즉 긔더의네 집의 믹긴 돈을 쏘 썻쑤느 뺑덕어미 못슬연 디답
흐되 그 돈 오빅양 츠저서난 쩍갑 파쥭갑으로 발셔 다 썻소 심봉스 긔막혀 이
고 이 몹슬연아 츌디호 니 짤 심청이 임당슈의 망종 갈 쩌 스후의 신체라도 의
탁흐라 쥬고 간 돈 네 연니 무엇이라고 그 중흔 돈을 쩍갑 술구갑 팟쥭갑으로
다 녹엿다 마리야 뺑덕어미 디답흐되 그러면 엇지흐리요 먹고 십흔 걸

〈56-뒤〉

안먹을 슈 잇소 이 연니 술망을 푸르며 엇즌 닐인지 지닌 달이 달의 니가 몸
구실이 거르더니 신것만 구미의 단긔 밥은 아조 먹긔가 실어요 심봉스 이 말
듯고 쌈쪽 놀나 여보겨 그러면 티긔가 잇슬나베 그러흐나 신것을 그러케 만히
먹고 그 이을 나며 그 놈의 즈식이 시큰둥흐야 스겻난가 남여간의 흐나만 낫
소 이럿틋 마를 흐며 황성 존치 갓치 가시 힝은 츠릿 적의 심봉스 거동 보소
제쥬양티 구른 뵈로 쓰기흔 갓 슉영갓근 달아 쓰고 편좌 업눈 헌 망건을 압을
눌너 슉어쓰고 굴근 뵈 중츄막의 목분합 눌너 씌고 노굣양 보의 쓰서 억긔 넘
의 둘너메고 소숭반쥭 집힝이을 왼손의 든 연후에 뺑덕어미 압세우고 심봉스
듸을 짜라 황성으로

〈57-앞〉

올나갈 쎄 흔곳을 다다라 흔 쥬막의 드러 즈노라니 그 근처의 황봉스라 흐는 소경이 쎙덕어미 줍것인 줄 인근 읍의 즈즈흐야 흔변 보긔을 원흐야난디 쎙덕의네가 의례히 그곳 올 줄 알고 그 쥬인과 의론흐고 쎙덕어미 유인홀 쎄 쎙덕어미 싱각흐되 심봉스 따라 황성진치 간두 희도 춤예 못홀 터이요 집으로 가즈니 외승갑의 졸닌 퇴니 집의 가도 술 슈 업고 황봉스을 따라갓스면 일신도 편코 흔철 술구는 줄 먹을 터이니 황봉스을 싸라가리라 흐고 심봉스의 노즈 힝중까지 도적흐야 가지고 도망을 흐야구느 심봉스는 아모 조셕 모르고 직전의 이르나서 여보셔 쎙덕모 어서 가세 무슨 줌을 그리 즈느 흐며 말을 흔들 슈십니나 다라는 겨집

〈57-뒤〉

이 엇지 디답이 잇슬 슈 잇나 여보 마누라 마누라 아모리 흐야도 디답이 업스니 머리 맛틀 더듬은즉 힝중과 노즈 쓴 보가 업는지라 그제야 도망흔 줄 알고 이고 이 겨집 또 도망흐얏구나 심봉스 탄식흔다 여보겨 마누라 나을 두고 엇의 갓나 나구 가세 나을 두고 어듸 갓나 이고이고 니 이리야 이러타시 탄식흐다가 다시 싱각흐고 아서라 그 연 싱각흐난 니가 줌놈이다 현철흔신 곽씨부인 죽는 양도 고 출천디효 니 딸 심청 싱이별도 흐얏견만 그 괴흔연을 다시 싱각흐며 니가 또흔 줌놈일다 다시 그 연을 싱각흐야 말을 흐면 긔아들이로다 흐더니 그리도 또 못이저 이고 쎙덕이네 부르며 그곳서 쩌낫더라 흔곳을 다다르니 잇쩌는 언의 쌔인고 오유월 더운 쌔라 덥긔는 불과 갓고 비지

〈58-앞〉

쌈 흘니면서 흔곳을 당도흐니 쎅석청탕 시니가의 모욕흐난 아희들이 저의 끼리 지담흐며 모욕 감난 소리가 나 심봉스도 에에 느도 모욕이나 흐겻다고 고의 적슴 훨훨 벗고 시니가의 드러 안저 모욕을 흔춤흐고 슈변으로 나가 옷슬 입으라고 더듬더듬어 본죽 심봉스보다 더 시중흔 도적놈이 듸 집어가지고 도

망ᄒ얏고나 심봉ᄉ 긔가 막혀 잇고 이 좀도적놈아 너거 가저간다 말이냐 천지 인간 병신 즁의 나갓튼니 뉘 잇스리 일월이 발갓서도 동셔을 너 모르니 ᄉ라 잇는 팔ᄶ야 어서 죽어 황천 가서 너 ᄯ 심청 고은 얼골 맛ᄂ 보리로다 벌거버 슨 알봉ᄉ가 불갓튼 볏술의 홀노 안저 탄식ᄒ들 그 뉘라 옷슬 쥴가 그 ᄶ 무릉 티수가 황셩 갓다 오난 길인디 벽제 소리 반겨 듯고 올타 저 관원쎠 억지ᄂ 좀 써보리라 벌

〈58-뒤〉

거버슨 알봉ᄉ가 알의알외 급즁아 알외여라 황셩 가난 봉ᄉ로서 빅활츠로 아 뢰여라 힝츠가 머무르고 엇의 ᄉ난 소경이며 엇지 오슨 버셧스며 무슨 말을 ᄒ라난다 심봉ᄉ 엿ᄌ오디 예예 소밍이 아뢰리다 소밍은 황쥬 도화동 ᄉ옵더 니 황셩 존치의 가압다가 ᄒ도 더웁긔의 이 물 시가의 모욕 감다가 이복과 힝 즁을 이럿ᄉ오니 세세히 츠저지이다 힝츠가 놀나워 드르시고 그러면 무엇무엇 일엇나니 심봉ᄉ 축ᄒ 마음의도 허언으로 말을 ᄒ야 의복을 혹 어더 입을까 ᄒ고 당치 안케 알외겻ᄃ ᄒ랑즁 순금동곳 천은으로 삿슬 물여 쎄는 치 일습 고 석셩망건 디모관ᄌ 호박풍좀 단 치 일겨 알갓튼 셩쥬탕견 디모멋둑이

〈59-앞〉

단 치 일코 슴빅돌님 통양갓의 금퓌갓ᄭ 돈 치 일코 시로이 은셰포 직영 남츙 의 밧쳣난디 도홍씌 민 치 일코 당셩초 겹저고리 베등거리 밧쳐 일코 십이승 모시고의 남허리듸 쪄서 일코 심봉ᄉ의겨 비스듬 당치 안케 알외것다 돈퓌풍 츠 만선드리 양피비ᄌ 모다 일코 집치갓튼 호달마의 청천ᄃ리 은입동ᄌ 녹퓌 다련 쌍결낭의 힝츠 지물 오십양과 소승반쥭 집힝이의 빅통중식 ᄒ 치 일코 외졈빅이 디모안경 천은빅이 디모침통 바슈졍낙 은동침을 ᄒ아 가득 든 치 일 코 심지 푼돈ᄭ지 모도 다 일엇ᄉ오니 세세 츠저지이다 힝츠가 분부ᄒ되 밋친 소경이로다 네 이 소경 말 드러라

⟨59-뒤⟩

외졈빅이 디모안경 네 눈의 당흔 겨며 소경놈이 스롬을 얼마나 죽일나고 바슈경낙 은동침은 네 몸의 당흐겨며 말 탄 놈이 집힝이가 당흔 겨며 유월 염졍 더운 씨의 돈피휘양 양피비즈 당흔겨야 도모지 무소로다 심봉스 그제야 예예 소밍이 알외이다 츔쳑 보고 환즁흔 마암이 셩치 못흐야 졍신니 황홀흐고로 황송이 되얏스오니 어지신 힝츠 덕분의 슐여 쥬기 바라느이두 힝츠기 분부흐되 네 소위는 불칙흐나 옷 흔 벌 쥬는 겨니 어서 입고 황셩 가라 급츙이 불너 분부흐되 너는 벙거지 써도 탓 업스니 갓 버서 소경 쥬라 교군 군슈견 쓰고 망경 버서 소경 쥬라 심봉스가 이른 옷보다 향결 느흔지라 빅비 스레흐고 황셩으로 올나갈 제 즈탄흐며 올나간두

⟨60-앞⟩

어이가리너 닉 어이 가리너 오날은 가다 엇의가 즈며 닉일은 가다가 엇의가 줄가 조즈롱 월강흐던 쳥숑마나 탓스며난 오날 황셩 갓스레마는 밧슥 마른 닉 다리로 멷날 거러 황셩 갈가 이러타시 즈탄흐며 녹슈경 이른지라 낙슈고를 건너갈 제 가로의서 엇더흔 여인니 문난 말이 저긔 그는 겨 심봉스요 느좀 보오 심봉스 싱각흐되 이 쌍의서 날을 알니 업견마는 괴이흔 니리로다 그 연인 쌰라가니 집이 쏘흔 광즁흔디 석반을 드리는디 쳔슈 쏘흔 귀이흐다 석반을 먹은 후의 그 여인 봉스님 나을 쌰라 닉당으로 그르갑시다 봉스 흐난 마리 여보 무슨 우흔 잇소 나는 졈도 못흐고 경도 못일소 여인니 디답흐되 즌말 말고 닉방으로

⟨60-뒤⟩

가옵시다 심봉스 싱각의 암만흐도 보쏨의 드럿나 보다 안으로 드러가니 엇더

흔 부인인지 은근니 흐난 마리 당신니 심봉수오 봉수 그러흐오 엇지 아시오
여인니 흐난 마리 아는 도리가 잇지오 니 셩은 안가요 십세전 안밍흐야 여간
복슈를 비왓더니 이십오세 되록 비필을 안니 엇기는 징험흐난 일 잇기로 츌가
을 안니흐엿더니 간밤의 꿈을 쑤니 흐날의 일월이 쩌러저 뵈이거눌 싱각의 일
월은 소롭의 안목이라 니 비필이 나와 갓튼 소경인 쥴 알고 물의 줌기거날 심
쎤 쥴 알고 청흐얏소오니 나와 인연인가 흐나이다 심봉수 속마음으로 조와서
말이야 조코마는 그러키을 바라겻소 그날밤의 안씨 연밍인과 동품흐고 이튼날
이러온저 심

〈61-앞〉

봉수가 큰 걱정을 흐니 안씨 밍인니 문난 말이 우리가 빅연 비필을 미젓는듸
무슨 걱정이 만으시오 심봉수 이른 마리 니 가족을 벽겨 북을 며 처 뵈이고 낙
업이 쩌러저 뿌리을 다 덥퍼 보이고 화렴 츔천흔듸 불데고 왕너흐얏스니 반다
시 죽을 꿈이요 안씨 밍인 싱각을 흐더니 그 꿈인즉 디몽이오 거피죽고흐니
고셩은 궁셩은니라 궁안의 들겻시오 낙업 귀근흐니 부족승봉이라 주식만느 볼
것이오 하렴이 츔천흔듸 불피고 왕너흐기는 몸을 운동흐야 펄펄 뛰엿스니 깃
거음 보고 츔 츌 이리 잇겻소 봉수 탄식흔다 츌천디흐 니 쌀 심청 임당슈의 죽
은 후의 언의 주식 승봉홀꼬 이럿탓 탄

〈61-뒤〉

식홀 쩌 안씨밍인 만유흐고 서로 직별흔 연후의 심봉수 길을 쩌나 슈일을 밧
비 거러 황셩을 당도흐니 각도 각읍 소경드리 드러오기니 나오기니 각처 여각
의 들꿀나니 소경이라 소경이 엇지 만히 왓던지 눈 셩흔 소롭도 이승히 검으
죽죽 흐겻다 심봉수는 늣겨 가서 쥬인 엇지 못흐고 이부승서딕 디문 밧 방이
간의서 누어 주노라니 나리 시여 시벽초의 그 딕 흐님네가 아춤 방이 쩌라흐
고 이고 이 소경 물너나오 방아좀 쩌여보세 노소 흐님 달여드러 덜컹덜컹 방

아 찌여 어어유아 방아요 이 방아가 뉘 방안고 강틱공의 조죽방아 어어유아
방아요 요 방아타랑의 우슌 말이 만체마는 줄 되야서 드 쒸야든 거시엿다 봉
명군수 거동 보소 영기을 둘

〈62-앞〉

너메고 골목골목 외는 마리 각도각읍 소경님니 밍인죤쳐 망죵이니 밧비 와서
춤예ᄒ소 고셩ᄒ야 외고 가니 심봉ᄉ가 밧비 쩌나 궁안을 츳저가니 슈문죵이
좌긔ᄒ고 날마다 오난 소경 점고ᄒ야 드릴 적의 잇써의 심황후난 날마다 오난
소경 거쥬 셩명을 바다 보되 붓친의 셩명은 업시니 홀노 안저 탄식ᄒ되 슘천
궁여 시위ᄒ야 크겨 울든 못ᄒ고 옥난간의 비겨 안저 손호럼의 옥면 디고 혼
ᄌ말노 ᄒ난 마리 불숭ᄒ신 우리 붓친 셩존ᄒ가 별셰ᄒ가 붓쳐님이 영험ᄒ야
긔간의 눈을 쩌서 소경 축의 쌔지신가 당연칠십 노ᄒ온으로 병이 들어 못오신가
오시다가 노즁의셔 무슴 낭픠 보셧는가 나 술아 귀히 될 쥴 아르실 길 업스시
니 엇지 아니

〈62-뒤〉

원통ᄒ가 이럿탓 탄식할 쩌 말셕의 안진 소경 감안니 바라보니 머리는 빅바린
디 귀밋혜 검운 쩌가 붓친일시 분명ᄒ다 저 소경 이리 불너 거쥬 셩명 고ᄒ여
라 심봉ᄉ가 꾸러안젓다가 탑젼으로 드러가서 셰셰원통 ᄉ연을 낫낫치 말슘ᄒ
되 소밍은 근본 황쥬 도화동 스옵든니 슘십의 안밍ᄒ고 스십의 숭쳐ᄒ야 강보
의 쓰인 여식 동양젓 엇어 머여 근근히 길너니여 십오셰가 되얏는디 일홈은
심쳥이라 효셩이 츌쳔ᄒ야 그것시 밥을 비러 연명ᄒ야 술아갈 쩌 몽운ᄉ 부쳐
님씌 고양미 슘빅셕을 지셩으로 시쥬ᄒ면 눈든단 말을 듯고 남경즁ᄉ 션닌들
쎠 고양미 슘빅셕의 아조 영영 몸

〈63-앞〉

이 팔여 님당슈의 죽엇난디 쌀 죽이고 눈 못쓰니 몹슬놈의 팔즈 벌서 죽즈ㅎ 엿더니 탑전의 셰셰원졍 낫낫치 알왼 후의 결황치스 ㅎ옵즈고 불원철이 왓나 이다 ㅎ며 빅슈풍신 두 눈의셔 피눈물이 흘너니리며 이고 니 쌀 심쳥아 혼니 라도 아비을 싱각ㅎ야 황셩진치 오난 길의 네 혼도 왓슬퇴니 우의 추례 늣신 츳담슝을 갓치 먹즈 당을 치며 통곡ㅎ니 심황후 이 말 듯고 쳬례을 불고하고 젼후 국여 물니치며 와락 닛쪄 달여들어 이고 아바지 눈을 쪄 날을 보압소셔 님당슈 츠랑즁의 슴빅셕의 몸이 팔여 슈궁 갓쩐 ㅇ바지 쌀 심쳥이요 눈을 쪄 셔 날을 보압소셔 심봉스 이 말 듯고

⟨63-뒤⟩

이고 이겨 원말이야 니 쌀 심쳥이가 술단 말이 왼 마린가 니 쌀이며 엇의 보즈 ㅎ더니 빅운니 즈옥ㅎ며 쳥혹 빅혹 난봉 공쪽 운무즁의 왕니ㅎ며 심봉스 머리 우에 안기가 즈옥ㅎ더니 심봉스의 두 눈니 활젹 쒸며 쳔지일월 발거구나 심 봉스가 이고 어머니 이고 무슨 닐노 양쪽 눈니 환ㅎ더니 셰승이 허젼허젼ㅎ고 나 감아쓴 눈 쓰니 쳔지일월 반갑도다 쌀의 얼골 쳐다보니 칠보화관 황홀ㅎ야 두럿ㅎ고 어엿불스 심봉스가 그졔야 눈 쓴 줄 알고 스방을 슐펴보니 형형식식 간 반갑도다 심봉스가 엇지 조흔지 와락 쒸여 달여들어 달의 손목 덥벅 잡고 이이 이겨 누구야 갑즈 스월 초파일날 몽즁 보던 얼골일네 음셩은

⟨64-앞⟩

갓다마난 얼골은 쳬면닐세 얼시구나 지화즈 지화즈 이런 경스 쏘 잇슬가 여보 셔 셰승스롭드라 고진감니 홍진비러 나을 두고 흔말일세 얼시고 조흘시고 지 화자 조흘시고 어둠침침 빈 방안의 불켠다시 반갑고 손양슈 큰 쓰홈의 즈룡본 듯 반갑도다 어둡든 눈을 쓰니 황셩궁즁 웬 니리며 궁안을 살펴보니 니 쌀 심 쳥 황후 되기 쳔쳔만번 쯧밧끠지 창희만니 먼먼길의 님당슈 죽은 쌀은 황셰승 의 황후 되고 니 눈니 안밍흔지 스십여연의 눈을 쓰니 넷글에도 업난 말 허허

세승스룹드라 이런 말 드러슴나 얼시고 조흘시고 이런 경스 엇이 잇나 심황후
디희ᄒᆞᆺ 숩천궁영 옹위ᄒᆞ야

〈64-뒤〉

니전으로 드러가니 황제쎠압서도 룡안의 유희에 ᄒᆞᆺ 심봉ᄉᆞ난 부원군을 봉ᄒᆞ
ᄉᆞ 갑제와 전답 노비을 스급ᄒᆞ압시고 쎙덕어미와 황봉ᄉᆞ는 일시의 즙아올여
어중으로 엄징ᄒᆞ고 몽운ᄉᆞ 화쥬중을 불너올여 빅은 일천양 승급ᄒᆞ고 몽운ᄉᆞ는
지궁으로 정ᄒᆞ시고 도화동 빅성들은 전호즙역 제감ᄒᆞ고 심황후 ᄌᆞ라날 쩨 젓
먹여 쥬던 부인 가퇵을 니리시고 승급을 후히 쥬고 함끠 ᄌᆞ란 동모드른 궁즁
으로 불너 드려 황후끠서 보압시고 즁승승뎍 부인 긔구 잇겨 뫼올여 궁중으로
뫼신 후의 승승 부인과 심황후와 서로 즙고 우는 양은 천지도 감충이라 승승
부인니 품안의서 족ᄌᆞ을 니여 심황후 압헤다 펼처노니 그 족ᄌᆞ

〈65-앞〉

의 쓰인 글은 심황후의 친필이라 서로 즙고 일희일비 ᄒᆞ난 양은 족ᄌᆞ의 화승
도 우는 듯 ᄒᆞ다 심부원구이 선영과 곽씨부인 소소의 영분을 ᄒᆞᆫ 연후의 즁노
의서 만난 안씨밍인의겨 칠십의 싱남ᄒᆞ고 심황후 어진 성덕 천ᄒᆞ의 가득ᄒᆞ니
억조충싱드른 만세를 부르고 심황후의 본을 바다 효ᄌᆞ열여 가지라

이 칙쥬난 민소제며 글씨 제운고로 괴승 홍악 싸진 것도 만스오니 눌너 보시
압 고

단국대 나손문고 소장 심청전 (낙장 49장본)

심청이 동냥으로 부친을 봉양하는 부분부터 시작된다. 뒷부분도 맹인잔치를 벌였으나 부친이 나타나지 않음에 심청이 애를 태우는 장면에서부터 떨어져 나 갔다. 필체가 어지러워 뜻을 파악하기가 어려울 정도이며 완판본 계통의 창본 을 필사한 것으로 보이나 축약이 심하다. 물에 빠진 심봉사를 구하고 공양미를 약속받는 중은 모은사 화주로 나오는데, 모은사는 몽은사의 와음으로 보인다. 공양미 시주를 약속한 후 자신의 처지를 돌아보고 후회하는 심봉사의 마음이 절실하며 이를 위로하는 심청의 태도에서 진실한 효녀의 모습을 읽어낼 수 있 다. 다른 이본에 비해 황후를 잃은 후 슬픔을 잊기 위해 송천자가 모아 기르는 기화요초에 대하여 상세하게 서술되어 있다. 심청이 용궁에서 타고 나온 꽃을 신하들이 '천지음양 합덕화'라 이름 붙이는 것은 황제와의 결연에 대한 의식적 인 복선으로 보인다.

단국대 나손문고 소장 심청전 (낙장 49장본)

(앞부분 낙장)

〈1-앞〉

○○○○○○○○○○○○○○○○○○○운 방예 늘근 부모 날 오기만 지달리니 나 혼즈 먹을잇가 일려체로 밥을 비니 한두 집이 쪽훈지라 밥 빌고 반찬 어더 집으로 밥비 와셔 살룸 안예 들려셔며 아부지 단여 왔쇼 아부지 비고푸오 즈연 지쳬 되얏쑈 심봉스 쌀 보니고 마음 놋치 못흐던니 쌀 소리 반기 듯쏘 문을 열젹 마조 열고 여셔 밥뵈 들오늘라 손 실리다 분 쬐여라 발도 참다 얼로만져 쎄을 츠고 눈물 지며 이답다 ○○○○○○○○○○○○○○

〈1-뒤〉

팔즈 이놀흐여 밥을 빈니 니 밥 멱쏘 스잔 말가 모진 목심 죽지 안코 네 고상을 시긴군나 심쳥니 장흔 회셩 부친을 위로흐여 왈 아부지 셜웨 마오 부모을 봉힝흐고 즈식으 효 반켜은 쳔지예 쩟쩟흐고 인스의 당연흐니 넘무 격격 말으시고 진지나 잡슈시요 힌밥 풋밥 콩밥이요 졋즈반 어더신니 쳐분다로 잡슈시요 일려탓 봉힝흐며 춘하츄동 스시졀의 동니 결린 되야군나 나히 졈졈 즈라는니 침션 방젹 능난흐야 동니 집 바느질을 공밥 먹지 안이흐고

〈2-앞〉

쏙셜 쥬면 바다모와 부친으 의복 쳔슈흐고 일 업난 날 밥을 빈니 근근니 연명할 제 세월이 여류흐야 십오셰예 당흔니 얼골리 쵸츌흐고 회힝이 극진흐야 지

질이 비범호니 천상예질이라 갈리쳐 힝홀쏘야 예중군즈 썻썻호고 인중호결 분명호다 알려 소문이 원근예 낭즈호니 하로난 월평 무릉촌 장승상딕 부인이 심청의 소문을 놋피 듯쏘 시비을 보니여 보기을 쳥호디 심청이 부친전에 엿즈오디 얼룬니 부르신니 시비 함키 가올리다 만일 가서 더듸여도 잡○○○

〈2-뒤〉

나문 진지 틱즈 우에 두워시니 시장커든 잡슈시요 시비을 짤라가서 승상문전의 들려간니 반빅이 나문 부인 심청을 보고 반기 여기 네가 과연 심청이야 듯던 말과 갓다 호고 좌을 쥬워 안진 후의 즈셔히 술페본니 벨노 단장훈 일 업시되 천즈 방용국식일다 에용호고 안는 겨동 빅셕쳥탄 시비 뒤예 목욕 안는 겨비 스롬 보고 나라난덧 황홀훈 져 얼골은 천심에 돗은 달리 슈벤예 빗치온텃 츄파을 흘여든이 시벽빗 발근 달이 슈벤 경경훈 시별 갓쏘 팔즈쳥상 두 눈섭은 쵸싱펜월 졍신

〈3-앞〉

이요 양협의 고은 빗쳔 부용화 시로 핀텃 입을 열여 웃는 양은 모란화 훈송이가 호로밤 빗그운의 피고즈 버리는 텃 쏫치 열려 말을 호니 롱산의 잉무로다 졍신은 네 몰나도 응당니 션려로셔 도화동예 젹하호니 월궁의 노던 션여 벗 한나를 이려구나 무릉촌예 내가 익쏘 도화동예 네가 난니 무릉촌의 봄이 드려 도화동예 열려쏘다 탈천지지졍기한니 비범훈 네로구나 네 니 말을 들려셔라 승상은 기셰호시고 아달리 삼형졔나 황셩예 가 여환호고 달은 즈식 엽셔 실하의 지미 업쏘 눈○○○○○○

〈3-뒤〉

젹젹훈 빈 방안예 디호는니 촉불리요 질고진 겨을밤에 보는 겨시 고셔로다 네

으 셩셰 싱각ᄒᆞ니 반인으 후례로셔 져려타시 궁곤ᄒᆞ니 그 안이 불상ᄒᆞ야 내으 슈양쌀이 되야 예공도 슴상ᄒᆞ고 글ᄌᆞ도 학십ᄒᆞ야 그츌갓치 셩취시계 말연ᄌᆞ미 보ᄌᆞ더니 네 뜻지 엇더ᄒᆞᆫ야 심청이 엿ᄌᆞ오디 너의 팔ᄌᆞ 궁곤ᄒᆞ야 닌 나은 칠 일만예 모친 별셰ᄒᆞ시고 눈 어둔 우리 부친 동양젓 어더 먹계 계우계우 살라신나 모야쳔지 져문 날예 얼골도 모로온니 궁쳔지지 밋친 한이 믓칠 ○○

〈4-앞〉

업삽기로 니 부모을 싱각ᄒᆞ야 남의 부모 공경○○ ○싸만은 오날날 승상 부인이 밋쳔ᄒᆞ물 셰지 안코 쌀을 사려 ᄒᆞ니 모친을 다시 본툿 감격ᄒᆞ고 황송ᄒᆞ여이다 부인으 말삼을 쫏사오면 니 몸은 영귀ᄒᆞ나 안혼ᄒᆞ신 우리 부친 조셕공ᄒᆡᆼ 스졀의복 뉘라셔 ᄒᆞ여쥬올릿가 구로ᄒᆞ신 부모은덕 사롬마당 잇건만은 나은 더옥 층양할 기리 업사온니 시족을 일시라도 쩌날 길리 업삼네다 목 밋치계 엿자온이 부인도 쏘ᄒᆞᆫ 감읍ᄒᆞ야 눈물을 머음쏘 왈 ○○

〈4-뒤〉

단연ᄒᆞᆫ이 츌쳔지회여로다 노혼한 너으 뜻지○○○ ○각지 못하엿다 ᄒᆞ고 위로ᄒᆞ더니 그랑져렁 날 져문니 심청이 엿ᄌᆞ오디 부인으 착하심을 입여 종일 모셧스온이 감격ᄒᆞ온나 연광이 져물려 일역이 다ᄒᆞ온이 급피 가겻논이다 부인으 마음 연연ᄒᆞ야 치단과 픠물리며 양식을 후이 쥬와 시비 함씨 보니며 왈 에날을 웃지 말고 모여난 ○○ 두ᄌᆞᄒᆞ니 심청이 디답ᄒᆞ되 부인의 어진 쳐분이 이갓치 밋치신니 갈으치심을 밧들리다 ᄒᆞ즉ᄒᆞ고 ○○○○

〈5-앞〉

졔 잇써 심밍인 홀노 안ᄌᆞ 쌀오기를 지달일 졔 비은 곱파 등예 붓쏘 방은 치워 턱이 썰썰 잘시은 날라 들고 먼 졀의 쇠북 친이 날 져문 쥴 짐작ᄒᆞ고 혼ᄌᆞ말노

ㅎ는 말리 우리 똘 심청은 하마 겨이 올련만은 무신 일의 골몰ㅎ야 날 져문 쥴
모로ㄴ고 쥬인의 지폐난가 질의 오다가 욕을 본가 풍셜은 ㅈㅈㅎ디 몸 치워
못오난가 시만 펼쩍 날라도 심청이 너 오ㄴ야 풍셜의 간은 스룸 보고 개 짓난
쇼리예 심청이 계 오난야 어서 밥비 들온느라 아모리 지달녀도 젹막공졍예 인
◯◯◯◯◯

⟨5-뒤⟩

밍인니 답답ㅎ◯ ◯◯◯◯◯◯◯◯◯◯◯◯◯ 빈판예 밋글려져 질넘문 개쳔
물예 쏴치이 썰려진니 면상의 진흑키요 의복예 얼름이라 되닐슈록 덧 쌧지고
나올난즉 밋글려져 두 눈을 쩐득쩐득 일신슈족 별별 쩔며 하일엽시 죽쎄되니
아몰리 쇼리ㅎㄴ들 일모도궁한니 뉘라셔 견져닐리 잇쩌 맛춤 모은ㅅ 화쥬싱이
졀을 중창ㅎ려 ㅎ고 권션을 둘너메고 시쥬집 다이다가 졀을 ㅊㅈ 돌라갈 졔
져 중의 겨동 보라 ◯◯◯◯

⟨6-앞⟩

미부영이라 셜리갓텐 두 눈셥은 온 낫쳘 더펴잇꼬 크닥큰 두 귀밥은 양 억찌
예 쳥쳐잣짜 실굴갓 죽감토며 빅졔포 중슴의 디홍쒸을 눌너쒸고 쓸리 빅통 반
은장도 옷고름예 느지기 ㅊ고 쇼안당샹 빗난 금옥 귀 우예 썩 부치고 주홍용
두 쳘죽중을 눈 우의 번듯번듯 둘려 휠휠 쑥썩 훗터집고 쳥산은 암암ㅎ고 셜
월은 도다올 졔 셕경 빗긴질노 흔들흔들 가는 질예 동편예 ◯◯◯ 사람을 구
ㅎ라 ㅎ겨늘 그 곳졀 ㅊㅈ간니 엇더ㅎ 스◯◯

⟨6-뒤⟩

지 개쳔물예 들려셔셔 엇풋엇풋 ㅎ고 겨이 죽계 되엿구나 져 중으 겨동보라
굴갓장삼 휠휠 벗꼬 ◯◯니 딘임 보션 벗꼬 바지갈리 똘똘 모라 겨듬겨듬 ◯

○쥐고 빅노쥬 겨동으로 징검징검 드려가 두릇쳐 안아다가 개천가예 너여 노흔니 젼의 보든 심봉스라 봉사 반겨ᄒ야 이겻 뉘시오 쇼승은 모은사 화쥬승이요 글려체 활린지블리로고 죽을 사롬 살려닌니 은혜 빅골난망이요 심봉스을 잇글려 방안예 뉘여놋코 겨진 옷 벡끈 후의 물예 쌔

〈7-앞〉

진 ᄉ연을 물은디 심봉스 신셰ᄌ탄ᄒ며 젼후ᄉ연을 다한니 져 즁이 봉스다려 ᄒᄂᆫ 말리 불상ᄒ오 우리 졀 붓쳬임은 영금이 만ᄒ야 빌면 안이 듯ᄂᆫ 일리 업쏘 구ᄒ면 응ᄒᄂ니 고양미 삼빅셕을 붓쳬임계 올니옵쏘 지셩으로 불공ᄒ면 졍영이 눈올 써셔 완인이 되올이다 심봉스 셩셰는 싱각잔쏘 위션 눈 뜰리란 말을 반기 듯고 글려ᄒ면 쌀 삼빅셕을 올이시요 화쥬승이 혀혀 윗쏘 여보시요 딕으 가셰을 본니 삼빅셕은 하일 업실 뜻ᄒ오 심봉스

〈7-뒤〉

홰을 너여 여보시요 언느 실어부 알들 놈이 붓쳬임계 빈말 흔단 말이요 눈 뜰랴다가 안진빙이 되겻쑈 염례 말고 젹으시요 화쥬승니 바랑 열고 권션을 헤쳐 놋코 졔일층 홍지예 심학구 빅미 삼빅셕이라 젹겨 놋쏘 ᄒ고 도라온 후예 심봉스 다시금 싱각한니 무남동여 심쳥으로 밥을 비려 먹난 터예 쌀 삼빅셕를 구지부득이라 심봉스 탄식ᄒ되 알고 답답 닉 일이야 밋쳬난가 스들여난가 짓푼 개쳔 물예 쌔져 혼미졍신 넉실 일코 엉겁결의 일

〈8-앞〉

려한가 다못 다못 동여 심쳥으로 밥을 비려 먹난 터예 권션치부 ᄒ여쥬고 파의할 길 업시되이 일란 일이 또 잇ᄂᆫ가 집을 팔라 니ᄌᄒ니 두양 돈을 뉘가 쥬며 ᄌ신방미 ᄒᄌᄒᆫ들 압 못보난 쇠경 날을 두푼 돈을 뉘가 쥬며 닉 집이 잇ᄂᆫ

겨시 지슛 흐나 동우 한나 스발 흐나 졉시 흐나 현농 흐쪽 언느 뉘가 스갈이요
엇든 스람 팔즈 죠와 이목귀비 다 셩흐고 슈족이 완셩흐야 부부지졍 희로빙연
즈숀이 만당흐고 식이 진진 지물리 영영 용지불갈흐고 취지 길우온

〈8-뒤〉

겻 업건만은 날갓탄 이 쏘 잇난가 한춤 일이 셜니 울○ 심쳥이 밧비 와셔 제으
부친 모양 보고 쌈쪽 놀너 발쓸으면 만신을 두로만져 아부지 원 일이요 날을
츠즈 오시다가 일련 욕을 보와난가 이웃집이 가셨다가 일연 변을 당흐엿쏘 칩
긴들 오족흐며 분흐시기 오족할까 증승상으 노부인이 구지 잡꼬 말유흐야 어
언간예 더듸왓쏘 승상딕 시비 불너 부역의 불 살리고 쵸미폭 겸쳐감아 눈물
흔젹 업시흐며 아부지 졍신 차려 진지나 잡슈시요

〈9-앞〉

더운 진지 가져 왓쏘 국을 몬즈 잡슈시오 숀을 즈바 갈으치며 이겨션 즘치요
이겨션 즈반이요 심봉스 만면슈심 밥 먹을 뜻 업겨날 심쳥니 이론 말리 아부
지 원일리요 어듸 압퍼 글려시요 니가 기 스이예 더듸 와셔 노졍니여 글려시
요 안이놉다 글려흐면 원일리요 네 알라 씰딕 업다 아부지 무삼 말솜이요 부
즈쳘룬윤이야 무삼 허물 잇실잇까 아부지는 날만 밋꼬 나은 아부지만 밋더 디
쇼사을 이논턴니 오날날 말삼이 네 알라 실쩌업다 흐온니 부모 근심이 곳 즈
식으 근심이라 니 아몰리 불효

〈9-뒤〉

여식인들 말삼을 안니 흐신니 돌리여 셥스이다 심봉스 그계 일론 말리 니 무
신 네을 쇽이랴만은 만일 네가 알거더면 지극한 네 마음이 격졍만 되겻씨로
말흐지 못흐엿다만은 악가 네 오난듸 나갓다가 개쳔물예 낙승흐야 겨이 죽계

되야던니 모은스 화쥬승 날 견져 살여녹코 이론 말리 고양미 삼빅셕을 불전의
올이면 눈을 써 보리라 흐기로 홰쩜예 격겨던니 즁 보니고 싱각흐니 도로여
후회로다 심청이 이 말 듯고 부친을 위로 왈 아부지 격졍 말고 진지나 잡슈시
요 후회흐면

〈10-앞〉

심신이 못되난니 아부지 어둔 눈이 만일 발가 볼량이면 고양미 삼빅셕을 아모
쬬록 쥬션흐야 모은사예 올이리다 심봉사 이론 말리 네 아몰리 하려한들 빅척
간두에 할 슈가 잇는야 심청이 엿즈오디 옛젹 왕상은 고빙흐야 어림 궁게 잉
에 낙쏘 밍종은 읍쥭흐야 부모계 회힝흐고 곽겨란는 회셩이 지극흐야 부모 반
찬흐여 노면 즈식이 먹난다고 미즈득금흐야 부모봉힝 흐엿신니 스친지회가 옛
스롬만 못흐온나 지셩이면 감쳔이라 고양미 삼빅셕을 엇스올리다 지피 근심
말으쇼셔 만단으로

〈10-뒤〉

위로흐고 그날봇팀 묘욕흐고 방안을 슈쇄흐야 후원에 단을 뭇쏘 북도칠셩 힝
야반예 졍화슈 일빈 놋쏘 하날임계 비난 말리 가지모즈 심청은 쳔지 일월셩신
이며 후토실영과 졔일예 셕가열리 삼금강 칠보살 십왕셩군 강임도랑은 쇼감흐
옵쇼셔 하날임이 일월 두미 스람의 안목이라 일월이 엽스오면 무삼 분별흐올
잇가 아부 무즈싱신이 이십예 안망 오십이 즁근토록 시문을 모로온니 아부 허
믈을 내으 몸으로 디신흐고 아부 눈을 발키쇼셔 일럿타시 빌기을 마지 안이

〈11-앞〉

흐던니라   ○잇쩌 남경중스 션인들리 십오셰 된 쳐즈을 스즈 웨겨날 심청이
그 말 듯쏘 스람을 여혀 스람 스은 니력을 믈은디 션인등이 이론 말리 우리난

남경중스 선인으로 은당슈 지닐 적의 십오세 된 쳐즈로 졔슉을 ᄒ면 무볜디히
을 무스이 왕니ᄒ고 십십만금 퇴을 너여 오난 고로 모을 팔나ᄒᄂ 쳐즈 잇시
면 갑셜 액기지 안코 쥴리라 ᄒ겨날 심쳥이 그계야 반그 듯쬬 말ᄒ되 나은 본
촌스람 일너니 우리 부친 안망ᄒ야 고양미 삼빅셕을 지셩으로 불고ᄒ면 눈이
발가 보리라 ᄒ되 가

〈11-뒤〉

셰가 지빈ᄒ야 쥬션할 길리 업셔 몸을 팔여 ᄒ니 날을 스가미 엇더ᄒ요 션인
등니 니 말 듯고 반겨 왈 그리 ᄒ스이다 혀락ᄒ고 잇틋날 쌀 삼빅셕을 모은사
로 슈운ᄒ고 퐈 맛다 심쳥 쥬며 왈 삼월 십오일이 힝션날인니 글리 알쇼 심쳥
이 반기 듯쬬 부친젼예 엇즈오디 고양미 삼빅셕을 임으 슈운ᄒ엿신니 근심치
말으쇼셔 심망인 쌈쩍 놀니 이론 말리 엇지 글리 ᄒ엿난야 심쳥갓탄 효셩으로
엿지 부친을 쇽이랴만는 잠간 계슐니여 쇠계 디답ᄒ되 무릉촌 즁승상딕 부인
계옵셔 월젼예 날달려

〈12-앞〉

슈양쌀을 삼무려 ᄒ시난듸 촛만 혀락지 못ᄒ엿습던니 즉금 스셰가 고야미 삼
빅셕을 쥬션할 골리 업셔 이 스연을 엿즈온니 쌀 삼빅셕을 너여 쥬시기로 슈
양쌀로 팔여난니다 심망인이 반기 듯쬬 그려ᄒ면 겨룩ᄒ다 그 부인이 일국지
상부인이라 아미도 달으난이라 양반으 즈식으로 몸을 판다 ᄒ니 남이 고히 안
나 즈승상으 슈양여로 팔인 겨시야 광계할랴 언계나 가건난야 니월 밍일노 달
려갈려 ᄒ시던이다 심망인이 이론 말리 그 일 잘 되얏다 심쳥이 그날봇텀 곰
곰 싱각한니 눈 어둔

〈12-뒤〉

빅발노친 영결ᄒ고 죽을 일이 졍신이 아득ᄒ고 일예도 뜻지 업셔 식음을 젼폐
ᄒ고 슈심으로 지니던니 다시금 싱각ᄒ되 일이ᄒ야 못ᄒ리라 쎨쎠업난 내 한
몸이 살라쎨 졔 불상ᄒ 우리 분친 이복쌜너 망죵ᄒ리라 ᄒ고 츈추의복 고이젹
삼 고이 지여 달혜놋코 겨을의복 쇼음 노와 보예 쓰셔 놓여 엿쏘 관망까지 시
로 지여 쓴을 달나 벽예 걸고 힝션날을 싱각ᄒ니 하로밤을 격ᄒ지라 밤은 졀
리고 몸 곤할 졔 시베 맛던 금계슈지 울려져게 명을 지촉할 졔 촉불만 디ᄒ야
두 무릅을 마죠 꿀고

〈13-앞〉

마죠 꿀고 이미을 쉬기고 한심을 질계 쉰이 아몰리 효여인들 마음니 온젼할랴
부친의 보션 볼이나 망죵 바들리라 ᄒ고 반느실 쥐여든니 가슴이 답답 두 눈
이 침침 희옴엽신 우름 간중으로 쏫츠난니 부친이 잠을 쌜가 져혀ᄒ야 크계
우든 못ᄒ고 경경열열ᄒ야 얼골도 디여보며 슈족도 만지며셔 날볼 날이 몟밤
인요 너가 ᄒ번 쥬겨지며 뉘을 밋쏘 살으실까 무신 혐한 팔즈로셔 칠일만예
못친 일코 붓친죳츠 이별한이 일런 일이 또 잇난가 하양낙일슈운긔은 쇼용국
예 모즈이별

〈13-뒤〉

졍각관산 노긔○○ ○○○예 ○○○○ 부부이별 편삽슈유쇼일인은 용산예 형
제이별 셔츌양관무고인은 위셩예 붕우이별 이런 이별 만컨만은 살라셔 당ᄒ
이별 쇼식 들을 날리 잇쏘 셩면할 ᄯᅵ 잇견이와 우리 붓친이야 언느날에 쇼식
알며 언느 ᄯᅢ예 셩면할가 도라가신 우리 모친 집부로 드려가고 나은 이졔 죽
겨더면 슈국으로 갈 겨신니 슈국예셔 황쳔가미 몟쳘나 머다던고 모여 상봉
ᄒ련만은 가난 곳지 달나신이 지부예셔 글을 믓쏘 무려 츠즈간들 못

〈14-앞〉

친이 날을 엇지 알이요 만일 못친 만닐 날에 부친 쇼식 뭇겨더면 무신 말노 디답할리 오날밤 오경시을 함지여 머무시고 닉일 아참 돗난 희을 부상에 미량이면 불상호 우리 부친 모시고 보련만는 일겨월니을 뉘라셔 막울쏘야 이고이고 셜운지고 쳔시가 스졍업셔 으윽코 닥키 운이 심쳥이 긔가 막케 이츳이츳 달카달카 우지 말라 반양진관의 밍상군이 안이로다 네가 울면 날리 시고 날리 시면 나 죽겨다 죽기은 셥잔호되 으지 업난 우리 붓친 엇지 잇고 가잔 말고 동방이 히변호니

〈14-뒤〉

심쳥이 졔의 부친 진지나 망죵 지여 듸이이라 호고 문을 펼젹 나셔 본니 발셔 션인들이 문압폐 다달나 이론 말리 오날리 힝션날인니 슈이 가계 호옵쇼셔 심쳥이 이 말 듯꼬 열골이 식이 업고 사지예 익이 풀여 목이 메여 호난 말리 여보 셔인임네 오날 힝션한난 줄은 임의 알려건이와 몸을 팔여 가난 줄을 우리 부친 모로오니 만일 이졔 알겨더면 질계 야단날 겨신니 잠깐 지쳐 호옵쇼셔 붓친 진지나 망죵 지여 편이 잡숫고 후예 이 말삼을 엿즈옵고 쩌느계 하옵쇼셔 여려 션인들리 글이호오 심쳥이

〈15-앞〉

도라가 눈물노 밥을 지여 부친 압폐 듸려놋코 아모쪼록 밥을 만이 먹계 호리라 호고 반춘도 쩨여 입예도 엿꼬 짐쌈도 싸셔 수졔예 노으면 진지 만이 잡슈시요 심봉스 아모란 줄 모로고 이론 말리 오날은 반찬이 미우 좃쑤나 간밤예 뉘 집 졔스 지닛던야 심쳥 엿즈오디 즁승상쯱예셔 가져 왓쑈 심봉스 이론 말리 간밤예 꿈을 꾼니 네가 슈리을 타고 한업시 가보이던니 슈리라 하난 겨시 귀한 스람이 탄난 겨시라 무신 죠흔 일이 잇실까 부다 심쳥은 졔 죽을 꿈인 줄 알고 겨짓말노 디답호되 예 혀 그 꿈 좃쇼

〈15-뒤〉

이다 진지상을 물너니고 단비다 먹은 후에 심청이 ○○○○○즉츠로 들려갈
제 다시 셰슈 졍히 ᄒ고 눈물 흔젹 업시ᄒ고 사당문을 가만이 열고 졀ᄒ며 고
ᄒ난 말리 불효여식 심청은 아부임 눈 쓰기을 위ᄒ야 은당슈 졔슉으로 몸을
팔여 가온니 죠죵힝화을 일노좃ᄎ 끈계 되미 불승역모 ᄒ옵네다 울며 ᄒ즉ᄒ
고 ᄉ당문을 겨우 닷쏘 도라와 붓친 숀을 더우 잡우며 낫쳘 훈터 더히고 아부
지 불으던니 말 못ᄒ고 질식ᄒ야 쇽졀업시 죽난구나 심망인 쌈쪽 놀니 아가
이겻 웬 일인야 심청이

〈16-앞〉

졍신 차려 내가 불효여식으로 아부지을 쇽계쑀 고양미 삼빅셕을 뉘가 눌을 쥬
올잇가 남경중ᄉ 션인들게 은당슈 졔슉으로 몸을 팔여 오늘날 쩌나는 날리온
니 망죵 날을 보쇼셔 심밍인 이 말 듯고 쌈쪽 놀니 츤 말인야 지담인야 농담인
야 즘졀인야 꿈졀인야 네 이것 웬 말이야 날다려 뭇도 안코 네 임으로 한단 말
가 네가 살고 눈을 쓰면 그난 응당 하려이와 ᄌ식 죽쏘 눈을 쓰면 그겻 ᄎ마
할 일인야 네의 모친 네을 낫코 칠일만의 죽은 휴예 눈 어둔 늘○○○예

〈16-뒤〉

다 네을 안쏘 이집 져집 단이면셔 귀ᄎ한 말 ᄒ여 가며 동양졋셜 메계 키워 이
만치 질라난니 니 아물리 눈 어둔나 네을 키와 눈으로 알고 네으 모친 죽은 셜
름 츳츳 이졋던니 네 이것 무신 말고 말라말라 가지 말라 날 ᄇ리고 못갈이라
안이 죽고 ᄌ식 일쏘 내 살라 무엇할리 네와 내와 함끠 죽ᄌ 눈을 파라 네을
살듸 네을 팔라 눈을 쓴들 무엇 보ᄌ 눈을 쓸라 엇쩌한 놈의 팔ᄌ과듸 ᄉ궁지
슈 되단 말가 네 이놈 션인들아 중ᄉ이도 죳컨이와 ᄉ람 ᄉ다 계ᄒ는듸 어듸
셔 보와

〈17-앞〉

난야 흐눌임이 어지심과 귀신의 말근 마음 익회가 업실쏜야 얼린아히 날 모로게 돈을 쥬고 유인흐야 슛짠 말리 원 말인야 돈도 실코 쌀도 실타 네 이 상놈들아 녯글을 모로난다 칠연디흔 가믈룸예 스룸 즈바 비즈흔이 탕임군으 어진 마음 너가 즉금 비난 비은 스룸을 위함이라 사람 쥑계 빌랑이면 니 몸이 디홀리라 신영빅모흐고 젼죠단발흐야 상임들의 비려신니 디우방슈철이예 임란 일도 잇난이라 찰라리 니 몸으로 디신 감이 어쩌흔

〈17-뒤〉

야 여보시요 동니스룸 졀언놈들 그져 두오 심청 ○친을 붓들고 울며 위로하되 아부지 할 일 업쑈 나은 임의 죽견이와 아부지나 눈을 쩌셔 디명천지 다시 보시고 찰실흔 사람 구흐야 아달 낫쏘 쌀도 나아 후스 견코 불효여식 심청은 싱각지 말으시고 만셰무량 흐옵쇼셔 이도 쏘흔 천명인이 한탄한들 엇지잇가 션인들이 헹성보고 제으까지 공논흐되 심청의 오죠지졍과 심밍인으 헹성이 히도 츠목흔니 우리는 십시일반이라 심밍인으 일성 신셰 굼지 안쏘

〈18-앞〉

벗지 안코계 흐여 쥬미 엇더흔요 그 말이 올타 흐고 빅미 빅셕과 돈 빅양과 빅목 한통과 마포 한통을 동니스룸 믹계 중이로 쵀식흐계 관가의 공문 너여 동중예 견중흐고 귀발을 다 한 휴예 심청을 지쵹할 졔 무릉촌 중승상쩍 부인이 그계야 그 말을 듯고 시비을 그피 불너 심청을 쳥흐니 심청이 오겨날 승상부인 문밧계 밥비 나와 심청을 잡쏘 울며 왈 이 무상한 스룸아 난은 너을 즈식으로 아난디 너는 날을 엄무로 안이 아난쏘다 삼빅셕에 몸을 팔라 죽으려 간단 말인○

〈18-뒤〉

회셩은 즈극ᄒ나 그것 ᄎ마 할 일이야 날 ᄃ려 이논트○ 쥬션ᄒ엿지야 빅미
삼빅셕을 이졔로 갑파 쥴 겨신니 션인을 너여쥬고 망영이 싱가 말라 심쳥이
엿ᄌ오ᄃ 당쵸의 말슴 못ᄒ온 겨셜 이졔 휘효한들 엿지 ᄒ올잇가 ᄯᅩ 위친 공
을 빌면셔 남의 무명식ᄒ 지물을 발너오며 빅미 삼빅셕을 이졔로 너여쥬면 션
인들이 임시랑픠 되겨더면 그도 랑픠 열렵삽고 사람으계 몸을 허락ᄒ야 약슉
을 졍ᄒ옵고 빙약ᄒ오면 소인으 간쥥이라 그도 죠치 못ᄒ오며 ᄒ물며 갑셜 밧
쏘

〈19-앞〉

슈식이 지는 후예 ᄎ마 엇지 낫쳘 들고 무삼 말을 ᄒ올잇○ ○인의 하늘갓탄
은혜와 축하신 말슴은 지ᄒ예 도라가와 결쵸보은 ᄒ올리다 부인이 층양ᄒ야
ᄎ마 눗치 못ᄒ거늘 심쳥이 엿ᄌ오ᄃ 부인은 젼셩예 내의 부모라 언졔 닷시
보올잇까 만셰무강 ᄒ옵쇼셔 눈믈노 이별ᄒ니 ᄎ마 보지 못할 네라 심쳥이 도
라와 부친계 ᄒ즉ᄒ니 심밍인 붓뜰고 궁글며 홋통ᄒ되 날 쥭이고 네 가겨라
그졔난 못갈리라 심쳥 위로ᄒ되 부ᄌ쳘뉴을 ᄯᅳᆫᄯᅩ 시퍼 ᄯᅳᆫᄉ오며 쥭고시퍼 쥭
ᄉ올잇가만는 익

〈19-뒤〉

호가 슈예 잇꼬 싱ᄉ가 다한이다 잇ᄉ온니 하날임이 ᄒ신 ○라 한탄한들 엇지
잇가 졔의 부친을 동늬사람으계 붓뜰고 위로ᄒ라 당부ᄒ고 션인을 ᄯᆞᆯ라갈
졔 방셩통곡 셜니 울며 쵸미ᄯᅳᆫ을 겨듬겨듬 겨더안아 두 손으로 겨더줍고 헌튼
멀리털은 두 귀 밋터 널이오고 빗발갓치 ᄃᆞᆫ난 눈물 옷짓시 ᄉ못찬다 업더지며
잡바지며 붓뜰려 날갈 젹에 건네집 발리보며 아모개네 큰악아 잘 잇겨라 난

은 간다 멸고 먼 황쳔질예 난은 간다 네으들은 죠흔 부모○○○○○○○○○
○○○

〈20-앞〉

동편집 발리보며 여바라 아모개네 큰악아가 상침질 슈놋키을 널과 함키 흐랴
난야 중연 오월 단오일예 잉도 짜고 노든 일을 네가 힝여 싱각난야 아모집 즈
근악아 금연 칠월 칠셕야예 함쎄 결괴흐즈던니 인졔은 허스로다 언졔나 닷시
볼리 네으들은 팔즈 죠와 죠흔 부모 만니 잘 잇겨이와 나은 팔즈 그박흐야 벙
든 부친 썰썰리고 계슉으로 난은 간다 동니 남여노쇼 엽시 눈이 붓계 모도 운
이 하날임이 알으신지 빅일은 어디 가고 음운이 즈옥흐며 쳥산은 쎙길리고 간
슈은 오

〈20-뒤〉

열흐고 휘늘려진 곱던 곳션 이울고즈 빗셜 일코 요요흔 벼들빗쳔 죠흔 더신
늘려지고 츈죠은 다졍흐야 빅반계송 하난 즁예 못노라 져 꾁골리 뉘을 이별흐
여관디 환수셩을 늘계 울고 뜻밧계 뒤졘이난 피을 너여 울음운이 야월공산 엇
다 두고 진졍졔송 단즁인고 네 아몰러 가지 우의 불여귀라 울견만은 갑셜 밧
쏘 팔인 몸이 닷시 엇지 도라갈이 발람예 날인 곳시 낫쳬와 부드친니 곳쳘 들
고 발이보며 약도츈풍 블량이면 희인취용낙화너라 한무졔 슈양공

〈21-앞〉

쥬 미화장은 잇견만은 죽으러 간은 이 내 몸이 뉘을 위흐야 단중할리 츈산예
지난 곳치 지고 시퍼 지랴만은 스셰부득이라 슈원슈우 어이 할리 한결음예 돌
라보고 두겨음예 눈믈 진니 압 믹키여 못가겄다 그즉져즉 강두예 다다로니 비
멸리예 죠판 놋코 심쳥을 인도흐야 비즁안예 올인 후예 닷셜 감쏘 돗쳘 달 졔

여려 션인들리 일시예 이려나 어그영츄 소리ᄒ며 북을 둥둥 울이면셔 뇌을 져
혀 비질홀 졔 범범중유 써나간니 망망혼 충희슈며 탕탕혼 물결이라 빅빈주

〈21-뒤〉

갈믹기은 홍요로 날라들고 삼강예 기력이은 한슈로 돌라든다 요란혼 나무슉예
어젹이 기연만은 곡죵예인불졘의 슈복만 풀르럿다 과너셩중만고슈은 날노 두
고 일음이라 즁스을 지니간이 간의티후 간더업쏘 명나슈을 브리본니 굴삼여의
어복츙혼 무량도 ᄒ신딘가 황능누을 당도혼이 일모함관하쳐시요 연파강산사
인수은 쵸회의 ○젹이요 봉황터을 다다르니 삼산은 발낙쳥쳔외요 이슈중분빅
노쥬은 티빅션셩 노든 디요 심양강 돌라든이

〈22-앞〉

빅낙쳔 어더가고 피파만 ᄯ쳐졋다 젹벽강 츄야월의 쇼동파 노든 풍월 이국예
잇쨔만은 죠밍덕의 일셰지웅 이금예안지지오 월낙오졔 지푼 밤예 고쇼셩의 비
을 민니 한손스 쇠북쇼리 객션의 쩌려진다 진효슈 견네간니 격강의 상여들은
망국한을 모로고셔 열농한슈월농사의 후졍화만 불로엇쨔 쇼상강 들려간의 아
양누 놉푼 집이 강셩의 놋피 쎳다 동남으로 발리본니 오산은 쳡쳡이요 춘슈은
만중이라 밤중예 졋는 눈물 이비한을

〈22-뒤〉

쒸여잇쏘 무산의 돗난 달은 동졍○○○니온니 상하쳔광 계울 쇽예 창파만 풀
으럿쏘 충오산의 은이 잉○ 황능모로 도라든다 삼협예 잘니비은 ᄌ식 찻난 실
푼 쇼리 쳔객쇼인 몃몃친야 눈믈 짓쏘 잇는 양은 쇼상팔경 이 안야 힝션을 하
려 ᄒ고 만경할 졔 힝풍이 이려나며 옥피쇼리 들이던니 쥭임 스이로셔 엇더혼
두 부인이 션관을 놋피 씨고 ᄌ희상 션유군의 신을 ᄯ려 나오던니 져기 가난

심낭ᄌ야 네 날을 모로이라 ○츙오산 봉상

〈23-앞〉

슈졀혼이 죽상지누니가멸이라 쳔하예 지푼 한을 ᄒ쇼할 곳 업셧던니 지극혼
네으 효셩 ᄒ려코즈 니 왓노라 요슌후의 기쳘연니 즉금은 언는 ᄶ요 오현금
남풍시을 이계까지 젼ᄒ던야 슈로쳘이 면면 질의 죠심ᄒ야 단여오라 홀련 간
디 업겨늘 심쳥이 니럼의 이난 이비로다 니져산의 당도ᄒ니 풍낭여 디죽ᄒ고
찬 긔운이 쇼삽ᄒ며 흑운이 둘우던니 ᄯ오 혼 ᄉ람이 나오난듸 면여겨류이요 미
간은 광활ᄒ되 ᄶ쪽을 몸예 감쏘 눈

〈23-뒤〉

을 감쏘 일론 말리 져긔 가난 심낭ᄌ야 ○○○○리라 실푸다 우리 오왕 빅비
의 츔쇼 듯쏘 춍누겸을 나을 쥬위 목을 씰너 죽은 후예 치의로 몸을 싸셔 이
물예 더졋신이 중부의 원통함미 월병이 멸오홀믈 니 역역키 보랴ᄒ고 니 일즉
눈을 캐여 동문상에 겨려던니 과연 보왓노라 글려ᄒ나 원통혼 것 몸에 감은
이 ᄶ죽을 뉘라셔 벽계 쥬며 눈 업는 겨시 ᄒ이로다 이는 닉곤이 옷날리 츙신
오ᄌ셔라 풍운이 겨더지고 날빗치 명

〈24-앞〉

낭ᄒ야 물결리 즌즌던니 엇더한 두 사람이 틱반으로 나오겨늘 본니 압페 한
사룸은 왕ᄌ의 기상이요 얼골의 겨문 ᄯ은 일국의 수식이요 이상이 남누ᄒ니
쵸슉일시 분명ᄒ다 눈믈 지며 ᄒ는 말이 이답쏘 불상혼 겨시 진날리예 쇽킴
되야 삼연무관예 고국을 발이보며 미귀혼이 되야군나 쳔추예 지푼 한니 쵹혼
죠 되야떤니 박능퇴셩 반기 듯고 쇽졀업시 통졍달에 헛츔만 츄윗노라 디뒤에
한 ᄉ람은 안식이 쵸쵀ᄒ고 형용이 고고한듸 나을 촛날리 굴원이라 회

〈24-뒤〉

왕을 섬기다가 죽관으 춤쇼 만닉 더려온 몸 씨칠라고 이○○셔 모션노라 닉
지은 이쇠경이라고 양양지지모례여 금왈고왈빅용이라 유쵸목지앙낙혜여 공미
인지지묘로다 세상예 문장절사 뉘기뉘기 외오던랴 그디는 위친ᄒᆞ야 회의로 죽
으려 가고 나온 츙셩을 다ᄒᆞ든이 츙회은 일반이라 위로코자 닉 왓노라 창희
슈말이예 평안이 가옵쇼셔 심청이 싱각ᄒᆞ되 죽은지 슈쳘연예 창빅이 나며 이
졔 스람으게 뵈이난쏘다 이도 다 죽은 귀신이라 나 죽을 징죠로다 실피

〈25-앞〉

탄식ᄒᆞ되 물예 줌미 멋밤이며 비예 줌미 멋날인고 기연 사오식이 물가치 지닉
칸니 금풍시비셕기ᄒᆞ고 옥우환이장암이라 낙하은 여고목졔비ᄒᆞ고 츄슈은 공
장쳔일식이라 왕발이 문장귀요 무변낙목쇼쇼ᄒᆞ고 부진장강곤곤뇌라 두즈미
을푼 귀요 황잉이츌농ᄒᆞ이 황금이 편편이요 노화의 풍기ᄒᆞ이 빅셜이 만졈이라
신포셰우 졋난 입푼 만강풍예 흔날이고 옥누쳥풍 불려난듸 외로운 어션들은
등불을 놋피 달고 여가로 화답

〈25-뒤〉

ᄒᆞ고 노릭ᄒᆞ이 도도는이 슈심이요 희반쳥산은 봉봉이 칼날 되이 뵈이난이 슈
장이라 일낙즁사예 츄식원ᄒᆞ니 부지하쳐예 죠상군고 슝옥의 비츄부가 이예셔
더할숀야 동여을 실려신니 진시황의 칙약빈가 방스은 업신나마 한무졔의 구션
빈가 닉 몸이 질계 죽즈ᄒᆞ이 션인들리 슈직ᄒᆞ고 살라 실려가노란니 고국이 창
망이라 한 쏘질 당도한이 이는 곳 은당슈라 광풍이 디죽ᄒᆞ고 바더가 뒤누운이
어용이 싸호난 듯 벽역이 날리난 듯 디쳔바더 한 가온디 뇌도 일쏘 닷도 끈쏘
용총도 쩔려져 치도 쌔

〈26-앞〉

지고 바람 불려 물결 쳐 안기뉘 셕계 즈즈지난듸 갈길은 쳘니말니만 남쏘 수
면이 어두며 졍글려 쳔지졍막ᄒ야 싼치뉘 셕계 빗젼을 탕탕 치며 돗더 와직끈
경각예 위퇴한이 도스공과 영좌이하로 황황디겁ᄒ야 혼불부신ᄒ고 고사기계
찰일 격기 셤쌀로 밥을 짓고 큰 쇼 잡쏘 동우슐과 삼식실과 오식탕슈 방위 갈
려 갈나놋코 큰 돗 자바그는 다시 갈야놋코 심쳥을 모욕시계 졍한 의복 입핀
휴예 빗멸리예 안쳐놋코 도스공이 고사할 졔 북치을 숀이 들고 북을 둥둥 한
○

〈26-뒤〉

씨 비을 지여 이계블통한 연휴의 후인이 쏜을 바다 다 각각 위엽ᄒ이 막더한
공 그 안인가 ᄒ우씨 구연슈을 비을 타고 다살인이 오복예 졍ᄒ 공셰 구쥬로
도라들고 오즈셔 분오할 졔 노가로 견네쥬고 희셩예 픠흔 장슈 오강으로 도라
올 졔 비을 타고 지달엿고 공명의 탈죠화은 동남풍을 비려너여 죠죠의 십만더
병 쥬유로 화공ᄒ니 비 안이면 엿지ᄒ면 도련명은 젼원예 안고 즁경은 강동갈
졔 그도 쏘한 비을 타고 임슐지츄칠월예 죵일위지 ᄒ엿신니 소동파도 놀라 잇
고 지곡총

〈27-앞〉

어스화 한니 고례승유듀경간은 어부으 질겸이요 계도난요ᄒ장포은 오히월여
치련쥬요 경셰예우경연은 상고션인 그 안가 우리 동무 시믈네명 상고로 위업
ᄒ야 십오셰예 죠슈 타고 픠박셔람 단이던니 은당슈 용왕임 인졔슉을 밧삽기
로 유리국 도화동 스는 십오셰 된 쳐즈 졔슉으로 듸리온이 스희용왕임 밧지ᄒ
옵쏘 칠금산 용왕임늬 개개셤셤 용왕임늬 동희광더 용왕임늬 이믈쏘믈 용왕임

니 다 구벼 보옵쇼셔 슈로쳘이 면면질예 밤이면 등으로 졈지ᄒ고

〈27-뒤〉

나지면 골노넘며 용산골슈 지쥰 물예 편편예 믈실은 듯 비도 무쇠비가 되고
둣도 무쇠둣시 되야 영악지환이 업계ᄒ옵쬬 구셜슈 졔살ᄒ야 억슈만금 퇴을
니여 둣터 믓터 봉기을 실너 춤으로 더길ᄒ고 위심으로 영화ᄒ계 졈지ᄒ옵쇼
셔 북을 둥둥 치며 심청아 시가 느겨간이 어셔 물예 들나 심청으 겨동 보쇼 두
숀질을 훈터 더히고 하눌임계 비난 말이 비ᄂᄂ이다 비ᄂᄂ이다 하날임계 비ᄂᄂ인
다 심청이 죽난 양은 츄호라도 셥잔이도 볭든 부친 집푼 한을

〈28-앞〉

싱젼예 풀여ᄒ고 이 죽염을 당ᄒ온이 명쳔이 감동ᄒ와 침침한 아부눈을 명명
ᄒ계 씌이쇼셔 팔을 들려 숀을 치며 열려 션인 상고임ᄂ 평안이 계옵시고 억
슈만금 퇴을 내여 이 믈가예 지니겨든 니의 혼빅 넉슬 불너 물밥이나 ᄒ여쥬
오 두 활기을 쩍 쩔이고 빗이 밍예 나셔본니 시팔호 큰 믈결이 츌넝츌넝 월넝
쓸넝 흘너간이 심청이 기가 믹켜 빗쌍안예 쥬젼지며 빗젼을 겸쳐 줍고 별별
쩌ᄂᄂ 양은 사롬으 일윤은로 못보겟짜 심청이 다시 졍신 차려 일려씨며 영치
죠흔 눈을 감쬬 쵸

〈28-뒤〉

미폭을 무름씨고 압니을 아드득 앙믈고 죵죵겨름 지로 걸려 바람 마진 병신쳬
로 빗틀빗틀 나어가 충희예 몸을 쥬여 알고 쇼리ᄒ미 두예 휘들웃쳐 셕쿨려져
믈예 풍덩 썰려진이 뫼충희지일숗이라 월넝츌넝 간더 엽짜 죽난 쥴 만 알라던
니 쯧밧게 풍셰가 엽셔지고 물썰리 죠죤훈다 잇써 옥황상졔계옵셔 스희용왕계
겨괴ᄒ시사 명일 스시예 츌쳔지회 심청이가 은단슈예 싸질 쩌시니 팔션여로

시위ᄒ엿다가 슈졍궁예 모셔두고 착실리 공경ᄒ엿다가 영을 지

〈29-앞〉

다려 환슝셰상ᄒ라 만일 영을 어기오며 용왕을 볘히이라 분부 지엄ᄒ신니 스
희용왕이 황겹ᄒ야 승상 겨복이며 원참군 별쥬부와 무슈ᄒ 신여들로 빅옥괴ᄌ
을 가쵸오고 은당슈예 와 그 시을 지달이던이 과연 옥갓턴 낭ᄌ 믈의 ᄲᆡ지겨
날 신여로 고히 바다 괴ᄌ예 뫼시겨날 낭ᄌ 졍신 차려 사양ᄒ되 나은 진셰예
쳔인이라 엇지 용궁 괴ᄌ을 타올잇까 열여 신여 엿ᄌ오디 상졔의 분부신니 만
일 타지 안이 ᄒ시면 용왕이 죄을 면치 못ᄒ올이다 심낭ᄌ 사양티 못ᄒ야 괴
ᄌ예

〈29-뒤〉

올은니 신여들이 괴ᄌ을 메고 용궁으로 들려올 졔 위이도 중할씨고 쳔상 선관
선여 심낭ᄌ을 보려 ᄒ고 좌우로 벼려더라 틱을선인 학을 타고 안기성은 나구
타고 구름 탄 젹숑ᄌ와 스ᄌ 탄 갈션용과 골리 탄 이틱빅이 쳥의동ᄌ 홍의동
ᄌ 쌍쌍이 압셰우고 월궁힝아 셔왕모며 마고셔여 낙표션 나악부인 팔션여 좌
우로 나열ᄒ야 고흔 복식 죠흔 픠물 힝기도 이상ᄒ고 풍악도 젼도ᄒ니 왕ᄌ진
으 봉픠니며 곽쳐스 쥭중구며 셕현스의 겨문고와 중ᄌ방으 옥통쇼와 왕

〈30-앞〉

젹의 휘바람 과히이 희금이며 객타고 취옹젹은 능파사로 화답ᄒ고ᄌ 우예곡
치진곡 셧들려 노리ᄒ니 낭ᄌ한 풍쇼리 용궁이 진동ᄒ더라 슈졍궁예 들려간니
별류쳔지 셰계로다 집칠례을 볼짝시며 중ᄒ고 능난ᄒ다 열농쥬뵉벽지 영농ᄒ
고 쥬죽황용지가감이로다 파용필리 위양ᄒ니 연광이 요일이요 집어인이죡왜
ᄒ니 셔기가 반공이로다 쥬궁픠궐은 응쳔상지 삼광이요 곤의슈상은 비인간지

오복이라 산호염 호박쥬토 디모병은 광치가 찰난ᄒ

〈30-뒤〉

ᄒ고 교인단 유쇼장은 구름갓치 놋피 쳣다 동으로 바리본니 디붕이 비진ᄒᄃ
슈여람 너른 물결 요식봉강 둘너 잇고 셔으로 바리본니 약슈유슈 삼쳘이예 일
쌍쳥죠 날라들고 북으로 바리본니 츙셩이 홀난한 지극을 요쳠하쳐의 시즁원고
일말쳥산이 침침ᄒᄃ 비취식이 더욱 죳타 우으로 바리본니 상운셔운 발가난디
상통쳥쳔 ᄒ탈구라 임식식을 되일 젹의 셰상 임식 안이로다 즈희쥬 쳔일쥬을
미포로 안쥬ᄒ고 호로병 빅옥병과 산호병 호박병과 디모병

〈31-앞〉

율리반 감노쥬 여혀놋꼬 운각판 디모졉시 쳔상벽도 교야난디 진슈미찬이 무비
션예로다 옥황상졔 영이여든 겨힝이 오즉ᄒ랴 스희용왕이 영을 듯꼬 낭즈을
치ᄒᆞᆯ 졔 오희으로 꼿셜 만들려 낭즈을 모시고 양기신여로 시위ᄒᆞ야 죠셕공
경 쳔슈등믈 금쥬보비을 만이 엿쑈 옥분예 꼿셜 모시되 오식으로 동셔의 각각
황지와 셔긔을 영농케 ᄒᆞ야 남북을 분별ᄒᆞ계 각각 졈을 말연ᄒᆞ야 꼿셜 만드려
낭즈을 모시고 은당슈로 나올시 스희용왕이 친이 나와 젼숑ᄒ니 위이

〈31-뒤〉

겨동 쳐엄 갓트며 각국 신여와 팔션여 다 나와 하즉ᄒ며 엿즈오디 낭즈은 인
간의 나가오면 부귀영춍으로 만셰ᄭᅡ지 울니리다 낭즈 디답ᄒ되 열려 왕으 은
혜을 입스와 죽을 몸이 살려 셰상예 나가온니 기디들도 졍이 집펴 쩌나기 졀
연ᄒ나 유현이 다른 고로 이별ᄒ고 가견이와 슈궁예 귀한 몸이 니너 평안ᄒ옵
쇼셔 ᄒ즉ᄒ고 도라션이 순식간예 은당슈예 꿈갓치 변 듯 쩌다 쳔신으 죠화요
용왕 슈젹이라 바람이 여려 낫들 짠닥ᄒ며 비가 온들 홀쯴할랴

〈32-앞〉

오식치운이 꼿봉 쇽예 열리려 쥬야로 둥덩둥덩 써실 졔 잇쩌예 남경 갓던 션인 등이 억십만금 퇴을 니여 고국으로 도라올 졔 은당슈예 다다라 졔물을 졍이 츠려놋코 용왕계 졔할 졔 비난 말리 우리 일힝 슈십명이 신병지살 졔살ᄒ고 쇼망 입폐 쥬옵신니 용왕으 너부신 덕 비박졔로 졍셩을 들리온니 일쳬 흠양ᄒ옵쇼셔 ᄯ또 졔물 다시 차려 심낭ᄌ 혼을 불너 왈 츌쳔지회 심낭ᄌ은 당산예 학발부친 눈 쓰기을 우ᄒ야 이팔홍안 졀문 몸이

〈32-뒤〉

슈궁고혼 되얏오니 가연코 불쌍토다 우리 션인들은 심낭ᄌ을 이연ᄒ야 즁스예 퇴을 니여 고국으로 가견이와 낭ᄌ으 방혼이야 여느 날예 도라갈가 가다가 도화동 낭ᄌ부친 살라난가 죤망이나 아올리다 혼잔 슐로 위노ᄒ니 만일 알음이 잇거든 복망흠힝 ᄒ옵쇼셔 지물을 물예 풀고 발이본니 한슝이 꼿봉이가 바더예 쩌 잇겨늘 션인들리 고히ᄒ야 졔의 쌋지 ᄒ난 말리 아미도 심낭ᄌ의 죽은 혼빅이 꼿치 되야 물예 쩌느부다 ᄒ고 갓가이 가본이 과연 심낭ᄌ의 ᄲ ᅡ지던 곳지라 마음이 감동ᄒ야 꼿쳘

〈33-앞〉

견져 놋코 본니 크기가 슈리갓터여 슈삼인이 안질녜라 이 꼿션 셰상예 보던 비 쳐음이라 ᄒ고 인ᄒ야 실고 올졔 ᄲ ᅡ리기 풍우갓다 ᄉ오식예 경흔 질을 슈삼일예 득달ᄒ니 이도 ᄯ또흔 이상ᄒ다 슈다히 나문 지물 다 각기 난올 젹기 도션쥬 무신 마음 지물은 마다ᄒ고 꼿봉이만 츠지ᄒ야 졔집 후원의 졍흔 곳이 단을 뭇꼬 두워던니 힝츄가 만실ᄒ고 치운이 열리엿다 ○ 잇디 슝쳔ᄌ 산비ᄒ고 화쵸을 구ᄒ야 황극젼 뜰 압헤 여기져기 심겨 두고 기화요쳐을 벼살 쥬며

구ᄒ실시 화쵸도 만토만타 팔월부용 군

〈33-뒤〉

ᄌ요 만단츈슈 홍연화 암ᄒᆼ부동 월화혼예 쇼식 젼턴 한미화 진시유랑 기후ᄌ라 불겨인는 복슈화 월즁쳔ᄒᆼ 단계ᄌ은 황문시비 계화로다 요염셤셤 옥지갑에 금분야도 봉션화 구월구일 용손음은 쇼츅신의 국화로다 공ᄌ왕손 방슈ᄒᆼ예 부귀할손 모란화 이화만지불기문은 장신군의 빗꼿시며 칠십졔ᄌ 강논할 졔 ᄒᆼ당츈풍 살곳꼿 쳔틱산 들려간니 양변개 작박 도화 촉국한을 못이기여 졔헬ᄒᆞ난 뒤견화 원정부

〈34-앞〉

지 이별ᄒ니 옥창오견 잉도화요 화노화 계관화 이화 국화 셕양화 황국 빅국 시월국 기화난화 셧국화 ᄒᆡ당화 장미화 ᄒᆼ일화 금션화 능쇼화 견우화 빅일홍 영산홍 왜철쥭 진달화 난쵸 박쵸 강진ᄒᆼ화 숑여쥭분 슈션화 객ᄉ쳥쳥유식이며 비파약미은금이며 미ᄌ견두연방이면 호도 목과 연실이며 금굴 녹굴 동졍굴 용안여지 능각이며 포도셩 누은ᄒᆼ이며 치ᄌ 비ᄌ 오미ᄌ 감ᄌ 디초 싱율이며 능금 외양 초도셕과 각식 화쵸 가진 과목 총총 심여신니 ᄒᆡ풍이 건들 풀며 웃쑬웃쑬 넘놀이며 울

〈34-뒤〉

굿불굿 쩌러지며 범나부 시짐싱이 춤츄며 놀리ᄒ니 쳔자 홍을 붓쳐 날마당 보시던니 잇써 남경갓던 도션인이 궐니 쇼식 듯고 홀련 싱각ᄒ되 옛스룹도 볘술 싱각코 쳔ᄌ을 위로ᄒ니 나도 잇꼿 가져다가 쳔ᄌ계 듸온 휴예 츙셩을 낫터니 일나라 ᄒ고 은당슈예 어든 꼿셜 옥분츠 슈운ᄒ야 궐문 밧쎄 놋쏘 이 쓰지로 쥬달ᄒ니 쳔ᄌ 반기시ᄉ ᄒᆡ괴ᄒ시되 무지ᄒᆞ 션인으로 졍셩이 기특다 ᄒ시고

위션 문챵티슈을 졔슈ᄒ시고 꼿쳘 실려 들여 황극전 뜰의

〈35-앞〉

녹쏘 본니 빗치 찰난ᄒ야 요일월지즁광ᄒ고 크기가 쌍이 엽셔 힝기가 특츌ᄒ니 셰상 꼿시 안이로다 월즁단계 길리미가 완견ᄒ니 계화도 안이요 요지벽도은 동방식이 짜온 후예 삼쳘연이 다 못되니 벽도화도 안이요 셔역예 연황셰계 그 꼿시 쩌려져 희상예 쩌 왓난가 ᄌ셔히 살펴본니 불근 안기 셜리엿쏘 셔기가 영농ᄒ니 황졔 더히ᄒ샤 죠신을 불이들례 잇 꼿 일홈을 아라 들이라 ᄒ신더 좌승샹 최식이 꼿쳘 ᄌ시히 보다가 알외되 요지왕모 벽도화도 안이옵쏘 도련명

〈35-뒤〉

으 남국화도 안이옵쏘 안기셩의 이연화도 안인 꼿시오○ 사말이 일졈츈예 왕쇼군의 여훈갓튼 봄빗시요 셩셩졔혈 염화지예셔 쵹졔으 원혼갓튼 꼿치로다 꼿슘이가 장기뫼ᄒ야 일육슈가 거북ᄒ니 북편예 겨문 졈과 이칠화가 겨남ᄒ니 남펜예 겨문 졈과 삼팔목이 겨동ᄒ니 동펜예 풀은 졈과 ᄉ구름이 겨겨한니 셔펜예 힌졈과 오십토가 겨즁ᄒ니 즁안예 눌은 졈은 쳔지 음양을 응ᄒ야 오힝으로 싱긴 꼿시옵쏘 너외가 분명ᄒ와 힝기을 감쵸왓신이 시고로

〈36-앞〉

잇 꼿 일홈을 쳔지음양 합덕화라 ᄒ사이다 이 꼿셜 심여 두시면 필연 경ᄉ가 나오이다 쳔ᄌ 더히 ᄒ시ᄉ 화계 우예 올예논니 꼿즁예난 왕이로다 만원츈식이 츈무안식이라 일일은 쳔ᄌ 달을 짜라 화계에 비회ᄒ사 명월은 만졍ᄒ고 미풍은 부동훈듸 합덕화 꼿봉이가 문듯 요동ᄒ던이 꼿봉이 버려지며 무삼 쇼리 느는 듯ᄒ겨날 동졍을 살펴본니 션인옥여 얼골을 반만 둘려 꼿밧께 내다 보던

니 인젹 잇시물 보고 몸을 슘쩌 들려가겨날 쳔즈 이겨실 보시고 졍신이 황홀
ᄒᆞ야 ᄯᅩ 이

〈36-뒤〉

혹이 만당ᄒᆞ야 아몰리 셧신들 동졍니 업겨날 각가이 드려가 무한이 쥬져ᄒᆞ다
가 꼿봉이을 가만이 열고 본이 일기 쇼졔요 양기 치환이라 쳔즈 반기스 물으
시되 네가 귀신인다 스룝인다 치환이 날려와 복지ᄒᆞ여 엿즈오디 쇼비는 남히
국 시비로셔 낭즈을 뫼시고 히즁으로 왓삽던니 황졔 쳔안을 범하엿사온니 극
키 황숑ᄒᆞ여이다 쳔즈 니렴예 싱각ᄒᆞ시되 옥황상졔계옵셔 죠흔 인연을 보니시
도다 ᄒᆞ시고 깃겨미 츙양 엽셔 신여을 명ᄒᆞ시사 니젼의 윔계 두시고 모든 궁
여 지위ᄒᆞ야 만일 ᄉᆞᆺ로

〈37-앞〉

열려보면 죽이라 ᄒᆞ시고 잇틋날 다시 보니 낭즈 붓글염을 이긔지 못ᄒᆞ야 이미
을 쉬기고 안즈신니 과연 쏙업난 인물이라 황졔 더욱 ᄉᆞ랑ᄒᆞ시스 즉시 나와
죠회ᄒᆞ시고 꼿쇽 일을 죠신계 이논ᄒᆞ신니 졔신이 합쥬 왈 국모 업시물 상졔
알으시고 인연을 보니신니 쳔여불취면 시호시호부지내라 인연을 ᄒᆞ쇼셔 황졔
올흐 예기시스 훗일을 졍ᄒᆞ라 ᄒᆞ시고 즉시 틱사관을 불너 틱일ᄒᆞ니 오월 오일
갑즈일리라 낭즈을 황후로 봉ᄒᆞ실시 최승상 집으로 모시고 글 일을 당ᄒᆞ미 상
이 젼뇌ᄒᆞ시스 일

〈37-뒤〉

례혼 일은 고금예 업신니 가계 범졀을 뼬반셜힝ᄒᆞ○ ᄒᆞ신니 위의 겨동이 ᄯᅩᄒᆞᆫ
쳔고의 업더라 황졔 친연ᄒᆞ실시 꼿봉쇽으로 양기 시비 나와 낭즈을 부악ᄒᆞ야
나온니 북두츄셩이 좌우로 졀리 갈나션 듯 궁즁이 휘황ᄒᆞ야 발로 보지 못홀너

라 국가 경수라 만죠졔신은 산호만셰 ᄒ고 슐토신민은 화봉삼츈이라 심황후
덕이 만ᄒ사 당연봇텀 요순쳔지 다시 보고 셩감갓치 되얏더라 황후 부귀영화
극진ᄒ나 평상예 슈문 근심 다못 부친ᄲᅮᆫ이로다 일일은 황후 슈심을 이

〈38-앞〉

기 못ᄒ야 시죵을 물이치고 옥난간의 비계던니 츄월은 발가 사호렴예 빗쳬 들
고 실슐은 실피 울려 나유안예 흘여든니 쳥쳔예 외기력기 씰루룩 쑤루룩 쇼리
ᄒ니 황후 반기 듯고 바러보며 ᄒ난 말리 오난야 네 기력아 계기 잠관 며물녀
라 네 ᄒᆫ 말 드려셔라 쇼즁랑의 부희상예 편지 젼튼 기력기인야 슈벽새명양안
터예 쳥원을 못이기여 날라오는야 졍부누젼예 화미지쵹ᄒ던 기력기야 도화동
우리 붓친 편지 믹고 네 오난야 이별 삼연예 쇼식을 못들으니 니 편지 쎠 쥬

〈38-뒤〉

겨든 네 부디 젼ᄒ여라 방안예 급피 들려와 상ᄌᆞ을 ○○○ 집 한곳 ᄯᅳ어너여
붓셜 들고 편지 씰 졔 눈믈 몬ᄌ 쪄려진니 글ᄌᆞ은 슈먹지고 언어는 도쳑이라
실ᄒᆞ의 쎠ᄂᆞ온지 계셕이 셰번 간니 쳑회ᄒ여 씬인 한이 ᄒᆞ히갓치 집ᄉᆞ이다 복
미심 그간의 아부지 그쳬후 일힝만안 ᄒ옵신지 울졀 복모ᄒ와 구구무임 ᄒ셩
지지로쇼이다 불회여식 심쳥은 션인을 ᄯᅡᆯ라 갈갈 졔 ᄒ로 열두시예 열변이나
죽을이야 ᄒ되 죽을 틈을 엿지 못ᄒ와 오룩식을 물예 ᄌᆞ고 필경예 은당슈예
계슈으

〈39-앞〉

로 ᄲᅡᄌᆞ던니 황쳔이 도우시고 용왕이 구ᄒ옵셔 셰상예 다시 나와 숭쳔ᄌᆞ의 황
후가 되얏신니 복이예 과ᄒ오나 간즁예 미친 ᄒᆞᆫ이 부귀도 뜻지 엽고 살기도
원이 안이요 언졔나 부친 실ᄒᆞ예 ᄒᆞᆫ본 보온 후예 그날 쥭다 ᄒᆞᆫ ᄒᆞ올잇까 아부

지 날 보니고 호통 졔위 진흔 마음 무예 비계 싱각난 줄 분명니 알견만은 죽어신 졔 우현이 믹커잇고 살나신 졔난 이각이 나오여 쳘룬이 쓴체네다 그간 슈삼연예 눈을 쓰시고 동중예 밋긴 젼곡 직금까지 보죤ᄒᆞ야 이식이나 이슈넌잇가

〈39-뒤〉

아부지 귀ᄒᆞᆫ신 몸을 십분 보즁ᄒᆞ옵쇼셔 슈히 ○○○○ 쳔만 발리난니다 연월일 얼픗 쎠가지고 나와 본니 기력기난 가디 업쑈 창망ᄒᆞᆫ ᄒᆞ날 우예 은ᄒᆞ슈 지울려난듸 달과 별만 뵈이엿짜 글즈을 가졋신나 무안기항쥬라 펜지 져벼 짓피엿쏘 쇼리 업시 우던니 잇써 황졔 니젼의 드려가시스 황후을 본니 미간예 슈심이요 열골이 눈물 흔젹 잇신니 쳔손은 셕략이 줌긴 듯ᄒᆞ고 힝화는 티양예 이운 듯 ᄒᆞ겨날 황졔 물로시되 무삼 근심 계시관디 눈물 흔젹 잇난잇짜 귀위황후

〈40-앞〉

ᄒᆞ고 부유사히ᄒᆞ니 무삼 일로 우난 잇짜 황후 엿ᄌᆞ오디 신쳡니 과연 쇼더욕이 잇스오되 감미 엿쭙지 못ᄒᆞ엿던니다 황졔 쇼더욕슬 들르신디 황후 다시 꿀려 안지며 엿ᄌᆞ오디 슐토지민이 막비왕신이오나 그 중예 불상ᄒᆞᆫ 것 환과고독이요 그 측츠은 더옥 밍인이온니 쳔ᄒᆞ 밍인을 모와 잔치을 ᄒᆞ옵쏘 졔으 쳔지일월과 부모쳐ᄌᆞ을 보와도 보지 못ᄒᆞ여 원을 ᄒᆞ기 원을 풀려 쥬시며 신쳡으 원이로쇼이다 황졔 치스왈 여렵지 안이ᄒᆞ온이 근심치 말으쇼셔 ᄒᆞ고 그 잇

〈40-뒤〉

튼날 쳔하예 반포ᄒᆞ야 무론 디쇼스셔인ᄒᆞ고 밍인이여든 셩명과 연셰 겨쥬을 혈록ᄒᆞ야 가도각읍으로 ᄎᆞᄎᆞ 기슝ᄒᆞ야 준치을 참예ᄒᆞ되 밍인 ᄒᆞᆫ나라도 지위치

안이ᄒ야 츔례치 안니ᄒ난 ᄌ 잇시면 단당존즁 노감할리라 죠령 신명ᄒᄉ 성
화갓치 히더라 ○ 잇쩌 심밍인 심쳥갓턴 ᄯ알을 일꼬 근신 ᄌ진 강탄으로 지ᄂ
날 졔 도화동 사롬들리 심낭ᄌ으 지극ᄒ 회셩으로 물예 ᄲᅡ져 죽음을 불상이
ᄒ야 강두예 타누비라 두려시 세워두고 글을 지여 기록ᄒ엿시되 지위기친펭

〈41-앞〉

상안흔이 살신셩회힝용궁을 영파말이예상심벽ᄒ니 방쵸연연한불궁을 강두 니
왕ᄒ난 힝인들이 비문을 보고 눈물 안니 지울리 업꼬 심밍인도 ᄯ알 싱각 곳 나
면 그 비문을 안꼬 우더라 동즁 사롬들리 심밍인으 견곡을 축실이 질우워 이
식이 유여ᄒ고 형셰 히마당 늘려간니 본촌예 요분질 잘ᄒ고 밤낫엽시 상하는
개갓치 눈이 ᄲᆯᄒ고 단이며 셔방질 밉슈잇게 잘ᄒ난 ᄲᅢᆼ덕엄이라 ᄒ난 연이 심
봉ᄉ 견곡 만한 줄을 알고 졔가 ᄌ원ᄒ야 첩이 되아○○니

〈41-뒤〉

이연의 입벌웃시 ○○○○○○○○○○○○○○○○○○ 안이 할난고로 든난
연이라 양식 쥬고 ᄯᅥᆨ ᄉ먹기 살펴 주고 ○ 사긔 볘을 사셔 술 ᄉ먹기 졍ᄌ 밋
티 낫줌자기 이웃집이 밥 엿키와 동ᄂ 사람 욕잘ᄒ기 쵸군들과 싸홈ᄒ긔 한밤
즁이 우름 울긔 빈 단빗쩌 들고 단이면셔 ᄉ나으게 단비 쳥키 크 총각 유인ᄒ
기 일려쳬로 난잡ᄒ되 심봉ᄉ은 열려히 쥴리던 차이라 그 즁예 실락이라고 잇
셔 아물한 줄 모로되 가ᄉ는 점점 탕픠ᄒ다 ᄲᅢᆼ덕어무 겨동보쇼 불상흔 심봉사

〈42-앞〉

지물만 홀쩍 ᄲᅵᆯ여 먹꼬 니ᄲᅵ리라 ᄒ고 밤낫지로 퍼먹던니 할로는 황쥬ᄌᄉ 심
봉ᄉ을 불으게날 심봉ᄉ 이관을 졍졔ᄒ고 드려간니 ᄌᄉ 즉시 분부ᄒ시되 즉
금 황졔계옵셔 밍인존치을 ᄒ신니 네도 가셔 ᄎ메ᄒ라 ᄒ고 셩치예 올니고 노

비 쥬며 써나라 흐겨날 봉스 디답흐고 나와 써날려 흐되 뺑덕어무을 못이겨셔
이론 말리 여보쇼 뺑덕으네 자네와 니와 슈삼연 진낼 졔 뺑덕어무 디답흐되
그럿치요 심봉사 이론 말리 상담에 하로밤을 자고도 말이셩을 ○○○

〈42-뒤〉

도 잇쓰 츄우강남이란 말도 잇신니 디쳐 엇덧흔 일이며 부창부슈요 예필죵부
라 흐니 잔니도 미련찬한 스람인니 그 일 알견난가 뺑덕어무 이론 말리 무신
말을 할나관더 쵸장혀두을 글리 장왕케 치리요 심봉사 대답흐되 황성 쳘니질
예 가즈하면 계집이라 흐난 겨시 먹난 음식 갓튼니 잠잘리 죠심흐쇼 긔구한
놈이 만흐난니 부디 상심흐쇼 당부흐고 잇튼날 질을 쓸시 뺑덕머무 압셰우고
수일을 힝흐던니 흔 쥬졈예 들려 잘시 그 근쳐의 황봉스라 흐난 봉스

〈43-앞〉

뺑덕어무 요분질 잘흔단 말을 듯고 그 쥬인과 으논흐야 뺑덕엄이게 통기흐니
잇쩌 뺑덕엄미 셔방질 못흐여셔 발광흐든 차예 이 말을 듯고 즛겨흐야 약쇽을
졍흐고 심봉사 잠들기만 지달려 내여쎈다 ○ 잇쩌예 심봉스 잠을 쌔여 만져본
니 뺑덕엄이 업겨날 여보쇼 어듸간가 어듸간가 종시 동졍니 업겨날 이 구럭
져 구역을 아물리 더듬은들 발셔 황봉스와 궁셰음을 더엿난듸 잇실쇼야 여보
쥬인 우리 ○○이 계기 들려갓쑈 쥬인 디답흐되 온 일 업쑈 심밍인 그졔

〈43-뒤〉

○ 달라난 쥴 알고 즈탄흐며 우난 말리 여바라 뺑덕엄이 날 바리고 어디 간다
무상흐고 괘심흐다 황성쳘니 먼먼질을 늘과 함긔 가잔 말가 우다가 엿지 싱각
흐고 숀을 훨훨 쓸리치며 숀죠 쑤지지되 아셔라 이연 내가 네을 싱각난 거시
인스불셩이라 공연이 글려흔 잡연을 엇다다가 세간만 낭픽흐고 노즁예 낭픽흔

니 곽씨부인 죽난 양도 보고 살고 우리 회여 심청이도 싱이별ᄒ고도 살라겨든
져만연을 싱각ᄒ랴 가슐엽다 다시 싱각ᄒ면 개야들리로다 ᄉ람

〈44-앞〉

달리고 슈작ᄒ덧 ᄒ다가 날리 시니 다시 질을 ᄶ날싀 황셩 쳘니 면면 질의 인
도할리 엽셔신니 막젹쇼힝 여이할꼬 업더지며 ᄌ바지며 더듬더듬 ᄎᄌ갈싀 잇
ᄶᄂ 유월이라 더우은 불과 갓꼬 ᄯᆷ은 ᄉ못ᄎ 빗쥴갓치 흘으니 모욕흘려 ᄒ고
시니가예 가 의관과 봇짐을 벼셔놋코 모욕ᄒ고 나와 본니 과연 힝중이 간디
엽겨날 심봉ᄉ 디산이 모양 우도 훨신 볏꼬 널은 갱벤을 두로 더듬으며 일리
졀리 기ᄂ 겨동은 계우룬 산영ᄶ 밋쵤리니 맛덧 아몰리 ᄎ

〈44-뒤〉

○○업군나 심봉ᄉ 기가 막케 방셩통곡 우난 말리 알고알고 좀도젹놈으 싀기
야 혀다흔 부지집이 먹꼬 씨고 남ᄂ 지물 글런 겨시나 가져가계 죄모가 업셔
신니 뉘계가 밥을 빌며 슈가가 업셧신니 뉘계가 오셜 빌이 인도할리 업난 중
예 이복좃ᄎ 엽셧신니 황셩글을 어이 갈리 일리졀리 바중일 졔 무릉틔슈 본퇵
예 갓짜가 날려 오난 중예 심봉사 벽졔쇼리 듯꼬 올타 어듸 관가온나 부다 억
지을 ᄶ볼리라 ᄒ고 독을 씨고 안지던이 갓가이 오겨날 심봉사 두 손으로 부

〈45-앞〉

ᄌ지을 쥐고 마두예 복지ᄒ니 좌우 나졸리 밀쳐너니 심봉ᄉ 큰 유셰통 진인덕
키 호령ᄒ되 네 이놈들 글리 안니ᄒ난이라 늬 즉금 황셩 간ᄂ 쇠경일ᄶ 네 셩
명은 무엇시며 힝치ᄂ 어듸 힝ᄎ야 틔슈 ᄒ인을 금ᄒ고 물의되 네는 엇더흔
쇠경이관디 옷션 엿지 볏셧시며 무삼 말을 알오려 ᄒ다 심봉ᄉ 엿ᄌ오더 셩은
황쥬 도화동 사ᄂ 밍인이옵던니 황셩잔치 가옵질예 날리 심미 더옵ᄶ로 모욕

ᄒ고 나와 본즉 엇더훈 도젹놈이 의관과 봇짐을 가져 갓스오니 진쇼위쥬츌지 말양이요 진퇴유곡이라 ᄎᄌ 쥬옵○○○

〈45-뒤〉

○○○○○○○○○○○○○○○○○○○○○중노의셔 오도가도 못할 빅기 업스오니 ○○○○○○ 옵쇼셔 원이 기가 막케 통인 블너 이롱 열고 이복 일십 너여 쥬고 슈비 불너 노비 쥬고 급충 불너 휴중 밋티 달인 갓 너여 쥬라 분부ᄒ니 심봉ᄉ 엿ᄌ오디 신이 업셔 못가겻쑈 감식 불어 이로디 네는 말을 탓신니 네 신 쥬라 심봉ᄉ 신 어더 신은 후에 황숑ᄒ되 그 무상훈 놈니 단비쩌을 가져 갓쑈 원이 이론 말니 그려ᄒ면 엇절란 말인야 봉ᄉ 알외되 그럿탄 말숨이요 원이 위쪼 단배쩌을 너며쥬며 잘 가라 ᄒ디 심봉ᄉ 왈 은혜 빅골난망이라 ᄒ

〈46-앞〉

즉ᄒ고 쵼쵼젼진ᄒ야 열려 날만예 황셩 각가이 온니 낙슉골을 열풋 지너 녹슈녹임경을 드려갈시 한곳터 댜댜르니 한방이 집이 잇시되 방중 열려 계집들리 방이을 쩟타가 심봉ᄉ을 보고 ᄒ는 말이 져 봉ᄉ도 잔치예 오는 보ᄉ로고 요ᄉᆞ이예 봉ᄉ들 한시계 가든고 졀이 안ᄌ지 말고 방이는 덜려 쩟여쥬졔 심봉ᄉ 그계야 양반으 죵인쥴 알고 기롱으로 디답ᄒ되 쳘이 타힝에 발셥ᄒ야 오난 ᄉᆞ롬달려 방이 쩟여 달나ᄒ여 무엇시나 쥴랑니면 쩟쳬 여인들 이론 말리 그 봉ᄉ 음흉ᄒ여라 쥬기는 무엇 쥬워 졍심이나 어더 먹졔 졍심 어더 먹의나면

〈46-뒤〉

뉘가 글이히여 글려며 무엇 ○○○○○ ᄒ여 쥴까 ○○○○시며 왈 교기사 교기졔만은 쥴이라고 쥴쩌 안이 쥴쩌 엿지 암나 방이나 쩟고 보졔 심봉ᄉ 죠와

라고 올체 올체 그 말이 반혀락이여짜 ᄒ고 방이예 올나서셔 썰그덩썰그덩 찌
은니 계집들 이론 말니 엿짜 이 봉ᄉ 방이 쇼리나 덜려ᄒ졔 방이쇼리야 춤 니
가 잘ᄒ졔 열려 ᄒ임들의계 못뎐더여 방이쇼러을 ᄒᄂ군나 틱고라 쳔황씨은
목덕으로 왕ᄒ신니 니 남기로 왕ᄒ신가 여류야 방이요 유소씨 귀목위쇼 이 남
그로 집을 지려 식목실ᄒ시든가 여류야 방이요 실농씨 유목위뇌 이 남그로 짜
부ᄒ

〈47-앞〉

가 어류야 방이야 이 방이가 뉘 방이가 강틱공으 죠작방이 여류야 방이요 쳥
쳥츈산 남글 볘여 이 방이을 만들란네 방이 만든 쳬도 본이 이상함도 이상ᄒ
네 어류야 방이요 스람을 비양던가 두 달니을 썰연네 어류야 방이요 옥빈홍안
이 비여을 쁜을 본가 혈리 밉슈가 좁도 존네 어류야 방이요 질고 간은 헐리을
본이 쵸왕궁인의 혈리로다 어류야 빙이요 츈쳔ᄒ고 노든 발로 이 빙이을 찌커
구나 어류야 빙이요 멀니 들고 잇난 양은 충희노용이 셩을 닌 듯 멀리 슉이고
날으양○ 쥬난왕 으든 슈린가 용두○○○○○○○○○○○○○○○○○○○○○○
○

〈47-뒤〉

○○○○○국 디부 죽은 후예 ○이○○○○○○○○○○○○○○○○○○○○○
○ᄒ시사 국틱민안 ᄒ옵신듸 ᄒ물며 빙인잔치 고금예 업셧신니 우리도 틱평세
계 빙이쇼리나 ᄒ여 보시 어류야 방이야 한 달리을 놉피 밥쏘 올으락 날으락
할 졔 마당 실노 셜늠 죠기로다 얼류야 빙이요 열어 한임들리 그졔야 알라듯
고 네 이 봉ᄉ 그 무슨 말○○○○○글이로 나왔나 부다 글으로 나온 것 안이
라 나도 좀 ᄒ여보면 알졔 좌우연들이 벡쟝디쇼ᄒ더라 글리졀리 빙이 찌코 졍
심 어더 먹고 ᄒ난 말이 져 만늘이들 글이ᄒ오 잘 어더먹쏘 가오

〈48-앞〉

그 봉사 심심찬한니 스룸 죠은듸 잘 가오 하즉ᄒ고 츳츳 셩즁으로 드려간니 억만 장안예 모든 쇠경 빗치라 셜로 짝짝 부드치며 다이지 못할네라 한곳절 지니던니 엇더한 여인니 심봉사 안이시요 붉은이 봉사 왈 니 과연 기요만은 엿지 아오 글려찬한 일이 잇신이 계 잠관 셧시요 이윽코 나와 인도ᄒ야 외당예 안치고 셕반을 듸리겨날 심봉ᄉ 싱각ᄒ되 고이ᄒ다 날을 알니 엽견만는 고이ᄒ다 밥을 달계 먹긴 후예 날이 져물여 황혼된이 그 여인이 다시 나와 이론 말리 여보시요 봉ᄉ임 니당으로 드려가오이다 심봉ᄉ 안마음예 고히

〈48-뒤〉

ᄒ다 달이 집쥬인 유무은 모로꺼이와 엿지 남의 내당을 들어 가올잇가 그난 혀물치 몰고 날을 짤라 오시요 심봉ᄉ 왈 예보시오 무신 우환 잇쑈 나는 동경할 줄 못ᄒ오 엿싸려 말 그만ᄒ고 드려가 보시오 막ᄃᆞᆯ을 익씰겨날 할슈 업셔 짤라가며 이심ᄒ되엇불사 내가 아미도 봇쌈예 들려가계 위틱ᄒ다 졈졈 들려가 좌상예 안진 후예 동편예 원 여인니 몰으되 심봉ᄉ지요 엿지ᄒ여 아오 아난 도리가 잇쑈 먼 글을 평안이 오시요 니 셩은 안가요 황셩여셔 ᄉ는듸 붓친이 듸상고로 위업ᄒ옵던이 불

〈49-앞〉

ᄒᆡᆼᄒ야 부모 양친 구몰ᄒ오 이 집을 즉켜 잇사오매 시연이 이십오셰로되 아즉 셩혼치 못ᄒ엿던니 간밤예 꿈을 꾼니 ᄒ날예 ᄒᆡ와 달리 쩌려져 물예 싸지겨늘 첩니 견져 품예 안어 뵈인니 ᄒ날예 일월은 ᄉ람으 안목이라 일월 쩌려진니 날과 갓치 밍인인 줄 아옵고 물예 잠기니 심씨밍인인 줄 아옵고 일즉 죵을 시계 문젼예 지니가난 밍인을 츠려로 물려 오던이 쳔위신죠ᄒ와 이졔야 만너온이 쳡의 죵신듸ᄉ는 봉ᄉ임만 밋ᄉ오니 인연인라 ᄒ여이다 심봉ᄉ 픽 위셔 ○

〈49-뒤〉

○○은 그려ᄒ○○○○○○○○○○○○○○○○○○○○○ 박계 당도ᄒ니 말셔 밍인 ○○○○○쳔이쳔ᄌ ○○○○○쥬워 모와 궐니예 모든 쇠경 쇼리 등 쳔ᄒ더라 잇ᄯᅥ ○○○○후 열려날 밍인잔치할시 밍인의 셩명셩칰을 아몰리 ○○○○○시되 당쵸의 심밍인이 엽신니 황후 실싞 ᄌ탄○○되 북당예 우리 부친 어이ᄒᄋᆢ 못오난가 승피 뵈운지○○○힝ᄒᄋᆢ 몸이 죽여 못오난가 흥음와병예 인사졀ᄒ니 볭이 들려 못오난가 어안이 상포말이 졉훈이 쇼식 몰나 못오난가 몽은사 부쳬임니 영금을 뵈이여셔 그 사이예 눈을 ᄯᅥ여 밍인○○

(이하 낙장)

편저자 소개

◇ 김 진 영(金鎭英)

서울대학교 국어교육과, 동대학원 국어국문학과 졸업. 문학박사.
현재 경희대학교 국어국문학과 교수

〈주요저서〉 이규보문학연구(집문당, 1984)
　　　　　　 춘향전 어떻게 읽을 것인가(공편; 박이정, 1993)
　　　　　　 춘향가 · 홍보전 · 심청전 · 토끼전(공역주; 박이정, 1996-1998)
　　　　　　 춘향전 · 심청전 · 토끼전 · 홍부전 · 적벽가 전집(공편; 박이정, 1997-8)

◇ 김 현 주(金賢柱)

서강대학교 대학원 국어국문학과 졸업. 문학박사.
현재 경희대학교 국어국문학과 교수

〈주요저서〉 춘향가 · 홍보전 · 심청전 · 토끼전 · 적벽가(공역주; 박이정, 1996-8)
　　　　　　 춘향전 · 심청전 · 토끼전 · 홍부전 · 적벽가 전집(공편; 박이정, 1997-8)
　　　　　　 판소리 담화 분석(좋은날, 1998)

◇ 김영수(金榮洙)

경희대학교 국문학과, 동 대학원 국문학과 졸업. 문학박사
현재 경희대학교 국문학과 강사

〈주요논문〉 필사본 심청전 연구(2000)
　　　　　　 심청전의 구조와 의미(1998)

◇ 이기형(李起衡)

현재 경희대학교 국문학과 강사

〈주요논문〉 탄세단가의 사설 결합 양상(1998)
　　　　　　 단가의 범주와 신재효 가사의 성격(1999)

고전명작 이본총서
심 청 전 전 집 10

2000년 8월 10일 인쇄
2000년 8월 20일 발행

엮은이 : 김진영/김현주/김영수/이기형
펴낸이 : 박찬익

펴낸곳 : 도서출판 **박이정**
130-070 서울시 동대문구 용두동 129-162
전 화 : 922-1192~3, FAX : 928-4683
온라인 : 주택576037-01-001536 우편010447-005340
등 록 : 1991년 3월 12일   제1-1182호

ISBN 89-7878-432-1 93810   정가 20,000원